Светлана Бойм, 2012 год

Светлана Бойм

·

Ниночка

Разумная хазарка
Рассказы

Academic Studies Press

Библиороссика

Бостон / Санкт-Петербург

2025

УДК 821.161.1
ББК 83.3(2=411.2)6
Б26

Перевод с английского Сергея Кычанова

Серийное оформление и оформление обложки Ивана Граве

Для фона обложки использовалась арт-работа Светланы Бойм
под названием «Пара людей» из серии снимков поверхности реки
с проявлением лиц.

Бойм, Светлана.

Б26   Ниро́чка. Разумная хазарка. Рассказы / Светлана Бойм ;
[пер. с англ. С. Кычанова]. — СПб.: Academic Studies Press /
Библиороссика, 2025. — 506 с.

ISBN 979-8-901270-58-5 (Academic Studies Press)
ISBN 978-5-907918-79-5 (Библиороссика)

В этой книге представлены переведенный на русский язык роман «Ниро́чка»,
написанная в 1990-е на русском языке повесть «Разумная хазарка» и два переведен-
ных на русский язык автобиографических рассказа, не вошедших в книгу «Ребята,
нас обманули» («Библиороссика», 2025).

УДК 821.161.1
ББК 83.3(2=411.2)6

ISBN 979-8-901270-58-5
ISBN 978-5-907918-79-5

Дарья Хитрова

Предисловие

Если название повести «Разумная хазарка» русскому читателю
объяснять нет необходимости (повесть писалась с расчетом на
публикацию в России), заглавие впервые выходящего в переводе
на русский романа Светланы Бойм «Ниночка» требует не только
комментария, но и знака ударения. Именно так, с ударением на
средний слог, именует свою возлюбленную товарища Якушову
(Грета Гарбо) парижанин и красавец граф Леон (Мелвин Дуглас)
в фильме Эрнста Любича «Ninotchka» (1939). Это уморительная
романтическая комедия (вообразите Грету Гарбо, отвергающую
букет цветов со словами: «Не придавайте значения моей принадлежности к женскому полу!»), чей сюжет можно описать как
«пробуждение женщины»: железная комиссарша, посланная за
границу со спецзаданием, оттаивает в парижском воздухе и влюбляется в Леона, шампанское, шляпки, чулки и французский шик.
Героев Светланы Бойм (а в романе фильм смотрят не единожды)
ни галантная, ни комическая сторона этой истории не взволно-
вали; потрясение вызвала легкость, с которой отозванная было
в Москву из Парижа героиня снова пересекает советскую границу, чтобы, на сей раз навсегда, соединиться с возлюбленным.

Отъезд и возвращение, жизнь по разные стороны границы,
самоощущение иностранки по обе ее стороны — главные темы
этой книги. Обе героини-рассказчицы — Лена из «Разумной
хазарки» и Таня из «Ниночки» — уезжают из Советского Союза
в эмиграцию с гордо поднятой головой, без сожалений и ностальгии. Их жизненная программа состоит в одном английском гла-
голе — to pass, сойти за свою, влиться в новую, американскую

жизнь, перестать отличаться от остальных. Эта эмиграция, в отличие от революционной начала XX века и теперешней военной начала XXI, — не вынужденная и не травматичная, а спланированная и долгожданная. Да, этот билет — в один конец и с одним чемоданом, обратно Стикс не переплывешь, зато на том берегу — цивилизованный мир, мечта советского детства. Непроницаемость границы при таком взгляде понимается скорее в положительном свете: доэмигрантская жизнь отделена от эмигранта двойной стеной, удалена во времени и недоступна в пространстве. Даже фотографии (кроме родственников), не говоря о рукописях, через границу не пропускают: лица друзей, знакомых, преподавателей, однокурсников — все останутся в прошлом, как во сне, вместе с унылым бытом и кислым запахом социализма. Жизнь начинается с чистого листа: тут и там, вчера и сегодня, мир супермаркетов и мир авосек никогда не пересекутся, как параллельные прямые.

А потом они берут и пересекаются. И дело не в том, что в Москве открылся «Макдоналдс», а в том, что героиня путается и стесняется в разговоре с кассиром, потому что не знает, как по-русски кетчуп. Легко забыть всё и перемахнуть через Стикс, а что, если Харон предлагает смотаться на ту сторону? А потом обратно? И выясняется, что уютное гнездышко определенности — тут или там, свой или чужой — упало с дерева и в нем гуляет ветер. Что не взятое когда-то в тот единственный чемодан никуда не делось и осталось не в прошлом, а в квартире у бабушки, что скелеты только и ждут возможности выйти из шкафа и что где дом стало еще непонятнее. Состоявшийся вроде бы поворот судьбы — эмиграция — вдруг превратился в развилку, и обе судьбы, прожитая за границей и непрожитая по ту ее сторону, становятся видимы и осязаемы. Один мой коллега-филолог (с довольно редкой фамилией) был потрясен, когда узнал, что у него есть полный тезка — теннисист из Петрозаводска: «Это же параллельная жизнь!» У героинь Бойм как раз возникают такие параллельные жизни — и не в результате эмиграции, а, наоборот, из-за возможности возвращений, сосуществования и пересечения параллельных, как теперь становится ясно, кривых. Это на

Западе тогда заговорили о «конце истории», для русских эмигрантов, напротив, история только начиналась.

Поэтому в героини своей диссертации протагонистка «Нино́чки» Таня, аспирантка-историк, берет эмигрантку с третьей судьбой — она и не ностальгирует по утерянному дому, и не старается его забыть, как страшный сон. Ее зовут Нина, она живет в Париже конца 1930-х годов и осознает судьбу эмигранта как «двойного агента» (в интеллектуальном отношении) и, будучи лингвисткой, формулирует преимущества этого положения в языковых терминах: «Двуязычные люди по самой своей сути отличаются от носителей одного языка. Двуязычие — это совокупность языков. Это альтернативные условия существования. Картина мира билингв и объёмней, и гибче». Зачем выбирать, если можно считать родным и тот, и другой язык? Зачем зажмуривать один или другой глаз, а не смотреть двумя? Понятно, что логику билингвизма может разделить вовсе не каждый эмигрант: приехавшие взрослыми тяготеют к родному языку, их внуки уже не будут этого языка помнить; так рассуждать будет, скорее всего, человек поколения между ними, то есть той же судьбы, что и Нина, девочкой покинувшая Россию и выросшая в русской семье во Франции. А возможно, перед нами памятник человеческой и писательской смелости — в отличие от выдуманной Нины, Светлана Бойм выросла в Ленинграде и по-английски говорила с акцентом, но, будучи, как многие ее герои, настоящим космополитом за письменным столом, роман написала на английском, причем как раз билингвальном английском, в котором эхо русской речи слышится то на заднем, то на переднем плане (как бывает, когда крутишь ручку радиоприемника и сквозь передачу одной станции проникает призвук другой).

В этом было много игры, языковой и не только, и, как Светлана признавалась в письме к Майе Туровской, она сначала относилась к роману как к «графомании», «развлекалась как бы для себя», пока «не влюбилась в своих героев и не могла заткнуть им рот». Роман прямо брызжет и этой влюбленностью, и веселой дерзостью вавилонского смешения персонажей и тем: в насыщенном почти по-голливудски повествовании находится место шпиономании и спецслужбам (одну героиню зовут мисс Икс), троцкистам и евразийцам, компьютерным адюльтерам и пламенным революционерам. Сама она определила эту мозаику как «гибридно-эмигрантский жанр русского детектива» (Таня расследует убийство Нины) и указывала на «Истинную жизнь Себастьяна Найта» как источник вдохновения. По форме это скорее в духе 20-х годов, монтаж — чередование прямой речи героини и добываемых ею свидетельств от дневников Нины и отрывков ее статьи «Изгнание и паранойя» (ее мы процитировали выше) до переписки самой Тани и ее родственников (вплоть до сведений, исходящих от человека, в чьи обязанности входит протирка влажной тряпкой кости из черепа Гитлера, бережно хранящейся в архиве КГБ). Вместе с тем перед нами художественное воплощение того замысла, другой формой которого стала легендарная философская работа Светланы — «Будущее ностальгии». В этом отношении она идет по следам ценимых ею формалистов, чьи научные статьи, исторические романы, киносценарии и письма друг к другу представляют собой один головокружительный сад расходящихся тропок интеллектуальной прозы, блуждать в котором, как говорил Пушкин, «есть наука самая занимательная». Самое точное, пожалуй, определение творческого метода Светланы Бойм, чем бы она ни занималась.

НИНОЧКА

Глава первая,

в которой происходит убийство

MGM представляет
Грету Гарбо
в фильме режиссёра
Эрнста Любича
«Нино́чка»
1939

«Эта картина рассказывает нам о Париже в те дивные времена, когда словом "сирена" называли только жгучих брюнеток, а не сигналы воздушной тревоги, а рядовой француз если и выключал дома свет, то вовсе не по причине налёта вражеской авиации!»

Перед нами фойе гостиницы «Гранд Отель», украшенное огромной сверкающей люстрой. На беломраморных ступенях виднеются следы весенней слякоти. Нам в глаза бросается силуэт стоящего к нам спиной мужчины в сером плаще, облокотившегося на колонну. Вы сразу даже не решаетесь туда войти, вы лишь прильнёте к окну, подышав на скрипящую от чистоты поверхность стекла. «Может, это всё-таки ошибка в адресе, или это место только кажется таким подозрительным?» — подумаете вы про себя. Но затем вас подхватит входная дверь-вертушка. Похоже, кто-то толкнул вас сзади: «Продвигайтесь, товарищ, ваша очередь!» И теперь уже не время сомневаться и мешкать — пути назад отрезаны и отступать больше некуда.

«Такие фильмы не в моём вкусе», — прошептала Нина Лионелю. Она придвинулась к нему, но так, чтобы не оказаться слишком близко. Она сохраняла дистанцию, достаточную, чтобы касаться его подолом своего платья, но не своим телом. Тем временем трое товарищей-большевиков уже прошли сквозь фойе «Гранд Отеля» и были на подходе к президентскому номеру люкс. Они находились в Париже с тайной миссией: найти и продать драгоценности, некогда принадлежавшие российским императорам, и на вырученные от продажи деньги поддержать хромающий советский агропром. Но тут вдруг наши товарищи попали под чарующее влияние города Парижа. Они ещё не осознали произошедшей в них перемены, а дамы в шикарных шляпах с перьями уже стали грассировать наперебой и попеременно оголять свои плечи, а кавалеры, поправив напомаженные причёски, готовились к продолжению легкомысленного образа жизни. И тут, откуда ни возьмись, появились готовые на всё разносчицы сигарет в коротеньких юбочках. «Вы что, не курите, месьё большевики? Очень жаль...»

«Вот какова жизнь на Западе, товарищи. Ясно».

«Верно. Но ведь дома нас об этом предупреждали, разве не так? Одна ночь, проведенная в этой гостинице, обойдется нашей стране в целых семь коров... Семь коров, товарищи! Вы знали об этом? Я полагаю, что вас должны были информировать».

Наверно, зрители в этот момент громко смеялись. Или, вернее, некоторые в зале тихо хихикнули, а кто-то разразился настоящим варварским хохотом, а еще кто-то просто молча усмехнулся. Нина не поняла эту шутку. В конце концов, для неё этот язык неродной. По меркам русской иммиграции она говорила почти без акцента. Она освоила грамматику, научилась узнавать корни слов, но зачастую путалась в их производных. Также ей было трудно понять все эти докучливые предлоги — «на» и «с», «под» и «над», в которых так легко разбираются носители. Так дайте же им посмеяться вдоволь. А она, она всегда может попробовать конфет, которые принёс Лионель, и тихо пошуршать их разноцветной фольгой.

Прошу вас, поймите меня правильно. Нина любила кино, но в звуковом кино её раздражало обилие пустой болтовни. Во тьме кинотеатра она чувствовала себя уютно, как дома. Она любила наблюдать за тенями, прыгающими по экрану, сидя в замкнутом пространстве зала, заполненного перешёптывающимися между собой незнакомыми ей людьми. Просто тогда был не её день. Она не ела с самого утра. А тот дешёвый *croque monsieur*, который она съела на завтрак, был таким чёрствым и холодным. Разве там внутри не должно быть ветчины? Так бы, конечно, полагалось. Но там был лишь намёк на что-то, похожее на ветчину, какой-то непонятный запах, возможно, просто случайно задержавшееся воспоминание о ветчине, которая когда-то давно всё-таки там лежала. Помимо того, она подхватила простуду. В воспалённом горле першило. И ей вообще не хотелось вставать с постели.

Но тут она вспомнила, что милый американский приятель Лионель пригласил её в кино на специальный сеанс. «Советская комиссарша влюбляется в Париже, — прочла она аннотацию на пригласительном билете, — Грета Гарбо смеётся на весь экран». «Почему бы мне не пойти?» — подумала Нина. Она сидела подле него, откинувшись на жёсткую спинку кресла, промятого сотнями елозящих киноманов. Пять остро наточенных карандашей гордо торчали из кармана его белого пиджака. Всё в Лионеле говорило о том, что он желал стать писателем. Он не был эмигрантом, как Нина, а находился в Париже в долгосрочном отпуске.

«Тебе никогда не приходила мысль вернуться в Россию?» — зашептал Лионель прямо Нине в ухо. Он так и не придумал, о чём с ней разговаривать.

«Нет, честно говоря».

«Но ты ведь тоскуешь по дому, разве нет?» Он был готов проявить чуткость, утешить её, взять её маленькую руку в свою большую ладонь. Но в ответ она даже не шевельнулась.

«Возможно. Но это не то, что ты думаешь».

Проходит ещё пять минут, и возню и шум в зрительном зале заглушает стук колёс приближающегося поезда. Из Москвы прибывает особоуполномоченная женщина-комиссар. Её задача — присматривать за тремя товарищами большевиками, отбившимися от рук в Париже. Эти горе-товарищи стали думать о французских продавщицах сигарет чаще, чем о народном хозяйстве своего отечества. Товарищ Нина Якушова (так звали полномочную представительницу) гордо стоит на платформе, пожимая статными плечами. Её деловой костюм плотно застёгнут на все пуговицы до самого верха. А шляпка слегка спадает влево, набекрень. Взгляд стальных серых глаз нарочито суров. Как раз в тот самый момент, когда товарищ Якушова уже собралась выходить из гостиницы через ту самую пресловутую дверь-вертушку прямо на оживленную парижскую мостовую, Лионель довольно сильно стиснул Нинину ладошку. Казалось, что он пытался отвлечь Нину от происходящего на экране.

«Она что, какая-то шпионка?» — зашептала дама, сидящая сразу за ними.

«Кто? Грета Гарбо?» — спросил её спутник.

«Кто же ещё!»

«Прекратите болтать!»

«Простите великодушно, но это кто сейчас-то болтает!»

«Тссс... ради Бога!»

В данный момент товарищ Якушова направляется к Эйфелевой башне, чтобы ознакомиться с достижениями капиталистической инженерной мысли. На оживлённом перекрёстке она сталкивается с графом Леоном, бывшим белогвардейцем (тем самым, кто подослал к наивным товарищам-большевикам соблазнительных разносчиц сигарет). Она объяснила Леону, что его социобиологический вид скоро вымрет окончательно и бесповоротно, чем совершенно его очаровала.

Часа через полтора они полюбили друг друга. И Грета Гарбо хохотала, как и было заявлено в аннотации. Она смеялась безудержно и неугомонно, не будучи в силах себя сдержать. Она совершенно позабыла и о драгоценностях контрреволюционной княгини, и о негодниках-большевиках, и о хромающем отечественном агропроме. Товарищ Якушова, наконец-то, оголила свои статные плечи, превращаясь в милую и легкомысленную Нино́чку, а граф Леон взялся за чтение трудов Карла Маркса. Тем временем как белоэмигранты, так и советская власть нанесли влюблённым ответный удар. Товарищу Якушовой было приказано сейчас же бросить свою любовь и без всяких промедлений вернуться в Советский Союз.

«Ох, — вздохнула дама на заднем ряду, — она серьёзно собирается вернуться в Россию? Это же так жестоко, правда, милый?»

Лионель уже собрался как-то сострить и попытаться невзначай коснуться её пальцев и поднести их к своим губам для неспешного поцелуя. Ну а ещё лучше притронуться к ее коленке своей, но так, чтоб это выглядело не слишком навязчиво. Какие у нее прелестные шёлковые чулочки, хоть и со стрелкой на левой лодыжке. Но когда Лионель, наконец, повернулся к Нине, он вдруг понял, что та задремала. Знал бы он ещё, что Нина в своём недолгом сне была так далеко от него. В тот момент она мчалась назад, на Восток, сидя в невидимом поезде своих грёз.

Вот и упущен момент для последних слов прощания. Бегущий по платформе мужчина отчаянно не желает смириться с тем очевидным фактом, что он опоздал. Он уже не тот резвый юноша, каким был когда-то. Сейчас он рискует в любую минуту споткнуться и сильно удариться, но не знает об этом. Дама, около тридцати, сидит у окошка, на ней серая шляпка, которая, кажется, ей маловата. Нет, она не путешествует налегке, и жалеет об этом. И что это за капли — слёзы на её глазах или следы дождя на оконном стекле? Она возвращается в родной город. Говорят, что нет лучшего места, чем дом[1]. Но почему же она так тянула с этим годами, оставив всё на последний момент, и теперь топчется на платформе, вдыхая удушливый воздух чужбины? Трудно сказать. Лучше держаться подальше от эмигрантов и несчастных влюблённых. Взгляните-ка на облака. Вон проплывает одно, огромное. Оно выглядит таким инородным и отстранённым, но очень фотогеничным.

Поезд всё дальше и дальше отдаляется от вокзала, и окраины Парижа постепенно пропадают в сумерках, вместе с дымящими-

---

[1] Английская поговорка.

ся печными трубами и стройными рядами кипарисов. Пришло время ужина, и в каждом из этих светящихся окон мелькает пара, а то и несколько силуэтов, уже привыкших к гудкам паровоза и увязших в плену своего приятного или невыносимого быта. Под вихрь мчащего поезда у нас разыгрывается воображение. Вон там — милое французское семейство готовит стол к семейному ужину. Муж, насупившись, читает в углу вечернюю газету. Не слишком-то обнадёживающие в ней новости. «Война в Европе» — читается в каждом втором заголовке. «Ох, да что они там понимают, эти горе-предсказатели! Нет, родная, нам тревожиться не о чем. Ну что там у нас сегодня на ужин?» Тем временем его супруга выливает оливковое масло на раскалённую и шипящую сковороду, а затем добавляет ещё и каплю красного вина. «Уфф!» — сковороду опоясали языки пламени. Теперь мясо будет мягким и розовым, сочным и полупрожаренным.

Поезд следует мимо пыльных провинциальных городков с труднопроизносимыми названиями, состоящими из множества согласных букв. Но движется ли он в нужном направлении? И в тот ли мы сели вагон? Пограничники совсем не улыбаются и не желают вам, как обычно, *bon voyage*. «Ваша виза, мадам. Это вы на фотографии? Пожалуйста, снимите очки и следуйте за нами». Время от времени на станции появляются бабы в белых платках в мелкий чёрный горошек. Их сморщенные лица обгорели и обветрились под северным солнцем. Они несут корзины, покрытые ветошью, из которых идёт тёплый пар. Их заунывные возгласы разносятся по всему вокзалу. *«Картошка, картошка, картошка... Горячая картошка, берите, не пожалеете...»* «Доченька, возьми тёпленькой картошечки, дорога-то, небось, долгая, голодная, поверь бабке, бери, не пожалеешь. А вот тебе и огурчиков в добавку, солёненьких, домашних, в подарок». Она действительно превосходная, эта молодая рассыпчатая картошка с огурчиками и укропом. Вы едите её прямо со старой газеты, расстеленной на откидном столике. Конечно, они подпорчены маргарином и слегка попахивают. И что же с того? Просто возьми их в руки. Мы оставили бумажные полотенца в прошлом, в той, другой жизни, здесь они нам больше не понадобятся. И не задавай тут слишком много вопросов. Нас не интересует, куда ты едешь. Но мы от души поделимся, чем Бог послал. Один попутчик вытаскивает из коричневого саквояжа бутылку водки и сельдь. Другой травит анекдот про Ивана-дурака, что пошёл по степям евразийским и на перепутье встретил Рабиновича:

«Эй, Рабинович, — говорит Иван-дурак, — сваргань-ка мне кофейку».

«Какой тебе кофе?» — спрашивает Рабинович.

«Простой, без молока, — кричит Иван-дурак, — да поживее!»

«А можно без сливок? — взмолился Рабинович, весь дрожа от страха. — А то я здесь давно торчу, у меня молоко кончилось».

Картошка и хорошая компания вас успокоят и согреют, и вы теперь сладко уснёте под убаюкивающий стук колёс. И это будет длиться изо дня в день. Вы и ваши попутчики отныне одна семья. Вы смеётесь над анекдотом соседа задолго до того, как он дойдет до кульминации. «Помните Анку-пулемётчицу?» А вы уже знаете, чем эта история закончится. Вы всегда готовы прийти друг другу на помощь, вы спорите по пустякам, играете в карты, бьётесь об заклад и выплачиваете проигранное. Пока однажды поезд внезапно не остановится в тёмном хвойном лесу, где рельсы превращаются в корни деревьев. Они привязывают вас к земле и держат на месте. Здесь нет ни дорожного указателя, ни какого-то просвета, только искривлённые корни в сухой земле. И эту границу вам не перейти.

«А вы знали, что Грета Гарбо работала на спецслужбы?» — сказал мужчина, сидящий напротив Нины.

«Проклятые эмигранты! — прошипел кто-то сзади. — Они теперь повсюду. Даже в кино...»

«Ведь только агент мог пересечь советскую границу так легко. И это после всех её любовных похождений...»

«Тсс, месьё, ну право же...»

«Ты знаешь, — Нина повернулась к Лионелю, потирая заспанные глаза, — нельзя сказать, что это совсем нереально».

«Ой, да ладно, Нина, — сказал Лионель, — ты всё проспала. Ведь это всего лишь комедия».

И в самом деле, это была комедия. Первое время товарищ Якушова чувствовала себя в Советском Союзе ужасно одинокой. Она плакала над изуродованными цензурой письмами Леона и отдала от греха подальше свое шёлковое бельё симпатичной соседке по коммунальной квартире. Тем не менее она безропотно ходила на парады и ела яичницу с товарищами большевиками. Затем спецслужбы решили наградить её за безупречную работу и снова послать на Запад, а точнее — в евразийский город Константинополь, где граф Леон уже ожидал её приезда. Там влюблённые встретились вновь. Они отужинали в русском ресторане, недавно открытом предприимчивыми экс-большевиками, и жили долго и счастливо, ну, или, по крайней мере, до конца фильма.

Порою так досадно, что счастливые концы длятся совсем недолго. Вот и сейчас свет в зале зажегся немножко раньше, чем следовало бы.

Сонные и заплаканные кинозрители больше не смогут таиться от окружающих. Теперь им нужно о чём-то говорить, вернуться к обычной жизни и вести себя так, будто ничего не происходило. Нина же задержалась в полутёмном зале чуть дольше остальных, словно бы она чувствовала на себе чей-то пристальный взгляд, и хотела в какой-то момент резко обернуться, чтобы застать своего преследователя врасплох. Был ли это тот самый мужчина в сером плаще, с грубым славянским акцентом процедивший что-то сквозь зубы про этих несносных мигрантов, либо это та незаметная парочка углу, что не удосужилась пошевелиться, когда на экране появилось слово «Конец»?

«Перестань придумывать, Нина. Пойдем на улицу, а? — Лионель нетерпеливо потянул её за руку. — Там я тебя развеселю, вот увидишь». Они вышли из кинотеатра и какое-то время бесцельно бродили по городу, не в силах решить, что им делать. У Нины болело горло, поэтому всю дорогу говорил Лионель. Когда они шли по набережной Сены, начало моросить. Уличные торговцы тут же прикрыли чёрной ветошью свои старинные журналы и открытки. Небольшой сквер на острове Сен-Луи смотрелся, словно кладбище мёртвых зонтиков. Лионель обнял Нину. «Слушай, — сказал он, — могу я предложить тебе что-нибудь выпить, а может, ты хочешь где-нибудь поесть? Что скажешь? Или у меня есть другая идея. Давай забудем про еду и пойдём прямиком к тебе».

Лионель думал, что Нине нравится его американская прямолинейность, и изо всех сил старался ее излучать. Нинин кашель становился всё хуже. На самом деле она была голодна и не совсем в настроении, но это был один из тех случаев, когда легче согласиться, чем объяснять, почему тебе не хочется. Нельзя сказать, чтобы он ей не нравился. В нём было что-то юношеское, здоровое и ясное. Казалось, что он без доли сомнения идёт по жизни своей заранее определённой дорогой. Такая редкая порода среди знакомых ей людей.

И вот они уже в её маленькой и тесной комнатушке. Он вытащил грампластинку: «Я покажу тебе мою новую покупку — это твой соотечественник, господин Качальский. Но я, надо признаться... предпочитаю джаз».

«Я тоже», — сказала Нина. Однако Лионель уже её не слышал. В этот момент он проигрывал на граммофоне новою композицию:

> Я принцесса без единого су,
> Я сбежала с моим милым Джу Су.
> Малазийский барон,
> Мой хороший Джу Су.
> Малазийский барон...

«Мне говорили, что в русском нет слова со значением любовной прелюдии, — зашептал Лионель, целуя Нину в ухо, — в самом деле, какой же у вас практичный язык...»

Песенка с пластинки крутилась и вертелась, но они её больше не слушали. Он был довольно нежен и скор. Теоретически ему нравилась идея «прорыва мужчины в женщину». Он где-то читал об этом, и эти слова врезалась ему в память. Но в нём была и доброта. Он принес ей чай с лимоном в старой фарфоровой чашке, расписанной то ли соловьями, то ли воробьями — сразу и не разберёшь. В комнате было довольно темно. Она выпила чаю, и горло отпустило. Она стала наблюдать за тараканом, медленно ползущим по гипсовой лепке на стене. Это был симпатичный безобидный вид таракана, просто ищущий, как бы ему сбежать. Ей захотелось притвориться, что она не видела его вовсе. Ну вот, раз, и всё. Лионель жарко рассказывал о чём-то, не имеющем к ней отношения. Да, конечно же, о кино. «Кинематограф станет универсальным языком человечества...»

«Естественно, — сказала Нина примирительно, — особенно если режиссёрам удастся избавиться от слов».

Утром он пошёл в местную кондитерскую купить для Нины свежих круассанов с джемом. Наверно, он встретил там друзей и проболтал с ними чуть дольше обычного. Он хотел закончить разговор, но один из его приятелей всё нёс какую-то ахинею про какой-то «материк-океан» и достижимую утопию, а другой скептически кивал. Когда Лионель вернулся, Нины уже не было в живых...

Вот что было записано в полицейском протоколе: «Нина Б. найдена мёртвой по адресу Рю де Соссюр, 55. Причина смерти — пулевое ранение. Следов взлома не выявлено. Десять франков в кошельке нетронуты. В момент убийства рабочие-мигранты занимались ремонтом на четвёртом этаже. Подозреваемых нет».

Лионель был арестован, но вскоре отпущен. Владелец кондитерской месье Бонасье подтвердил, что тот покупал у него две шоколадные булочки и один миндальный круассан ровно в 9:30, как раз в то время, когда была убита Нина. Двух мужчин, которых повстречал Лионель, Бонасье описал как «явно не французов, вероятно, беженцы из Восточной Европы. Париж теперь уже не тот, что был когда-то, он совсем не такой, как в старые времена. Вряд ли тут вообще остались какие-то французы, как вы знаете... Но всё же все эти чужестранцы тоже любят мои круассаны. И иногда даже умудряются за них заплатить. Так что, может, наше нынешнее положение даже не вредит коммерции».

Дорогой читатель, само собой, меня там не было. И не я подслушивала Нину во мраке кинотеатра. Мне не довелось слышать болтовни добродушного господина Бонасье. И да, я не могу доказать в суде, что он выражался именно так. Теперь уже слишком поздно спросить об этом у него самого. Ведь он давно умер. Он мирно почил во сне, окруженный любовью и заботой мадам Бонасье и двух своих прелестных дочерей — Иветты и Лизетты. Я лишь попыталась воссоздать в воображении последний вечер, проведённый Ниной в кинотеатре, настолько точно, насколько способна моя фантазия. Цель довольно проста — отдать Нине последнюю дань уважения. Эта история произошла уже более пятидесяти лет назад, и её убийство так и осталось нераскрытым.

Согласно досье, хранящемуся в местном полицейском отделении, в архив которого мне удалось попасть, на кровати рядом с телом убитой были обнаружены два использованных билета на премьерный показ американского фильма «Нино́чка» и газетная рецензия на «шедевр режиссёра Эрнста Любича». В её крепдешиновой сумочке нашли губную помаду, пару шёлковых чулок, цветные фантики от конфет, возможно, от бельгийского шоколада, засушенные жёлтые цветы, наборы для вышивки, записную книжку и странную брошюру на русском под названием «Евразийское господство». Неназванного русского переводчика попросили составить к этой брошюре короткую аннотацию. И вот что он выдал на своём неидеальном французском со множеством ошибок в диакритиках: «Данная брошюра описывает судьбу России-Евразии, страны великих империй, от Византии до Чингисхана, от России до Турции, и определяет её мировое предназначение. Авторы излагают теорию международного заговора против евразийцев со стороны представителей западного мира и их агентов на территории России и выступают за новые конструктивные отношения между патриотами-евразийцами и Советским Союзом и последующее возвращение вождей евразийства на родину. "Придется пересечь множество границ, и, возможно, прольётся кровь". Авторы уверены, что сильной Евразийской партии суждено обеспечить мирный переход от большевистской идеологии к идеологии евразийской и построить на территории Евразии теократическое государство». Кто-то на полях брошюры нацарапал фиолетовыми чернилами: «Проблематично, но глубоко».

Ещё два предмета были изъяты из Нининой комнаты, как «возможно, имеющие отношение к делу». Одним из них было незаконченное письмо, адресованное профессору евразийской лингвистики, доктору Борису Крестовскому, следующего содержания:

Дорогой Борис Владимирович,
простите, на сей раз я обойдусь без «герр профессор». Вы строго-настрого запретили мне писать Вам на эту тему. Но почему, почему же Вы не хотите, чтобы я поехала на Конгресс евразийцев и познакомилась там с нашими «советскими коллегами»? Не обидела ли я Вас давеча, когда мы случайно столкнулись с Вами возле того захудалого кинотеатра (его название вылетело у меня из головы). Уж Вы-то...

Вторым приобщённым к делу предметом была записка и стишок, начириканный на салфетке приятелем Лионеля, неким поэтом по имени Юрий Полтавский-Рижский. Ходили слухи, что он пропал из виду примерно в те дни, когда была убита Нина, из-за чего не мог быть допрошен.

Принцессе-Несмеяне из династии Нин:

> Пулю бы мне голову,
> Вермут бы мне кровь,
> Всё размоет паводок —
> Наш балтийский дождь.

Продолжение следует.

Не терпится тебя увидеть, твой, comme toujours,

Ю. П.-Р.

Уголовное дело было предельно кратким: «Покойная: Белская Нина; лицо без гражданства; тридцати четырёх лет от роду; родственники не установлены. Тело опознано Натали Чернофф, соседкой снизу, шестнадцати лет от роду».

Мой взгляд задерживается на первой строке протокола: «Фамилия, имя, дата рождения». В ней содержалась ошибка или, вероятно, исправленная опечатка. Одна из букв была добавлена в фамилию позже. Это даже не буква, а апостроф, обычно используемый в европейских языках для обозначения русского мягкого знака — «Nina Bel'skaya», — а затем, как мне показалось, мягкий знак был снова зачёркнут. Прыгающие буквы старой печатной машинки дрожат перед глазами: «Выдвинута версия убийства на почве ревности. Версия опровергнута за недостаточностью улик».

Глава вторая,

в которой вы узнаете, как выглядит мой вид на жительство, и отведаете блинчиков — один из изысков эмигрантской кухни

Теперь давайте сделаем глубокий вдох, глотнём горячего сладкого чайку с лимончиком и начнем все сначала в спокойном, размеренном темпе, как было принято изображать реальность в чёрно-белых фильмах из моего советского детства с их длинными статичными сценами и редкой сменой кадров. Нет ничего дурного в том, чтоб потормозить перед визитом к моей главной свидетельнице, мадам Натали Чернофф. Здесь в Париже мы можем с легкостью затеряться в толпе туристов, легальных и нелегальных эмигрантов или даже самых настоящих парижан, порой обладающих довольно обманчивой внешностью. Я слышу разноголосую речь: креольскую, английскую, арабскую, венгерскую, албанскую, испанскую, турецкую, русскую и ломаный французский с очевидным акцентом. «Откуда вы, мадемуазель? — задаёт мне вопрос любопытный мужчина за соседним столиком. — Давайте я угадаю — аргентинка! Ах, похмелье в пампасах! Лас ночес бланкас де танго...

Русская? О, как здорово! Мы столько читали о переменах, происходящих сейчас в России. Это должно быть невероятно интересно. Вы знаете, а я люблю "Лебединое озеро". Чайковский был просто настоящий гений. Тата — тата — та-а-а — тарарата татата — тааа. А ещё этот фильм, помните, с чудесным белым снегом и романтической мелодией. Фильм длиннющий — он шёл не менее трех часов, и знали бы вы, как я плакал в конце. Он смотрит на неё из трамвая, а она как раз проходит мимо, а может, это вовсе была и не она, а просто какая-то похожая женщина с бледными губами. Но он всё равно решается спрыгнуть. Он выпрыгивает на ходу, бежит вслед за ней и падает замертво от сердечного приступа. Вот так, случайно[1]. Я просто не мог в это поверить, после всего, что с ним произошло. Они действительно любили друг друга, но ничего не вышло. Ну, вы же понимаете, что я имею в виду? Честно признаться, вы не совсем похожи на русскую. И говорите как американка!»

Благодарю вас, о чудесный незнакомец! Я всё ещё пропускаю определённые артикли, а бывает, что и неопределённые тоже. Но я стараюсь. Понимаете, я русская американка. Сейчас я живу в Штатах. Но ещё не совсем. Я учусь на историка. Нет, но у меня есть вид на жительство «грин-карта». Для них я всё ещё иностранка, но при этом уже постоянный резидент. Я легализована, я даже приносила присягу, но ещё не гражданка. В наши дни и грин-карту-то получить — это уже большая удача! Я очень боюсь, мало ли что может случиться, какое-нибудь происшествие, например, поэтому я всегда ношу её с собой. Не хотите взглянуть? На ней отчётливо видно моё левое ухо. На собеседовании в Службе гражданства и иммиграции меня спросили, не была ли я членом коммунистической партии. Нет, не была, но в партии состояла моя бабушка. О, я поняла. Вы это выяснили и без меня.

У меня никогда не получалось поддерживать светские беседы. Мой доброжелательный незнакомец хотел всего лишь поинтересоваться, откуда я родом, и немножко поболтать ни о чём в располагающей к непринуждённому общению атмосфере парижского кафе. Ему хотелось слегка передо мной порисоваться, да и заняться своими текущими делами. Мне было ни к чему открывать блокнот и наигранно грызть шариковую ручку, демонстрируя желание как можно скорее в нём что-то записать или просто чтобы меня оставили в покое. Можно было обойтись без оправдательного тона, разговоров о возможных несчастных случаях и бабушке-коммунистке.

---

[1]   Речь идёт о фильме Дэвида Лина «Доктор Живаго» (1965).

А на самом-то деле, именно амаксофобия, боязнь транспорта, и привела меня в Париж и увлекла расследованием убийства Нины Белской. Я точно не помню, когда у меня впервые появилось это ощущение. Возможно, в том была виновата моя бабушка, которая научила меня «игре в поезд», когда мы ездили на дачу, представлявшую собой съёмную комнатушку с маленькой верандой на берегу Финского залива. Мы стояли в прокуренном тамбуре последнего вагона, глядя на уходящие вдаль на фоне мелькающих сосен платформы с одиноко сидящими торговками черникой. Видимо, я чем-то её рассердила. То ли стала жевать фольгу от «Мишки на севере», то ли откручивать голову кукле — надо же узнать, что там у неё внутри! Мне уже не интересно было играть в куклы. Меня особенно раздражали эти резиновые гэдээровские Наташи с обесцвеченными кудряшками и пустыми стеклянными глазами.

«А теперь слушай меня внимательно, — сказала бабушка, — или ты упустишь свой шанс. Ты должна сосредоточиться и, не отрывая глаз, смотреть на железнодорожные рельсы. Поставь указательный палец между бровей, а потом потихоньку двигай его к носу, как это делает глазной доктор. А теперь считай до восемнадцати. Раз, два, три. Готова? Сколько железнодорожных путей ты видишь?»

«Двое», — сказала я.

«Продолжай, считай быстрее, четыре, пять, шесть, семь... Однажды я попала в ужасную аварию», — вдруг ни с того ни с сего прошептала она.

И в этот самый момент, как по команде моего указательного пальца, два параллельных железнодорожных пути сначала пересеклись между собою, а потом слились в одну узкую ржаво-чёрную рельсу. Она уходила прямиком в глубину земли, словно корень старой сухой сосны. Мы больше никуда не двигались, да и двигаться было больше некуда. Не осталось ни направления движения, ни конечного пункта следования — повсюду лишь одна сухая земля. «Ааа», — закричала я.

Я не играла в «в поезд» уже около двадцати лет, но почему-то вспомнила об этой игре, когда садилась на поезд Берлин — Париж, следующий по тому же маршруту, по которому за семь лет до своей гибели ехала Нина Белская. Она садилась на поезд в 1932 году. А теперь у меня не было никого, кто бы сыграл со мной в эту игру. Поезд двигался спокойно, не торопясь, и когда я смотрела через окно на пересечения рельсов, поросшие сорной травой, они казались мне особенно безопасными, как план давно забытого авантюрного путешествия, ставшего теперь хорошо знакомым и ничем не угрожающим.

«Моё путешествие из Берлина в Париж было на удивление однообразным», — писала Нина в дневнике. «Париж был приятно безличным городом, который только смутно напоминал мои прежние представления о нём». Без очевидного сожаления она отметила, что никто не пришёл, чтобы встретить её на вокзале, и что молодой носильщик был слишком навязчив, пытаясь перехватить у неё из рук её совсем небольшую сумку, и что говорил он с явным русским акцентом и был похож на очередного «безработного князька».

Нинин дневник сохранился не полностью и изобиловал множеством пустых страниц и беспорядочных записей. Я наткнулась на него совершенно случайно посредством несчастного друга моей бабушки, дядюшки Льва, который неоднократно эмигрировал из одной страны в другую, но как-то всегда попадал в неподходящее место и в неподходящее время. В Нинином дневнике было что-то, что тронуло меня до глубины души, что-то мучительно узнаваемое, какая-то тайная духовная близость, что-то, что я тогда ещё ясно не осознавала. Нина уехала из России ещё подростком вместе со своими родителями, которые бежали от Октябрьской революции. Потом она оставила мать и отца в Берлине, а сама перебралась в Париж, где изучала психологию и лингвистику и написала ряд статей под общим заголовком «Ода изгнанию». Эти работы произвели настоящий скандал в эмигрантских кругах. Именно в тот период она стала водить дружбу с профессором Борисом Крестовским, харизматичным вождём евразийского движения. Пока не до конца ясно, насколько она сама была вовлечена в это движение. Она бесследно исчезла в 1939 году. Вполне вероятно, что она была убита, хотя ни мотива, ни подозреваемых так и не нашли.

«Ты увлеклась историей евразийства, моя дорогая. Не к добру», — загадочно выразился дядюшка Лёва. У него случился инфаркт в день возобновления отношений между Китаем и Россией. «Евразийцы, — прошептал он, — сейчас у власти в России. Евразийская империя завоюет весь мир». Бедный дядюшка Лев лежал в бреду, но в бреду он иногда был разумнее, чем в состоянии здравомыслия. После смерти дядюшки Льва я ощутила внутреннюю необходимость окончательно разобраться в истории жизни и смерти Нины.

Моя поездка в Париж, так же как в своё время и Нинина, была совершенно ничем не примечательной. Я прибыла на Северный вокзал, откуда терпеливо тащила свой чемоданчик, реагируя категорическим «нет» на различные предложения: купить красные розы, поселиться в дешёвой гостинице. Я отбилась и от навязчивых таксистов, и от американских туристов, ищущих, как пройти в отель «Americain», что неподалеку от Бастилии. Я села в метро, чтобы доехать до своего пансиона «Петит Эден», где молчаливый и неулыбчивый администратор проводил меня вверх по винтовой лестнице в маленькую комнатушку с мебелью и сантехникой тридцатых годов. Первое, что бросилось мне в глаза, — это длинное окно, выходящее во внутренний двор, и маленький столик с зелёной лампой. Я машинально пощёлкала выключателем этой зелёной лампы. «Не беспокойтесь, мадемуазель, — сказал портье, — лампа — это единственная вещь, которая здесь исправна! Она иногда издаёт забавные звуки — шик-чик-чик-ча-ча — словно кто-то на вас шипит. Но не волнуйтесь, здесь никого нет».

«Я верю вам, — ответила я, — эта комната — именно то, что мне нужно».

Я выключила пресловутую зелёную лампу и спустилась по узкой лестнице вниз, на улицы Парижа. Город ошеломляет и одурманивает меня своими запахами, звуками, цветами, многообразием лиц, изгибов бровей, распущенных шарфов, татуировок, набитых на различных языках, и тел, проколотых в неожиданных местах. Я и вправду здесь, в Париже? Я бросаю недопитую чашку чая и под неодобрительным взглядом надувшегося незнакомца выхожу на изогнутую мостовую, на которой великое множество живших до меня людей отчаянно пытались оставить свой след. Поблекшие маскароны на некогда элегантном фасаде, мусорная куча, скопившаяся на самом видном месте, и симметричные голые груди юной красавицы, рекламирующей с плаката пену для ванной, помогают мне скорее расстаться с моими первыми иллюзиями. Проблема Парижа состоит в том, что ты слишком долго и много о нём мечтал, особенно если ты из России или Восточной Европы. Куда ни повернись, наткнешься на куски чужих фантазий. Париж перегружен мечтами и беспочвенными ожиданиями приезжих.

Был такой советский анекдот про мечты о поездке в Париж, который я попыталась рассказать моим американским друзьям, но с треском провалилась. Это история про Рабиновича и Анку-пулемётчицу. Прежде всего, я хотела бы пояснить, что Анка была героической советской женщиной, русской красавицей и воительницей. Рабинович же, я полагаю, не нуждается в представлении. Итак, Анка встречает на улице Рабиновича.

«Чем вы так расстроены, товарищ Рабинович? — спрашивает Анка-пулемётчица. — Всё ли в порядке у вас с женой, здоровы ли дети?»

«Ох, Анка, — отвечает Рабинович, — милая моя Анка, я тут опять замечтался о поездке в Париж...»

Мои американские друзья обычно совершенно обескуражены этой странной встречей. Они абсолютно уверены в том, что они что-то упустили из содержания анекдота. Я начинаю объяснять: вот, мол, смотрите, ведь Рабинович никогда не был в Париже, и Анка тоже, и они оба об этом знают. А так звучит, как будто Рабинович хочет *снова поехать* в Париж, но на самом деле он только *снова мечтает*, и всё. И я всегда категорически настаиваю на том, что между Анкой и Рабиновичем не было абсолютно никаких отношений. Нет, однозначно нет. Анка и Рабинович всего лишь добрые друзья.

Центр Парижа заполнен смехом приезжих, иногда слишком громким даже для моего привыкшего к городскому шуму уха. Когда я пытаюсь убежать от толпы итальянских подростков с наколками, без одобрения разглядывающих парижский Пантеон, я нахожу уютный бар под названием *Crêpe Européen* («Европейские блинчики»), где повариха-вьетнамка готовит французский фастфуд. Мне кажется, что она делает блины лучше, чем её французский конкурент на другом перекрёстке под вывеской *Crêpe Français* («Французские блинчики»). Внимательно следя за её акробатическими манипуляциями со сковородкой, я разгадываю секрет приготовления блинов. Мадам Нгуен просто кладёт в свои блины гораздо больше сыра, чем это делает её французский коллега. Её блины буквально сочатся расплавленным сыром. Сыр оставляет жирные пятна на обёрточной бумаге, но вполне утоляет голод туриста. Забавно наблюдать, как быстро эмигранты усваивают кухню страны пребывания и затем с большим успехом продают ее туристам. И это неудивительно, ведь эмигранты понимают туристов лучше, чем местные жители, они знают, чего на самом деле хотят туристы, и скармливают им их же собственные сладко приправленные иллюзии. Таким же образом они освоили и сувенирный бизнес. В Берлине, около КПП «Чарли», на месте печально знаменитого пункта пропуска через Берлинскую стену, турецкие мигранты продают благодушным туристам матрёшки с изображением Горбачёва и гэдээровскую военную форму. Я рада, что они делают на этом деньги. История Восточной Германии — это не их история, а вот сувенирный рынок принадлежит всем. Ну что ж: «Эмигранты всех стран — соединяйтесь!»

Эмигранты со стороны нередко кажутся людьми вполне себе счастливыми, особенно те везунчики, кто носит гордое звание «легальных резидентов». Мало того что они кладут больше сыра в блины, так они ещё и улыбаются чуть-чуть пошире местных и к тому же произносят фразу «хорошего вам дня» с преувеличенным энтузиазмом. Иногда ты смотришь на их губы в момент, когда они желают тебе хорошего дня, и кажется, что они движутся несинхронно, как бывает в низкобюджетном кино, когда продюсер не смог собрать достаточно средств, чтобы нанять профессионалов для озвучки.

Но вы не волнуйтесь, что у них не все еще получается гладко и ловко. Эмигранты счастливые люди, потому что они сумели преодолеть последний рубеж с вывеской «Посторонним вход воспрещен», границу собственного страха. По крайней мере, для тех из нас, кто жил в закрытом мире, иногда с комфортом, а иногда и без него, пересечение границы какое-то время считалось смертным грехом. Мне было около пяти лет, когда в детском саду я выучила песню о великих границах нашей Родины.

> На границе тучи ходят хмуро,
> Край суровый тишиной объят,
> У высоких берегов Амура
> Часовые Родины стоят.

Как ни странно, я до сих пор помню эти слова. Второй куплет звучит веселее: «Три танкиста, три весёлых друга, тататааа-тата-тата-тата». Три танкиста были Атлантами, держащими на своих плечах весь Советский Союз. «Три танкиста, три весёлых друга...» Граница родины была чем-то вроде Великой Китайской стены, и поездка за границу буквально приравнивалась к путешествию в иные миры. Как переход границы между жизнью и смертью. Эмигранты из унылой пограничной зоны говорили провожавшим последнее «прощай» и, пройдя на таможне последний, особенно тщательный личный досмотр, попадали в нереальную зону блестящих поверхностей и вычищенных до скрипа туалетов. Счастливые будущие эмигранты садились в самолёты, откидывали спинки и расслаблялись, неспеша потягивая бесплатный апельсиновый сок и припрятав на чёрный день жаренный в меду арахис и бумажные стаканчики.

Нет, дорогой незнакомец, это не то же, что сгонять на выходные в Канаду. Я знаю, как ты был взбешен однажды, когда они заставили тебя ждать битые сорок пять минут, а затем ты был вынужден заполнять эту дурацкую декларацию лишь потому, что ты приобрёл какой-то там холодильник в предместье Торонто. Это было действительно неприятно. И ты уже переругался со своей драгоценной второй половинкой, теперь полагая, что она уж не столь драгоценна. И всё из-за этой проклятой канадской бюрократии. Это было просто ужасно! Но хочешь — верь, хочешь — не верь, то, о чём я пишу, гораздо, гораздо хуже.

«Тосковали ли они по родине?» — перебивает меня незнакомец, глядя на меня с озабоченным видом. Как вам сказать? И да и нет. Скрытно, украдкой, невзначай. Не фантазируйте про эмигрантские слёзы, не проецируйте на них ваши мечты о побеге. Сначала их заставили отречься от прошлого, а потом они сами предпочли о нём забыть. Или, скорее, у них не было выбора: нужно все забыть, чтобы выжить. Ты должен уезжать налегке, если хочешь пересечь ту самую границу личного страха. Чем больше воспоминаний, тем тяжелее путь.

Но я беседую сама с собой, и что ещё более странно — никто не обращает на это внимания. На набережных Сены парижские уличные торговцы, словно верховные жрецы в древнегреческих храмах, сидят за чёрными занавесами, раздувающимися при сильном ветре. Здесь не место для эмигрантской торговли. Пожелтевшие открытки с помятыми углами при переменчивой парижской погоде тоже колышутся при любом дуновении. Я не могу удержаться и начинаю перебирать эти старые открытки с их поблёкшими картинками. На обороте открытки с изображением Эйфелевой башни на розовом фоне с летящими по нему облачками я читаю короткое послание, написанное чётким, разборчивым почерком:

«6 октября, 1915 года. Мой нежный друг. Последний месяц я провёл в окопах, в сплошных и нескончаемых страданиях, поддерживаемый лишь доблестью и стойкостью моих боевых товарищей. Моё возвращение в Париж принесло мне странное ощущение нереальности происходящего, так что даже эта ужасная башня радует моё сердце. Надеюсь, что ты пошла на поправку. Искренне твой, маленький Жак».

На эротических открытках, висящих рядом с той, на которой изображена Эйфелева башня, я вижу двух полных брюнеток в неглиже. Одна из них подвязывает чулки, сидя на стуле с ножками в форме кривых львиных лап, а другая — мечтательно покусывает кончик пера, уже полураздетая, но всё ещё пишущая. Открытка чистая, но с наклеенной сзади маркой. Видимо, кто-то передумал. На обороте открытки с портретом датской актрисы

Асты Нильсен[2], поедающей виноград, я нахожу короткую записку на русском:

> «19 апреля, 1917 года. Дорогой Женечка. Ты, вероятно, думаешь о том, как низко она пала, чтобы слать тебе открытки такого рода, но наши поцелуи (неразборчиво) наши поцелуи... как виноград без семечек».

«Мадемуазель, чем это вы тут занимаетесь? — закричал на меня продавец. — Вы думаете, что можно совать свой нос в жизнь других людей, не заплатив? Это просто невежливо — читать чужие письма и не покупать их. Я думал, вы интересуетесь пейзажами. У меня есть отличная коллекция открыток с пейзажами, разве вы не видели объявление? Некоторые из них совсем как новые!»

Я долго извиняюсь, хотя и не чувствую за собой никакой вины, и с показным интересом начинаю рассматривать виды Шварцвальда (ничего особенного, только тёмная чаща да где-то справа слабый намёк на просвет между деревьями, чьи грузные и мощные корни, как паутина, расползаются во все стороны). И только я в своём воображении уже решаюсь свернуть вглубь этого тёмного леса по узкой тропинке, как ненароком левым локтем задеваю стенд с открытками. Я изо всех сил пытаюсь его удержать, при этом исполнив в воздухе какой-то неловкий пируэт, но выходит только хуже. Катастрофа. Старинные открытки с загнутыми углами, синими каракулями на оборотной стороне и великолепными видами со всех концов света разлетаются туда и сюда, отчаянно вертясь в воздухе. «Простите, простите ради Бога, я их обязательно куплю — те, что упали в лужу. Я понимаю, что они теперь безвозвратно испорчены», — бормочу я на английском. Сейчас продавец решит, что, в конце концов, я просто грубая американка или, того хуже, неотёсанная эмигрантка. «От этих людей только одни неприятности!» Я приседаю и пытаюсь собрать упавшие открытки. Это длится целую вечность. А потом я просто сбегаю с места происшествия.

---

[2] Аста Нильсен (1881–1972) — датская актриса немого кино, получившее наибольшее признание в Германии и России в 1910–1920-е годы.

Письма Нины. Осень 1939 года.

21/9

Утро. Мигрень. Готова ли я начать новый день? Экономить на *крок-месье* и давить голодных тараканов? И всё это, чтобы сберечь несколько жалких франков и украдкой размышлять о моём *lingua franca*[3]. Как сделать международный язык? На дешёвом маргарине, моя дорогая, на дешёвом маргарине.

25/9

Дорогой дневник, я совсем не понимаю, зачем я всё это пишу.

Моя жизнь состоит из тягостных и бессмысленных дел, пустых встреч с ненужными людьми, но в нужное время, либо с нужными людьми, но в неподходящем месте, пары друзей и пары любовников. Но мне совершенно не ясно, для чего это всё мне нужно. И есть ли какой-то в этом всём смысл? Так что в следующий раз я просто напишу о погоде. Небо в Париже голубое и серое. Воздух прозрачен. И не так уж холодно для этого времени года.

2/10

Я видела Бориса, стоявшего в одиночестве у газетного киоска и выглядевшего совершенно потерянным. Нахмурив брови, он дышал на свои покрытые пылью очки и потирал свои милые подслеповатые глаза. В тот момент я ощутила с ним невероятную духовную близость, как будто я была той единственной, кто мог бы понять его тревоги и разочарования. Я было уже собралась подойти его поприветствовать, как вдруг остановилась. — Нет, если я действительно понимаю его, мне не следует ловить его врасплох, в момент одиночества.

---

[3] Лингва франка — язык, систематически используемый для коммуникации между людьми, родными языками которых являются другие.

5/10

Дальше следует начало письма. Неизвестно, было оно отправлено или нет.

Дорогой Борис Владимирович.

Сейчас позднее утро. Я сижу в халате и смотрю на печную трубу во дворе и считаю капли дождя на оконном стекле. И я вижу ваше лицо, отраженное в окне чужого дома, и ваши глаза, отраженные в чьих-то чужих глазах.

13/10

Сегодня по дороге к мадам Руссе я видела «Марш героев войны». Слепые и глухие, кто без рук, кто без ног, кто-то из них шёл очень медленно, держась за руки, а кто-то передвигался в детской коляске по Елисейским полям в сторону памятника Неизвестному Солдату возле Триумфальной арки. Представители организации la guelle cassée (изуродованное лицо) шли впереди. Их лица, обезображенные войной, были похожи на страшные трагические маски. Народ наблюдал молча. Двое русских нищих плакали. Большинство продолжало потягивать кофе со сливками и наслаждаться праздничным солнечным утром на террасах кафе Елисейских полей. «Нужно научиться забывать», — сказала мадам Руссе, проглаживая утюгом блузку, которую я для нее вышила в русском стиле. «Первая мировая война была жестокой и свирепой, мы потеряли много симпатичных молодых парней. Но если мы не научимся забывать, то не сможем жить дальше».

5/11

Слушала радио. Польша капитулировала. Сотни людей приветствовали оккупационную армию. Тысячи погибли. Польшу снова разделили — на этот раз между Гитлером и Сталиным.

Заметки для эссе «Изгнание — это двойная жизнь»

Чувствовать себя как дома

Чувствовать себя как дома — это чувствовать себя комфортно, не замечая вещей, не думая о том, как они называются, быть уверенным, что всё на месте, включая тебя самого. Быть дома — это состояние сознания, которое не зависит от конкретного места. Чувство дома тактильно — тут ты не нуждаешься в звуковых и визуальных подтверждениях, ты лишь приходишь в расслабленное состояние среди знакомых чувств и запахов знакомых тебе вещей.

Быть дома

Выражение «быть дома» по-французски звучит как «etre chez soi» (этр шэ суа). Буквально «быть у себя». Это выражение во многих языках не совсем правильно с грамматической точки зрения. Ты точно знаешь, как это сказать, только на своём родном языке. И тебе не нужно это учить. Это грамматическое исключение, которое только доказывает существование правила, это след далёкого праязыка, не ассимилируемого языками современными. *Но ты ли это, когда ты дома?*

Не все дома

Выражение «не все дома» в русском языке означает «быть не совсем в своём уме», «обезуметь», то есть не быть в полном смысле самим собой. В русской культуре область дома не идентична области личного пространства. Какая разница с французским «chez soi» (шэ суа) — у себя»! Дом — это понятие коллективное. Там должны находиться «все», чтобы индивид был полностью «здоров». Интересно, однако, не граничит ли эта область коллективного психического здоровья с областью коллективной паранойи? Я бы не хотела, чтобы все были дома. И меня слегка тошнит от этого сидения дома, даже когда я тоскую по моему настоящему дому.

Граница

С каких это пор граница родной страны стала Великой Китайской стеной и поездка за границу стала сродни путешествию в потусторонний мир? Я помню границу Финляндии, проходящую в сосновом лесу всего в каких-то паре десятков вёрст от Санкт-Петербурга, и сосновые шишки, которые мы собирали, чтобы сделать огородное пугало. Моя подруга однажды тихонько сказала, что финские шишки мельче, чем русские, зато семечки в них вкуснее.

6/11

Сегодня пасмурно. Ветер восточный. Но в целом погода хорошая. У меня болит горло, но кашель сегодня слабый, так что тревожиться не о чем. И я описываю погоду, словно примерная английская школьница. А теперь, как примерная француженка, я расскажу, что я сегодня ела. Я ела бутерброд с маргарином и кусочком сыра и выпила чашку сладкого чая с лимоном. На обед я кушала омлет, сделанный из двух взбитых яиц. «Не разбив яиц, нельзя приготовить омлет»[4]. Я не понимаю эту поговорку. Ведь она по своему смыслу не выходит за рамки чего-то очевидного. И я выпила кофе со сливками. На ужин же я ела борщ со сметаной из русского гастронома. Сметана — любезный подарок Наташкиной мамы мадам Черновой. И я пила чай с лимоном и парой хороших шоколадок. Господи, кого я обманываю?

---

[4] Это выражение приписывается французскому революционеру Максимильяну Робеспьеру.

Глава третья,

в которой я пытаюсь исследовать Нинин дневник, но вместо этого завожу разговор со случайным собеседником

«Какая смешная собака. Должно быть, это чау-чау. И как же её зовут?»

Я сижу в кафе «Бонапарт», разбирая Нинины дневники, письма и записи, но вдруг меня отвлекают от моего занятия — кто-то облизывает мою лодыжку. Конечно, это собака.

«Это не моя, — ответила я, — я не знаю».

Я заметила ироничную ямочку на его щеке и светлые каштановые волосы, слегка тронутые сединой. Ему, должно быть, далеко за тридцать. Да, в любое другое время я бы ему улыбнулась, но не сегодня. Сегодня я не в настроении.

В кафе «Бонапарт» каждый, похоже, готов завоевать весь мир. Здесь всякий мужчина и всякая женщина занимаются несколькими делами одновременно. Официант несёт в обеих руках четыре эспрессо, с десяток раз меняя выражение своего лица. Молодой человек за соседним столиком говорит по телефону и одновременно печатает что-то на ноутбуке, потягивая латте. Красавица с серыми неулыбчивыми глазами читает «Либерасьон»[1], курит и пудрит свои и без того бледные щёки. Лишь я едва справляюсь с одной-единственной задачей. Понятно, что

---

[1] Самая молодая из трёх крупнейших национальных французских газет. Выпускается с 1973 года, пользуется популярностью среди читателей левых политических взглядов.

я не принадлежу к бонапартистам. Даже официант меня игнорирует, показывая всем своим видом, что он презирает клиентов, которые мало пьют, ничего не едят и что-то чирикают на салфетках.

Большевики   Евразийцы   Москва   Будапешт

Нина   Ниночка

Любовники   Кинозвёзды   Париж   Голливуд

«Послушайте, я сам не терплю, когда меня отвлекают, особенно незнакомые люди, — вновь обратился ко мне мужчина слева, тот, который собачник. — Мне просто кажется, что мы уже где-то встречались».

Я не ответила. Мой взгляд остановился на незавершенной диаграмме.

«Я знаю, это звучит банально».

Я всё ещё молчу, но замечаю, что у него трудноопределимый акцент, то ли датский, то ли голландский.

«Вы не были в прошлом месяце на выставке "Новые варвары" в Ист-Виллидже[2]? Мне кажется, вы долго любовались голограммой скифского меча».

«Да, правда очень странная штука?» — отвечаю я, сама себе удивляясь. Я, видимо, говорю громче, как все американцы, поскольку дама с напудренным лицом поднимает на меня глаза с осуждением. Она уже собралась уходить. Американка во мне уже не может остановиться. «Откуда вы?» — спрашиваю я.

Он, в свою очередь, тоже весьма удивлённо: «А вы действительно желаете знать? Я такой же американец, как и вы».

На какое-то время мы прекращаем беседу. На пустом столе рядом со мной лежат брошенные страницы газеты «Либерасьон».

---

2   Район Нью-Йорка, известный своей яркой ночной жизнью.

Они болтаются на ветру, словно случайно залетевшая чайка. Мужчина с ноутбуком говорит всё громче и быстрее. И совершенно непонятно, с кем он в этот момент разговаривает: со своим компьютером, со своим телефоном или с самим собой. У него заканчивается зарядка. Телефон гудит. У него осталось не больше минуты, чтобы спасти свои документы от электронного забвения. Или он уже опоздал? Знак разряженной батареи навязчиво мигает, а экран становится всё темнее и темнее. Скорее, скорее, воткни же его в розетку.

«Так всё же откуда вы?» — снова спрашиваю я с раздражающей навязчивостью.

«Из Нью-Йорка, — говорит он, посмеиваясь, — а вы?»

«Из Нью-Йорка».

«Так мы земляки».

«Можно сказать, что так».

«Причём во многих отношениях».

Официант рад, что я перестала чирикать на салфетке и притворяться, что пью всё ту же чашку кофе со сливками. «Мадемуазель, вам стоит попробовать одно из наших блюд дня. Вы сидите здесь уже битый час и, должно быть, проголодались».

«У меня такое чувство, что мы раньше уже где-то встречались. Возможно, в Будапеште?»

«Нет, я там никогда не была. Как-то я пролетала над Будапештом, но не более того».

«Нет? Разве вы не подруга Андроша и Акоша?»

«Нет, нет. Я так и знала, что вы меня с кем-то путаете».

«А я думал, что вы венгерка».

«Нет, я родом из Ленинграда». Он поймал меня врасплох. И у меня не было времени, чтобы придумать что-нибудь получше.

«О, правда? — говорит он и продолжает на сильно ломаном русском: — Товарищ учительница, я сегодня дежурный. Погода сегодня хорошая. Светит солнце». Теперь я верю, что он из Венгрии. Только друзья из бывшего Восточного блока будут нести такую околесицу, когда хотят познакомиться.

«Вам четыре с плюсом за сильный акцент».

«Ладно, вы слишком строги со мной, товарищ учительница. Скажите мне лучше, почему погода в те дни всегда была солнечной, по крайней мере на уроках русского языка? И даже никогда не наступало переменной облачности. Вы знаете, через какое-то время я перестал верить, что погода может действительно быть хорошей, и что когда-то может светить солнце, и что всё это не только пустая пропаганда».

«Это восточно-европейская черта. Мы не верим словам, сказанным напрямую. "Погода хорошая". Это хорошо, но что ты на самом деле хочешь этим сказать? Это пароль или что-то ещё? Сегодня, к примеру, солнце реально светило, не так ли?»

«Да, это была типичная русская погода».

«Вот вам пожалуйста».

«Я ничего не могу с этим поделать».

«Ну и чем же вы занимаетесь в Париже?»

«Работаю в Международном банке».

«Серьёзно?»

«Почему бы и нет? Это моя летняя работа. Раньше я был неудачником-режиссёром... одним из тех, кто всё ещё хочет снимать длинные чёрно-белые фильмы, в которых ничего не происходит, а люди просто куда-то бредут, беседуют между собой и наблюдают, как жизнь их проходит мимо... с обилием ветра, облаков, теней и луж».

«Никакой погони, динозавров и непристойных предложений?»

«Ну, непристойные предложения всё же возможны, но только в замедленной съемке», — улыбается он.

«И Международный банк за всё это платит?»

«Нет, боюсь, что нет».

Мы уже практически подружились. Мы покидаем кафе и начинаем гулять, или, скорее, он ходит за мной по пятам, как будто ему нечем больше заняться в этот тёплый и ветреный летний вечер.

«Вас когда-нибудь спрашивали, скучаете ли вы по дому?»

«Да, и здесь, и в Нью-Йорке, всё время. Вы ведь тоже терпеть не можете этот вопрос? А что хуже всего, так это то, что его задают прекрасные люди, мои американские друзья».

«И что же вы им отвечаете?»

«Я говорю: "Да, но это не то, что вы думаете", и затем даю всем присутствующим какие-то невнятные объяснения. А что говорите вы?»

«Я говорю: "Нет, но это не то, что вы думаете"».

«Возможно, это одно и то же».

Когда мы оказываемся на пешеходном переходе, вдруг неожиданно загорается красный и откуда ни возьмись перед нами выскакивает светло-зелёное «Рено». Он тут же хватает меня за локоть: «Эй, осторожней!» Автомобиль тормозит в самый последний момент. Водитель делает рукой непотребный жест, что-то кричит и давит по газам. Мы продолжаем нашу прогулку теперь уже в безопасности, по тротуару.

«А чем вы тут в Париже занимаетесь?»

«Я пытаюсь раскрыть убийство пятидесятилетней давности».

«Убитый был ваш родственник или друг семьи?»

«Нет, совсем нет».

«Значит, вы работаете детективом?» — спрашивает он.

«Я учусь в аспирантуре на историческом факультете, и меня увлекло это дело».

«Наверняка вы читали "Шерлока Холмса", когда ещё жили в Советском Союзе».

«Да, он был моим любимым автором после "Трёх мушкетёров" и "Последнего из могикан"».

«Значит, вы курите опиум, играете на скрипке и узнаёте нужную вам информацию о незнакомце по виду его зонтика? Мы же все воспитывались на строго научном подходе, не так ли?»

«О нет. Я историк, я доверяю документам и человеческим ошибкам. Детективом я стала случайно. Я верю в случайные встречи и неожиданные находки. А затем я пытаюсь себе представить, как развивались события в действительности или что могло бы произойти в такой ситуации. Собственно говоря, это всё, что я могу делать».

«Но, безусловно, вы что-то делаете для повышения шансов случайной встречи?»

«Разумеется. Я отправляюсь на место преступления, беседую со свидетелями, но не показываю, что знаю больше, чем знают они. Я позволяю свидетелям вести меня за собой, отклоняться от темы и даже идти окольным путём. Я верю, что мне повезёт, если я не буду искушать судьбу. Факты и люди в итоге сами себя обнаружат и выдадут».

«Я понял. Тут нет никакого научного метода, только фатализм и женская интуиция?»

«Вот видите, вы уже раскрыли свои предрассудки, а значит, мой метод работает. Да, у меня есть свой метод. Это теория объективной случайности».

«Отлично. Я буду играть доктора Ватсона. Доктор Миклош Ватсон, американец родом из Венгрии».

«Приятно познакомиться».

«Я рад, что попал на место преступления».

«Его до вас, возможно, посещали ещё какие-то венгры».

«Хорошо. Я полагаю, это убийство из ревности».

«Не знаю. На месте преступления нашли разбитую граммо-фонную пластинку с русскими романсами, исполняемыми под гитару и рояль».

«Вот видите! Вот видите! Когда же люди разбивают пластинки? Во время любовной ссоры. Они страстно спорят, кричат, кида-ются друг в друга своими самыми ценными предметами, говорят обидные вещи, о которых потом жалеют, а затем мирятся. В этом и есть вся прелесть скандала. Жаль, что они разбили эту пластин-ку. Но ты всегда можешь пойти и купить другую. Я же прав? Вот видите, как я могу быть полезен?»

«Не думаю. Всё, что вы говорили о примирении, звучало очень проницательно, но моя история — не любовный роман. Это эми-грантские дела, сами знаете, как это бывает. Кто-то вернулся домой, предав оставшихся за границей товарищей. Скорее всего, это была часть международного заговора, большой евразийско-боль-шевистской политической интриги. Вы знаете, что в тридцатые годы советские агенты искали в Париже эмигрантов и убеждали их вернуться на родину. Я не знаю, на чьей стороне была Нина, но что-то мне подсказывает, что она тоже играла в эту рисковую игру».

«Это звучит, как плохой русский анекдот».

«Нет, это исторический факт».

«Должен сказать, что я опасаюсь всяких теорий заговора, даже исторических. Они заставляют вас верить, что все в этом мире взаимосвязано. Возможно, это именно то, что случилось с этой несчастной убитой женщиной. Конечно, я лишь размышляю вслух. Ведь я ничего не знаю о вашей истории. И мы только что познакомились, не так ли?»

Мы круто поворачиваем за угол и меняем тему разговора. Теперь мы говорим о том, как хорошо побывать в Париже и что он напоминает нам и Ленинград, и Будапешт. Но при этом вполне иностранный для нас. Он обладает правильным сочетанием знакомого и чужого, не создавая ощущения обременительной близости. Только в Париже вы можете одновременно найти площадь Сталинград и мост Александра Третьего! А ещё там есть кинотеатр «Космос», который пишется через «К». Мы могли бы как-нибудь туда сходить. «Конечно, не прямо сейчас, а как-нибудь в другой раз», — невзначай добавляет Миклош.

Мы доходим до Сены и останавливаемся на минутку на середине моста Пон-Нёф[3]. Мы смотрим вниз на тёмную зеркальную поверхность воды, местами покрытую рябью, которая прямо на наших глазах расщепляет отраженный в воде город. Мы оба, кажется, боимся зайти слишком далеко в прошлое. Мы пытаемся остановить поток нахлынувших воспоминаний при помощи шуток и смеха, чтобы, не дай бог, в них не утонуть. Мы оба умеем посмеяться над собой в трудной или глупой ситуации. Мы не станем гулять допоздна. В нашей встрече присутствует какая-то лёгкая неопределённость. Мы понимаем, что у нас друг перед другом нет никаких обязательств в плане продолжения общения, вообще никаких. А наша следующая встреча если когда-то и состоится, то будет состоять из обсуждений наших отличий. Этот разноцветный мыльный пузырь эмигрантской близости может лопнуть в любой момент, так же быстро, как

---

[3] В переводе — Новый мост. Старейший из сохранившихся мостов Парижа (XVI–XVII вв.).

возник. Миклош вдруг напрягается, как будто он уже куда-то опаздывает. Я роюсь в карманах в поиске билетов на метро. Это негашёные светло-жёлтые бумажки, без чёрной отметки контролёра. «Возьмите, пожалуйста, — предлагает Миклош, — я думаю, нам с вами нужно садиться на одну линию, только в разных направлениях. Ну, пока! Надеюсь, что мы ещё с вами увидимся».

Продолжение дневника Нины

Бессонная ночь, унылый ноябрь

> Я счастлива, и мне стыдно. Не расскажу вам ничего, абсолютно ничего. Я буду держать секрет, словно перебежчик, улизнувший из великой армии Аттилы, правителя гуннов.

12/11

> Ах, тараканы, вы мои единственные благодарные слушатели! Я так устала. Мне нужно набрать больше заказов на переводы, чтобы заплатить за комнату. Борис К. не посмотрел в мою сторону, не поздоровался, не звонил. Я, должно быть, чем-то его обидела. Я знаю, что да. Но что же мне делать?

15/11

> Вчера Борис был на взводе: «Пришло время возвращаться домой, прямо сейчас. Вчера было рано, а завтра — будет поздно[4]. Евразия — не географическое явление. Евразия — не языковое единство. Евразия — это потерянная Атлантида! Мы, евразийцы, коренным образом отличаемся от народов, живущих диаспорами, которые всегда сосуществуют с другими народами, но воспринимаются на любой земле как чужаки, где бы они ни жили. Нам же предопределено судьбой вкусить сладость возвращения».

---

[4] Аллюзия на фразу В. И. Ленина, которую он произнёс во время Октябрьской революции: «Вчера было рано, завтра будет поздно!»

Иногда он меня пугает. Его глаза стекленеют, словно он смотрит сквозь меня. И в них ничего не отражается. Но затем затмение проходит, он слегка вздрагивает, как будто испугался темноты или, наоборот, слишком яркого света. Есть что-то очень обезоруживающее в этой его реакции.

Два незавершенных черновика:
письма к Борису Крестовскому

Дорогой Борис,
Я вспоминаю ваши слова, ваш шёпот, вашу правду...

20/11

Русские эмигранты неистово ринулись в кинопроизводство. Кинематограф — наша вторая родина. Поговаривают, что Юрик Полтавский пишет сценарии для Голливуда (сам он этот слух опровергает). Он, бедняга, постоянно приглашает меня в кино, а когда я отказываюсь, посылает мне свои неоконченные стихи. Андраш Ковач, странный человек, необъяснимым образом очаровывающий всех и каждого, занят написанием «Манифеста людей кино»: «Мы, люди кино, сотканные из света и тени, спроецированы на экране этого мира. Мы тени настоящего, лишенные памяти».

Борис же, наоборот, категорически против. Против чего? Он категорически против «утешения в иллюзиях».

Письмо от Юрия Полтавского-Рижского

Дорогой товарищ кинозвезда,

Ты вся в работе, поэтому мы больше не видимся. И твой маленький кузен теперь пьёт в компании случайных знакомых. Почему ты не хочешь сжалиться надо мной и как-нибудь пойти вместе в кино? Вот пару новых стихов специально для тебя.

Фильм ужасов

То было немое кино.
И ладони твои
Задавали так много вопросов,
Бессовестно и безоглядно.

А пальцы твои в ту ночь
Были так шаловливо болтливы,
Что мы пропустили бесшумный укус великана.

Сгораю от нетерпения увидеть тебя! Ю. П.-Р.

8/12

Дорогой Борис,
простите за вчерашнее. Пишу с утра, совершенно не выспавшись. Я до сих пор не совсем ещё очнулась ото сна, которого у меня, по сути, и так не было. Я чувствую себя совершенно одинокой, несмотря на то что кругом полно народу. Девочка, которая приходит разучивать гаммы на рояле, сделала паузу и теперь насвистывает один запрещённый современный мотивчик. Консьержка, видимо, вышла из комнаты. Сверху опять доносится нескончаемый шум. Это длится уже почти три недели. Я не знаю, кто переезжает, куда и почему, но у меня такое чувство, как будто весь дом ходуном ходит. Ты должен прийти и послушать эту эмигрантскую речь, их ломаный французский, их гортанные говоры, их крики, вздохи и охи, когда они выносят очередной мешок, набитый чьими-то вещами. Если б я только знала, что увижу тебя теперь, это дало бы мне силы жить, даже если сегодня пасмурный день, даже если тебя раздражают и я, и твоя больная печенка, даже если мы, как обычно, начнем пререкаться из-за пропущенных артиклей. Звуки дома, запахи улицы — теперь это всё часть меня самой. Маленькая Наташка Чернова бежит через двор в повязанном на шее красном кашне. Она считает, что так она выглядит очень революционно.

Глава четвёртая,

в которой мы рассматриваем фотографию расположившихся на пляже эмигрантов и получаем всю необходимую информацию о подозреваемых в убийстве

Разыскивая квартиру мадам Черновой в Маре[1], я поворачиваю влево, а затем опять налево, на узкую улочку, где дизайнерские бутики сменяются лавчонками, торгующими старомодной одеждой и подержанными менорами[2]. Мельком взглянув на витрину гастронома Гольдбергов[3], я замечаю куклы-матрёшки, одетые в меховые хасидские шапки. Неужели? Но я очень спешу, и мне некогда на них оглядываться. Именно мадам Чернова опознала тело Нины Белской пятьдесят лет тому назад. Так что она вполне может стать моим лучшим свидетелем. Я набираю код на входной двери мадам Черновой ровно так, как она велела, и поднимаюсь по крутой лестнице вверх. «Дверь не заперта», — кричит она, когда я вхожу в переднюю, заполненную всяким хламом, книгами, памятными вещицами и фотографиями знаменитостей. Они следят за мной своими усталыми, пресыщенными глазами: куря-

---

[1] Модный район, расположенный в IV округе Парижа.

[2] Золотой семирожковый светильник, который изначально находился в Иерусалимском храме.

[3] Девичья фамилия автора.

щие Сартр и де Бовуар[4], угрюмый Достоевский, стареющие балерины, три юноши в форме Второй мировой войны и готовая расплакаться Одри Хепбёрн[5].

«Это русская девушка из Нью-Йорка, о которой я тебе говорила. Старина Лев показал ей дневник. Нет, не та. Нет, она не ищет работу. Нет, нет! Да нет же! Ну же, Никки, ты, право, стал совсем невыносим. Да, я сообщила ей код от двери, и что с того? Дорогой, я поговорю с тобой позже, хорошо? Ты отвлекаешь меня от общения с гостями».

Натали Чернова радушно приветствует меня по-русски. Это миниатюрная дама за шестьдесят с крашеными тёмными бровями и короткой стрижкой в стиле двадцатых годов. Она говорит на том старомодном языке, который я знаю по вычурным постановкам Чехова в провинциальных театрах. Мадам Черновой не терпелось встретиться со мной и поделиться удивительной, если не сказать потрясающей информацией. Её русская речь изобилует французскими словечками.

«Я чрезвычайно рада, что у нас получилось это *рандеву*. Прошу вас, присядемте к чаю, или вы предпочтёте *тизан*? Нижайше благодарю вас за пирожные, не стоило. Ладно, побалуем себя. Это никогда не поздно.

Приятно видеть молодое поколение русских "третьей волны". Все говорят гадости о "третьей волне", о том, что им наплевать на Россию. Что они говорят на этом ужасном советском наречье с множеством американизмов. Ну что за вздор! Будьте добры, возьмите ещё эклер, а то вы совсем худенькая. Вы что, на диете, моя милочка? Надеюсь, что вы не стремитесь походить на тех измождённых существ, которые мелькают в американских рекламных роликах?»

---

[4] Симона де Бовуар (1908–1986) — французская писательница и представительница экзистенциальной философии.

[5] Британская актриса, танцовщица и фотомодель (1929–1993).

«Благодарю вас», — говорю я и хватаю кончиками пальцев ещё один кремовый эклер. Я делаю это с какой-то неуклюжей поспешностью. Так я хочу убедить Натали, что не принадлежу к когорте тех, не заслуживающих её доверия иностранок, непрерывно пекущихся о своей фигуре. Да, в какой-то мере я американизировалась, но не настолько.

«Вы знаете, наши родители называли себя "первой волной" и, безусловно, тяжело переживали изгнание. Но мы, молодое поколение, родились уже за границей и полагали, что старшие чрезмерно выставляют напоказ свою "истинную русскость" и беспрестанно сетуют на то, что никому нет до них никакого дела в этой бездушной стране и так далее, и тому подобное. Мои родители принадлежали к социалистам-революционерам и очень обижались, когда французы называли их белыми. Как понимаете, русское эмигрантское сообщество было крайне поляризовано, были евразийцы с одной стороны, и коммунисты — с другой, а потом уже всё смешалось. Что касается меня, то я выросла на "Манифесте коммунистической партии", он был для меня как Библия. Ах, как я восхищалась той первой строчкой: "Призрак бродит по Европе, призрак коммунизма". Нас воспитывали так, чтоб мы не боялись призраков».

Натали курит медленно, со смаком. «У меня не много пороков, и это, кажется, моя последняя дурная привычка, от которой я не отказалась и по сей день». Она выпускает дым и пристально смотрит мне в лицо. «Послушайте, вы когда-нибудь думали о поездке домой, я имею в виду, назад в Россию, но только погостить, так, на время?»

«Да, но не теперь».

«Ах, милочка, уж мне ли не знать все эти "да, но...". И как вы их переведёте на иностранный язык? Нет, не сумеете, просто не сможете никак.

Мне потребовалось очень много времени, чтобы всё это забыть, и только теперь я начинаю обживаться. Так что время возвращения для меня ещё не пришло. А ведь всего несколько лет назад я могла поехать в Россию только по путёвке через туроператора "Спутник" или, того хуже, "Интурист".

Ах, как ужасны все эти туристические группы! Они не разрешают вам выходить из автобуса и вываливают на вас целую кучу статистических данных: как много человек в России голодало в 1913 году и как хорошо все питаются теперь. И все такое. А когда ты начинаешь смотреть в правое окно, когда тебе говорят смотреть в левое, они делают вам замечание! Они говорят, что Ленинград самый прекрасный город в мире. Ха-ха... Это то, что мне рассказывала моя приятельница. Она ездила в турне вместе с французскими медсёстрами-пенсионерками. Ах, милочка, я ещё не настолько стара. Ладно, довольно, не буду надоедать вам своей болтовнёй. Я знаю, что вы пришли сюда не затем, чтобы слушать мои россказни. Также вы пришли сюда не для того, чтобы что-то рассказать о себе, ведь я права? Вам хочется что-то узнать о Нине. Забавно. Никто ничего не спрашивал о ней все эти годы, кроме старого романтика Льва, упокой Господь его душу. Он случайно познакомился с ней в тридцатые и был в неё мимолётно влюблён. Но он все время во всех влюблялся. В этом была его сущность. Да, я была вынуждена продать ему этот дневник, поверьте, за копейки, только чтобы оплатить свои долги. Это прескверный поступок, но такова жизнь.

Всё это случилось в 1939 году, и какой же это был тяжёлый год! Это был конец моей юности, конец нашего маленького предвоенного мирка. Когда же война закончилась, то большинство моих друзей уже переехали: кто в иную страну, а кто и в иной мир. Пожалуйста, не поймите мои слова превратно. Я любила Нинушу — так моя мама обычно называла её. Она была для меня как старшая сестра. Ах, как я плакала, когда она умерла. А потом, годом позже, умерла и моя мама, и отец погиб на войне. Стала бы я разыскивать того неизвестного немецкого солдата, чья пуля его поразила? И хочу ли я о нём что-то знать? Говорят, кто старое помянет, тому глаз вон. Это было ужасное, чудовищное преступление, но теперь-то что с того? Кого вы ожидаете найти сейчас? Восьмидесятилетнего старика-убийцу с трясущимися руками и мерцательной аритмией? Вы хотите услышать, как его семья в суде будет без конца твердить одни и те же слова: "Нет, он не мог это совершить, он был семьянином и добрым дедушкой. Он так любил кошек". А?»

Здесь Натали делает паузу и смотрит на меня в замешательстве. «Должна сказать, я совсем не любительница кошек».

«Я тоже, — аккуратно вставляю я, — у меня какая-то аллергия на кошек. Собаки — другое дело».

«Ну, моя дорогая, кажется, мы понимаем друг друга с полуслова, как говорится в русской поговорке. Вы знаете, вы мне кого-то напоминаете. Вам кто-то раньше уже говорил такое?»

«Моя мама всегда говорит мне, что я напоминаю её свекровь. Она говорит так, когда сердится на меня».

«Ваша бабушка? Она ещё жива? Как это здорово! Могу поспорить, она никогда не была в Париже, ведь так?»

«Вообще-то была. В турпоездке. Она говорила нам, что Париж перехваливают, а вообще-то это довольно грязный город. Но я полагаю, что "Мона Лиза" ей очень понравилась».

«Правда? Ха, ха, ха... А вы забавная девушка. Вся в свою бабушку. Это, должно быть, семейное. Но позвольте мне теперь показать вам кое-что, пока мы окончательно не ушли от темы. Клянусь вам, что вы не разочаруетесь».

Натали пропадает в глубине квартиры и появляется вновь, держа в руках старую чёрно-белую фотографию, которая поблёкла и пожелтела от времени. Этот было типичное пляжное фото тех лет, какие в семейных альбомах обычно пролистывают, не останавливаясь. Всё, чем они запоминаются, это фасоны купальников да несколько шляпок. Эмигранты, стоящие на мокром песке, ничем не отличались от любых других отдыхающих последних дней лета. Всё тот же забитый народом пляж. Их сияющие, залитые солнцем лица теперь расплылись под воздействием дневного света и времени.

«Вот это и есть Нина. Та, что одета в полосатый купальник». Палец Натали останавливается на нашей старой фотографии на одном из поблёкших, едва различимых лиц. Я подмечаю, что у неё широкий лоб, короткая стрижка, глубоко посаженные глаза с тёмными зрачками. Нет, я фантазирую. На самом деле, я не могу разглядеть её глаз и поймать её взгляд. Не знаю почему, но всё это меня довольно сильно беспокоит.

Я беру фотографию в руки, надеясь хоть на секунду поймать момент той фотосъёмки, случившейся незадолго до ужасного для многих конца, собственным сознанием проникнуть в атмосферу той прибрежной тишины и спокойствия и задержаться там хоть на чуть-чуть, хоть на миг. Я смотрю на снимок очень пристально, как будто стараюсь увеличить его при помощи зрачков своих глаз, просветить его насквозь, зайти за неясные очертания поверхности фотобумаги. Внешность женщины в полосатом купальнике сильно отличается от лица на фотокарточке из полицейского комиссариата. Похожи у них только стрижки. Её лицо было не слишком необычным. Не слишком высокая, но и не слишком низкая, она выглядела как любая другая эмигрантка, прищурившаяся на солнце под лёгким морским ветерком. Если б мы были знакомы, я бы её не узнала.

«Вы знаете, Нина была такой активной, такой жизнелюбкой! Чтобы себя хоть как-то обеспечить, она бралась за любую работу. Она вышивала для богатых француженок блузки в русском стиле, училась евразийскому языкознанию и психологии, писала статьи, посещала эмигрантские *суарэ* (вечеринки), но довольно быстро оттуда сбегала. Она всегда питалась как-то наспех, на бегу. Казалось, она никогда даже не садилась на стул, чтобы поесть. Моя мама обычно кормила её пюре с куриной грудкой, а иногда лишь только одним пюре, присыпанным жареным луком. Нина часто недоедала. Она всегда куда-то спешила, всегда планировала успеть одновременно в два места, а потом вдруг отменяла все свои дела и запиралась одна в своей комнате, занимаясь там Бог весть чем. Один раз я подслушала, как отец говорил моей маме, что Нина становится очень нерусской, делает слишком много всего и ведёт себя слишком рационально. Я не знаю, было ли это так на самом деле. Казалось, что Нина всё время боится куда-то опоздать. На самом деле, она просто боялась упустить свой шанс. Она стремилась прожить одновременно несколько жизней, столько, сколько смогла бы прожить, вот что я об этом думаю. У меня возникла безумная мысль, когда я услышала о её смерти. Я подумала, что, возможно, она просто перебралась в какую-то свою другую жизнь, вернулась назад в Россию, села на пароход в Америку или что-то ещё, только бы начать всё заново».

«В протоколе написано, что вы опознали её тело…»

«О да. Я видела её тело. На её халате, на одеяле и на утренней газете, везде была кровь. Лицо её имело странное выражение — страха и удивления. Как будто она сама не поверила тому, что с ней произошло. Лишь только когда мы предали её тело земле, я поняла, что это была реальность, а не сон. Все мы горько плакали на её поминках, пили и плакали».

Натали затушила сигарету и с минуту сидела молча.

«А вы не думаете, что это мог быть несчастный случай?» — спросила я.

«Категорически нет. В те дни несчастные случаи были не такими уж и случайными. Произошло идеальное убийство. Расчётливое и хладнокровное. Не было никаких следов взлома. Убийца должен был иметь ключ. И я не знаю как, но он определённо знал наш распорядок дня. Видите ли, в десять утра я обычно посещала собрания Центрального комитета троцкистской ячейки № 18 и никогда туда не опаздывала».

«Простите, — перебиваю я, — а сколько всего троцкистских ячеек было в то время в Париже?»

«Всего одиннадцать ячеек, и в каждой был свой собственный Центральный комитет».

«И как же так получилось, что ваша ячейка вдруг стала восемнадцатой?»

«Ой-ой-ой, милочка. Уж не пытаетесь ли вы поймать меня на слове? Вы думаете, что я не помню номер своей ячейки? Мы были хорошими конспираторами, только и всего. А эти цифры, на самом деле, совсем ничего не значили. В следующий раз, пожалуйста, не пытайтесь тут умничать. Я говорю вам важные вещи, и я боюсь сбиться с темы или что-то упустить».

«Простите».

«Итак, я пошла на собрание ТЯ № 18. В это время наша консьержка мадам Готье давала уроки игры на рояле маленькой Констанс. Та без конца барабанила по клавишам, приводя несчастную мадам Готье в полнейшее отчаяние. Однажды она так плохо сыграла "Танец маленьких лебедей" Чайковского, что мадам Готье просто расплакалась. Короче говоря, именно в это время наша дорогая консьержка была занята, расстроена и потеряла бдительность. С самого утра множество народу постоянно ходило вверх и вниз по лестнице, так как на пятом этаже шёл ремонт. Большинство рабочих были мигранты: андалузцы, марокканцы, румыны и русские, носившие вверх и вниз коробки со старыми запыленными книгами, сломанную мебель и сундуки со всяким хламом — табакерками, письмами, курительными трубками и долговыми бумагами. Многие из них не знали французского, и полиция даже не потрудилась их допросить. Поначалу они подозревали одного цыганского парня из Румынии, у которого была кровь на пальцах, но трое свидетелей подтвердили, что он порезал пальцы, разбив китайский фарфоровый чайник. Этот факт был зафиксирован в полицейском протоколе. К тому же кто бы стал убивать Нину ради денег? Ведь у неё их совсем не было».

«Бьюсь об заклад, что вы захотите что-то узнать о Нининых кавалерах. Сперва попробуйте другое пирожное, а уж затем я вам о них расскажу. Пожалуйста, не стесняйтесь и чувствуйте себя как дома. В наши дни они назывались "картошка", пирожное картошка. Ладно. Не думаю, чтобы в Советском Союзе выращивали такую картошку. Да, пожалуйста, угощайтесь... вот вы молодчина!

Взгляните на это фото. Вот они, двое мужчин из Нининой жизни, стоящие по обе стороны от неё. Настолько разные, насколько возможно. Справа — Борис Владимирович Крестовский, глава евразийского кружка. Слева — наш бедный поэт, Юрик Полтавский-Рижский. Ей, наверное, весело было сниматься, заодно поддразнивая бедного Юрия, который был давно не в ладах с Борисом Владимировичем Крестовским.

Я не сказала, по какому случаю был сделан этот снимок? Это было сорокапятилетие Бориса. Евразийский кружок организовал в Жуан-Ле-Пен[6] большую вечеринку. Вы знаете, я слышала, что его

---

[6] Шикарный курортный район в Антибе, с длинными песчаными пляжами и набережной.

собрание сочинений сейчас продается в Москве на уличных развалах, и книги его популярны не меньше, чем кока-кола! Как вы считаете, могут ли они прийти там к власти, ну я имею в виду евразийцев? "Третье тысячелетие ознаменуется великим возрождением, возрождением евразийского могущества". Я помню, как загорались при этих словах усталые глаза Бориса. Для своих учеников он был кумиром, полубогом. Для Нины должно было быть большой честью стоять так близко к нему. Борис терпеть не мог фотографироваться. Он полагал, что каждый снимок что-то отнимает от него, как будто крадёт частичку его души. Но он знал, что должен оставить несколько снимков для увековечения собственной памяти. Понятно, что он не удосужился снять с себя рубашку и шляпу по такому случаю. Насколько я помню, он всегда ходил в шляпе».

Когда я изучаю фотоснимок во второй раз, я замечаю то, что изначально упустила. Борис на ней единственный одет по-городскому, весь в белом. А все остальные вокруг в купальных костюмах. Он явно позирует, но чувствует себя напряженно и даже как-то неловко, как люди на старых дагерротипах[7]. Борис, кажется, пытается прильнуть к Нине, но она отворачивает от него обнажённое плечо. Или всё наоборот? Она бы хотела, чтобы Борис обнял её, а тот тихонечко от неё уворачивается.

«Когда убили Нину, Борис был в отъезде. Он участвовал в Международном конгрессе языковедов-русистов, — продолжает Натали, — это было ещё до того, как Сталин стал интересоваться языкознанием. В тот период Борис подумывал о возвращении и ждал советской визы. Я была удивлена, что он не пришел на похороны Нины».

«Между ними что-то было?»

«И да и нет. Это не то, о чём вы думаете. В первую очередь он был патриотом. Не раз он говорил мне: "Наташенька, ты забываешь русский. Только постарайся не потерять его навсегда. Ведь это твой родной язык". И он трепал меня по плечу. "Я могу позаниматься с тобой".

---

[7] Ранний фотографический процесс, основанный на светочувствительности йодистого серебра. Получаемые с помощью этой технологии снимки-дагерротипы напоминают не современные фотоснимки, а отражение в зеркале.

Однажды он сказал со странной улыбкой: "Моя милая, ты превращаешься в настоящую молодую женщину. Ты этого не стесняйся. Нет ничего дурного в том, чтобы стать женщиной". В тот момент в комнату вошла моя мама. "Только постарайся читать Достоевского в оригинале. Достоевского можно читать только по-русски. Его нельзя перевести на французский, *n'est-ce-pas, madame Chernoff*?" Поговаривали, что Борис не интересовался зрелыми женщинами, а любил только молоденьких студенток. А Нина ещё была в своём роде его ученицей».

«Она участвовала в евразийском движении?»

«Не совсем. Её никогда не принимали в ближний круг. Она немного изучала евразийское языкознание, но потом перешла на тему эмиграции, двуязычия и паранойи. Вы знаете, когда она написала статью "Ода изгнанию", многие эмигранты перестали с ней здороваться. "Эмиграция — это двойная жизнь, а эмигрант — всегда двойной агент" или что-то вроде того. Несколько раз она читала лекции по этой статье. И слушатели их конспектировали. Но оригинал статьи таинственным образом исчез. Тем не менее говорят, что в сносках до сих пор ссылаются на её работу о паранойе. Однажды она мне сказала: "В наше время все думают об истоках, но ведь дело не в прошлом, а в настоящем. Дело в совершенном прошлом, спроецированном в совершенное будущее". Что я на это ответила? Я, должно быть, страстно затараторила об историческом прогрессе и неизбежной победе коммунизма. Вот какой я была в те дни. Нина со мной не спорила, а только улыбалась. Я думаю, что в тот момент это была улыбка пренебрежения или даже сарказма. А возможно, это была просто грустная улыбка, я не знаю. Я распалялась всё больше, больше и больше, и даже кричала на неё. "Тсс", — сказала она. "Мы поговорим об этом позже, я обещаю. Только ничего не говори Борису"».

«А вы сказали?»

«Нет, не думаю. Я умела хранить секреты!»

«Разумеется».

«Честно говоря, Нина имела одну черту, которая мне не нравилась: она во всём сомневалась и задавала слишком много "провокационных вопросов" — как это тогда называлось. Вы должны меня понять. Всё, что мы хотели в те предвоенные дни, это свято во что-то верить и пылко кого-то любить. Мы жили между двух зол, между фашизмом и сталинизмом, окружённые людьми, у которых не было ничего. Мы хотели любить и верить без всяких предварительных условий. Мы были молоды, и мы нуждались в предмете великой и всеобъемлющей веры. Нина же была другой. Она смеялась над вещами, над которыми не смеются. И в эмигрантской среде её не любили. Она была, если можно так выразиться, недостаточно несчастной. А наши люди такое не любят. Ты должен страдать, иначе тебя не считают за человека. Ты "погребён заживо". Наши соотечественники любят повторять всю эту ерунду.

"Есть одна вещь, Наташенька, — однажды сказала мне Нина, — которую тебе не следует делать: стать *la grande amoureuse*, посвятить себя любви". Она любила рассказывать историю о Екатерине Великой, как та в возрасте пятнадцати лет имела любовную интрижку со своим прусским дядей. На нём отлично сидела военная форма, но у него совершенно не было денег. Слегка отсталый умом русский царь в то время показался ей вариантом получше. "Представь, — сказала Нина, — выйди Екатерина замуж по любви, превратилась бы она в счастливую прусскую домохозяйку, вместо того чтобы стать несчастной русской императрицей". Но я полагаю, что в Ниной жизни имела место трагическая история любви, по-другому и быть не могло.

Нина пыталась встречаться с иностранцами, "чтобы практиковаться в языках", но влюблена она была в русского. Я в этом просто убеждена. Нет, он не был поэтом. Вы же заметили, как она обращается с несчастным Юрием Полтавским.

Вот он стоит здесь, справа от Нины, стройный юноша в боксёрских трусах. Поверьте мне, он был первым русским эмигрантом, у которого появились мускулы. Вообще-то он не был ни русским, ни эмигрантом. На самом деле он родился в Париже. Подростком он на короткое время переехал в Санкт-Петербург, где поступил во французский лицей. Он был эмигрантом не по воле судьбы, а по собственному желанию. В Париже он дружил с русскими и считал себя русским. Странно, не правда ли? Он мог бы превратиться в выдающегося французского писателя, участника различных авангардных течений, но почему-то пожелал стать русским. Он говорил по-русски с лёгким иностранным акцентом, но таким очаровательным. А по-французски говорил безупречно.

Он и Нина? Да, у них могла быть детская влюблённость или что-то вроде того. На него накатывали неожиданные приступы ревности. Однажды, когда я шла в свою комнату, я заметила щель в Нининой двери. Я была любопытной девчонкой, так же как и вы, моя милая, только немного помладше. И я поднялась на верхний этаж. Юрий сидел на Нининой кровати с очень грустным выражением лица. Но не плакал. Казалось, что он был не в состоянии плакать. Нина подошла к нему совсем близко, погладила его волосы — у него была красивая чёлка — и поцеловала его в лоб. Он оттолкнул её. Как вы считаете, моя дорогая? Я не думаю, что любовники целуют друг друга в лоб таким вот образом».

«Поцелуй в лоб — это скорее прощальный поцелуй».

«Или поцелуй смерти. Хотя я должна сказать, я нахожу его очень *sensuel* (чувственный). Простите за французское выражение. Как это сказать по-русски? Я не могу подыскать подходящее слово. Бедный Юрий пришёл на похороны Нины подшофе и вскоре ушёл, не попрощавшись. А всего через две недели он тоже умер».

«Была ли его смерть как-то связана с Нининой гибелью?»

«Кто знает? Я не думаю, что его и похоронили-то по-человечески. Я не знаю никого, кто бы видел его тело. Говорят, что его кремировали. Газеты писали, что он играл в русскую рулетку в каком-то баре. Ещё ходили слухи, что его отравил один сумасшедший приятель, член клуба самоубийц. Друг этот, видите ли, никак не желал уходить из жизни в одиночку. Другие же заявляли, что это было настоящее самоубийство. Его гибель ещё более загадочна, чем Нинина. После своей смерти он стал среди эмигрантов легендой. Все считали, что он мог стать нашим Артюром Рембо[8], а мы его не заметили. А теперь его "вновь открыли", но уже в России.

---

[8]   Французский поэт (1854–1891).

Они были друзьями детства и даже дальними родственниками. Все трое: Нина, Юрий и Катя. И почему-то у всех у них была трагическая судьба, у всех троих. Видите ту девушку, сидящую в первом ряду, сразу под Ниной. Это Катя. В реальной жизни она была довольно тоненькой и хрупкой, но тут она вышла живее остальных. Она была Нининой наперсницей. Я даже слегка завидовала их близости. Они собирались и шептались всю ночь, иногда я слышала смех в коридоре. Катя была психологом и обучалась в Институте психоанализа. Бедная Катя, она погибла во время войны. Ее застрелили, когда она пыталась бежать из зоны немецкой оккупации в Швейцарию. К сожалению, мы знаем это наверняка. А ведь и она могла бы стать выдающейся женщиной».

Зазвонил телефон, и Натали побежала брать трубку.

«Никки, дорой, да, я ещё занята. Нет-нет, всё в порядке. Я рассказывала о том празднике у Бориса Крестовского. Помнишь, вы все стояли на берегу в Жуан-Ле-Пен. Был прекрасный солнечный день. Да, ты тогда много пил, но гораздо меньше, чем теперь. Правда, всё в полном порядке. Она очень мила и принесла мне чудесных пирожных. Да, пирожных. Картошку и эклеров. До скорого, Никки».

«Это Николас опять звонил. Он на снимке стоит в третьем ряду, слегка в тени. Он тоже учился у Бориса Крестовского. Но он из тех, кто никогда не доучивается. Он прошёл через все стадии: он был анархистом, коммунистом-сюрреалистом, евразийцем, поборником "русской идеи", опять социалистом, русским патриотом, французским патриотом, атеистом, христианином, дзен-буддистом (очень недолго) и, наконец, пьяницей. Во всём остальном он просто душка. В то время он был водителем такси, а потом стал государственным служащим, чиновником в крупной канцелярии. А вот этот человек, стоящий рядом с ним, — это наш писатель, автор детективных рассказов Вадим Совин, известный также как обладатель колоссальной коллекции почтовых марок с изображениями летательных аппаратов. В особенности он ценил марки с облаками и терпеть не мог звёздное небо. Совин бежал из Франции в первые дни войны и писал под псевдонимом, который сейчас вылетел у меня из головы. Чудак, мизантроп, но вполне себе щёголь. Как жаль, что его лицо вышло таким нечётким.

Идём дальше. Вот евразийцы, преимущественно во втором ряду, а коммунисты всех мастей — в первом. Евразийцы тянутся к Борису Крестовскому, а коммунисты — к Андрашу Ковачу. Ах, милочка, если бы на самом деле всё было так просто. Только взгляните на это фото и скажите мне, кто здесь самый симпатичный мужчина? Ну же? Посмотрите снова».

Я старательно разглядываю мужчин в купальных костюмах. Да, никаких сомнений. Я указываю на снимке мужчину с густой и тёмной шевелюрой. «Он мне кого-то напоминает, и он довольно-таки привлекателен».

«Я знала, что у нас совпадают вкусы! Он был более чем привлекателен, милочка. Андраш Ковач был сногсшибательным мужчиной. Его глаза, смеющиеся и одновременно грустные, всегда светились каким-то огоньком. Должна признаться, что я была в него влюблена. С Ниной он близко знаком не был, так что он точно не имеет никакого отношения к случившемуся. Просто я не могла не рассказать о нём. Мне было тринадцать, когда я прочла его манифест "Мы — кинолюди". Он был авангардным и поэтичным. "Мы отвергаем киноводку буржуазного иллюзионизма" — и так далее, и все звучало так же здорово. Я должна сказать, что он был намного разумней многих моих друзей. Он не был просто рядовым венгерским троцкистом. А таковых было полно, поверьте мне. Правда, первое время он был анархистом, а затем уже вступил в официальную коммунистическую партию. В тридцатые годы он полагал, что самое главное — это противостоять фашизму. Он хотел жить в реальном мире и менять его к лучшему. Так он поменял своё мнение о Советском Союзе. Я предполагаю, что он решил, что Сталин — это меньшее из зол. Откуда мне знать. В свободное время он снимал кино. Я думаю, что он был знаком с Любичем, тем американским режиссёром венгерского происхождения, который снял "Нино́чку". Они могли встречаться в молодости в Берлине или Лем-берге[9], наверное, где-то там».

«Лемберг?»

«Теперь этот город называется Львов. Он стоит на украинской границе. Андраш выглядит здесь таким молодым, да мы все были тогда очень молоды. Нет, между нами ничего не было. Всё было только в моих мечтах. В основном он предпочитал общество мужчин и серьёзных людей. Меня удивляло, что ему нравится Юрий Полтавский-Рижский. Я бы и не подумала, что его пьяная лирика могла импонировать Андрашу. Но каким-то образом он испытывал неподдельную нежность к несчастному юноше. А около Андраша стоят его друзья и последователи: Никки и Лионель».

«Тот американец, с которым Нина провела последнюю ночь своей жизни?»

«Это не имело такого уж большого значения. Вот он. Яркая, сияющая физиономия. Если вглядеться, можно увидеть веснуш-ки. На нём американская спортивная рубашка, которой мы все восхищались. Я не была с ним хорошо знакома. Он тоже всё время вертелся вокруг Андраша, повторяя всё, что Андраш го-ворил за неделю до того: то ворчал на Голливуд, то поддерживал "народную культуру", и так далее, смотря куда ветер дует. Не знаю, что Нина нашла в этом Лионеле. Возможно, лишь то, что он был американцем, то есть полным антиподом наших обиженных жизнью русских мужчин. Его душа и разум не были искалечены всеми этими жизненными и историческими перипетиями. Воз-можно, поэтому он крутился вокруг русских, словно голодная пчела, собирая истории из их жизней. Не знаю, записывал ли он.

Кого мы забыли? О, да, наш господин Качальский с его досто-памятными усами. Он был большим поклонником Бориса Кре-стовского и посвящал ему свои песни. Его новую пластинку нашли тогда в комнате Нины, она была разбита. Ещё он был звездой второго плана в низкобюджетных эмигрантских фильмах. Обыч-но он играл обманутых любовников. Как-то он должен был

---

[9]   Немецкое название города Львова.

ударить своего соперника по голове топором, но Качальского стошнило прямо на площадке — и он так и не смог сыграть эту сцену. По-моему, фильм назывался "Бесы и идиоты". Вы наверняка слышали что-то из песен Качальского. "Я принцесса без единого су, я сбежала с моим милым Джу Су, малазийским бароном..." Подождите, как там дальше... "Целовал твои пальцы на крутом берегу..." Там есть хорошие строчки в конце:

> Прохожий нашёл твоё тело в крови.
> Прохожий сказал: "Принцесса-шлюха, смотри!"
> Бедная детка, всё тело в крови.
> Бедная детка, всё тело в крови.

Что, вы считаете, что таких слов в песне не было? Вы думаете, я их сочиняю? Вы можете их найти на любой пластинке. На последней "бе-е-едной детке" его баритон становится таким густым. "Славный малый, — любил говорить про Качальского Андраш, — но он полностью помешан на сионистском заговоре"».

«Да ну?»

«С возрастом он слегка поуспокоился. Я где-то читала, что он стал популярен в Советском Союзе сразу после войны и что советская молодёжь на вечерах танцевала медленные танцы под его песни. Их до сих пор крутят и здесь, в "Бистро Рюсс", на углу Рю Вьей-дю-Темпл[10]. В последнее время оно почему-то стоит закрытым. Мне кажется, он снимался статистом в массовке фильма "Нино́чка". Но сцену с его участием, видимо, вырезали.

Вы смотрели этот фильм, моя дорогая? Вы будете смеяться, но я даже думала, что этот фильм как-то связан с убийством. "Нино́чка", что за дурацкое название! Он должен называться "Ни́ночка", с ударением на первый слог. "Нино́чка" же звучит совсем по-американски. Только американцы могли придумать настолько неправдоподобную историю. Советская уполномоченная случайно знакомится с французским графом, и они живут долго и счастливо. А что вы скажете об этих закадычных друзьях-

---

[10] Одна из улиц Парижа в районе Маре.

большевиках? Они только и делают, что веселятся, крутят романы с продавщицами сигарет и готовят борщ! Что за вздор!»

«Несколько лет назад я смотрела его по телевизору, — говорю я примирительным тоном, — раскрашенную версию! Говорят, что американской публике не интересно чёрно-белое старьё. Мол, оно выглядит уныло и нужно бы добавить туда красок».

«Раскрашенные большевики! Вы только подумайте! — Натали смеется от души. — Комиссары в светло-зелёных и нежно-розовых пастельных тонах... ха-ха-ха... чудовищно. Ладно, я не могу сказать, что мне жалко Грету Гарбо».

«Я не считаю, что это был такой уж плохой фильм. В нём есть забавные сценки, и потом, тот анекдот про трёх шотландцев, которые встретились и заказали себе кофе без молока... у режиссёра есть хорошее чувство времени».

«Вот именно. Слишком хорошее, чтобы быть похожим на правду, вам не кажется? Слишком много недосказанности. Как такое возможно, чтобы комиссар НКВД послал товарища Нинóчку на Запад во второй раз? Бела Лугоши[11] в роли старшего комиссара, конечно, был бесподобен. Но почему он так поступил, после всех этих амурных дел товарища по партии? И её французский граф тоже подозрителен. Интересно, чьим же Нинóчка была агентом в конце-то концов. Понимаете, о чём я говорю? Это не случайно. *Именно* её отправили во второй раз... Я достаточно долго вращалась в киношных кругах. Кинематографисты, как контрабандисты, ведут торговлю чужими жизнями.

Конечно, может быть, дело во мне. Может, я что-то упустила. Видите ли, милочка, в кино мне обычно с трудом удается уследить за сюжетом. Все происходит так быстро, я не успеваю понять, что случилось и почему. Вот Нина была другой. Она любила кино. Но, с другой стороны, когда я спрашивала её, что случилось в определённый момент какого-то фильма, она рассказывала мне всю историю целиком и расписывала сцену в ярких красках, как тревожно лязгнули поршни того паровоза и как волновались

---

[11] Венгерский, германский и американский актёр театра, кино, телевидения и радио (1882–1956).

едущие в далёкий путь пассажиры. Но потом, когда я сама смотрю этот фильм, то окажется, что он имеет очень мало общего с тем, что рассказывала Нина. А когда я намекну ей об этом, она лишь улыбнётся: "Может быть, и не всегда нужно верить своим глазам".

Вы позволяете мне слишком долго болтать! После стольких лет молчания. Теперь я просто старая балаболка, а вы что-то чересчур уж любопытная лиса. Я не совсем поняла, что именно вы хотите узнать. Но вы что-то замышляете, я знаю точно, что это так. Не повод ли это выпить? Вы же настоящая русская, не так ли? Так выпьем по рюмочке. Не киноводки, а настоящей. Я предпочитаю "Абсолют". Он гораздо чище "Столичной". Вы же не откажетесь?»

Я знаю, что у меня нет выбора. Я тоже выпью «Абсолюта». По русскому обычаю мы выпиваем залпом. Мы резко выдыхаем с наигранным чувством горького удовлетворения. Я чувствую тепло изнутри.

«К чёрту это всё, — шепчет Натали, — вы знаете, что я на самом думаю? Лионель был там вообще ни при чём. В ту ночь, которую они провели вместе, как бы это сказать? Я наверху ничего особенного не слышала. Шаги по комнате, стукнули чайником о плиту, вот и всё. Они вели себя тихо. Конечно, я не прислушивалась. Ведь сама я мечтала встретиться с Андре на следующий день, но он так не пришёл на наше свидание. Так что я специально не подслушивала. Но какие-то вещи ты слышишь непроизвольно. Вот так-то.

Если, милочка, вы полагаете, что это было преступление на почве ревности, то я сильно в этом сомневаюсь. Всё это было прикрытие, понимаете, просто прикрытие. 1939 год не был годом преступлений на почве ревности. И для нас, русских, любовная история обычно всего лишь предлог для чего-то другого, причем обязательно метафизических пропорций и мирового исторического значения. Ха-ха. Нина любила пошутить со мной, но она всегда была совершенно серьёзна. В отличие от нас всех ей в этой игре было что терять. Она была со всеми каким-то образом связана: и с евразийцами, и с марксистами всех мастей, и просоветскими, и антисоветскими. Она могла быть своего рода связующим звеном, частью какого-то заговора, только я не совсем уверена, на чьей стороне она была. Поверьте мне на слово, держитесь подальше от этих евразийцев! Это их рук дело... тсс... не говори, что это сказала я. Сейчас они так же опасны, как и тогда. Они полагают, что это их последний шанс на достижение мирового господства. И не шутите с этими людьми, милая девушка. Если вы перейдёте им дорогу, они ни перед чем не остановятся.

Ну, довольно, милочка. Уже семь тридцать? О боже! Я боюсь, что теперь мне пора уходить. На свидание. Вам, наверно, трудно поверить, но у меня свидание. Не истолкуйте всё это превратно. Вы мне нравитесь. В самом деле так. Похоже, что вы чудная девушка. И я не испытываю к вам какой-то предубеждённости. В конце концов, мы все эмигранты. Какая разница — третьей волны или четвёртой, пускай другие разделяют нас по группам. Для нас это не имеет никакого значения, пока не грянет буря. Вы согласны?»

Мадам Чернова начала ходить взад и вперёд между кухней и гостиной, примеряя различные сатиновые блузки и экзотические ожерелья, пока не нашла то, чего искала. Я же ходила за ней следом по квартире. Наконец она вышла из спальни, накрашенная, с серебристыми тенями, подрумяненными щеками и густым запахом духов «J'osai»[12]. В руках она держала сумочку из крокодиловой кожи. Выглядела она элегантно, словно постаревшая актриса.

«Мне пора. *Au revoir*. Подумайте о роли мужчин в Нининой судьбе. "Надеюсь, вам понравится ночная жизнь в Париже, — прошептала она, — в Париже особый свет". Могу поспорить, вы такого не найдёте в Нью-Йорке».

Кто есть кто в Нининой жизни

Борис Владимирович Крестовский. Харизматичный вождь евразийского кружка, Нинин наставник, а может, и что-то большее.

---

[12] Известная марка французских духов. Название переводится как «Я решилась».

Юрий (Юрик) Полтавский-Рижский. Дальний родственник Нины, поэт, известный как «русский Рембо», иногда выпивает. Политические симпатии не ясны. Умер при загадочных обстоятельствах или эмигрировал в Советский Союз или куда-то ещё. Кажется, был влюблён в Нину, возможно, её ревновал.

Андраш Ковач (также известный как Андре или Андрей). Харизматичный коммунист неясных убеждений, имеет связи и друзей по обе стороны границы, обожает кино, пишет сценарии и манифесты. Отношения с Ниной: отсутствуют.

Лионель Джонсон. Американец, мечтает стать писателем, экспатриант, возможно, богаче всех остальных. Пытается писать сценарии к фильмам и любит всё русское. Явный последователь Андраша. Отношения с Ниной: роман?

Николай (Никки) Котофф. Ученик Андраша, изменчивых политических взглядов, от троцкизма до дзен-буддизма. В то время на стороне Андраша. Отношения с Ниной: отсутствуют.

Валентин Качальский. Исполнитель романсов, страстный евразиец, поклонник теорий заговора, ярый приверженец Бориса Крестовского. Автор песни «Принцесса без гроша». Отношения с Ниной: отсутствуют.

Катя Корф. Нинина лучшая подруга и наперсница. Играла с Ниной и Юрием в детскую игру под названием «Тайное общество Судеб». Жила в Швейцарии, училась на психоаналитика, погибла во время войны. Относилась скептически и к коммунистам, и к евразийцам.

Вадим Совин. Автор детективов, филателист, работал под псевдонимами. Отношения с Ниной: отсутствуют. Не проявлял интереса ни к евразийству, ни к коммунистам. Имел страсть к летательным аппаратам.

Из моей картотеки: Евразийское движение

Евразийство — это идейно-мировоззренческое и общественно-политическое движение, основанное белыми эмигрантами из России в Праге, Белграде, Париже, Софии и Берлине в 1920-е годы и возродившееся в постсоветской России в 1990-е. Развивало идеи, зародившиеся в начале XX века, об уникальной российской идентичности, обусловленной её географическим положением между Европой и Азией. К евразийскому движению относились историки Шахматов и Вернадский, музыкальный критик Сувчинский, экономист и географ Савицкий, Эфрон, муж Марины Цветаевой, и выдающийся лингвист Трубецкой.

Евразийское государство

Проявляя глубокий интерес к эпохе Средних веков, особенно к истории Византийской империи, евразийцы сформировали идеал сильного государства, но не в форме монархии или демократии, а в виде идеократии. Это квазирелигиозное государство, возрождающее «право правды», а не право закона. Некоторые евразийцы пришли к мысли, что сталинский Советский Союз периода конца тридцатых годов приблизился к искомому идеалу. В то же время его западные соседи должны со страхом и почтением относиться к евразийской загадочности и мировому влиянию.

Евразийское самосознание

«Евразия» должна пониматься не просто как географические пространство, но и как «самодостаточный духовный материк», на котором независимо от романо-германских и англо-саксонских народов Запада бок о бок мирно проживают славянские, монгольские и иранские народы. С этой точки зрения евразийское единство сформировано не путём насильственной колонизации, а посредством естественных связей. Евразийцы убеждены, что такие исторические события, как «монгольское нашествие», «покорение Сибири», «завоевание стран Средней Азии и Кавказа», «объединение Украины с Россией», так же как «раздел Польши и присоединение Финляндии», являются навязанными Западом понятиями, которые искажают суть мирной природы евразийского сосуществования. Все эти народы на самом деле являются младшими братьями России в большой евразийской семье. Чингисхан был евразийским героем в период раннего Средневековья. Начиная с Нового времени русскому народу предопределена миссия вождя других народов Евразии.

Евразийская личность

Евразийцы верили в существование синтетического «евразийского человека», который по своей натуре не «эгоцентрик» и не «индивидуалист». Его сущность в «симфоническом и хоровом» начале. Они отвергали «частную собственность» и капиталистическую экономику как носители чуждых для Евразии романо-германских идеалов и методов.

История евразийства 1920–1990-х годов

В конце двадцатых годов в евразийском движении произошёл крупный раскол на тех, кто признавал Советский Союз и ратовал за создание новой политической партии, и тех, для кого евразийство оставалось научным и идейным направлением. Большинство евразийцев становилось все более просоветским и просталинским. Сторонники сближения с Советами надеялись, что Евразийская партия постепенно заменит в Советском Союзе большевиков, а их национальные и имперские ценности придут на смену марксистской идеологии. Некоторые члены евразийского движения, симпатизирующие Советской России, тайно посещали Союз и были завербованы КГБ. Этот процесс получил название «большевистско-евразийским сближением». Новые архивные документы, открытые после 1991 года, доказывают, что многие евразийцы, такие как, например, Сергей Эфрон, который был завербован КГБ и вернулся в Советский Союз в конце 1930-х, были по возвращении арестованы или расстреляны. Но репрессии не сломили участников этого движения. Даже в сталинских лагерях евразийцы вели агитацию среди заключенных и нашли в их кругу много сочувствующих. Один из самых выдающихся евразийцев, который обеспечивал связь между эмигрантами и советской интеллигенцией, был сын Анны Ахматовой Лев Гумилёв. В 1970-е годы он разработал теорию «суперэтноса» («коренных» евразийцев), сформированного под влиянием местного ландшафта и почвы и противопоставляемого «этносам-паразитам» (некоренным евразийцам, «безродным космополитам», евреям и прочим).

С возрождением интереса к евразийству в 1990-е годы эти идеи вновь стали заметными. Книги Гумилёва, как и все труды по истории евразийства, завоевали в постсоветскую эпоху стойкую популярность. Евразийские идеи перестали считаться маргинальными и нормализовались. Новое умеренное евразийство не противится экономическим реформам и развитию отношений с западными странами при условии возрождения сильного русского государства, которое постепенно вернёт свои позиции на международной арене в качестве евразийской сфердержавы.

Продолжение дневника Нины

12/9

Паранойя в эмигрантской среде растёт день ото дня. После того, как наш соотечественник Горгулов убил французского президента, и без того шаткие отношения между нами и французской полицией стали взрывоопасными. Но главная проблема — в нас самих. Мы подозреваем друг друга во всём, что угодно, как будто мы так и живём в рамках наших старых границ. Внутри нас самих мы строим замкнутый мир эмигрантского страха. Иногда он кажется нам довольно уютным, этот закрытый мирок. Все без исключения, пожалуй кроме меня, вступают в какой-нибудь кружок. Люди, официально принадлежащие к одному кружку, тайком участвуют в другом. Всякий живёт в погоне за идеями и идеалами. Только я одна продолжаю учиться. Глупая, я подхожу ко всему так педантично. «Нина, это всё, должно быть, твой прусский дядя».

«Кто куда возвращается? Кто уезжает назад на "родину", и кто остаётся "на чужбине"? Работает ли М. Д. на НКВД? А князь В., он новоиспечённый евразиец или член движения младороссов? Я слышала, что он возвращается в Берлин на

поиски своей арийской крови. Это, дамы и господа, действительно печальный поворот событий. Откуда мы пришли и куда мы идём? Наша молодёжь переходит в младороссы, а младороссы не что иное, как старые черносотенцы. Фашизм, если угодно, является русским изобретением».
«Русский фашизм? Не вешайте ярлыки, сэр». Хмурый человек в углу говорит страстно, но не повышая голоса: «Есть некоторая разница между "фашистом" и "патриотом"».
А ведь все они интеллигентные люди. Что же с ними случилось?
Борис сказал мне, что ходит на свои лекции с пистолетом. «Но, Борис Владимирович, кто посмеет...» — «Никогда не знаешь, Ниночка».

16/11

На творческом вечере Юрика Полтавского в кафе «Де Лила», идут пересуды, что, мол, он «продался» и работает на Голливуд. Другой слух, что он работает на советские киностудии. Юрик прочитал своё новое стихотворение в своей обычной спокойной манере.

Лето в Териоках

На солнышке, на ласковом, игривом
Моя дрожащая пропала тень.
В моей душе — заряд ружейный —
Взорвался на поляне в летний день.

И пули из моей главы,
И вермут из моей крови
Бесследно смыло наводненье —
Балтийской мороси слепое наважденье.

Слушатели разделились на небольшие группы. Критики (а все наши приятели-эмигранты мнили себя знатоками поэзии) так и не смогли ни на чём сойтись. Это стихотворение о возвращении или о невозвращении в Россию? Кто в кого стреляет? Это о поэте, которого убивают по возвращении в Советский Союз, или о поэте, совершающем самоубийство вдали от Родины? Это об изгнании. Жизнь в изгнании смерти подобна. Или этот поэт своего рода двойной агент? Что вы имеете в виду, ваше высочество? Почему стихотворение начинается солнцем, а заканчивается дождём? Предвидит ли поэт катастрофу в будущем? «Дождь смывает немощь» — смотрите, это же почти в рифму. Балтийский дождь — это целительная влага, лишь пока он слегка моросит, а не хлещет, как из ведра.

«Нет, — возражает критик Райский, — вы не понимаете. В поэзии — музыка превыше всего. Мы не должны пренебрегать духом музыки. Дамы и господа, наши соотечественники (или бывшие соотечественники) в Советском Союзе, консервативные советские писатели-приспособленцы, предали именно его — дух музыки. Мы же сохранили нашу духовную обитель, хотя и утратили родину».

Пауза, минута тихого размышления. Кто-то говорит: «Спасибо вам, Георгий Францевич. Вы помогли мне понять причину, по которой я никогда не вернусь». В разговор встревает Борис: «Но ведь это и есть наша цель — вернуть дух музыки назад, домой?»

Вот вам и «игривое солнышко». Юрик в дискуссии не участвовал. Он забрался в угол и надулся, вытащил револьвер — тот самый, из стихотворения, — и принялся за бесплатный вермут. Милый скуксившийся друг, когда-нибудь ты меня простишь? Я надеюсь, ты никогда не узнаешь...

20/10

Мама приехала погостить ко мне в Париж. Был чудесный тёплый денёк, чуть облачный, мы пошли прогуляться в Пасси. Мы хотели купить батончик «Меньё» в автомате. Мама еще таких автоматов не видела. Но мы только потеряли деньги и ничего не получили. Старик-француз ухмыльнулся: «Он ещё со времён революции не работает». Мама отметила, что этими словами всё сказано о жизни в изгнании. А по-моему, о сломанном автомате по продаже шоколадок, и только. Мы поболтали о том о сём, но, по сути, нам нечего сказать друг другу. Она рассказывала мне о Белграде и настаивала на том, чтобы я уехала из Парижа по довольно нелепой причине: «Моя хорошая, жить в славянской стране — это совсем другое дело, совсем другое дело». Но, мама, я люблю Париж. Я люблю Париж, вопреки всему. Я спорила об этом с Борисом. В этот раз он был добр и даже разговаривал не так резко. Он сказал, что желает мне добра и хочет помочь. «Ты всего лишь наивная космополитка, Нинуша, *наивная космополитка*. Ты не должна называть Францию своей приёмной родиной. Это как роман с иностранцем. Увлекательно поначалу, но обычно плохо заканчивается...»

Без даты

Внезапный страх. Я пробежала через весь двор. Консьержки на месте не оказалось. Клянусь, я видела тень, а может, мне это показалось из-за жары. Слишком много кофе и слишком сильная жара влияют на моё сознание. Я стучу в дверь маленькой Натали. Она не открывает. Она, наверно, сейчас сидит на собрании своей троцкистской ячейки или замкнулась в своём собственном мирке. Наверное, это и к лучшему. У меня вспотели ладони, сердце бьётся всё чаще, а дыхание перехватывает. Я просто бегу вперёд, без оглядки на ту длинную тень.

21/10

Оправдан ли мой страх? Чего я боюсь? Немцев, большевиков, евразийцев? Или заговора всех вышеперечисленных? Или изолированного существования в эмиграции? Или самой себя? Или Бориса? Или Х? Андраша и его кинолюдей? Парижской уличной преступности? «Уровень насильственных преступлений сильно вырос за последние годы. Количество инцидентов удвоилось», — писали сегодня в газете. Я не понимаю, это я воспринимаю внешний мир через призму своей расстроенной психики или наоборот? Я не знаю, что это, но что-то совершенно иррациональное. Возможно, оно в нашей крови, хронический вирус изгнанников, симптомы паранойи.

25/10

Ранние заморозки. Можно «увидеть» своё дыхание. Пар изо рта сначала зависает в воздухе, а потом рассеивается. Можно подышать на стекло и потом написать на нём матерные слова. Воздух сырой и холодный. В такую погоду люди боятся простудиться или заразиться гриппом. Мне кажется, что революция произошла в один из самых будничных дней, такой, например, как сегодня. Мама, похоже, больше переживала из-за гриппа. Она так боялась, что я застужу горло, что не отпускала меня из дома без теплого шарфа. Как я могу винить её в том, что я не успела застать великих исторических событий? Я родилась то ли слишком рано, то ли слишком поздно. Или я просто пропустила эти события, то ли лёжа в кровати с насморком, то ли играя с ребятами на даче. Нет-нет, я ни о чём не жалею. Если я когда-нибудь стану свидетельницей исторических событий, я буду лишь невольной свидетельницей, сторонним наблюдателем, сторонним, но не невинным.

24/8

Я ходила гулять с Галиной в Булонский лес[13]. Мы бродили по той самой чудесной лужайке среди счастливых парижан, завтракающих на траве — *dejeuner sur l'herbe*, только, разумеется, все были одеты. Они держали свои багеты с охлаждённым *paté de la campagne* с очень благородным видом. Даже во время пикника на природе все соблюдают безупречный этикет.

Итак, когда мы с Галиной гуляли без всяких багетов и паштетов по краю аккуратно постриженного газона, я наступила на какую-то острую траву и порезалась до крови. «Это осока, — сказала Галина, — не надо ходить по осоке. Не сходи с газона, а то изрежешь все ноги в кровь».
«Осока» — я не слышала этого слова уже много лет. О-со-ка — хитрый кузнечик, ускользающий от моего сачка, боль узнавания чего-то давно знакомого, солнечный свет с дымкой из детства, мои слёзы. Осока — высокая русская трава с опасными краями. На французском, на котором я говорю сейчас почти как на родном (я все-таки лингвист), я не знаю, как будет осока. На иностранных языках мы не знаем названий растений и птиц, жаргонных слов и выра-

---

13 Городской парк в Париже.

жений нежности. Нам не хватает родства с окружающими предметами и явлениями. Зато мы выражаемся точнее, не правда ли? Ведь это всего лишь трава, обычная трава.

«Ой, — сказала Галина, — ...тоска по родине».

Но она ошиблась, поторопилась с выводами. Я просто вспомнила осоку моего детства, высокую траву, растущую в прохладном курортном городке на берегу Балтийского моря, где дни летом длились долго и часто бывало облачно. Осока была местным растением, она не имела ни эстетической, ни лекарственной ценности (она могла поранить, но никогда не залечивала раны). Её не изображают на эмблемах, значках и флагах и не считают национальным символом, как, например, берёзу. Осока не растет в природе, сотворенной националистической мифологией. Здесь, в Булонском лесу, эта трава такая же, как и наша. Не хватает только ветра с залива.

Глава пятая,

в которой мы отправляемся назад в Нинино детство и играем в прятки в Летнем саду

«Тсс... тсс... девочка спит. Тсс... У неё такой чуткий сон, она боится нежданных гостей... и посторонних...»

«Мадам, грядёт революция, а вы боитесь разбудить ребёнка», — вскричал студент-радикал Пётр Одинцов.

«Петя, угощайся пирогом с капустой. Ты, должно быть, очень проголодался. Тсс...»

Такой диалог произошел, скорее всего, в 1905 году в родительском доме Нины, когда ей было около года. Безусловно, она его не запомнила. И он её не разбудил. Она только училась ходить, когда произошло Кровавое воскресенье 1905 года. Несколько лет спустя её мать вспоминала, как сильно Нина плакала, когда разбила коленку, упав на свежеуложенный петербуржский асфальт. Она натягивала одеяло на голову, стараясь таким образом спрятаться в тёплом и тёмном месте. Она свернулась калачиком на кровати, обернув простынёй разбитую коленку и укачивая её, как куклу, чтобы та не так сильно болела.

По правде говоря, я знаю о Нинином детстве очень немного. Ведь она воспоминаниями о детстве особо не делилась. Там был, наверное, вкус мятных таблеток, которые мама давала ей от простуды, запах балтийского ветра, колкость осоки, боль первой обиды и случайные книжные иллюстрации, представляющие индейцев в забавных уборах, от которых у Нины разыгрывалось воображение. Это не было абсолютно счастливое и беззаботное детство, но и несчастным его тоже назвать нельзя. Его можно было бы и вовсе забыть, если бы оно навсегда не осталось связанным с безвозвратной потерей родины. В нём мало того, за что могла бы уцепиться память, кроме нескольких памятных жестов, разных примет времени, семейных историй, в которых сплелись войны, революции, детские игры, денежные затруднения и эротические приключения.

Она не вспоминала ни о своей любимой игрушке (возможно, белом мишке в матроске), ни о любви к вишнёвому варенью с косточками, которое готовила её двоюродная бабушка, ни о своём обонятельном подходе к книгам (в детстве она их нюхала и читала только те, которые приятно пахли, — «Маленький лорд Фаунтлерой»[1] и «Ключи от счастья», издание для детей). Нина не рассказывала нам, как ей втайне нравилось болеть ларингитом (так, что порой она его симулировала). Можно было не ходить в школу, пить много травяного чая, который специально приобретался в новой гомеопатической аптеке на Невском, класть горячую соль в чулки и читать «Трёх мушкетёров». Благодаря простудам у нее развилось самосознание, болезненное самосознание из небольшой температуры, насморка и боли в горле. Я так и вижу перед собой тоненькую девочку лет одиннадцати с прозрачными серыми глазами и родинкой на щеке, с нелепым малиновым шарфом, обвязанным вокруг шеи, почти без голоса. На снимке в полицейском комиссариате она выглядит немного полной и бледной со слегка смазанной помадой на улыбающихся губах. Это была очень робкая улыбка, хотя Нина никогда не была одной из тех смешливых и беззаботных девочек в милых белых фартучках, которые становятся любимицами стареющих гувернанток. Она никогда не была «кровь с молоком» здоровой сельской закваски. Она не краснела без повода и была довольно замкнута.

Во время летних каникул она любила прятаться в высоких зарослях осоки, травы с острыми краями, о которые можно по-

---

[1] Первый детский роман англо-американской писательницы и драматурга Фрэнсис Ходжсон Бёрнетт (1886).

резаться, как о страницы из свеженапечатанной книги. Её швейцарская гувернантка, мадемуазель де Рюбампре... Я не могу вспомнить, была ли у Нины швейцарская гувернантка? Возможно, её родители не могли себе такого позволить и взамен попросили какую-нибудь незамужнюю родственницу, к примеру тётю Галю или кузину Полину, присмотреть за девочкой? Не знаю точно. Тётя Галя, дама с безупречными манерами, кричала визгливым голосом: «Нина, даже не думай валяться в траве, это занятие не для девочек». Кузина Полина, также дама незамужняя, но всё ещё сочная, смуглая миниатюрная женщина лет сорока, про которую поговаривали, что она имела бурную молодость, говорила глубоким сердечным шёпотом: «Нино́чка, милая, берегись осоки... она оставляет ужасные шрамы, которые никогда не проходят». Разумеется, тётя Галя и кузина Полина терпеть не могли друг друга! В саду у забора рос гибкий куст сирени, у которого Нина узнала всё о любви. Старшая сестра Нины научила её, что если цветок сирени имеет пять лепестков, вместо обычных четырёх, то нужно его немедленно съесть, чтобы он принёс счастье в сердечных делах. Юная Нина поглощала десятки цветков в день в надежде, что кузен Саша, бледный белокурый юноша с пухлыми губами, обратит на неё внимание. На том прибрежном курорте теперь уже не осталось просторных помещичьих угодий. Вместо них строился капитализм. Семья Белских только что сняла дачу на берегу Финского залива в многолюдном курортном городке, населённом в основном теми представителями среднего класса, что победнее. Городок был известен убогим трактиром, безудержным пьянством и прекрасными грибными местами. Нинино детство пахло по-городскому. Как и все, она глазела на первые автомобили на Невском, строила на детских площадках замки из песка и сидела верхом на каменных львах, которые украшают парадные входы жёлто-белых ампирных зданий. Возможно, где-то на чердаке в Белграде лежит фотография девочки в меховой шапке с малиновым шарфом верхом на величавом петербургском льве.

Какое было её любимое место для прогулок? Конечно, Летний сад. Там она играла со своим дальним родственником Юриком

Полтавским-Рижским, который был на год или на два её младше. Нина любила играть в прятки около статуй, стоящих в саду. Однажды Нина так хорошо спряталась за статуей «Юность», представлявшей собой обаятельного мраморного юношу с лирой[2] и фиговым листом, мечтательно глядящего в неизбежные петербургские облака, что никто так и не смог её найти. А она всё сидела и сидела за этой статуей, не зная, что другие дети уже перестали её искать. Они бросили игру и уже собрались расходиться по домам. Они оставили её с её победой. Она играла так хорошо, что о ней забыли. Там, среди жёлтой осенней листвы, за обнажённой спиной Вечной Юности, на неё нахлынуло чувство глубокой печали и одиночества.

После этого случая Нина стала ненавидеть прятки, игру, в которой дети должны спрятаться так, чтобы их потом нашли. Это было слишком просто. Она пыталась организовать тайное общество из своих двоюродных сестёр. Они закапывали в дальнем углу сада за Лебединым прудом кусочки фольги и цветного стекла, обёртки от французских конфет и старые значки. Дети редко скрывают свои секретные игры. Ведь секреты нужны, чтобы ими делиться, конечно, с немногими избранными. Секреты скрепляют детскую дружбу.

Почему же Нинины родители покинули Россию? Её отец был близок к кадетам и на короткое время вступил в Белую армию. Её мать, которая всегда была строго аполитична, в 1917 году стала романтической монархисткой и считала красных «просто пошлыми». Я оставляю психобиографическую задачу для будущих исследователей. Они смогут обнаружить мнимые воспоминания: фигуру отца, в спешке скидывающего с себя одежду за кружевной занавеской хозяйской спальни (он был очаровательный, слегка лысеющий и в чём-то недалёкий весельчак), орлиный профиль его эпизодической любовницы Муси, чернявой и пылкой дочери портного на десять лет младше его, которая вовлекала Нину в разнообразные, но безобидные эротические игры.

---

[2] Тут присутствует небольшой художественный вымысел автора. В реальности статуя «Юность» — это девушка.

Материнские слёзы привели к разрыву с Мусей. Мама, Анна Владимировна, делилась с Ниной любовью к музыке, слезами и сплетнями. Откровенно говоря, мать всегда мечтала о сыне, которого смогла бы одеть в прелестный матросский костюмчик. Нет, она больше никогда не посетит того злосчастного портного. Она надеялась оставить его без работы. В конечном счете дочь портного уехала в Америку, а мама с папой помирились и жили счастливо до конца своих дней. Да, они страдали от головных болей и изжоги, но в остальном были относительно здоровыми и вполне нормальными, то есть в меру нервными, слегка истеричными, мало пьющими и любящими родителями. Единственное, к чему они не были готовы, было изгнание.

Как и многие другие, они не предполагали, что их отъезд будет окончательным и бесповоротным и что они никогда не смогут вернуться назад. В 1919 году никто не сказал четырнадцатилетней Нине, что они эмигрируют. Они обещали ей просто долгое путешествие. «Ох, как здорово! Как долго продлится наше путешествие?» — «Этого мы не знаем. У нас ещё нет обратных билетов. Сейчас разгар сезона, билеты очень трудно достать». Сперва она думала, что эта поездка может стать большим летним приключением, намного более увлекательным, чем игра в шашки с кузиной Полиной на этой глупой даче. Наконец-то она отомстит своему тощему кузену Саше, который недавно объявил себя «красным, как кровь» и в основном проводил время с не менее красной и часто краснеющей высокой латышкой в бежевом готовом платье. Той весной она училась стрелять.

Так что для юной Нины переход границы мог стать частью какой-то игры. Она эмигрировала ещё до того, как узнала само слово «эмиграция». Оно осознала это значительно позже, когда ей стала понятна необратимость случившегося. Каникулы превратились в фугу — «путь в один конец». Граница Советского Союза стала стеной, которая разделила миры. Теперь даже трудно представить, что лето она проводила почти на границе, всего в каких-то пяти километрах от Финляндии. Она любила играть там в сосновом лесу с темными, вылезающими из-под земли корнями. С тех пор много крови пролилось в том сосновом лесу. Советско-финская граница уже не была площадкой для детских игр.

В Париже Нина училась, писала статьи, вышивала сорочки, давала уроки и вступала в запутанные отношения с мужчинами. Ей стоило быть с ними намного осмотрительней, но случилось то, что случилось. Двое её мужчин носили при себе оружие: Борис Крестовский и Юрик Полтавский-Рижский. По каким-то причинам она упоминает об этом, возможно, через все эти годы посылая нам (мне) какую-то подсказку. Судя по всему, Нина скептически относилась и к евразийцам, и к марксистам, хотя её дневник умалчивает о самом главном в её жизни. Мы знаем, что в 1930-е годы многие русские эмигранты начали возвращаться в Советский Союз. Ими овладела мечта о возвращении домой. Каждый желал вернуться в страну своего счастливого детства. Может, оно на самом деле и не было столь счастливым, но годы и расстояния придали ему пастельные тона послеполуденного солнышка, с тенями в семейном саду и, конечно, ветерком с Финского залива. Возвращение домой вернуло бы им смысл жизни. Семья бы снова собралась на даче в Териоках (теперь название поменялось, но это ничего не значит, ведь это всего лишь название), полюбоваться сосновым лесом и собрать свежей малины. Улыбающийся папа в белой шляпе на постепенно лысеющей голове, мама в своей шерстяной шали. Все будут слушать забавные истории дяди Никиты. «Что-то он располнел, бедняга, тёте Наде пора прекращать закармливать его шоколадными пирожными кондитерской фабрики "Красный октябрь"! Он просто душка, просто прелесть, а ещё и директор лучшего пионерского лагеря "Юный ленинец" от Государственной колбасной фабрики. Лагерь стоит прямо здесь в лесу. Не чудо ли! И мы будем слушать, как поёт молодёжь!»

Не беда, что дома больше нет, что сменилось и место, и время. Уютные курорты на Финском заливе вскоре будут утоплены в крови. Не так давно открытые архивы демонстрируют нам, что советское правительство вело активную агитацию в эмигрантской среде, рекламируя достижения советского государства, выдавая визы и обещая спокойную жизнь. «Забудьте про чистки и голод. Это всего лишь капиталистическая пропаганда сторонников фашизма. Да, пара писателей не сумели вписаться в новую эру великих социалистических преобразований. Но мы же все знаем, что из жизни они ушли по естественным причинам, так что давайте не будем жить дурными воспоминаниями. Вы должны смотреть на вещи с широкой исторической перспективы. Ведь нет же в мире ничего лучше родного дома, не так ли?»

Овладела ли Ниной эта мечта? Или, наоборот, она мешала её осуществлению? Можно ли было ради этой мечты пойти на убийство? Стоит ли она того, чтобы бежать вверх по лестнице, сжимая в руках тот маленький ключ от всеобщего блага? Или это всего лишь ярость ревнивого любовника? В конце концов, что мы имеем? Русская женщина в случайных объятиях американца. Пятна от шоколада на халате, кровь на утренней газете, разбитая грампластинка. Почему же мне в первую очередь приходит в голову политика? Дурная привычка.

Глава шестая,

в которой наша «сыщица» получает нежданное письмо

Читая письма чужих людей, я зачастую пренебрегаю чтением писем, адресованных мне самой. Бывает, что долго не отвечаю. Жизни других людей настолько увлекательны и отнимают у меня столько времени, что моя собственная жизнь отходит на второй план.

От Нинель Марковны Бланк, Санкт-Петербург, Россия

Дорогая Танечка,
я съездила в Зеленогорск (хочешь — верь, хочешь — нет, но его снова пытаются переименовать в Териоки). Как его ни назови, он всё такой же, как в те времена, когда мы проводили здесь лето, только море стало грязнее, чем раньше. Помнишь, я читала тебе «Двенадцать подвигов Геракла» и ты приставала ко всем, утверждая, что был ещё пятнадцатый подвиг, которого нету в книге. Такая ты была фантазёрка!
Я рада, что ты учишься на историка. Это благородное дело. У нас в России сейчас все воображают себя историками. Но найти архивный документ — это еще не значит понять прошлое. Пожалуйста, расскажи поподробней, что именно ты исследуешь в Париже? Возможно, я могла бы тебе чем-то помочь. Помнишь мою открытку с Эйфелевой башней, которая тебя так восхитила? Недавно я наткнулась на неё, когда убирала свою комнату. Вспомнив, как она тебе раньше нравилась, я решила её не выбрасывать. Я уже далеко не молода. И здоровье у меня уже не то, но я всё ещё верю, что

антоновка и холодный душ помогут защититься от болезней. Как всегда, желаю тебе крепкого здоровья, счастья и больших успехов в твоей работе. Целую, бабушка.

Я была растрогана бабушкиной открыткой, тронута её изменившимся тоном, более мягким и дружелюбным, чем обычно. С подросткового возраста я считала, что моя бабушка была безнадёжно советской женщиной. При рождении (где-то в окрестностях Черновцов или Львова) ее звали Ханной Бланк, в год смерти Ленина она перееехала в Ленинград и стала настоящей ленинградкой. Как и многие еврейские женщины её поколения, она советизировала своё имя и русифицировала фамилию. Ханна превратилась в Нинель (Ленин наоборот). А фамилия Бланк была переведена как Бельская. (Безусловно, она не являлась родственницей убитой Нины Белской. Это чистое совпадение. Все дело в мягком знаке. Две эти фамилии не восходят к одному корню.) Выйдя из концлагеря, она взяла обратно свою девичью фамилию Бланк. А что касается Нинель, друзья и родственники называли её просто Нина или Неля, но никогда не Ханна. Моя бабушка была преподавателем французского и математики в средней школе. И я всегда считала, что она учила всему и всех двадцать четыре часа в сутки. Я никогда не делилась с ней своими детскими секретами, когда мы жили вместе на даче в Зеленогорске. Когда-то в юности она ездила в Париж и утверждала, что город грёз «значительно переоценен». «Ленинградская архитектура гораздо богаче, а коллекции картинной галереи в ГДР ничем не уступают Лувру», — громко говорила она, стоя в центре коммунальной кухни. Тогда я училась в девятом классе и была на пике своей мечты о Париже. Я предполагаю, что я всегда считала, что моя бабушка начисто лишена чувства юмора. В отличие от нас, она побывала в Париже как минимум дважды: первый раз ещё до войны, а потом в семидесятые годы по туристической путёвке. Особенно ей понравилась могила парижских коммунаров на кладбище Пер-Лашез. Моя бабушка была одной из молодых коммунисток-идеалисток конца двадцатых годов, чьи убеждения никак не поколебались, несмотря на восемь лет сталинских лагерей и шестьдесят лет довольно печального опыта коммунальной жизни. Она всё ещё верила, что принципы социализма были хороши и верны, хотя их претворение в жизнь никак не отвечало её ожиданиям.

Сколько я себя помню, бабушка находилась в состоянии «перманентной гражданской войны» с соседями по коммунальной квартире. Никто в семье не спрашивал о её героической комсомольской юности или жизни в лагерях. Мы жили в другое время и думали о будущем, а не о прошлом. А она не особо делилась фактами из своей биографии. И всегда была слишком прямолинейной. Она придерживалась строгой здоровой диеты. От шоколада ее тошнило. «Ты не любишь конфеты, ты любишь фантики», — говорила она мне. Бабушка предпочитала овощи и фрукты. Она натирала антоновку особым образом и была уверена, что та лечит от всех болезней. Яблоки и холодный душ. Она не одобряла мой отъезд в эмиграцию, но обняла меня, когда я уезжала. И я была этим очень тронута. Тогда я посмотрела в её большие серые глаза. В них не было видно слёз. На моей отвальной она жаловалась на обиды, причиняемые ей соседями по коммуналке. Кто-то украл её розовую туалетную бумагу, целую упаковку, которую она привезла из Эстонии. «Ты же знаешь, как трудно её достать. Конечно, дело не в туалетной бумаге как таковой. И даже не важно, белая она была или розовая. Всю жизнь мы пользовались газетой "Правда", и ничего, не жаловались. Но на сей раз это дело принципа».

Я представляю себе свою бабушку, окруженную сувенирами. Для неё это не совсем характерно; в отличие от меня, она всю жизнь держала свою комнату в идеальном порядке, выкидывая всё, «что не является необходимым в данный момент». Я вдруг ощутила сильное желание послать ей побольше ненужных вещей, открыток с Эйфелевой башней, парижских безделушек или, возможно, просто поделиться с ней одним из своих секретов. Рассказать ей о моём расследовании Нининого дела? Я не думаю, что её тронут Нинины переживания. Для моей непоколебимо несентиментальной бабушки Нинины страдания в эмиграции показались бы пустым нытьём и следствием элементарного слабоволия. Так же точно ей не понравится и моё нытьё.

Наряду с письмами из России я получила электронное письмо из Парижа, от моего нового венгерского друга. В следующие пару дней между нами завязалась активная переписка, и у меня возникла зависимость от электронной почты, которая будет серьёзно мешать мне в работе ещё много лет.

От: Miklos@bank.inter.net

Привет, Таня:
Я снова зашел в кафе «Бонапарт» и видел ту самую лающую под столом чау-чау. Но тебя там не было. Это какой-то знак? Это значит, что я упустил свой шанс или наоборот? Пожалуйста, помоги мне. Ты всё ещё пропадаешь в мире своих предков? Не хочешь ли слегка от них отвлечься? Чашечку чая или даже *croque monsieur*? Я «всегда готов», как юный пионер, которыми мы оба когда-то были. Миклош.

От: Tstern@gsas.nyu.edu

Привет, Миклош:
Как ты нашёл мой электронный адрес? Через Международный банк? Я, наверно, приду в кафе завтра в районе 4:30, чтобы почитать и попытаться разобраться в судьбе мужчин, окружавших Нину. Я поражена, что все они носили оружие, и Нина знала об этом. Всего тебе наилучшего, Т.

От: Miklos@bank.inter.net

Таня,
я приду в «Бонапарт» в пять. Ты будешь там? Твой М.

От: Tstern@gsas.nyu.edu

Миклош,
пять часов мне подходит. Увидимся.

От: Miklos@bank.inter.net

Привет, Таня,
к сожалению, я завтра задержусь на работе, поэтому придётся перенести нашу встречу на следующий раз. Твой Миклош.

Глава седьмая,

в которой мы, наконец-то, узнаем что-то про Нининых мужчин и знакомимся с «евразийским гением»

Письма от Бориса Крестовского

Уважаемая Нина Фёдоровна,
я чрезвычайно рад знакомству с Вами. И меня такое чувство, что мы где-то встречались, наверное, в другой жизни, где-то на берегу моря в Куоккале[1] или Коктебеле. Я благодарен судьбе за то, что она свела нас вновь в уютном доме Волковых с их тощим пуделем и старым императорским фарфором, чудесным образом пережившим все потрясения, вызванные войной и революцией, отделавшись при этом всего лишь парой едва заметных трещин. Я был бы очень рад видеть Вас на моих лекциях. Я уже наслышан о Ваших выдающихся лингвистических способностях и надеюсь, что вы примете участие в нашем Евразийском семинаре.
С уважением, Б. К.

Уважаемая Нина Фёдоровна,
жалко, что Вас не было вчера у Волковых. Этот вечер евразийской культуры, в котором принимал участие целый ряд советских гостей, пролил на многое новый свет. Дискуссия была бы довольно скучной, если бы не присутствие господина Качальского, талантливого певца, человека настоящей русской души, но заблудшего духа, в особенности в состоя-

---

[1]   Курортный посёлок на берегу Финского залива. Теперь носит название Репино.

нии сильного подпития. Не думаю, что Вы с ним знакомы. Уповаю на скорую встречу. Надеюсь, что теперь не случится того проливного дождя, что лил в тот день, когда я в последний раз провожал Вас до дома.

Надеюсь, Вы находитесь в добром здравии и больше не кашляете.

Искренне преданный Вам, БК.

Конспект лекции Бориса Крестовского «Евразийская культура: тело и дух»

1. Романтическая любовь двух лиц, как и *amour propre*[2] или эгоцентризм, своеобразный вид психологии, который считает человека центром мира и венцом творения, является характерным проявлением романо-германской и англо-саксонской цивилизаций.

Романтическая любовь по своей сути явление не евразийское. Мы цивилизация пограничная. Духовная лексика русского и других индоевропейских языков восходит к индоиранским корням, тогда как материальная подверглась влиянию романо-германских завоевателей. То есть по духу проторусские близки к иранским и туранским народам, тогда как их тела подверглись непреодолимому соблазну личного комфорта западноевропейской цивилизации. Тело жило на Западе в изгнании, тогда как дух был всегда устремлён к Востоку. Сможем ли мы вернуться из этого столь долгого изгнания? Возможна ли вообще любовь в изгнании? Можем ли мы любить что-то или кого-то больше, чем свой потерянный дом?

2. Если мы посмотрим на «ритмические виды искусства», которые хранят движения национального духа лучше, чем словесные, мы увидим следующее.

Возьмите, например, романо-германские и англо-саксонские танцы, которые исполняются парами. Мужчины и женщины держат друг друга за руки, что позволяет им выполнять одинаковые ритмичные движения ногами. Не требующие техники и виртуозности, эти парные танцы мужчин и женщин отражают их индивидуализированный сексуальный характер.

---

[2]   Самолюбие (*фр.*).

Ничего подобного мы не встречаем в русских танцах. Любовные пары не имеют никакого значения. Там же, где присутствует элемент парного танца, пара не должна состоять из представителей разных полов и, конечно же, они не должны держаться за руки. Танец определяется коллективным духом — *хороводом*, хоровым движением, ритмом степей.

Дорогая Нина,
бесконечно благодарен за твою заметку о двойственном написании имени Чингисхана в арабских и венецианских источниках. Что касается Аттилы, предводителя гуннов, то я считаю, что его влияние на развитие Евразии было сильно преувеличено венгерскими националистами. Я был бы рад поблагодарить тебя лично и обсудить поподробней кровавые подвиги Аттилы. Как-нибудь после лекции, *peut-etre*[3], если у тебя найдутся лишние полчаса на спонтанную беседу?

Дорогая Нина,
не сердись на меня. Я должен сказать тебе правду. Я перечитал твою работу о топонимике и именах собственных. На первый взгляд кажется, что наши исследования развиваются в одном направлении, но наши подходы, или, как лучше выразиться, *Lebensschaung*[4] (чёртовы немцы!) совершенно различны. Мы движемся по одной траектории, но, к сожалению, в противоположных направлениях. Ты спрашиваешь, можем ли мы встретиться на полдороге, где-то на границе Евразии. Но, дорогая моя подруга, как ты знаешь, меня не волнуют границы. Мы занимаемся конкретными цивилизациями. Материк-океан — вот их духовная родина. «Крепость-Евразия», если процитировать наших англосаксонских друзей. Сейчас ты можешь со мной не соглашаться, но я уверен, я даже просто убеждён, что постепенно мне удастся тебя убедить.

Твой Б. К.

П. С. Не забыл ли я у тебя свой зонт? Если так, то я буду благодарен, если ты занесёшь его мне. Или мне будет лучше самому зайти к тебе и забрать его?

---

3 Пю итр — может быть (*фр.*).
4 Лебенсшаунг (*нем.*) — мировоззрение.

Дорогая Нина,

я так беспокоюсь о тебе, милый мой дружочек. Ты живёшь так, как будто у тебя есть в запасе целых две жизни. Пора бы тебе начать думать о главном. Ты знаешь, что я имею в виду. Б. К.

Дорогая Нина,

боюсь, что не смогу в этот раз прийти по причине ряда неотложных дел, которые вынуждают меня на время уехать из города. Уверен, что ты поймёшь меня правильно. Увидимся в пятницу, с зонтиком или без.

Твой Б. К.

Дорогая Нина,

вчера, Ни́ночка, ты опять напала на меня с упреками. Ты сказала, что тебе кажется, что я хочу обратить тебя в свою веру. А я всего лишь твой учитель, Нина, только и всего. И я пытаюсь научить тебя твоему родному языку. Потому что иностранными языками ты и так уже владеешь. Ты послала мне стихи Юрия Полтавского-Рижского. Откровенно говоря, я не знаю, что ты в них находишь. Возможно, юношеское очарование, определённое изящество пира во время чумы, складный, но очень поверхностный стих. Он описывает русскую природу как отпускник, как будто он турист в родной стране. Всё в его мире зыбко, у него нет корней, он скачет от слова к слову, от строчки к строчке, покуда может. Это не тот путь, по которому стоит идти, он не для тебя. И порой я начинаю за тебя беспокоиться. Я не могу сейчас больше писать. Мне нужно вернуться к работе. Это важно, важнее, чем когда-либо, вот увидишь. Но ты могла бы составить мне компанию на вечерней прогулке. Я буду проходить мимо станции «Пасси» около пяти. Никаких отвратных кафе с хамоватыми официантами и грязными кофейными чашками. Скамейка в парке будет самым подходящим местом для нашего отдыха. Возможно, она напомнит тебе о природе.

Б. К.

П. С. Обязательно приходи, Ни́ночка, и не держи на меня зла. Я ещё больше занят, чем обычно, но не такой смурной. Завтрашний день сулит нам надежду.

Дорогой мой дружочек,
прошу прощения за то, что заставил тебя ждать на безжалостном парижском ветру. Мне пришлось срочно отправиться на встречу чрезвычайной важности. Прибыла одна высокопоставленная гостья из Советского Союза. Вам нужно как-нибудь с ней познакомиться. Она не то, что ты думаешь. И я начинаю пересматривать своё отношение к венгерскому вопросу. Венгры всё-таки тоже внесли свой вклад в евразийское могущество. Прими же мои искренние извинения. Я объяснюсь при личной встрече. Б. К.

Пытаясь собрать воедино образ Бориса Крестовского, я постоянно натыкаюсь на какие-то препятствия. «История моей жизни — это не история о хлебе насущном — чёрством багете изгнания», — пишет Борис Крестовский в предисловии ко второму изданию своей духовной автобиографии «Пробуждение Евразии». «То, что англосаксы называют "биографией", ничего не объяснит ни в моей жизни, ни в моих идеях». Тем не менее справочник «Кто есть кто в эмиграции», опубликованный в Британии, дает представление о психобиографии Бориса Крестовского. Из неё мы узнаем, что «евразийский гений» вырос в Саратовской губернии в семье чудаковатого провинциального помещика, женатого на молодой особе из купеческой среды. Затем следует пространное описание юношеского увлечения отца радикальными взглядами, его последующее обращение к православной церкви и паломничества к старцу Захарию в Ясную пустынь. Мать Бориса умерла при родах, когда её старшему сыну было всего одиннадцать. Французская гувернантка Крестовского мадемуазель П. опубликовала яркие мемуары, в которых утверждала, что юный Борис никак не мог забыть шорох маминых шалей и её мягкий гортанный голос, слегка охрипший от кашля и сигарет. Якобы он слёзно просил кроткую мадемуазель почитать ему перед сном, облачившись в шаль её покойной хозяйки. Ей вообще-то это претило, но нежное сердце не могло отказать «маленькому болезненному сиротке». Именно ей предстояло научить его «правде жизни».

В пятнадцать лет к юноше пришло первое большое откровение, когда он лежал в постели с томиком Ницше, приходя в себя после тяжелой пневмонии. Ницше стал его проводником в жизнь, «с которой юный Борис стал играть пылко и безрассудно. Он превратился в осторожного вольнодумца, а иногда играл в карты по-крупному», — пишет благоразумная мадемуазель П. К двадцати годам Борис «пришёл в чувство» и решил посвятить свою жизнь науке и преподаванию. «Он всегда был прилежным юношей, отзывчивым и заботливым».

Возможно, что стареющая гувернантка, вернувшись в родной Дижон, впоследствии решила подзаработать на неудачах своего знаменитого ученика. В то, что она говорит, верится с трудом. Более того, владение Бориса Крестовского французским, по воспоминаниям современников, «оставляло желать лучшего». Сам Борис Крестовский пишет о своём духовном пробуждении, не углубляясь в, как он выражается, «сонное детство избалованного маленького дворянина», равно как и «банальный трагизм эмиграции, который был уже описан многими авторами». Он пишет о раннем открытии собственной кочевой души. «Скрытые, но яркие радости странствий образовали моё уединённое бытие». Второе откровение пришло Борису, когда он обнаружил, что его страсть к путешествиям была не такой, как бывает у «имморалистов» или романо-германо-англо-саксонских космополитов. Его кочевая душа уходила корнями глубоко в евразийскую почву. Смыслом его жизни стало был «спасение Евразии от неизбежной катастрофы». Борис Крестовский никогда не вступал в брак. «Меня всю жизнь занимал вопрос, возможна ли настоящая любовь в эмиграции. И мне не удалось найти на него утешительный ответ». В описании своих странствий Борис никогда не упоминает Нину. Её существование могло быть для него лишь биографическим фактом, но не духовным явлением.

Я воображаю, что иду за Борисом Крестовским по парижским улицам, но не в роли его ангела-хранителя, а, скорее, как адвокат дьявола, подслушивающий и нашёптывающий. Наши тени пересекаются под газовым фонарём. Он, должно быть, думает, что я назойливый плод его воображения. «Добрый день, Борис Владимирович. Пасмурный денёк, не так ли?» Борис Крестовский идёт быстро, но периодически оглядывается с опаской по сторонам. Это истощенный человек с бородкой и проницательным взглядом. Гуляя с ним, вы одновременно ощущаете и обаяние его интеллекта, и сильный физический дискомфорт. Вы вдруг перестаёте понимать, что вам делать с этими угловатыми локтями, на которые вы, как и другие люди на улице, все время наталкиваетесь, поскольку ваши руки вдруг перестали вас слушаться и отстают от ног. Борис садится на скамейку в парке, но кругом летают эти назойливые мухи и ещё и бегают дети, слишком игривые, слишком озорные и слишком хорошо одетые. Он заходит в бистро на углу и просит чай с лимоном. Он говорит по-французски с сильным и нарочито нескрываемым русским акцентом, которым он щеголяет, как боевой наградой.

«У нас нет лимонов», — говорит официант.

«Как нет? В такой свободной и демократичной стране, как Франция, с ее *liberte, egalite et fraternite*, вы не можете найти для русского писателя дольку лимона?» — пререкается он с гарсоном на ломаном французском. Сам официант тоже эмигрант, из Андалусии. Он с горячностью вступает в этот спор, по-французски, но уже со своим сильным акцентом. Борис делает заметку в своей записной книжке: «Любопытно, что единственный вид человеческого общения, на который может рассчитывать одинокий эмигрант за границей, — это спор с официантом». Перед ним разворачивается жизнь парижского бульвара. Вот мужчины и женщины, спешащие куда-то, по делам или слоняющиеся просто так, без цели, украдкой посматривают на витрины, в которых их отражения ложатся поверх угрюмых манекенов в модных шляпах. Пожилая мадам тащит сумки из бакалеи, пьянчужка что-то напевает. «Как же бессмысленен этот человеческий улей! За чем они гонятся? Они ищут комфорт, а не смысл. Смысл? Я слишком о многом прошу? Кто эти "цивилизованные западные люди"? Французы? Стоит убрать этот внешний лоск, эти "oui, Monsieur"[5] и "avec plaisir, Madame"[6], и что останется? Пара словесных трюков, которые сияют, как хорошо отлакированная мебель. Они хозяева повседневности, но не своей судьбы.

---

[5]   Ви, мёсьё — так точно, сэр (*фр.*).

[6]   Авек плезир, мадам — с удовольствием, мадам (*фр.*).

А англичане, эти бедолаги, вечно чихающие под моросящим дождём, маленькие цивилизованные буржуа, органично смотрящиеся в своих макинтошах. Пара прелестных романов, должен я вам сказать, довольно прозаического толка, да пара ухоженных парков, но давайте теперь всерьёз. Американцы? Эти счастливые варвары, великие рационализаторы мира, вечно инфантильные, со случайными проблесками таланта. По[7] и Уитмен[8] одни из них. Но у большинства нет ни культуры, ни цивилизации, только немного денег да красивая улыбка. Немцы с их лингвистическим гением, нация философов и обывателей. Как безнадежно, в самом деле».

Борис предпочитает людям облака. «Облака — это тени исчезнувших материков», — отметит он позже в своей записной книжке. Он допивает свою чашку чая и продолжает прогулку, кивнув на ходу какому-то мужчине в толпе: «Здравствуйте, Борис Владимирович». — «Приветствую, Юрий Михайлович». Люди, размышляет он, милые создания, но, ах, как же они отвлекают от серьёзных мыслей. Но, Борис Владимирович, что же будет с этими мелькающими мимо людьми в будущем Евразийском государстве? У их жизни будет смысл, — ответил бы он с некоторым раздражением. Смысл! Помнит ли ещё молодежь, что это значит? Ответа он не ждёт. Он не желает говорить с «молодыми людьми, этими самоуверенными обывателями в спортивных костюмах». Он сам для себя и есть самый любимый собеседник. И он просто бродит по Парижу, беседуя с самим собой.

Я вижу Нину, куда-то спешащую по противоположной стороне улицы. У неё необычная походка, с легкой поступью, но излишне широким размахом рук, как будто ей нужно побольше места. В ней нет ни целенаправленного изящества парижанок, ни тяжелого беспокойства эмигрантской походки. Порой она погружается в свои мысли и чуть не стукается лбом об столб. Она мечтает встретить Бориса, бредущего в одиночестве по улице, но в итоге упускает его из виду. Мне интересно, заметил ли он её в толпе. Всё, что я вижу, это то, что Борис её не окликнул и позволил ей пройти

---

[7] Эдгар Аллан По — американский писатель и поэт (1809–1849).

[8] Уолт Уитмен — американский поэт и публицист (1819–1892).

мимо. Возможно, он и большой провидец, но в обычной жизни он довольно близорук. Или, на самом деле, его заметила и она, но тоже дала ему пройти мимо. Она приостанавливается и смотрит на часы. Ей в глаз попала соринка. Она сильно трёт его и моргает. В профиль её бледное лицо со смазанной помадой и усталыми глазами кажется грустным и беззащитным. Это не то лицо, которое она показывает людям. Я пытаюсь поменять угол зрения, представить, что Нина переходит дорогу как раз напротив Бориса, который потягивает свой чай без лимона, и тень улыбки появляется на его губах, какой-то проблеск узнавания. Нет, не получается. Нина и Борис не встречаются. Они продолжают упускать друг друга снова и снова. Может, я выбрала неверное время суток? Может, предвечерний свет просто не для них. Может, это была поздняя ночь или раннее утро. Около 9:30. В конце концов, и у Бориса был пистолет, но у него не было мотива преступления. К тому же это было бы на него не похоже. Я продолжаю следить за тем, как Нина и Борис идут в разные стороны. Они где-то в глубине сознания друг у друга, но всё дальше и дальше друг от друга отдаляются. Вдруг сумочка выпадает из её рук — просто порвалась лямка. Она неуклюже присаживается на корточки посреди небольшого, обнесенного железной оградой сквера, подбирая свои франки, набор для вышивания, помаду и какие-то бумажки. На соседней скамейке, залитой солнечным светом, Юрик Полтавский-Рижский вдыхает дым своей последней сигареты.

От Юрия Полтавского-Рижского

Ля-Куполь[9], третий столик

Chère Ninelle[10],
дорогая моя Нина, где же ваши апельсины

    Хочу,
        Чтоб ты раскрылась,
           Как тот сочный апельсин.

---

[9] С 1927 года ресторан французской кухни в Париже, в округе Монпарнас.

[10] Шер Нинель — дорогая Ниночка (*фр.*).

Но Нож
Тупой
Мой
В той
Толстой, горькой
кожуре увяз, вонзившись...

Не обвиняй меня в том, что крутая лестница моих стихов идёт только вниз. Я неоригинален, да, как он и сказал. Ты просила меня не писать тебе о любви, поэтому я пишу тебе про апельсины. Я косноязычный, тонкокожий и полуграмотный полурусский, чей основной грех — лень...
Ленивые ночи ластятся ленно под летней луной[11]
Куда, куда вы удалились...
Votre pour toujours[12]. Я просто хотел сказать «привет», в самом деле, это не значит, что я к вам навязываюсь. Полтавский-Рижский.

Нинка,

ты можешь оказать мне честь, позволив пригласить тебя в кино? На этот раз это патриотическая картина «Путёвка в жизнь»[13]. Там будут присутствовать *crème de la creme*[14] прогрессивной молодёжи с обеих сторон границы, из этого мира, и из другого мира, и даже из нового мира. То есть ничего личного. Обязательно приходи.

Твой Ю. П.-Р.

---

[11] В оригинале: "Lazy days linger in the languor of lavish light" («Ленивые дни медленно текут в истоме щедрого света») — в этой фразе, где почти все слова начинаются на «л», звукоподражательным способом обыгрывается слово «лень».

[12] Навеки ваш (*фр.*).

[13] «Путёвка в жизнь» — советский художественный фильм, поставленный режиссёром Николаем Экком. 1931 г.

[14] Крем де ля крем — лучшие из лучших (*фр.*).

К Н. Б.

Ты и Я

Я бродил по песчаным дюнам
На пустынном том берегу.
Пела ты иностранную песню,
Потеряв безупречный слух.

Твоя нежная кожа облезла.
А я старою раной рискнул,
Мы в солёные волны полезли,
Позабыв про нашу звезду.

Продолжение следует.

П. С. Как ты думаешь, мне стоит поменять «потеряв безупречный слух» на «вкусив абрикоса дух»? Это больше тебе подходит!

29/10

Дорогая мадемуазель Белская,
Я имею удовольствие пригласить Вас на торжественное открытие ретроспективы Советское кино: от «Броненосца «Потёмкина»» до «Путёвки в жизнь». Это мероприятие будет посвящено обсуждению успехов советского кино в международном контексте.

Будьте добры подтвердить присутствие.

Вечерний туалет обязателен.

П. С. (написано скорописью). Уважаемая Нина, я искренне надеюсь, что вы придёте на нашу ретроспективу. Наши пути пересекались много раз, и я сожалею, что не имел возможности поговорить с вами серьёзно. Я с уважением отношусь к вашей научной работе, и что-то подсказывает мне, что у нас гораздо больше общего, чем нам кажется.

С уважением, Андраш Ковач

Октябрь, Ленинвиль, Канзас

Нин,

никакого кино? Не сегодня? Вот некоторые отрывки из незавершенного цикла. Toujours deja[15],

Полтавский-Рижский

Шпионское кино

С серебряной подкладкой серебряный экран.
Подкладку мы вспороли, шов — не ткан.
За кадром кадр, за эпизодом эпизод,
Закинув мятное мороженое в рот.

Но светит, как мечта, в тени моя звезда.
Не бойся ты обсценных сцен.
Секрет уже закопан навсегда.
Теперь нам нечего скрывать,
Кроме прыщей, покрытых пудрою взамен,
И прошлых детских маленьких измен.

Шпион попался. Губки бантиком надула.
Бес снова жаждет девичьей крови.
Ну, а матросы? Этих забастовка захлестнула.
И злобная графиня разъедена тоскою изнутри.
А суфражистки[16]? Те давно погребены.

29/10

Париград[17]

Нина-Засоня,
пару дней назад с утра на твоей улице наткнулся на маленькую Натали, которая спешила на партийное собрание (какой партии на сей раз? Прости меня, но я забыл). Я спросил про тебя, и она сказала, что ты всё ещё спишь. Я представил себе твой нежный сон среди парящих листов бумаги — что-то научное и евразийское, без сомнения, — и невымытых чайных чашек. Я всё ещё бережно храню тот ключ,

---

[15] Тужур дежа — как всегда (*фр.*).

[16] Участницы движения за предоставление женщинам избирательных прав.

[17] Шутливое название города Парижа.

который ты дала мне как сувенир, когда мне негде было остановиться, но, конечно же, я бы не осмелился тебя побеспокоить. Я храню его как воспоминание о старых добрых днях. (Я бы носил его вместо креста на золотой цепочке, но он слишком тяжёл и будет тянуть меня вниз.) Я в самом деле не знаю, как я оказался в твоём дворе. О боже! Что за шум! Что они там творят наверху? Наверное, достают скелеты из шкафа? Со всем этим эмигрантским бормотанием твой дом напоминает вторую вавилонскую башню, которой неизбежно суждено рухнуть. Мне интересно, моя дорогая, не стоит ли мне тоже поработать грузчиком на этой башне за приличные деньги? У меня ведь тоже есть мускулы. А если это не произведёт на тебя впечатления, может, мне нужно превратиться в блудного сына и вернуться на земли Евразии?

Желаю сладких снов,

Твой, П. Р.

П. С. Давай, Ниночка, начнём поклоняться Мойрам[18]. Нам может понадобиться их помощь.

От Кати Корф

Цюрих, 15/3/1938

Нинка, моя царевна Несмеяна,
сегодня десятая годовщина нашего священного ménage a trois[19] — toi, moi et notre petit cheri[20] с Полтавским-Рижским в будапештском экспрессе. Мы втроём выглядели как три девственницы Парки[21], закутанные в простыни спального вагона, и наши не такие уж чистые греческие облачения скорее нас оголяли, чем прикрывали. Согласно преданию, однажды Аполлон напоил Парок допьяна, чтобы изменить трагическую судьбу своей возлюбленной. В тот день мы так же, как Парки, слегка подвыпили и, увы, сбросили свои

---

[18] Мойры — в древнегреческой мифологии три богини судьбы.

[19] Любовь втроём (фр.).

[20] Ты, я и наш маленький милашка (фр.).

[21] Парки — три богини судьбы в древнеримской мифологии.

дешёвые prêt-a-porter[22] вместе с трезвым рассудком. Наш маленький мальчик был в восторге, хоть и слегка разочарован, а что до меня, то я до сох пор храню в своём сердце местечко для тебя. Помнишь того грозного охранника на венгерской границе, точь-в-точь Аттила. Как грубо он нас прервал. Юрик решил, что он похож на графа Дракулу, убийцу девственниц. Девственницы же продолжали бесчинствовать всю дорогу вплоть до Голубого Дуная.

Катя-Клото

П. С. Как поживает наш маленький ленивый фавн? Как он справляется с хаосом? Он хотя бы что-то пишет? Не будь с ним слишком жестока. Ему от этого тяжело.

Ноябрь, Эмиград[23]

Привет, Нин,
пойдем в кино. Я предлагаю «Послеполуденного Дракулу»[24] или «Правила игры»[25]. Решать тебе. Таким образом, мы не будем одни. Не говори сразу «нет». Дай мне что-нибудь придумать, чтобы заинтриговать тебя. Я приведу пару приятелей. Я приду один, оставив всё своё нытьё. Я принесу тебе стихи. Я приду без всего. Я всю дорогу буду молчать. Я буду прекрасным собеседником. Я спою тебе русскую песню. Я обещаю не петь тебе русских песен. Я расскажу тебе правдивую историю о Большом заговоре. Я буду держать свой рот на замке. Я буду работать для светлого будущего нашего отечества. Я не буду работать ни над чем и прекращу издеваться и над собой, и над другими. Можем мы по крайней мере сходить в кино?

Votre, déjà vu[26] — но уже давно — П. Р.

---

[22] Готовое платье.

[23] Шутливое название Парижа.

[24] Намек на англоязычный фильм «Дракула» 1931 г.

[25] «Правила игры» (La Regle du jeu) — художественный фильм Жана Ренуара, снятый в 1939 году во Франции.

[26] Ваш, когда-то виденный (*фр.*).

У Юрика Полтавского-Рижского была танцующая походка. Он был похож на наклонную латинскую букву «*i*» из школьной тетрадки. Он рад, что после стольких лет нашёл, наконец, себе сочувствующего слушателя. Юрик — человек беззаботный, что и составляет главную его заботу[27]. Мы склонны не доверять беспечным людям, в особенности тем из них, кто слишком болтлив. Но мы с пониманием относимся к тем, кто несёт на своих плечах тяжкий груз страданий и способен пустить пару слезинок перед телевизионной камерой. Но мы не вполне понимаем, как общаться с людьми, которые на это не способны. Юрик тоже имел любящую мать и требовательного отца, но это не имело никакого значения. Его отец был наполовину француз, а мать — наполовину немка. Другие их половинки были в равной степени поделены между русскими, поляками, армянами и черкесами. И кому какое до этого дело? В юности он провалил несколько экзаменов и неоднократно выбирался из, казалось бы, безвыходных ситуаций. Он был неплохим бегуном. Воспитатель Юрика (единственный, кого его родители могли себе позволить) оказался не только вечным студентом, но и тайным социалистом-революционером. Он позволял мальчику болтаться самому по себе, где ему вздумается, словно уличному сорванцу-беспризорнику. Юрик любил прогуливать школу и слоняться без дела по пустым петербуржским улицам, общаясь с одинокими рыбаками на мостах через Неву и вдыхая сырой воздух питерских болот.

Одной из первых записей в дневнике Юрика-школьника был рассказ о происшествии. Он мог, конечно, всё это выдумать, но я почему-то так не думаю. Он описывает свой страх с такой непосредственностью, которую было бы трудно подделать. Юрик заметил что-то в сумерках под мостом. Бледная женщина с тонкими чертами лица сделала несколько шатких шагов вниз по лестнице, а потом как будто кто-то толкнул её сзади, кто-то в тёмном плаще. Возможно, это ему показалось. Женщина вскрикнула и упала в канал. Маленький Юрик побежал к набережной, готовый прыгнуть в холодную воду, но тут он увидел

---

[27] У автора тонкая игра слов: Light-**heart**ed, which is in **heart** of his problem.

двух рыбаков, уже пытавшихся её вытащить. «Ступай, поищи городового, малец, тут приключилось несчастье. Чего ты пялишься, беги», — закричал рыбак. Ему хотелось рассмотреть лицо этой женщины, чтобы запомнить её и потом узнать. «Мы думали, что это Анюта, девушка из Коломны. Но это не она», — прошептал рыбак. И в тот момент он ощутил на своей спине чей-то пристальный взгляд. Он огляделся по сторонам. Никого. Фонарь, стоявший неподалёку, не светил. Он услышал какие-то тихие звуки, словно кто-то напевает что-то себе под нос. Ни секунды не мешкая, Юрик бросился прочь. Он научился бегать быстро на своих тонких, проворных ногах, едва касаясь ступнями мостовой. «Я не боялся убийц, — пишет Юрик, — я боялся теней. С тех пор много раз я сознательно рисковал, но у меня никак не получалось освободиться от страха попасть в беду».

Он написал своё первое стихотворение о тёмных водорослях, оплетающих гранит набережной, который хранит воспоминания об утопленниках и спасённых из водной пучины. Оно было опубликовано в журнале «Аполлон»[28] и было признано «не по годам зрелым». Затем он написал о пятнах крови на женском платке и о следах, исчезающих на влажном балтийском песке. В тринадцатилетнем возрасте он помогал раздавать эсеровские листовки. Он нырял в толпу на Невском проспекте и, болтаясь под ногами прохожих, всучивал им газеты, двигаясь вместе с толпой и заряжаясь от неё энергией. Он был вестник, свидетель, бескрылый Гермес, и почти не имело значения, какие вести он разносит. Юрик бегал от полиции таким же образом, как он убегал от тени убийцы, несясь сломив голову и скрываясь за углами проходных дворов. Скорость спасала ему жизнь.

В то время как Борис бродил по Парижу, сгорбившись под тяжким грузом своих размышлений, Юрик шагал по городу, словно на него не действовала сила земного притяжения. Бесшабашный, ранимый и бестолковый, Юрик стал поэтом вопреки

---

[28] «Аполлон» — русский иллюстрированный журнал по вопросам изобразительного искусства, музыки, театра и литературы; издавался в 1909–1917 гг. в Санкт-Петербурге.

самому себе, а ни в чём другом так и не преуспел. Он должен был осознавать, что становится вымирающим видом, поэтом не при дворе, вне Союза писателей или какого-нибудь литературного течения. Он парит между мирами и, кажется, не собирается нигде приземляться. Порою он пытается заняться делом, давать уроки иностранных языков, работать в кино, писать сценарии, выбирать места для съёмок, хоть как-то употребить свои таланты.

Вы, Юрик, должно быть, устали ходить как неприкаянный. Вы инстинктивно цепляетесь за сильных и харизматичных покровителей. Вам также хочется быть под чьим-то крылом. Андраш мог напоминать вам вашего воспитателя-эсэра, которым вы втайне так восхищались. Евразийская почва могла быть слишком обширна для вас, а вот как насчёт почвы революционной? Андраш шантажировал вас? Он оплатил ваши карточные долги и завёл вас в дебри политических интриг? Он вам чем-то угрожал? Возможно, он подарил вам элементарное ощущение сопричастности: «Вы, молодой человек, можете стать ведущим поэтом новой России», — или что-нибудь заманчивое в том же духе. Смысл жизни в обмен на пару услуг, отличная сделка. Что же Андраш требовал взамен? Ключи от Нининой квартиры? Но зачем?

Я вижу, как Юрик ни с того ни с сего вдруг спотыкается на каменистой парижской мостовой. Обо что же он споткнулся? Ничего особенного, какой-то мусор. Он почти что упал, но в последний момент ему удаётся сохранить равновесие, сгруппировавшись и расставив руки в стороны. Мне хочется дать ему руку или, возможно, поцеловать его в лоб. «Ну же, Юрик, не напрягайся ты так». Но он уже на ногах и далеко впереди меня. Он выпрямляется как ни в чём не бывало, весело пожав плечами. Он вновь отвёл от себя беду.

От мадам Крестовской, Фонд наследия Б. В. Крестовского

Дорогая мисс Штерн,
Ваш визит согласован. Мы будем рады поделиться с Вами философским наследием Бориса Владимировича Крестовского, и мы надеемся, что Вы окажете нам содействие в деле

популяризации его трудов в американских университетских кругах. Хотя мы и не обладаем сколько-нибудь существенными сведениями о мадемуазель Белской, мы будем рады обсудить с Вами евразийское движение. Мы надеемся, что Вам удобно прийти к нам в 5 часов вечера в следующий вторник.

С уважением,
мадам Крестовская.

От Миклоша М., Международный банк Парижа
(написано на фирменном бланке)

Дорогая Таня,
мне очень жаль, что я упустил тебя в кафе. Я увидел там лишь твою тень. Ты уходила, и я не осмелился бежать за тобой. Я пока по-прежнему не могу вернуться в Париж из-за срочных дел, но я надеюсь, что ты присоединишься ко мне и группе других беженцев на ПРАЗДНИЧНОЙ ВЕЧЕРИНКЕ! По какому поводу? Последние советские солдаты покидают Будапешт. Ты не должна это пропустить.

Всего хорошего, Миклош.

Глава восьмая,

в которой мы посещаем евразийское чаепитие и изменяем своё восторженно-трепетное отношение к Аттиле, правителю гуннов

В вестибюле Фонда наследия Крестовского стоит обтянутый малиновым бархатом диван с ножками в виде львиных лап и надписью «Кабаре "Gaucho Bailando"[1]». Хозяин кабаре поддерживал Перона[2], а впоследствии продал помещение мадам Крестовской, племяннице выдающегося деятеля исторической науки, и вернулся в свою родную Аргентину. Мадам чрезвычайно горда тем, что служит хранительницей наследия покойного Бориса Крестовского. Она провожает меня в комнату с высокими книжными шкафами, грамотами и дипломами на звание почётного доктора, полученными Борисом Владимировичем, а также матрёшками, изображающими Романовых, где фигура Николая II следует за несчастной Александрой. За столом двое мужчин средних лет со слегка поредевшими волосами пьют чай с вареньем из синего чайника с золотой каёмкой. Я тут же узнаю этот чайник. Такой же точно был и у моей бабушки. Это копия императорского фарфора с Ленинградского фарфорового завода имени Н. К. Крупской. Нет, нет, имени Крупской была шоколадная фабрика. Фарфоровый завод был, наверное, имени Ленина[3].

---

[1] Гаучо байландо — танец гаучо (*исп.*).

[2] Хуан Доминго Перон (1895–1974) — аргентинский военный и государственный деятель.

[3] На самом деле Ленинградский фарфоровый завод носит имя М. В. Ломоносова.

«Это Алексей Александрыч и Александр Алексеич — члены Неоевразийского кружка. Алексей Александрович — основатель евразийского движения бойскаутов, которое очень быстро входит в моду в современной России. У нас уже около десяти тысяч евразийских бойскаутов от Балтики до Камчатки».

«Если бы только ещё и японцы перестали вербовать в свою веру нашу молодёжь, — вставляет Алексей Александрович (тот, у кого волосы слегка погуще), — их секты распространились бы повсюду. И это очень опасная тенденция. Это лжемессии с Востока. Недавно Александр Алексеич имел честь сопровождать покойного князя Романова в его последней поездке в Россию».

«Чрезвычайно рад нашему знакомству, — говорит Александр Алексеевич в очень милой и слегка старомодной манере, — вы должны откушать с нами чайку. Вот это домашнее варенье. Бьюсь об заклад, что в Америке такого нигде и не сыщете. Я слышал, что там питаются одними консервами».

«Ну, там немало русских магазинов, — пытаюсь я как-то оправдаться, — но лучше дома нет ничего на свете. Это же английская поговорка[4], не так ли? И, конечно же, нет лучше варенья, чем домашнее».

«Я хочу с удовлетворением отметить, что у нас много гостей из России, — начала мадам Крестовская, — знаете, как отрадно видеть молодёжь, приезжающую к нам из разных далёких уголков бывшей Великороссии — так мы её называем. Слова "Советский Союз" мне до сих пор режут ухо. Вот были тут трое замечательных молодых людей из Казахстана, прямо из степи. Они рассказывали о тяжёлом положении русского меньшинства. Сейчас люди в поиске новой великой идеи, которая поведёт их, как звезда, прямиком в двадцать первый век. Мы питаем надежду, что Евразийство даст им ответы на многие вопросы. Только нужно подождать до 2018 года...»

«Откуда вы конкретно?» — спрашивает Александр Алексеевич.

«Из Нью-Йорка».

«Хорошо, к нам приезжают и оттуда. Но какое это ужасное место для жизни...»

---

4   There is no place like home.

«На самом деле, совсем не ужасное. Жить там очень здорово, — робко возражаю я, — там собрались люди со всего света. Вот, например, у меня один сосед из Камбоджи, а другой — чилиец».

«Но ведь у них там всё насквозь пропитано меркантильностью, — говорит мадам Крестовская, — эти мигающие рекламные огни. Мне просто больно на них смотреть. Это так пошло. Это засоряет вашу душу. Ну, да, люди из третьей волны эмиграции — для них духовность имеет мало значения. Ведь их заставили эмигрировать не духовные поиски и душевные порывы, а чисто материальные устремления».

Я вежливо поинтересовалась трудами покойного Бориса Владимировича на тему евразийства и постепенно перевела разговор на Нину.

«Вы её родственница?» — спросила мадам Крестовская.

«Нет, я учусь в аспирантуре на отделении истории».

«Вы знаете, она не была большим учёным. Она была одной из второстепенных учениц моего дяди, но серьезным учёным не стала. О да, я припоминаю, что он говорил, что она подавала какие-то надежды, ещё в самом начале учёбы, но в результате не оправдала его ожиданий. Она была кандидатом в члены Евразийского лингвистического кружка. Я видела её имя в одном из ранних списков. Но в кружок она так и не попала. У Бориса было много более талантливых учеников. Хотя, по правде говоря, потом они всё-таки исказили некоторые из его идей. Смерть Белской принесла Борису кое-какие неприятности. Не то что даже неприятности, но, как бы лучше выразиться, определённые неудобства. Приходила полиция, чтобы проверить деятельность Евразийского лингвистического кружка. Конечно, Борис был вне подозрений. Это было бы просто абсурдно. К тому же в то время он находился на Международном лингвистическом конгрессе. Вот хочу вам показать одну фотографию».

Фотография показалась мне знакомой. Эмигранты стояли в морской пене бьющихся о берег волн. Они напоминали жертв кораблекрушения. Нина стояла рядом с Борисом. Но в этот раз он уже к ней не прижимался. Напротив, она почтительно склонилась к нему. Так, что могло показаться, что ей хотелось, чтобы, позируя перед камерой, он по-дружески положил свою руку ей на плечо. Но он, естественно, этого не сделал. Ведь он был её учителем. И выглядел он как мудрый философ, окружённый преданными учениками.

«Этот снимок был сделан в расцвете научной карьеры Бориса. Он как раз тогда заканчивал статью о роли Чингисхана и завоеваний кочевников в формировании евразийской идентичности, на основе которой он потом создал многотомный труд о культуре степей.

А это, как его звали? Юрий Полтавский-Рижский. Посредственный поэт, наркоман и охотник, сильно переоценённый после своей смерти. Если хотите стать знаменитым, вам нужно всего лишь трагически погибнуть, и слава вам обеспечена. Он хотел быть русским Рембо[5], но на самом деле, по слухам, он изменил имя, уехал в Голливуд и стал литературным рабом[6]. Ох, как же мы измельчали в наши дни! А вот Борис никогда не гонялся за лёгкой славой. Ведь он имел по-настоящему благородную душу».

«Я читала где-то в эмигрантском журнале, что он уехал в Москву и подвизался на строительстве метро. Он работал над мозаиками на станции "Пушкинская"».

«Как бы там ни было, Юрий был человеком беспринципным. Таким же был и Вадим Совин. Я полагаю, что его любят в вашей стране, но, по мне, он никогда не был русским писателем. Ведь он писал на французском и даже на немецком. Человек, который предаёт свой родной язык и пишет, упаси Бог, на языке иностранном, — является не писателем, а контрабандистом мёртвых душ. Вот эти двое, должно быть, иностранцы. Я полагаю, что этот юноша — американский писатель. А это вездесущий Андраш-Андре-Андрей Ковач. Я его не сразу-то и узнала. Он менял имя, ну а внешность свою он менял ежемесячно. Сегодня он с усами и длинными волосами, а завтра — коротко стрижен и напомажен. И вы никогда не поймёте, что у него на уме. Он даже заискивал

---

[5] Жан Николя Артюр Рембо (1854–1891) — французский поэт.

[6] Литературный раб — автор в литературе, пишущий тексты на заказ за другое, как правило известное, лицо.

перед Борисом, притворяясь, что живо интересуется евразийством. Я уверена, что вы уже успели поговорить с мадам Натали Чернофф. Ей совершенно нельзя верить, совершенно. Она постоянно всё выдумывает. Ведь в тридцатые годы мы были с ней сверстницами, но она никогда не играла ни со мной, ни с другими девочками. И у неё толком даже не было гувернантки. Она проводила время за чтением Троцкого и "Манифеста кинолюдей". Ха-ха... Я должна сказать, что нахожу это очень смешным! Она когда-то была влюблена в Андраша, поэтому она его и покрывает. Говорила она вам, что он был троцкист? Ни в коем случае. Он стал правоверным коммунистом и был связан с Советами. Возможно, они его и завербовали. Он соблазнял Бориса, а ещё того поэта-глупца, Полтавского-Рижского, только не очень понятно зачем. Кому нужен в Советском Союзе ещё один лирический поэт? Андраш, или «просто Андрей», как он сам себя называл, чтобы обольстить наших недоверчивых соотечественников. Андраш был расчётливым и бездушным существом... Я не знаю, какие у него были отношения с Ниной, но я не удивлюсь... С другой стороны, я помню, я как-то слышала, что у него была другая женщина, его землячка, его товарищ по оружию или что-то вроде. Все её звали мисс Х, прямо как в дешевом кино. Из всех них сквозил тот безродный космополитизм, который Борис так презирал. Нина, конечно, была русская по крови, поэтому её понять ещё труднее. Я почему-то думаю, что у Андраша Ковача руки были в крови. Молодой американский сценарист был его другом, но он являлся лишь наивным пособником. Андре был тёмной фигурой и настоящим мошенником. Посмотрите в эти глаза. Вы что-нибудь в них видите?»

«Ничего особенного, похоже, что он слегка посмеивается или щурится на ветру, вот и всё», — вставляю я осторожно.

«Нет, я не об этом. У него были разные глаза — левый был серый, а правый — зелёный. Это был сущий дьявол. Любезный и обходительный, он носил мне конфеты, но даже в те годы я понимала, что это за фрукт. Мне было всего шестнадцать, но мне не нравились его слащавые манеры и зеленоватый глаз. И тот дрянной фильм тоже был напрямую связан с убийством».

«Вы имеете в виду "Нино́чку"?»

«Ах, нет, не называйте его так. Это Ни́ночка, и, конечно, не Нино́чка. Это вроде бы вопрос ударения, но это важный вопрос. Они даже не позаботились о том, чтобы правильно произнести имя своей героини. Это только в очередной раз демонстрирует, насколько же необразованны все эти американцы. У них нет ни малейшего уважения к русскому языку. Они искажают как образ русских эмигрантов, так и образ большевиков. Они неверно представляют себе и тех, и других. И, разумеется, в этом не было ничего смешного. За этим всем стояли венгры: Эрнст Любич[7] и сценарист Билли Уайлдер[8] — оба тайные венгры. И там есть какая-то зашифрованная информация, которая имеет прямое отношение к этому убийству».

«Но очевидно, что фильм был снят *до* трагической гибели Нины Белской, ведь это так?»

«Безусловно, не держите меня за дурочку. Но всё не так просто. В любом случае там есть только один персонаж, который вызывает восхищение, — тот молодой человек по фамилии Раконин, работник "Гранд Отеля", который в итоге возвращает драгоценности их настоящей владелице — великой княгине. Он и является истинным русским патриотом, но в действительности мы ничего о нём не знаем. Всё замалчивается. Этот бедный малый такого натерпелся, пока обслуживал этих неотёсанных большевиков и ту, простите за выражение, товарища-сучку. А тот седовласый генерал в сцене из ресторана — он просто само благородство. И что же мы знаем о нём? Ничего. Грета Гарбо, несомненно, была замечательной актрисой. Но поговаривают, что и её нещадно эксплуатировали американские киномагнаты. Этот фильм был запрещён во многих странах. Вам стоит узнать об этом побольше. В любом случае наш дорогой Борис терпеть не мог кино, и в этом был абсолютно прав. Он полагал, что оно убивает в человеке память. Он боялся излишнего влияния кинематографа на умы

---

[7] Эрнст Любич (1892–1947) — немецкий и американский кинорежиссёр еврейского происхождения, актёр, сценарист, продюсер.

[8] Билли Уайлдер (1906–2002) — американский кинорежиссёр и сценарист.

нашей молодёжи. Так что, если вы хотите докопаться до истины, вы должны разобраться с этими "кинолюдьми" — Андрашем и Лионелем».

«А кто эта девушка в берете?»

«Почему вы ей интересуетесь? По правде говоря, я раньше её никогда не замечала. Она стоит так близко к краю фотографии, что фотограф мог бы с легкостью её обрезать. Это могла быть одна из подруг Андраша, приехавшая из Союза. Или, может, это Аннетт, одна из самых преданных французских учениц Бориса. Её обвинили в сотрудничестве с нацистами. Я видела её во время войны, бродящую по парижским улицам с коротко остриженными волосами. Бедная девушка! Это было так несправедливо. Она всего лишь давала немцу уроки французского и русского. А он, на самом деле, был очень галантен, просто настоящий джентльмен, хотя и говорили, что он служил в СС, но, возможно, она об этом ничего не знала. Бедная Аннетт, я совсем потеряла с ней связь уже лет как 30. И, в конце концов, это могла быть та самая "женщина X". Она была отличной студенткой, но она как появилась, так и исчезла ещё до войны. Ведь война кардинально всё изменила!»

«Американцы, конечно, так мало знают о войне», — добавил Алексей Александрыч.

«Мой дорогой Алексей Александрыч, — перебил его Александр Алексеич, — прискорбно то, что народы Евразии тоже, похоже, имеют короткую память. Ты только посмотри, что теперь творится». Тут он стал трясти перед ним экземпляром русского эмигрантского журнала с фотоснимком мирной демонстрации в Венгрии. Подпись под фотографией гласила: «Жители Будапешта радостно прощаются с советскими войсками. Демонстранты провожают отъезжающих советских солдат лозунгом: "Бай-бай, Саша!"».

«Понимаете, — продолжает Александр Алексеевич, — Советский Союз был далёк от идеала, мы все это прекрасно знаем, но он способствовал сохранению единства евразийского пространства. Это территориальное единство было *природным*, а не политическим. Это был единый организм, единое тело. А тело калечить нельзя, ведь так? Ведь это болезненно, ох как болезненно! Великая империя вот-вот будет разделена, и все эти мелкие народы: эстонцы, латыши, венгры... А Венгерский национальный альянс[9], они действительно заходят слишком далеко, преувеличивая важность фигуры Аттилы, правителя гуннов, и его кочевых набегов. Я вам скажу, что Чингисхан был намного более гуманным и привлекательным персонажем. Он благополучно попал под влияние славянского цивилизационного процесса и был, в сущности, перевоспитан коренным русским населением. А что Аттила? Ну и что, что он разграбил Рим! А какой вандал, скажите, этого не делал? Подумаешь, какое дело! И чем же тут гордиться? Мужчина, который умер от носового кровотечения в свою брачную ночь[10], не заслуживает нашего уважения. А вы что скажете на это, юная леди?»

«Кхе-кхе, — поддакивает Алексей Александрыч, — юная леди-невеста должна была быть крайне разочарована. Если она вообще была леди, а не просто очередной юный вандал в юбке...»

«О да, — прошептал Александр Алексеич хриплым голосом, — свадебное ложе Аттилы явно имело неприглядный вид. Если б я был венгром, я бы в этом грязное бельё не копался».

«Они ведут себя словно подростки, все эти молодые народы. А американцы, понимаете ли, в эти дни заняты лишь поиском "внутреннего ребёнка"[11]. А венгры-то, о да, они в поиске внутреннего гунна! Они подвергают сомнению наш евразийский кочевой образ жизни и провозглашают себя истинными наследниками настоящего европейского и азиатского единства. Они утвержда-

---

[9] Венгерский национальный альянс был недолговечной избирательной коалицией в Венгрии, сформированной в декабре 2003 года небольшими правыми партиями и движениями для совместного участия в выборах в Европейский парламент 2004 года.

[10] Согласно историческому преданию, Аттила якобы умер после свадебного пира на ложе германской пленницы Илдиго.

[11] Внутренний ребёнок — понятие в популярной и аналитической психологии, обозначающее грань человеческой личности, связанной с воспоминаниями о детстве и соответствующим поведением, проявляющимся во взрослой жизни.

ют, что финно-угорские племена, пришедшие с берегов Волги, и были первыми настоящими евразийцами. А все эти, как они говорят, "дворняги степей": монголы, татары, скифы, славяне — просто шли по их следам».

«Абсолютно с вами согласен, дорогой коллега, — воскликнул Алексей Александрыч, — к тому же, понимаете ли, они даже и не индоевропейцы. Они провозглашают себя доиндоевропейцами! И заявляют, что будут вести борьбу с "распространением жестокой индоевропейской цивилизации". Безусловно, семиты являются нашими общими врагами. Существует даже такая легенда: мол, юная невеста Аттилы на самом деле была голубоглазой еврейкой, которая только прикидывалась вандальшей. Это именно то, чем они славятся, — умением притворяться кем-то другим. А их женщины — это политические нимфоманки. Они внедряются и к индоевропейцам, и к неиндоевропейцам с одинаковым рвением, чтобы понять, кто в данный момент одерживает вверх. И многие из них получают убежище в Америке».

«Хорошо, — сказал Александр Алексеич, — а я вам скажу: поскреби венгра — и не найдёшь гунна, ха-ха-ха! А найдёшь... догадайтесь кого? Еврея. Сионские мудрецы, конечно же, молчат на это счёт. Но не считайте меня антисемитом. Некоторые из моих лучших студентов были евреями. Хотя в любом случае антисемитизм как явление был сильно преувеличен».

«Они заходят так далеко, что ставят панвенгерство в противовес евразийству. Но скажи мне, пожалуйста, почему же эти венгры пишут свои лозунги на английском? Почему "Бай-бай, Саша"? Понимаешь, к чему я клоню? Всё это игра на публику. Международная пресса. Заговор средств массовой информации. "Бай-бай, Саша" в действительности означает "Хеллоу, Фриц". И они уже считают деньги в немецких марках».

«Постойте, — вежливо говорю я, — ведь лозунг на английском, а не на немецком».

«Потому что он переводится как "Бай-бай, Саша; хеллоу, дядя Сэм", — произнёс Алексей Алексеич с раздражением, — вот и всё. Давайте же посмотрим, как эти венгры смогут настоять на своём. Европейское сообщество не слишком стремится принять их в свои объятья. Венграм не следовало отказываться от своих евразийских связей, ведь естественная граница Евразии, материка-океана, как раз проходит через Голубой Дунай».

«Какой это был чудесный вальс "Голубой Дунай", — мечтательно произнёс Александр Алексеич, — и как он отчётливо перекликается с нашим "Ах, заснеженные степи, разделили мы судьбу" нашего несчастного Качальского, который не дождался исполнения своей евразийской мечты. "Россия, милая Россия, как я тоскую по твоим берёзкам-деревцам. Они печально мокнут под дождём..." Это же тоже практически вальс. Сколько же у нас общего! И как же венгры не могут это понять!»

«У них промыты мозги, Алесей Александрыч, просто промыты мозги! Вы слышали последнюю новость? Этот лжеучёный доктор Иштван Кертес теперь заявляет, что древние японцы являлись не кем иным, как потомками финно-угорских племён! Следовательно, японцы и венгры произошли из одного корня! Как хитро и как удобно получается! Я слышал, что они собираются вводить новую валюту: венгерскую йену!»

«Вы очень точно подметили, Александр Алексеич! Вы видели японских туристов, снимающих на фотоаппараты лозунг "Байбай, Саша"? Они непрерывно крутят это в телеэфире. Вот тебе, пожалуйста!»

«У меня для вас кое-что есть, — говорит мадам Крестовская, прерывая нашу горячее чаепитие, — в моём архиве есть одна записка, которую Борис послал Нине Белской. Отзыв на её доклад. Видимо, он его не отослал. Возможно, он собирался отправить его как раз перед её смертью. Почерк неровный, но это определённо его почерк — взгляните на эти сдержанные завитки, на эту характерную для него букву "т". Он всегда пользовался фиолетовыми чернилами. Нет, вы не можете забрать это письмо с собой. Оно очень ценное и хрупкое, разве вы не видите? Я боюсь, что на данный момент я не смогу его вам доверить. Сделать фотокопию в Национальной библиотеке Франции? Ох, эти кошмарные французские ассистенты, они так недружелюбны. Вы женщина молодая и можете не понимать, что это письмо не было включено в собрание сочинений, которое недавно вышло в Москве в серии "Утраченное национальное достояние". Пожалуйста, вытрите как следует руки, прежде чем прикасаться к оригинальным записям Бориса Владимировича. У вас осталось немножко варенья на верхней губе. Да, теперь порядок».

Вот текст этого письма:

> Дорогая Нина,
> Ваша статья касается многих значимых вопросов. Анализ проблемы общего индоевропейского корня «матера» — мать, материальность, материал, мат (русская обсценная лексика) может стать основой для более крупного исследования. Ваша гипотеза об этимологии слова «участь» не обоснована. Мне кажется, что Вы слишком увлеклись лингвистической игрой в угоду самой игре, как говорится, искусством ради искусства, словом как таковым и всякой такой ерундой. Я же, Нина, ищу глубину, дух или, по крайней мере, какой-то объединяющий принцип, основную идею, которой так не хватает в этом бессмысленном мире. Лингвистика не является вещью в себе, а служит путём к истине, частью идеократической[12] картины мира, а не простой случайностью.
>
> P. S. Я отправляюсь на Лингвистический конгресс, где встречусь с рядом «выдающихся гостей из Советского Союза». Я очень рассчитываю и на нашу скорую встречу. Мы много чего должны обсудить тет-а-тет, как говорят наши проклятые французы.
>
> Ваш Б. К.

«Зачем Борис Владимирович встречался с советской делегацией? Я думала, что философы-эмигранты не желали иметь дело с представителями советского правительства. По крайней мере, до войны».

«Ясно, что вы не подготовились, моя милая. Вы ещё молодая исследовательница. И вам следует развивать ваши исследовательские навыки».

---

[12] Основанной не на предании и материальных интересах, а на сознательных идеях.

«Евразийцы были не столь недальновидны, как остальные эмигранты, — проникновенно прошептал Аркадий Анатольевич, — они не приняли идею всю жизнь унижаться в очередях за видом на жительство. Париж вовсе не являлся для нас "праздником, который всегда с тобой", это однозначно. Этот переоцененный американский писатель сам не всегда ел досыта, но у него было чувство собственного достоинства. Он сам решал, пойти ему обедать или нет. У нас же не было выбора. Поэтому некоторое время, ещё начиная со "Смены вех"[13], среди нас преобладали примирительные тенденции по отношению к Советской России. В конце концов, Советский Союз сохранял естественные границы Евразии, поэтому наша роль сводилась к тому, чтобы провести мирную передачу власти».

«Мирную передачу власти от кого к кому?»

«От партии большевиков к партии евразийцев. Вы не знаете, как выглядит наш герб: одноглавый орёл, полумесяц, крест и звезда? Мы включили в него все символы. Вы, сударыня, можете считать это историей, но это совсем не так. Нет никакой истории, и нет никакого прошлого. Прошлое возвращается, чтобы преследовать нас, и искупление за прошлое настигает нас в будущем. То, чему суждено было произойти в прошлом, произойдёт в будущем. Будет осуществлена мирная передача власти. Не обманывайтесь насчёт так называемого мирного перехода к демократии. Народы Евразии не идиоты. Они идеократы. Им необходима сильная идея, чтобы воплотить ее в жизнь. Дешёвая американская реклама свободы тут работать не будет. Но наше ожидание скоро закончится. Время обрушится в 2018 году. Этот год станет Первым годом евразийского календаря. Мёртвые воскреснут в Судный день — конечно, те, кто заслуживает быть воскрешенным — истинные евразийцы. Для всех на земле просто не будет достаточно места. И настанет наш Новый мировой порядок. А американская мечта поблекнет перед нашей идеей».

---

[13] Сменовеховство — идейно-политическое течение, возникшее в 1920-е годы в белой эмиграции первой волны.

«Предполагалось, что Борис Владимирович встанет во главе Евразийского государства, как некий король-философ?»

«Нет, он должен был стать нашим отцом-основателем, нашим самым сильным философом-евразийцем. Он был идеократом, а не бюрократом. Но, увы, этого не произошло. Однако, поверьте мне, его не забудут. Его памятник украсит площадь Чигисхана — так мы переименуем Красную площадь. А улица Лубянка будет названа *перспектива* Крестовского. А если эти венгры немного поутихнут, то мы переименуем какой-нибудь московский тупичок в проход имени Аттилы. Мы даже поставим там конную статую вместе с той маленькой вандальшей, сидящей на конском хвосте. А московское метро будет названо Евразийским подпольем. Мне нравится, как это звучит, а вам?

Ах, милая, я просто изумлена и даже, можно сказать, шокирована тем, что в Соединённых Штатах не изучают работу Евразийского кружка[14]. Насколько близоруки эти американцы, совершенно близоруки! Их так называемые учёные штудируют формалистов и соссюрианцев и их мелкие кружки. Но они не имели никакого отношения к политике — наивные интернационалисты, литературные фокусники, виртуозы *приема* и ничего более. Они не занимались корнями языка, значением и смыслом нашего существования на земле. Они предпочитали лишь поверхностные трюки. Ничего удивительного, что французы проявили к ним интерес.

Прошу прощения, но у нас уже намечена другая встреча, — прервала беседу мадам Крестовская, — представители Евразийского общества казаков и татар прибывают в 3:30, а в 5 часов здесь будет известный режиссёр из Москвы Вячеслав Пулков. Он снял замечательный фильм "Сиреневый закат", первую киноду евразийскому пространству. Сейчас он работает над документальной лентой "Жизнь патриота", посвящённой Борису Крестовскому. Конечно, это совместный российско-германский проект. У этих

---

[14] Евразийский кружок сложился в Софии в 20-е гг. в ходе обсуждения книги Трубецкого «Европа и человечество» (Н. С. Трубецкой, П. Н. Савицкий, Г. В. Фроловский и П. П. Сувчинский).

бедняг кинематографистов в наши дни нет достаточно средств на съёмки. На рынке доминирует Голливуд. Они даже предлагали, чтобы Пулков снял сцены евразийской степи в одной из Дакот. Какое оскорбление!

Ну что ж. Желаю вам всего хорошего. И если вы когда-нибудь станете искать этого мутного венгерского мошенника Андраша и его прислужников, будьте осторожны, опасайтесь их уловок. Это, безусловно, очень опасно. У них руки по локоть в крови. Вы похожи на добропорядочную девушку, но очевидно, что вам необходимо больше времени проводить в библиотеке. Да, и ради Бога, не будьте такой американкой. И никогда, никогда не говорите "хорошего вам дня". Это совсем не по-русски».

Глава девятая,

которая слегка вгонит вас в краску

У себя в номере я смотрю телевизор: советские танки катятся по городским окраинам вдоль витрин облезлых магазинов, украшенных яркими рекламами. А потом вдруг только снег. Телевизор чёрно-белый и издаёт пугающий электронный треск. Уже через мгновение на экране снова появляются танки. Теперь на фоне ревущих танков мы слышим женский голос с лёгким акцентом: «1990-й. Что-то ужасное происходило в моей стране. Я должна была срочно позвонить родителям. К моему удивлению, я сразу смогла дозвониться. "Ах, доченька, не беспокойся, — сказала мама, — эти танки не настоящие. Это всего лишь телефильм". Я была так рада, что использую AT&T[1]».

Мы попадаем в счастливую русскую семью, они смотрят танки по телевизору, усевшись за столом с селёдочкой, чёрным хлебом и «Столичной» — и всё это очень красочно. Через некоторое время мама, полная женщина с добрыми и усталыми глазами, в вышитом переднике, выключает телевизор. Звучит записанный смех. Звонит телефон. Всё это венчается победой AT&T. Но я не думаю, что на этом всё кончается. Я так и вижу, как, выключив телевизор, наша русская семья продолжает выпивать и чокаться. Они усаживают за стол и американского оператора, который снимал рекламу AT&T, и звукорежиссёра. Оператор уходит примерно через час, так же поступает и звукорежиссёр, и они вдвоём невнятно затягивают песню: «Ukraine girls they'll knock

---

[1] Американский транснациональный телекоммуникационный конгломерат, крупнейшая в мире телекоммуникационная компания.

you out. They live the West behind»[2]. Захмелев от «Столичной», они садятся в свою иномарку. Потом папа слегка «перебирает», а мама начинает плакать. Кто-то бросает камень в окно, и с телефонного аппарата падает трубка.

Экран телевизора вновь побелел «от снега». «Там так зябко, товарищи, так зябко». Это реплика Греты Гарбо. Она хотела открыть окно в своём люксе, чтобы немного его проветрить, впустить весеннего воздуха. Я постучала легонько по своему телевизору, потом ещё. И наконец изображение вернулось. Экран был каким-то зеленоватым с нежными оттенками, пастельными тонами и мыльными пузырями. «Это так проникновенно», — произносит какой-то женский голос, но я не знаю, о чём идёт речь. В тот самый момент, когда я пытаюсь вникнуть в содержание телепередачи, звонит телефон. Это мадам Чернова.

«И снова здравствуйте, — говорит она, — как вы себя чувствуете, моя милая, в этот чудесный вечер?» Она говорила глубоким и каким-то гортанным шёпотом, и мне показалось, что она была слегка пьяна. «Ну, мне звонила мадам Крестовская и рассказывала о вашем визите. Она считает, что вы вполне симпатичная, но "Ах, какая же она советская!"». Она засмеялась, передразнивая племянницу Крестовского: "Боже мой, что они сделали с языком в этой ужасной стране? Он так деградировал, к моему прискорбию, в период этого пошлого большевистского правления". Ладно, и я могу ещё кое-что добавить о нашем выдающемся языке!» И она разражается истерическим смехом. «Я просто выпила рюмочку "Абсолюта" — простите меня, моя дорогая. Конечно, я вам всего не рассказала, как вы и могли предположить. Иногда я могу показаться старомодной и благоразумной. О нет, вы мне не верьте. Просто это так скучно, выложить всё за раз, а потом вы мне откажете в Вашей милой компании. А вы же знаете, что женщина я одинокая».

---

[2] Слова из песни английской рок-группы «The Beatles» «Back in the USSR» («Назад в СССР») из «Белого альбома» (1968), которые можно перевести примерно так: «Перед красотой украинских девушек не устоять. Они дадут фору нашим западным девушкам».

И мы договорились встретиться незамедлительно в маленьком баре по соседству.

«Мы ведь можем не начинать с мелкобуржуазной светской болтовни, ведь верно? В конце концов, мы взрослые люди. Вот мои признательные показания, госпожа следователь. Я подсматривала за Ниной и Борисом — и неоднократно. Так я себя тогда вела. С пятнадцати лет я имею пристрастие к замочной скважине. Конечно, я знаю, что вы сейчас обо мне думаете. Вы думаете, что я это всё сочинила. Ладно, решайте сами. Вы не поверите, каких евразийских идей я наслушалась! На самом деле, это было чрезвычайно познавательно. Он говорил: Россия — это нация женская, нация, которая никогда не проходила фазу европейской возмужалости, эпоху рыцарства. Прошу меня простить, но я не могу в точности передать его слова.

Сначала они сели на диван, пили чай с лимоном и вели беседу о судьбах Евразии. В основном говорил, конечно, он, а она всё подкладывала сахар себе в чай и резала лимон на мелкие дольки. Он особенно волновался, когда говорил о Чингисхане. Он называл его "великим, но непонятым императором кочевников". Он начал потихонечку расстёгивать её блузку. "Когда он пересёк границы России, он низко поклонился и поцеловал её сырую землю. Монголы были первыми. Теперь же очередь за русскими". Нет, нет, она совсем не возражала, она ласкала его пальцы и даже направляла их к своему телу. Он робко касался её грудей, словно мальчик. Он держал их в своих руках.

Потом они ещё поговорили о кочевниках, блуждавших в русских степях. Потом поставили грампластинку. Она постоянно играла одну и ту же песню. Но я всё ещё могла расслышать их шёпот. Эта пластинка была разбита в день Нининой гибели. А он распалялся всё больше и больше. Он рассуждал о гордой самодостаточности Евразийской империи. "Мы, русские, должны сделать это теперь. Это сложно, я знаю, но мы должны".

Его рука заскользила по её шёлковым чулкам. В то время они должны были стоить Нине целого состояния. И как я завидовала этим чулкам производства "Ги ля рив", "чёрным сеткам", как их называли. Обычно она покупала их у Яковлева, который прия-

тельствовал с Горгуловым[3], тем параноиком-убийцей французского президента. Он продавал их дешевле, чем французы.
Ну и, конечно, у Нино́чки были красивые ноги.

Он опустился на колени, снял её туфлю, дотронулся до её ноги
и поцеловал ее. Всё происходило очень медленно. Они продол-
жили в полной тишине. У меня не получалось ничего рассмотреть,
так как они переместились за область обзора замочной скважины.
Она закричала, потом ещё раз, как будто ей было больно. Я помню, как у меня так перехватило дыхание, и я чуть себя не выда-
ла, издав непроизвольный звук.

Они занимались такими вещами, которые я раньше никогда
не видела. Это продолжалось довольно долго: прикосновения
и разговоры, прикосновения в тишине, потягивание напитков.
Все движения были как в замедленной съемке. Видела ли я её
лицо? Да, её глаза были полузакрыты. Она выглядела сияющей
и беззаботной. А он, он был просто в лихорадочном возбуждении.
Его щёки, обычно бледные, теперь зарделись румянцем. И он
беспрестанно пожирал её глазами.

Нет, нет, не торопитесь, юная леди. Они не "занимались сексом"
в полном смысле этого слова. Какое это вульгарное выражение,
не так ли? Им этого было не нужно, да они и не могли. Казалось,
что они просто не способны оторваться друг от друга.

Что ещё я могу ко всему этому добавить? У него были длинные
пальцы и глубокий бархатный голос. В то время я не была захва-
чена евразийской мечтой. Я искала тот призрак коммунизма,
который бродил по Европе. Но теперь это совсем неважно, моя
дорогая. Я думала об этом в последние несколько дней. И вы
знаете что? Это могло быть преступление на почве ревности. Две
недели спустя я видела их в баре, где я тогда работала. Они спорили шёпотом, но казалось, будто они друг на друга кричат.
Я притворилась, что мне нужно вытереть соседний столик, так
что мне удалось услышать кое-что из их разговора. Нина обви-

---

[3] Горгулов Павел Тимофеевич (1895–1932) — русский эмигрант, литератор,
    пропагандист националистических теорий, убийца президента Французской
    Республики Поля Дурема (1857–1932).

няла его в том, что он встречается с другой женщиной, и всё время расспрашивала его о ней. А он всё повторял что-то вроде: "Между нами ничего не было, абсолютно ничего не было, как ты смеешь?" Он обвинял её в том, что она ведёт себя не как русская. Они ссорились, но в их шёпоте ещё было много страсти. Потом он сказал, что хочет остаться один. Прямо как Грета Гарбо, ха-ха. Вы понимаете, он должен был оставаться загадочным холостяком, по крайней мере, в глазах общественности.

То, что я тогда говорила о любви и политике, — абсолютно неверно. Ведь что касается нас, русских, то большинство преступлений — это преступления на почве страсти, даже те, которые совершены по патриотическим, идеологическим или религиозным мотивам. В конце концов, даже тот глупый фильм изобразил всё совершенно верно. У них был роман, роковая привязанность. Нина поставила под угрозу свою репутацию. Борис повредил своему драгоценному образу. Но мог ли он простить Нину, свою избранницу, когда она вдруг начала встречаться с американцем? Добавьте к этому ещё и то, что, по его мнению, американец обладал молодым телом и заурядным умом. Это уже был двойной удар. Варвары стояли у порога.

Я подозреваю, Борис тоже получил приглашение на специальный показ того глупого фильма? Ведь, в конце концов, Андраш относился с почтением к профессору, хотя и был с ним не во всём согласен. Борис должен был быть очень возмущён этим фильмом. Представьте, что он должен был подумать: "Дешёвая киношная история любви, профанация всего святого. Советский полномочный представитель с никчёмным французским аристократишкой, заигрывание Советов с Западом, предательство евразийской мечты, типичный голливудский стиль". Но тут он видит Нину и Лионеля в кинозале. Они ведут себя как влюблённые: держатся за руки, кормят друг друга конфетами и тому подобное. Борис не принимает это всерьёз. Всё это только ребячество. Ведь он уверен, что имеет на Нину огромное влияние. А затем он узнаёт, что Лионель провёл ночь у Нины. Борис никогда этого не делал. Он приходил к ней только днём, что, как я подозреваю, придавало этим встречам особенную прелесть. А ещё когда он узнаёт, что

Лионель не только ночевал у Нины, но и утром пошел за завтраком для нее, то он просто не мог в это поверить. Он совершенно потерял самообладание. Он вдребезги разбил пластинку с мелодией любви. Мы знаем, что у него был пистолет. Помните, Нина упоминает его в своём дневнике?»

«Разве он не был тогда на конгрессе лингвистов?»

«Должен был. Но конгресс проходил в Мёдоне[4], это всего в часе езды на машине. Наша общая подруга Галина видела Бориса Владимировича и Полтавского-Рижского в кафе в районе 11 часов. Она вполне уверена, что это был Борис. Она видела его со спины. Он платил за Полтавского-Рижского и беседовал с официантом. Ей показалось, что Полтавский-Рижский, как всегда, был несколько не в духе».

«Но они же друг друга недолюбливали?»

«Это однозначно. Единственное, что у них могло быть общего, так это ревность к Нине.

Нет, вам не удастся поговорить с Галиной. К сожалению, это невозможно. Она скончалась три года назад. А её дочь ничего не знает. Она даже не говорит по-русски. Она была ребёнком от второго брака. От Жана Франсуа, человека порядочного, но скупого. Он был родом из Бретани. Их дочь является активисткой Бретонского движения за отделение. Сейчас она проживает в Кемпере[5].

Я знаю, милая, что вы засомневались. Почему старая балаболка не рассказала всё это полиции? Возможно, потому, что в воздухе уже висело предчувствие войны, и мы не желали, чтобы великий русский гений попал под подозрение. Кроме того, как я могла признаться, что подглядывала за Ниной? Да никто бы мне и не поверил. Конечно, вы ничего не найдёте в её дневнике. Ничего из того, что я вам рассказала. Я принесла вам вторую тетрадь, и вы можете сами во всём разобраться. Похоже, что Нина уничтожила часть своего дневника и некоторые записи.

---

4 Мёдон (*фр.* Meudon) — юго-западный пригород Парижа на южном берегу Сены в департаменте О-де-Сен.

5 Кемпер (*фр.* Quimper) — город в Бретани на северо-западе Франции.

Там отсутствует довольно много страниц. Также она иногда заново переписывала свои ежедневные заметки. У меня такое чувство, что в тот период, за месяц до смерти, она пыталась как-то перестроить свою жизнь. Но не спрашивайте меня почему.

Что ещё я видела и о чём умолчала? Хороший вопрос, госпожа следователь. К сожалению, это была самая интересная вещь, которую я видела. А я ведь смотрела часто. А что касается Бориса, то я не знаю, должна ли я об этом говорить, но много лет спустя мой хороший друг, доктор Дж. из Будапешта, сказал мне, что Борис страдал импотенцией обыкновенной. Это заболевание часто встречалось среди эмигрантов, наверное, по причине стресса, недоедания и табакокурения. Бедный доктор Дж., он так прозаично выражался».

Должны ли мы доверять полупьяным рассказам Натали? Поведала ли она нам настоящую историю Нины или только свои собственные фантазии о бравом венгерском троцкисте, который мог вовсе и не быть троцкистом? Я всегда начинаю сомневаться, когда люди добровольно выдают свои секреты. Списывайте это на моё советское воспитание. Как по мне, так спонтанная откровенность с посторонними всегда является определённой формой провокации. Если они делятся такими секретами, то какие же непристойности они тогда от нас скрывают? Зачем Натали настаивала на том, что была пьяна, когда она всего лишь слегка захмелела, и то в основном от нахлынувших воспоминаний? И самое главное, что значили для Нины эти тайные свидания со своим учителем?

На пляжной фотографии глаза у Бориса Владимировича проницательные, смотрят несколько раскосо и притягивают. Стоит вам однажды заглянуть ему в глаза, как вам не захочется отрывать от них свой взгляд. Вы будете страстно желать, чтобы эти глаза вас учили, чтоб они вас ранили и одновременно утешали, чтоб они вас приласкали и чтоб они подарили вам уверенность в завтрашнем счастливом дне. Доверьтесь мне, всё это будет иметь смысл в том туманном материке-океане, где мы, в конце концов, окажемся все вместе. О дом, наш милый дом.

У него были гибкие пальцы философа, не менее убедительные, чем его тезисы. Вы же знаете, как невозможно не влюбиться в преподавателя иностранного языка? А если они ещё и объясняют вам материал на вашем родном языке, то вы влюбляетесь по уши, словно застенчивая школьница. Он был ранимым и неотразимым. Его одержимость мечтой была совершенно ничем не подкреплена. Но чем более нереалистичной и неуёмной она становилась, тем более совершенной представлялась его Евразия. Она, должно быть, полагала, что держит в объятиях теоретика, но не принимает его теории. Ах, но это такой скользкий путь. Она, наверное, на своей тесной кухоньке варила для него яйца всмятку и заваривала в чайнике чай. А он мог бы рассказывать ей о тех одиноких кочевниках, бродящих по солончаковым пустошам, с мечтою о собственном доме. Он начинал сильно кашлять. Ведь, как и она, он страдал от боли в горле. «Борис, вам на самом деле пора бросать курить». А потом он, должно быть, снова начинал её щупать. «Ниночка, или моя милая, моя славная, ну, что ты, ну моя маленькая. Теперь я чувствую себя совсем как дома». «Борис Владимирович, пожалуйста». «Да, Ниночка, позволь мне, да, да...»

Его проворные пальцы гуляли по её телу. «Борис Владимирович, пожалуйста, прекратите... не сейчас».

Глава десятая,

в которой мы узнаём о той «другой женщине»
и читаем «Манифест кинолюдей»

Из дневника Нины Белской

10/8

Катя сказала, что эмиграция представляется ей каким-то сном — иногда ты думаешь, что проснёшься и окажешься дома. Я же чувствую обратное. Теперь возвращение домой мне показалось бы сном. Мне бы захотелось проснуться и вздохнуть с облегчением, что я за границей. И я не очень представляю, что с этим делать.

18/10

Дамский портрет

Она сидит в противоположном углу аудитории и усердно конспектирует лекцию. У неё длинная шея и тонкие благородные черты лица. Мне неизвестно её имя, поэтому я буду звать её просто «Х». Её лицо выглядит прозрачным на свету. Щёки её почти бесцветны. Я никогда не видела, чтобы она краснела. Х может быть иностранкой, из Галиции или Польши, или, может, из Силезии или Эльзаса-Лотарингии. Безусловно, это только мои предположения. У неё стальные глаза. Чем же она меня очаровала? Не знаю. Она такая решительная и спокойная. Когда я проходила мимо её парты, я обратила внимание на её почерк — очень ровный и мелкий, все буквы написаны с одинаковым наклоном.

Что же она пишет? Мне не удалось разобрать ни строчки. Она никогда не ёрзает на стуле, никогда не чертит каракули на полях тетради, никогда не глазеет по сторонам без дела. Она не кокетничает, она выше и вне всего этого. Она точно знает, что ей нужно от жизни. Я не знаю, что ей нужно конкретно, но я знаю, что она это знает. Увы, я ещё не нашла себе друга по душе, но уже нашла своего антипода!

Открытка от Кати Корф

Милая Нинка,
мне понравилось начало твоего эссе: «Эмиграция — это двойная жизнь, а эмигрант — это всегда двойной агент. Это его самое большое преимущество и одновременно источник его страхов». И что же дальше? Где твои выводы? В этом точно что-то есть. Ты знаешь, что даже доктор Фрейд полагал, что частью лечения паранойи является способность покинуть родной дом. Он рекомендовал своему русскому пациенту-параноику «Человеку-волку»[1] (двуязычность которого была, очевидно, сильнее, чем возможности доктора Фрейда справиться с ней) не возвращаться в Россию. Это было в 1917 или 1918 году. Человек-волк последовал совету врача и потерял свой дом и состояние. Но после этого его паранойя заметно утихла.

Обнимаю, Катя

13/5

Госпожа X всё ещё со мной. Или она товарищ X? Но она всегда присутствует где-то там, на заднем плане. Нет, я не ищу с ней встречи. Она держится обособленно, ни с кем не разговаривает и положительно не замечает меня. Она просто глядит сквозь меня. Я не в её поле зрения. Она не обедает в эмигрантской столовой, а носит с собой свежие фрукты и овощи. Она полностью самодостаточна. Она не курит. Она очень сосредоточенна и работоспособна. У неё есть чувство времени. Я смотрю на неё, но она никогда не отвечает мне взглядом.

---

[1] Сергей Константинович Панкеев (1886–1979) — русский помещик-эмигрант, пациент доктора Фрейда, названный в его работах с целью сохранения анонимности «Человеком-волком» (нем. der Wolfsmann).

15/5

Катя не верит в существование Х. Она просила меня прекратить писать ей про Х. «Лучше пиши про себя, Нина, Х — это всего лишь твоя выдумка». А затем она сказала что-то ещё более пугающее: «Это твоя проблема, и ты знаешь о ней. Ты хочешь прожить много жизней одновременно». Катя не верит в то, что Х ходит в бассейн. Поверит ли она в то, что Х делала доклад на семинаре Бориса Крестовского? Что касается меня, то я даже не могу об этом мечтать! Х делала на семинаре доклад об универсальном языке. Если большинство из нас интересуется языком прошлого, то она работает над языком будущего. Мне неприятен её голос. Я предпочитаю за ней наблюдать, но не слушать, что она говорит. У неё неопределённый славянский акцент и тон немногословного гуру. Она не проявляет восторженности или истеричности. Она спокойная, рассудительная и очень современная. Она женщина нового типа. Абсолютно категоричная. Она не привела ни одного примера. Она завершает свою речь следующими словами: «Вавилонская башня должна быть достроена. Это будет современная башня, величественный памятник в интернациональном стиле, из стекла и бетона. А Эйфелева башня превратится в рудимент из прошлого, в устаревшее и бесполезное железное кружево для старомодных влюблённых. В будущем мы не будем иметь необходимости разговаривать на разных языках и, таким образом, сохранять навеки наше взаимное непонимание. Все мы будем говорить на одном языке — языке международного коммунизма. Возможно, это уже не будет в полном смысле вербальная речь, как мы её теперь воспринимаем. Необходимость говорить просто отпадёт, и мы будем делиться друг с другом молчанием, тем видом многозначительного молчания, которое возникает после честного труда, приносящего глубокое внутреннее удовлетворение». А потом Борис сказал: «Завершение строительства Вавилонской башни станет высшим достижением Евразии. Языки Евразии должны вернуться на плодовитую почву своих общих корней».
Я была удивлена. Обычно Борис Владимирович не жаловал марксистские концепции за «самообманчивый космополитизм». Зачем же он попытался это принять? Чтобы включить

в категорию понятий евразийского идеала? Или я упускаю тут что-то важное?

После семинара Борис Владимирович подошёл поздравить X с успешным выступлением. Нет, он не целовал её руку так, как целовал мою. Он испытывал гордость, когда по-настоящему целовал губами женские руки. «Не так, как это делают французы». С ней же всё было по-другому. Он пожал ей руку, глядя прямо в глаза. Я никогда не видела, чтобы он так поступал. Со мной он хмурится, улыбается, сердится или становится нежным, но никогда не смотрит мне прямо в глаза.

Сон про X

Это был очень приятный сон, который поначалу принёс мне только радость. Во сне я, наконец-то, заговорила с X. Хотя я никогда не разговаривала с ней в жизни. Ох, какое это было облегчение. Теперь всё стало совершенно ясно. Не нужно волноваться или опасаться её. Она просто слегка застенчива. И не привыкла разговаривать с незнакомыми людьми. Но теперь я для неё не чужая. И она рада поговорить со мной. Она говорит, что давно хотела со мной познакомиться, но не решалась заговорить первой. Я не помню, о чём мы с ней беседовали, но мы чувствовали себя очень свободно и даже раскованно, и казалось, как будто мы уже сто лет знакомы. В быту у неё нет интонаций немногословного гуру. Она очень непосредственная. Она приветствует меня поцелуем и оставляет смазанные красные следы на верхней складке моих губ. Она снимает соринку с моих усталых глаз расшитым носовым платком с хорошо знакомым запахом незабудок. Эти духи в Париже уже больше не производят. Я предлагаю ей вместе сходить в бассейн. Она с радостью соглашается. Мы раздеваемся, и оказывается, что мы одеты в одинаковые купальники в полоску. Мы подходим к бассейну. Я смотрю вниз на воду и замечаю, что она мутная и грязная. В ней плавают городские отбросы: мусор, старые газеты, объедки, всякое барахло, головка от куклы с отбеленными волосами, окурки. Вода не лучше, чем в Сене, но люди плавают в ней как ни в чём не бывало. Группа гимнасток даже выстраивается в ряд, готовясь к прыжку. X прыгает в воду и зовёт меня:

«Давай же, тут совсем не холодно». Отступать уже поздно. Не могу же я выглядеть перед ней трусихой. Я залезаю в воду, дрожа и думая про себя: «Не так уж и плохо. Действительно, тёпленькая».

12/6

Сегодня произошёл большой прорыв в истории с Х. Я поймала её отражение в зеркале женской раздевалки в бассейне. В конце концов, она тоже человек. Правда, она только украдкой взглянула на себя, поправила шапочку для плавания и стремглав прыгнула в холодную воду с десятиметровой вышки. Её тело сливается с водой. Её гребки изящны и быстры. Я чуть не сказала «мужественные». Она плавает как мужчина.

Х физически развита и отлично сложена. У неё широкие плечи. Я просто уверена, что её бы взяли на любой атлетический парад, проходящий на любой из центральных площадей любой страны мира. Теперь я знаю, что меня в ней привлекает. И это неважно, из Львова она или из Бордо. Она современная женщина, женщина нового типа по самой своей сути, что бы ни подразумевалось под этим понятием. Она могла бы быть моделью для скульптуры. Если бы я имела возможность, то я бы изваяла её статую, голой по пояс. Это была бы та классическая полунагота, которая не возбуждает страсть, но вызывает восхищение. А ниже пояса было бы множество складок, тяжёлых мраморных складок.

Я поджидаю её в женской раздевалке. Мне хочется посмотреть, как она вытирается. Мне хочется взглянуть, как она ступает в лужи на полу, роняет заколки из мокрых спутанных волос, застёгивает лифчик и натягивает на себя хлопчатобумажные чулки.

Но она появляется, закутанная в белые полотенца, тут же исчезает в кабинке для переодевания и запирает дверь изнутри. Ровно через семь минут она появляется опрятно одетой и бодрой и уже готовой противостоять этому миру. В воздухе остаётся только запах её духов «Незабудка».

15/12/39

Я гуляла по Монпарнасу[2] и краем глаза заметила Х в витрине ресторана. На ней было чёрное платье с открытыми плечами и глубоким вырезом. Сперва я даже не поверила, что это она. Её спортивная фигура, широкие плечи и по-мальчишески маленькие груди выглядели в этом наряде нелепо. Я остановилась и стала смотреть на неё через окно. Она выглядела оживлённой. В это время в ресторан зашёл мужчина в тёмном костюме, и они пожали друг другу руки. Но не так, как она пожимала руку Борису Владимировичу. Борис не отпускал её руку слишком долго. В этом же рукопожатии я не заметила ничего интимного. Казалось, что она даёт ему какие-то указания, черта что-то на бумажной салфетке. Может, это был план Вавилонской башни с колоннадой и красной звездой наверху? Рядом с ней сидел Андраш Ковач. Он тоже был одет с иголочки. Кто бы мог подумать, что у этого венгерского жулика вообще есть костюм? Ко мне подошёл швейцар, и я поняла, что одета совсем не лучшим образом. «Вы заказывали столик, мадемуазель?» «Нет. Я просто подумала, что я увидела — кхе-кхе-кхе — простите за мой кашель — мне просто показалось, что я увидела старого друга». Проклятый кашель. Он подводит меня везде, куда бы я ни пошла.

Танины салфетки

Треугольники

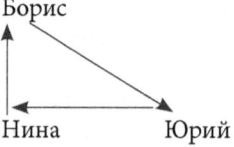

---

2   Монпарнас (фр. Montparnasse — гора Парнас) — район на юге Парижа, на левом берегу Сены.

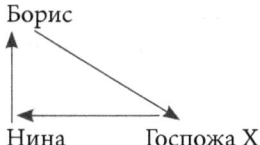

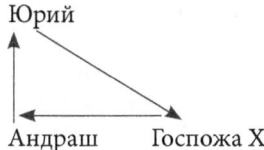

Записка от Андраша Ковача

Уважаемая Нина,
Рад возможности пригласить вас на новую серию фильмов: политическая комедия в Советском Союзе и на Западе. Мне очень жаль, что вам пришлось пропустить нашу предыдущую советскую ретроспективу. Я полагаю, что вы сочтёте нашу программу веселой и познавательной. В данный момент я занимаюсь изучением языкознания и способами его применения в кинематографе. Как видите, у нас много общих интересов.
Искренне Ваш,

Андраш Ковач

П. С. Натали сообщила мне, что вы проявили интерес к Манифесту кинолюдей. Я этим очень польщён. Я вас уверяю, что я уже давно преодолел свой юношеский идеализм. Вероятно, в душе я всё ещё человек кино, но также я — человек дела, который желает что-то изменить в этом мире.

Андраш Ковач
Манифест: Мы, кинолюди (1929)

Мы, кинолюди, созданные из света и тени, живём на экране этого мира. Мы тени от настоящего и свободны от памяти. Мы избежали минных полей буржуазной вины.

Нет немецких кинолюдей и нет французских кинолюдей, венгерских кинолюдей и русских кинолюдей, словацких, хорватских (и даже австро-венгерских). Мы свободные граждане Кинтернационала. Наш угол зрения важнее, чем наша кровь. Язык кино всеобщий.

Нет, кино не отражает реальность, оно её проецирует. Кинолюди — Колумбы новой Утопии. Кинтернационал изменит этот мир. Люди кино воплотят киноправду в жизнь. Корнями мы уходим в науку о свете, а не в болото национальной почвы. Мы современные кочевники, ровные, как бесконечный экран нашего воображения, глубокие, словно пена штормовых волн. Кинопространство — это наш предел, наша самая дикая прерия, наша граница свободы, ещё не покорённая вещизмом потребительского общества.

Мы отвергаем киноводку буржуазного обмана. Уютный дом прелюбодейки с плюшевым диваном на позолоченных львиных лапах — это не наше прибежище. Нам безразличен смех молоденьких кинозвезд, примеряющих модные шляпки. Нас не волнует вопрос, любит ли он её или нет. Сцены погони в поезде оставляют нас равнодушными.

Мы, кинолюди, не можем возвратиться домой. Наш родной очаг — динамическая игра света. И мы любим весь мир нашими влажными глазами. В кино нет места психологизму. Мы реалисты, в полном смысле этого слова. Мы — реальные действующие лица в пещере современности, а не дешёвые статисты с поплывшим гримом. Мы не стремимся к бегству от реальности, мы противостоим неизбежности современной жизни.

И, мадам, специально для вас, мы создадим немного киноженщин, таких же авантюристок, как киномужчины, но, возможно, с более мягким взлядом и парой ножниц в руках. Вы, киноженщины будущего, станете нашими лучшими монтажёрами. Там, в нашей киножизни не будет чёрной рамки со смешными каракулями: «Конец». Мы упразднили буржуазную «законченность».

Глава одиннадцатая,

*в которой мы все вместе отправляемся
на венгерскую вечеринку и узнаём о советских
системах полевой реактивной артиллерии*

«Бай-бай, Саша. Смотри, ещё один уезжает».

Уже не очень молодые, но всё ещё носящие ту военную форму, которой теперь изобилуют восточно-европейские блошиные рынки, советские солдаты покидают Будапешт. Жители Будапешта празднуют это событие в спокойной и ироничной манере, улыбаясь в иностранные телекамеры. Всё очень сдержанно. Они стараются не задеть самолюбие некогда могущественного Большого брата.

Маленький чёрно-белый телевизор стоит в углу комнаты. Комната душная, прокуренная и тёмная. Воздух спёртый, густой, вероятно, из-за табачного дыма и тесноты. Лица гостей едва различимы. Большинство одеты в чёрные или почти чёрные свитера-водолазки и не слишком потёртые джинсы. Кажется, что это люди из другой эпохи. Если бы вы встретили их на улице, вы никогда бы не подумали, что они эмигранты. Они обладают аурой отчуждения, которая не совсем принадлежит им самим. Они напоминают героев кинофильмов шестидесятых, Антониони[1]

---

[1] Микеланджело Антониони (1912–2007) — итальянский кинорежиссёр и сценарист, классик европейского авторского кино, которого называли «поэтом отчуждения и некоммуникабельности».

и Годара[2], которые они смотрели в полных кинозалах во время специальных «закрытых» показов в Кракове или Будапеште. В их серьёзности есть что-то устаревшее. Они могут быть только жителями Восточной Европы, переживающими западные мечты своей юности. Представители западного мира, конечно, никогда бы не узнали себя в этом образе, как ни одна украинская девушка никогда не узнает себя в строчках песни «Битлз» «Назад в СССР». «Нет, товарищ Леннон, сегодня я вас не повезу на отцовский хутор, извините...»

Короче говоря, это венгерская вечеринка. Я не могла отказаться от приглашения Миклоша и должна была наблюдать вывод советских войск, пусть даже по телевизору. Светская беседа была в полном разгаре.

«Не начинай снова про этот "конец истории"[3]. Я хочу закончить, наконец, этот чёртов "конец истории"! Они уже забыли, что были и другие войны, не только холодные. Нет, я не хочу ещё одну "Кровавую Мэри" — мне от неё потом станет плохо».

***

«Вы только посмотрите, эти люди даже не умеют грамотно писать! Вот что они пишут: "Buy, buy[4] Sasha!"»

«А Саша и так уже купил все, что мог».

«Послушайте, эти несчастные Саши просто выполняли свою работу».

***

Среди приглашённых несколько американцев, явным образом политологов, но понять их разговор мне удается с большим трудом.

---

[2] Жан-Люк Годар (1930–2022) — франко-швейцарский кинорежиссёр, стоявший у истоков французской новой волны.

[3] Аллюзия на книгу американского философа и политолога Фрэнсиса Фукуямы «Конец истории и последний человек».

[4] Правильно: «Bye bye Sasha!» — «До свиданья, Саша!». Фраза «Buy buy Sasha!» означает «покупай, Саша!».

«Вы уже посещали нашу нон-туистическую[5] страничку? Очень рекомендую. Нет, нон-туизм. Это не эгоизм, но и не альтруизм. Это атомизм. Мы все представляем собой атомы, а другие люди являются для нас плодом воображения, разумным небытием. Мы просто обсуждали статью Джеймса Гудмана[6] о нон-туизме и эмоциональной зависимости в экономике второго мира[7]».

«Он бывал в Будапеште?»

«Нет, Гудману незачем путешествовать. У него есть связи со всеми, кто ему нужен. Он — человек рационального выбора[8]».

* * *

От политики я убегаю на кухню. Миклош занят приготовлением салатов и напитков. Я впервые наблюдаю его в кругу друзей. Я едва его узнаю. Его серые глаза в изменённом свете кажутся карими, а голос его звучит иначе, когда он говорит на родном языке. Я не хочу его отвлекать. Напротив, я пытаюсь развлечь Иштвана, измученного спором о конце истории.

«Как давно вы знакомы с Миклошем?»

«Я работал с его женой».

«Понятно».

Меня задевает то, что Миклош женат. Но почему? Ведь, возможно, он женат в той своеобразной восточно-европейской манере, когда почти каждый как бы женат, но когда вы решаете зайти к нему или к ней в гости, супруг или супруга оказываются «на даче», что может в реальности означать практически что угодно. Я наливаю вторую рюмку. Мой нон-туизм тоже имеет свои пределы.

---

[5] Речь идёт о туизме Фейербаха (1804–1872), особенности философского познания, при котором достоверность бытия достигается лишь посредством доступности личного ощущения человека, реальностью для другого.

[6] Джеймс Гудман — американский актёр.

[7] Ко второму миру, в противовес государствам первого и третьего миров, относятся социалистические и бывшие социалистические страны, которые в значительной степени находились под влиянием СССР.

[8] Намёк на теорию рационального выбора в социальных науках и экономике.

**

Миклош подходит ко мне сзади и трогает за плечо. Он делает это очень нежно. Это даже не прикосновение, а просто товарищеский жест. В компании совсем незнакомых людей даже случайные знакомые сразу становятся ближе. Вот чем характерны вечеринки — виртуозными переходами от близости к отчуждению и наоборот, только уже с другими гостями.

«Не хочешь кусочек "Захера"[9]?»

«Нет, спасибо, — отвечаю я. — Ну, ладно, может, если только совсем небольшой кусочек с клубничкой сверху».

«Достаточно ли эмигрантская на твой вкус эта вечеринка? — говорит он, медленно вонзая нож в жирный кремовый торт. — Я и сам ощущаю себя здесь немного не в своей тарелке. Как будто мы вовсе и не в Париже. Но всё же эта вечеринка намного лучше, чем тот приём в Нью-Йорке, где мы впервые виделись. Или мы всё-таки там не встречались?» Он подходит ко мне поближе и поднимает бокал. «Это за Саш. Пусть же они, наконец, уйдут!» Мы пьём «Кровавую Мэри». Когда он смеется, у него вокруг глаз выступают небольшие морщинки.

В узком коридоре, куда я тихонько улизнула, я замечаю знакомое лицо: бледная женщина с обмотанным вокруг шеи красным полупрозрачным шарфом уже собиралась уходить домой. Где-то я её до этого уже видела. О, да, в том самом кафе «Бонапарт»! «Здравствуйте, — говорит она, — вам нравится эта вечеринка?» Она улыбается, не выслушав моего ответа. «Я знаю, — говорит она, — в подобных ситуациях такие ощущения возникают всегда, не так ли?» Слава богу, она не задаёт мне абсурдный вопрос о том, как у меня дела. Я знаю, что она необыкновенно красива, но почему-то не могу чётко описать её внешность. Эта женщина очень хрупкая, с изменчивыми чертами лица. Лишь несколько веснушек на её щеках остаются неизменными.

«Вы венгерка?» — я пытаюсь завязать разговор, чтобы скрыть своё замешательство.

---

[9] Шоколадный торт, изобретение французского кондитера Франца Захера.

«Нет, я местная. Меня зовут Каролина, и я боюсь, что я настоящая француженка. А вы настоящая русская?»

Я радуюсь, что она не ждёт ответа на свой вопрос. Мы обе улыбаемся.

«Стойте, у вас на щеке помада — на левой щеке. Да». И она достаёт из сумочки расшитый носовой платок. Где же она его взяла? Такие вещи теперь не продаются. У него какой-то особый будоражащий аромат, запах прошлого. Она дотрагивается до моей щеки.

«Это жасмин?» — спрашиваю я.

«Нет, это незабудка. Вам нравится? — Она подходит ко мне совсем близко и пытается убрать следы помады. — Ой, она, наверное, влагостойкая. Это была красивая девушка?»

«Не слишком, — улыбаюсь я, — это была русская женщина средних лет, которой нравилось выдумывать всякие небылицы».

«Я понимаю, — говорит она и дотрагивается пальцем до моей щеки, — вуаля, теперь всё чисто. Вы можете возвращаться. Вам нужно побыть здесь ещё какое-то время. К тому же он такой симпатяга».

«Кто?»

«Ох, вы знаете, кого я имею в виду».

* * *

Новость о том, что я русская, постепенно распространяется между гостями, и подвыпившие венгерские интеллектуалы всех мастей находят меня, чтобы продемонстрировать свои познания в русском языке: «Товарищ учитель, я сегодня дежурный. В классе отсутствующих нет». «Товарищ учитель, погода сегодня хорошая». «Товарищ учитель, скоро наступит октябрь, и мы пойдём собирать грибы». О, где же те светлые дни, когда мы в пятом классе ходили на уроки русского!

«Но если серьёзно, — говорит американский журналист, тоже один из гостей вечеринки, — вы не похожи на русскую».

«Ну да, я и есть не совсем русская. Я уже почти американка».

«Отлично. Прошу к нашему шалашу! Почему же вы уехали?»

«Это трудно объяснить вот так, в нескольких словах. Это было в 1979-м, в тот самый трудный год, когда казалось, что уже ничего и никогда не изменится. Ведь было много разных причин, политических и всяких других, — пытаюсь я сформулировать свою мысль, как-то отчаянно и бессвязно, — было такое чувство бессилия и клаустрофобии, ощущение, что твоя жизнь уже полностью расписана наперёд и ты больше не можешь это выносить...»

«Я понимаю, о чём вы говорите. Это почти то же, что расти в Нью-Джерси».

Иштван пытается вызволить меня из неловкого положения. Он почувствовал, что я сейчас попытаюсь подробно объяснить, что, «на самом деле, это не совсем то, что в Нью-Джерси», и что я буду настойчиво продолжать развивать эту тему, тем самым утомляя гостя. И он запевает свою любимую советскую песню «Катюша». (Поёт он с чувством, так как когда-то был влюблён в свою учительницу русского языка и помогал ей после урока отмывать классную доску.)

Расцветали яблони и груши,
Поплыли туманы над рекой.
Выходила на берег Катюша,
На высокий берег, на крутой.
Выходила, песню заводила
Про степного сизого орла,
Про того, которого любила,
Про того, чьи письма берегла.
Пусть он вспомнит девушку простую,
Пусть услышит, как она поёт,
Пусть он землю бережет родную,
А любовь Катюша сбережёт.

«Что означает слово "Катюша"?», — задаёт вопрос американский журналист.

«Это имя девушки и танка с окончанием женского рода».

«Танка с окончанием женского рода?»

«Да. Это ласковое название... танка».

«Нет, Катюша — это не танк, а зенитно-ракетная установка», — возражает Иштван.

«Танк или ракетная установка, но девушка что надо».

У американского журналиста остаются сомнения. «Это точно русская песня? Почему они поют русскую песню? Они что, просоветские? Они что, считают, что советские солдаты не должны покидать Венгрию?»

«Нет, дело не в этом. Они поют те песни, которые пели в детстве».

«Но мне только что говорили, что они терпеть не могли уроки русского языка, которые им навязывали в школе».

«Послушайте, они пьяны, а Саши уходят. Эти Саши были там, у них, на протяжении всей их жизни, сколько они себя помнят. Конечно, тогда они были против. Скажи им тогда, что солдаты уйдут, так они вряд ли бы поверили, что это произойдёт на их веку. Это напоминает конец эпохи. Сначала они были крутыми, а теперь они от этого устали. Я имею в виду, что, когда вы поёте песню про родной дом, вы не всегда подразумеваете буквально ваш дом. Ведь так? Теперь вы понимаете, что лучше петь "Катюшу", чем "Аттила был правитель гуннов"[10]. Конечно, обе песни это не лучший выбор. Лично я предпочитаю "Lucy in the Sky with Diamonds"[11]. Нет, "Белой русской" мне больше не наливать, мне и так хорошо, спасибо».

Тем временем вечеринка распадается на части. В углу венгерские эмигранты в тёмно-серых водолазках поют при моей помощи «Подмосковные вечера»: «Если б знали вы, как мне дороги подмосковные вечера...» — «Нет, давайте другую: "Что тебе снится, крейсер Аврора, в час, когда утро встаёт над Невой". Это ленинградская песня. Вы знаете, Нева — это серая рябь на воде и разводные мосты. Она как голубой Дунай, только более революционная. А Аврора на самом деле это женское имя, как и Катюша. Всё это девичьи имена. "Катюша" была танком, а "Аврора" — крейсером. Нет, это не потому, что я воинствующая феми-

---

[10] Намёк на оперу Джузеппе Верди «Аттила».

[11] Песня группы «Битлз».

нистка. Просто так оно и есть на самом деле. "Катюша" была танком, вернее, извините, ракетной установкой, а "Аврора" — крейсером».

«А мне нравится вот эта, про раненого комиссара, который оставляет кровавый след на сырой траве ("след кровавый стелется по сырой траве — эээх — по сырой траве")... Раненый комиссар и Катюша — женщина и танк — на берегах голубого Дуная. Это прощальная сцена: "бай-бай, Саша". Вы можете выключить телевизор? Всё кончено, и он должен уйти. И расцветают яблони. Нет, они уже плодоносят. Груши не вполне на месте, но всё же выглядят вполне симпатично. И степные орлы всё летают — гордые одноглавые орлы. Высокая трава качается на ветру. Но им уже ничем не помочь. Это их прощальный привет. И он отправляется восвояси».

Случайно толкнув дверь, которая оказалась не заперта, я оказалась в спальне Миклоша. Его кровать была небрежно застелена, повсюду валялись книги и окурки. Над кроватью висел портрет мужчины с лицом еврейского комика, с крючковатым носом и добрыми глазами. Он смеялся. На заднем плане виднелась афиша кинофильма, с изображением Греты Гарбо в прелестной шляпке. Надпись была на венгерском языке с подписью «Эрнст Любич».

Глава двенадцатая,

в которой мне, наконец-то, удаётся посмотреть «Нино́чка» и задуматься о последствиях

«Любич неоднократно рассказывал, какой занудой была Грета Гарбо. Сидеть рядом с ней на званом ужине, например, было просто невыносимо. Она непрерывно болтала о всяких пустяках, о том, какие тесные туфли и как больно они натирают мизинец, о том, как надоел ей голландский соус и какое жалкое зрелище представлял собой последний балет, на который она ходила. "Эти бедолаги должны поднимать на руки здоровых девиц. Как это нелепо". Она начала свою актёрскую карьеру с рекламы печенья и ролей красоток-купальщиц в низкобюджетных фильмах. Но рассмешить Грету было совсем не трудно. Как минимум для Любича. Однажды он сказал, улыбаясь, что раз уж никто и никогда не пытался её рассмешить, то она и сама начала принимать себя всерьёз».

Мы с Миклошем сидим в полутёмном кинотеатре. Нет, это не свидание, просто на вчерашней вечеринке мы договорились вместе сходить на ретроспективу Любича. Иштван и Аттила, двое исполнителей «Катюши» с той же вечеринки, тоже хотели к нам присоединиться, но не смогли: у них было похмелье и «слишком много работы». Миклош полагал, что я была излишне недоверчива. Да, у него висела в спальне афиша Любича. И что же в этом плохого? Дедушка Миклоша был знаком с Любичем по Будапешту и Берлину. А в юности он и сам писал пьесы с небольшим анархистским оттенком.

«Как странно представлять бабушек и дедушек молодыми, — перебиваю я его, — обычно мы видим их уже постаревшими и отягощёнными домашними заботами. Вот моя бабушка была убеждённой идейной коммунисткой».

«Её звали Катюша?»

«Нет. Нинель».

«Неужели?»

«Это имя читается как "Ленин", только с другого конца. В любом случае она свято верила в социализм с человеческим лицом. Все мои воспоминания о ней сводятся к способам лечения простуды: ингаляции над варёной картошкой, прогревания синей лампой, носки с горячей солью на носовые пазухи».

«Знакомая история. Мой дедушка тоже любил дышать над паром, пить виски в лечебных целях и ходить быстрым шагом. Он был истинным жителем Будапешта, хоть и не родился там. Он никогда не рассказывал о своём происхождении. Он любил травить анекдоты, но потом вдруг решил остепениться и завёл торговлю. Он владел магазином подарков для молодожёнов. Моя румынская бабушка была с ним очень строга».

«И моя бабушка была такой же. Она говорила, что она ленинградка, и никогда не вспоминала Черновцы, или Львов, или откуда там она была родом. Она говорила, что у нее есть все ленинградские болячки: нездоровый цвет лица, больное горло, кровоточивость дёсен и плохие зубы, что было не совсем правдой. У неё была очаровательная улыбка».

«Я думал сделать фильм о моём деде и Любиче, как они вновь встречаются в Будапеште. Конечно, это была бы выдумка, поскольку оба они уже давно умерли».

«И как вы узнали, что я интересуюсь Любичем?» — спрашиваю я напрямую.

«Впервые я увидел вас на прошлой неделе в библиотеке, — говорит Миклош, — вы держали в руках стопку книг о Любиче и болтали с тем дурачком».

«С каким?»

«Который работает над "Марксистским подходом к волеизъявлению" и ужасно заикается».

«Миклош, вы злой. Это просто Ян Дженкинс из Нью-Йоркского университета. И он старается закончить свою диссертацию».

«Да, я так и подумал, что он занимается диссертацией».

«А чем занимались вы, подслушивая наш разговор?»

«Меня тоже заинтересовала эта тема. Прежде я видел вас на "Неоварварской выставке" в Нью-Йорке с другим спутником, который производил впечатление вашего молодого человека. Вы отчаянно спорили. Ему явно не понравилась выставка. Мне показалось, что у вас приятный акцент, и мне стало интересно ваше происхождение».

«И только? Но это не имеет совершенно никакого отношения к Любичу».

«А потом я увидел вас в кафе "Бонапарт". Вы выглядели такой серьёзной, а ещё там была та смешная белая собачонка, которая играла подле ваших ног. Я подумал, что это дворняжка. Я попытался сделать вашей собачке комплимент. Я назвал её чау, но вы никак не отреагировали».

«Я-то как раз отреагировала, но это была не моя собака».

С Миклошем легко и приятно болтать. Кажется, что у нас есть общий язык — ломаный английский, и это создаёт иллюзию близости. Мы запросто делились личными и профессиональными делами. «С Ричем у нас ничего не вышло, — говорю я, — если вам важно это знать».

«И я в некотором роде женат, — говорит Миклош. — Это прямо как в "Ревизоре" Гоголя. "С пламенем в груди прошу руки вашей", — делает предложение самозванец жене губернатора. "Но позвольте заметить, — отвечает она, — я в некотором роде... я замужем"».

В этот момент гаснет свет. «Ниночка» обладает здесь статусом культового фильма местного масштаба. В зале расположилась группа молодых людей лет двадцати в винтажных костюмах, они смеются хором над каждой шуткой. А вот ещё напыщенный молодой француз, кичащийся перед подругой своим безупречным английским. Для этого он всё время исправляет ошибки в субтитрах. А вот одна американская пара, погружённая в бесконечные споры и пререкания: «Я же говорил тебе, что это не иностранный фильм. Ведь говорил же. А ты мне не верила. Да, он чёрно-белый. Но не иностранный». В остальном зал кинотеатра наполовину пуст.

«Эта картина рассказывает о Париже в те дивные времена, когда словом "сирена" называли жгучих брюнеток, а не сигналы воздушной тревоги, а рядовой француз если и выключал в доме свет, то совсем не по причине налёта вражеской авиации!»

Война вторгается в лёгкую комедию. И теперь комедия нуждается в оправдании. Во время премьеры в Нью-Йорке в ноябре 1939 года война шла вот уже как второй месяц. А спустя полгода Париж и вовсе сдался немцам. И было тогда уже не до смеха. Теперь, когда рядовой француз выключает свет, он это делает не для создания романтической обстановки. Да, американцы узнали о падении Парижа из «Касабланки», еще одного шедевра со шведской кинозвездой в главной роли, обладавшей более пухлыми и чувственными губами, но меньшим природным обаянием. Помните, Рик и Ильза были так счастливы в Париже, проводя свои романтические встречи в тех самых местах, которые вскоре будут избраны Гитлером как идеальные площадки для чествования его европейских побед. Гитлер тоже хотел снять о Париже фильм, выступая в нём в главной роли. Он желал играть в нём роль героическую. Ведь он взял этот город штурмом. И это был его первый визит в Париж.

«Эти товарищи Иранов, Бульянов и как его там ещё выглядят прямо как братья Маркс[1]», — шепчет Миклош.

Я слышу паровозный гудок. Толпа устремляется к платформе. Пассажиры, двигаясь хаотично во всех направлениях, с облегчением покидают международный экспресс. Эти люди похожи на беженцев? Нет, пока еще нет. Товарищи Бульянов, Иранов и Копальский приезжают на вокзал, чтобы встретить советского спецпредставителя. Они заметно нервничают. Они принимают за него одного нациста, и это дурной знак. Что же случилось со спецпредставителем? Может, он прибыл инкогнито, словно

---

[1] Братья Маркс — пять братьев, популярные комедийные артисты из США (1930–1950-е гг.), специализировавшиеся на комедии абсурда.

зловещий ревизор? Крупный план: женщина, одиноко стоящая на платформе, прямая и величественная, с непроницаемым взглядом. Её чемоданы набиты костюмами серого цвета и архиважными директивами. Она пожимает руки своей железной «мужской» хваткой. «Не смотрите на то, что я женщина», — чётко произносит она со скандинавским акцентом. И вы чувствуете, что она абсолютно категорична. Она уверена в своих поступках. Она выполняет свои задачи лучше любого мужчины. И её глаза, и её берет — цвета стали. Вернее, зернисто-серого оттенка, характерного для старых чёрно-белых кинолент.

«Любич говорил, что Грета Гарбо никогда не опаздывала на съёмки. Она никогда не приходила на рабочие просмотры отснятого материала и даже никогда не смотрелась в зеркало во время репетиций», — шепчет Миклош.

Легендарный облик Греты: квадратный подбородок, широкие скулы и подвижные дуги бровей. Возможно, она сама была своего рода Мата Хари[2], скрывающаяся за всеми этими тёмными очками, длинными плащами и жизнью на несколько стран[3]. Доподлинно известно, что в какой-то момент она боялась, что её застрелят. Лицо её было слишком хорошо известно, засвечено «Синемаскопом». Было ли что-то, что она могла скрыть? Некоторые подозревали какую-то сексуальную тайну. Поговаривали, что она была выдающимся шведским имитатором, обаятельным дипломатом, который на спор пообещал одурачить этих голодных искателей вечной женственности[4].

Публика хихикает. На экране обсуждают жизнь в Советском Союзе: «Как дела в Москве?» — весь дрожа, задаёт вопрос товарищ Бульянов.

---

[2] Мата Хари — исполнительница экзотических танцев и куртизанка, обвинённая во Франции в шпионаже в пользу Германии в период Первой мировой войны. Гарбо сыграла роль Маты Хари в фильме с одноимённым названием («Мата Хари», 1931, Джордж Фицморис, США).

[3] Грета Гарбо в 36 лет ушла из кинематографа, поселилась в Нью-Йорке в апартаментах, где вела замкнутый образ жизни, перед выходом на улицу изменяя свою внешность при помощи парика и солнцезащитных очков.

[4] Грета Гарбо была известна своей бисексуальностью.

«Отлично, — отвечает товарищ Нина Якушова, — недавние групповые судебные процессы имели огромный успех. Русских станет меньше, но они станут лучше[5]».

А потом экран темнеет. Это всегда происходит в те решающие моменты, когда мы как раз предпочли бы, чтобы сцена продолжалась, включая отброшенные дубли. И мы, как всегда, остаёмся одурачены этим стремительным монтажом. Что должно было произойти, чтобы советская женщина нового типа — Нина Якушова превратилась в романтическую героиню Ниночку, даму с оголёнными плечами и затуманенными глазами? Как будто там было две женщины, сыгранные одной актрисой, но совершенно не похожие одна на другую.

Какой же смысл скрывается между строк не слишком удачной шутки графа Леона? Мистер Макгилликадди[6] и миссис Макгилликадди «любят кофе без молока» — это звучит почти что сексуально. За всем этим что-то стоит. Кем, на самом деле, является та новоиспечённая Ниночка, страстно влюблённая? И верим ли мы ей? Грета Гарбо в большинстве своих картин играет двойственных персонажей — её Дама с камелиями святая и блудница[7], её Мата Хари хладнокровный двойной агент и возлюбленная русского лётчика с разбитым сердцем, её Ниночка — советская женщина новой формации и вместе с тем — романтическая героиня. Обычно два разных амплуа Греты не способны ужиться в одной героине, и одному приходится жертвовать многим ради другого. Если содержанка проявляет святость, ей приходит конец, если шпионка находит свою «вторую половинку русского происхождения»,

---

[5] В основе шутки аллюзия на одну из последних работ В. И. Ленина «Лучше меньше, да лучше» (1923), посвящённую принципам подбора кадров для советских государственных учреждений.

[6] Валентин Макгилликадди (1849–1939) был хирургом по профессии и служил в экспедициях на западе США. Он прославился своими стараниями по установлению устойчивых отношений с индейцами и являлся героем ряда произведений американских писателей. Имел жену Фанни.

[7] «Дама с камелиями» — фильм Джорджа Кьюкора (1936) по мотивам одноимённого романа Александра Дюма, в котором Гарбо играет Маргариту Готье.

она себя выдаёт. Только Нино́чка остаётся цела и невредима. Она может быть и советской патриоткой, и перебежчицей, искренне любить как своё отечество, так и бесшабашного контрреволюционера. Она ладит и с комиссарами в Москве, и со сбившимися с пути бывшими товарищами большевиками. Она преуспевает и в стряпне борща со сметаной, и, вероятно, кое в чём ещё... И в чём же её секрет? В нескончаемой и всеобъемлющей любви? Либо это до мелочей продуманный тайный сговор, который совершенно удался и остался нераскрытым даже наивными голливудскими продюсерами? Тот комиссар Разинин, мастерски сыгранный Белой Лугоши[8], он тоже должен был знать, что делает.

«Ты знаешь, что Бела Лугоши в тот период сидел на наркотиках[9], — трогает Миклош меня за плечо, — но ведь так, глядя со стороны, никогда и не скажешь. У него отлично получалось изображать, что с ним все в порядке».

Товарищ Якушова и Нино́чка не могли никоим образом сосуществовать долго и счастливо. Мы и вправду верим, что товарищ Разинин ничего не знал о её любовных похождениях, особенно о её любовной интрижке с контрреволюционером-иностранцем? В то время такое не приветствовалось. Почему же ей позволили вернуться? Как ей удалось сбежать и остаться советским патриотом? И всё это в 1939 году? Конечно, в Голливуде возможно всё, но...

«Ты не внимательно смотришь», — шепчет Миклош.

«Как ты понял?»

«Ты так уютно устроилась в кресле».

«И что?»

«И прикрыла глаза».

«Шшш».

Он прав. Мне нужно открыть глаза. Я становлюсь слишком подозрительна. Я поддаюсь соблазну связать все факты между собой. Я впадаю в то состояние, с которым постоянно боролась

---

8 Бела Лугоши (1882–1956) — американский актёр венгерского происхождения, прославившийся исполнением роли графа Дракулы.

9 Бела Лугоши был ранен во время Первой мировой, из-за чего пристрастился к обезболивающим, а в дальнейшем к наркотикам и алкоголю.

Нина Белская? В состояние постоянной паранойи? Это романтическая комедия, дурочка. Леон и Ниночка научились уступать и от чего-то отказываться. В конце концов, он даже сам стал застилать свою постель! Это компромисс. Он начинает читать Маркса, она — покупать модные шляпки. Это взаимопритяжение противоположностей. Только подумайте, что может быть более экзотичным, чем советская женщина, для такого альфонса и прожигателя жизни, как граф Леон? С другой стороны, что может быть более чуждым для новой советской женщины-трудоголика, чем буржуазный сибарит? Но то буржуазное платье с открытыми плечами, которое она надела в свою последнюю ночь в Париже, ей очень к лицу.

Злодеи — это эмигранты, которые не являются ни истинными парижанами, ни истинными русскими. Свана непрерывно смотрится в зеркало. Это плохой признак. К тому же она настоящая княгиня или герцогиня. В мире Любича графы-самозванцы намного успешней настоящих. Когда любовь Леона к Сване проходит (это не была настоящая любовь, а лишь связь по расчёту), предполагается, что и мы должны охладеть к старой России с её царскими брильянтами и аристократическими любезностями. Только портье-монархист Раконин остаётся предан Сване. И ещё тот седовласый генерал — как его там звали, — который в своём неуклюжем танце уводит Свану от Ниночки и Леона. А мы, зрители, должны увлечься «новой Россией», воплощением которой является стройное тело Ниночки. Почему же эта «новая Россия» так удобно расположилась за пределами СССР? Это Россия красавиц-комиссарш и комичных «товарищей», «Россия борща, бефстроганова и блинов со сметаной», которые восхваляют товарищи-перебежчики в последних кадрах фильма. Короче говоря, русская душа и русская пища, кисло-сладкая и калорийная. Пока мы видим Гарбо крупным планом, мы начисто забываем о советском агропроме. И стоимость семи коров тут ни при чём.

«Ну же, вставай, пойдём, фильм уже кончился, — говорит Миклош, — ты принимаешь всё слишком всерьёз. А это всего лишь кино. Тот факт, что убийство, насчет которого ты не можешь успокоиться, произошло после просмотра этого фильма, может быть и простым совпадением».

«Да, возможно, и так. Но почему-то все мои свидетели тоже в один голос упоминают об этом фильме. Они, можно даже сказать, им напуганы. Как будто они мысленно экстраполируют что-то на этот фильм, что-то, что должно быть связано с убийством Нины. Возможно, разгадка содержится не в самом фильме, а в их домыслах вокруг него. Все они что-то знают и не хотят ничего выдавать. Возможно, что сюжет картины содержит часть разгадки, намекает на что-то такое».

«Заметь, что в картине отсутствует эпизод с убийством».

«В этом и состоит весь фокус. Что-то случилось за сценой или, скорее, вне поля зрения камеры. Что-то должно было произойти, чтобы оправдать столь неправдоподобный сюжет. Иначе я не понимаю, как товарищ Нина Якушова и Ниночка смогли бы ужиться вместе, в одном образе».

«Это просто такой жанр, только и всего. И ничего более. "Ниночка" — комедия, а не шпионский детектив. Убийство, если можно так выразиться, произойдет на следующее утро. К тому же разве кино должно иметь прямое отношение к жизни и к смерти?»

«У каждого свои представления. Мне просто интересно, случилось ли что-то на съёмках фильма, была ли какая-то тайна, которую знал Лионель или, может быть, тот венгерский персонаж Андраш».

«Не будь так строга к венграм! На самом деле, фильм "Ниночка" был международной затеей. Он был снят эмигрантами. Они воплощали свои собственные представления и домыслы о странах своего происхождения или странах своего пребывания. Это реакция на потерю собственных корней. Ты же знаешь, что продюсер Луис Майер[10] из "Метро-Голдвин-Майер" заявил, что забыл

---

[10] Луис Майер (Лазарь Яковлевич Мейер) (1884–1957) — американский кинопродюсер, основатель киностудии «Метро-Голдвин-Майер» и американской Академии кинематографических искусств, вручающей ежегодную премию «Оскар».

настоящую дату своего рождения, и утверждал, что родился четвёртого июля[11]».

«Как патриотично! Рождённый четвёртого июля[12]. Задолго до Оливера Стоуна».

«Сценарист Билли Уайлдер, не знаю, как его имя звучало по-венгерски[13], рассказывал, как однажды, когда они работали над сценарием "Ниночки", он услышал во дворе громкие крики. Они выглянули в окно и увидели Майера, кричащего на Микки Руни, который, видимо, был под мухой: "Ты Энди Харди![14] Ты воплощение Соединённых Штатов! Ты звёздно-полосатое знамя. Возьми себя в руки. Ведь ты же символ!"»

«Но "Ниночка" — это форма ностальгии по Европе, по Парижу, по романтике — и всё в таком духе. Там нет ни одного американского персонажа».

«И ни одного венгерского».

«Я читала, что Любич очень скрупулёзно воссоздавал европейскую обстановку для каждой из своих голливудских картин. Оператором у него был некий доктор философии из Гёттингена, который постоянно носил с собой в кармане томик Гёте. Как-то раз он снял виды Вены. Тогда в одном из попавших в кадр торговых ларьков, как назло, висел рекламный плакат Канадской Тихоокеанской железной дороги[15]. Любичу это не понравилось. Это было уже не чисто по-европейски. Поэтому несчастному доктору философии пришлось проснуться ни свет ни заря и повесить поверх Канадских железных дорог "местную" рекламу какао, которая гласила "Сделано в Австрии". Понимаешь, Европа Лю-

---

[11] Когда он получал американское гражданство, он выбрал в качестве дня рождения дату Дня независимости США.

[12] «Рождённый четвёртого июля» — название антивоенной драмы Оливера Стоуна.

[13] Американский сценарист еврейского происхождения из Австро-Венгрии, при рождении Самуил Вильдер.

[14] Энди Харди — персонаж шестнадцати фильмов (1937–1958) производства «Метро-Голдвин-Майер» в исполнении Микки Руни.

[15] Сокращённо CPR — построена 1881–1885 гг. между восточной частью Канады и Британской Колумбией.

бича должна была выглядеть более европейской, чем это было в реальности. Я представляю, как бы он себя чувствовал, вернись он в Европу после войны».

«На самом деле, ему хотелось приехать в Европу, но он очень боялся летать. Однажды с ним сыграли злую шутку, когда он летел на самолёте из Лос-Анджелеса в Сан-Франциско. Наняли каскадеров, которые изобразили парашютистов, и объявили вынужденную посадку. Любич настолько в это поверил, что схватил мини-инфаркт. Это была и вправду недобрая шутка».

«А что ты знаешь о Леоне, Нино́чкином возлюбленном, Мельвине Дугласе?»

«Его настоящее имя Мельвин Хессельберг. Он был евреем. Он летел в Америку в 1936 году в компании двух бизнесменов со Среднего Запада, которые вовсю восхваляли Гитлера на протяжении всего полёта. Он был поражён, насколько мало американцы знали о войне. Он стал организатором антифашистского движения в Голливуде».

«Кто бы мог подумать! А на экране он выглядит настоящим британцем... То есть французом».

«Совершенно верно, он тоже гораздо более европейский, чем сами европейцы. Хессельберг после войны попал в чёрный список вместе с другими деятелями, кто имел намерения "заниматься убийством и грабежом христианского населения Америки таким же образом, как это произошло в Европе в странах с коммунистическими правительствами". Я запомнил эту формулировку наизусть».

«Ты слишком много знаешь, Миклош. Теперь я верю, что ты действительно с успехом завершил свою исследовательскую работу. Теперь-то я убедилась, что ты не зря ходил тогда в библиотеку».

«И кого ты находишь более привлекательным: белогвардейца-аристократа Раконина, зарабатывающего на жизнь официантом, или графа Леона?»

«Не знаю. Первый слишком замкнут, а второй — слишком болтлив. Трудно сказать».

Мы продолжаем бесцельно шататься по Парижу. Это одна из тех длинных и скользких прогулок по закоулкам мучительной неопределённости, когда каждый из вас с любопытством ожидает, произойдёт ли, наконец, что-нибудь в её завершении. Вы оба знаете, что лучше бы ничего не происходило. И вы отчаянно откладываете тот момент, когда всё будет решено либо стремительным прикосновением, либо знаком отчуждения. Вы мечтаете о первом, но также не против и второго — для предсказуемого спокойного и крепкого сна без утренних сюрпризов, телефонных звонков от жён и мужей, отчаянного курения в постели и неловких сцен расставания.

Мы остановились у карусели прямо у Эйфелевой башни. В «Ле Дарлинге», ресторане на воде, играли мелодии восьмидесятых: «Oh? Can't you see. You belong to me. I'll be watching you[16]». Это, должно быть, «The Police»[17]? Мы стоим неподалёку от Эйфелевой башни, но сама башня закрыта для посетителей. «Зачем её закрывать, если внутри всё равно пусто?» — «Там есть лифт, который поднимет вас на самый верх, и оттуда вы можете лучше осмотреть окрестности», — объясняет смотритель. Мы забываем про панорамный вид и вместо этого катаемся на карусели. «Это последняя посадка. Мы в основном работаем с посетителями Эйфелевой башни. Сначала они поднимаются на башню, а затем катаются на карусели и едят мороженое». Карусель почти пуста. Я сажусь на гнедого коня по кличке Бонанза[18], а Миклошу достаётся белый ослик по кличке Платеро[19]. «Точно как в Будапеште, только в Париже лошадок частенько перекрашивают. Они периодически замазывают их прошлое новым слоем свежей краски. На венгерских каруселях на лошадях много трещин, и они пронзительно скрипят, всякий раз, как вы пытаетесь резко подвинуться. А эти даже не скрипят».

Мы движемся по направлению к Сене и обсуждаем десять причин, почему нам не стоит заводить отношения. Нельзя полю-

---

[16] Сточки из песни «Every Breath You Take» группы «The Police».

[17] «The Police» — британская рок-группа, основанная в 1977 году.

[18] Бонанза — название длинного американского телесериала в стиле вестерн, который транслировался на канале NBC с 1959 по 1973 г.

[19] Намёк на поэму в прозе испанского писателя Хуана Рамона Химеменеса «Платеро и я» (1914), где Платеро — осёл писателя.

бить кого-то из-за ностальгии. Страсть принадлежит забвению, а не воспоминаниям.

«Ты знаешь, когда я приехал в Штаты лет десять тому назад, я стремился стать там своим, американцем. Я не стал менять имя, но женился на американке».

«А я попыталась добиться того же с Ричем, моим кратковременным американским бойфрендом. Но он хотел, чтобы я всегда разъясняла, что я имею в виду. Конечно, зачастую я так и делала, но он это не признавал. Я полагаю, что он желал, чтобы я разъясняла свои мысли в его манере. До этого у меня был немолодой русский интеллигент, курильщик с бородой. Но это было для меня уж слишком».

Встреться мы с Миклошем в другое время, у нас бы, наверное, что-нибудь вышло. Если б мы познакомились лет пять назад, например, в поезде, у нас определённо возник бы роман, как это бывает в поездах, ведь верно? Мы бы сели на Транссибирский экспресс. Вы слышали, что теперь нужно покупать в Английском посольстве специальное электронное устройство для защиты от воровства, которое часто случается в наши дни в ночных поездах в России? Представьте, вы только вошли в любовное настроение, как пара подростков в спортивных костюмах «Адидас», считающих себя гангстерами, открывает дверь вашего купе и распыляет усыпляющий газ. Вы впадаете в эйфорию, потом засыпаете, а очнувшись уже где-то в Сибири, не находите своих личных вещей.

Мы садимся на каменный парапет набережной Сены неподалёку от Йенского моста, где в крыльях декоративных орлов повадились гнездиться местные голуби. Париж настолько переполнен любовными историями других людей, что для нас здесь просто не остаётся укромного места. Мимо проплывает «Бато-муш»[20], накрывая нас волной яркого света. Голос на звукозаписи монотонно объясняет на трёх языках, что река Сена — «функциональная и современная магистраль». Мимо бредёт прохожий и улыбается нам. На самом деле, на нас он не смотрит.

---

[20] Бато-муш — экскурсионные катера, катающие туристов по Сене и каналам.

Он просто воображает, чем бы мы могли заниматься, и немного возбуждается от своего воображения.

Мы встаём с камней и ещё немного гуляем. К сожалению, мы опять предаёмся воспоминаниям. Это нехороший признак: когда ты начинаешь вспоминать прошлое, твои шансы на будущее заметно понижаются. Что же с нами не так? Миклош провожает меня до дома и целует на прощание (в щёчку, к твоему сведению, дорогой читатель). Я должна признаться, что уже так американизировалась, что инстинктивно отстраняюсь после первого воздушного поцелуя. «Ты знаешь, что в Нью-Йорке мы целуемся на прощание однократно». Он довольно неуклюже принимается целовать меня повторно, как того требует традиция. Всё-таки мы в Париже. Вот и всё. Иногда лучше не вести себя заведомо ожидаемым образом.

Глава тринадцатая,

*в которой я провожу какое-то время
в Национальной библиотеке и обнаруживаю
теорию заговора, зашифрованную в сценарии
«Нино́чки»*

* «Нино́чка и её двойники: история экранизаций сюжета».
* «Императорская корона и буржуазная шляпка: потребительский фетишизм в "Нино́чке"».
* «Феминистическая реакция в "Нино́чке"».
* «От Нино́чки до Наташи (и Бориса): холодная война о фильме».
* «Коллективное нижнее бельё: общественное и личное в "Нино́чке"».
* «Пересмотренная гомосоциальность: Иранов, Бульянов и Копальский».

Вот некоторые из самых любопытных заголовков статей, которые я нашла в каталоге Национальной библиотеки. В остальном научная литература о «Нино́чке» довольно скудна. Картина, похоже, была довольно быстро забыта кинокритиками. Она упомянута в книге Иштвана Месароша[1] «Двойная жизнь Белы» (перевод с венгерского Андраша Коена-Смита, Рутледж, 1980) и в «Собственной империи: как евреи изобрели Голливуд» Нила Гэблера. Я с нетерпением жду первой опубликованной версии

---

[1] Иштван Месарош — бежавший на Запад венгерский философ и экономист, относящий себя к постмарксистам. Его самая известная книга — «По ту сторону капитала» (1995).

сценария «Нинóчки». Мне сказали, что «она не на полке» и они должны объявить ее в розыск. А пока я пробегаю глазами страницы газет «Лос-Анджелес таймс» и «Нью-Йорк таймс» за период, когда «Нинóчка» Любича была в прокате.

*** ***

Вот Хедда Хоппер[2] сокрушается о тяжёлом положении нью-йоркского сценариста в Голливуде:

> Нью-йоркский писатель, который только приступил к своим новым обязанностям в МГМ, вчера прошел боевое крещение и был ошарашен. Он рассказал нам, что позвонил телефонному диспетчеру и спросил, есть ли где-нибудь на студии экземпляр Британской энциклопедии.
> А девушка в ответ: «Зачем он вам? Там нет ничего, кроме фактов».

Начавшаяся война в Европе сразу сказалась на кинематографе.

> Съёмки полнометражного фильма Джона Лоджа[3] были остановлены из-за начала войны («Лос-Анджелес таймс», вторник, 10 октября 1939 г.).

> Необычная ситуация сложилась с последней картиной, которую Джон Лодж снимал во Франции, когда началась война... Она называлась «От Майерлинга до Сараево»[4]. Оставалось всего десять дней до окончания съёмок, как разразился кризис, и кинокомпания была вынуждена приостановить работу, потому что 200 человек массовки, которые требовались для финальной сцены, должны были уехать на фронт, а других на их место найти не удалось («Лос-Анджелес таймс», среда, 4 октября 1939 г.).

---

[2] Хедда Хоппер (1885–1966) — американская актриса и обозревательница светской хроники.

[3] Джон Лодж (1903–1985) — американский кинорежиссёр и политик.

[4] Фильм в итоге был закончен в США и вышел на экран в 1940 году.

Официальные немецкие кинохроники, снятые в Польше, теперь показывают в «Ньюз Пэлэс Театр»[5]. Они наводят на мысль о бедственном положении беженцев, покидающих зону боевых действий во время наступления нацистов на Варшаву. В реальных сценах боёв продемонстрированы обстрелы польских деревень и форсирование реки Нарев войсками вермахта.

А вдалеке от истерзанной войной Европы камеры кинохроники все выходные были направлены на главные стадионы Америки, чтобы запечатлеть самые яркие моменты первых футбольных матчей этого сезона.

А вот другой шедевр Хедды Хоппер, на этот раз про шпионов:

> История о немецких шпионах от студии Уорнер[6] — настоящая бомба. Сценарий выдали актёрам только на съёмочной площадке. Никому не позволили взять его домой. Двое из наших знаменитых радиоведущих отказались от предложенных им ролей... Он так взрывоопасен, что может взорваться прямо на экране...

«Нино́чка» и в самом деле была запрещена во многих странах. В 1940 году фашистское правительство Венгрии подвергло этот фильм цензуре на основании того, что публичный просмотр данной комедии может «угрожать безопасности государства» («Нью-Йорк таймс», воскресенье, 26 мая 1941 г.). Мексиканское правительство также запретило показ данной картины из-за протестов Конфедерации мексиканских рабочих, которые увидели в этом фильме сатиру на коммунизм. После войны он был включён в чёрный список в Соединённых Штатах как потенциальная «красная пропаганда», но впоследствии был использован Комиссией по расследованию антиамериканской

---

[5] «Пэлэс Театр» был открыт в 1911 году на Бродвее специально для постановки водевилей, а в дальнейшем преобразован в варьете. В 1929 году он был переделан в кинотеатр, а с 1939 года использовался для показа новостных лент и кинохроники. Тогда же он был переименован в «Ньюз Пэлэс».

[6] Речь идёт об американской киностудии «Братья Уорнеры».

деятельности[7] в качестве свидетельства того, что даже в Голливуде умеют высмеивать большевиков. Этот фильм, естественно, был запрещён к показу в Советском Союзе. Советское правительство стремилось запретить его и в других странах. В 1948 году они потребовали от итальянского правительства запретить данную картину к показу как «содержащую сцены, порочащие коммунистический режим». Кроме того, направленная Советским Союзом нота протеста вызвала переполох в Министерстве иностранных дел Италии. «Нью-Йорк таймс» по этому поводу сообщает:

> Нота протеста была получена в субботу, но не была прочитана до вчерашнего дня, поскольку единственный имеющийся в штате переводчик с русского языка уехал на пасхальные каникулы. В итальянском министерстве иностранных дел нота вызвала большую радость, так как все решили, что это сообщение, связанное с трёхсторонним предложением по Триесту[8]. Они даже испытали некоторое разочарование, когда, наконец, выяснилось содержание ноты (31 марта 1948 г.).

Вместо предложения по Триесту Советский Союз направил срочное требование о запрете «Ниночки». Похоже, «Ниночке» суждено было сыграть ключевую роль во многих комедиях ошибок. Мир на Балканах был под угрозой, но советские цензоры были слишком заняты парижским бельём Греты Гарбо. А русский переводчик в Риме, возможно, очередной перетрудившийся эмигрант, чуть не свалился с инфарктом. По прибытии в Рим он был встречен громкой руганью встревоженных работников министерства и бурной жестикуляцией их секретарей. Так что же он сделал не так в этот раз? Он всего лишь уехал на пасхальные

---

[7] Комиссия палаты представителей конгресса США, действовавшая в 1934–1975 годах для борьбы с «подрывной и антиамериканской пропагандой». В 1947 году комиссия начала преследование деятелей Голливуда.

[8] Триест был аннексирован Италией в 1921 году и освобождён от немецкой оккупации частями югославской и британской армий, после чего в 1947 году была образована Свободная территория Триест, подмандатная ООН и просуществовавшая до 1975 года.

каникулы и навестил своих дальних родственниц Марию Александровну и Настасью Фёдоровну, немного выпил, немного закусил и вспоминал старые добрые времена. Действительно, ничего криминального. Советские дипломаты могли бы и сами в следующий раз перевести свои ноты протеста. И мир на Балканах может подождать!

Наконец-то передо мной лежит сценарий «Нино́чки». Это первое издание сценария (Винтаж пресс, 1972), томик, покрытый пылью. У меня появляется неприятное ощущение, что кто-то уже был здесь до меня. Экземпляр книги весь исчиркан пометками на полях. Они отвлекают меня, и вместо чтения сценария, вдыхая библиотечную пыль, я начинаю смотреть заметки неизвестного читателя.

Мой предшественник заинтересовался двумя вещами, которые могут показаться не относящимися к сути дела, — именами героев и текстом в скобках, не вошедшим в картину. Не выводят ли они на другую историю, которая может как-то развиваться за кадром? Во-первых, он обводит кружком имена трёх незадачливых «товарищей»: Иранова, Бульянова и Копальского. Особенно его интересует Копальский. Такая фамилия очевидно выбрана для создания комического эффекта. Она не рифмуется с двумя другими и образует забавный диссонанс. Наш анонимный читатель делает заметку на французском: «Копальский от "копать", "закопать". Значит, кто-то из сценаристов должен был владеть русским языком». Почерк нашего читателя аккуратный, мелкий, с короткими нижними завитками. Похож на мужской. Другого большевика зовут Бульянов, смесь английского слова «bully» (хулиган) и «бульона». А потом Иранофф — «I ran off» (я сбежал) — поняли? (Заметьте, другой читатель этого не заметил! Очевидно, что он не владеет английским.) Более того, верховного комиссара, который посылает товарища Якушову на Запад и делает это дважды, зовут Разинин — отсылка к Разину или разине. И в самом деле, надо быть совершенно безмозглым комиссаром НКВД, чтобы снова послать Нино́чку на Запад после всех её любовных похождений. Если только всё это не было сделано нарочно, а он был намного умнее, чем казался.

Я продолжаю листать сценарий, пока не натыкаюсь на восклицательный знак. Он стоит перед финальной сценой в ресторане, где графиня Свана сталкивается с советским спецпредставителем Ниной Якушовой. На следующий день Нинóчку «вынуждают» вернуться в Советский Союз. С кем же танцует графиня Свана? С генералом Савицким. Ничего удивительного, что мадам Крестовская не могла вспомнить его имя: в фильме оно пропущено. Я замечаю небрежно записанную ремарку на полях сценария: «Савицкий[9] — ведущий евразийский экономист. Евразийцы или монархисты? Нина наверняка оказалась между ними. Не повезло». Другой восклицательный знак стоит у сцены в коммунальной квартире Нинóчки в Москве. Она болтает со своей дружелюбной соседкой по коммуналке, скрипачкой, которая взяла на концерте фальшивую ноту и получила выговор от властей. Нинóчка отдаст ей в качестве свадебного подарка своё шёлковое бельё. Тем временем она жарит омлет для Иранова, Бульянова и Копальского, которые пришли к ней в гости со своими яйцами. Но вот какой-то человек проходит сквозь помещение кухни. Как замечает соседка: «Никогда не знаешь, идёт ли он в уборную или в НКВД». Его лицо — это маска страха. Он — образ доносчика. Его роль в этой картине сугубо ритуальная. Он как герой из пьесы абсурда, который время от времени переходит из одного конца комнаты в другой в полной тишине. В этот момент соседи прекращают жарить свои коллективные омлеты и прерывают свои воспоминания о Париже. Его зовут Гурганов. Мой предшественник трижды выписывает эту фамилию с восклицательным знаком: «Горгулов! Горгулов! Горгулов!» Горгулов, безусловно, был хорошо известен в то время как убийца французского президента, эмигрант-параноик, которому было отказано в виде на жительство и которого подозревали в связях с НКВД. Рядом он накарябал: «Горгулов-НКВД/Сосед Нины». И это совершенно неслучайно. Это заговор, однозначно заговор. Но кто же примкнул к этому

[9]   Савицкий Пётр Николаевич (1895–1968) — русский географ, экономист, геополитик, культуролог, философ, поэт, общественный деятель, один из главных теоретиков евразийства.

заговору? И на чьей стороне сей подозрительный читатель? Считает ли он, что евразийцы не должны сотрудничать с большевиками? Что те немногие, кто сотрудничал, как Горгулов, были параноиками, двойными агентами и убийцами?

И что собой представлял тот ресторан «Рюс», который наша троица открыла в Стамбуле? Я уверена, что это была лишь ширма для прикрытия чего-то, точно так же, как в своё время «Пицца Хат» в Маленькой Италии[10]. Трудно поверить, что они могли бы получить столько прибыли со своего заурядного борща. Возможно, они следовали ленинской тактике использования пищевых продуктов. Если, дорогой читатель, вы проспали тот урок истории, на котором рассказывали о героических днях ленинского подполья, то я вам его напомню. Когда Ленин находился в заключении, он не терял время зря даже за обедом. Он делал из хлеба чернильницу, наливал в неё молоко и писал на белой бумаге белым молоком невидимые послания Центральному комитету партии большевиков. (Мы изучали эти навыки в школе в Ленинграде). Товарищи-заговорщики собирали ленинские салфетки, подносили их к свече и становились свидетелями чудесного проявления тайнописи своего лидера. Возможно, то, на чём специализировались предполагаемые экс-большевики, — это белоснежные салфетки, покрытые молочными записями для немногих избранных.

Я начинаю сходить с ума. Это совершенно очевидно. Я читаю слишком много между строк, на полях страниц и в скобках. Вот, например, эти скобки. Они обведены дважды. Они относятся к главной героине нашей драмы товарищу Нине Якушовой. Согласно сценарию, она поправляет Леона: «Вы неверно произносите. Ни-ночка, ударение на первый слог». Но эту реплику убрали из фильма. Может, Грета Гарбо слишком устала? Пробило пять, и её рабочий день закончился? А может, у неё просто не получалось правильно произнести это имя? Я в это не верю, совсем не верю. Режиссёр почему-то счёл целесообразным сохранить иностранное

---

[10] Маленькая Италия — небольшой район компактного проживания выходцев из Италии на Манхэттене.

ударение в названии фильма. Как бы там ни было, по личным причинам или для общего блага Нинóчка остаётся на Западе. Ни-ночка, с ударением на «о», — это русская женщина, ставшая западной. Так она представляется своему ухажёру-иностранцу, и такой мы начинаем любить её. К чему этот педантизм? Ведь это всего лишь ударение, незначительная деталь, которой все пренебрегают, пустячок, сравнимый только с мягким знаком.

Уже поздно. Неожиданно я ощущаю на себе чей-то взгляд. Я резко оборачиваюсь и вижу молодую женщину с тёмными взъерошенными волосами. Она смотрит на меня, потому что видно, что я иностранка, или потому, что ей показалось, что мы знакомы? А может, она и вовсе ни на кого не смотрит, а просто оторвала голову от книги и уставилась в никуда, в пространство, в котором я оказалась совершенно случайно? В её призрачном, полупрозрачном лице есть что-то будоражащее и привлекательное. Это женщина с вечеринки Миклоша, Каролин, только она перекрасила волосы. Я ей улыбаюсь, и она мне тоже. Но всё это время она сидит совсем неподвижно, не делает никаких приветственных жестов рукой, не говорит ничего о том, где мы встречались или могли бы видеться. Она просто продолжает смотреть. Я притворяюсь, что вновь погружаюсь в работу. Минут через пять, или мне просто так показалось, что прошло всего пять минут, я встаю со своего места. Не по какому-то особому поводу, а просто потому что я проголодалась. Я за весь день практически ничего не ела. Только один крок-мадам[11] на завтрак. Каролина пропала. Я поспешила в туалет в надежде увидеть её ещё раз. Она могла стоять перед зеркалом, намочив свой носовой платок в холодной воде. Ей в глаз попала соринка? Или она плачет?

Она действительно в туалете и точит карандаш для глаз. Я на секунду останавливаюсь перед зеркалом, широко раскрыв глаза и втянув щёки. Я забыла свою расчёску и помаду в куртке, поэтому я строю бессмысленные гримасы, только чтобы потянуть время. Я моргаю и чувствую какое-то раздражение в глазах. Это библиотечная пыль.

---

[11] Крок-мадам — французский сэндвич с ветчиной, сыром и яйцом.

«Тут кругом такая пылища, заметили?»

«Возьмите, пожалуйста», — тихо произносит она и предлагает мне тёплый носовой платок. Мне моментально становится лучше. Мои слёзы, согретые её добротой, снимают с глаз напряжение.

«Вам нужно больше заботиться о себе. Вы знаете, вы слишком увлеклись событиями прошлого. Вам стоит держаться подальше от этой библиотечной пыли».

«Понимаете, когда вы изучаете навязчивые идеи других людей, вы не можете ими не заразиться. Люди либо погибают от рук маньяков, либо сами ими становятся. И с этим ничего не поделаешь».

«Нет, это неправда, — произносит она, улыбаясь, — смотрите, к вам тут что-то прицепилось». Она заходит сзади и трогает мою шею. Руки у неё тёплые и влажные. «Это ценник на вашем свитере, — говорит она, — не нужно ходить в библиотеку с ценником».

«Спасибо, не беспокойтесь», — спешно бормочу я и пытаюсь избавиться от этого дурацкого ценника. Я чувствую себя так, будто сейчас растаю прямо там в женском туалете. Мои руки касаются её рук, а мой свитер отчаянно цепляется за крючки от лифчика. «Позвольте вам помочь, — говорит она тихо, — эти крючки — целая проблема. Было бы здорово совсем от них избавиться. А эти лямки, ведь они оставляют следы на плечах. Какие они неудобные. Я могу вот тут вам помазать кремом. Хотите?»

Я уже не совсем понимаю, что происходит, и позволяю ей позаботиться обо мне. Вдруг мне приходит в голову мысль, что я тоже должна приобрести духи с таким же ароматом незабудки.

В тот самый момент в дамскую комнату входит женщина с бэйджем библиотеки на пиджаке. «Привет, Каролина, — обращается она к ней. — *Ça va?*[12] У тебя всё в порядке?»

«Да, конечно, — говорит Каролина без тени смущения, — я, как всегда, слишком много работаю. И моя подруга тоже».

Я возвращаюсь к своему столу. Каролина машет мне со своего места рукой и улыбается. Потом она возвращается к своим кни-

---

[12] Как дела? (*фр.*)

гам, и её лицо приобретает серьёзное и замкнутое выражение. А я не могу так быстро сосредоточиться. Я смотрю по сторонам и снова утыкаюсь в сценарий, и строчки разбегаются у меня перед глазами. Ниночка встречает Свану в ресторане, где графиня любит ужинать в компании учёного генерала Савицкого. «У вас миленькое платье, — говорит графиня Свана, — очень милое. Оно сшито по последней московской моде? Открытые плечи вам очень к лицу. И вам не следует носить лифчик. Эти лифчики — целая проблема, согласны? Я знаю, что вы хотите, чтобы я вам помогла. И я помогу. Обещаю, что помогу. С графом или без. Не волнуйтесь, родная, постарайтесь не простудиться. Я чувствую, что справа слегка сквозит. Не желаете ли присесть за наш столик? Генерал Савицкий — душа компании, просто душечка, и у него чудесный баритон... Если бы только он не так увлекался всеми этими кочевниками».

Мне больше ни к чему оставаться в читальном зале. Я не способна больше прочитать ни строчки. Да и библиотека уже закрывается. Я поднимаю глаза, а Каролины и след простыл. Книги её аккуратно сложены в стопку, а аромат незабудок всё ещё гуляет по залу. Она ушла, не простившись. Но она забыла свои записи и наверняка должна за ними вернуться. Мы могли бы где-то перекусить. Например, поесть омлет с грибами. Нет, надеяться не на что. Каролина ушла.

Тем временем уже стемнело. Я иду через длинные подземные переходы, погруженные в какофонию звуков и голосов на различных языках. Я очень чётко слышу своё имя: «Таня», а потом что-то по-русски на уличном сленге: «Деньги давай, деньги давай, деньги давай». Я оборачиваюсь и вижу группу подростков, говорящих по-испански. Мне действительно не стоит принимать всё на свой счёт. На самом деле, тут никто не знает, как меня зовут, и никто меня не окликает. Ярко освещённый поезд в метро. Люди украдкой разглядывают друг друга. Я ловлю взглядом отражение бородатого мужчины в тёмном окне поезда. Он похож на аргентинца. А заметил ли он моё отражение? В этот раз я не улыбаюсь и стараюсь не встречаться ни с кем глазами. Я выхожу из поезда и поднимаюсь к выходу по медленно идущему эскалатору. Есть ли у них тревожная кнопка на случай какого-то происшествия? Есть, и она красного цвета. Когда я выхожу из метро, мне снова слышится: «Деньги давай, деньги давай». Вот двое пьянчужек уселись на парапете. Одного из них рассмешил мой испуг: «О-ля-ля, мадам!» Он очень доволен, что я так легко испугалась. Мне нужно идти не оглядываясь и стараться не прислушиваться к голосам. Но у меня ничего не выходит. Я ощущаю, как кто-то снова следит за мною. Я оборачиваюсь. Сзади меня идёт какой-то мужчина. Я не могу рассмотреть его лица, вижу только размытый силуэт. Он среднего роста. Нет, я не смогла бы его опознать. О боже! У него в руках зонтик! В такой ясный и солнечный день! Я перехожу улицу. И он за мной. Я замедляю шаг и притворяюсь, что потерялась. Я лихорадочно начинаю проверять нумерацию домов. Это даёт мне законный повод, чтобы снова перейти на другую сторону улицы, или даёт ему повод обратиться ко мне с вопросом: «Мадам, вы заблудились?» Нет ничего хуже такого странного преследования. Он тоже замедляет шаг. Его длинный зонтик болтается у него на боку. Он сохраняет ту же дистанцию. Это типичный приём преследователей: они не собираются нападать, а желают лишь наблюдать за вами. И вдруг он прибавил шагу. Он меня одурачил, и он может быть обычным уличным преступником. Посмотрев в очередной раз на номер дома в темноте, я делаю театральный жест, что-то типа «пуфф-псс-вуаля» («не тот номер») и снова перехожу через дорогу на другую сторону. Я больше не пытаюсь понять мотивы его поведения. Я не оглядываюсь, а просто бегу, трусливо, в безнадёжном отчаянии и очень быстро. Я пробегаю весь путь до своей двери, полагая, что он может быть уже там, стоит и смеётся надо мной перед зеркалом в гостиничном лобби. Я открываю дверь.

«Добрый вечер, мисс, — администратор гостиницы очень гордится своим британским произношением, — сегодня был просто чудесный день». Поприветствовав меня, он возвращается к своим делам. Всё в порядке, всё как обычно. Нет, никто мне ничего не передавал. Я захожу в свой номер и зажигаю свет. Всё выглядит в полном порядке, или, скорее, в обычном беспорядке.

Ровно так, как было, когда я уходила. Я открываю шкаф и заглядываю под кровать — тоже ничего необычного или подозрительного. Никакой тени, и никого там нет. Я хватаюсь за швабру и протираю ей под кроватью, как бы пытаясь доказать самой себе, что там ничего нет, кроме пыли и давно потерянных мелочей, напоминающих о пребывании предыдущих гостей. И в тот момент, когда я надеваю тряпку на швабру и начинаю искать ведро в своей маленькой комнатке, до меня доходит, что кто-то всё это время присутствовал подле меня. Это призрак моей бабушки Нинель Марковны Бланк.

Глава четырнадцатая

*Лирическое отступление о наших общих
с бабушкой фобиях и об истинной цели
влажной уборки*

У неё тоже были фобии.

Однажды, когда мне было пять или шесть лет и мои родители оставили меня дома одну, что было не таким уж редким явлением в больших городах, особенно среди жильцов коммунальных квартир, мне позвонила бабушка, проверить, как я там поживаю. Непрерывно критикуя моих родителей относительно методов воспитания ребёнка, сама она далеко не всегда желала брать на себя это тяжкое бремя. У неё была своя жизнь, и в тот день ей нужно было приготовить картофельный салат для вечера у Андрея Михайловича и проверить домашние задания по французскому. «Ты заглядывала к себе под кровать?» — прошептала она заговорщицким тоном. «Зачем?» — спросила я. «Поищи страшного вора. Они любят там прятаться, а потом оттуда нападать на маленьких девочек и мальчиков, которых родители оставляют одних». До этого я ничего не боялась, но шёпот её меня напугал. Она велела мне взять длинную швабру и подмести пол под кроватью, чтобы удостовериться в его отсутствии. «Желательно с мокрой тряпкой». Я сажусь на корточки перед родительской кроватью, затем заползаю под неё и дышу застарелой пылью. Я нашла там старые пятикопеечные монеты, с серпом и молотом поверх земного шара, фантики от конфет «Мишка на севере», которые обожала моя мама и которые папа должен был покупать, чтобы иногда её побаловать, и лоскут от старого кружевного белья, ставший впоследствии тряпкой. И ничего более, ничего подозрительного, лишь некоторые намёки на личную жизнь моих родителей, жизнь, которой они, естественно, со мной не делились. Недалеко от югославского торшера, предмета роскоши шестидесятых годов, которым так гордились мои родители, боковым зрением я заметила свою тень. Но я была уверена, что злой вор сбежал и должен прятаться уже где-то там, в пыльной нише. Чужак, разбойник и вурдалак меня перехитрил, и я должна сидеть и бояться до тех пор, пока не вернутся мои родители.

В действительности этот страх остался со мной навсегда. Тот интуитивный страх перед страшным вором, который прячется в самых укромных уголках моего жилища. И он отправился со мною в эмиграцию. И сколько бы у меня ни было жилищ, гостиничных номеров, съемных квартир и студий, каждое из них я проверяла на наличие злого вора. Всякий раз он сбегал от меня, смеясь напоследок и оставляя лишь застарелую пыль, толстый слой пыли, на котором вы можете начертить указательным пальцем всё что вам захочется: чудовище, красавицу, тайного агента или просто какую-то загогулину. Наверное, я просто неряха.

Почему же моя бабушка делилась со мною своими страхами? Может, ей просто хотелось напугать маленького ребёнка? Не думаю. Скорее, ей был необходим компаньон для совместного переживания тайных фобий. А окружающие считали её абсолютно бесстрашной. Летом, когда она жила со мною на даче, где мы снимали комнатку с небольшой терраской, она вставала утром ни свет ни заря и шла одна в лес за малиной. Она слыла ходячей энциклопедией по диким ягодам и грибам. В августе она уже начинала делать заготовки на зиму, протёртые ягоды с сахаром на медленном огне, привораживая их какими-то тихими и невразумительными напевами. В городе она жила одна и зачастую возвращалась домой за полночь. Садясь в метро, приставала к людям с добрыми советами о том, что им стоит или не стоит носить и как им следует защищаться от зимних холодов. «Девушка, вам нужно полностью застегнуть шубу. Здесь же такой сквозняк, неужели вы не чувствуете? А ваш шарф, он же просто так болтается на шее, не защищая горло! Не удивительно, что у вас насморк. Выпейте чайку с мёдом, как вернётесь домой. Подлечитесь. А дня через три-четыре вам нужно начинать обливания холодной водой. Вы убедитесь, что холодная вода творит чудеса». Молодёжь улыбается ей, и иногда, вопреки своей воле, следует её совету. Потом она одна уже в темноте идёт пешком от метро до дома. «Пешие прогулки очень полезны. Это лучшее упражнение. Страшно? Да вы шутите».

Дома бабушка включает свою лампу, бронзовую лампу начала века с абажуром из цветного стекла. Это был единственный предмет интерьера, оставшийся от её родителей. Вот она сядет, почитает и настрочит пару страниц своим изящным почерком гимназистки в зелёной тетради с цитатами Пушкина на обложке. Моя бабушка знала иностранные языки и была очень грамотной женщиной. Однажды, когда я без спросу открыла одну из её тетрадей, я поняла, что это были не дневники, а цитатники. Она записывала мысли Гейне о хороших и неблагоприятных ситуациях в повседневной жизни, идеи Бетховена по поводу избавления от головной боли и декларации Чайковского о творчестве и свободе воли. Она никогда не помышляла о письменной фиксации своих собственных размышлений и об изучении собственного ежедневного бытия.

«А ты хранишь письма или дневники?» — однажды задала я ей вопрос.

«Нет, — ответила она, — ведь ты никогда не знаешь, когда к тебе придут с обыском».

«С обыском?» — переспросила я.

«Это просто такое выражение, — она нервно захихикала, словно я поймала её врасплох, — это с конца тридцатых годов, ещё со времён Сталина. Мы стали сжигать свои письма и записи. Они в любой момент могли прийти с ордером на обыск. Или без ордера. И как можно было с ними объясниться? Это были госслужащие, маленькие люди на чёрных воронках, к тому же чертовски злые. Понятно, что они всего лишь выполняли указания своего начальства».

Когда мне было двенадцать, она рассказала мне, что её посадили в трудовой лагерь «при Сталине». Я полагаю, что это был первый случай, когда я узнала о другой истории, той, о которой не писали в учебниках.

«В лагере, — сказала моя бабушка как-то очень буднично, — я не была самой несчастной». Она сделала паузу, какое-то время глядя в окно, и продолжила мыть посуду или разбирать свои бумаги, как будто к этому совсем нечего было добавить. Потом ни с того ни с сего она продолжила: «Тогда мне повезло, что я сидела с политическими. Это намного лучше. Попасть на зону к уголовникам было намного опасней. Среди них было немало стукачей, и они творили что хотели, особенно во время половодья. Когда лагерь был отрезан от Большой земли, там хозяйничали воры и мокрушники. Но, на самом деле, кое-кто из воров и убийц были совсем неплохими людьми. И если тебе удастся завоевать их уважение, то они будут стоять за тебя горой в любой ситуации. А если нет... то, конечно, ничего хорошего тебя не ждёт. Я была исполняющей обязанности библиотекаря в воровском отряде. Они приходили ко мне за рекомендациями: "Нинель Марковна, что мне ещё почитать? Дайте мне что-нибудь весёлое и приключенческое". Им нравились рассказы о ковбоях и индейцах и "Преступление и наказание". Три месяца я помогала библиотекарю в уголовном отряде, а затем мне пришлось вернуться к физическому труду. Это не было так плохо, как могло бы быть. Да, это было ужасно, но по тем временам не так уж плохо. Я была в отличной компании, среди самых культурных и образованных людей. Там была одна актриса, прекрасная актриса Каневская[1]. Ходили слухи, что в неё был влюблён сам Берия, и маршал Тито тоже. А он был большим киноманом. Она любила цитировать нам отрывки из "Дяди Вани": "Мы увидим всё небо в алмазах, милый дядя, увидим жизнь светлую, прекрасную..."

Я освободилась после войны, а потом меня снова арестовали уже в период борьбы с космополитизмом. Это было в 1949-м. Они припомнили мне мою учёбу в Инязе. Но потом меня опять

---

[1]   Отсылка на эпизод из биографии актрисы Татьяны Окуневской (1914–2002).

освободили, потому что у меня были отличные характеристики из школы. Мне повезло, что я не стала врачом. Знаешь о заговоре врачей? Я думаю, что в школе этому не учили. А было бы неплохо, даже просто необходимо. В 1949 году быть врачом еврейского происхождения практически означало смертный приговор. Я слышала, что Каневская умерла. Какая талантливая женщина и какая выдающаяся личность! Мне повезло, что я вообще осталась жива. В конечном счёте нас всех реабилитировали. А те госслужащие неправильно понимали отданные им приказы. Я так надеялась на Хрущёва, что он продолжит ленинский путь».

Всякий раз после этого, когда я спрашивала её о лагерях, она вздыхала, но не раскрывала никаких новых подробностей, а только повторяла, «как ей повезло» и как она сидела в одной камере с великой актрисой Каневской, которая по памяти декламировала «Дядю Ваню». Если бы я спросила её, была ли она когда-то испугана по-настоящему, она, по всей вероятности, стала бы это отрицать или ответила бы что-то типа: «Конечно, боялась. Тогда каждый из нас был напуган, но мне повезло больше, чем многим другим». Но однажды я стала свидетелем сцены, которая заставила меня думать иначе. Местный участковый, которого мы хорошо знали, постучался к нам в дверь, а она ему просто не открыла. В тот момент я стояла на коммунальной кухне и пыталась её урезонить: «Бабуля, это же Степан Петрович, наш милиционер». Мои аргументы не подействовали. Она притворилась, что не слышит, и затаилась в своей комнате, как будто её там не было. Тем временем Степан Петрович постучался в дверь её соседа и выяснил все, что хотел узнать про другого нашего соседа, пьяницу дядю Колю, который уже целый год как не платил своей бывшей жене алименты. Она открыла дверь, только когда участковый ушёл. Она слегка смутилась, когда я сказала ей, что это действительно был Степан Петрович. «Я просто не узнала его голос», — сказала она.

«Бабушка, клянусь, это был Степан Петрович».

«Ладно, он разобрался и без меня. А мне тут было некогда». И в тот самый момент я заметила швабру, стоящую прямо у её кровати. А рядом с ней лежала мокрая тряпка. Она что, искала под кроватью страшного вора? Или она просто делала обычную влажную уборку? Всё-таки она следовала официальному лозунгу, начертанному белыми буквами на красном фоне, который украшал тогда все советские школы: «Чистота — залог здоровья». Она свято верила в здоровый образ жизни и, в отличие от меня, всегда была чистюлей. Все-таки у меня и моей бабушки было кое-что общее. Не сокровенные тайны, не вера в светлое будущее, а что-то более глубокое. Общие страхи.

Глава пятнадцатая,

в которой самое интересное происходит за сценой. Поэтому нетерпеливый читатель может запросто её пропустить

Когда я проснулась, на меня смотрели смеющиеся глаза Эрнста Любича. Вы это подозревали? Вы, любопытный и нетерпеливый читатель! Вам нужно задать мне «пару вопросов». Ответ будет и «да» и «нет». Да, я осталась у Миклоша на следующий вечер. Нет, я не думала о последствиях. Мы просто зашли к нему пропустить по рюмочке, и у меня не нашлось причин, чтобы уйти. Мне не хотелось возвращаться домой поздно ночью, и меня очень утомила эта работа в библиотеке. Помните, как в старых добрых русских романах, когда героиня краснела «до» и плакала «после», и мы никогда не узнаем, что же точно случилось «между»? А что касается героя, то тот красноречиво и выразительно, но с некоторой горечью, вёл рассуждения о смысле жизни (до, после, а возможно, и в течение «всей ночи»). Вот так-то.

Я расскажу вам одну вещь: память может быть очень эротичной. Па-мять. Она таится в таких местах, о которых вы даже и не подозревали. Она скрывает и выдаёт информацию, вы вспоминаете и забываете, и потом повторяете этот процесс снова и снова, но уже очень медленно. Только не заходите слишком далеко, старайтесь не углубляться, или вы будете ощущать только боль. Это особый вид боли, никак не связанный с удовольствием. Это боль, которая может навсегда разорвать вашу связь с внешним миром.

Мы же не совершали ничего болезненного, мы лишь кружили и кружили вокруг неё, наслаждаясь процессом забывания и страхом забвения. Мы играли со спичками памяти, но были крайне осторожны, чтобы уберечься от пожара. Миклош сказал, что нам нечего бояться, поскольку мы оба были «хорошо адаптированными эмигрантами», и мы признали друг друга с самого начала. Мы научились вспоминать наши потери с улыбкой. Но мы боялись потерять ещё больше. «Я заметил в эмигрантах одно интересное свойство: они могут быть хорошими друзьями, но, как бы ни было неприятно об этом говорить, они неверные возлюбленные. Ведь они влюблены в саму сущность мимолётности».

Да, пожалуйста, давайте описывать утрированные явления и факты. Ведь мы в принципе не можем их доказать или опровергнуть. У нас на руках нет статистики. И мы сами по себе являемся фокус-группой. При этом очень ленивой. Мы просто решили, что дела делаются так, и этого нам вполне достаточно. Скажите же, доктор, каковы наши дела на самом деле? Способствуем ли мы излечению или же, напротив, заболеваем ещё сильнее? Сейчас полегче, будто вы приняли один из тех безрецептурных препаратов, которые устраняют симптомы, но не причину болезни. Это то, что называют осознанной забывчивостью, доктор, зависимость от нее совсем несерьезная. Что-то наподобие французского гусиного паштета, который и повышает ваш холестерин, и снижает его одновременно. Поверьте, это результаты новых исследований. Я слышала про это по телевизору. И если ваши симптомы повторятся, я рекомендую как следует выспаться и выпить стакан молока. А если вам не спится, то съешьте кусочек тунца перед сном.

Конечно, мы не будем говорить «о нас». Мы не планируем «работать над нашими отношениями». Пусть этим занимаются местные. Мы же просто наслаждаемся своим досугом. В нашей созависимости от забвения мы воскрешаем в памяти любовь и смерть других людей.

«Я размышлял о судьбе Нины Белской», — говорит Миклош.

«Ты? Когда?»

«Прямо сейчас, пока ты притворялась спящей».

«И?»

«Чем тебя так увлекла эта история? Ты видишь в Нине саму себя? И ты уверена, что вы не родственники?»

«В том-то и дело, Миклош, в том-то и дело. Я ей не родственница. Это не поиск общих корней. Это другая судьба, которая действительно мне интересна сама по себе».

«Тебе совсем не нужно оправдываться, я ведь просто спросил».

«Мне кажется, что я бьюсь над вопросом, как научиться чувствовать момент, когда нужно уйти и когда можно вернуться, когда нужно сближаться, а когда сохранять дистанцию. Тут стоит соблюдать определённый баланс, которому я так и не научилась».

«Я тоже».

«Для меня история Нины Белской — это жизненная альтернатива, путь, по которому не пошёл ни один из членов моей семьи. Двоюродные братья и сёстры моей бабушки все отправились в эмиграцию в Америку и Европу после кишинёвских погромов. Из всей семьи только мои прадедушка и прабабушка остались в России. Потом моя бабушка ездила во Францию в 1930-е годы, но, естественно, вернулась назад. Она была убеждённой старой большевичкой. И вот, мне хотелось представить совсем другую судьбу. В стиле "а если бы"».

«По сути, то же, что и мой интерес к Любичу. Только у меня не детективная история. Любич начинал вместе с моим дедушкой в одном театре в Будапеште, только, вероятно, мой дедушка не был столь талантлив, остроумен и удачлив. А теперь мне кажется странным, что я хотел вернуть Любича назад в Будапешт. Он не узнал бы родного города и предпочёл бы ему постановочные декорации Будапешта на площадке Голливуда».

«Эмиграция — это подобие двойной жизни. Ты находился там, ты занимался повседневными делами у себя на родине, а потом тебе нужно уехать и оторваться от корней. На новом месте, где ты теперь находишься, ты даже не знаешь, как правильно поздороваться, как без акцента поговорить о погоде и что сказать кассиру в супермаркете».

«Я знаю, что я всё время делаю что-то не так. Но наш кассир на это никак не реагирует».

«Просто ты используешь своё венгерское обаяние».

«Да, но я не думаю, что кассир вообще знает, где находится Венгрия».

(Простите, если я утомляю вас этой беседой. Я знаю, что в американских фильмах вы демонстрируете обнажённую натуру настолько долго, насколько это возможно, но максимально сокращаете диалог и «до», и «после». Просто считается неприличным слишком много болтать, если вы, конечно, не злодей. Тогда вам нужно употреблять такие слова, как «экзистенциализм», и упоминать имена иностранных писателей, желательно с неправильным произношением. Но даже злодей не хочет выглядеть слишком претенциозным. Если вы затягиваете разговор в постели более чем на три минуты, то продюсер урежет этот кадр и потребует действия. А зрители станут зевать, ёрзать в креслах и крошить на полу в кинозале попкорн с маслом. Интеллектуальная беседа, ох, это даже хуже, чем неприкрытая нагота! Что я могу поделать, мой дорогой терпеливый читатель, если мы и в самом деле разговаривали в постели. В конце концов, мы же иностранцы?)

«Для иностранцев Штаты совсем неплохое место для жизни, особенно если вы осели прямо на побережье. Через какое-то время вы привыкаете к иному образу жизни. Вы покинули одну страну и переехали в другую, но на самом деле вы проживаете в каком-то третьем месте, которое располагается ни там ни тут».

«Это именно там, где мы есть. И как же хорошо здесь».

«Но надо учитывать то, что «на всём стоит свой ценник», как любят выражаться американцы. И кто-то платит очень дорогую цену за жизнь не здесь и не там. Вот Нина, например, погибла. А кто-то исчез и не понёс наказания за убийство».

«Ох, дорогая, ты впадаешь в глубокий пессимизм прямо с раннего утра. А мы ещё даже не выпили утренний кофе».

«И она тоже. Я имею в виду Нину. Она была ещё в постели, не совсем готова к началу дня. Ты знаешь это ощущение. Тогда ей казалось, что наступил ещё один из череды тех серых будничных дней, только лишь чуть-чуть посветлее, чем бывает обычно. Она же никак не могла подумать, что находится прямо на месте будущего преступления. Особенно в такое раннее время».

«Может, произошёл несчастный случай?»

«Возможно, но что подразумевается под словом "несчастный случай"? Вот это мне и не совсем ясно. А ещё все мои подозреваемые имели безупречные алиби. И не такие, какие бывают обычно. "Я не был ни там, ни тут: переходил дорогу, садился в такси, переезжал, ехал на работу" и всё в таком духе. Сколько неучтённых получасовых промежутков существует в нашей повседневной жизни? Тогда как и Натали, и Борис Владимирович, и Полтавский-Рижский — все они обладали надёжным алиби, слишком надёжным, чтобы быть похожим на правду. Как будто они заготовили их заранее, как будто они продумали саму свою жизнь как алиби, чтобы всегда быть готовыми к беспочвенным обвинениям. Интересно, кем были те двое неизвестных, которых Лионель повстречал в кафетерии. А мисс Х? Где она оказалась в то утро? И кто-нибудь видел её хотя бы "случайно"?»

«Ты позабыла о венграх и кинофильмах?»

«Вовсе нет. Хотелось бы знать, какую роль играет тот мутный венгерский персонаж на заднем плане моей истории. Мне нужно проверить, имеют ли венгры к этому какое-то отношение».

«Ну, считай, что ты уже проверила».

«Ты, Миклош? Ты что, тоже участник этого заговора?»

«Нет, я появился случайно, и ты это знаешь. К тому же именно ты решилась первой заговорить с незнакомым мужчиной. Ты поинтересовалась, откуда я родом. И ты дала мне свой адрес. Ты позволила мне себя проводить. На самом деле, ты хотела, чтобы я тебя проводил. А я просто шёл на поводу у твоих желаний. Иногда мне кажется, что ты меня придумала. Или, может быть, я создал тебя в своём воображении, я не знаю».

В этот момент звонит телефон. «Я не хочу подходить к телефону», — говорит Миклош. Срабатывает автоответчик: «Здравствуйте, это Миклош, к сожалению, я не могу ответить в данный момент. Пожалуйста, оставьте своё сообщение после сигнала». И вот слышен энергичный голос американки без тени акцента:

«Привет, Мики, это я. Куда же ты запропастился, я всё звоню и звоню. Я приезжаю завтра».

Миклош бежит к телефону. Он даже на меня не взглянул. Он хватает беспроводную трубку радиотелефона и быстро уходит на кухню голый, абсолютно голый.

«Привет, родная. Конечно же, всё в порядке. Вчера я был у Иштвана. Он до сих пор переживает из-за той работы в Корнелле[1]. Помнишь, я тебе рассказывал. В результате они взяли на работу того англичанина, как его там звали, ну, который из Сассекса. Да, конечно. Да просто там под окнами ведутся работы, то ли что-то ремонтируют, то ли стены сверлят. В общем, я не слышал твоих звонков».

Миклош врёт очень убедительно. Он делает это спокойно и непринуждённо, обильно приправляя свою ложь деталями из повседневной жизни. Он говорит так буднично, что вы никогда ничего и не заподозрите. Я тихо и быстро одеваюсь и сбегаю на улицу. Я понимающе машу Миклошу рукой. Он закатывает глаза, указывая на телефон, и показывает жестами, что потом он мне позвонит.

---

[1] Имеется в виду Корнеллский университет, один из крупнейших и известнейших университетов США.

Глава пятнадцатая «А»,

которую с трудом и главой-то можно назвать. Скорее, это пара не связанных между собою страниц из моего компьютерного дневника

Утро. Я не могу решить, что мне съесть на завтрак. М. не звонит. Я села за компьютер натощак, открыв свою душу этому сердечному электромеханическому другу. Уже пора бы добавить ему памяти. Иначе мой компьютер так и будет предлагать очистить корзину, а я совсем не желаю этого делать. Мне хочется хранить всё как можно дольше. И неважно где — под кроватью или в виртуальной корзине. «Вы точно уверены, что хотите это удалить?» — спрашивает улыбчивый герой комикса. О нет, пожалуйста, пока еще нет.

Компьютерная память — противоположность памяти человеческой. Она очень надёжна. Она не содержит двусмысленностей. В ней нету тайн, которые можно выдать или скрыть. Она всегда выдаёт вам то, что вы хотите, — не больше и не меньше. Память компьютера никак не связана с чувствами. И вкус печенья мадлен[1] ему тоже не знаком. И на самом деле, компьютер искренне полагает, что было бы лучше заменить «мадлен» на «медальон». Иногда ваши пальцы вас больше не слушаются. Вы думаете, что жмёте на «return», тогда как случайно мизинцем задеваете «help», и чёрный вопросительный знак начинает суетливо бегать по вашему мигающему экрану. Нет, мне не нужна помощь, я просто

---

[1] Мадлен (madeleine) — французское бисквитное печенье небольшого размера из Коммерси, обычно в форме морских гребешков, символ памяти в романе Марселя Пруста «В поисках утраченного времени».

хотела вернуться, снова войти, вспомнить, начать с новой строки. И всё. А вот личные воспоминания могут прорываться неожиданно, когда вы нажмёте не на ту кнопку, а иногда они остаются совсем недоступными. Вы вроде бы движетесь мыслями в правильном направлении, а в голове ничего не щёлкает.

Хуже всего, что вы понимаете, что ничего просто так не откладывается там, в уютном виртуальном уголке вашего сознания. И ваши воспоминания возвращаются к вам с лихвой. Они хитро адаптируются к соприкосновению с вами и переоблачаются сообразно ситуации. Воспоминания моих свидетелей не всегда заслуживают доверия. Они помнят лишь свои субъективные, неточно воссозданные картинки событий полувековой давности. Теперь же они в них свято верят. Теперь же, только если вы позволите им свободно разговориться, так сказать, внутренне распалиться и нести всякую чушь и позволите им тараторить без умолку, тогда-то они смогут натолкнуться на что-то настоящее и случайно о нём проговориться. Вот на что я втайне надеюсь, но, безусловно, я не могу за это ручаться.

* * *

М. так и не звонит. Нельзя сказать, что я так уж сильно жду его звонка. Но я знаю, что он знает, что сейчас я сижу дома. Вот я посижу дома ещё минут двадцать, до полдвенадцатого, и даже не выйду за кофе.

Я вновь открыла мои школьные дневниковые записи, которые я вела, когда мне было пятнадцать. Моя подруга привезла мне их из России. Во время весенних каникул я обычно впадала в уныние. Я любила гулять вдоль Невы, переходя через мосты, покрытые слякотью, а ночами заполняла длинные страницы дневника своими размышлениями о толстовской теории морального самоусовершенствования и «Всаднике без головы» капитана Майн Рида. А в конце появлялась строка: «С. не позвонил. Ещё один день насмарку». Теперь же, по прошествии стольких лет, я даже точно не помню, кто такой был этот С., но я на всю жизнь травмирована тем, что он не позвонил.

На следующий день, и не важно, какое это число

Мне снилось, что прошлого не существует. Но ведь это большая тайна. Поэтому мы должны имитировать следы прошлого с большой осторожностью и терпением. Мы берём новые пластинки с идеальной поверхностью и оставляем на них слои прошедшего времени. Мы скребём их иголками так, что они приобретают скрипучее звучание изношенности. Мы приобретаем новую, качественно отпечатанную книгу и посыпаем её страницы порошком для искусственного состаривания, чтобы придать им желтоватый оттенок. Мы старательно покрываем пятнами углы её страниц, имитируя следы от пальцев тех старомодных читателей, которые желали постоянно пребывать в иллюзорном мире. Мы ставим чернильные кляксы на свежую печать и слегка размываем строчки. И нас совершенно не волнует, можно ли эту книгу потом будет читать. Ведь не в этом цель. Они всё равно все уже оцифрованы и хранятся на микрофильмах. А эти книги будут представлять собой ценные реликвии.

* * *

У меня проявляются симптомы простуды. Болит горло, усиливается головная боль и слабость. Я пью апельсиновый сок, изготовленный из концентрата, и у меня от него расстраивается желудок. Прошло уже два дня, как Миклош не звонит.

Глава шестнадцатая,

которая расскажет вам, как лечить простуду прокалённой на сковородке солью и паром от варёной картошки и как удалять пятна с пионерского галстука

Открытка от Нинель Марковны Бланк, Ленинград, Россия

Моя дорогая внучка,
что-то ты мне совсем перестала писать. Я знаю, что ты погружена в работу над диссертацией в Париже. Я очень этому рада и даже, можно сказать, горжусь тобой, ведь мне самой так и не удалось довести до конца ни одну из поставленных задач. Я очень надеюсь, что у тебя всё сложится по-другому. Париж — прекрасный город. Я вспоминаю Нотр-Дам, Иль Сен-Луи, Эйфелеву башню, Монпарнас. Для меня это не пустые звуки. Ты знаешь, сейчас я смотрю на твою старую фотографию, где тебя принимают в пионеры. На тебе чистенький, хорошо отглаженный галстук без единого пятнышка, но выглядишь ты как-то совсем невесело. А ещё я нашла твой альбом с марками. Помнишь, какая у тебя была хорошая коллекция, «Флора и фауна братских социалистических стран». Польские птицы, венгерские цветы, болгарские ракушки? Я сохранила её для тебя, на случай если ты решишь когда-нибудь нас посетить. В последнее время я уже подолгу не гуляю. Очень донимает кашель. Это всё наш ленинградский грипп, которым ты часто болела в детстве.

Желаю тебе здоровья, счастья и успехов.

Целую крепко, твоя бабушка Нинель

Должно быть, когда я заболевала, бабушка становилась мне ближе и роднее, хотя она и не слишком мне сочувствовала. «Ничего страшного, — бывало, скажет она. — Подумай о людях, которые страдают по-настоящему. А если тебе всё-таки разрешат не ходить в школу, то ты должна и дома проводить свободное время с пользой. Читай. Или рисуй экзотических птиц. Изучай подвиги Геракла. Развивай силу воли». К моей великой радости, у меня нередко случался острый ларингит, причём с потерей голоса, и тогда врачи освобождали меня от уроков. Я читала в постели «Трех мушкетёров», вместо изучения рассказов о пионерах-героях и скучных уроков по ботанике. Меня никогда не увлекало строение листьев растений. Бабушка учила меня, как правильно полоскать горло. Мы выполняли эту процедуру каждые два часа. Вдобавок проводилось интенсивное полоскание перед сном. «Забудь все эти новомодные лекарственные средства. Только крупная морская соль и тёплая вода. Можно ещё и пищевую соду. И старайся не глотать. Вода не очень чистая. Только полощи медленно и так глубоко, как сможешь».

Моя бабушка была абсолютно убеждена, что холодная вода служит лучшим средством профилактики и лечения большинства болезней. Поэтому она очень сердилась на своих неопрятных соседей по коммунальной квартире, которые использовали ванну, чтобы мыть свои кирзовые сапоги или, например, кошек. Она также верила в магическую целебную силу горячих мешочков с солью. Она прокаливала соль на сковородке и засыпала в мешочек, сшитый из старой рубашки, а затем прикладывала этот горячий мешочек к носу или ступням. Горячие мешочки обычно помогали. Теперь, задним числом, я предполагаю, что это могло быть старым лагерным способом лечения простуды, хотя мы так точно и не узнали, где она этому научилась. В особо сложных случаях к лечению горячей солью добавлялись ингаляции картофельным паром. Вот как это делается: вскипятите воду в кастрюле среднего размера. (Используйте только свою конфорку. Не пролейте воду в соседскую кастрюлю с супом. Это может прервать лечение и привести к тяжелым последствиям и травме на всю жизнь.) (1) Добавьте четыре очищенные картофелины среднего размера в кипящую воду и киньте туда щепотку соли. (2) Накройте голову полотенцем и нагнитесь над кастрюлей с кипящим картофелем. (3) Не наклоняйтесь слишком близко к кастрюле. Вдыхайте картофельный пар в течение пяти минут. (4) Не бойтесь вспотеть. Это полезно.

Если же ваша соседка решит снять жирную куриную пенку с кипящего супа, как раз когда вы дышите картофельным паром, прервите процедуру и возвращайтесь на кухню минут через пять. Не спорьте с соседкой. Иначе вы окончательно посадите голос, усугубите свой ларингит и при этом никому ничего не докажете. Не забывайте, что соседи по коммуналке могут быть тоже больны. Мои родители посмеивались над бабушкиными способами лечения и предпочитали горячим мешочкам с солью и картофельному пару современную «синюю лампу», которая излучала особое электрическое тепло. Подержите её около носа, и она принесёт облегчение вашим забитым пазухам. Родители считали, что моя бабушка окончательно отстала от жизни. Должна признаться, что мне подходили все наши семейные методы лечения: будь то мешочки с горячей солью, картофельный пар или синяя лампа. Все они помогали! Безусловно, было это очень давно, в том моём чистом пресудафедном[1] бытии. Но был один метод лечения, который я не выносила. То, что моя бабушка называла «развивать силу воли».

Воспитание силы воли было новомодным педагогическим веянием в то время, а моя бабушка — его самым большим поборником. Она работала в средней школе. Она училась на преподавателя немецкого и французского языков. На обоих языках она говорила с ярко выраженным русским акцентом и безупречной грамматикой. Казалось, что её знания почти не выходили за рамки упражнений из школьной программы. «Мари прилежная ученица. Мари и её друг Франсуа идут на кладбище Пер-Лашез возлагать цветы к Стене коммунаров». Или «Гретхен и Франц любят гулять в лесу. Лес в Баварии очень красив весной!» Но было сложно найти работу преподавателя языка недавних врагов.

---

[1] Sudafed — популярные таблетки от насморка.

Поэтому она устроилась преподавателем начальных классов и преподавала все предметы с первого по четвёртый класс. Она рассказывала мне истории о героической революционной борьбе. Ленин в её рассказах говорил и действовал как безбородый Фидель Кастро, её кумир конца шестидесятых. Она очень радовалась, когда в возрасте девяти лет я вступилп в пионерскую организацию. Она очень хотела, чтобы церемония прошла безупречно. Она выгладила мой белый передник и объяснила мне символическое значение трёх углов пионерского галстука. Мы слушали радостную песню про Катюшу, которая бережёт свою родную землю и верного ей солдата, и про маленького пионера-орлёнка, который летит выше солнца. Я тоже очень радовалась.

Приём в пионеры стал первым большим разочарованием в моей жизни. Обычно церемония проходила на крейсере «Аврора», осуществившем выстрел, положивший начало штурму Зимнего дворца в 1917 году. Но так получилось, что «Аврора» была забронирована для праздничного мероприятия, посвященного встрече моряков из дружественных стран Варшавского договора. Поэтому наш приём в пионеры перенесли в местный дом культуры имени 50-й годовщины Великой Октябрьской социалистической революции, облезлое железобетонное здание с портретом Ленина на красном кумаче. Председатель районной комсомольской организации Владимир Иванович Романенко оказался круглолицым мужчиной с красными, как у кролика, глазами. От него всегда пахло дешёвым спиртным, даже когда он не пил. Барабанщик тоже был с похмелья и безжалостно бил в свои барабаны совсем невпопад. Наше мероприятие в этот день было последним, и были мы всего лишь детьми, поэтому комитет решил провести ритуал по-быстрому, чтобы все могли поскорее разойтись по домам после долгого рабочего дня. «Октябрята! В этот особенный день вы удостоены особой чести вступить в ряды юных пионеров. От имени Центрального комитета Коммунистической партии Петроградского района города Ленинграда, от имени комсомольской организации Петроградского района города-героя Ленинграда, от центрального совета пионерской дружины и от себя лично позвольте поздравить вас с этим важным событием». Владимир Иваныч наклонился так близко к моему лицу, что я почувствовала не очень свежий запах с примесью дешевого венгерского портвейна из его рта, и довольно неуклюже завязал галстук на моей шее. Ту же операцию он повторил ещё над парой дюжин других школьников. «Пионеры!» — яростно прокричал он. Мы вытянулись по струнке. «К борьбе за дело Коммунистической партии Советского Союза (многозначительная пауза и новый выкрик) будь готов!» «Всегда готов!» — ответили мы хорошо отрепетированным хором и подняли руки в пионерском салюте. Когда мероприятие закончилось, я разрыдалась. И это всё? Разве так можно?

Я рассказала моей бабушке, что барабанщик бил не в такт, и что от Владимира Ивановича пахло перегаром, и что он прочитал свою двухминутную речь по бумажке дрожащим голосом. Она погрузилась в молчание. Она была очень расстроена. «Ни черта не могут сделать нормально, — сказала она, — я напишу об этом в районный комитет пионерской организации». Я не знаю, написала ли она в итоге жалобу или нет. Она полагала, что социализм семидесятых являлся профанацией мечты её юности. И я помню, как она всегда вздыхала, когда удаляла пятна с моего пионерского галстука: чернильные кляксы, капли борща, следы от котлет из школьной столовой, шоколадную пудру от конфет «Мишка на Севере» и много чего ещё, что проходило через мои руки. Мой пионерский галстук буквально превратился в дневник моих пищевых привычек. Однажды во время особенно скучного собрания я так зажевала левый угол галстука, что даже у моей бабушки не получилось его отгладить. На удивление она меня даже не отругала. Она только прошептала сквозь зубы: «Так им и надо». «Они», видимо, относилось к Владимиру Ивановичу и подобным ему людям.

Мне очень хотелось рассказать всю эту историю Миклошу, чтобы сравнить реалии нашей пионерской жизни между собой. Ручаюсь, что он тоже жевал свой собственный пионерский галстук и порой оставлял на нём чернильные кляксы. Но точно сказать не могу. Прошло уже три с половиной дня, а Миклош так и не позвонил.

Глава семнадцатая,

в которой «сыщица» ведет себя крайне распущенно прямо в зрительном зале кинотеатра во время просмотра картины с Жераром Депардье

Через четыре дня мне наконец-то звонит Миклош. Говорит он очень официальным тоном, как делают люди, находящиеся не одни: «Здравствуйте, вас беспокоит Миклош. Я очень надеюсь, что вы придёте на очередную встречу нашего общества по изучению кинематографа, ровно в три часа дня. Кинотеатр "Утопия". Это в пятом муниципальном округе». Должно быть, это наш новый пароль: «общество по изучению кинематографа». Ну и ладно. Между прочим, мы оба хотели продолжить просмотр ретроспективы Любича. По дороге в кинотеатр «Утопия» я размышляю о времени, которое мы потеряли. Ведь мы могли бы встречаться почти каждый день. Нет, нет, я не питаю никаких иллюзий по поводу нашего будущего. Никакого будущего у нас просто нет, и в этом не может быть никаких сомнений. Меня интересует настоящее. Я могла бы себе устроить маленькие парижские каникулы, как очень уж сдержанный Хамфри Богарт[1] с весьма несдержанной Ингрид Бергман[2]. Это случилось ещё до того, как

---

[1] Хамфри Богарт (1899–1957) — по мнению Американского института киноискусств, лучший актёр в истории американского кино.

[2] Ингрид Бергман (1915–1982) — шведская актриса, снимавшаяся в шведском и американском кинематографе. Её самая яркая роль — Ильза Ланд в фильме «Касабланка» (1942), на который и ссылается Таня в своём монологе.

её героический супруг Виктор Ласло[3], по всей видимости чех по происхождению, но почему-то носящий венгерское имя, чудесным образом вернулся. Мы могли бы провести вместе всего неделю или две, и это как раз именно то, чего бы мне хотелось.

Меня расстраивает вид Миклоша. Ему тоже немного неудобно, а пиджак у него подозрительно безупречно выглажен. И он мне даже не улыбнулся. Сначала он трогает меня за руку и только лишь затем слегка улыбается: «Ты тут. А я уже начал сомневаться в твоём существовании».

«Я тоже, — говорю я, — но она-то наверняка существует».

«Согласен, — говорит Миклош, — мне очень жаль. Не знаю, что и сказать».

«По крайней мере, сейчас он честен, — думаю я, — и я рада его видеть».

«Я рад тебя видеть», — говорит он.

Я даже не знаю, зачем мы стоим в очереди за этими билетами. И хочется ли нам смотреть этот фильм? Нам нужно было придумать что-нибудь общее, что-нибудь, что мы оба как будто «изучаем». И вот мы оказываемся тут, изображаем, что что-то делаем. Хотя остаётся одна проблема: фильм Любича «Быть или не быть»[4] начинается в восемь, а на четыре часа назначен показ киноленты «Слишком красивая для тебя»[5]. «Классическая романтическая комедия Бертран Блие[6] с Жераром Депардье в главной роли», — гласит афиша. И как же нам поступить? Нам нужно быстро что-то решать. «Два билета на "Слишком красивую для тебя"», — решительно произносит Миклош. Мы прикидываемся обычными кинозрителями. Мы покупаем прохладительные напитки и избегаем обсуждения серьёзных вопросов. Но, кажет-

---

[3] Один из центральных персонажей фильма «Касабланка», лидер одной из повстанческих групп, участвующих во французском движении Сопротивления.

[4] Антивоенная и антинацистская комедия, снятая в США в 1942 году и выдвинутая в следующем году на премию «Оскар».

[5] Французский кинофильм 1989 года, обладатель четырёх премий «Сезар» и приза международного кинофестиваля в Каннах.

[6] Бертран Блие (1939–2025) — французский кинорежиссёр, сценарист, писатель и киноактёр.

ся, репертуар шуток у нас уже иссяк. Тут, к счастью, в зале гаснет свет. Миклош берёт мою ладонь и начинает её тихонечко поглаживать, я поглаживаю его руку в ответ. Мы не поворачиваемся и не смотрим друг на друга. Мы смирно сидим в своих креслах, словно прилежные ученики, уставившись в грустные глаза Жерара Депардье. Жерар Депардье имеет в жизни всё: роскошную квартиру со сверкающими паркетными полами, полированную мебель, супружеское ложе с дизайнерским бельём и прекрасную жену, которая выглядит так, словно только сошла с обложки глянцевого журнала. И что же его тревожит? Я поняла — она для него слишком красива! Когда какая-то вещь слишком уж хороша, чтобы казаться правдой, она теряет вдруг всякий смысл!

Я очень извиняюсь, я знаю, что это хороший фильм, но мы сейчас не слишком увлечены его просмотром. Мы тихо и отчаянно целуемся, и нам с трудом удаётся сохранять полную тишину. Мы обнимаем друг друга, избегая вздохов, бормотанья и шуршания одежды. Мы притворяемся и прикрываемся, делаем всё очень тихо и ведём себя крайне осмотрительно. Камера искусно скользит по сверкающим поверхностям интерьеров парижских буржуа. Бедный Жерар Депардье! Его жизнь приняла столь странный оборот. Периодически один из нас поглядывает на экран, чтобы проверить, как там идут дела у Жерара, а заодно пустить пыль в глаза окружающим зрителям. Кажется, что они прилипли к экрану, фантазируя на тему холодной красоты нежеланной супруги Жерара, в то время как сам он мечтает о невзрачной толстушке в розовом мохеровом свитере, с которой они работают в одной конторе. Но почему кому-то должно быть до нас какое-то дело? И мы опять даем свободу рукам.

Да, мы оба знаем, что это глупо, и мы изо всех сил старались этого избежать. Нет, мы не хотим вести себя словно подростки из Восточной Европы на премьере популярного вестерна «Чингачгук, последний из могикан». Последнего из могикан сыграл известный боснийский актёр[7], лицо которого было покрыто толстым слоем

---

[7] Речь идёт об актёре и каскадёре сербского происхождения Гойко Митиче (1940 г. р.), сыгравшем Чингачгука в фильме «Чингачгук — Большой Змей», снятом в ГДР в 1967 году.

грима цвета влажной терракоты. Мы даже не обсуждаем Чингачгука, хотя на следующий день мы бы смеялись и вспоминали его
с большой симпатией. Мы продолжаем нервно ласкать друг
друга в полной тишине. Все это нелепо, неловко, по-детски. Я знаю,
что у всего этого не будет особого продолжения и что «ничего из
этого не выйдет». Так бы сказали все мои подруги. «Вспомни, что
я тебе говорила: "Ничего хорошего из этого не выйдет"». Мы больше не будем так себя вести, мы обещаем. Если же кто-то нас за-
стукает, то это будет ужасный конфуз и даже скандал. «У меня
такое чувство, будто я снова на первом свидании», — говорит
Миклош. «Тсс, — резко одёргивает нас одинокий кинолюбитель,
сидящий на два ряда ближе к экрану, — держите себя в руках!»
«Нам лучше уйти, — шепчет Миклош, — нам лучше уйти».

Мы спускаемся к Сене неподалёку от острова Сен-Луи. Там
находится небольшой скверик, в котором молодёжь валяется
прямо на траве. До нас доносятся знакомые запахи помойки,
пота и общественного туалета. Мы продолжаем свою прогулку.
Мы не вспоминаем ни Ленинград, ни Будапешт. Мы даже не
обсуждаем кино. Как зачарованные мы проходим по парижским
мостам. Этим тёплым поздним вечером город манит нас своими
длинными тенями и мягкими оттенками сумерек.

На мосту стоит ещё одна пара, лет на пятнадцать младше нас.
Они целуются. Девушка с длинной чёлкой и в джинсах клёш. Она
выглядит вполне в духе шестидесятых, только гораздо опрятнее.
Парень с длинными волосами, на нем старый пацифистский
значок. Мы по сравнению с ними — какое-то старомодное ста-
ричьё. Девушка грациозно уселась на парапет, а парень стоит
рядом с ней и обнимает её за талию. Они не ведут себя вызываю-
ще и в то же время совсем не смущаются. Они с лёгкость целуются прямо на публике и явно знают толк в романтических
встречах на открытом воздухе. Девушка обращается ко мне на
английском: «Простите, который час?»

Лучше бы она ничего не спрашивала. Ведь уже семь. Это самое
неприятное время суток, так называемый «семейный час». В Нью-
Йорке у меня всегда портилось настроение, когда наступала половина восьмого. В это время если вам кто и звонит, то только

чтобы что-нибудь продать, потому что все знают, что вы уже дожны быть дома. Миклош жмёт мою руку. Ему нужно возвращаться домой. Нет, он не может позвонить и сказать, что задерживается. Он понимает, что таким образом он себя выдаст. Кроме того, у них была заранее запланирована встреча с общими друзьями. Виктория приготовила ужин: стейк тартар с артишоками. Он уже опаздывает.

Из архива Нины Белской

Париж, 1938

От Юрия Полтавского-Рижского

Париград, 12 маября

Ты больше мне совсем не пишешь, моя жестокая возлюбленная. Ты отказываешься меня видеть и под надуманным предлогом простуды не хочешь пойти со мной в кино. Поэтому я тебе отомщу и напишу длинное-предлинное письмо. На самом деле, оно адресовано вовсе и не тебе, вашему неприветливому высочеству, а некоей другой девушке, такой фееричной и гостеприимной.

Нина, могущественная владычица династии Нин,
Твоё наследство разбазарено, твои розовые фарфоровые вазы разбиты на куски вот теми самыми европейскими вандалами, а твою библиотеку спалили скифские товарищи. Всё, что у тебя осталось, это пара поношенных византийских тапочек, вышитых бисером, купленных когда-то на турецком блошином рынке. Ох, моя бессердечная Нинушка, я хочу подарить тебе совсем другую жизнь. Тебя стоило бы назвать Лизой. Я хочу видеть, как ты падаешь с лошади или как ты падаешь в обморок, произнося со стоном: «Oh, maman, je suis perdue pour toujours»[8]. И потом с перекошенной улыбкой, с той неотвратимой кривой ухмылкой ты бы влепила пощёчину по бледной физиономии этого беса В. К.: «Вот чего ты заслуживаешь, мсьё Антихрист!»

---

[8] Ох, мама, я безвозвратно пропала (*фр.*).

Либо тебя следовало бы назвать Ольгой. Той, которая отправится за своим возлюбленным в ссылку в Сибирь в простом коричневом платье, которое нужно сто лет расстёгивать. Ты бы учила грамоте бедных детей коренных народов, готовила бы отличные диетические котлеты из местных трав[9] и, конечно же, изучала бы местные наречья. Потом ты бы составила первый словарь языка коренных народов и превратилась бы в Богородицу для людей Крайнего Севера.

Или давай назовём тебя Джилл. Ты будешь ох как откровенна со своим другом Биллом. Ты скажешь всё, что ты думаешь, и откроешь всё, что у тебя на сердце. Ты будешь зарабатывать себе на жизнь честным трудом и будешь рассказывать нам ясным и простым языком о том, как несправедлив этот мир и какой нездоровый образ жизни мы ведём, освобождая нас раз и навсегда из темницы придаточных предложений, обособленных комментариев, бесконечных инфинитивов и прочих извращений.

А вместо этого тебя назвали Ниной, такое простое будничное имя. Ты конечный пункт моего воображения. И я не совсем уверен, что ты находишься в целевой точке нашего эфемерного общения, а я при этом нахожусь в его исходном пункте. Я даже не уверен, что стану отправлять тебе это письмо. Я также сомневаюсь, удосужишься ли ты вообще его прочитать. После всего вышесказанного позволь мне поделиться с тобой одной забавной историей.

На днях у нас было ещё одно незабываемое суарэ с нашими соотечественниками, эмигрантским пролетариатом, славными рабочими из «Рено» и «Ситроена» и другими несчастными, обездоленными и униженными, оставшимися в жизни безо всякой поддержки и поющими в один голос с цыганами-эмигрантами о ямщике в морозной степи, чёрных очах и дорогах длинных под луной, проливая при это свои пьяные слёзы. Господин Качальский исполнял свои новые песни и беспрестанно ругал Советы. Ему везде мерещится заговор, и он воображает, что советские варвары уже стоят у нас на пороге с Амазонкой Матой Хари во главе. «Она прибудет на поезде. А может быть, она уже среди нас». Потом он стал нести всякую ерунду про неизбежное сближение евразийцев со сталинскими секретными агентами.

---

[9] Специфическая составная часть какой-либо флоры или фауны.

Мой консьерж на его стороне и после пары рюмок водки начинает кричать: «Vive Sainte Russie!» И чем же я занимался? Как обычно: пил и играл в карты, блевал и проигрывал, проигрывал и выигрывал, и снова проигрывал. Слава богу, рядом со мною был Андраш Ковач. Я знаю, что ты не особенно жалуешь этого замечательного венгра, но позволь мне тебя уверить, что иногда он тоже может вести себя как порядочный и умный человек, хотя и с хитрецой. Короче говоря, он оплатил за меня карточный долг, попросил взяться за ум и посадил в такси.

Представь себе, что таксист тоже оказался нашим соотечественником, только из тех, что меньше пьют и больше работают. Сначала я говорил с ним по-французски, но к середине поездки перешёл на русский. Как только он понял, что я говорю на русском как на родном, он остановил машину и начал меня умолять: «Ох, только не это, господин хороший. Вы наверняка замечательный человек, но я не могу вас дальше везти. Мой брат сидит без копейки денег, а я должен, я должен кормить свою красавицу дочь и больную жену, чтобы дочь моя, не дай бог, не начала зарабатывать грязные деньги в этих цыганских кабаках. И как тяжко слышать, как моя хворая супруга кашляет по ночам».

Я спросил его, в чём дело. И знаешь какую историю он мне рассказал! Вчера в том же месте и примерно в это же время к нему подсел молодой человек, очень похожий на меня, но, конечно, не точь-в-точь. Тот мужчина был несколько трезвее, французский у него был гораздо хуже, а его глаза были совершенно пусты. Однако он был юношей благовоспитанным и вежливым, даже очень вежливым. И вот они всё ездили и ездили по Парижу, и таксометр насчитал уже целых 30 франков, а русский юноша всё повторял: «давай налево, давай направо, а потом прямо и опять направо». И наконец, таксист остановился и попросил у него аванс.

На что тот лишь рассмеялся ему в лицо и вдруг вытащил пистолет. «А я ведь трус, — говорит он, — и всё это время вы катали обыкновенного жалкого труса. Ведь я хотел застрелиться вот в этом такси прямо на первом же повороте, но не решился. Я всё не решался и не решался, всё поворачивал и поворачивал. А что касается франков, так у меня их вообще больше нет. Есть только рубли с портретом Ленина. Знаете, а ведь я гражданин Союза Советских Социалистических Республик. А тут я нахожусь в приятной компании специального и полномочного советского представителя. Вы наверняка встречали её имя в газетах — мадам Большая Стерва. Если вы мне не верите, то проверьте — читайте, завидуйте, я гражданин Советского Союза». И он достаёт из кармана паспорт в красной обложке.

Ему стоило сказать, этому доброму таксисту: «Вам, товарищ, лучше пройтись, если вы так уж стремитесь покончить с собой. А нам тут в мире прогнившего капитализма нужно работать, чтобы хоть как-то выжить». Но добрая русская душа не могла поступить так гнусно, к тому же человеком он был любопытным. Поэтому он начал расспрашивать его и о Сталине, и о московском метро, и о том, и о сём, что происходило в его родном городе, и о том, что привело этого молодого человека в Париж. Молодой человек начал что-то бормотать о том, что именно то, что привело его в Париж, и является главной проблемой и что на самом деле он поэт, и что он влюблён, и что он не исполнил свой долг перед родиной. На что таксист заметил, что всё, что случилось с этим юношей, и вправду очень печально, и что он совершенно уверен, что оно совершенно не стоит того, чтобы жертвовать за это своею жизнью, и что у него ещё всё впереди и, как гласит известная русская пословица, утро вечера мудренее. А потом он везёт этого паренька к его друзьям. Он выпускает юношу и ждет в темноте до тех пор, пока юноша тот не доберется до места. Через пару минут он слышит выстрел, как будто приглушенный шумом другой машины. Непонятно было, кто в кого стрелял. Бедный водитель провёл впустую всю ночь и вернулся домой совершенно без денег. «Тот юноша чем-то смахивал на вас, — повторил он опять, — но глаза у него были светлее».

Догадайся, как я поступил? Я, конечно же, заплатил бедняге и оставил ему щедрые чаевые в благодарность. Как ты понимаешь, сам я пока ещё не застрелился. И не беспокойся, моя дорогая. У меня нет советского паспорта. Я навеки предан Liberté, Fraternité et Carte d'identité (Свобода, равенство и вид на жительство)!

Votre pour toujuors[10], с легким похмельем, но почти трезвый,

Юрий Полтавский-Рижский

---

[10] Ваш навсегда (*фр.*).

От Юрия Полтавского-Рижского

Моя дорогая жестокая Ниночка. В последнее время ты ведешь себя словно кинозвезда. Ты замкнулась в себе и совсем мне не пишешь. Издалека ты дразнишь меня своим силуэтом, а затем незаметно растворяешься в темноте. А я всё ещё пишу тебе, всё ещё не теряю надежды увидеть тебя, а может быть, претендую на что-то большее. Знаешь, чем я занимался в эти дни заместо моего обычного пьянства? Ты бы могла мною гордиться. Я хожу в бары и кабаре и... Нет, это совсем не то, о чём ты сейчас подумала, я хожу и записываю! Да, радушные хозяева предлагают мне бесплатный сухой мартини с прекрасными оливками, и я, конечно, не в силах отказаться от такого предложения. Но я никогда не прошу повторить. Я делаю серию набросков про нашу эмигрантскую жизнь в её самых веселых и живописных моментах, в ярких красках: с икрой, песнями и плясками. Это мой путеводитель по русскому Парижу. Его можно было бы загнать за хорошие деньги странствующим режиссёрам и богатым голливудским продюсерам, которые приезжают сюда в поисках мест для съемок.

В «Maisonette Russe»[11] граф Юсупов, предполагаемый убийца Распутина, развлекает бедных русских художников и музыкантов, угощает их вином и сыром в обмен на ностальгические рассказы. Месье Качальский, тоже завсегдатай того заведения, сидит, перебирая струны своей звучной гитары. Он только что вернулся из своей поездки по голубому Дунаю и сочинил о нём танго «Закат над Дунаем». Граф Юсупов восседает за деревянным столом с резными ножками. Это один из тех старых русских столов, что сделаны без единого гвоздя. Стены увешаны русскими иконами и афишами «Русских балетов». Его лицо с миндалевидными глазами и тонким аристократическим носом напоминает византийскую фреску. «Так скажи мне, — шепчет он незнакомцу, — ты видел Россию так близко, сразу там за рекой. Что же ты слышал? Колокольный звон или рокот тракторов? Мы потеряли нашу родину, но она продолжает жить своей собственной жизнью, но теперь уже без нас. Её реки всё так же быстры и бурливы, как и прежде, на её полях цветут

---

[11] Русская изба (*фр.*).

весенние цветы, а в её лесах зеленеют густые деревья. А мы для неё просто трупы, мертвечина и ничего больше. Мы забытые имена и размытые буквы на могильных камнях. Но пока мы живы, мы любим её, и мы стремимся заглянуть ей в глаза». Граф Юсупов мнёт пальцами тонкую итальянскую сигарету и смотрит на свой малахитовый перстень с тёмными прожилками. Качальский затягивает своё танго, а я допиваю водку и черчу грустную каракулю на полях моей записной книжки.

В кабаре «Казбек»[12] красавец-джигит Халилов глотает горящие факелы, чем покоряет сердца богатых американских вдов. Они бросают ему купюры, а он прокалывает каждый брошенный доллар своим кинжалом с тонким лезвием, как хорошо дрессированный bête sauvage[13]. В кабаре «Казанова»[14], у подножия холма Монмартр, там, где кладбище, атмосфера немного tristesse[15] и хрупкая, как венецианское стекло. Всё здесь кажется не более чем мерцанием. Ценные вазы из муранского стекла, светящийся аквариум с золотой рыбкой, дрожащие свечи на мозаичных столах. Здесь официантами работают самые статные офицеры из белогвардейской элиты, одетые в светло-голубые мундиры с золотым шитьём. Они приезжают на работу на личных автомобилях, а в свободное время одеваются как лорды и развлекают парижских красавиц. Среди исполнителей — мадам Плевицкая, цыгане, а иногда и Качальский. Здесь он появляется непременно трезвым и с большим шиком растягивает шипящие согласные. Здесь бывают сливки парижского общества: такие августейшие особы, как король Швеции Густав[16], король Испании Альфонсо[17], король Албании Зо-

---

[12] «Казбек» — кабаре, открытое русскими эмигрантами в 1920-е годы на улице Клиши, 12, директором которого был А. Каушинский.

[13] Дикий зверь (*фр.*).

[14] «Казанова» — парижское русское эмигрантское кабаре, открытое в 1926 году на авеню Рашель и получившее широкую известность благодаря отличной кухне, интересному и качественному репертуару, а также привлекательной атмосфере.

[15] Унылая (*фр.*).

[16] Густав V (1858–1950) — кроль Швеции с 8 декабря 1907 по 29 октября 1950 года.

[17] Альфонсо XIII (1886–1941) — король Испании с 1886 по 1931 год.

гу[18], король Румынии Кароль[19], и также многие известные киноактёры, как, например, Чарли Чаплин, Дуглас Фэрбенкс[20], Мэри Пикфорд[21] и Марлен Дитрих. Здесь я впервые увидел Грету Гарбо. Она скрывалась за тёмно-синими очками и тихонько потягивала бокал шампанского «Вдова Клико»[22]. Мне сказали, что она готовится к роли какой-то русской женщины. Наверное, поэтому она с большим вниманием слушала Качальского. В тот вечер он пел особенно трогательно:

Как быстро годы пролетели!
С тех пор, когда в саду сидели,
В моём осеннем маленьком саду,
Ты, сбросив с плеч цветную шаль
И глядя в сумрачную даль,
Тихонько распускала русых кос спираль.

Грета стянула свои бледно-лиловые перчатки и поднесла маленький платочек к скрытым за солнечными очками глазам. Была ли она действительно тронута этой песней? Или она смахнула непроизвольно навернувшуюся слезу, вызванную воспоминаниями прошлых лет? А может, это была всего лишь соринка в глазу или раздражение от расплывшейся туши? В тот вечер она ушла, не оставив чаевых.

---

[18] Ахмет Зогу (1895–1961) — албанский государственный деятель, второй президент Албании (1925–1928), первый король Албании (1928–1939) под именем Зогу I Скандербег III.

[19] Кароль II (1893–1953) — король Румынии между 1930–1935 гг.

[20] Дуглас Фэрбенкс (1883–1939) — американский актёр, одна из крупнейших звёзд немого кино, основатель и первый президент Американской академии киноискусства.

[21] Мэри Пикфорд (1892–1979) — американская актриса канадского происхождения, сооснователь компании «Юнайтид артистс», легенда немого кино, обладательница премии «Оскар». Прославилась в амплуа девочек-сорванцов и бедных сироток.

[22] «Вдова Клико Понсарден» — всемирно известная компания — производитель шампанских вин и бренд, основанная в 1772 году и находящаяся во французском Реймсе.

Остросюжетное кино

Так запретите крупный план — уж слишком он интимен,
Забудьте про монтаж — он очень негативен,
Спецтехнику и драки — долой с площадки!
Оставьте лишь замедленные кадры,
Не надо нам другого элемента!
Бездействие, статичность, вот в чём сила съёмки!
Свобода в мизансцене, отчётливость момента.

Юрий П.-Р.

Из дневников Нины Белской

26/11

Какое пасмурное утро. Солнца совсем не видно. И мне совершенно нечего ждать от сегодняшнего дня. У меня даже нет зубной боли. Немного горчит во рту, но печень тоже не болит. Лишь слегка побаливает горло. Меня разбудил кашель. У меня нет никакого повода, чтобы ныть, тем более облекать своё нытьё в какую-либо форму. Никчёмное, бессмысленное существование! Но я пишу, несмотря ни на что, вернее, делаю жалкие попытки писать, оставляя повсюду чернильные пятна и пачкая свои пальцы дешевыми французскими чернилами. Катя рассказала мне историю одного мужчины, который пережил травматический шок после битвы под Верденом и потерял память. До войны он изучал историю и инженерное дело и к тому же был увлечённым филателистом. А после войны он лишился своего прошлого. Его альбомы с марками перестали для него что-либо значить. И тогда его лечащий врач посоветовал ему вести ежедневные записи, где он должен был фиксировать все свои действия и поступки за день. Доктор надеялся, что таким образом его пациент сформирует для себя новую память и новое прошлое. «У него получилось?» — спросила я Катю. «Пока сказать не могу. Эксперимент продолжается».

1/12

Сон про турецкий базар

> Я ехала домой, душа была полна
> Неясным для самой каким-то новым счастьем[23].

Я скатываюсь на санках со снежной горки и сильно мёрзну. Санки едут медленно, но мне почему-то их никак не удаётся остановить. Меня преследует мелодия: «Я ехала домой, душа была полна...» Неожиданно я чувствую удушающий зной и понимаю, что я проезжаю через турецкий базар в Константинополе. «Кружева, месье, чистые, ручной работы, оригинальные, настоящие, очень тонкие, искусные русские кружева... серебро, серебро, серебро». Ох, ну куда же делись все мои рубины? Графья и графини, со слезами на глазах торгующие своими драгоценностями на местном рынке. Беженцы из России, толкущиеся в очереди в таверну. «Паспорт», «виза» и «эти мерзавцы» — вот и все слова, которые мне удаётся разобрать в их несвязном бормотании. «Душа была полна». У меня всё ещё никак не получается остановить санки. Я кричу: «Помогите! Помогите!» Я вроде бы кричу, но у меня не выходит произнести ни единого звука. Санки разбиваются, и я просыпаюсь.

Этот сон странен тем, что он никак не связан с моими воспоминаниями. Я никогда не была в Константинополе. Я слышала рассказы о нём от своих родителей, но сама я выезжала из России через Берлин. Я никогда не была на турецком базаре. Мне действительно лучше не ходить в кино перед сном.

5/12

Сон про Ropa simple[24]

Другой сон был про преследование. Такие сны мне снятся с раннего детства. Меня кто-то преследует, упорно и безжалостно. Не кто-то определённый, а целая группа недругов,

---

[23] Известный романс, написанный российской актрисой и певицей Марией Яковлевной Пуаре (1863–1933) в 1901 году.

[24] Простая одежда (*исп.*).

какая-то шайка или даже вооружённый отряд. Я бегу, и где-то прячусь, и снова убегаю, скрываясь за стволами деревьев, в кустах, в тёмном чулане за чёрной лестницей. Мне не известно, кто они: казаки, красные, белые, зелёные, французская полиция, советская милиция или фашисты. Да вообще-то это и неважно. Я только знаю, что мне делать. Мне не стоит скрываться в тёмных и пустынных местах, потому что если они меня там настигнут, то это будет конец. И никто никогда не узнает о том, что они меня поймали. Мне, напротив, следует бежать на главную улицу и попробовать затеряться в толпе. Только бежать, бежать и бежать. Но как же мне слиться с толпой, если на мне надета только одна пижама? Так люди могут что-то заподозрить. Нет, нет, я просто могу завязать спереди в узел верхнюю часть пижамы, и она будет смотреться очень модно — как испанская ropa simple. Да, если они меня спросят, я просто скажу ropa simple. Преследователи неустанно идут по пятам, но я ни разу не столкнулась с ними лицом к лицу. Я всегда просыпаюсь в тот самый момент, когда они уже вот-вот меня поймают. И вот посреди ночи я лежу в своей ropa simple и чувствую себя в полной безопасности. Мне не о чем беспокоиться. И я знаю, что если что-то пойдёт не так, то всё, что мне нужно, — это проснуться.

6/12 Кате:

Сговориться, to conspire — буквально значит перейти на одно дыхание. Зачастую люди живут «на одном дыхании» только благодаря наличию общего врага, а не каких-то внутренних связей. Очень печально, что единственный способ ощутить общую принадлежность — это вступить с кем-то в сговор. Заговор нельзя развенчать. Для тех, кто верит в теории заговора, весь мир создан по их собственному образу и подобию. Это какой-то порочный круг. Эти теоретики проецируют свою паранойю на весь окружающий мир, и они не способны воспринимать его по-другому, кроме как через их собственную проекцию.
«Кто не с нами, тот против нас», — сказал Маркс, я это знаю. Но разве Борис Владимирович учит чему-то другому? Я боюсь выступать против него, я, наоборот, хочу быть с ним. Вот в этом-то и проблема.

8/12

Похмелье, апатия вперемежку с отчаянием. Нет, я не позволю ему мной овладеть. Я просто переключу внимание. Как меня учила Катя. «Займись чем-нибудь другим и собери волю в кулак» — так она сказала. Я буду трудиться. Я буду работать, я буду писать. Я не думаю, что я так уж много вчера выпила. Это чьё-то чужое похмелье. Неожиданно я вспоминаю что-то из прошлого вечера: тосты и ещё раз тосты, закуски и ещё закуски. Потом я пошла в уборную и на минутку вышла на улицу подышать свежим воздухом. Двое мужчин громко кашляли и пили в баре. Они обнимались и целовались в пьяной эйфории. Третий мужчина сидел к ним спиной и что-то записывал на листочке бумаги. Когда я вышла, один из них взглянул на меня и закричал: «Сдохни, ничтожная баба!» — и разразился пьяным хохотом. Я не стала обращать на него внимания: ну напился, ну что тут поделаешь. Но через несколько минут он снова подскочил ко мне, начал кривляться и прокричал всё ту же фразу: «Сдохни, ничтожная баба». Это уже было довольно неприятно. Изо рта его пахло чем-то кислым. Я повернулась, чтобы пройти в другой зал. Пишущий на бумажном листочке мужчина оказался Андрашем Ковачем. Он помахал мне рукой и что-то тихо сказал этим двоим негодяям. Приятель того пьянчуги, сам-то не слишком трезвый, побежал за мной следом и начал пылко извиняться: «Прошу простить меня за поведение моего пьяного товарища, мне просто очень неловко. Но он совсем не то имел в виду. "Не сердитесь, барышни, я пошутил"[25]. Это цитата из Чехова. Вы же знаете, Антон Павлыч, наш замечательный русский гений. Мой перепивший приятель когда-то был знаменитым актёром и даже срывал овации, в конце выступлений ему вручали букеты цветов, каждый вечер шампанское и женщины у его ног. Теперь же всё это в прошлом. Он поёт, этот несчастный малый, а потом пьёт. Разве у вас не хватит великодушия, чтобы простить его?»

«Сдохни, ничтожная женщина», — в третий раз прокричал пьянчуга и снова дико захохотал.

А теперь мне нужно приступить к работе. Мне действительно нужно начать работать...

---

[25] Из рассказа «То была она!» (1886).

Записка от Андраша Ковача

Уважаемая Нина (простите, не знаю Вашей фамилии),

позвольте мне принести Вам свои искренние извинения за непристойное поведение моих знакомых. К сожалению, как Вам самой хорошо известно, Ваши соотечественники имеют склонность пропивать свою жизнь и при этом поносить всех окружающих. Я очень надеюсь, что в следующий раз наши пути пересекутся при более благоприятных обстоятельствах.

Искренне Ваш, Андраш Ковач

26/11

10 утра. Я опять неважно спала, кашляя, отгоняя от себя страшные сны, сомнения и вопросы. У меня болит горло. Но хватит уже охать и ахать. Наша русская хандра утоляет жажду сердца, но отравляет душу.

Я собралась идти в кино с Лионелем. Кто такой Лионель? Мой американский друг. Честно говоря, он всем нам друг — и Юрику, и Натали, и всем остальным. Милый, симпатичный, простой в общении, киноман или, как говорят американцы, «movie buff». Это слово я узнала от Лионеля. Он любит всё русское, начиная с Достоевского и заканчивая Качальским («Я принцесса без единого су, но влюблена я в малышку Джу Су»).

Возможно, мне стоит в будущем перебраться в Америку, преподавать там языки, жить в каком-то новом мире и работать переводчицей на съёмочной площадке. Сегодня мы будем смотреть Грету Гарбо в роли советской комиссарши, которая приехала в Париж, чтобы найти свою любовь. (А что же ещё!) «Первый раз в жизни Грета Гарбо смеётся в фильме "Ниночка"». Я прочитала это на какой-то афише. Это будет восхитительно, а может, даже и забавно, то есть «fun». Лионель научил меня этому короткому и непереводимому американскому словцу. Видит бог, что я теперь нуждаюсь в чём-то лёгком, ни с чем в моём настоящем и прошлом не связанном, смешном и ни к чему не обязывающем.

Танина салфетка

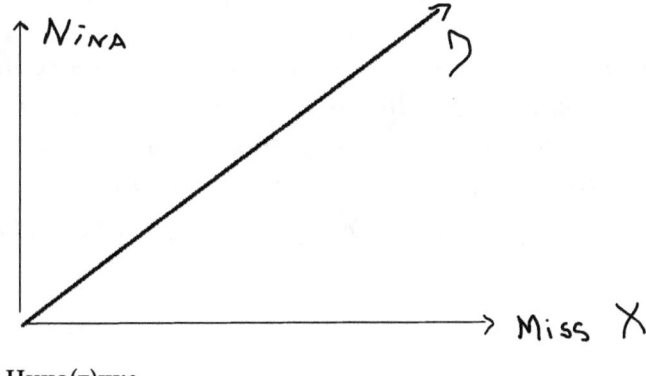

Нино(т)чка

Глава восемнадцатая,

в которой мы наконец встречаемся с последним возлюбленным Нины — Лионелем, узнаём о его страстном желании стать великим американским писателем и читаем его литературный этюд про русскую рулетку

Нина и Лионель не целовались в кино. Я вообще не заметила никаких внешних проявлений их взаимной симпатии. Она была слегка уставшей, а ему не терпелось увидеть себя на экране. (Он снялся в одном коротком эпизоде, в роли выпивохи, хмельного с самого обеда, в пивной для работяг.) Конечно, не буду притворяться, что лично видела их в тот злополучный вечер в полутьме кинотеатра. Я могу лишь предполагать, что там происходило. Рассуждая о поведении Лионеля, я в качестве примера стала анализировать образ действий Миклоша. Мне бы очень хотелось понаблюдать и за ним, но я прекрасно понимаю всю безрассудность этой идеи. Он недоступен. Я для него развлечение на одну ночь, точно так, как случилось и с Ниной.

Первое, что я узнала о Лионеле, был неопубликованный кусок из «Автобиографии Алисы Б. Токлас[1]». Он появляется в доме Гертруды Стайн[2], слегка под мухой, рассуждает о кинематографе

---

[1] «Автобиография Алисы Б. Токлас» (1933) — живой и остроумный очерк Парижа в годы перед Первой мировой войной, написанный от лица возлюбленной Гертруды Стайн Алисы Токлас (1877–1967), которая также была американской писательницей.

[2] Гертруда Стайн (1874–1946) — американская писательница и теоретик литературы.

и непрерывно бросается именами знаменитостей. (На самом деле, он приходит с двумя русскими или венграми — кто ж их различит? Они были представлены как два «выдающихся барда нашей эпохи». Но большую часть времени они просидели в туалете и поэтому так и остались недооценёнными. Алиса ужасно сожалела, что не смогла запомнить их имён: «То ли Ковальский и Котовский, то ли Котич и Ковач? Что-то очень забавное. Эти имена звучали как придуманные».) Но нижеследующий отрывок, описывающий появление Лионеля среди гостей, был изъят из окончательного варианта текста:

> Мисс Стайн не хотела сразу проявлять к нему неприязнь, она лишь желала ещё раз его внимательно рассмотреть. Он был не тем человеком, кто бы мог прийтись ей по душе. «Это нетрезвый молодой человек, — сказала она, — недостаточно интересный, чтобы позволить себе пребывать во хмелю, и недостаточно пьяный, чтобы вызвать хоть какой-то интерес. Он недостаточно велик, чтобы терпеть его скучную компанию, но и не настолько соскучился, чтобы осознать свою собственную непривлекательность. А ещё он непрестанно бросается именами знаменитостей: Пикассо, Уитмен, Ницше, Шапаш, Пикассо, Уитмен, Достоевский, Шапаш, Уитмен, Ницше, Пикассо, Достоевский, Любич, Шапаш, Ницше, Уитмен и так далее. Я сама люблю повторяться, но всему есть предел.

Как и все, Лионель хотел стать писателем. Он был твёрдо уверен, что успех кроется в дисциплине и трудоспособности. Он каждый раз планировал, сколько предложений он должен написать на следующий день. А потом он ничего не писал и планировал написать в два раза больше на следующий день, а сам шёл смотреть боксёрский турнир. Он не голодал. В «Народном банке» в его родном городе в Канзасе на его имя имелся счет. Но он предпочитал об этом умалчивать. Он бросил журналистику, чтобы стать писателем, и в итоге бросил литературу, чтобы снова заняться журналистикой. Он страстно увлекался кинематографом. Он хотел снять картину одного актёра, в которой он мог бы выступить в роли и режиссёра, и сценариста, и, соответственно, в качестве единственного актёра (другим он готов был уступить роль продюсеров). Это был тот самый Лионель, который в баре «Пер Матьё» нашел место для сцены, в которой должны были познакомиться граф Леон и товарищ Якушова. Там он должен был рассказать анекдот о шотландце, который пьёт кофе без сливок, на что Грета Гарбо должна была впервые ответить раскатистым смехом. Нина, наверное, проспала эту сцену.

Проблема Лионеля состояла в том, что он стремился жить реальной жизнью. Время от времени он подрабатывал на ферме в своём родном городке в штате Канзас, но и эта стезя оказалась, по его мнению, жизнью не вполне реальной. Тогда он поехал в Нью-Йорк и освоил профессию журналиста, чтобы иметь возможность путешествовать по миру. Потом он оказался в Париже, поскольку полагал, что в те дни реальная жизнь была именно там, или потому, что так ему сказали. Возможно, втайне он всегда знал, что «нет места лучше, чем дом родной», но стеснялся этих своих убеждений. Он был очарован жизнью богемы, особенно её нижних слоёв. Он полагал, что французская богема была уже не той. А вот русские были более настоящими. Они пили и бедствовали, но при этом вели бесконечные разговоры об искусстве, выражаясь теми длинными витиеватыми фразами с многочисленными придаточными предложениями, которые так любят вычёркивать американские редакторы («Где вы такое слышали? Люди так не разговаривают»). «А их женщины так милы и печальны. Они почти всегда податливы, не то что эти своенравные француженки», — писал Лионель своему другу Джеймсу Р. Рутерфорду-мл. Он писал, что находится в Париже «не для того, чтобы спустить семейный капитал». Он мечтал, чтобы его семья им гордилась. Однажды он создаст великое произведение, достойное американской классики, в одной части которого будет описана жизнь низших слоёв Парижа, а в другой — Нью-Йорка. Это будет крепко сбитый эпос из коротких и точных фраз, более всего подходящий для публикации в «Нью-

Йоркере»[3]. Когда в Европе началась война, он вернулся в Штаты и продолжил занятие журналистикой, публикуя статьи, страстно призывающие к скорейшему открытию второго фронта. После недолгого пребывания в чёрном списке в период разгула маккартизма он вернулся к работе над публикациями о жизни и искусстве. Это было как раз в тот год, когда фильм Эрнста Любича «Ниночка» был передан на слушания сенатского комитета, как иллюстрация того, что Голливуд всё-таки не был насквозь пропитан большевистским влиянием. На самом деле этот фильм «убедительно доказывал», что советские агенты, «пусть даже самые очаровательные», способны поддаться соблазну капитализма. В «Ниночке» «наши продюсеры превратили бедную и застенчивую шведскую девушку в звезду мирового уровня». Лионель же был вскоре оправдан. Он вернулся в Канзас и узнал, что его дяди и тёти уже умерли. Позже он напишет трогательный рассказ под названием «Дома на продажу», в котором изобразит процесс продажи семейного дома, вырубку яблоневого сада и ветер-суховей на восточной границе Канзаса. В начале шестидесятых его ждал недолгий успех после публикации его парижских очерков. Их хвалили за «уникальное сочетание документальности и высокого драматизма». Критики, однако, могли быть не совсем справедливы к его работам о современном искусстве, которые они посчитали «вторичными и претенциозными». Книга Лионеля «Жизнь одиночки» (опыт ритмической прозы), над которой он работал всю свою жизнь), так и осталась незавершённой.

Он закончил свои дни в Санкт-Петербурге, штат Флорида. В 1967 году газета «Вестник Санкт-Петербурга» опубликовала длинный некролог о Лионеле Адамсе, в котором местные литераторы выразили свою искреннюю признательность старому мастеру. Они особо отметили его глубокое понимание человеческой натуры и бурной флоридской природы. Одно эссе, которое

---

[3] «Нью-Йоркер» (букв. «Житель Нью-Йорка») — американский еженедельник, публикующий репортажи, комментарии, критику, эссе, художественные произведения, сатиру и юмор, комиксы и поэзию. Издаётся с 1925 года. Начиная с 1940-х годов большинство известных американских рассказов впервые публиковались в этом журнале.

я нашла в первом издании «Парижских рассказов» (явно написанное под влиянием Бодлера[4] и Полтавского-Рижского), кажется, имеет непосредственное отношение к нашей истории. Оно озаглавлено «Русская рулетка». Дотошный редактор позволил себе предположить в примечании, что имена, обозначенные инициалами, следует читать так: П.-Р. — Полтавский-Рижский, К-кий — Качальский, К-фф — Котов, К-ч как Ковач. Привожу этот рассказ с небольшими редакторскими изменениями.

Лионель Адамс. *Русская рулетка: истинное происшествие*

Русские в Париже выглядят жалкими и безрассудными. Они дышат чудесным парижским воздухом, пропитанным запахом каштанов, пьют дешёвое вино или *café crème* — и чувствуют себя глубоко несчастными. Они никудышные боксёры, но превосходные конспираторы. Некоторые из них являются поэтами, другие — притворяются таковыми. То, что я хочу вам рассказать, — это реальная история в высшем смысле этого слова. Это позволит вам понять если не душу, то по крайней мере облик русского человека.

Вечер был сырой и туманный с порывами холодного осеннего ветра. Я отправился в русский бар «Белые ночи» с двумя новыми знакомыми: Николаем К<отовым>, робким и симпатичным русским студентом (что он изучал, так и осталось для меня загадкой), и Андрашем Ковачем, безродным венгром, красивым и одухотворённым мужчиной с усами Гарибальди и фигурой греческого копьеметателя. Котов и Ковач были неразлучны, хотя трудно подобрать двух столь несхожих по темпераменту друзей. Популярный исполнитель Качальский только что затянул свою любимую песню:

Россия, милая Россия,
Тоскую по твоим берёзкам нежным,
Промокшим под дождём, как птицы.
Чужие племена тебя заполонили набегом спешным.

---

[4] Шарль Бодлер (1821–1867) — французский поэт, критик и эссеист, основоположник декаданса и символизма.

> Моя Россия, стройная девица,
> На утреннего снега белых простынях
> Темнеют капли крови, тут и там — со счёту сбиться.

П<олтавский> Р<ижский> — молодой и не совсем бесталанный эмигрантский поэт с бледным лицом, которое при тусклом свете бара кажется ещё бледнее. И тут он вдруг закричал на Качальского: «А ну-ка прекрати всю эту чёртову чернуху. Я знаю, к чему ты клонишь, господин певец: татары, евреи и американцы. Чертовой несчастной деве это ни к чему».

Ясно, что он был в стельку пьян. Качальский хотел было его успокоить и перешёл на более «безопасные» мелодии о ревнивых цыганских влюблённых в звёздную ночь, о залитой вином белой скатерти, о замёрзших в степных снегах ямщиках и о смуглых мулатках в бутиках Сан-Фернандо.

«И о чём эта песня?» — спросил я у Ковача, так как в то время я не так уж хорошо понимал по-русски.

«Да ни о чём. Лиловый мулат посылает ей воздушный поцелуй в сказочном городе Сан-Фернандо, но она всего лишь проститутка, и жизнь её состоит из мужчин и вина».

«Ну и что? Почему же в ней столько грусти?»

«Потому что раньше она была графиней. Этих строчек нет в самой песне, но это подразумевается», — сказал он.

«Качальский! — воскликнул я. — Спойте ту знаменитую песню о малазийском принце». Качальский перебрал струны на своей гитаре и запел томным голосом:

> Я принцесса без единого су,
> Но я сбежала с любимым Джу Су.
> Ох-ох, мой милый Джу Су,
> Он малазийский барон...

П.-Р. понравилась мелодия: «Ох-ох, малазийский баро-о-он». Он стал подпевать: «Ох-ох, малазийский барон». Качальский продолжил пение с какой-то дикой тоской в голосе.

> Прохожий нашёл её тело в крови.
> Прохожий сказал:
> «То ж принцесса-гулёна — смотри!»
> Ой бедняжка моя, твоё тело в крови.
> Ой бедняжка моя...

«Ой бедняжка моя, — замурлыкал П.-Р., — ой бедняжка моя». Он захмелел и примирился с реальностью.

«Тебе понравилась моя новая концовка, поэтик? — вдруг резко перебил его Качальский. — На сегодня никаких больше песен, глубокоуважаемые дамы и господа». Он осмотрелся по сторонам и увидел, что бар был практически пуст. Осталась пара русских эмигрантов да пара пьяных иностранцев — не слишком платёжеспособная публика.

Качальский рассвирепел: «Возьми мне водки, братец. А ты, поэтик-мальчишка, тебе-то что надо? Понравилась песня про малазийского барона? Сам-то ты никакой, к чёрту, не малазийский барон, и не лиловый мулат тоже. Не обольщайся. И прости меня, но какой ты, к чёрту, русский поэт, коли боишься русской рулетки?»

«Я и не боюсь, — спокойно ответил П.-Р., — и, может, вовсе я и не поэт».

«Нет, ты боишься, мой маленький поэтик, ты боишься. Какого чёрта! Давай сыграем в русскую рулетку, месьё поэтик. Я отдам тебе свой пистолет, моё самое ценное приобретение. Но, ради Бога, давай-ка сделаем высокие ставки, очень высокие ставки».

Ковач попытался отвлечь Качальского, указав на американку средних лет, которая только что вошла в бар. «Это ваш шанс, Качальский. Это всё ещё относительно привлекательная и ещё не в конец обанкротившаяся американская вдова, к тому же ваша большая поклонница, — прошептал он, — ей особенно нравилась песня про замерзающего в степи ямщика».

А жене младой
Ты скажи, друг мой,
Чтоб она меня
Не ждала домой.
Передай словцо
Ей прощальное
И отдай кольцо
Обручальное.
Пусть она по мне
Не печалится,
С тем, кто сердцу мил,
Пусть венчается.

На этом моменте Качальский отвлёкся. «Мой милый поэтик, проблема не в малазийском бароне, и даже не в лиловом цыгане. Те темные тени, что накрыли чистую деву Россию-Евразию, намного более кривые, намного более кривые. У них кривые носы и кривые мозги».

А потом он принялся что-то шептать. Ковач всё это мне переводил. «Он намекает на евреев. Он пьян».

«Большевики и жиды, — продолжал Качальский с кривой ухмылкой, — они оскверняют всё святое. Мечта о великой Евразии в опасности! Компромисс между большевиками и евразийцами является самой ужасной и отвратительной вещью. Они послали эту свою комиссаршу-иудейку...»

«Чертов антисемит», — закричал П.-Р. и ударил Качальского по руке. Но Качальский и не думал останавливаться: «Давай, поэтик, пиши для них, для наших евразийских братьев, поверивших кровавым Советам».

Юрик попытался снова его ударить, но Ковач их разнял. «Ну же, не ссорьтесь. Вы оба так любите её... я имею в виду Россию», — дипломатично пробормотал Ковач.

Я постарался не вмешиваться. Котов выглядел испуганным и безнадёжно пьяным. Американская дама была в приятном изумлении. «Вот какие они, эти дикие русские. Они умеют бороться, и они умеют страдать. Какие же они настоящие!»

Качальский продолжил нести околесицу. Было ясно, что его не остановить. «И эта их проклятая комиссарша пыталась соблазнить нашего лидера, великого мыслителя, который представляет собой светлый разум Евразии. Но час Евразии ещё не пробил. Нельзя иметь никаких дел с Советами. Это еврейский заговор».

«Месьё Качальский, — воскликнула американская дама, раздражённая слишком длинной и совершенно непонятной русской болтовнёй, — вы можете спеть что-нибудь для меня?»

«Лунный свет, — завопил Качальский, — вы не можете купить лунный свет, леди. А я певец без единого су... Я пью, но я не продаюсь. И за всем этим стоите вы, американцы. Киномагнаты вложили инвестиции в величайший после "Рождения нации" сценарий под названием "Смерть Евразии". Они хотят превратить его в комедию со счастливым концом — ха-ха-ха. А тебя, мальчик-поэтик, они подрядят сниматься в роли мальчика-портье. Ведь ты чертовски фотогеничен! Это будет комедия со множеством удачных реплик и пьяными поляками и венграми, изображающими русских! Они наймут этих жалких и бездарных актёришек, чтобы высмеивать мой народ!

И знаете что я вам скажу? Тот храбрый парень Горгулов, которого казнило французское правительство, а ведь он был прав. Но Горгулов стрелял не в того человека. Кому какое дело до этого кукольного французского президента! Нужно метить выше и выше, чтобы добраться до заговорщиков, убийц наших детей, до сионских злодеев. Полномочный представитель, посол по особым поручениям. Необходимо остановить этих советских иуд. "Умри, умри, умри, изменник". Это не моя песня. Это из оперы. "О заснеженная степь. Неразделимы наши судьбы"».

И вдруг прогремел выстрел. П.-Р. приложил пистолет к виску и выстрелил. Зал наполнился дымом. Американка завизжала: «О боже!» А потом наступила минута тишины. Когда дым рассеялся, мы увидели, как П.-Р. цедит свою водку. Выстрел оказался холостым. Ему повезло. Кто-то вызвал полицию. Должно быть, консьерж. После истории с Горгуловым они, кажется, стали пристальнее следить за русскими.

Ковач и Котов сразу ушли, растворившись в тумане. Я знал, что той ночью мне не удастся заснуть. Поэтому я пошёл бродить по этому чудесному городу Парижу, глядя в его закрытые окна, в которых начали оживать самые невероятные и причудливые тени. Поэт, играющий в русскую рулетку, певец, перебирающий струны гитары, девушка-рабочая, расстёгивающая блузку, стареющая консьержка, в который раз уже штопающая свои шёлковые чулки — прекрасную мечту её юности.

* * *

Я считаю, что это самый выразительный этюд из всего известного творчества Лионеля. Мы видим ту смесь реализма и вымысла, которая особенно ему удавалась. Он был «учеником старых мастеров», как определил один рецензент, однако он «рассматривал их творчество в свете современности». Было ли это действительно «истинное происшествие»? Вероятно. Лионель мог быть увлечён всеми этими русскими рулетками, кулачными боями, воплями и кривыми усмешками и сумел живо изобразить их, только руководствуясь своим чувством драматизма. А ещё как писатель Лионель имел будущее и «был явно не бездарен».

Самое главное, что теперь мы знаем имена приятелей Лионеля — Ковач и Котов. Лионель, Ковач и Котов везде появлялись вместе, словно три большевика из фильма «Ниночка», и они так же часто попадали в смешные и неловкие ситуации. Ковач, тот, что с усами, как у Гарибальди, был мужчиной особенно привлекательным. И Лионель явно был к нему неравнодушен — ведь он сравнивал его тело с фигурой греческого атлета. Наверное, именно поэтому он задержался чуть дольше, беседуя с ним в кондитерской тем роковым утром. Что же касается Котова, то его практически не вспоминали. Помнится, я слышала его имя. Есть ли они на тех фотографиях, которые показываали мне Натали и мадам Крестовская? Может, это те трое неизвестных, что стояли в третьем ряду? Я так старалась заглянуть Борису Владимировичу в глаза, что, видимо, упустила их косые взгляды. Я выяснила, что Ковач исчез вскоре после Ниной гибели. Ходили разные слухи: одни утверждали, что он сел на пароход, идущий в Штаты, другие предполагали, что он мог отправиться на поезде прямо в Советский Союз. А что же тогда приключилось с господином Николаем Котовым, робким свидетелем многих скандалов?..

Глава девятнадцатая,

которая научит вас, как правильно себя вести при встрече в супермаркете с законной супругой своего любовника

Мне надоело тратить время и деньги в кафе. И мне надоело писать на салфетках. Мне пора приобрести себе хороший ноутбук или, может быть, даже «Пауэрбук»[1]. И мне непременно нужно позвонить Натали и напрямую спросить у неё про Николая Котова. Сейчас я не должна позволить ей уйти от ответа. Я иду по бульвару Монпарнас и звоню ей из каждой телефонной будки. Но номер её постоянно занят.

Я переборола соблазн взять ещё один роскошный *café-crème* и отправилась по бульвару прямо на кладбище Монпарнас. Я давно хотела его посетить. Это отличное место, чтобы убить время. Мне посчастливилось получить последний экземпляр карты его знаменитостей. Это была слегка размытая фотокопия с номерами могил и указателями известных имён. Я тут же превратилась в спонтанного гида и консультанта для тех, кто отстоял в очереди за мной, но кому не удалось приобрести себе эту карту. Кладбище представляет собой город в городе, только в нем легче ориентироваться. Гуляющие по кладбищу на короткое время сближаются и общаются на почве взаимной привязанности к своему обожаемому мертвецу. Вы уже нашли Ги де Мопассана? Ах, ещё нет, ещё нет. И вы улыбаетесь друг другу, потому что знаете, какое важное

---
[1] Линейка портативных компьютеров, выпускавшаяся фирмой «Эппл» с 1991 по 2006 год.

значение имеет Мопассан для вас обоих. Лично я должна признаться в минутной сентиментальной привязанности к молодому человеку, говорящему с неопределённым средиземноморским акцентом, искавшему Хулио Кортасара. Сначала мы играли с ним в прятки, притворяясь, что не обращаем друг на друга никакого внимания, и буквально наступали на тени друг друга. А потом я нашла могилу Хулио Кортасара. На его могильной плите было вырезано изображение приветливого существа — смеющееся воплощение духа его рассказов. Ничего торжественного и ничего ангелического. В тот момент я была просто счастлива. Я была очень рада, что наконец-то сюда пришла.

Перед тем как покинуть кладбище, я сделала обязательную остановку у Сартра и де Бовуар. Их надгробные камни покрыты браслетами хиппи и записочками от американских школьниц. «Дорогая Симона, спасибо, что была с ним». О чём же люди говорят на кладбищах? Они говорят о других кладбищах. «Ох, это всё ерунда по сравнению с Пер-Лашез. Джим Моррисон привлекает больше народу, чем Сартр и де Бовуар, вместе взятые. Всё потому, что люди верят, что он ещё жив. Я видела подражающих хиппи подростков, собравшихся у его могилы и не вполне понимающих, что им там делать. Самого Моррисона они и не помнят, но они помнят, как их родители им восхищались». Некоторое время я бродила вокруг могилы средневековых возлюбленных Абеляра и Элоизы[2], стараясь держаться подальше от фанатов Джима Моррисона, так что пропустила Стену коммунаров[3]. Но самое удивительное то, что даже у мертвых есть официальные часы работы. На закате их оставляют в покое. Лишь мимолётная память остаётся от их дневных посетителей — немного свежих

---

[2] Элоиза — высокообразованная женщина XII века, занимавшаяся наукой и знавшая несколько древних языков. Являлась возлюбленной, тайной супругой и ученицей французского философа-схоласта, поэта и музыканта Пьера Абеляра (1079–1142). В итоге тайно обвенчавшейся паре пришлось уйти в монастырь порознь.

[3] Часть каменной стены в северо-восточной части парижского кладбища Пер-Лашез, где 28 мая 1871 года были расстреляны 147 защитников Парижской коммуны, не пожелавших сложить оружие.

цветов, пустые бутылки от минеральной воды «Эвиан» и белые листы бумаги, нечёткие фотокопии кладбищенских схем, которые со стороны так похожи на жертвенных птиц какого-то неизвестного древнего похоронного ритуала.

Я возвращаюсь в мир живых, снова прогуливаюсь по бульвару и снова делаю свои настойчивые телефонные звонки. Но всё, что я слышу, это запись автоответчика. Натали перезвонит мне, «как только появится возможность», да и Миклош тоже. Я знаю, что мне не стоит ему звонить. Но я всё равно звоню. Я звоню, а потом спокойно вешаю трубку. Я иду в супермаркет, потому что проголодалась и у меня уже не хватает моральных сил на общение с официантами. Здесь тоже люди бродят с листами бумаги, которые указывают им путь в лабиринте огромных витрин с продуктами. Кажется, что они пребывают в своём собственном замкнутом мире, озадаченные лишь тем, какой кусок куры им лучше обжарить в глубокой сковородке, залитой до краёв красным вином.

И в этот момент я замечаю одну симпатичную пару. Они стоят в овощном отделе и проверяют степень зрелости авокадо, рассуждая о том, не будет ли бельгийский эндивий слишком горчить. Это Миклош и Виктория. Я наблюдаю, как она выбирает себе авокадо. «О да, этот не очень мягкий и не очень тёмный. То, что нужно». Для нее это важно. Она чётко знает, что хорошо, а что — плохо. В ней нет никакой неопределённости. Она прекрасно выглядит, она подтянута и приветлива. Поэтому на ней отлично смотрятся шорты. Даже продукты в её тележке для покупок разложены исключительно рационально: овощи с одной стороны, мясо — с другой, и всё упаковано в отдельные полиэтиленовые пакетики. А в моей тележке лежит одинокий початок кукурузы да плитка шоколада.

Дорогой читатель, а вы когда-нибудь сталкивались со своим любовником в момент его похода за покупками вместе с женой? Ну тогда вы, безусловно, понимаете, как это ужасно. Супружеские пары обладают нарочито показной манерой поведения. Они любят демонстрировать на публику своё семейное благополучие и правильное питание. Ты, «другая женщина», можешь заниматься с ним любовью, можешь гулять с ним по Парижу, сколько тебе вздумается, но он всегда вернётся домой к ужину. Ты никогда не пойдёшь с ним за продуктами, и вы никогда не будете дома вместе. И к тому же когда пройдёт период «очарования и магии, как в кино», то для него не останется места лучше, чем его собственный дом. И всё.

Я пытаюсь открыть хотя бы один из этих чёртовых полиэтиленовых пакетиков, и всякий раз у меня ничего не выходит. Может, мне тоже стоит взять чего-нибудь из зелени? Может, брокколи или стручковую фасоль? Нет, чего я на самом деле хочу, так это фуа-гра, очень жирное фуа-гра. Мне сейчас нужно съесть то, чего бы мне очень сильно хотелось. Сегодня явно не мой день. Я бегу в отдел кулинарии, а потом на кассу, где сталкиваюсь с Миклошем лицом к лицу. Он ошарашен. Но это ему никак не поможет в данных обстоятельствах. Он должен вести себя так, будто я его старая подруга или будто мы вообще не знакомы, среднего не дано. Потому что что-то «среднее» может вызвать у неё подозрения. К тому же Миклош не самый умелый лгун. Он уже упустил возможность сделать вид, что мы не знакомы, потому что смотрел на меня уж слишком долго. Но он не в силах даже улыбнуться и сказать: «О! Рад тебя видеть!» Ведь Виктория уже тут как тут с парой свежих кабачков и обезжиренным молоком в руках. Слишком поздно. Сейчас ему нужно меня представить.

«Очень приятно с вами познакомиться, — сказала она исключительно вежливым тоном, — Миклош рассказывал мне о вашей работе. Мы, политологи, не имеем возможности работать с таким интересным материалом, как ваш. У нас нет времени изучать кино. Поле моей деятельности — статистический анализ опросов общественного мнения. Кстати, не хотели бы вы у нас поужинать? Я должна заметить, что Миклош, пока меня не было, так ни разу нормально и не поел».

«Большое спасибо, — сказала я, — мне тоже очень приятно с вами познакомиться. Я бы с удовольствием с вами поужинала, я тоже сильно проголодалась. Но, наверное, в следующий раз. Сегодня я уже получила другое приглашение».

«Очень жаль, — вежливо улыбнулась она, — Мики, можешь принести мне другой кабачок? Нет, не зелёный. Спасибо, родной».

Глава двадцатая,

*в которой мы узнаём, при каких
обстоятельствах была придумана «Ниночка»
и что рассмешило Грету Гарбо*

Дорогая Таня,

Вот статья, на которую я случайно наткнулся в «Нью-Йорк
таймс» от 29 июня 1940 г. Я скопировал для тебя её основную
часть.

*Как Гарбо рассмеялась: автор «Ниночки» рассказывает
о своём небывалом успехе*

Мельхиор Лендьель[1] из Беверли-Хиллз, Калифорния, а прежде из Будапешта, Венгрия, и время от времени из Лондона
и Нью-Йорка, заработал почетное место в коллективной
памяти Голливуда. Это человек, который «рассмешил Гарбо».
В 1939 году задача рассмешить Гарбо была и в самом деле
очень непростой! Но всё сложилось так удачно, что за это
он был выдвинут на «Оскар». Венгерский сценарист теперь
вспоминает, как это всё произошло и, между прочим, как
родилась картина «Ниночка» на вечере ностальгических
воспоминаний прямо у него дома.
В 1930 году на «Эм-Джи-Эм» придумали ныне широко известный слоган «Гарбо говорит» для рекламы первой зву-
ковой картине шведской актрисы «Анна Кристи». Затем,
через девять лет и после множества кинодрам, студия и мисс
Гарбо решили попробовать ее в комедии. «Эм-Джи-Эм» уже
имела для этого готовый слоган: «Гарбо смеётся». Но сюжет

---

[1] Мельхиор Лендьель (1880–1974) — венгерский писатель, драматург и сценарист еврейского происхождения.

её первой комедии, в которой звезда появилась бы под разного рода смешки и энергичный хохот, ещё предстояло найти.

И вот тогда на сцене появился Лендьель. Когда однажды он ужинал в голливудском «Браун Дерби», в ресторан зашла Залька Фиртель, подруга мисс Гарбо, которую он знал по Лондону. После обмена любезностями мисс Фиртель спросила как бы невзначай: «Нет ли у тебя, случайно, в запасе сюжета для фильма под слоганом "Гарбо смеётся"?»

Лендьель: «Я ответил ей, что мне нужно посмотреть свои записи и что если я что-то найду, то я ей перезвоню. Годами я записывал задумки для потенциальных сценариев и пьес, но в тот период я не мог вспомнить ни одной идеи комедийного сюжета, который подошёл бы мисс Гарбо.

Через несколько дней, просматривая записи разных лет в одной из моих тетрадей, я наткнулся на заметку, сделанную мною пару лет назад в Европе, которая, по моему мнению, могла бы соответствовать задаче рассмешить Гарбо. Я позвонил мисс Фиртель, и она пригласила меня к себе домой. "Грета сейчас здесь", — сказала она мне.

Когда я пришёл, мисс Гарбо плавала в бассейне. Меня ей и представили прямо на краю бассейна. "Вы нашли для меня комедию?" — спросила она. Я сказал ей, что это ещё всего лишь замысел, и прочитал ей ту самую заметку из моей тетради. Она была просто в восхищении. На самом деле, она громко засмеялась от радости, поняв возможности, которые открывал перед ней этот сюжет. "Мне это нравится, и я это сделаю". А затем она развернулась и снова нырнула в бассейн».

Заметка, которую Лендьель прочитал загадочной Гарбо и на которой был основан сюжет картины «Нино́чка», состояла всего лишь из трёх предложений. По воспоминаниям драматурга и сценариста, она звучала примерно так: «Русская девушка, пропитанная идеями большевизма, отправляется в пугающий, капиталистический и монополистический Париж. Там она заводит роман и потрясающе проводит время. Капитализм, оказывается, совсем не плох».

P. S. Итак, это была всего лишь случайность. Никакой специальной работы над созданием «Нино́чки» не проводилось. Вначале был только рекламный лозунг. А затем он воплотился в реальность. «Гарбо смеётся» — это всё, ради чего делался фильм «Ниночка»!

Если бы Лендьель не пошёл в Голливуде в «Браун Дерби» и если бы Грета не наслаждалась послеобеденным плаваньем, ничего бы вообще не произошло. «Ниночка» бы не появилась. Да у неё даже не было бы названия. Она бы так и осталась нереализованным потенциалом, забытой случайной идеей среди множества других таких же, наводящих на размышления записей в одной из многочисленных тетрадей Лендьеля. И я просто убеждён, что этот суматошный драматург в конце концов рано или поздно про неё бы и вовсе забыл, или однажды стал бы искать ту самую тетрадь и не смог бы её найти. Так многократно происходило и раньше. Но иногда случайности приводят к счастливым совпадениям и встречам. Страстно желаю видеть тебя. Твой Миклош.

Глава двадцать первая,

в которой загадочный персонаж из третьего ряда собирает вещи и делает признание

С утра я в первую очередь звоню Натали. «А, это вы, дорогая, — говорит она. — Вы могли бы мне перезвонить? Я сейчас в душе».

«Я подожду, — твердо ответила я, — дело очень срочное».

«О боже, какая может быть срочность на этом этапе... Ну хорошо, раз вы так считаете, то я иду за полотенцем».

«Это Никки, — сказала я, — я знаю его настоящее имя».

«Ох, моя милая, это не так уж и срочно, поверьте мне. Никки не знает ничего. Я рассказала вам вещи гораздо более существенные. Я поделилась с вами своей эротической фантазией. Вы когда-нибудь мечтали о таком? Его руки скользят по её шёлковым чулкам и так далее. Борис был непревзойдённым обольстителем. Вы должны понять одну вещь: люди ради него были готовы на всё. Как мужчины, так и женщины. Я, естественно, сопротивлялась, ведь мне было всего лишь пятнадцать лет. Но и я не смогла устоять перед его обаянием. Он обладал над нами какой-то необъяснимой властью, и нам самим хотелось подчиниться его воле. Даже если внутренне вы были с ним не во всём согласны, как, например, Нина. Но и это ещё не всё. Я полагаю, что он был способен на любые поступки — не ради себя, но ради великой Евразии. Но сам бы он никогда не стал заниматься грязной работой, ему нужно было оставаться с безупречно чистыми руками, чистыми руками с отполированными до блеска ногтями, благоухающими ароматом лаванды. Но для таких случаев у него всегда были его ученики».

«Я беспокою вас, чтобы узнать у вас номер телефона Николая Котова».

«Что за игру вы ведете? А как, дорогая, насчёт проявления минимального терпения и элементарной вежливости, ещё и подслащённых парой трюфелей, которые вы так любезно преподнесли мне при первом знакомстве? Вы полагаете, что вы настолько умны? Или вам мало той эротической фантазии? А как насчёт того прелестного молодого человека из Венгрии? Что-то я вас давно с ним вдвоём не видела».

Я вздрогнула. Я никак не предполагала, что она знает о Миклоше.

«Тот венгерский вечер прошёл весело: немного выпили, немножко попели, чуть-чуть пообнимались. "Расцветали яблони и груши... выходила на берег Катюша". Я и не думала, что в вас есть патриотическая жилка. Я сразу заметила, что вы говорите с типичным советским акцентом, но как же я была наивна, полагая, что этим всё и ограничивается».

«Позвольте, но это не имеет никакого отношения к теме нашей беседы. Я не хотела вас огорчать, — сказала я, сама при этом огорчаясь всё больше и больше, — вы мне во многом помогли. Не могли бы вы всё-таки дать мне номер телефона Никки? Ведь если вы мне откажете, то я всё равно его узнаю».

«Ну, хорошо. Только позвольте мне сказать вам прямо: и да — Никки был там вместе с Андрашем Ковачем, и нет — он не знает, кто был убийцей. Я очень за него беспокоюсь. Он замечательный, но очень больной человек. К тому же пьяница и параноик. Нет, не тот обычный русский параноик, какими являемся мы с вами, моя дорогая. Это типичный клинический случай. Ну да вы ещё так молоды, и вам этого не понять.

Беда в том, что Никки с радостью примет на себя любую вину. Его так тешит это чувство раскаяния. И он бы ощущал себя ещё лучше, если бы был действительно в чём-то виновен. Но он виноват в случившемся не более, чем вы или я. Он заявляет о своей виновности, поскольку не сумел никого спасти. Ведь мог бы, а не спас».

«Какие у него были отношения с Ниной?»

«Она ему не нравилась. Она высмеивала его убеждения. Она была очень сильной женщиной, а он был лишь слабым мужчиной, который любил других сильных мужчин, которым нравились такие сильные женщины. Понимаете, о чём я? Вот номер Николая: 42.23.56.66. И не переживайте из-за Миклоша. Я знаю о нём от его американской подруги, той дамы, которая берёт у меня уроки русского. Вот и всё, и никакой здесь нет загадки. И впредь, прошу вас, постарайтесь быть со мной пообходительней, окей?»

«Я очень извиняюсь, — сконфуженно сказала я, — просто и я тоже чувствую себя в какой-то степени ответственной за Нину. Мне так хотелось бы прийти к вам в гости и посидеть у вас подольше, когда всё уже закончится, когда я уже всё расследую. Я обещаю, что принесу вам ещё шоколада. И мы устроим настоящий праздничный бал».

«Ну-ну, — сказала Натали, — как же, как же». (Это означает примерно следующее: «Ладно-ладно, такова жизнь, вот вам, пожалуйста, что я ещё могу сказать, конечно, я вам верю, но вы знаете, что нет, но, может быть, всё кончится хорошо, не потому что вы так говорите и не потому что я в этом не слишком уверена, но потому, что иногда реальная жизнь страннее самого витиеватого вымысла, и кто такие мы, чтоб мы имели право об этом судить, — вот и всё».)

* * *

Я дозваниваюсь Николаю Котову уже после обеда. Мне показалось, что он сидел всё это время прямо у аппарата и ждал моего звонка.

«Я знал, что это вы звоните, — говорит он каким-то смиренным тоном, — тогда приходите, когда посчитаете нужным. А я пока соберу вещи».

«Послушайте, — говорю я, — я не знаю, что вам там наговорила Натали, но я вовсе не следователь. Я историк. Мне просто хотелось бы с вами немного побеседовать. И если у вас есть что-то, о чём бы вы захотели умолчать, то я обещаю, что отнесусь к этому с пониманием».

«Нет, нет, вы не должны. Вы не должны ни с чем считаться. Спрашивайте меня обо всём, о чём вам заблагорассудится. У вас есть на это полное право».

И тут я понимаю, что Николай К. уже считает себя виновным. О боже, может быть, мне не стоит с ним видеться? Нет, я не могу его расстраивать. Теперь он испугается ещё сильней, если я вообще не появлюсь.

Худощавый элегантный господин радушно встречает меня прямо в дверях своего скромного жилища. У него грустные и слегка воспалённые глаза серого цвета и тонко поджатые губы, словно у капризного малыша. Он обитает в маленькой квартирке в районе Пасси, одна из комнат которой сплошь завешена православными иконами, а в другой висит портрет Жана Жене. Вопреки предостережениям Натали, он совершенно трезв. От него веет запахом свежего французского мыла. И похоже, что он специально приоделся по случаю моего визита.

«Ах, как же вы молоды, — говорит он, — а я и не предполагал, что мой следователь будет столь молода, да ещё будет говорить с лёгким американским акцентом. Но это, возможно, тоже знамение судьбы. Вы же Нинина родственница?»

«Нет, я просто обнаружила её работы».

«Бьюсь об заклад, что вы нашли её имя где-то в сносках. Не так ли? И теперь одна из тех пророческих ссылок никак не выходит у вас из головы».

«Вы совершенно правы. Я обнаружила ссылку на её новаторскую работу о паранойе и эмиграции в одном из объёмистых подстраничных примечаний».

«Да, безусловно. Она заслуживает того, чтоб на неё ссылаться. Намного больше, чем кто-либо из нас».

«Там, между прочим, было сказано, что она умерла при странных обстоятельствах».

«Да просто называйте это убийством. Вы понимаете, она была не способна на суицид. Она была не из тех. Она любила себя в той самой спокойной эгоистической манере. Такие люди, как она, не совершают самоубийств... Она не была подвержена страстям. Пожалуйста, не толкуйте мои слова неверно. Всё сказанное совершенно не означает, что она каким-то образом заслуживала смерти. И не смотрите на меня так, пожалуйста. Я в этом абсолютно убеждён. Я мог не быть ей хорошим другом, но такой смерти она не заслужила. Совершенно. Пожалуйста, спрашивайте меня о том, о чём вам хочется спросить. Я обещаю, что расскажу вам всё. Я ждал этого момента целых пятьдесят лет».

Тут он переходит от лёгкой агрессии к безусловному смирению. Я пытаюсь как-то сгладить эту неловкую ситуацию: «У вас есть фотографии? Что-нибудь осталось от тех лет?»

«Фотографии… Да, конечно». Он достаёт один из альбомов с полки в правом углу. Он точно знает, где он лежит. Он открывает станицу с серией фотоснимков двух счастливых и обаятельных молодых людей, одетых по моде тридцатых годов. Один из них носит усы, другой — нет. На одной из фотографий они выглядят очень серьёзными, а на другой — улыбаются, рассевшись на пляже в плавательных костюмах по фасонам того времени, или обнимаются на заснеженном мосту.

«Это Андраш и я. Он был замечательный человек — привлекательный, смелый, импульсивный. Его идеи и убеждения были заразительны. А в то время мы все находились в постоянном поиске новых идей. Ему хотелось с головой погрузиться в работу, чтобы изменить окружающий нас мир, да и нас самих, действовать активно, решительно, чтобы постараться спасти наших людей, кем бы они ни были. Вы должны понять, какими были тридцатые годы. Мы были зажаты между различными ипостасями вселенского зла: фашизмом, сталинизмом и всякими там прочими “измами”. Вы знаете, мой отец был главным криминалистом Его Императорского Величества, просвещенный человек, свято веривший в разум и важность наблюдений и выводов, настоящий русский Шерлок Холмс. А в Париже он стал никем. Что же до меня, то я никогда и не бывал в России. Я родился в Харбине. И Россия для меня уже не была страной мечты. Но поскольку мой отец никак не прекращал свои ностальгические жалобы, я пошёл поперёк него. Он был непримиримым противником большевиков. Я же начал увлекаться марксизмом, и более того, должен вам признаться, его троцкистским ответвлением. Я пошёл работать водителем такси и превратился в сторонника перманентной революции. Революция в обществе и революция в сознании — вот был мой главный лозунг: "Изменить человека — значит изменить мир". Тогда мы с Андрашом стали неразлучны. Он тоже был марксистом. Я полагаю, что он решил переметнуться от идеи левацкого анархизма к принципам партийной дисциплины. Сам он родился в Галиции или Трансильвании, где-то на границе между Российской и Австро-Венгерской империями. Никто никогда точно так и не знал, откуда он взялся. Но он точно знал, куда он хочет попасть. Я восхищался им, ведь он был по-настоящему убеждённым человеком. Он принадлежал к богеме, но не был таким жалким пьяницей, как я. Он обладал внутренним прочным стержнем. В те дни мы все увлекались кинематографом — и я, и Андраш, и Лионель. "Кино станет универсальным языком общения, — неоднократно повторял Андраш, а затем цитировал Ленина: — ...для нас, большевиков, кино является важнейшим из искусств". Мы проникали на вечеринки художественной элиты, где мы с Лионелем всегда напивались вдрызг. Лионель был отличным парнем, мечтательным, но в то же время очень прагматичным. Каким уж он там был писателем, я не знаю, я не могу судить о его творчестве объективно. Мы оба были чем-то вроде новообращённых последователей Андраша. А он любил хвалиться своими новыми учениками. (О, да я что-то забегаю вперёд, пожалуйста, прошу меня покорнейше простить. Я знаю, что я должен рассказать вам всё по порядку, что произошло, вернее всё, о чём я точно знаю. Но я никак не могу себя сдержать. Я до сих пор сержусь на Андраша за то, что он меня вот так вот бросил, за то, что он вот так вот взял и исчез, за то, что оставил меня одного в полном неведении.)

Ну так какой это год? Должно быть, 1936-й или 1937-й. Да. Этот снимок был сделан по случаю сорокалетия Бориса". Эта фотокарточка имеет особый оттенок — какой-то жёлто-коричневый. Это цвет постаревшей зависти. Набор участников всё тот же. Все выглядят здесь как-то напряжённо, как будто все устали от постоянного внимания окружающих.

«В тот год я начал регулярно ходить на лекции Бориса. Я изучал филологию, но, по правде сказать, эти занятия не слишком меня увлекали. Я был вечным студентом, а вы знаете, что это за люди. Однако спустя год я превратился в убеждённого евразийца. "Да" перманентной революции, но "нет" универсальному человеку. Вы когда-нибудь видели универсального человека? Я видел русских, французов, немцев, но универсального человека — никогда. Евразия была огромным центром притяжения, материком-океаном, в котором прошлое и будущее соединены навеки. Все ваши трудности и беды похоронены на дне этого огромного океана, а все ваши надежды и чаяния воплотятся по воле его гигантских грохочущих волн. Чингисхан, целующий влажную землю степей, скифские танцы... Я не был серьёзным лингвистом. У меня на это просто не хватало терпения. Мне нравились поэтические образы, обобщённые идеи, прекрасные мечты. Я был готов умереть за Россию-Евразию и за Бориса Владимировича. "Россия, милая Россия. Тоскую по твоим берёзкам нежным, промокшим под дождём — ла-ла-ла, ла, ла-ла-ла-ла. Потемневший от крови снег". Это была песня тех лет. Качальский — терзаемая и мечущаяся душа русского пропойцы. Он тоже исчез во время войны и потом нашёлся в Советском Союзе. Теперь это всё звучит подобно разбитой пластинке, но в те времена я легко готов был пожертвовать собой ради своей страны.

Нина от нас отличалась. Она была на нашем семинаре единственным человеком, кто действительно понимал, о чём идёт речь. Она также владела многими иностранными языками, но она не была убеждённой евразийкой, у нее были особые отношения с Борисом. Он позволял ей делать недопустимые вещи».

«Что вы хотите этим сказать?»

«Он позволял ей задавать ему вопросы во время лекций, спорить с ним. Вы должны понимать, что тогда всё было совсем не так, как в нынешние времена. Борис был для нас чем-то вроде бога, святого, пророка и спасителя. А какие вопросы ты смеешь задать спасителю?

Потом я встретил её у Натали. Натали была совершенно ею очарована. При каждом удобном случае она повторяла: "Нина так считает" или "Нина так не думает". Всё Нина, Нина и Нина. Ох, как же меня покоробило, когда я увидел её рядом с Борисом

Владимировичем. А он лично пригласил её встать рядом с ним. Изображая ложную скромность, она попыталась уступить своё место Полтавскому-Рижскому. Прежде всего, он был нашим гениальным поэтом, а кем была она? Но Борис Владимирович притянул её ближе к себе. О да, это Андраш и я, здесь в третьем ряду в тени. Мы тут не главные персонажи, это сразу видно. Мы не стоим тут в ряду знаменитостей. Но Нина, она стоит прямо там, рядом с ними. Она не испытывала уважения ни к кому из них: ни к Борису Владимировичу, ни к Андрашу. Он постоянно приглашал её на свои ретроспективы, а она ни разу не удосужилась прийти. А ещё Полтавский-Рижский. По каким-то причинам Андрашу он очень нравился, но несчастный Юрий был ещё одним поклонником Нины. На этом снимке трудно разглядеть её лицо. В её облике было что-то мужское. Что-то от Валькирии или Брунгильды с тёмной каплей еврейской крови. Я знаю, о чём вы подумали. Вы вправе думать, о чём вы думаете. Но ведь вы же хотели узнать правду? Я лишь пытаюсь вам рассказать, какие чувства владели мною. Совсем не для того, чтобы как-то уменьшить свою вину. Возможно, в глубине души я и желал Нининой смерти. Возможно, желал. Моя вина состоит в убийственных помыслах. Но тем не менее я не нажимал на курок».

«Что же вас в ней так раздражало?»

«Как бы это сказать? Она высмеивала всё и вся. Для неё не существовало ничего святого. И она никогда не тосковала по дому».

«Откуда вы знаете?»

«Ничего я точно не знаю, но тогда-то я был уверен, что знаю. Она сделала доклад о связи тоски по дому с лингвистической теорией. Это была мощная работа, просто шедевр, но я сидел и испытывал отвращение к каждому её слову. И Борис Владимирович тоже сидел весь красный от злости. Это было видно. Но он смотрел на неё как-то особенно, я даже не знаю, как это описать. Он смотрел на неё с вожделением...»

«Этот доклад. Я так много слышала о нём. Вам удалось что-нибудь законспектировать?»

«О, меня всего трясло от злости, и я не нашёл в себе сил конспектировать. Я был настолько зол, что я его украл. Да, украл, и не смотрите на меня так, я украл один из её черновиков. Но имейте в виду, что это не был окончательный вариант. Это была лишь ранняя версия, набросок. Да, я поступил именно так, и я виновен в совершении кражи. Я виноват в воровстве её идей. Мне они были совершенно ни к чему, я лишь хотел уберечь от них других людей. Он всё ещё хранится у меня. Да, вот он. Я покажу вам копию. Оригинал я спрятал... Вот она. Прочитайте, и тогда, может быть, вы немного начнёте меня понимать. Я не прошу у вас прощения, я только надеюсь на ваше понимание».

26/10

На тёмной стороне ностальгии:
Заметки о «паранойе и изгнании»

Катастрофы и политические потрясения двадцатого века вынудили миллионы людей стать беженцами. Мы, русские, не являемся единственным народом, ставшим жертвой этих несчастных событий, хотя мы и убеждены в своей исключительности.

Ностальгирующий человек представляет свой дом как утопию. (Эу-топия — хорошее место и не-место.) Это место, где все тебя понимают и принимают, место, откуда идут твои корни, где ты не просто пьяный таксист или подвыпивший официант с комичным акцентом, а местный житель. Гораздо проще лелеять подобные фантазии в тепличных условиях эмиграции, вдали от реальной родины. Ведь таким образом вы не сталкиваетесь ни с политической жизнью страны, ни с её повседневной действительностью. Ностальгия не тождественна воспоминаниям. Наши воспоминания хаотичны и фрагментарны, они единственные и неповторимые в своём роде — и их не получится уютно расположить в четырёх стенах мифического коллективного дома.

Ностальгирующий человек совершенно забывает о своей собственной способности забывать. Он совершенно не помнит о том, что его любимый утопический дом стоит лишь на почве его собственных фантазий, и всё время пытается найти его где-то там на реальной географической карте. А когда у него это по понятным причинам не выходит, он начинает выдумывать коллективный заговор со стороны «иностранцев», преисполненных ненависти к Евразии его мечты. Позвольте мне продемонстрировать, как же это происходит на практике. Давайте вместе представим, что наш несчастный ура-патриот Александр В. терпеть не может хозяйку своей квартиры («да она такая чистюля», «да она такая вся из себя правильная», «сухая и бездушная» и что, пожалуй, хуже всего, так это то, что «она ещё и требует своевременно вносить арендную плату»). Он пытается не заметить или заглушить свою личную к ней неприязнь и, таким образом, выворачивая ситуацию наизнанку, начинает верить, что это именно хозяйка его ненавидит.

Такой тип «человека ностальгирующего» не любит своего ближнего, соседа, который наполовину силезский немец, на четверть венгерский еврей и ещё и на четверть каталонец. Он живёт рядом с ним на тесной лестничной клетке, шепелявит и готовит отличный чесночный суп, запах которого до поздней ночи разносится по всему коридору. «Человек ностальгирующий» любит только свой чистый идеал — гораздо менее требовательный сосед, от которого не слышно ни звуков, ни запахов.

Ох уж эти границы родины нашей мечты! Разве они не стоят того, чтобы за них убивать?

Как по мне, так я совсем не хочу приносить в жертву своего шепелявого соседа за то, что он готовит чесночный суп вместо борща, и за то, что я совсем не знаю его песен. («Я принцесса без единого су, и я сбежала с моим маленьким Джу Су» — ведь даже наш популярный эмигрантский певец, он тоже в своём роде интернационалист, по крайней мере в своих песнях.) Возможно, ему просто хочется придать некоторым песням экзотический оттенок. И под конец может так получиться, что возлюбленному Джу Су придётся исчезнуть. Да и принцессе тоже. Где-то там за холмами, на скалистом пляже Чёрного моря, недалеко от Одессы.

Остановись! Если ты оглянешься, ты можешь навсегда застыть, переполненный слезами и горечью. Тогда тебя ждёт участь жены Лота — ты тоже превратишься в соляной столб. Если ты будешь всё время смотреть назад, то ты погибнешь. Ну а не лучше ли достойно умереть с отражениями огней родной земли, навсегда застывшими в твоих глазах, чем превратиться в двухголового монстра, двуязычное лицо без гражданства, которое продало душу за франки, марки и доллары? Нет, месьё, давайте снова поразмыслим над этим. Эмиграция — это всегда двойная жизнь. А изгнанники обречены стать двойными агентами. И это не наш выбор, а наша судьба.

Двуязычные люди по самой своей сути отличаются от носителей одного языка. Двуязычие — это не совокупность языков. Это альтернативные условия существования. Картина мира билингв и объёмней, и гибче. Мы, двойные агенты не по своей воле, международные изгнанники, должны спросить себя, почему наше двуязычное горло так сильно болит. В наш трудный век мы, вероятно, лучше всех подготовлены для принятия трудных решений здесь и сейчас, в этом несовершенном мире, в котором мы оказались по воле судеб. Болезненное головокружение от двойной жизни, пусть и на непродолжительное время, способно обеспечить нам прояснение сознания.

* * *

«Ну, теперь-то вы понимаете, что она не была нашей верной сторонницей? Да, здесь она высказывается эмоциональней, чем обычно. В реальности же она была скептиком. Она всегда оценивала вещи с разных точек зрения. И к самой жизни у неё было, можно сказать, экспериментальное отношение. "Нет, — говорила она, — мы не ограничены одной только памятью. Если мы действительно хотим что-то помнить, мы должны в первую очередь вспомнить о нашей всегдашней забывчивости и о нашем явном несовершенстве. Мы должны научиться забывать". Она проводила эксперименты над самой собой. Я это видел. Вера для неё была тождественна паранойе. Она считала, что все по-настоящему убеждённые люди, и троцкисты, и евразийцы, верят в заговор и что нужно жить в этом мире, сталкиваться с этим миром. Борис Владимирович был ею просто очарован, а она была очарована им. Только Ковач реально ей противостоял. Да он и сам был немного скептиком. Если он хотел найти настоящего последователя, то он определённо его нашёл. И так я остался — брошенный, покинутый, забытый. Для меня даже не нашлось места в примечании».

Я принялась искать свою чашку чая, чтобы слегка снять напряжение, передохнуть и чем-то оправдать возникшую в нашей беседе паузу. Но моя чашка была пуста, а Никки даже и не думал предложить мне ещё чаю. Конечно, в этом доме не водилось домашнего варенья, были лишь какие-то пересоленные орешки. Он даже и не пытался как-то смягчить беседу. Но я же не пришла сюда затем, чтобы жевать солёные орехи.

«Похоже, что вас увлёк Нинин стиль, разве не так? — говорит он, совершенно не обращая внимания на мою жажду. — Видите, как оно бывает: всё, что для нас являлось вопросом жизни и смерти, для вас превратилось всего лишь в материю стиля. Вы ведь наверняка ищете удачные строчки, чтобы украсить ими свой текст, верно? Ладно, кто я такой, чтобы вас осуждать? Слушайте, а у меня есть подарок для вас. В своё время я скопировал документы из Фонда Крестовского: переписку между Борисом Владимировичем и Ниной Белской. Будучи человеком, никогда не умалявшим собственного величия, Борис бережно хранил копии всего, что он когда-либо писал. Хотя в них нет ничего, что могло бы помочь вам в раскрытии этого убийства. Папка с документами содержит знакомые отрывки размышлений о Евразии, которые Борис Владимирович оттачивал для своих монографий, извинения за пропущенные встречи. Вот она. Почитайте её, пожалуйста, только не сейчас, а дома. А сейчас я нуждаюсь в вашем нераздельном внимании. Я так долго ждал этого момента. На чём я остановился?»

«Вы сказали, что вы признали свои преступные помыслы».

«Да, и как же потом я терзал себя за эти дурные мысли! Гибель Нины стала для нас поворотным моментом. Сразу после её смерти началась война, а наш мир тридцатых годов, наши мечты и страхи, всё как-то сразу закончилось. Нинина смерть была этому предзнаменованием. Для меня она стала первым преступлением, которое я совершил в своём сознании. Я там присутствовал и имел плохое предчувствие, но я не сделал ничего, чтобы что-то изменить. В тот момент я всё продолжал, продолжал и продолжал вести себя в своей странной манере, а потом её нашли мёртвой».

«Помните ли вы утро её гибели?»

«Помню ли я? Ну конечно. Я многократно восстанавливал этот день в своей памяти. Я пытался понять, что же всё-таки там произошло, но я до сих пор ни в чём до конца не уверен. Это было моим первым предательством, а потом началась война. Ну, а остальное вы знаете сами. В то утро мной овладело что-то странное. Я пребывал в необычайном воодушевлении, буквально граничащем с эйфорией. Это было какое-то чувство парения в воздухе, и пришло осознание, что новая хорошая жизнь — вот только сейчас и начнётся. Я знал, наконец, чего я хочу от этой жизни и за что стоит бороться. Это было последнее солнечное воскресенье перед войной. Вот как я это помню. Я вышел прогуляться со своим другом Андрашем. Мы собирались посидеть в кафе. И там мы встретили Лионеля. Он тоже был в приподнятом настроении. Может, в душе он и чувствовал себя слегка виноватым, но, как обычно, он был весел и совершенно беспечен. Обычно я не слишком болтлив, но в то утро что-то вдруг овладело мной, и я всё говорил, и говорил, и говорил, и о троцкизме, и о Евразии. Но излагал я свои мысли довольно сумбурно, словно был сильно пьян. А Ковач как будто даже поощрял всю эту мою болтовню. Как ему это удавалось? Трудно сказать. У меня было такое чувство, как будто ему остро необходимо убить время. А вот пока мы убивали время, произошло настоящее убийство. Корю ли я себя за это? Да, да и ещё раз да. И знаете, а ведь это был последний раз, когда мы все трое собрались вместе, точно так, как на том самом фото. Трое друзей, пребывающих в счастливых иллюзиях юности. Андраш и Лионель исчезли. Андраш сбежал в Россию или в Америку (о нём ходили различные слухи), Лионель же уехал прямиком в Штаты. А война лишь только разгоралась. Только мне одному некуда было податься. Я даже не пошёл добровольцем на фронт. У меня была сильная близорукость, и героем я не был.

Это не единственный раз, когда меня посещали преступные помыслы. Я совершил ещё один страшный поступок. Это преступление бездействия. Мой приятель по военному времени великий поэт Лазинский имел глупость остаться в Париже во время оккупации. Все в один голос советовали ему бежать на Юг или в Швейцарские Альпы, но он взял и остался. Он считал себя настоящим европейцем, к тому же человеком аполитичным. Он был полностью обескуражен, когда гестапо посчитало его "расово нечистым". (Мать у него была еврейкой, а он, оказывается, об этом и забыл.) Поэтому ему полагалось носить жёлтую звезду и соблюдать комендантский час, который он периодически нарушал. И вот в ту ночь мы встретились в одном кафе, он принёс мне свои любимые книги, какие-то редкие издания. Он полагал, что будет безопаснее хранить их у меня, а я как раз могу их почитать. Это была прелестная летняя ночь в 1942 году. Мы задержались в кафе несколько дольше, проболтав о том о сём. И он опоздал. Его застрелили в упор прямо по пути домой. Теперь вы понимаете. После войны я обошёл пороги всех французских судов. Я говорил, что напрямую не сотрудничал, но я не предотвращал эти преступления. Я виноват в бездействии. Я говорил, что я уже отбываю наказание, свой собственный, назначенный самим собою срок. Но они меня даже не арестовали, а только посмеялись надо мной.

А вы, госпожа, вы когда-нибудь думали о прошлом? Натали говорила мне, что вы покинули Россию пятнадцать лет назад. Вам никогда не хотелось снова посетить свою родину? Или просто время ещё не пришло? Я понимаю. Может так оказаться, что вам не понадобится что-то скрывать. Вы знаете, так случается. С некоторыми людьми. Но не со мной. Простите, это вы должны задавать мне вопросы. Прошу прощения».

«Каким образом вы узнали про убийство Нины?»

«Ну так вот, как только мы разошлись, Лионель вернулся в квартиру Нины и нашёл её там мёртвой. Натали тоже вернулась примерно в это время. Она была в шоке. Я видел её позже, уже после обеда. Она всё повторяла, что лицо Нины имело такое странное выражение, то ли восхищения, то ли изумления, как будто она не верила в реальность произошедшего. К смерти она явно была не готова. Лионеля вызвали в полицейский участок, как и любезного месьё Бонасьё, что указал точное время покупки двух шоколадных пирожных и миндального круассана. Ковача найти не удалось. А что делал я? Первые два дня после убийства я провёл в пьяном угаре. А затем я собрался с духом и пошёл в полицию. Я был готов признаться. Я хотел рассказать им о своей вине. Я был виновен в том, что убивал время. Но в участке не было никого, кто желал бы меня выслушать. Месьё Ренар сообщил мне, что дело закрыто. Никто не хотел меня слушать. Вот такова история моей жизни. Конечно, я бы пощадил Лионеля и никогда не рассказал бы им о нашем пари».

«Какое ещё пари?»

«Которое Лионель заключил с Ковачем».

«И о чём же они поспорили?»

«О том, сколько раз ему нужно сходить с Ниной в кино, чтобы её соблазнить».

«Неужели?»

«Да, я помню, как мы сидели в “Куполь”[1] и Лионель похвастался, что ему хватит на это дело всего одного фильма в сочетании с его американским обаянием. Потом он решил перестраховаться и поспорил уже на три похода в кино. Мне этот разговор показался совершенной глупостью, но Андраш пришёл от этой идеи в полный восторг. Я отчётливо помню, как он примерял на себя роль консультанта по выбору фильмов. Он тогда записал на салфетке некоторые названия: “Филадельфийская история”[2]? Потом он зачеркнул её и написал: “Нино́чка”!»

«И сколько же фильмов занял этот процесс?»

«Ровно три. “Нино́чка” сработала. Это была романтическая комедия, и он хотел это использовать. Ему нравилась Нина, но любил-то он Андраша. И он не мог признаться, что ему нравится Нина, эта еретичка. А нам он заявил, что это было вопросом доказательства абстрактного положения о силе эстетического воздействия кинематографа и универсальности его языка. Лионель очень старался. Нина была не целью, а средством. Он просто

---

[1]   «Куполь» — (основан в 1927 г.) парижский ресторан-брассери, расположенный в районе Монпарнас. В межвоенный период был популярным местом встреч французской богемы.

[2]   Культовая романтическая комедия 1940 года.

хотел доказать утверждение. Андраш засмеялся и согласился. "Давай поспорим. А почему бы и нет? Мы ж ничего не теряем, разве что твои деньги", — сказал он.

А знаете, этот фильм всегда вызывал у меня отвращение. Эти три неотёсанных болвана большевика и эта чопорная графиня Свана, непрестанно смотрящаяся в зеркало, и эта хохочущая Грета Гарбо. До чего же это противный, сдавленный, неестественный смех. Я никогда не видел ничего ужаснее. Когда мне снятся кошмары, я всякий раз вижу её — смеющуюся Грету Гарбо. Она смеётся снова и снова, без остановки, в этой пугающей, жуткой манере, смеётся и задыхается, и душит себя этим смехом до смерти».

«Однако я вижу у вас на полке "Ниночку"».

«Я стал одержим этим фильмом. Я задавался вопросом, в чём же сила его воздействия? Есть ли какая-то информация, зашифрованная там, в его сценарии? Я задействовал все свои лингвистические знания и навыки для анализа имён его героев. Но потом я успокоил себя тем, что фильм был всё-таки снят до её трагической гибели. И он не имеет ничего общего ни с евразийцами, ни с Советами. На душе мне стало намного легче, пока я вновь не открыл его сценарий. Тогда мне бросилась в глаза одна фамилия — генерал Савицкий. Это фамилия знаменитого евразийца. Нет, это не было какой-то случайностью. Безусловно, генерал Савицкий был на стороне белых, так что зашифрованное послание означало разрыв между евразийцами и красными.

После этого я начал верить в судьбу. Как раз тогда я отыскал переписку Нины и Кати. Количество совпадений ошеломляло, или, лучше сказать, ничего теперь не казалось мне случайным совпадением. Мне захотелось расследовать это дело, определить степень своей вины, а затем уж самому себя осудить. Вот видите, получается, я сделал вашу работу за вас. Вам, госпожа, следует вознаградить меня хотя бы упоминанием в ссылке. Я выполнил свой личный план по виновности, как любят говорить на вашей бывшей родине. Но если вы считаете, что я ещё не вполне отбыл своё наказание, то я готов. Вынесите мне приговор и посадите меня в тюрьму, лишите меня свободы и мучайте меня бесконечными допросами. Ведь осталось столько недосказанного, столько недосказанного».

Он казался одурманенным своим собственным голосом. Он зачитывал мне в лицо ещё одно длинное ходатайство о помиловании. Я не знаю, какой реакции он ждал от меня. Наверное, он хотел, чтобы я его осудила или ему посочувствовала. Он думал, что я впаду в негодование, стану на него кричать, обвиню его в трусости, безнравственности и заберу его с собой в очередное вольготное путешествие по просторам его вины, в котором, похоже, ему будет так приятно. Или же, напротив, я проявлю к нему сострадание, отпущу ему все грехи, вынесу вердикт о его невиновности, утешу его объятьями или ласковыми словами, вытащу его из этого ледяного плена одиночества и бесконечного круговорота раскаяния, и мы выпьем за наше здоровье и долголетие.

В конце концов мы могли бы и что-нибудь выпить, ведь весь вечер мы просидели всухую. Сам он делал свои признания, не налив себе даже чашечки чая. Но мне уже было не до него. Я снова сильно расстроилась из-за Нины и к тому же пришла в бешенство, узнав об этом подлом пари. Только он размяк от своих признаний, от осознания того, что он наконец-то смог это сделать и теперь заслуживает за это коробку конфет или по крайней мере минуту сердечного отношения, мой тон сменился на ледяной. «Боже мой! Мне очень жаль, но у меня уже другая встреча, — произнесла я по-английски с холодом и отстранённостью в голосе, — мне нужно немедленно уходить». Это было жестоко, я знаю. Я его раздразнила и оставила приговор не оглашённым. Но в тот момент я не могла поступить иначе.

* * *

В итоге посмеялись над Ниной. Великая насмешница сама пала жертвой обычной шутки, а получилось, что шутка-то роковая. Но я абсолютно уверена, что она никак не связана с силой эстетического воздействия кинематографа. Нет, нет, во время просмотра этой романтической комедии Нина просто скучала.

Это, безусловно, был неплохой фильм, и никто с этим даже не спорит, но Нина была совершенно невосприимчива к художественному стилю Любича. Возможно, потому, что она не была такой уж легкомысленной. Во время просмотра она была либо сосредоточена на чём-то ином, либо просто дремала. Тогда она переключалась на свой собственный фильм на тему пугающей разлуки и романтических расставаний. Нет, дело определённо было не в этом фильме. И не в особенном обаянии Лионеля. Он был милый, красивый и всё такое, но дело было не только в нём. Она могла быть голодна и слегка одинока. И это могло быть простым совпадением, что называется, попасть не в том место и не в то время. Не в тот фильм и не с теми актёрами. Ей хотелось стать писательницей, и он мечтал стать писателем, и они состязались, чтобы набраться опыта — и кто из них сможет первый отобразить его в своём творчестве. Это была честная игра. Жалко только, что это было на спор. Андраш Ковач, другой харизматичный полубог, и Х, та иллюзорная мисс Х, та непоколебимая личность без каких-либо слабостей, всегда по-своему правая, по-настоящему верующая, она могла иметь к этому делу какое-то отношение.

Я бродила по городу, бесцельно срезая углы и переходя улицы. Перед сном я прочитала последнее стихотворение Юрия Полтавского-Рижского. Оно было без названия, потому что, возможно, было не окончено.

К Н. Б.

Укрою я тебя от моросящего дождя
И, как экспресс, бегущей жизни-киноленты.
Знай, смерти нет, родная, есть только моменты.
Кино, закончившись, начнётся день спустя:
Опять укрою я тебя от моросящего дождя.

Поэзия в конечном счете это принятие желаемого за действительное. «Кино, закончившись, начнётся день спустя». Дождь и бегущая киноплёнка, кино и дождь, дождь и кино. В ту ночь мне было не заснуть. Нет, я не звонила Миклошу и не бросала трубку, когда на телефон отвечала его жена. Я была страшно рассержена, просто, можно сказать, взбешена. У меня в голове крутились обрывки нашего разговора. «А потом она задохнулась от смеха... она была Валькирией с каплей еврейской крови, двойным агентом, эмигрант — это всегда двойной агент... Конечно, я виноват, и я не отрицаю своей вины... Я виновен, вы мне поможете?» Дорогая, это же Грета Гарбо? Она хохочет в плавательном бассейне и уплывает прочь. Нет, это мисс X, призрак, вступивший в сговор с Ниной. Она мокрая, и она улыбается. У Нины кровь на рубашке и на утренней газете. Тёмные пятна свернувшейся крови. Трудно найти подходящее средство, чтобы их отмыть. Попробуйте «Мистер Клин» или «Мистер Райт». «Прохожий нашёл твоё тело в крови. Прохожий сказал: "То принцесса-гулёна, бедняжка, смотри!"» Нет, нет, не это, не надо снова. В сумеречном мерцании сиреневого заката ты сидишь одна на том скалистом берегу. И, сбросив с головы платок, ты распускаешь ленту на косе. «Будь добр, принеси два кабачка. Которые прямо тут, слева. Спасибо, родной».

В конце концов мне удалось заснуть где-то уже под утро, в тот час, когда на парижских улицах не найти никого, кроме уставших фабричных рабочих и неутомимых любителей бега трусцой. Во сне я вижу Викторию, бегущую в розовом купальнике. Как же у неё всё гармонично подобрано! Плеер подходит под цвет её носков. Они нужного серого оттенка, как раз идут к её розово-серым кроссовкам. Нет, она не купила их на специальной двухдневной распродаже. Она не такая дешёвка. Она знает, что делает. Дышит она глубоко, чётко двигает руками и ногами, точно попадая в ритм. У неё приятное ничего не выражающее лицо. Нет, она не морщится, она не выглядит изнурённой и обессиленной. Капли пота никак не портят её естественный цвет лица. Она в хорошей форме. Она одна из тех велосипедисток, которые за твоей спиной кричат «посторонись», пока ты спокойно прогуливаешься по дорожке вдоль реки, погружённый в свои мысли. Она не делает это в грубой форме, вовсе нет. Ты просто берёшь и подчиняешься силе её убеждения. Мир принадлежит велосипедистам и бегунам, скейтерам и хайкерам, а не пешеходам. Так пешеходы скоро вымрут. Пешеходы всего мира — объединяйтесь! Виктория пробегает мимо меня и даже не поворачивается ко мне. Я для неё всего лишь праздный прохожий. Я не бегаю трусцой, поэтому я не существую.

Я пытаюсь от неё скрыться, но у меня ничего не выходит. Она бегает кругами. Она бегает кругами у меня в голове. Не слишком быстро и не слишком медленно. «Раз-два, раз-два! Победишь и ты, и я! Три-четыре, три-четыре! Бежим трусцой, и шаг наш шире». Мне вспомнились пионерские лозунги. Мы обычно их громко выкрикивали, когда маршировали строем. А пионервожатый должен был скомандовать: «Левой, левой, — а потом: — Отряд... напрааво!» Я никогда точно не была уверена, где право, а где лево, поэтому я сжимала свою правую руку в кулак, чтобы повернуться в нужную сторону, когда услышу команду. «Раз-два, раз-два, пионеры — дружная семья!»

* * *

Кто-то стучится в дверь. Я просыпаюсь резко и неожиданно. Кто это может быть в столь ранний час? Стучат громко и настойчиво.

«Кто там?» — спрашиваю я, лихорадочно надевая халат. О боже, я вчера забыла закрыть дверь на цепочку. Обычно я закрываю. Но прошлым вечером я была несколько не в себе.

«Мадам, — звучит из-за двери мужской голос с ярко выраженным акцентом, — меня к вам отправил директор. Для вас телеграмма. Срочная».

Я накинула на дверь цепочку так, как меня учили в детстве. Курьер передал мне листок бумаги через щёлку в двери.

Я тут же его развернула. Телеграмма была от моей мамы из Нью-Йорка. «Бабушка умерла. Тебе нужно ехать в Россию на похороны. Ты обязательно должна присутствовать. Для бабушки это было бы очень важно».

Глава двадцать вторая

В воздухе

«Миклош, я звоню, чтобы проинформировать тебя, что нам придётся отложить научное заседание группы по изучению жанра комедии военного времени, поскольку мне нужно немедленно уехать в Россию. У меня умерла бабушка. Вот так вот. Будь здоров».

***

«Дорогая Каролина. Я очень сожалею, что не смогу сходить с тобой в кафе. А мне бы сейчас это совсем не помешало. Мне будет не хватать твоих добрых слов и твоей тёплой косынки. Через несколько дней я снова вернусь в Париж и обязательно позвоню тебе. Я обещаю. Не переутомляйся сильно. *Un baiser*[1]. Т.»

***

Я до последнего момента надеялась, что моя российская виза оформлена с какими-то ошибками, или что печать на ней стоит не в том месте — в верхнем правом углу вместо нижнего левого, или что в конце концов закончился срок действия моего паспорта. Я старалась случайно потерять свой билет, но я так или иначе находила его в самых укромных уголках. Мне удалось всё как-то упаковать: и зубную пасту с туалетной бумагой, и гигиенические салфетки с апельсиновым соком, и витамины, и подарки для всех, а также синюю и серебристую тушь и кучу аспирина. «Ты чокну-

---

[1] Целую (*фр.*).

лась, — сказал мне по телефону один из моих русских друзей в Париже, — времена давно уже не те. Ты найдёшь там туалетную бумагу в любом магазине и в любое время». Но что сделано, то сделано. Возможно, я и перестаралась. Но лучше перебдеть, чем недобдеть. Что я могу сказать, я действительно боялась этого события — возвращения домой. И я оказалась к нему совершенно не готова. Всё произошло как-то неожиданно. Два дня прошли в сборах в дорогу и прощальных прогулках по Парижу. Я гуляла по городу, как будто делаю это в последний раз. Сена, остров Сен-Луи, Пасси, Маре и другие знакомые места — Вашингтон-Сквер-Парк, Десятая авеню, Рузвельт-авеню, Куинс — все эти названия на русский не переводятся. Вернусь ли я из России? Возможно ли эмигрировать дважды? Это нелогично, я становлюсь абсолютно нелогичной. Я чувствую себя так, словно меня заранее записали в мёртвые души. Миклош не в городе. Или просто решил притвориться, что отсутствует. Ну, возможно, это и к лучшему.

Обстановка в самолёте совершенно обычная. Все ведут себя очень живо, берут с подноса вишнёвые леденцы, застёгивают ремни безопасности. Стюардесса расставляет руки, указывая на аварийные выходы с ничего не выражающим лицом, и произносит равнодушным тоном давно заученные инструкции. Я её прекрасно понимаю. Она проделывала эту работу уже не одну сотню раз. Она и сама уже, наверное, не верит в возможность аварийной ситуации. Но мне всё же стало спокойнее, когда я узнала, что под нашими креслами находятся спасательные жилеты и что кислородные маски спускаются автоматически. Я тут же расслабилась. Чтобы как-то отвлечься, я перелистываю журнал «Американ уэй» и изучаю ассортимент магазина дьюти-фри. О, как же чудесны эти шёлковые шарфы от фирмы «Гермес» с панорамными видами Парижа! Или, может, мне стоит заказать флакон «Пойзона» или «Поэзии», набор из семи помад на все случаи жизни или подарочную бутылку «Столичной»? Мне бы и самой хотелось освободиться от всяких там обязательств[2] и не

_____

[2] Автор использует приём каламбура: «duty-free» — беспошлинная торговля и «duty free» — свободный от обязательств.

быть никому ничего должной, но у меня так жить пока никогда не получалось. Стюардесса проносит напитки мимо меня. Похоже, что она старается меня не замечать, а, широко улыбаясь, поскорее принести дополнительные напитки вон тому бизнесмену средних лет, любимому клиенту. Поэтому я заранее планирую сделать заказ на томатный сок без льда и успеть взять крендельки с солью. Я очень стараюсь не пролить на себя этот самый томатный сок. Мне очень бы не хотелось приехать в Россию с красными пятнами на рубашке.

Перелёт настолько короткий, что ты просто не успеваешь собраться с мыслями. Нету чувства продвижения и перехода: ни мелькающих за окном уютных провинциальных городков, ни бесед со случайными попутчиками. Даже не показывают кино, а только анонсы фильмов, так чтобы вы знали, что посмотреть в случае, если вы будете совершать перелёт через Атлантику. В этот раз рекламировали фильм о двух девочках, своего рода современную сказку. Они не близнецы, но очень похожи. Одна из них весёлая и смелая сиротка, другая — несчастная маленькая девочка из богатой семьи. (Несчастная маленькая богатая девочка говорит на британском английском. А храбрая сиротка носит бейсболку козырьком назад, поэтому их легко отличить.) Несчастная маленькая богатая девочка осталась без матери, а её любимый отец решает жениться на злобной богатой даме[3]. У храброй сиротки нет ни отца, ни матери, но у неё есть прекрасная, но тоже бедная (и такая же храбрая) молодая вожатая из лагеря, которую играет та самая знаменитая актриса из сериала «Весёлая компания»[4].

Вдруг самолёт стало кидать в разные стороны. «Уважаемые пассажиры, самолёт входит в зону турбулентности, — объявляет командир экипажа воздушного судна, — по причине нестабильного давления воздушных масс». Мы послушно сидим на своих местах, пристёгнутые ремнями безопасности. Снаружи за иллю-

---

[3] Речь идёт об американской романтической комедии «Двое: Я и моя тень» (It Takes Two, 1995).

[4] Речь идёт об американской актрисе Кёрсти Элли (1951–2022).

минаторами зловеще сгущаются чёрные тучи. Наверняка на земле под нами льёт дождь, и неважно, над какой страной мы сейчас пролетаем: над Польшей или над Исландией. Меня начало укачивать. К тому же меня начинают посещать неприятные навязчивые мысли. Тогда я вспоминаю, чему меня учили на курсах преодоления стрессовых ситуаций. Сконцентрируйтесь на своём дыхании. Скажите, что это всего лишь мои мысли, но сущность моя намного шире моих мыслей. Не делайте никаких выводов, а просто отметьте их наличие. Или же, если этот способ не действует, вообразите, что вы сидите в каком-то тихом, спокойном месте, например, на пляже моря в северных широтах, среди песчаных дюн, а перед вами бьются о берег серые волны с прозрачной водой. Ой, а я только что наступила на кусочек цветного стекла. Но нет, это вовсе не больно. Его шлифовали волны и время. Я плыву против течения и оборачиваюсь, чтобы помахать тебе рукой, чтобы ты не так волновался[5], но ты уже практически исчез, превратившись в далёкое яркое пятнышко на сером пустынном взморье. А я всё плыву вперёд, тихо и спокойно, и меня убаюкивает ласковый морской ветерок. Это была бы в своём роде романтическая смерть. «Она погибла на пути домой», — прочтёте вы в заголовке какой-то газеты. Это вполне себе романистическая смерть, окончательное возвращение. Но как глупо, как бессмысленно было бы умереть вот так. Слава Богу, что мы просмотрели этот анонс кинофильма. Теперь-то становится ясно значение нашей массовой культуры. Её продукция в такие моменты может стать душеспасительной. Ну или на худой конец как-то вас отвлечь. И если дела пойдут уж совсем неважно, то у вас есть шанс просто этого не заметить. И вот она тут как тут, как нельзя кстати, эта боевая сиротка. И она явно что-то затеяла. Сломя голову несётся она прямиком через церковь по проходу между скамьями. Нет, этой свадьбе не бывать! Нет, твой отец не любит её, ту богатую даму, и плевать на её дорогую причёску и дизайнерскую свадебную фату. Он не может любить её! Две

---

[5] Автором в качестве каламбура обыгрываются различные значения слова «wave» — волна; махать рукой.

девочки, не близняшки по рождению, но близнецы романтические, страстно желают, чтобы тот богатый отец женился на бедной, но доброй и смелой вожатой из лагеря, том идеальном образе матери. Но это всего лишь романтическая комедия. Я точно не знаю, чем же она закончится, но у меня такое чувство, что злобная мачеха всё-таки получит по заслугам.

Теперь я могу спокойно вздохнуть. Самое страшное, кажется, уже позади. Но знак «пристегните ремни» всё ещё горит красным цветом. Я вынимаю из сумки письма Нины Борису Владимировичу и наугад начинаю читать одно из них:

Дорогой Борис Владимирович, от нашего разговора вчера вечером мне стало тяжело на душе. Я не уверена, что я сумела правильно изъясниться, так чтобы вы смогли меня по-настоящему понять. Было много чего, о чём мне хотелось бы высказаться, но и момент мне показался не совсем подходящий, да и весь разговор, действительно, прошёл в какой-то спешке, на ходу. И у меня заплетался язык под вашим неодобрительным взглядом. Вы говорили, что мечтали о возвращении, о моменте, когда можно будет снова дотронуться до русской земли, посмотреть на сереющее русское небо с бегущими облаками, поговорить на родном языке. Сейчас мне неудобно за то, что я тогда так сильно разнервничалась. Всё, что я могла себе представить, так это советские бабушки в красных платках, от которых просто спасу нет и которые постоянно вам делают замечания насчет того, как себя надо вести. Я знаю, что это была просто безвкусица. Вот видите, всё, что мы знаем про Советскую Россию, мы узнаём только из кино. Мне тут приснилось, что мы ходили в кино вдвоём, под ручку, совсем не таясь, что мы смеялись, стоя в очереди у прилавка в ожидании холодного шоколадного парфе[6]. Простите уж за такие фривольные подробности. А потом мы смотрели советский фильм, в котором сирота становится примерной комсомолкой в белой шёлковой рубашке, с повязанным поверх красным галстуком. Этот фильм полон маршей, смеха и весёлых

---

6   Парфе (*фр.* parfait «безукоризненный, прекрасный») — холодное сладкое блюдо из сливок, шоколада, сахара и ванили. Известно с 1894 года.

песен. Возможно, товарищ Х их и любит, но вы прекрасно меня знаете. Весёлые песни меня раздражают. А что касается вас, то в моём сне вы выглядели спокойным и очень сосредоточенным. И не отрывали глаз от экрана. А я отчаянно искала в темноте вашу руку.

«Уважаемые пассажиры, просьба занять свои места и приготовиться к посадке». У меня закладывает уши. Я стараюсь сконцентрироваться на равномерном дыхании и своевременном глотании слюны. Эти вишнёвые леденцы оставляют такое неприятное послевкусие искусственного подсластителя. «Добро пожаловать в Россию. Спасибо, что выбрали Американские авиалинии. Хорошего дня».

Глава двадцать третья,

в которой мы приезжаем в Россию и смотрим мюзикл, посвящённый советской конституции

Москва, 1939

> Над страной весенний ветер веет,
> С каждым днём всё радостнее жить.
> И никто на свете не умеет
> Лучше нас смеяться и любить.

Замёрзшее окно, сверкающее под всё ещё зимним солнцем, постепенно тает, слегка поблёскивая каплями воды. Ясно видны башни и звёзды Кремля. Добро пожаловать в Москву, дорогие друзья, добро пожаловать в весну! Залитая солнцем комната просторна и светла. На столе стоит ваза с высокими цветами. Миловидная блондинка с отчаянно смелыми серыми глазами отражается, как в зеркале, в до блеска отполированной крышке рояля. Она упражняется в пении:

> Над страной весенний ветер веет,
> С каждым днём всё радостнее жить.

Женщина поёт по-русски, но с акцентом. У неё не получается правильно выговаривать звук «р», но ей так нравятся советские песни. Откуда же она приехала?

«Из Америки. Ты пропустила самое начало?»

«Вовсе нет. Но передо мной всё время мельтешили вот те двое товарищей. И первые три минуты я кроме их шляп ничего и не видела».

В начале был поезд, тот стремглав мчащийся поезд прямо с Дикого Запада, весь окутанный дымом и паром. Он совсем не такой, на который вы спокойно садитесь, чтобы поехать на выходные за город. У вас не будет времени снять шёлковые перчатки и показать учтивому проводнику билет в купе второго класса. В этот поезд нужно заскакивать на ходу. В него садятся только авантюристы, люди, пустившиеся в бега, бродяги и грабители из тех славных времён немого кино. Вот Мэрион Диксон[1], бегущая от бушующей толпы. Её распущенные светлые волосы развеваются на ветру. (Советская кинозвезда тридцатых годов Любовь Орлова с большим мастерством играет роль отчаянной американки. Нет, она совсем не похожа на Грету Гарбо, скорее она напоминает Марлен Дитрих.)

Зачем же Мэрион Диксон приехала в Советский Союз? Потому что в США она подвергалась преследованиям за то, что у неё был чёрный ребёнок. Теперь же её эксплуатирует «антрепренёр» нацистской наружности, который взял её в мировое турне. Он заставляет её исполнять самый рискованный номер, исполнить который ещё никому не удавалось. Это выступление называется «Полёт на Луну». Зрители замирают от изумления, когда стреляет пушка и Мэрион исполняет своё знаменитое сальто-мортале.

«Гриша, зачем они показывают здесь эти американские комедии? Они же снимали великолепную документалистику», — шепчет Нинель Марковна.

«Расслабься уже, моя хорошая, это же так забавно».

«Меня не слишком забавляет этот цирк. Слишком много акробатики. И акцент у неё какой-то деланый».

«Шшш... тише, товарищи. Вы в общественном месте».

Похоже, что зрители знают все шутки уже наизусть. И они начинают хохотать ещё за секунду до самого кульминационного момента. А иногда они опережают действие, неприлично громко перешёптываясь: «А сейчас он упадёт. Вот ты увидишь, он будет падать. Сначала она ему влепит пощёчину, а потом он упадёт. Ну я же говорил!» Ясно, что они смотрят этот фильм уже не в первый раз. «Нам нужно обязательно обогнать Запад. Амери-

---

[1] Главная героиня фильма «Цирк» (1936).

канцы полетели на Луну, а мы — полетим в стратосферу», — говорит благообразный инженер — советский человек новой формации. Конечно, директора цирка не очень-то волнуют современные достижения науки. И у него не слишком развито воображение. Он представляет собой всего лишь комический образ бюрократа, которому предстоит много падать, давать и получать пощёчины во всех соответствующих эпизодах.

Но Нинель Марковне почему-то не смешно.

«Гриша, я, должно быть, отстала от жизни. Я слишком долго отсутствовала».

«Нина, хорошо, что ты вернулась домой. А то ходили слухи...»

«Товарищи, тише. Смотрите фильм, потом поговорите!»

По окончании банальной комедии ошибок злобный американский антрепренёр получает по заслугам. А несчастная американская циркачка находит настоящую любовь в Стране Советов. (Закрыла ли Нинель Марковна на минутку глаза, оторвавшись от русско-американской звезды с её предсказуемо надёжным сальто-мортале, и унеслась в своих мечтах в куда более опасные реалии? Перешла ли она одну из государственных границ и оказалась сидящей на отдельно стоящем кресле где-то в Люксембургском саду[2]? Честно говоря, не знаю. Она была слишком уставшей, чтобы мечтать, и слишком осторожной, чтобы позволить своему сознанию уходить далеко от реальности. Или, может быть, это моя вина, что я не могу себе представить, о чём мечтала моя бабушка. Я знаю только, что она была уставшей и её мучили ноющие боли в задней части её лебединой шеи.)

Тем временем американская актриса стала звездой советского цирка. Она вышла замуж за того самого советского инженера, нового советского человека с милой ямочкой на квадратном подбородке. И, конечно, эта история гораздо масштабнее, чем

---

[2] Аллюзия на эпизод из кинофильма «Шёлковые чулки» (1957), в котором главная героиня, вернувшись из Парижа в Советский Союз, закрывает глаза и представляет себя сидящей на скамейке на одном из парижских бульваров. Сам фильм является пародией на кинофильм «Ниночка» (1939).

просто романтическая комедия. Американка влюбляется в Советский Союз, прекрасную страну свободы и счастья. Она вместе со своим чудесным ребёнком решает остаться в Советском Союзе. Советские люди поют ему колыбельную песню на разных языках: русском, украинском, грузинском, таджикском и идише. Сцена цирка открывается прямо на Красную площадь. Влюблённые радостно поют и маршируют... и все комические персонажи фильма: чиновники-бюрократы, администраторы, их самовлюблённые дочери и инженеры-любители — все так же радостно в один голос поют и идут общим маршем.

«Эта колыбельная песня чудесна, — говорит Нинель Марковна, — а вот остальная часть фильма напоминает дешёвый фарс».

«Что, товарищ, вам не понравился этот фильм? Вы что, не знаете, что это один из любимых фильмов товарища Сталина? Вы что, не знаете, что он был посвящён советской конституции 1936 года и что Любовь Орлова — это народная артистка? Ну же, ну же, веселей, товарищ. А вам, товарищ муж, нужно угостить товарища жену нашим новым сортом мороженого».

«Пойдём, Нинель. А это действительно хорошая мысль. Спасибо вам, товарищ, за совет...»

* * *

«Осторожно. Тут очень скользко. Взгляни вон на ту сосульку — она уже тает на солнце».

Они идут по покрытым слякотью тротуарам и пробуют новый сорт мороженого под названием «Аврора». Кто-то в очереди напевает мелодию из фильма: «Над страной весенний ветер веет». Очень заразительная мелодия, не правда ли?

Кажется, что они слегка напряжены, Нинель Марковна и её муж, Григорий Исаич. «Нинеля, ты ничего не рассказала о Париже. А мы все так ждали твоих рассказов. И немножко тебе завидовали».

«Ты же знаешь, что я там работала и днём и ночью. Сначала языковая практика, потом образовательные поездки с посещением фабрик, заводов и строительных площадок. Встречи с рабочими и активистами[3]. Что я могу сказать, Гриша, Париж немного похож на Ленинград, только трубы на крышах сделаны по-другому. И Сена. Она намного грязнее Невы».

Они возвращались домой, в просторную комнату около кухни в их коммунальной квартире. Они отмечали её возвращение домой чаем с бисквитным тортом «Москва» и тихонько разговаривали. («Ваша бабушка была не слишком разговорчивой. Она была немногословна. Но она была хорошей соседкой».)

Григорий Исаич отправился спать, почитал минут десять и заснул. Нинель Марковна пошла на кухню, помыла посуду и плиту — в тот день была её очередь уборки помещений общего пользования. Потом она в задумчивости немного посидела у окна. Она не размышляла о чём-то определённом, а просто позволила своим мыслям нестись в свободном полёте. А потом и она улеглась спать. Гриша беспокойно вертелся в кровати, иногда похрапывая. «Ему стоило бы показаться врачу», — подумала Нинель Марковна, а потом тоже задремала. Должно быть, она сильно утомилась.

В три часа ночи в дверь позвонили. Послышалось осторожное шуршание тапочек. Соседи испуганно подсматривали через дверные щелки в длинный узкий коридор. Они все понимали, что значит, когда посреди ночи звонят в дверь и «чёрный воронок» (так тогда называли их машины) останавливается у вашего подъезда. Так случилось всего несколько месяцев назад. В квартиру зашли трое, в серых плащах, с уставшими и равнодушными лицами. Один из них курил «Беломор», другой неловко улыбался, показывая золотой зуб, а третий выполнял свою работу с привычным чувством осознания долга. На руке у него была татуировка с якорем и надписью «Слава Балтийскому флоту!». («Я помню это очень чётко. Я вышла в коридор около часа ночи и видела, как Анна Васильевна, моя соседка, живущая прямо за стенкой, рассматривала сохнущие после стирки шёлковые чулки

---

[3] Отсылка к сцене из кинофильма «Шёлковые чулки», где главная героиня, находясь в Париже, вместо стандартных достопримечательностей просит показать ей сталелитейный цех и систему канализации.

Нинель Марковны, те самые, которые она приобрела в Париже. Мне удалось заметить, что они были ещё влажные! Конечно, я ничего не сказала. Я быстро вернулась в свою комнату, но ещё долго не могла заснуть».)

В звонок звонили дважды. Значит, это к Григорию Исаевичу и Нинель Марковне. Она вышла в коридор в халате и направилась прямо к входной двери со стороны парадной. «Нинель, подожди, этого не может быть, Нинель, — бормотал Гриша, — может, тебе лучше уйти через чёрный ход. Мы скажем, что ты за городом... или за границей[4]».

«Слишком поздно, Гриша, соседи видели, что вечером я вернулась домой. Всё в порядке. Присмотри за Машкой. Она плачет». («Она была очень упрямой, ваша бабушка, смелой и упрямой».) Она шла по коридору, выпрямившись и совершенно не обращая внимания на шепот перепуганных соседок. «Ох, Ниночка Марковна, бог тебе в помощь».

«Нинель Марковна Бельская?»

«Да, это я».

«Вам необходимо пройти с нами, чтобы ответить на несколько вопросов. Вот ордер на обыск. У вас есть пятнадцать минут, чтобы собраться».

«Мне нечего скрывать, товарищи. Это, должно быть, какая-то ужасная ошибка».

Перепуганные соседи спрятались на кухне. («Я переживала за Нинель Марковну. В прошлом месяце, когда те же три товарища приходили за Лидочкой, другой соседкой, которая жила в маленькой комнатке рядом с Анной Васильевной, Лидочка пыталась вскрыть себе вены. Она убежала в ванную и сидела там в течение десяти минут, пока они рылись в её вещах. Мне тоже нужно было зайти в ванную. Я постучала в дверь и сказала, что забыла там свою газету "Правда" и журнал карикатур. Она не открывала, и тогда я толкнула дверь и увидела, что у неё все руки в крови. Они перевязали ей руки и забрали её. Они приказали нам оставаться в своих комнатах и заниматься собственными делами. Это,

---

[4] В оригинальном тексте игра слов: in the country, out of the country.

конечно, совсем другая история. Прошу меня простить, я всегда слишком много болтаю, когда нервничаю».) Маленькая Машка перестала плакать. А на глазах у Григория Исаича стояли слёзы: «Вы не можете её арестовать, никак не можете. Она выдающаяся коммунистка, член городского комитета партии! Вам наверняка дали неправильный адрес».

«Успокойтесь, товарищ, мы всего лишь выполняем приказы», — сказал человек с якорем на кисти руки.

«Товарищи, я просто пытаюсь вам помочь. Какая фамилия написана в вашем приказе? Бельская? С мягким знаком или без? Вот видите, это не её фамилия. Её фамилия — Бланк. Так написано в её партбилете».

«Зря стараетесь, товарищ».

(«Бедный Григорий Исаич! Он был на грани, он боялся, что они снова собираются её забрать».) Тем временем мужчина с золотым зубом рассматривал учебники по французскому языку и лингвистическую литературу Нинель Марковны. «А это что? — спросил он, вытаскивая с полки французскую книгу и путеводитель по Парижу. — Эта книга не была напечатана в Советском Союзе?»

«Нет, но это классическая французская литература. "Госпожа Бовари" — критический портрет буржуазного общества. А это путеводитель по Парижу. Вот видите — это площадь Бастилии, место начала Великой французской революции».

«Конечно. А это что такое?»

«А это просто корешки от билетов. Мы смотрели этот фильм только вчера. Гриша, как он назывался? "Цирк"».

«Правда он очень смешной? — добавил мужчина с «Беломором» в зубах, — Любовь Орлова просто неотразима. Теперь она народная артистка».

«Какие-нибудь письма, дневники, личные записи? — перебивает их оперативный сотрудник, тот, который просто делает свою работу. — Где вы их прячете?»

«У неё нет никаких дневников, товарищи, — сказал Гриша. — У неё просто нет времени их писать. Она работает целыми сутками».

«И письма я тоже не храню. Они выполняют свою информационную функцию, я на них отвечаю, а затем просто выбрасываю.

Я не люблю собирать всякий хлам. Как вы видите, у нас не так много места», — сказала Нинель Марковна.

«Хорошо, тогда вы можете следовать за нами. А вы, — обратился к соседям, — занимайтесь своими делами. Вы меня поняли? И радуйтесь, что в этот раз пришли не за вами».

Гриша бросился обнимать Нинель. На глаза ему наворачивались слёзы. Он не хотел её отпускать. Нинель освободилась от его объятий и проговорила нежно: «Скоро увидимся. Это, должно быть, какая-то ужасная ошибка».

* * *

«Вы знаете, больше они не виделись. Гриша, ваш дедушка, погиб в Сталинградской битве. Нинель Марковна вернулась в 1947-м, а потом была снова арестована в период борьбы с космополитизмом. Вот её фотография сорок седьмого года, когда она только освободилась из лагеря. Разве она не красавица! Ей удалось сохранить в лагерях отличную форму. Я думаю, они там не ели слишком много жирной пищи».

Я сижу в комнате моей бабушки с её давней подругой Диной Григорьевной и её бывшей соседкой Галей, которая в момент её ареста была ещё подростком. («В тот год у нас закончилось детство, — сказала она, — каждую ночь мы со страхом ложились в постель, а с утра с опаской открывали глаза. И каждое новое утро представлялось нам каким-то чудом. Они никогда не приходили по утрам».) Комната украшена сувенирами, открытками из Кисловодска, видами Ялты и музея Чехова, семейными фотографиями и цветными репродукциями архитектурных достопримечательностей Парижа: площади Согласия, Эйфелевой башни, Елисейских полей и Лувра. «Ваша бабушка терпеть не могла скопление ненужных вещей и вообще малейший беспорядок. Она любила повторять: "Зачем мне нужен весь этот домашний хлам? Я люблю чистые и светлые комнаты, это более гигиенично!" А мы над ней смеялись. Однажды она даже обвинила меня в вещизме. Но, знаете, последние лет пять в ней что-то изменилось. И она начала накапливать вещи. Она нашла какие-то старые безделушки и поставила их на книжные полки. "У каждой из них своя история, — сказала она, — они напоминают мне о людях и событиях прошлого. Зачем мне в моём возрасте столько пространства? Ведь пустое пространство тоже наводит меня на воспоминания!"

Любую открытку, которую она получала от тебя из Нью-Йорка или Парижа, она ставила вот сюда. Ты не поверишь, как она любила твои снимки на том мосту с орлами и всадниками[5]. Он похож на наш Аничков мост у Дворца пионеров. Танюша, ты ещё помнишь, где это?»

«Да, безусловно! Раньше я ходила во Дворец пионеров в литературный клуб "Дерзание". Но у меня не очень получались описания природы. Я ещё как-то справлялась с описанием "Осени в городе", но тема "Весны в деревне" просто ввергала меня в уныние. Этот материал об оттепелях, цветах под весенним дождём, птицах, возвращающихся в родные края. Всё это мне казалось очень глупым. Описания природы представлялись мне формой пропаганды».

«Ты, Таня, была большой упрямицей, точно как твоя бабушка. Знаешь, а ты была ей как дочь. Твоей маме было не больше трёх лет, когда твою бабушку впервые арестовали. И мама твоя росла от неё отдельно. Маму вырастила тётя Берта, и мы никогда не узнаем, что эта тётя Берта говорила ей о бабушке. На этой фотографии они смотрятся вместе просто даже нелепо, твоя бабушка и твоя мама. Видишь, они даже стоят порознь. Я помню, как Нинель Марковна пыталась обнять Машку, но той это не понравилось. Машке хотелось показать, что она уже взрослая и независимая.

Посмотри, какой тут взгляд у Нинель. Такой серьёзный и печальный! Это, должно быть, незадолго до её второго ареста. У неё еще совсем не много морщин».

«Знаете, — перебивает Галя, — однажды я спросила, каким кремом для лица она пользуется, чтобы сохранять кожу свежей. Когда это было? Я думаю, году в 56-м. А она только посмеялась и сказала, что в молодости она об этом не думала. Она употреб-

---

[5] Речь идёт о мосте Александра Третьего.

ляла только огуречную кожуру и немного сметаны, принимала холодный душ каждый день и больше об этом не думала. Вот такой была ваша бабушка, она была женщиной строгих принципов! Обидно, что ей приходилось иметь дело с этими ужасными соседями. Когда Григорий Исаич погиб на войне, Анна Петровна попыталась захватить её комнату. Вы только представьте! Она боролась за возможность переехать в комнату "врага народа" в награду за свои трудовые успехи. Но это не сработало. А потом, когда Нинель Марковна вернулась, она начала за ней следить. Однажды она услышала, как та слушает французскую пластинку. Я думаю, что это были языковые упражнения: "Jean aime Pualine, Pauline ne l'amie pas. Jeanette aime Paul. Pual ne l'aime pas". О том, что кто-то не любил кого-то. Это был урок про формы отрицания. Анна слушала эти записи в коридоре коммуналки, а потом донесла, что Нинель Марковна является безродной космополиткой. А ещё лет через десять она стала действовать заодно с тем старым пьяницей дядей Колей. Ты наверняка его помнишь. Он ходил в белой майке, и от него всё время несло тройным одеколоном. Я думаю, что он его употреблял внутрь, когда не мог достать водки. А когда Анна Васильевна, наконец, доставала ему бутылку, дядя Коля по её наущению начинал мучить несчастную Нинель Марковну: воровать туалетную бумагу, которую та привезла из Эстонии, открывать её письма, свистеть у неё под дверью в момент, когда пыталась уснуть, и кричать: "Они придут за тобой! Я уже слышу их шаги!" Наверное, он не был по натуре злым человеком. Он просто постоянно нуждался в выпивке. Хотя и в нём тоже присутствовали садистские черты. Его забавляло, когда Нинель воспринимала его кривляния всерьёз. Но больше всего она боялась, что он выкрадет твои заграничные фотографии.

Эти фотографии, они их почему-то особенно раздражали. Мы все вместе собирались читать твои письма. А потом Нинель Марковна рассказывала нам о Париже. Париж, Париж, Париж... прямо как в том анекдоте про Рабиновича и Анку-пулемётчицу. Мы все хотели снова оказаться в Париже. Нинель всякий раз, как говорила о Париже, оживлялась и даже краснела. Казалось, что ей снова всего двадцать три! Она говорила, что она просто любила гулять по улицам города, переходить по мостам с берега на берег Сены или, сидя в кафе, наблюдать за прохожими».

«Это совсем не похоже на мою бабушку. Она была трудоголиком, насколько я её помню».

«В последние годы твоя бабушка стала более разговорчивой. Она любила рассказывать о своей молодости. В юности она была идеалисткой, и такой она и осталась до конца своих дней. Только она больше не думала, что новая жизнь вот-вот начнётся. Я никогда не могла понять, что она делала в Париже. Чем-то она там еще занималась, кроме разглядывания улыбки Моны Лизы и практики французских глаголов движения! Когда она вернулась, от неё шло какое-то необычное сияние. Такого не бывает, когда ты каждый день посещаешь фабрики и беседуешь с французскими рабочими. У неё наверняка там был роман. Григорий Исаич ревниво относился к её поездке в Париж. Но он был очень милым человеком. У них не было какой-то большой любви, но были прекрасные отношения. Ведь немногие могут похвастаться даже этим».

«Я просто уверена, что у нее была большая любовь, — убеждённо сказала Галя, — с каким-нибудь красавцем французом, графом, который очень любил Россию[6]».

«Галя, ну почему обязательно граф? Ты насмотрелась исторических мелодрам».

«Мне просто так показалось. Он мог бы быть похожим на Жерара Филипа. Ведь правда он великолепно сыграл в "Преступлении и наказании"[7]?»

«Нинель Марковна и сама была похожа на зарубежную актрису. Как бы мне это лучше сказать? В общем, она была не очень похожа на еврейку. И этот берет был ей очень к лицу. Андрей Михалыч постоянно им восхищался».

«А кто такой этот Андрей Михалыч?»

«Лучше спроси у Гали. Она знает всё о своих соседях. Ведь так? О, я не это имела в виду, я просто пошутила. Да, Нинель Марков-

---

[6]   В комедии «Нино́чка» Нина влюбляется во французского графа.

[7]   На самом деле Жерар Филип сыграл князя Мышкина в фильме «Идиот» 1946 года.

на познакомилась с ним в Париже. Вы знаете, оказалось, что они земляки — оба из Черновцов, на границе четырёх государств: России, Румынии, Украины и Венгрии. Семья Андрея Михалыча перебралась в Будапешт, когда ему было лет шесть или семь, а семья Нины переехала в Петроград. Он тоже был коммунистом. И представляете, ходили слухи, что он был троцкистом или даже анархистом. Он был очень лихим парнем. Ходят слухи, что он... ох, нет, я не должна этого говорить... что он был очень предан Нинель Марковне. Они регулярно встречались после освобождения из лагеря. Но они так и не поженились. В шестидесятые годы Андрей Михалыч стал сценаристом. Ты, Танечка, смотрела его фильмы?»

«Какие именно?»

«Он написал сценарий для романтической комедии по мотивам рассказов Чехова. Как он там назывался? "Дуэль"?»

«Нет, Дина Григорьевна, "Дуэль" — это тот фильм, в котором Высоцкий играл немца[8]. Это единственный фильм, в котором он не поёт».

«Галя, ты совершенно права. Это была не "Дуэль". Фильм назывался "Морской бриз", а потом ещё вышла картина "Твоя милая коса" с Валентином Качальским. Андрей Михалыч стал довольно известным членом Союза кинематографистов СССР и получил право на все полагающиеся льготы. Лето он проводил в санатории кинематографистов в Крыму. Он также начал отовариваться в специальных магазинах. Бывало, что он приносил Нинель Марковне консервы из горбуши и красную икру, а также конфеты "Мишка на севере" и виноград без косточек сорта "дамские пальчики". Танечка, ты помнишь эти "дамские пальчики"? Они были такие вкусные. Ты их любила, когда была маленькой. Когда тебе было три годика, ты называла их "мамские пальчики".

Этот Андрей Михалыч всегда вёл себя по-джентельменски! И он ухаживал за ней все эти годы».

---

8   В реальности фильм, снятый по рассказу А. П. Чехова «Дуэль», носит название «Плохой хороший человек», в котором В. С. Высоцкий сыграл роль зоолога Николая Васильевича фон Корена, немца по происхождению.

«Наша Нинеля всё-таки была большой гордячкой. Она говорила, что ей нет дела до этих подарков и она принимает их только ради своей внучки. Но вы знаете, Дина Григорьевна, однажды Андрей Михалыч приехал навестить Нинель Марковну из Москвы в довольно сильном подпитии. С ним был тот молодой актёр, блондин ангельского вида, Гренадский, и тоже сильно пьяный. И Андрей Михалыч потребовал от Нинель Марковны, чтобы она уложила их обоих спать в своей комнате, прямо на своём диване, под своё единственное одеяло. "Пойми, Нинель, ты должна понять", — просил он. Тем временем Анна Петровна подслушивала их разговор из коридора, а я следила за Анной Петровной, только чтобы быть уверенной, что она не вытворит ничего дурного. Однако это всё уже попахивало скандалом. А юный Гренадский только краснел и извинялся».

«Ну, что поделаешь, Галя, такова жизнь. У всех свои недостатки».

«Вот, возьмите, пожалуйста, это фотография вашей бабушки в Париже. Она сделала этот снимок в фотоателье "Труа парапви"[9]. Не знаю, как это правильно произносится».

И это была она, та самая девушка в красном берете, мисс X, *la fille de la revolution*[10], женщина новой формации, с длинной шеей, широкими плечами и ясными серыми глазами. Девушка, которая вызывала такой трепет у той мучимой постоянной бессонницей будущей учёной эмигрантки. Той самой, которая была убита незадолго до начала войны.

Из архива Бориса Крестовского

Париж 12/6

Дорогой Борис Владимирович,
я хочу попросить у вас прощения за то, что так спешно покинула аудиторию, не попрощавшись с вами и не одарив вас дружеской улыбкой — тем самым «мимолётным движением губ», как вы однажды изволили выразиться. Нет,

---

9   Три зонтика.
10   Дочь революции.

безусловно, я на вас не сержусь. Мне лишь немножко стыдно за своё поведение, только и всего. Вы знаете, эта товарищ Х, та ваша прилежная ученица, от которой у меня мороз по коже, она обнажает все мои недостатки. Она же само совершенство. Она красива (несмотря на берет), но, дорогой профессор, с каких это пор марксистская теория языка, основанная на классовом принципе, получила ваше одобрение? Ведь подразумевается, что великое евразийское пространство будет бесклассовым, разве не так? Ведь это общность, которая не определяет ваш социальный статус. Ведь так же? Как же тогда эти две теории могут между собой сочетаться?

Продолжаю на следующий день — я больше не сержусь. Дорогой Борис Владимирович, простите меня за те недобрые слова, которые я написала сгоряча. Хотя я и не подумаю их вычёркивать, ведь я не нахожу нужным переписывать свои письма. Уже прошла неделя с тех пор, как мы встречались в последний раз, но я неожиданно вспомнила ваш голос, который слышала той ночью. Вы так красочно описывали ваш загородный дом в России, сирень и казачьи песни. И моё северное воображение вдруг разыгралось от ваших южных пейзажей.

Прошлой ночью мне приснилось, что я приехала в Ленинград (должна заметить, что мне до сих пор трудно писать это странное название) по поддельному паспорту. Я профсоюзный деятель из Марселя, путешествую в составе делегации. Я гуляла по Неве, Фонтанке и каналам с их маленькими цепными мостиками и скульптурами фантастических существ с позолоченными крыльями. Скульптуры были такие же, какими я их видела раньше, только более запылённые и потёртые, а золото на крыльях потрескалось. А потом я заметила что-то необычное. Я обратила внимание, что немногие прохожие, которых я встречаю на улице, постоянно меня толкают, наступают мне на ноги, пихают меня локтями, кашляют и плюются в мою сторону, что-то говорят мне прямо в лицо. Они меня не видят. Я для них невидимка. И я гуляю по городу, как привидение, со своим обновлённым паспортом.

Прошу простить меня за эти несвоевременные признания. Ваша Н. Б.

* * *

Нине Белской

Нино́чка, дружочек мой, ты совершенно несправедлива к Нинель Марковне Бельской (Бланк). Ты же знаешь её настоящее имя! Так зачем же ты продолжаешь играть в эти прятки? «Товарищ X» — какое это недоброе прозвище! Это поведение противоречит сути твоей любящей, хоть и слегка измученной души. Я познакомлю её с тобой в ближайшее время. Мне кажется, что у вас есть что-то общее. Я даже в этом просто уверен, но сейчас я не могу точно определить, что именно. У мне сейчас нет возможности писать тебе длинные письма, такие, какие бы мне хотелось. Я полностью согласен с тем, что марксистская и евразийская языковые концепции совершенно несовместимы. Я всегда придерживался мнения, и, несомненно, сохранил его до сих пор, что язык — это явление корневое, а не классовое. Утопические взгляды, надежды на будущее и радость восприятия нового мира — все это нас объединяет. В следующий раз я постараюсь объясниться более убедительно. И на тебя я тоже очень надеюсь.

Твой прощающий и уповающий на прощение Борис Владимирович.

P. S. Кстати, не оставил ли я свой зонтик в твоём уютном домике? Должно быть, в комнате маленькой Натали или, позвольте спросить, наверху chez toi[11]? Мне нужно непременно его забрать, особенно если будет и дальше лить, как льёт сегодня весь день. Меня снова мучает кашель, и, кажется, у меня закончился мёд. Ох, Нинуша, как же я устал от этой эмигрантской чепухи, которую мы нынче называем жизнью.

---

[11] У тебя.

Глава двадцать четвёртая,

в которой моя замечательная бабушка
в последний раз гуляет по Парижу

Она гуляет по Парижу в своей любимой белой рубашке с рас-
стёгнутым воротом. Это яркий, безоблачный майский день.
Ей чуть больше двадцати, и она с интересом относится к жизни.
Почему же тогда мне так сложно представить, о чём она думает?
Нет, её Париж — это не мой Париж. Она не тратит время на
чтение открыток, написанных другими людьми, или на блуждание
по лабиринтам Марэ[1]. Ей нравится Триумфальная арка. Она
гуляет по бульварам, надкусывая антоновку. И да, она её помыла.
(Она никогда не забывает о важных вещах.) Она шагает уверен-
ными шагами и безусловно убеждена в том, что каждый шаг,
который она делает, имеет смысл. У неё широкие плечи прекрасной пловчихи, спину она держит абсолютно прямо и при этом
совершенно непринуждённо. Я ей даже в чём-то завидую. Например, мне бы хотелось унаследовать её походку. Моя же выдаёт
мою внутреннюю неуверенность и некоторую подозрительность.
Я всегда прихожу на встречи и мероприятия либо слишком рано,
либо слишком поздно, и у меня никогда не получается прийти
вовремя. Она же абсолютно пунктуальна. Она не торопит события, она их предвосхищает вполне осознанно. Походка её легка
и уравновешенна. Погода стоит великолепная. Видимость отличная, и я могу за ней наблюдать совершенно отчётливо. Она не
имеет ничего общего с той усталой пожилой женщиной из ком-

---

[1] Марэ (*фр.* букв. «болото») — исторический район Парижа на правом берегу
Сены, известный еврейским кварталом и гей-деревней.

мунальной квартиры, которая ругается с соседями из-за эстонской туалетной бумаги.

Я смотрю, как она пересекает Елисейские поля и направляется к Луксорскому обелиску[2], и она напоминает мне о Грете Гарбо. Я осознаю, что Грета Гарбо в течение всего фильма переигрывала. Помните, как она вышла из поезда и настояла на том, чтобы самой нести свой багаж? Там она уж чересчур строга, её блузка застёгнута наглухо, а мышцы её сурового, неулыбчивого лица напряжены почти до боли. «Не делайте проблему из того, что я женщина», — произносит она с ярко выраженным акцентом. А в конце картины она становится слишком мягкой, уж слишком болтливой и сентиментальной, слишком часто примеряет шляпки различных фасонов, постоянно пребывает в состоянии влюблённости и слишком много смеётся. Нинель Марковна не напрягает мышцы своего лица. Конечно, она может и улыбнуться. Её улыбка не была фотогеничной и была не создана для рекламы мятных конфет для свежести дыхания. Но она не была и улыбкой формальной вежливости, которая сопровождает дежурную фразу «приятного дня» при встрече с незнакомцем. Она улыбается, потому что радуется солнечному свету и имеет уверенность в завтрашнем дне. Она смотрит на жизнь прямо, не используя кавычки. А ведь у каждого в жизни наступает момент, когда не получается сказать что-то прямо и приходится прибегать к помощи своих указательных пальцев и рисовать ими в воздухе виртуальные кавычки. Она везде чувствует себя как дома. Поэтому ей так легко удаётся планировать масштабный домашний ремонт, начиная с самого фундамента.

Думала ли она когда-то о чём-нибудь легкомысленном? Да, но не всерьез. Иногда она заглядывает в витрину магазина и ловит своё отражение на стенде с модными шляпками и чулками. Они ей нравятся, но она знает, что может обойтись и без них. Счастливый ли она человек? Трудно сказать. Дело в том, что она верит

---

[2] Древнеегипетский обелиск, стоящий в центре парижской площади Согласия. В начале 1830-х годов был подарен правительству Франции египетским вице-королём Мухаммедом Али.

в счастье и справедливость для всех. «Люди здесь слишком со-средоточены на себе. Поэтому они и несчастливы. Ведь сколько времени вы способны провести наедине с собой? Их больше заботит уход за своими собачками, чем судьбы всего человечества!» Она выходит на берег Сены и смотрит на Эйфелеву башню.

«Как странно, что этот памятник техническому прогрессу оказался таким бесполезным. Для чего нужна эта башня? У неё нет ни центра, ни стержня. Вы только можете смотреть через неё, как через кружевную занавеску. Пустое изящество — это так по-парижски. Возможно, что в Советском Союзе вы не встретите такого украшательства, но вам точно не попадётся на глаза такая бессодержательность». Я гляжу вместе с ней на Эйфелеву башню и украдкой вспоминаю ту старую карусель и скачущих вверх и вниз деревянных лошадок.

Смотрите! Не дайте ей ускользнуть. Вон она кому-то кивает, спокойно, без лишних церемоний и дурацких вопросов «как дела». Это какой-то её товарищ, но не возлюбленный. Затем следует осторожное рукопожатие, а потом они продолжают прогулку уже бок о бок. Я знала с самого начала, что она не могла гулять по городу без определённой цели в поисках приключений и случайных знакомств. Это для неё не характерно. Вся её жизнь представляет собой большое приключение, цель которого — спасти человечество от самого себя. Нинель и незнакомец по ходу движения не ускоряют шаг и не меняют дистанцию между собой. Они тихо что-то обсуждают. Она пытается его в чём-то убедить, прибегая к энергичной жестикуляции. Но он продолжает колебаться: «Но с другой стороны, а что, если?..» — «Либо всё, либо ничего», — резко обрывает она. Это единственная фраза, которую мне удалось уловить. Она убеждает его своим решительным и непоколебимым языком жестов, буквально всей своей сущностью. Либо прими, как есть, либо откажись. Если ты откажешься, то ты останешься предоставленным самому себе. Вокруг тебя огромный пугающий мир, от которого мы не сумеем тебя защитить. Мы не всемогущи.

Я слегка отстаю от неё, когда она и её компаньон неожиданно сворачивают за угол. Я следую за ней беззвучно, словно тень.

Раз-два, раз-два. У меня никогда не получалось идти в ногу. У меня не получалось правильно маршировать во время строевой подготовки в пионерлагере. Раз-два, раз-два. Мне нужно следовать ритму её шагов и частоте дыхания. Раз-два, раз-два. Иди, не думая о том, как идёшь. Дыши, не думая, как дышишь. Я не хочу, чтобы она меня заметила, чтобы она оглянулась. Та весна в Париже была её самым счастливым временем. Тогда она смотрела вперёд и только вперёд. Тогда она чувствовала себя как на передовой. И это было до того, как её вынудили посмотреть назад. Раз-два, раз-два, не пытайся себя обогнать. Твоё время ещё придёт. Раз-два, раз-два.

«О чёрт!» Я спотыкаюсь о крупный булыжник, лежащий на асфальте, и ругаюсь по-английски. «Нет, ничего страшного. Не надо мне помогать. Со мною всё в порядке. Это всё мои туфли. Всё дело в них. У них очень плохая подошва». Где же я теперь? Должно быть, я замечталась о том, чтобы *снова* поехать в Париж. Но смеющиеся маскароны на знакомых потрескавшихся фасадах больше не позволят мне вводить саму себя в заблуждение. Я снова стою под ленинградским дождём. Ведь я вернулась домой.

Глава двадцать пятая,

в которой я приглашаю вас вместе со мной проехаться на трамвае до дома, в котором я раньше жила, вот только наш тридцатый трамвай за нами так и не пришёл

«Дождь идёт». Это чисто русское выражение. В Ленинграде вы всегда чувствуете, что дождь идёт за вами и следит за вашим отражением в лужах. Это не тот дразнящий парижский ливень, который начинается и заканчивается, когда ему вздумается. Это вечная ленинградская изморось. Она никогда не оставит тебя одного. Народ выстреливает своими автоматическими зонтиками, раскрывающимися со смиренной покорностью. Что, опять дождь? Еще что-нибудь новенькое?

Я иду в потоке людей. Идёт дождь, ну и что? Жалобы на погоду — это буржуазная роскошь! Я смотрю с моста вниз на тёмную рябь реки, которая пожирает танцующие капли дождя. Я выглядываю из-под своего зонта, чтобы убедиться, всё ли идёт как прежде и похожа ли я на свою, местную. Но никто не обращает на меня никакого внимания. По залитым дождём улицам люди спешат с работы домой. У каждого свои проблемы. Мои эмигрантские заботы не имеют к ним никакого отношения. Это всего лишь ещё один будний день. Обыденная жизнь в чьём-то родном городе — это то, что кажется нам самым странным. Когда-то она подчиняла тебя своим ритмам ежедневных обязанностей и вынужденных компромиссов, теперь же с тем же вопиющим равнодушием она выталкивает тебя.

Названия многих улиц изменились. Кировский проспект — теперь Каменноостровский, улица Куйбышева стала Большой Дворянской, хотя дворяне на ней больше не живут, а живут в основном обедневшие пенсионеры, советские служащие и процветавшие в прошлом дантисты. Я не смотрю на дорожные указатели. Мои ноги сами помнят дорогу. Старая надпись на обшарпанной стене (Коля + Оля = любовь), жалобное мяуканье бездомных кошек в переулках и запах сырости и рыбьего жира говорят, что вы на правильном пути. Существует определённая память тела, которая возвращает вас обратно в родной город. Вы помните темп своей ходьбы, не слишком быстрый и не слишком медленный. При этом вы всегда немного опаздываете, но совершенно уверены, что вас ждут и дождутся. Вы не слишком размахиваете руками (это не «силовая ходьба», и ваши мышцы могут теперь расслабиться). Вы знаете правильное расстояние, которое нужно держать между собой и другими прохожими. Вы возвращаетесь к более спокойному темпу жизни безо всяких там дневников деловых встреч, когда вы можете себе позволить долго беседовать ни о чём, обмениваться туманными замечаниями с двойным смыслом, понимать или не понимать друг друга с полуслова. «Она что-то сказала? Нет. Что тут скажешь? Он? Конечно, нет. Он сел и закурил. Его любовница знала. В то время она была на даче и готовила грибной суп. Я так понимаю, им нужны были деньги, но точно не знаю. А всё могло обстоять ещё хуже».

Я пытаюсь вернуть себе тот ритм жизни моего родного города, который должен был определять мои собственные внутренние ритмы. Но я чувствую, что я делаю это как-то неверно. В автобусе люди стоят ко мне слишком близко: мужчины дышат мне в лицо своею усталостью, а женщины смотрят на меня с подозрением и о чём-то шепчутся между собой. Всё дело в том, что я занимаю слишком много места. Я никуда не облокачиваюсь. И на лице у меня иностранная улыбка.

Голоса подруг моей бабушки преследуют меня под дождём. «Она пробыла в лагерях десять лет, но могло быть и хуже... Она вся поседела, но сохранила форму... Тот человек с якорем на руке просто выполнял приказы. А вот другой, тот, что с золотым зубом, был просто сволочью... Она хихикала и краснела от стыда, и это женщине семьдесят пять лет, как будто ей было снова двадцать три. О, и не забудьте про огуречную кожуру и холодный душ напоследок». Есть что-то очень сокровенное и в тембре русских голосов, и во всех этих уменьшительно-ласкательных суффиксах. «А потом он принёс ей виноград без косточек, который называется "дамские пальчики" — "мамские пальчики"».

Прошло уже где-то пятнадцать лет с тех пор, как я последний раз слышала это слово — «дамские пальчики». Они пахли тем сладким с лёгкой горчинкой знаменитым парфюмом «Красная Москва», который ученики моей бабушки приносили ей в подарок на Международный женский день 8 марта. В тот день я пропустила школу из-за простуды и небольшой температуры. Моя бабушка пришла меня навестить и принесла тот самый виноград без косточек, который так трудно было тогда достать. Она была в каком-то особенном настроении. Нет, она не читала мне рассказы Джанни Родари про капиталиста-эксплуататора синьора Помидора. Я тогда уже из них выросла. Она рассказала мне о своей жизни в лагере, возможно не о такой, какой она была на самом деле, а лишь о том, что ей хотелось помнить. Она рассказала мне, как она сидела в одной камере со стукачкой, которая пыталась её спровоцировать, но бабушка, в свою очередь, попыталась притвориться очень глупой и наивной. А потом, когда эта уловка не помогла, она сказала, что у неё сел голос, и хотите верьте, хотите нет, провокаторша приказала кому-то принести для бабушки горячее молоко. Вот вам и добрые поступки чужих людей! Потом она всё рассказывала мне о том, как ей повезло оказаться в одном бараке со знаменитой актрисой Каневской, которая декламировала чеховские монологи о вишнёвом саде. Все смеялись и плакали. Я помню живое лицо моей бабушки с очень редкими морщинами и её короткие седые волосы, но я не могу точно вспомнить все подробности этой истории. Лучше бы я тогда записала её в свой дневник, вместо того чтобы переводить бумагу на бесконечные рефлексии о бессмысленности моего юношеского бытия, впечатления от «Преступления и наказания» и описание отчаяния оттого, что С. опять не позвонил. Но вы не можете вернуться в прошлое и исправить там свои ошибки.

Я вспоминаю те советские открытки с десятью шаблонными видами нашего города. Это Петропавловская крепость, Зимний дворец, памятник Ленину у Финляндского вокзала, Медный всадник, Летний сад, памятник Ленину на Московском проспекте, Пискарёвское мемориальное кладбище, памятник Пушкину напротив Русского музея и, наконец, крейсер «Аврора». На тех открытках практически не было людей. Официальным советским фотографам нравилась классическая красота бывшей столицы Российской империи, и им не хотелось портить её видом нефотогеничных советских людей в нелепых шапках с полупустыми авоськами в руках. Даже своенравная ленинградская погода была каким-то образом приручена на этих открытках. Облака обладали правильными классическими формами, которые отлично смотрелись на серо-голубой гэдээровской цветной фотоплёнке. Теперь эти открытки с видами Ленинграда не так-то просто достать. Их все скупили новые предприниматели, чтобы затем продать иностранцам за доллары прямо на улице. На новых открытках мы видим всё те же извечные классические облака, однако вместо памятника Ленину и крейсера «Аврора» на них изображены церкви и памятники монархам.

Но когда я удаляюсь от центра города, от этих императорских дворцов и памятников, от станций метро, окружённых бесконечными рядами ларьков, в пыльных парках, под тенью старинных дубов, я нахожу замки из песка, которые построили дети своими руками. Старушки в Летнем саду по-прежнему вяжут, сидя на скамейках рядом с перешёптывающимися влюблёнными. А статуя Юность, вокруг которой маленькая Нина Белская играла в прятки, она всё ещё здесь? И колкая трава осока, она по-прежнему растёт там, на окраинах парков? Кто эта немолодая женщина с подтёкшей тушью на лице, что бродит по аллеям сада? Что-то, но вы сами точно не знаете что, подсказывает вам, что она нездешняя. Она пытается кормить чёрного лебедя в пруду. «Даже не пытайтесь, — говорит ей крепкая старушка, — вам нужно достать мякиш правильного хлеба. Это очень избалованный лебедь. И он не будет есть какой попало хлеб». Какое-то время мы идём с ней вместе по улице. Она ловит своё отражение в витрине старого советского магазина «Политическая книга» прямо около всем хорошо знакомого портрета обросшего густой бородой Карла Маркса. «Я выгляжу безнадёжно чужой, иностранкой», — говорит она, улыбаясь.

Мы переходим мост и скрываемся в лабиринте сумеречных ленинградских дворов, с нештукатуренными ещё с тридцатых годов стенами, где дети едят батончики «Сникерс» и играют на асфальте в старые добрые «классики». Там мы с ней и распрощались. Ей нужно было успеть на самолёт «обратно домой». Я продолжаю гулять по дворам, преследуемая знакомым застойным запахом, который никогда не оставляет этот город, построенный на человеческих костях и топких болотах. Местный алкаш дядя Петя помочился на кучу мусора в углу тёмного двора, а теперь собака дворника играет там со своим разноцветным мячом. Она узнаёт вас, эта собака. Внешне вы изменились, но ваш запах ей давно знаком. Ох уж этот неистребимый сладкий запах моего детства!

Я решаю навестить дом, в котором я когда-то жила. Раньше тут ходил тихий трамвай номер 30, от цирка на Фонтанке на Петроградскую сторону. Я простояла на остановке битых двадцать минут. Похоже, что я была единственной пассажиркой, ожидавшей трамвая. Наконец, это меня насторожило. «Простите, а "тридцатка" здесь останавливается? — спрашиваю я у случайной прохожей. — На остановке написано...»

«Доченька, какой там трамвай, теперь трамваи вообще не ходят, — вздыхает она, — ходил тут тридцатый трамвай, но я его уже три года, как не видела. А я тут бываю почти каждый день, ты уж поверь мне. Сама я работаю в цирке, в гардеробе. Теперь и люди-то не очень стали цирк посещать. И наших бедных животных теперь нормально не кормят. А у нас и собаки есть дрессированные, и даже тигр. Новые власти — вот кто настоящие звери. Им невдомёк, что цирк — это наше национальное достояние».

И вот я возвращаюсь обратно на Невский проспект, где на месте моего любимого старого книжного магазина теперь продаются джинсы и спортивные костюмы «Адидас». Захудалое кафе-мороженое, где мы подростками покупали у фарцовщиков из-под полы финские жвачки, теперь превратилось в парфюмерный бутик «Ланком». Я направляюсь к Дворцу пионеров и перехожу через Аничков мост. Он напоминает мне Йенский мост в Париже, что стоит неподалеку от Эйфелевой башни. И вдруг я вижу слово, написанное большими малиновыми буквами, которые развеваются на ветру недалеко от меня: NOSTALGIE.

Нет, этого не может быть. Наверное, мне просто показалось. Это все от дождя и тумана. И у меня запотели очки. Я протираю свои очки, однако призрак НОСТАЛЬГИИ никуда не делся. Он всё ещё здесь. Надпись по-французски, латиницей: «nostalgie». Я хочу запечатлеть этот поразительный мираж и достаю из сумки фотоаппарат «Полароид».

«Прошу прощения, — останавливает меня дама средних лет, — вам лучше снимать не отсюда, это неверный ракурс. Вот этот всадник на мосту — наш знаменитый шедевр».

«Спасибо», — говорю я и продолжаю настраивать свой фотоаппарат.

«Послушайте меня, доченька, — продолжает настаивать дама, — это не тот вид. Если вы хотите взять в кадр Дворец пионеров, то вам нужно повернуться лицом на север!»

«С ней что-то случилось?» — быстро подключается другой прохожий.

«Вам не кажется, что ей нужно повернуться на север, чтобы Дворец пионеров было лучше виден?»

«Да. Безусловно».

«А то она только плёнку переводит!»

«Доченька, откуда вы?»

«Она иностранка?»

«Нет, нет».

Я нажимаю на кнопку. Надпись «НОСТАЛЬГИЯ» постепенно проявляется на тёмной бумаге «Полароида». И потом я разглядываю небольшую надпись на уже готовой фотографии: «Ностальжи. Радио "Европа Плюс". Наслаждайтесь!»

Из моей электронной почты

Кому: Miklos@bank.inter.net

Миклош,

я сбегаю из родного города в виртуальное пространство. Приятно знать, что из него есть такой выход. Здесь все говорят, что я совсем не изменилась. «Такая же, как десять лет назад!» Эта мысль меня пугает. Иногда мне кажется, что это и есть моя настоящая жизнь. Я имею в виду жизнь здесь, в Ленинграде. А вот всё остальное: Нью-Йорк, Париж, ты, Нина Белская — это всего лишь моя фантазия. Какая-то виртуальная эмиграция... Нет, на самом деле всё наоборот. Напиши мне письмо по электронной почте. Я сержусь на тебя в реальной жизни, и ты это знаешь.

Т.

Кому: TStern@gsas.nyu.edu

Дорогая Т,

настоящим я подтверждаю твоё реальное существование в Нью-Йорке и Париже. Тебе ничего не почудилось, поверь мне, я тоже там был, я твой свидетель. И я протягиваю тебе свою руку. Ты её чувствуешь? Я снова и снова нажимаю на клавишу «RETURN», но всё, что у меня выходит, так это только увеличить расстояние между строчками.

Танюша, посмотри правде в глаза. Это Ленинград тебе приснился. Этого города больше нет. Он тебе мерещится. Это кошмар родом из твоего прошлого. Выход есть, и он не один. Ты вернешься, я обещаю. В наши дни поездки туда и обратно уже совершенно безопасны. Только не лети «Аэрофлотом». И не забудь пересмотреть свой эмоциональный багаж. Не позволяй им его перекладывать. Они не будут с ним аккуратны. Прежде всего, теперь уже совсем другое время. Они не конфисковали у тебя компьютер, и им нет дела до твоей крамольной переписки. Пока ещё нет. (Привет, ты тут? Привет! Ты сидишь в своём утреннем халате у голубого экрана? Или сейчас там поздний вечер и ты всё ещё одета в свою уличную куртку, ту, что с кучей молний? И ты так устала, что у тебя даже нету сил её снять? Надеюсь, ты никому не сообщила свой пароль?)

Твой Миклош, виноватый перед тобой в жизни реальной, но не в виртуальной.

Глава двадцать шестая,

в которой я хороню свою бабушку

Я больше никогда не увижу лицо своей бабушки, её закрытые глаза, чуть подрисованные брови, припудренное лицо. «В морге действительно очень постарались. Она смотрелась почти как живая, и лицо её было совсем без морщин. Можно сказать, она была даже красива, как будто в юности», — сказала Дина Григорьевна.

Я приехала слишком поздно. Моя бабушка просила, чтобы её кремировали. Она не была сентиментальной и была готова к смерти. Она не очень страдала перед смертью.

И вот сегодня день её похорон. Было решено хоронить её на еврейском кладбище на окраине города. Андрей Михалыч встретился со мной и моей тётей на трамвайной остановке. Он всё ещё держится молодцом. Он был одет в серый плащ с белым шарфом, который был ему очень к лицу. «Помнишь Андрея Михалыча? — спрашивает тётя. — Он как-то читал тебе сказку про русалочку с кровоточащими ногами, и ты долго плакала».

Я совершенно этого не помню. Андрей Михалыч смеется. Он обнимает меня от всей души, как будто я его родная внучка. Он целует меня трижды, «по-французски». «Ты так повзрослела, — говорит он. — Мне очень жаль, что нам пришлось снова увидеться по такому печальному поводу». Он не говорит, что я похожа на бабушку. И я знаю, что я не похожа. Я не унаследовала от неё ни широких плеч, ни силы характера.

«От бабушки тебе передалось чувство уверенности, — говорит он после некоторой паузы, — она всегда поступала так, как считала правильным». Я не стала с ним спорить. Сейчас это было бы неуместно. Но в душе я была с ним не согласна. Мои решения всегда противоречили бабушкиным. Я решилась на эмиграцию. Она же никогда не имела таких намерений. Когда я сказала ей, что уезжаю, она мне ответила, что никогда не представляла жизни вне Советского Союза.

«Твоя бабушка была исключительной женщиной. Я никогда не встречал никого похожего на неё. Я восхищался ей всю свою жизнь...»

«Она была сильной личностью», — говорит моя тётя.

«Она знала, что скоро умрёт. И под конец она пришла в согласие с самой собой. Она сказала, что мы не должны оставлять надежду на лучшее будущее. Но потом всю ночь она провела в каком-то возбуждении. Они могли дать ей немного эфира в качестве болеутоляющего. Выглядело так, будто она захмелела и впала в эйфорию. Я никогда её такой не видел. Ведь обычно она не пила. А тут она просто бредила. Она сказала: "Вокруг меня всё так сияет и сверкает. Я в Париже, Андре. (Она назвала меня моим французским именем Андре.) Я знала, что мы вернёмся. Только мы с тобой вдвоём. Здесь так прекрасно, кругом всё так живо. Ох, Андре, не хмурься и не грусти. Возможно, это и упадническая цивилизация, и да, французские официанты и таксисты — это настоящие хамы. Нет, не спорь со мной в этот раз. Сегодня я люблю их всех! Таксисты всех стран, соединяйтесь! Давай потанцуем, Андре, нет, нет, только не под эту ужасную песню: «Над страной весенний ветер веет. С каждым днём всё радостнее жить»... Нет, это не настоящая танцевальная музыка, это марш. Мне хочется другую: «Mais vouz pleurez, monsieur... La-la-la la vie en rose...»[1] Нет, нет, эта звучит слишком печально. А помнишь ту, которую играли в русском кабаре в Париже. «Сиреневый закат... Ты сбрасываешь шаль и распускаешь косы...» Давай же будем счастливы! Дай нам шанс! Расслабься, Андре, просто расслабься. Я так счастлива и так устала..." Она улыбнулась и заснула. А я сидел у её постели и плакал».

---

[1] Строчки из сингла Эдит Пиаф «Жизнь в розовом цвете» (1947), звучавшая в фильмах «Страх сцены», «Сабрина», «Касабланка — гнездо шпионов».

Тётя заплакала, и я тоже. Трамвай медленно полз по окраинам города.

«Простите, вы можете передать мелочь?»

«Два билета, пожалуйста».

«Спасибо».

Мне вспомнились эти ритуалы общественного транспорта, чувство общности незнакомых людей, стоящих бок о бок в переполненных трамваях. Чтобы забраться в трамвай, вам нужно пройти целый обряд посвящения, в нем участвуют локти, ноги и зонтик. Таким образом вы вносите свою лепту в борьбу за выживание. Но как только вы выигрываете в этой борьбе и залезаете в трамвай, вы становитесь вежливым по отношению к вашим товарищам, смотрите на них с одобрением и изо всех сил помогаете передать мелочь для покупки билетов. Нет, там дальше её ни в коем случае не прикарманят. Это просто неслыханно! Такой поступок потрясёт сами священные основы, на которых зиждется общественное доверие. Тут я обнаружила, что уже почти не осталось трамваев со старыми билетными аппаратами[2]. Деньги теперь обесценились, и мелкие монеты почти не в ходу. Большинство трамваев перешли на западный способ оплаты: вы засовываете билет в компостер и пробиваете на нём дырочки.

«Возьмите, пожалуйста. Два билета для мужчины слева».

«Девушка, спасибо».

«Как было бы хорошо для Нинель Марковны, если бы кто-то прочитал по ней кадиш[3]».

«Сколько я её помню, она всегда была ярой атеисткой. И она регулярно водила своих учеников в Музей научного атеизма. Она никогда не говорила на идише. Ну, разве что только одно выра-

---

[2] Кассово-билетные аппараты устанавливались в салонах общественного транспорта в 70–80-е годы. Пассажиры опускали монеты в аппарат, а затем вращали ручку, чтобы оторвать нужное количество билетов.

[3] Молитва в талмудическом иудаизме, прославляющая святость имени Бога и Его могущества и выражающая стремление к конечному избавлению и спасению. Кадиш Ятом, в частности, является элементом поминального обряда.

жение: dreinit kin kop — "не сверли мне голову", что бы это ни значило».

«О да, — улыбается Андрей Михалыч, — да, dreinit kin kop. В последние пять лет жизни она часто болтала со мной на идише. Ты знаешь, мы выросли вместе, в одном городе, в Черновцах. Для детства лучше места и не придумаешь. У детей еврейской буржуазии были няни-француженки. Большинство из них, правда, были румынками, но это никого не смущало. Мы изо всех сил стремились ассимилироваться и поэтому были большими интернационалистами. Мы всё время мечтали сбежать из нашего маленького и тесного мирка и перебраться в настоящий двадцатый век. И у всех эта мечта сбылась, у кого-то более, у кого-то менее успешно. Нельзя сказать, чтобы нам совсем уж не везло, но везло нам всё-таки не так уж и сильно, как нам тогда казалось».

«Бабушка сейчас сказала бы мне, что с возрастом вы, Андрей Михалыч, стали очень суеверным. И она бы, покачав головой, добавила: "Вы только на него посмотрите!"» Тётя попыталась на это улыбнуться.

Вот и конечная остановка — еврейское кладбище. А вот надпись на иврите, которую я не могу прочитать. Кладбищенские ворота совсем проржавели. И в ограде уже не хватает некоторых прутьев. Одно из деревьев проросло прямо в стену старой синагоги[4], построенной в мавританском стиле. Двое кладбищенских рабочих перекусывают, усевшись прямо на её полуразрушенном крыльце. У них в рационе ржаной хлеб, солёные огурцы и пепси-кола. Они живо обсуждают поражение местной футбольной команды «Зенит». «Он, придурок, попытался отбить мяч головой и опять пропустил гол».

Наконец, появляется старик с грустными миндальными глазами. Он пришёл встретить нас у входа на кладбище и кричит охраннику: «Бланки приехали!» На самом деле, мы Штерны. А девичья фамилия моей бабушки уже давно забыта. Но для старого кантора мы всё ещё Бланки, родственники тех самых

---

[4] Речь идёт о Молитвенном доме омовения и отпевания усопших, построенном на Еврейском кладбище Санкт-Петербурга в 1912 году.

покойных Бланков, лежащих там, на кладбище истории русских евреев. Узкие кладбищенские дорожки покрыты мхом. Здесь почти нет посетителей, только какая-то старушка в платочке в горошек присела на корточки между могил и убирает сорняки.

«За могилами уже никто не ухаживает, — сетует старый кантор, — вообще никто. Я даже не знаю, как люди собираются искать своих родственников, когда я умру. Они сюда приедут и тут же потеряются. Большинство дорожек здесь не имеет ни названий, ни каких-то обозначений. Конечно, есть книги, старинные книги, в которых всё когда-то было записано. Но никто не следит за этими книгами, совершенно никто. Они все тут у нас совсем отсырели и развалились. А буквы, написанные чёрными чернилами, стали уже совсем неразборчивы. И что я могу поделать? Чем я могу помочь? Я уже очень стар».

Я замечаю, что многие надгробия замазаны цементом. Они похожи на глаза слепца. На них не видно ни имён, ни знаков, ни дат рождения или смерти, ни каких-либо изображений.

«Это могилы эмигрантов, — говорит кантор, — вернее, их родственников. Когда в семидесятые годы семьи уезжали, могилы их родственников нередко оскверняли. Хулиганы рисовали на них свастики и всякие ужасные и глупые вещи. Поэтому, когда вся семья готовилась к отъезду в Израиль, в Америку или в Канаду и когда не оставалось никого, кто бы мог смотреть за могилой, они просто замазывали её цементом. Да, вы не сможете прочесть, кто здесь похоронен. Но знаете, для мёртвых это неважно. По крайней мере, таким образом память их не будет осквернена. Поначалу я боялся этих цементных надгробий. Они смотрели на меня подобно глазам слепого. Но теперь я уже к ним привык. Может, так оно и лучше. Такова жизнь, вы же знаете, такова жизнь».

На краю кладбища собралась небольшая группа друзей, родственников и учеников моей бабушки. «Запомните, где она похоронена, — говорит кантор, — пожалуйста, запишите это прямо сейчас, до того, как я начну читать кадиш. Я хочу, чтобы вы записали место, где мы её похороним. Говорят, что она была хорошей женщиной, сильной женщиной. Очень повезло, что мы нашли для неё место здесь, на этом кладбище. Здесь уже почти не осталось земли под могилы, но мы отыскали одно последнее местечко для Бланков».

«Спасибо вам, Абрам Абрамыч, огромное вам спасибо. Благодарим вас за всё. Мы никогда вас не забудем».

Я оглядываюсь на тесноту могил. Даже после смерти эти люди страдают от недостатка места. Еврейские имена, русифицированные, ополяченные, онемеченные, проплывают перед моими глазами. И я больше не могу ничего разглядеть. И вот читают кадиш по моей бабушке на языке, который мне совсем не понятен.

Глава двадцать седьмая,

которая предлагает вашему вниманию
«семь слоников счастья»

Моя бабушка предпочитала путешествовать налегке. Она всё время хвасталась, что может собраться за сорок пять минут и одеться за три минуты, «прямо как в армии». Теперь же настала моя очередь паковать те её немногие личные вещи, которые никто не забрал после её смерти. В небольшом семейном фотоальбоме фотография моей мамы, когда она была ещё октябрёнком, и моя фотография в мятом пионерском галстуке, портретная фотография моего дедушки Гриши в военной форме и фотография Андрея Михайловича в белом костюме, где он похож на лондонского денди. И ещё фотография с ялтинского побережья, сделанная в шестидесятые годы, это примерно тогда, когда родилась я. На том галечном пляже, забитом советскими отпускниками, приехавшими по путёвке, нет ни одного знакомого мне лица. Нет ни одного свидетеля, который смог бы объяснить мне, кто тут кто. «Твоей бабушке нравилась Ялта». Это всё, что Андрей Михалыч мог сказать по этому поводу. Голенькая девочка лет пяти с короткими тёмными волосами сидит на корточках на мокром песке, приставив к уху морскую раковину. Должно быть, ей сказали, как говорили тогда нам всем, что таким образом она сможет послушать шум волн. Несколько девушек в купальниках в горошек лежат, закрыв глаза и прикрыв свои носы специальными пластмассовыми чехлами. Рядом — группа загорелых мужиков средних лет. На голове у них треуголки из газеты «Правда». Они играют в карты и пьют «Жигулёвское». Кто эти люди? Откуда они приехали? Где же они теперь? Почему моя бабушка хранила это случайное фото? Это просто память о месте или на этом фото есть кто-то, кому она была близка и о ком не знает никто из ныне живущих?

Эта фотография отдаёт каким-то матовым безразличием. Как если бы объектив фотоаппарата расфокусировался, а фотограф на секунду на что-то отвлёкся, позволив своему герою или героине ускользнуть из кадра. Это один из тех редких снимков, где каждый из объектов съёмки является лишь частью заднего плана, не выбиваясь из фотографической анонимности.

Я нашла утешение в десятках знакомых классных фотографий с моей бабушкой, всегда стоящей в центре. Требовательная, но добрая учительница, окружённая восхищёнными учениками. Также есть отдельные фотографии учеников, её любимчиков — Инночка на коньках, Наташенька, исполняющая танец маленьких лебедей, Галя, решающая сложную математическую задачу, Алик и Алёша произносят диалог по-французски. На обратной стороне фотоснимков я вижу выражения искренней признательности, правда с некоторыми грамматическими ошибками: «Дорогая Нинель Марковна! Вы наша любимая учительница. Мы никогда вас не забудем». «Дорогой Нинель Марковне от благодарных учеников». Я ловлю себя на мысли, что у неё гораздо больше фотографий с учениками, чем со мной. Я никогда ей ничего не писала на открытках, но всё-таки отправляла их время от времени. Я натыкаюсь на последнюю фотографию моей бабушки, которая раньше висела на доске почёта в школьном коридоре. Тут она сделала новую причёску в стиле тридцатых годов. На этой фотографии она почти улыбается, выглядит безмятежной и пребывающей в гармонии с внешним миром. А вот отдельная страница из газеты «Комсомольская правда» конца пятидесятых годов с фотографиями Ива Монтана[1] и Симоны Синьоре[2].

---

[1] Ив Монтан (1921–1991) — французский певец-шансонье и актёр, придерживавшийся левых взглядов. Несмотря на политический кризис в Венгрии в 1956 году, он не отменил свои гастроли в СССР, за что подвергся резкой критике французской общественности.

[2] Симона Синьоре (1921–1985) — французская актриса кино и театра, обладательница премии «Оскар», с 1950 года и до конца жизни супруга Ива Монтана.

Заголовок статьи звучит следующим образом: «Московская молодёжь приветствует делегацию французских коммунистов». Ив Монтан улыбается в камеру, а Симона Синьоре смотрит в сторону, как будто пытается скрыть в своих кошачьих глазах осуждение происходящего. На дворе 1956 год. На той же странице опубликована статья о событиях в Венгрии. «Советское правительство помогло предотвратить антикоммунистический заговор», и фотография Будапешта с горящими зданиями на заднем плане. Не получается разглядеть, что там происходит на самом деле. (Что думала моя бабушка о событиях в Венгрии в 1956-м? Она их поддерживала или осуждала? Или она сделала эту вырезку только из-за фотографии Симоны Синьоре?) Старая пересохшая газетная бумага очень хрупкая и начинает крошиться при прикосновении.

Моя бабушка не хранила писем. Она взяла обычай их сжигать, включая даже те, которые никоим образом никого не компрометировали. Она хранила только открытки. Должно быть, ей нравились эти матовые оттенки. В ящике письменного стола она держала целую стопку школьных тетрадей. Нет, это не были ни её дневниковые записи, ни наброски для будущего романа. Моя бабушка была достаточно разумна, чтобы не заниматься такими вещами. Она полагала, что ей больше нечего добавить к уже написанному. На это и так уже было положено достаточно сил. Она считала, что лучше запомнить некоторые выдающиеся мысли, высказанные другими, чем лезть со своими собственными заурядными наблюдениями. Итак, это были её тетради для заметок, куда она записывала свои любимые стихи. Для записей она использовала школьные тетради с таблицей умножения на задней обложке. Стихи она переписывала очень аккуратно, образцовым каллиграфическим почерком школьной учительницы. Копируя их в тетради, она словно создавала их заново. Но фактически она добавляла туда только дату. Это была не дата создания стихотворения, а день, когда стихотворение было переписано в тетрадь.

Последнее, что я нашла среди пыльных тетрадей, фотографий и скрепок, были семь маленьких слоников, вырезанных из слоновой кости. Я очень рада, что они нашлись, я думала, что их выбросили в мусорку. Никто точно не знает, откуда они взялись, но они стояли у моей бабушки всё время, сколько мы её помним. Один дальний родственник предположил, что эти слоники были каким-то памятным подарком со времён советско-индийской дружбы, и припомнил, что тогда они продавались вместе с китайскими чайниками в универмаге ДЛТ (Дом ленинградской торговли). Моя мама считает, что бабушка купила их в Ялте у крымских татар или караимов, которые, по слухам, считаются последними потомками хазар. Соседка Галя определённо настаивает на том, что это вещь иностранная. Они, должно быть, подарены тем самым графом-романтиком, который так похож на Жерара Филипа. После революции он потерял своё состояние. Его бриллианты оказались не вечны. А этот подарок он сделал от души.

Не так важно, как эти слоники тут оказались, но они всегда стояли в ряд у неё на письменном столе. Самый большой слон с висящим хоботом возглавлял процессию,. Говорят, что семь слонов являются символом счастья. Безусловно, моя бабушка не была суеверной. Более того, она не любила безделушки и нередко высмеивала мелкобуржуазный домашний хлам. Но эти слоники были особенными. Она ежедневно протирала их мокрой тряпкой. Бабушка к ним очень привязалась. Они служили ей талисманом и были памятной вещью. В конце концов, может, они действительно принесли ей счастье. Просто она не успела этим с нами поделиться.

Глава двадцать восьмая,

*в которой мы развеем нашу печаль и грусть
и узнаем, чем же Нинель Марковна занималась
в Париже на самом деле*

«Не надо больше грустить, моя дорогая, не стоит думать о плохом. Ваша бабушка была очень сильной женщиной. Некоторые считали её даже чересчур суровой, но только не я. В ней была, несмотря на всю внешнюю строгость, и мягкость, и ласка. Когда как-то раз она взглянула на меня своими бездонными глазами, это было в тот день, когда мы встретились с ней в Париже, и вдруг сказала: "Андре, ты тратишь свою жизнь впустую. Как долго ты ещё будешь обманывать сам себя". Я знал, что она права. И сделал так, как она меня наставляла. Я приехал в Советский Союз».

«В каком это было году?»

«В 1939-м. Сразу после оккупации Польши. Мы полагали, что Россия окажется для нас тихой пристанью. Кроме того, нам очень хотелось служить революции, мягко говоря. Можно даже сказать, что она меня завербовала, да и не меня одного. Ведь она обладала такой невероятной силой убеждения. Предупреждала ли она меня о партийных чистках? Нет, конечно же нет. Она их категорически отрицала. "Это клевета, Андре, поверь мне, — сказала она. — Конечно, могли быть допущены определённые ошибки, но и ты, и я, мы оба прекрасно понимаем, что нельзя приготовить омлет, не разбив яиц. А жизнь, она так коротка, так давай-ка лучше пожарим яйца своими руками". Она была непримирима к людям, ни в чём не уверенным или просто нерешительным: "С одной стороны так, с другой стороны эдак..." "Будешь долго размышлять — потеряешь способность действовать", — любила она повторять. Порой она была довольно несправедлива по отношению к другим и вполне могла нажить себе врагов. Всё было очень сложно. Когда-нибудь я расскажу тебе об этом. Как-нибудь в другой раз. Мы оба дорого заплатили за наше возвращение домой в Россию. Но я за это на неё зла не держу. Останься я в Париже, кто знает, меня могло бы и вообще не быть уже в живых, а может, я бы стал настоящим великим сценаристом. В то время жизнь была важнее, чем кино. Мы стремились влиться в ряды евразийцев и всякого рода левацких эмигрантов, чтобы заставить их работать на Советский Союз. Но в какой-то момент я вдруг заколебался. Я помню, как мы сидели в том переполненном народом парижском ресторане, вот запамятовал сейчас его название, "Chez[1] кого-то", и я выпил и на какое-то мгновение поймал это ощущение безмятежного счастья, а затем вдруг меня одолели сомнения: "Стоит ли мне всё это бросать и опять начинать новую жизнь?" Она сразу почувствовала это, стрельнула в меня своими чёрными зрачками, словно свинцовыми пулями из пистолета. "Вспомни, что мы обещали друг другу, когда нам было по одиннадцать, дома в Черновцах", — сказала она. Она ведь знала, что я об этом помню».

«Какой она была в детстве, там, в Черновцах? Она никогда не рассказывала нам о своём детстве».

«Она особо не изменилась. Я помню, как однажды она взяла меня с собой гулять, и мы ушли далеко, на самую окраину города. Мы забрались на крышу одного из заброшенных домов, откуда хорошо было наблюдать за лесом и окрестными деревушками. Одна из них была практически разрушена во время последнего еврейского погрома. Большинство из её жителей тогда ушли и больше не вернулись. "В мире столько несправедливости. Бедность, нищета, насилие, — сказала она, — а так быть не должно". Тут она сделала порез на указательном пальце, выдавила немножко крови и попросила меня сделать то же самое. Она макнула берёзовую палочку в нашу перемешанную кровь и под-

---

[1] Chez — у кого-то (*фр.*).

писала пакт о нашей дружбе. "Мы будем жить в лучшем мире. Давай, Андрей, поклянёмся друг другу в этом". Я думаю, что она вычитала это в каком-то французском романе, у Виктора Гюго или где-то ещё. Вот такими мы были книжными детьми.

Но однажды я увидел, что она плачет. Она бежала по высокой траве и плакала. "Что случилось?" — спрашиваю я. "Это было ужасно, Андрюша, просто ужасно", — сказала она, громко всхлипывая. "Так что же случилось?" — "Я наступила на кролика. На мёртвого кролика".

Вы знаете, она никогда не заводила речь про Черновцы. Словно она пыталась скрыть тот факт, что она не ленинградка. Но она действительно ощущала себя настоящей ленинградкой и всегда стремилась показать город своим гостям или туристам. "Сначала вам нужно сходить в Русский музей. Нет, одного дня для Русского музея и квартиры Пушкина вам не хватит". Такой она была патриоткой».

«Да, это чистая правда. В конце концов мы вообще забыли, что она родом из Черновцов, и часто спорили, какой город лучше: Москва или Ленинград. И вы можете легко догадаться, на чей она была стороне».

Мы сидим в подвальчике на Невском проспекте, на том самом месте, где прежде располагалось знаменитое кафе «Норд» с мраморными полами, которое впоследствии было переименовано в «Север». Там продаются лучшие в городе эклеры, пирожные «картошка» и шоколад «Мишка на севере». Теперь это частное заведение, которое вновь будет носить историческое название «Норд». Правда, вывеску еще не повесили. Среди посетителей несколько молодых людей мажорной наружности, группа иностранных студентов, которые угощают кофе с коньяком какого-то постаревшего русского интеллигента, пара парней мрачного вида в китайских спортивных костюмах марки «Адидас», сидящие за одним столом с крашеной блондинкой, и мы. Но самое главное, что кофе здесь хороший, и кассирша-буфетчица произносит фразу: «Спасибо, ждём вас снова» с неподдельной искренностью, но при этом как-то смущённо улыбаясь, словно она произносит текст, который не успела отрепетировать.

«Андрей Михалыч, вы любили ее?»

«Это было нечто большее. И не потому, что она была замужем. Это тогда не имело большого значения. Она была моим идеалом. Как бы вам лучше это объяснить? Человеческая природа вещь очень сложная. Мы не могли бы жить интимной жизнью. Знаете, Нинель Марковна всё это очень хорошо понимала. Она мне тоже очень помогла. В конце пятидесятых, во времена международного фестиваля молодёжи и студентов в Москве, я начал сотрудничать с режиссёром Григорием Александровым, который в своё время снял фильмы "Волга-Волга" и "Цирк". Вы же смотрели эти фильмы?»

«Да, конечно».

«А знали ли вы о том, что Александров ездил с Эйзенштейном в Америку? Впоследствии он любил хвастаться своим успехом в Голливуде. Александров говорил мне, что там он пил с одним знаменитым продюсером, "одним из главных", но имени его он не назвал. Он только подмигнул мне и сказал: "Ты знаешь, кого я имею в виду". Исходя из того, что я знаю, это мог быть сам Луис Майер! Якобы этот продюсер спросил у Александрова напрямую, не хочет ли тот эмигрировать в Америку. "К тому же большинство голливудских талантов приехали из Восточной Европы, причём в основном из Пинска и Черновцов". На что Александров гордо ответил, что никогда не покинет Советскую Россию. Продюсер налил ему ещё рюмку и добавил, что тогда он подождёт ещё неделю. И что он обязательно покажет Александрову знаменитые голливудские мюзиклы, чтобы узнать его мнение. Всё это, конечно, просто какие-то россказни. А ещё они запустили клеветнические слухи, что, мол, и Эйзенштейн, и Александров хотели остаться в Голливуде, но были приняты там с холодком. Впрочем, мы уже никогда не узнаем правду. Мы знаем лишь то, что Александров всё-таки вернулся в Советский Союз и создал жанр советской музыкальной комедии. Так что тот продюсер всё-таки не потратил времени даром, да и водки, похоже, тоже. Потом Александров разошёлся с Эйзенштейном. Он хотел развеселить советский народ, чтобы, как говорится, "с каждым днём всё радостнее жить". Он не собирался «догонять

Америку», он хотел её обогнать, создать что-то большее и лучшее, намного более народное, феерическое и музыкальное, чем что-либо созданное американцами до сих пор! Поэтому он создал мюзикл, посвящённый советской конституции, и к тому же изобразил в нём американскую певицу, эмигрирующую в Советский Союз. Ну ведь неплохо же?»

«Не тот ли это фильм, на который моя бабушка ходила в ночь перед своим арестом?»

«Да, именно тот. И он пришёлся ей не по вкусу. "Послушай, Андрей, — сказала она тогда, — наше время не подходит для комедии". Конечно же, я с ней не согласился. В пятидесятые она восхищалась Жаном Габеном, не спрашивай почему. Ей было достаточно увидеть краем глаза, как он идёт по улицам какого-нибудь провинциального городка в своём знаменитом сером плаще, как она тут же прилипала к экрану. По правде говоря, я не думаю, чтобы она особенно интересовалась моими фильмами».

«А я смотрела по телевизору ваши многосерийные фильмы по рассказам Чехова. Я тогда училась в седьмом классе, и у меня болело горло и была температура. У вас безупречное чувство композиции».

«А вы не смотрели фильм "Твоя милая коса" с песнями Валентина Качальского? Наверное, вы были тогда ещё слишком малы. Трое дочерей Качальского — Любочка, Ляля и Алёна — сыграли дочерей одного разорившегося дворянина. Одна была испорченной, балованной девчонкой, другая — нимфоманкой, а третья — просто синий чулок... Тогда мы описывали нашу действительность как-то косвенно, вскользь, какими-то намёками, именно так, как и должно быть в искусстве».

«Это какой Качальский? Не тот ли исполнитель эмигрантских романсов "Я принцесса без единого су" и все в этом роде?»

«Это же такое старьё, — смеётся Андрей Михайлович. — Откуда вы это знаете? Я и не думал, что кто-то из вашего поколения это помнит. Его песни довольно быстро вышли из моды».

«Андрей Михалыч, я историк. Его имя звучало в тридцатые. Я и не знала, что он вернулся в Советский Союз. В наше время о нём ничего не было слышно».

«О да. Он был хорошо известен в пятидесятые, не только как исполнитель, но и как пропагандист трезвого образа жизни среди молодёжи».

«Надо же. А я полагала, что в молодости он заливал за воротник довольно крепко».

«Совершенно верно. Таким образом он хотел уйти от неприятных воспоминаний — пьяных дебошей, хронического похмелья, женщин, которых тошнит в постели, — и всего в таком роде. Наконец-то его мобилизовали на благо общества, — подмигивает мне Андрей Михайлович, — борьба с алкоголизмом была безусловно делом хорошим. Снизить уровень пьянства, конечно, не получилось, зато эта кампания породила большое количество шуток и анекдотов. Вот, например: Рабинович идёт в мясной отдел и просит там бутылку водки. "Ты что, сдурел? — отвечает ему продавщица, — Ты что, не видишь, это мясной. И мяса тут нету. А вино-водочный там, за углом, там, где нету водки". А потом начались горбачёвские времена, и Качальский всплыл уже на телевидении. И пел он уже для Раисы Максимовны и приветствовал уже их борьбу с алкоголизмом. Вот это были времена! Тогда ты знал, у кого что есть, у кого нет. Даже при дефиците были нужные места. Вы наверняка знаете тот анекдот про кофе без сливок?»

«Да, он очень известный. Он был обыгран в фильме "Ниночка"».

«Правда? А я и забыл. Наверное, я рассказывал его Любичу в Будапеште. Эрнст так завидовал моему чувству юмора».

«В самом деле?»

«Нет, это шутка. Тогда я был ещё ребёнком. И очень даже серьёзным ребёнком. Почему же вы увлеклись всем этим старьём? Я думал, что вы жили культурой "Битлз" и "Иисус Христос — суперзвезда". Помните, как однажды я застал вас читающей Библию и вы сказали мне, что хотите понять содержание оперы "Христос — суперзвезда". Должен признаться, что меня это тогда очень позабавило. А что же у вас теперь?»

«Теперь я провожу исследование о жизни русских эмигрантов в Париже в тридцатые годы».

«Ясно. Ну и тема. Не могли найти что-то менее грустное? Это была ничтожная кучка маргиналов, эти русские эмигранты. Вся их жизнь состояла из интриг и беспредельного отчаяния. Они не находили ни смысла, ни цели для своего существования. Всё, чем они занимались, это беспробудное пьянство и постоянное нытьё, скорбь по России ушедшей и жгучая ненависть к России нынешней. Теперь же они вошли в моду, как я полагаю. И мы смотрим на них сквозь розовые очки. Безусловно, и среди них были выдающиеся артисты и писатели, такие люди, как Борис Вильде[2], который участвовал в Сопротивлении, или Полтавский-Рижский, храбрый человек и большой поэт. Тогда они распускали о нём различные чудовищные слухи. А вот Вадим Совин продвинулся ещё дальше. Он писал сразу на нескольких языках. Я вот только недавно прочитал в "Московских новостях", что Совин был "гений детективного жанра". Теперь же его собрание продаётся чуть ли не на каждом углу».

«А что вы скажете про Нину Белскую?»

«Про кого?»

«Про Белскую. Нину».

«А почему вы о ней спрашиваете? Она была всего лишь рядовой ученицей Крестовского, то ли лингвистом, то ли психологом. Что-то из этой серии».

«Да, но её работа по эмиграции и паранойе была довольно значительной».

«Значительной? Где? Для кого?» В сарказме Андрея Михалыча было что-то неприятное.

«Но её упоминают во многих научных трудах».

«Наверняка только в сносках. Она не слишком много публиковалась. Она была дилетанткой. Не более того. Да я и не так уж хорошо с ней знаком».

«А я полагаю, что вы были знакомы с ней лучше, чем стараетесь это представить».

«Что вы имеете в виду?»

«Её звали точно так же, как мою бабушку».

---

[2] Борис Владимирович Вильде (1908–1942) — русский поэт, лингвист и этнограф, участник французского Сопротивления. Расстрелян нацистами в 1942 году.

«Ну, не совсем. В фамилии вашей бабушки был мягкий знак — Бельская. И то это всего лишь совпадение. Они с Нинель Марковной никогда и не встречались. А если вы действительно интересуетесь этой историей, то вам стоит встретиться с моим старым другом, который написал предисловие к изданию избранных произведений Полтавского-Рижского. Мне очень нравились некоторые из его стихов, особенно поздние. Как это там?

> Укрою я тебя от моросящего дождя
> И, как экспресс, бегущей жизни-киноленты.
> Знай, смерти нет, родная, реальны лишь моменты.
> Кино, закончившись, начнётся снова, день спустя:
> Опять укрою я тебя от моросящего дождя...»

«Они же были дружны с Ниной Белской?»

«Эх, моя милая, вы идёте по ложному следу. Это, должно быть, американская черта — погоня за сенсацией или что-то в этом роде. Нина Белская была никем. И кончила она плохо. Ходили слухи, что кто-то из эмигрантов-рабочих в её доме пытался её ограбить, когда никого не было дома. Какое-то совершенно банальное происшествие. И чего о ней вообще говорить? Ещё и на следующий день после похорон вашей бабушки. Я очень устал, моя хорошая. И совсем не настроен нервничать. Всё это очень печально, очень и очень печально. Вы так молоды и так упрямы, прямо как ваша бабушка. Вы мне очень нравитесь. И я чувствую себя как ваш глупый дядюшка, да, ваш ненормальный дядюшка. Но сейчас я совершенно измотан, и мне нужен отдых. Мы ещё поговорим, я обещаю».

Из архива Бориса Крестовского

Париж, 10 октября 1939 года

Дорогой профессор,
я ждала вас всё утро, считая дождевые капли, висящие на подоконнике моего окна. Я слушала эти ужасные «фа», которые штудировала девочка с нижнего этажа. Я видела, как несчастная консьержка плакала, когда эта девочка, наконец,

ушла. Она почувствовала, что согрешила против духа музыки. Я слышала, как эмигранты сквернословили на разных языках. Они смеялись во весь голос, а потом всё стихло. Теперь они ушли во двор, грузить мебель. А консьержка пошла выгуливать собаку. А я продолжала сидеть одна у окна, ожидая вас и вышивая блузку, как вдова моряка. Я так ждала, что мы, наконец, сможем побыть вдвоём, наедине, как мы это делали прежде. В полдень вернулась Натали с собрания центрального комитета своей троцкистской ячейки с явным ощущением собственной значимости. Потом опять лаяла собака. Потом рабочие эмигранты о чём-то спорили. Я заварила себе чай с последней долькой лимона и попыталась почитать. Жизнь вернулась в нормальное русло. Ваш зонтик уже совершенно высох и ждёт вас у меня на столе. Почему же вы не пришли?

Ваша Нина

Париж, 11 октября

Дорогая Нина,

мне следовало бы вам позвонить, но вы же знаете, что я терпеть не могу телефоны. Срочные обстоятельства всемирно-исторического значения вынудили меня уехать в Мёдон[3]. Я бы хотел, чтобы вы встретились с госпожой Бланк на следующей неделе. Она замечательная женщина: не идеалистка с неопределённо романтическими ощущениями, но верующая в разум. Она, вопреки всему, даёт мне надежду на будущее, и прежде всего вопреки моей собственной природной предрасположенности к апокалиптическим раздумьям (в которой госпожа Бланк и вы меня справедливо упрекали). Она — случайно уцелевшая жертва, дающая всем нам надежду на спасение.

Итак, я обещаю, что в ближайшее время мы обязательно увидимся. И забудьте вы, Нинуша, про этот зонтик. Я приду увидеть вас и всласть наговориться по душам.

Ваш Борис Владимирович

---

[3] Юго-западный пригород Парижа на южном берегу Сены.

Из моей электронной почты

Кому: Miklos@bank.inter.edu

М:

Вот и похоронила я свою бабушку. Я думаю, что мы все относились к ней несправедливо. Она казалась очень сильной, и мы в это верили. Еврейское кладбище совсем заброшено. Мёртвые остались, а те, кому полагалось бы за ними ухаживать, эмигрировали. Каждый сбежал тем или иным путём. Стоило ли мне сразу писать про свою бабушку?

Нина Белская представляется мне теперь очень-очень далёкой, почти нереальной. Как ты думаешь? Может, я её просто выдумала? А существовала ли она когда-то на самом деле? И так ли она важна? Мог ли её профессор докатиться до убийства своей любимой ученицы? Если так, то я никогда не смогу это издать. Ни здесь, ни в Америке. Ведь у него очень много последователей.

А ты-то сам как поживаешь? Твои семейные ужины, твоя работа и так далее? Это тоже всё взаправду?

Т.

Дорогая Т.
Твоё письмо пришло без указания времени. Как тебе это удалось? Или твой Ленинград находится вне временной зоны? Хотел рассказать тебе анекдот про венгра, русского и американца на необитаемом острове, но как я узнаю, рассмешил он тебя или нет. Я много думаю о тебе и хочу увидеть тебя и обнять. Простишь ли ты мне такие мысли?

Смотри, Танюша, сейчас ты волей-неволей скорбишь. Ты думала перевести всё в шутку, как ты обычно это любишь, но в этот раз у тебя не вышло. Ты так боишься показаться сентиментальной. У нас обоих табу на ностальгию, и это то, что нас объединяет. Похоже, у меня не получается тебя утешить. Помни только, что ты делаешь то, что должна делать. Продолжай идти своей дорогой, даже если ты не знаешь, куда она тебя в итоге приведёт. Ты вполне можешь обмануться, но зато будешь честна в своём выборе. Чего я не могу сказать о себе. Я вынужден на неопределённый срок отложить свой проект о Любиче. Пока я заканчиваю работу над исполнением поручений для Международного банка. Ты знаешь, что мы планировали купить в Нью-Йорке квартиру. Это наша «американская мечта». Поэтому я и работаю так, чтобы накопить деньги для первого платежа. Мне сказали, что мне нужно жить *в реальном мире* (курсив не мой). Я рад только тому, что это не единственный мир, который у меня есть.

Так что береги себя, а мы поговорим об этом потом. Обязательно поговорим, я обещаю. *Товарищ учительница. Сегодня светит солнце. Дождь кончился. Ура! Да здравствует Первое мая!*

Je t'embrace[4]. M.

M.

Я боюсь, что «дома» теряю способность к воображению. Это напоминает какое-то суеверие. Когда я даю волю воображению, то ничего не помню. Горизонт перед глазами сужается. Я не знаю, смогу ли я теперь нестандартно мыслить. Я не хочу даже пытаться представить, о чём мечтала моя бабушка. Я не хочу коверкать её память очередной спекуляцией на этот счет. Я выслушиваю свидетельства людей, которые её знали, и потом пытаюсь вспомнить, что они о ней рассказывали. Я хочу понять, как люди понимают свою жизнь и жизнь других. Я пытаюсь вспомнить, каково это было — жить здесь, до эмиграции.

Даже не пытайся сравнивать Санкт-Петербург с Будапештом. Это два совершенно разных города, совсем разных.

Я так стараюсь подстроиться к нынешней жизни, вписаться сюда обратно. С одной стороны, я боюсь проколоться, с другой стороны, меня пугает возможность втянуться в эту жизнь по-настоящему. Способна ли я все еще найти выход?

Как здорово, что существует электронная почта!!!

Целую, Т. Я собираюсь встретиться со своим преподавателем английского, который научил меня всему, что мне было нужно, включая оперу «Иисус Христос — суперзвезда». Мне срочно необходимо как-то отвлечься.

---

[4] Обнимаю (*фр.*).

Дорогая Т.

Целую тебя также. Я научу тебя такому английскому, который ему даже и не снился. Ревную. Отвечай срочно.

М.

Танюша,

Я уже начал за тебя беспокоиться. Ещё пару дней назад ты завидовала моим киберпохождениям, а теперь ты вдруг молчишь. Да, я живу двойною жизнью. Но мне не хотелось бы так жить. Я думал, что смогу измениться. Моя реальная жизнь, действительно, напоминает двойную, но в моём виртуальном существовании я полностью предан только тебе. Там, в виртуальном пространстве, если я на что-то и отвлекаюсь, так только минут на десять — проверить мировые новости. А в остальном я твой целиком и без остатка.

Танюша,

господин Джонс, наш главный бухгалтер, недавно сказал мне, что мы, жители Восточной Европы, легко обучаемся иностранным языкам, потому что мы с детства привыкли к эзопову языку. В частной жизни мы общались на одном языке, на публике использовали другой, и были почти билингвами. Он вычитал эту мысль где-то в разделе «Психология» «Пражского делового журнала». Это новая теория какого-то американского врача румынского происхождения. Я думаю, мне стоит незамедлительно прислать тебе эту статью, чтобы узнать твоё экспертное мнение. Лично я с ним не согласен, причём абсолютно не согласен. Этот румынско-американский врач совершенно ничего не понимает. На самом деле всё обстоит совсем иначе. Наше двуязычие было неотъемлемой частью одной культуры. Все дело было в интонации. Как здорово было общаться при помощи каких-то намёков, всякого рода колкостей и иносказательных выражений. Не нужно всё до конца проговаривать, достаточно полуслов. В результате мы перенасытились иронией. И мы полагались, иногда слишком наивно, на те недосказанные полунамёки, принятые «в нашем кругу» и среди «настоящих друзей».

Потом вы эмигрируете и полностью лишаетесь этого чувства недосказанности. На иностранном языке вам, наоборот, приходится преувеличивать. И вам не стоит даже пытаться использовать скрытые смыслы. Вам нужно добиться того, чтобы вас понимали в самом примитивном смысле слова. Вы и так говорите полусловами, притом часто не теми, так что лучше было бы вам проговорить вторую половину четко, чтобы увеличить шансы быть понятым. Вам нужно завязывать с шутками. Они звучат нелепо, и через некоторое время вы становитесь карикатурой на веселого восточного европейца. Мои американские друзья иногда начинают свои рассуждения с выражения «шутки в сторону». Но я ни в какую сторону их откладывать не собираюсь. Я продолжаю шутить и отношусь к своим шуткам довольно серьёзно. Когда ты изучаешь иностранный язык, ты стараешься упростить себя и приспособить свой опыт к отрывистому ритму иностранной речи. Английские фразы для меня слишком коротки, но я стараюсь к ним приспособиться. А с тобой я совсем не стесняюсь своего акцента.

Я начал объяснять всё это господину Джонсу, но тут ему позвонили с другого номера. Поэтому я снова утомляю тебя своими разглагольствованиями, но уже при помощи электронной почты. Посылаемые мною сигналы неоднократно перекодируются различными иностранными серверами. А мне себя не сдержать. Я надеюсь, что ты опоздала на то свидание с профессором английской филологии и скрытых смыслов. Ты уже на него не успела? Да он, вероятно, вообще от тебя прячется. Он слишком напуган и не может до тебя дозвониться, ведь у него просто нет телефона.

Целую, М.

Танюша,
ты игнорируешь мои сообщения? Что вообще происходит? Ты всё ещё там? Donne-moi un singe, un singe precoce de ta presence![5] Мой компьютер моргает, когда я пишу тебе это письмо. Он пытается мне что-то сказать? Это он так подмигивает или это какая-то техническая неполадка? Он сообщает мне, что у меня нет никаких новых писем. Ну и где же ты? Ты берёшь дополнительные уроки английского у своего старого преподавателя? Мне кажется, что ты уже и так перезанималась. Или у вас в Петербурге там произошло наводнение и отключение света?

Je t'embrace, M.

---

5   Просто дай мне знак, знак твоего присутствия! (*фр.*)

Глава двадцать девятая,

в которой вы знакомитесь с моим профессором английского и пьёте дешёвое вино нашей юности

Как вы убиваете время в бывшем родном городе? Вы звоните друзьям или бывшим любовникам, а ещё лучше — бывшим несостоявшимся любовникам, с которыми многое могло случиться, но мало что случилось. И вот вы начинаете вспоминать о прошлых надеждах на будущее. Вам нужны проводники из вашего прошлого, в противном случае вы закончите тем, что просто сядете на одну из унылых скамеек в парке или станете обсуждать политику с ларёчниками. Или, может быть, идея позвонить старым друзьям и любовникам — это не что иное, как эмигрантское потворство собственным слабостям. Неужели вы думаете, что можете вторгаться в чужую жизнь только ради личного абсурдного проекта самопознания. У людей здесь другие проблемы. Вернитесь туда, откуда пришли! Вот что я сказала бы себе, окажись я на их месте. Но, к счастью, я не там.

Профессор Черняков быстро отвечает на мой звонок: «Таня Штерн?! Какой сюрприз! Твой голос совсем не изменился. Если честно, Лена Лаврова говорила мне, что видела тебя на Невском. Точнее, ей показалось, что это была ты. Я сказал, что в наше время всё возможно, — и вот ты здесь! Помнишь Лаврову? Она устроилась работать в Университет». (Конечно, с её отличным произношением и хорошими связями.) «Ну что, как дела?» — спрашиваю я, не совсем представляя, с чего начать. «Подожди, — шепчет он, — я перенесу телефон в другую комнату». Дела всё те же, почти как в старые добрые времена. В наших отношениях мы всегда были немного заговорщиками. На самом деле, там было больше заговора, чем отношений. «Послушай, — говорит он, — зачем тратить время? Давай встретимся. Где? Где же ещё! В Летнем саду рядом с лебяжьим прудом, на нашем старом месте. Маленькие лебеди нынче танцуют на Западе, а старый гадкий утёнок всё ещё здесь. Итак, увидимся в пять. Я принесу бутылку ркацители. Окей?»

Своим знанием английского языка я обязана именно профессору Чернякову. Эта книга никогда не была бы написана на английском, если бы не Александр Викторович. Конечно, это он научил меня неправильным глаголам, сослагательным наклонениям и согласованию времен, всё это я, наверное, могла бы со временем позабыть. Он был всего на десять лет старше нас, сразу после аспирантуры. Он преподавал курс общего языкознания и углублённого изучения грамматики английского языка. Он пел песни на стихи великого шотландского поэта Роберта Бёрнса, аккомпанируя себе на гитаре.

> В горах мое сердце... Доныне я там.
> По следу оленя лечу по скалам.
> Гоню я оленя, пугаю козу.
> В горах мое сердце, а сам я внизу[1].

На занятиях — Бёрнс, после занятий — Битлз: "I get high with a little help from my friends". Естественно, все студентки были влюблены в него, и наше владение английским значительно улучшилось. Все направо и налево использовали сослагательное наклонение. То, почему он выбрал меня и сделал своей любимой студенткой, стало ясно гораздо позже. Он сказал, что я похожа на его первую любовь, которая отвергла его, и что мы обе выглядели, как провансальская принцесса. Какая провансальская принцесса? Та, что на гравюре XIX века, иллюстрирующей рукопись XIV столетия. Для меня всё это было ново, и от этого захватывало дух. Он писал мне письма на трёх языках, и я отвечала ему на двух с половиной. Тогда я узнала всё, что знаю сейчас

---

[1] Перевод С. Я. Маршака.

о лингвистике, и эти два с половиной языка с их сослагательными наклонениями остались со мной навсегда. А вот правило согласования времён, очевидно, забылось. Что ещё? Он был высоким, темноволосым и не слишком красивым, немного сутулился, курил и часто выпивал. Он был типичным «западником». Он не ругал нас, как другие наши преподаватели английского языка, когда мы использовали американские формы вроде "hi" вместо "how do you do?". (Пожилая преподавательница Вера Ивановна называла "hi" самым вульгарным словом в английском языке.) Он организовал вечер, посвящённый «Битлз», который декан факультета отменил, заявив, что "«Битлз» учат нашу молодежь аморальному поведению, вещизму и бездуховности». Но что важнее всего, Александр Викторович научил меня любить уединение учёного, приучил к работе в архиве и аккуратному ведению записей. «Зови меня Саша, хотя бы когда мы одни», — просил он меня, но мне было как-то неловко так к нему обращаться. От него я узнала о служебной комнате в университетской библиотеке, где можно было делать выписки из единственного хранящегося там экземпляра Соссюра. А ещё я занималась катарами[2] и шотландскими масонами. Александр Викторович запретил мне делать широкие обобщения, которые, признаться, мне всегда хотелось делать. «Учёный должен быть скромным», — говорил он. «В наши дни вы можете посвятить себя изучению артикля, определённого или неопределённого, выбор за вами. Это единственное, что вы можете сделать честно». Неважно, изучаете ли вы применение артиклей в документах шотландских масонов или в английском переводе Карла Маркса. Александр Викторович не был идеологом. Он считал, что чем отвлечённей научная работа, тем лучше. Ведь это самый верный способ спасения от официоза.

Я уже говорила, что наш роман начался как исследовательский проект? Излишне говорить, что абсолютно всё это держалось в секрете. Это было до того, как я узнала о «сексуальном харассменте». Мы жили в обществе, где закон не уважали ни в официальной, ни в неофициальной культуре. Любовь и книги были

---

[2] Еретическая христианская секта.

единственным средством побега от рутины быта. К тому же между нами ничего особенного не было, а то, что случилось, произошло по взаимному согласию, хотя и это тоже было понятие, с которым мы не были тогда знакомы. Мы никогда не уходили вместе из университета. Мы преуспели в детально продуманной маскировке. Например, он станет ждать меня на станции метро и мы будем вести себя так, словно встретились друг с другом случайно. Мы бродили по городу, ходили по крышам Петропавловской крепости, сидели на ступенях Михайловского замка, разговаривали и снова бродили. На самом деле, мы не знали друг друга. Нас больше заботили наши фантазии. А иногда наши фантазии пересекались.

Я жила со своими родителями, а он по-прежнему жил со своими. Однажды мы пошли ко мне до того, как родители вернулись с работы. Наша соседка, тётя Наташа, шаркала тапочками у двери моей комнаты, проверяя, не зашло ли у нас дело дальше разговоров. Потом она постучала в дверь и заглянула: «Танечка, извини, что беспокою тебя и твоего друга. Можно мне взять у тебя немного масла? У меня сегодня все сливочное масло закончилось, а в магазин бежать нет времени. К тому же магазин закрыт на обед. Мне нужно приготовить блины для Андрея Николаевича. Извините. Большое спасибо». В следующий раз мы гуляли вдоль реки и встретили мою бабушку. Что она делала на мосту? Просто наслаждалась видом? Возможно, она подумала о нас то же самое. К моему удивлению, бабушка повела себя очень тактично. Она не задавала никаких вопросов, не навязывалась, просто улыбнулась мне и ушла. Так что мы с Александром Викторовичем продолжали мирно прогуливаться, пока он не встретил своего знакомого, который пригласил нас к себе в студию и приготовил нам омлет с эстонскими сосисками.

Я сразу узнала Александра Викторовича. Волосы его поседели, но глаза были такими же молодыми и беспокойными, как и раньше. Он вытащил из своего рюкзака бутылку молодого грузинского вина — тем же притворным заговорщическим жестом, как он обычно делал это лет пятнадцать назад. Прошла целая вечность с тех пор, как я в последний раз пила прямо из бутылки на скамейке в парке. Во всём этом был привкус какой-то подростковой шалости. Правда, к своему стыду, я поняла, что ркацители действительно непригодно для питья. Пить его из горлышка было довольно неудобно. Впрочем, я старалась изо всех сил. Я боялась показаться «чересчур американкой». Он произнёс тщательно продуманный шотландский тост, и я поймала себя на мысли, что он говорит по-английски с сильным русским акцентом и употребляет выражения, которые носители языка больше не используют. Сохранились они исключительно в русских учебниках по английскому языку. Не думаю, что он когда-либо выезжал за пределы России, раньше его не выпускали, а теперь он не мог себе это позволить. Сейчас я, возможно, говорю по-английски лучше, чем он, — ну что за мысль! Я уверена, что он по-прежнему мог указать мне на грамматические ошибки и был бы прав.

«О, я помню, как вы часто смеялись на уроках со Светой Тамаркиной и как пририсовали Фиделю Кастро на фото казачьи усы. По-моему, это был совместный снимок Фиделя и Хемингуэя. Однажды я попросил тебя сделать доклад о Джоне Осборне[3] и “Сердитых молодых людях”[4] в Великобритании».

«Меня?»

«Да, я помню, ты отлично справилась».

«Что ж, с тех пор я многое узнала о сердитых молодых людях».

«Иногда ты смеялась на занятиях, но в другое время ты была очень серьёзной, гораздо более серьёзной, чем сейчас. Я помню, что ты носила такое коричневое пальто, в котором выглядела очень тоненькой».

Я мало что помню о движении «Сердитые молодые люди» или о коричневом пальто. Так непривычно осознавать, что другие

---

[3]   Джон Джеймс Осборн (1929–1994) — английский драматург и сценарист, один из лидеров литературного движения «Рассерженные молодые люди» (“Angry Young Men”).

[4]   «Рассерженная молодёжь» или «Сердитые молодые люди» — обозначение группы писателей критического направления в литературе Великобритании, сложившегося в 1950-е гг. Основной темой творчества «сердитых молодых людей» был протест героя — как правило, из рабочего или среднего класса — против окружающей его действительности 1950-х годов в Великобритании.

люди помнят о вас то, что вы сами уже позабыли. Они были свидетелями вашего прошлого; они могут подтвердить, что оно действительно существовало. Я понимаю, что нет абсолютно никого, кто знал бы меня постоянно до и после эмиграции. Никто не может соединить две части моей жизни, создать некое целостное повествование. Это немного грустно, но в этом есть и свое преимущество. Я могу придумать своё прошлое, сделать его более экзотическим, интригующим, чем оно было на самом деле.

Он достаёт пару старых фотографий, среди них — общий снимок нашей группы по английскому языку. Мы стоим не в волнах Средиземного моря, а в университетском коридоре, на заднем плане — Доска победителей социалистического соревнования и профили Маркса, Энгельса и Ленина. Я смотрю на глянцевую поверхность, и внезапно меня охватывают воспоминания. Я вспоминаю, что, когда мы уезжали из России как беженцы, нам запрещали брать с собой какие-либо групповые фотографии. «Не более двух человек на фотографии и никаких рукописей», — сказала сотрудница таможенной инспекции, крупная женщина в форме. «Разве вы не знаете правил? Кем вы себя возомнили? Думаете, правила на вас не распространяются?» Любые групповые фотографии считались слишком «подрывными», чтобы вывозить их из страны. «Что это за группа вообще? Похоже, они что-то скрывают. Что, если это государственная тайна?» Я смотрю на фотографию и вспоминаю, как за десять минут до того, как она была сделана, мы расчёсывали волосы, смотрелись в зеркало, проверяя состояние ресниц, и втягивали щеки, чтобы придать себе особый шарм. Всё, что я сейчас вижу на снимке, это образ 1970-х годов: длинные, не слишком чистые волосы, брюки клёш, туфли на платформе. На советских групповых фотографиях никто не улыбается. Фотограф не просит нас сказать «сыр» или что-то необычное в этом роде. Он просто считает до трёх, и мы все автоматически придаём нашим лицам взрослое отсутствующее выражение. Только Гарик Виноградов, один из трёх мальчиков, которые были в нашей, почти полностью состоящей из девочек группе, сделал пальцами рожки над головой у Светы. Это была не сама лучшая идея. Светин дядя работал в райкоме партии, он был влиятельным человеком, директором колбасной фабрики. Света теперь преподаёт в институте. Гарик получил выговор за озорство. Он так и не окончил институт. Его забрали в армию, он отслужил в Афганистане. Сейчас он занимается бизнесом.

А вот и сам профессор Черняков в окружении своих восторженных студенток. Здесь он выглядит невероятно привлекательно в своей чёрной водолазке. У него задумчивая внешность ленинградского соблазнителя и красивые длинные пальцы, которые всегда выглядели так, что, казалось, вот-вот дотронутся до гитары. Потом он заговорит глубоким и гортанным голосом об усталости от жизни. Как же можно было его не полюбить!

Я увидела у него на пальце кольцо, и он это заметил. «Ситуация, как всегда, сложная, — сказал он. — Моя жена очень хорошая женщина. Мне нужно было уехать из родительского дома, чтобы иметь место для работы. Это было через несколько месяцев после того, как ты уехала. А потом я познакомился с девушкой, она моя студентка. Она была в моей английской музыкальной группе. У неё очень чистый голос и абсолютный слух. Мы встречались с ней около года, потом я съехал от жены, чтобы жить самостоятельно и встречаться с Дашей, — так её зовут. Но сейчас я не знаю, что делать. Мне становится трудно работать в таких условиях».

Он принёс мне в подарок свою первую книгу — исследование эмотивного синтаксиса северных английских диалектов. Это было специализированное научное издание, всего около 500 экземпляров. Он очень им гордился. «Это не самая крупная работа, но она, по крайней мере, честная. Я ничего не придумывал. Я не пытался строить идеологию на лингвистике. В наши дни все так делают». Он слегка покраснел, и на мгновение я задумалась, не влюблена ли я всё ещё в него, как пятнадцать лет назад. Я вспомнила, что я чувствовала тогда. В конце концов, он позвонил, хотя мы расстались, — в тот трудный год, когда нам отказали в эмиграции и мы находились под наблюдением властей. Может быть, поэтому я перезвонила ему сейчас, пятнадцать лет спустя.

Мы выходим из парка к станции метро. Мы останавливаемся у книжного стенда. Здесь продаётся множество научных книг, от руководств по вязанию до «Заката Европы» и «Радости приготовления пищи». «Видишь, — сказал он, — в наши дни лингвистика очень популярна. Вот, смотри: "Язык древних славян: что от нас скрывали и почему"». И тут мы натыкаемся на «Культуру степей» Бориса Крестовского. «Крестовский, конечно, был выдающимся лингвистом, теперь здесь его считают героем. Его называют частью "нашего недооценённого национального достояния". Но, как видишь, многие из его примеров попросту никуда не годятся. Он и сам понимал, чем это попахивает. На самом деле он занимался не лингвистикой. Он выстраивал идеологию. Он желал чего-то большего, чем славянофильство; он грезил о России, которая охватывает и Восток, и Запад и является полностью самодостаточной. Как по мне, так это грубое обобщение. Я хотел бы, чтобы мы были великой, но нормальной страной. Мне не нужно, чтобы мы превосходили всех остальных. А как тебе эта книга — "Правда о горе Сион"? В ней доказывается, что гору Сион населяли протославянские племена и что слово "Сион" происходит от славянского глагола "сиять". Понимаешь, что я имею в виду, говоря про обобщения?» Я говорю ему, что меня интересует и теория языка, и Борис Крестовский в особенности, «в силу исторических причин». «Что ж, в таком случае тебе следует навестить твою альма-матер. У них сейчас "Неделя забытого наследия", посвященная эмигрантам первой волны. Я взял выходной и не пойду. Надеюсь, они простят и забудут. Это просто цирк. Но для иностранцев, вроде тебя, это может быть забавно!»

«Для иностранцев, вроде меня?»

Он не расспрашивал меня о моей жизни в Нью-Йорке. Я заметила, что и другие не особенно стремились это делать. Они ведут себя так, словно знают, каково это, как будто это их больше не удивляет. Они не хотят знать о моей жизни, частью которой больше не являются. Или они думают, что я веду безоблачную, счастливую и богатую жизнь и что мне очень повезло. Они не хотят выслушивать подробности. Александр Викторович смотрит на часы. «Извини. Даша будет ждать меня на другой станции метро. Сегодня тот единственный день, когда она рано приходит домой. Приятно было тебя повидать. Ты ничуть не изменилась».

Я смотрела, как он ищет мелочь и заходит на идущий вниз эскалатор. Он сутулился и шёл быстрее, чем нужно, словно спасаясь от чего-то. Он обернулся в последний момент и помахал мне. Он не стал ждать, чтобы посмотреть, не помахала ли я в ответ. Я вспомнила, почему у нас с самого начала ничего не получилось. Он тоже ничуть не изменился.

Глава тридцатая,

*в которой мы пробуем компот и пирожки
с капустой в моей альма-матер*

Как провинившаяся студентка, не сдавшая курсовую работу, я зашла в свою альма-матер через чёрный ход. Моё возвращение домой начинается с очереди в буфете. Я вижу группу девчонок, которые что-то зубрят, готовясь к экзамену по иностранному языку. Запах молодого пота сразу напоминает мне то самое беспокойное время сессии и те старые добрые времена, когда дезодорантов не было и в помине. На веках у девушек те же голубые тени, что и у нас пятнадцать лет назад. Тогда их очень сложно было достать, приходилось стоять в очереди за польскими наборами косметики в Доме ленинградской торговли. Сейчас голубые тени можно купить в любом ларьке по дороге в школу. Кассирша тётя Люба сердечно приветствует меня: «Как дела, дорогая, давно не виделись». Стойка буфета, как обычно, пуста; только стакан компота буро-оранжевого цвета одиноко стоит там, как уцелевший привет из мой юности. Тётя Люба не помнит, кто я; она просто узнаёт моё лицо. На ней та же белая столовская курточка, она и выглядит почти так же, разве что пара новых морщин появилась на её добром лице. Она здесь так давно, что уже потеряла чувство времени. Она не уверена, видела ли она меня прошлой весной или двадцать лет назад. «Тётя Люба, я очень голодная, что у вас есть сегодня?» — «Как обычно: пирожки с капустой и компот». Тётя Люба со своим тёплым компотом — настоящий ангел-хранитель моей альма-матер. Из чего же сделан этот «компот»? Там водопроводная вода, которая когда-то была холодной, и фруктовый сироп, который раньше был вареньем. Именно он придаёт напитку ни с чем не сравнимый цвет. А из чего сделаны пирожки с капустой? Даже не спрашивайте. Но вместе они — просто объедение, эти пирожки с компотом, — они насыщают, утоляют жажду и успокаивают душу.

Актовый зал, который обычно использовали для комсомольских праздников, украшен фотографиями русских писателей, философов и генералов, высланных из страны в 1920–1930-е годы. Вечер организован совместно профессурой и студентами и назван «Наше забытое национальное наследие». Я узнаю ведущего, лысеющего тощего мужчину в коричневом пиджаке. Он был преподавателем истории КПСС, научного коммунизма и научного атеизма. Я так и не начала изучать научный коммунизм потому, что он завершал пятилетний курс, был кульминацией в изучении диалектического материализма, исторического материализма, истории КПСС и политической экономии социализма. Настолько далеко я не продвинулась, мне пришлось бросить университет. Этот профессор, Иван Сергеевич, был лучше, чем предыдущий, Алексей Иваныч, страдавший нарушением речи и говоривший, как Брежнев в поздние годы. К тому же Иван Сергеевич был относительно прогрессивным. Сейчас вместо научного коммунизма он преподаёт русскую религиозную философию и идеологию евразийства. Но на университетскую зарплату не проживёшь, а Иван Сергеевич — человек практичный. Он имеет долю в совместном предприятии «Лес», новой организации, экспортирующей сибирскую древесину за границу. Иван Сергеевич стал важной птицей. Он отпустил бороду и преисполнился духовности. Теперь он пребывает в ожидании 2018 года — Первого Года Великой Евразии. Он всегда чувствовал, куда ветер дует.

«От нас тщательно скрывали наше национальное наследие в области философской и религиозной мысли. Нам нужно время, чтобы осмыслить поток новых документов и новых открытий. Наш вечер посвящён писателям и философам первой волны русской эмиграции. Они были истинными патриотами, которых заставили покинуть родину, но они любовно сохраняли за границей память о России. Евразийцы мечтали о последней обетованной земле. При их жизни мечтам не суждено было сбыться. Мы надеемся, что при нас они станут реальностью. Да здравствует великая Евразия!» (Аплодисменты.)

«Начнём мы нашу конференцию с выступления нашей почётной гостьи, госпожи Савченко-Савицкой, дочери выдающегося евразийца Бориса Ивановича Савченко-Савицкого и племянницы Алексея Савицкого. Борис Иванович Савченко-Савицкий[1] получил образование в Санкт-Петербургском университете. До войны он мечтал о возвращении в Советский Союз, но он никогда даже не мог себе представить, что его привезут туда насильно и что он вернётся на родину вместе с советскими танками. Он был схвачен Красной армией, когда она освобождала Прагу. С ним обращались как с предателем и изменником, а не как с истинным патриотом, каковым он являлся на самом деле. Таким образом, он разделил судьбу многих основателей евразийского движения. В лагерях он разработал свою теории истории России и степной культуры, которую он осмыслил как вечную борьбу между коренным русским суперэтносом и этносом-паразитом, кочевым племенем, которое мы лучше оставим безымянным. В любых условиях и при любых обстоятельствах он вёл последовательную научную работу. Ни дня в его жизни не проходило без того, чтобы он не написал хотя бы одну или две строчки. "Евразийская мысль, которая так долго блуждала в среде нашей внутренней и внешней эмиграции, победоносно вернулась на свою родину" — таковы были его последние строки». (Аплодисменты.)

Госпожа Савченко-Савицкая — женщина рубенсовского типа, небольшого роста, с добрыми глазами и милой ямочкой на подбородке. Она встаёт со своего места и говорит: «Дорогие друзья! Прежде всего, большое спасибо за приглашение. Я даже и не мечтала, что смогу дожить до того дня, когда мы будем иметь возможность публично чествовать как моего отца, так и нашего любимого учителя Бориса Владимировича Крестовского. Борис

---

[1] Речь идёт об одном из главных теоретиков евразийства Петре Николаевиче Савицком (1895–1968).

Владимирович был человеком необыкновенным — добрым и скромным, смею заметить, что даже застенчивым и, что называется, человеком немного не от мира сего. Вы знаете, что он никогда не был женат. В его образе жизни всегда был определённый аскетизм. Но он очень любил детей. Я помню нашу первую с ним поездку в Париж. Мне было лет восемь или что-то около того. Он посадил меня к себе на колени и стал беседовать со мной, прямо как со взрослым человеком. Он спросил меня, что я читаю, и исправлял мои ошибки в моей русской речи. "Олечка, когда ты станешь чуть постарше, ты обязательно должна прочесть книги нашего великого писателя Фёдора Михайловича Достоевского: «Бесы», «Идиот», «Преступление и наказание». Но не вздумай читать их во французском переводе. Это просто отвратительно". И тут он погладил меня по голове. "Обещаешь?" Я покраснела и ответила ему по-французски: "Уи, месьё". А потом я вдруг поняла, что совершила жуткую глупость, что стала говорить с ним по-французски, и просто расплакалась. А он только улыбнулся и вытер рукой мои слёзы. Он был не только учёным, но и поэтом. Я никогда не забуду ту замечательную репродукцию картины, которая висела на его стене: скифская амазонка с одной отрубленной грудью. Другая её грудь при этом оставалась полной и налитой, словно антоновское яблоко. Мне кажется, что он смотрел прямо на меня, когда мне всё это объяснял, что, безусловно, вновь вогнало меня в краску. Тогда я, конечно, не понимала, что это была просто слишком выразительная аллегория нашего евразийского отечества». (Аплодисменты.)

«Я хочу вам показать некоторые слайды, подготовленные по материалам нашего семейного архива. Это Борис Владимирович с моим отцом на берегу Влтавы в Праге. Борис Владимирович купил моему отцу его первый костюм западного покроя — заметьте, что он неправильно застёгнут. Таким образом нам удалось датировать эту фотографию. Она была сделана в 1924 году. Мой любимый папа чувствовал себя в этом костюме очень неуютно и всё время терял от него пуговицы. А это Борис Владимирович в своем кабинете в Париже. Видите стопку бумаг в углу его письменного стола? Это законченная версия монографии "Культура степей". А на стене висит карта Евразии. А посмотрите на это! Это Борис Владимирович ещё совсем молодой, и тут он вместе с собакой. Он очень любил свою немецкую овчарку. Он назвал её Фридрихом (или просто Фредди для членов семьи) в честь двадцать пятой годовщины смерти Фридриха Ницше. В годы военного коммунизма Фридрих как-то заразился бешенством и укусил двух революционных рабочих. Так что его экспроприировали вместе с остальной собственностью Бориса Владимировича. Борис Владимирович помнил о Фридрихе до конца своих дней. Из всех вещей, которые он потерял, уехав в эмиграцию, Фридрих, вероятно, оставался для него самым дорогим. В Париже он завёл сибирского кота по имени Васька, толстого и пушистого, сверкающего зловещими стеклянными глазами. В то время я была всего лишь маленькой девочкой, но я всё хорошо помню, как будто это было вчера. Борис Владимирович получил Ваську в наследство от своего соседа, офицера из армии генерала Колчака. Этот офицер работал водителем такси в Париже и однажды попал в страшную аварию. Конечно, Борис Владимирович не мог оставить Ваську умирать от голода на парижских улицах. Ведь он был человеком исключительной доброты. Васька был полной противоположностью Фридриху — он был абсолютно инертным существом, своего рода меланхолический эмигрантский кот. Хоть битый час его ласкайте, а он даже не удосужится мяукнуть вам в ответ. Он будет лишь сверлить вас своими равнодушными глазами и держать свой маленький ротик закрытым». (Аплодисменты.)

После выступления Савченко-Савицкой слово взял месье Орлофф, чей отец воевал вместе с Деникиным и был членом Общевоинского союза[2]. Господин Орлофф не очень хорошо говорит по-русски и постоянно вставляет в свою речь французские слова и путает ударения. «Когда мой папá имел рандеву с Борисом Вла-

---

[2] Русский общевоинский союз, или сокращённо РОВС (1924–2000) — русская воинская организация белой эмиграции, созданная 1 сентября 1924 года главнокомандующим Русской армии генерал-лейтенантом бароном Петром Николаевичем Врангелем и объединявшая военные организации и воинские союзы во всех странах Русского Зарубежья.

димировичем, он был очень амприсйон[3]. Папа́ был не только бравым казаком, но и любил читать. Он любил Лермонтова, и особенно вот это стихотворение: "И скучно, и грустно, и некому руку подать, в минуту душевной невзгоды... Желанья!.. Что пользы напрасно и вечно желать?.. А годы проходят — всё лучшие годы! Любить... Но кого же?.. На время — не стоит труда, а вечно любить невозможно". Это прекрасные стихи. Вы знаете, наверное, лучше меня, как там дальше. Папа́ всей душой воспринял идеи евразийства. Они помогли ему разобраться в сути русской трагедии. Он уверился, что русскому суперэтносу, укоренившемуся на родной русской почве, угрожает этнос-паразит и не имеющие национальных корней иностранные идеи, такие как марксизм-ленинизм. Борис Крестовский был нашим духовным мэтром. Я очень рад, что он, наконец, был оценен и у себя на родине. Я хочу сказать вам, дорогие соотечественники, о том, как долго мы мечтали об этой минуте — о долгожданном возвращении в нашу любимую страну. Наш выдающийся певец Качальский выразил это следующим образом: "Россия, милая Россия, тоскую по твоим берёзкам нежным, промокшим под дождём, как птицы. Чужие племена тебя заполонили, набегом спешным. Моя Россия, стройная девица. На утреннего снега белых простынях темнеют капли крови, тут и там — со счёту сбиться". Это мой первый вояж сюда, и я приехал только на длинные выходные, но я не могу вам передать, как я растроган. Я тронут просто до слёз. Благослови Господь Россию!» (Аплодисменты.)

«Наш следующий докладчик, — объявляет Иван Сергеевич, — сеньора Мария де Хесус Викторио де Пауль, вдова покойного Дона Алехандро Викторио де Пауль (для его родных просто Витенька Павлов), русского эмигранта и основателя аргентинского кружка индо-европейского языкознания. Алехандро Викторио де Пауль является автором важного компаративистского исследования о гаучо[4] и казаках. М-да... Сеньора де Пауль? Кто-нибудь видел сеньору де Пауль?»

---

[3] Impressionne (*фр.*) — впечатлён.

[4] Гаучо — социальная и местами субэтническая группа в Аргентине и Уругвае, близкая по духу американским ковбоям.

В зал забегает маленькая блондинка, закутанная в огромную шаль. (Изначально она была брюнеткой — в проборе белых крашеных волос видны отросшие тёмные корни.) Её окружает группа пятнадцатилетних девочек, с визгом требующих автограф. «Estas muchachas. Son aficionadas de don Victorio?»[5]

Одна из девочек закричала: «Это её сестра! Это та, которая оживает! А все думали, что она погибла при восхождении! А вот нет. Я же знала, что она жива!»

«Нет, — кричит другая девочка, — она не из "Богатые тоже плачут"[6]! Она из "Просто Мария"[7]. Это графиня, которая стала медсестрой и влюбилась в гинеколога, того, который женился на той gringa[8] мисс Джонсон!»

«Что они говорят?» — спросила сеньора де Пауль после того, как двое милиционеров вывели из зала поклонниц мыльных опер. «Я очень извиняюсь, — сказал Иван Сергеевич, — что произошёл такой конфуз. Это так невежливо по отношению к нашей глубокоуважаемой гостье. Эта ситуация, дорогие друзья, только в очередной раз подтверждает, что наша молодёжь утратила свои национальные ценности. Они знают мексиканские мыльные оперы лучше, чем русскую поэзию».

Сеньора Мария Хесус Виктория де Пауль накинула шаль на плечи и улыбнулась нашей аудитории своей обезоруживающей улыбкой. «Мой муж Витенька, Алехандро Викторио де Пауль, был человеком незаурядным — учёным, поэтом, любящим мужем и настоящим патриотом. И для меня большая честь — выступить с докладом на его родине. Я должна отметить, что он стал ещё и аргентинским патриотом. Мы встретились с ним в пампасах. Конечно, я тогда была всего лишь глупою девчонкой, а он был уже

---

[5] Эти девушки, они поклонницы дона Викторио? (*исп.*)

[6] «Богатые тоже плачут» — мексиканский телесериал 1979 года, имевший большой успех на советском и впоследствии российском телевидении. Стал вторым латиноамериканским сериалом, показанным в СССР, после теленовеллы «Рабыня Изаура» (Бразилия).

[7] Мексиканский сериал 1989 года, в России впервые демонстрировался на Первом канале Останкино с 9 марта 1993 года по 5 апреля 1994 года.

[8] Иностранка (*исп.*).

убелённый сединами, блестящий и мудрый человек. Он говорил, что пампасы напоминают ему русские степи. "Степи! — воскликнула я. — Я думала, что они такие же, как пампасы, только ветер там холодный и злой". Тогда я хотела выучить русский язык, потому что моим любимым фильмом был "Доктор Живаго". И только потом я осознала, каким гениальным человеком был Виктор! Он внёс неоценимый вклад в развитие языкознания. Вы знаете, что в начале своей научной деятельности он интересовался взаимосвязями арийцев и евразийцев. Он в совершенстве владел немецким языком. Работая в Аргентине, он таким образом распространил гениальную теорию Бориса Крестовского за пределы Евразийского континента и соединил её с poesia gauchesca[9]. Он был первопроходцем в области сравнительного изучения культур гаучо и казаков. Теперь Рио-Суэньо, наш небольшой городок в пампасах, является городом-побратимом Ростова-на-Дону. Но самое главное, что дон Виктор продемонстрировал, что и казаки, и гаучо являются наилучшими хранителями евразийских и латиноамериканских ценностей — свободы духа и одновременно привязанности к родной земле. В этом смысле их можно противопоставить, с одной стороны, буржуазным нациям романо-германского Запада, любящим домашний уют и оседлый образ жизни, и, с другой стороны, "народам-паразитам, которые живут на чужой земле и пьют её соки". Так и сказал: "народы-паразиты, что пьют наши соки". К тому же мой любимый Витенька был поэтом. Дорогие друзья, позвольте мне в заключение прочитать стихотворение, которое Виктор посвятил лично мне:

Моя маленькая сеньорита

О крошка-сеньорита,
Накинь на шею мне лассо любви.
Я чувствую себя как дома
Среди гаучо, моей мечты.

---

[9] Литература гаучо, также известная как жанр «гаучоэск», была творческим направлением, возникшим в Аргентине и Уругвае во второй половине XIX в., когда в интеллектуальной среде этих стран развилось осознание национальной самоидентичности.

Ты растопила моё сердце
Своими танго и милонга[10.]
А слышишь ли ты звон капели русской?
Звенит она так долго
В моей душе весёлым перезвоном-волшебством.

Он был такой тонкой натурой, мой Викторито! И вместе мы были счастливы, словно дети, до самой его смерти!» (Аплодисменты.)

«Только теперь, — вставляет свой комментарий Иван Сергеевич, — у нас начинает складываться общая картина евразийского движения. У нас есть уникальная фотография, сделанная по случаю дня рождения Бориса Владимировича, из архива Ольги Борисовны Савченко-Савицкой».

Старая фотография проецируется на большой экран. Группа преданных молодых людей окружает своего любимого учителя Бориса Владимировича Крестовского. Они больше не похожи на потерпевших крушение эмигрантов. Они новые Колумбы, стоящие среди пенящихся волн своей мечты — материка-океана, земли обетованной, эфемерной Атлантиды, открытой не в то время и не в том месте. В их глазах смутное выражение воодушевления и надежды. Они смотрят прямо в светлое будущее. У Нины такое же мечтательное выражение, как и у остальных. Они стоят с Борисом Владимировичем бок о бок, словно товарищи по оружию. Это фотография для вечности. Полтавский-Рижский имеет облик классического представителя евразийской литературы. Качальский и Совин приняли величественные позы выдающихся народных артистов. Андрей Михалыч, всё ещё известный под именем Андраш, Лионель и даже несчастный Николай выглядят как люди нового типа из «братских стран». Их политические и поэтические вольности смыты пенистыми волнами новой эры. Только легкомысленно полосатые купальные костюмы выдают их романо-германскую среду и не меняются от фотографии к фотографии.

---

[10] Милонга — быстрый, жизнерадостный и озорной южноамериканский парный танец с линейным продвижением, родственный танго, однако более стремительный.

Актовый зал погружается в темноту. Меня стало слегка подташнивать от всех этих открытий, сделанных после двух стаканов компота. А пироги с капустой вызвали у меня сильную изжогу. Я начинаю видеть вещи из моей прошлой жизни. Первое — это Джон Леннон, глядящий с прищуром с большого экрана. Зачем он тут? Он что, тоже был человек степей? «Снова в СССР! Как же вам повезло!» Теперь-то мы знаем, о чём была эта песня! Я помню, как мы лет пятнадцать тому назад пробирались в сумерках в этот актовый зал, когда готовили наш печально известный «Вечер "Битлз"». Комсомольские плакаты были свёрнуты в рулоны и поставлены в угол, а портреты пионеров-героев были повёрнуты лицом к стене, как будто их всех наказали за плохое поведение. Мы репетировали наш показ слайдов. Мы смотрели в прищуренные глаза Джона Леннона в поисках истины. Конечно, потом нас отругали и наказали за распространение буржуазных ценностей. Секретарь комсомольской организации института публично отчитал нас в том же актовом зале на комсомольском собрании. Профессор Черняков попытался энергично защитить «Битлз», ссылаясь на пролетарское происхождение музыкантов и их критическое отношение к капиталистическому обществу. Ничего не вышло.

Но как же мы веселились потом, напевая «Ты говоришь, что хочешь революцию. Мы все хотим изменить этот мир...»[11] Мы часто спорили между собой. Фанаты Пола пели «Мы все живём в жёлтой подводной лодке», а фанаты Джона носили пацифики, купленные на чёрном рынке у пьяных финнов. Но наши ссоры были больше похожи на ругань влюблённых. В семидесятых годах всё казалось совершенно ясным — кто был с нами и кто был против нас. Днём мы участвовали в комсомольских собраниях, а вечерами слушали «Битлз». Мы думали, что мы точно знаем, кто поймёт наши шутки, а кто нет. Но эти люди в зале даже не улыбаются.

Должно быть, существует какой-то евразийский юмор, но я его не понимаю. Типичный евразийский анекдот начинается так:

---

[11] «Революция» — первая острая социально-политическая песня «Битлз», написанная Ленноном в 1968 году, на фоне студенческих волнений в Париже.

«Однажды посреди степи встречаются казак и гаучо». Нет, нет, оба они хмурые типы и способны пристрелить друг друга без всяких шуток. А вот кто этот человек в толстых очках и белой панаме, что пытается укрыться от ветра? Это вечный Рабинович. Что же он делает посреди степи? Сейчас он случайно встретит Анку-пулемётчицу. Анка — это евразийская амазонка нашего времени, а Рабинович — состарившийся директор бывшего советского продмага «Российский», где продавалась самая вкусная финская копчёная колбаса салями. Рабинович глядит на Анку.

«Ты всё ещё здесь, паразит, — кричит Анка, неся в руках свою отрезанную грудь, — иди, откуда пришёл. И раз уж ты уходишь, сделай мне кофе, хорошо? Хороший до последней капли[12]. И достань мне пироги. Да, с капустой. Потому что я вегетарианка. И не втирай мне эту чепуху про дефицит молока! Я знаю, где ты, свинья, его прячешь! Сколько коров ты украл у нашего народа?»

В этом анекдоте у Рабиновича слов не много. Ему не смешно. Он хочет позвонить своему покровителю Ивану-дураку, но роняет сотовый на кривой дорожке. А Иван-дурак и не собирается ему отвечать. Он ушёл на деловой завтрак.

В этот момент откуда ни возьмись появляется раненый казак. О нет, только его ещё и не хватало. Беги, Рабинович, беги.

Я страдаю от сильной ленинградской изжоги. Не знаю, тётя Люба, что вы там положили в свои пироги с капустой. У них какое-то странное послевкусие. В каком смысле «раньше они мне нравились»? Разве ты не помнишь? То было много лет назад!

---

[12] «Хорош до последней капли» — рекламный слоган американской кофейной компании «Максвелл хауз», лидировавшей на рынке кофейных брендов США на протяжении почти ста лет с конца XIX по 80-е годы XX века.

Глава тридцать первая,

в которой мы перестаём шутить по-евразийски и изучаем двойную жизнь Полтавского-Рижского

«Мои фамилия и имя Ложкин Алексей Алексеевич. Я преподаватель биологии в средней школе № 52. Раньше она находилась на Пионерской улице, а потом переехала. Я слышал последние слова великого русского поэта Юрия Полтавского-Рижского».

«Программа "Наши литературные сокровища" продолжится после объявлений от нашего спонсора», — говорит телеведущая, и кадр с усталым школьным учителем средних лет в коричневом пиджаке советского покроя и малиновом галстуке сменяется кадрами лесного ручейка, тихо журчащего под ритмы классической музыки. Что происходит?

В моё время на телевидении не было рекламы. Вместо неё в перерывах между программами включали кадры с природными ландшафтами. В течение пяти минут, а то и более, на экране показывали берёзки, тихо шуршащие на ветру, под звуки Чайковского. Репертуар записей для заполнения пауз между передачами был невелик, а зрители в то время и не ждали от их «спонсора», советского правительства, особого разнообразия. Скорее наоборот, их устраивал предсказуемый ход вещей. Теперь же эти безмятежные виды природы вызывают у аудитории некоторое беспокойство. За ними наверняка скрывают что-то подозрительное. В такой реакции нет ничего удивительного, ведь во время революции в Румынии в 1989 году по телевидению непрерывно показывали природные ландшафты и фольклорную музыку. Можете ли вы представить себе, что во время попытки путча в августе 1991 года по телевидению крутили балет «Лебединое озеро»? Но не стоит слишком беспокоиться. В этот раз ничего страшного не произошло. Правда, журчание ручейка программа не предусматривала, эта заставка появилась из-за каких-то технических неполадок. Затем мы мельком увидели на экране телевизора компьютер производства «Интерхайтех траст», и, наконец, к нам вернулась наша ведущая.

«Юрия Полтавского-Рижского называли "русский Рембо". Такое сравнение по отношению к русскому поэту не совсем справедливо. Есть предположение, что Юрий Полтавский-Рижский не умер в Париже в 1939 году, как считалось до сих пор. В 1939-м он просто бросил писать стихи. Его жизнь сама превратилась в поэзию. Он вернулся в Советский Союз и стал одним из неизвестных строителей московского метро. Рабочие называли его просто каменщик Полтавский. Он оставался на работе во внеурочное время и полировал мозаики на станции метро Комсомольская. А когда началась война, он пошёл добровольцем в Красную армию, с которой дошёл до самого Берлина. Он умер в 1947 году от осложнений, вызванных гриппом и плохим питанием. Может ли эта история оказаться правдой? Давайте послушаем нашего гостя Алексея Алексеевича Ложкина, который расскажет нам свою версию событий».

После неспешной демонстрации старых парижских фотографий, представляющих Юрия Полтавского-Рижского то как бедного молодого щёголя в огромной шляпе, то как изрядно поизносившегося богемного писателя, сидящего в парижском кафе перед бокалом абсента, снова на экране возникает мужчина в коричневом пиджаке. «Сам я человек совершенно простой и даже, можно сказать, заурядный. Ничего особенного я про свою жизнь поведать вам не могу. Как я уже говорил, в прошлом я преподавал ботанику в четвёртом классе, зоологию в пятом классе, а также введение в биологию. Семьи у меня нет. Моя супруга ушла от меня ещё много лет тому назад к учителю истории. А снова я так и не женился. Но мне повезло в другом смысле. Я удостоился чести услышать последние слова великого человека, которым, как я думаю, был Юрий Полтавский-Рижский. Мы не были родственниками. У него вообще никакой родни не было. Я был его соседом по коммунальной квартире и, если позволите, даже чем-то вроде друга. Он же относился ко мне как к младшему брату.

Именно война нас вместе и свела. Мы оба вернулись с фронта в сорок пятом, не совсем понимая, как нам строить свою жизнь в мирное время. Мне было от силы двадцать четыре. А ему было уже под сорок. Мы встречались на кухне вечерами, когда соседи уже спали, и вспоминали военные годы. Ведь людям хочется слышать только рассказы о подвигах, а мы возрождали в памяти наши ежедневные страхи за жизнь и вспоминали потерянных друзей. Мы были теми счастливцами, кто пережил Сталинградскую битву. Я подозревал, что он что-то скрывает о своей прошлой жизни. Он говорил мне, что в юности хотел стать писателем, а может быть, даже и поэтом (Ложкин довольно улыбнулся, произнося эту фразу), но он никогда не жалел о своём выборе стать строителем. Он сказал мне, что ничего в жизни не может сравниться со строительством московского метро. При этом человеком он был очень образованным и знал несколько иностранных языков. Я никогда не слышал, чтобы он читал стихи. И вообще он был человеком немногословным. Однако у него лежали фотографии двух красавиц в довоенных костюмах. Мне они показались иностранками. На них были надеты те самые забавные шляпки, которые на наших советских женщинах увидишь не так уж часто. Однажды я спросил Юрия Михалыча про этих девушек, и лицо его засияло улыбкой. "О, это долгая история, — сказал он, — я расскажу тебе о них как-нибудь в другой раз. Ведь правда красавицы?"

К сожалению, другого раза так и не случилось. В сорок шестом он подхватил опасный балтийский грипп и вскоре умер в своей постели. Родственников у него не было, поэтому я сам ухаживал за ним во время болезни. Он находился уже в бреду. Но вдруг наступил момент прояснения. Он посмотрел мне прямо в глаза и сказал: "Милый мой Алёша, я предпочёл жизнь поэзии и никогда не жалел об этом... до сегодняшнего дня". Затем он что-то пробормотал на иностранном языке, скорее всего на французском, но, может быть, и на румынском, но только в тот момент среди нас не было никого, кто смог бы его понять. И его последние слова пропали навсегда. Тогда я не придал этому большого значения. И вот сорок лет пролетели как один день. В шестидесятые я открыл для себя поэзию. Как и все, я ходил на поэтические вечера Евтушенко, Ахмадулиной и Вознесенского. Я много читал. Помните споры шестидесятников между физиками и лириками? Мне нравились и те и другие. Я с радостью принял гласность. Как много новых документов и разоблачений всплывало почти ежедневно, и снова появился интерес к жизни. Я засиживался допоздна, чтобы быть в курсе событий и новостей. Однажды я увидел в журнале "Огонёк" статью, посвящённую Полтавскому-Рижскому. Редакция опубликовала цикл его стихов "Лето в Териоки". Первое стихотворение было о ласковом весёлом солнце. А второе — о ветренном северном пляже. Оба произведения меня сразу как-то тронули:

> На солнышке, на ласковом, игривом,
> Моя дрожащая пропала тень.
> В моей душе — заряд ружейный —
> Взорвался на поляне в летний день.
>
> И пули из моей главы,
> И вермут из моей крови
> Бесследно смыло наводненье —
> Балтийской мороси слепое наважденье.
>
> ...
>
> Я бродил по песчаным дюнам
> На пустынном том берегу.
> Пела ты иностранным струнам,
> Потеряв ту свою струну.
>
> Твоя нежная кожа облезла.
> А я старою раной рискнул,
> Мы в солёные волны полезли,
> Позабыв про нашу звезду.

Как только я прочитал эти стихи, мне сразу всё стало ясно. И я в свои-то годы немного поиграл в сыщика. Позвольте мне с вами поделиться моими выводами. Мой сосед Юрий Полтавский был одиноким человеком без особых увлечений. Однако была одна вещь, в которую он был влюблён беззаветно, — это море. Он уезжал на Финский залив в конце августа, обычно в одиночестве. Он садился в электричку, набитую грибниками и бабушками, везущими своих внуков с дачи обратно в город. И целый день он проводил на море. Однажды он позвал меня с собой в Солнечное. Он гулял там по песчаным дюнам, считал волны, и, когда подступила девятая волна, он сказал, что загадал желание. Так получилось, что это была его последняя поездка к морю. Я думаю, что эти стихи должны были быть написаны им по возвращении в СССР. Возможно, что он их куда-то спрятал, а может быть, в них было что-то компрометирующее. Я подозреваю, что их каким-то образом смогли переправить за границу. Конечно, я точно не знаю. В этом стихотворении наверняка что-то зашифровано. Оно называется "Лето в Териоки". Териоки — это финское название Зеленогорска. Но в Зеленогорске никаких песчаных дюн нет. Это курортный город, в котором полно народу. Раньше это была финская территория, которая перешла к Советскому Союзу после Финской войны 1939 года. Солнечное находится на той же пригородной ветке, что и Зеленогорск, только на несколько остановок раньше. В поэзии никогда не изъясняются прямо. Речь тут не про лето в Зеленогорске, а про лето в Солнечном. Но ему пришлось зашифровать свои стихи, придать им такую форму, как будто они были написаны до Зимней войны. Вы поняли мою мысль? Мы немногое знали о Финской войне в сороковые годы. Её держали в секрете. Возможно, поэтому речь идет об "иностранных струнах". Поэт будто встречает на пляже финскую девушку, потерявшую все.

Я читал, что смерть этого поэта всё ещё окутана тайной. Один литературный критик написал, что Полтавский-Рижский погиб в Париже в 1939 году, играя в русскую рулетку. Но этого просто не может быть. Когда я увидел фотографию этого поэта в газете, у меня мурашки пошли по коже. Боже мой, как был он похож на моего покойного соседа Юрия Полтавского. Та же грусть в глазах и точно такая же родинка над верхней губой. После этого у меня просто не осталось никаких сомнений. Поэтому я написал вам о своём открытии и начал кампанию "Вся правда о Полтавском-Рижском". Мне самому-то осталось жить не так уж долго. И я хочу посвятить остаток своей жизни сохранению памяти этого великого поэта».

«Благодарю вас, — говорит телеведущая, — спасибо за такую трогательную историю. Юрий Полтавский наверняка был личностью неординарной. Безусловно, в ближайшем будущем при помощи американских судмедэкспертов мы раз и навсегда развеем наши сомнения. Мы проведем ДНК-тестирование останков, и тогда все узнаем. А пока мы продолжим беседу с нашими гостями, но сначала сообщение от наших спонсоров».

После короткого клипа с длинноногой блондинкой в декольте, смачно поедающей батончик «Сникерс», на экране появляется женщина слегка за сорок, громко говорящая по-английски. На ней тоже поношенная на вид одежда, но пошитая в совсем другом фасоне, чем у несчастного учителя биологии. Это стиль потёртого шика — чем более поношенный костюм, тем выше его цена. Ведь иногда вам нужно заплатить хорошие деньги, чтобы не выглядеть богатой. Её лицо выражало явное раздражение. Могло ли быть правдой то, что переводчик только что ей изложил? Ни в коем случае!

«Это невозможно, совершенно невозможно. Меня зовут Жаклин Натали Полтан, но друзья называют меня просто Джеки. Насколько я знаю, я являюсь единственной дочерью моего нежно любимого отца Джорджа Полтана, также известного под именем поэта Юрия Полтавского-Рижского. Почему же я раньше никому не рассказывала о своём отце? Потому что я просто ничего не знала о его прошлом. Мне было всего лишь десять лет, когда мой отец умер. Я выросла в Санкт-Петербурге, Флорида, и проводила летние месяцы на песчаных пляжах в его окрестностях. Известный американский писатель Лионель Адамс часто приезжал к нам навестить моего отца. Чем же тогда занимался мой отец? Трудно сказать. Дядя Лионель однажды посадил меня к себе на колени и спросил: "Джеки, ты любишь смотреть кино?" "Конечно", — говорю я. "Отлично, — ответил он, — мы с твоим отцом в молодости написали множество сценариев к разным фильмам. Но это очень большой секрет. Обещаешь, что никому не расскажешь? Ведь ты не увидишь наших фамилий в титрах. Мы написали их за других, на заказ, как писатели-призраки[1]. Знаешь, что это значит?" Я очень боялась призраков. (У переводчика возникли трудности с этой фразой. Он не мог точно перевести на русский понятие «писателя-призрака». Зрители тоже не поняли шутку и начали ерзать в нетерпении.) Да, вам, мои друзья, не смешно, но Лионель просто расхохотался, когда это услышал. Ходили слухи, что Лионель вместе с моим отцом написали сценарии "Бульвара Сансет" и "Шёлковых чулок". Мой отец был большим русским патриотом. Я помню, как он был счастлив, когда советский спутник с собакой на борту запустили в космос. Но я, по правде говоря, очень переживала за Лайку, когда она не смогла вернуться на землю. Такая была она милая собачка. Но мой отец не хотел ничего об этом слышать. Он очень гордился, что русские смогли покорить космос быстрее американцев! Бьюсь об заклад, что, если бы в тот год у него родился мальчик, он бы обязательно назвал его Спутником. Отец был большим любителем поэзии. Он часто читал стихи наизусть. Вот было его любимое: "Уж не жду от жизни ничего я, / И не жаль мне прошлого ничуть, / И ищу свободы и покоя: / Я б хотел забыться и заснуть..." Однажды я ездила с ним в поездку в Техас. Он выпил немного вермута в баре и потом взял меня с собой в тир. Он хорошо разбирался в оружии и всегда выступал против законов, регулирующих его оборот. Он говорил, что его пистолет является защитником его свободы. Пока он целился в тире в уток и лебедей, он прочитал мне одно стихотворение:

> На солнышке, на ласковом, игривом
> Моя дрожащая пропала тень.
> В моей душе — заряд ружейный —
> Взорвался на поляне в летний день.
>
> И пули из моей главы,
> И вермут из моей крови
> Бесследно смыло наводненье —
> Балтийской мороси слепое наважденье.

---

[1] Гострайтер (от английского ghostwriter — «призрак-писатель») — человек, пишущий тексты на заказ за другое, как правило известное, лицо.

Позже я выучила его наизусть. Однажды я спросила его: "Папа, а ты когда-нибудь сам писал стихи?" Он только вздохнул и погладил меня по голове. "Милая, давай не будем об этом, — сказал он после некоторой паузы, — это отдельная долгая история". Как любят говорить русские: "Это было давно и неправда". Мой отец был большим другом Лионеля Адамса. Там была милая, хотя и небольшая русская община, группировавшая вокруг ресторанчика "Русский медведь". Мой отец прекрасно владел иностранными языками. В молодости он изрядно выпивал. Он познакомился с моей мамой, дочерью состоятельного техасского промышленника и коллекционера оружия, как раз в баре ресторана "Русский медведь". Они полюбили друг друга практически с первого взгляда, и вскоре он сделал ей предложение. Но моя мама была крепким орешком. Она сказала, что готова выйти за него замуж только при одном условии: он должен будет пройти курс лечения от алкоголизма и бросить пить навсегда. Он пытался отшутиться в своей обычной манере, но это не сработало. Мать моя была женщиной упрямой, хотя и на пятнадцать лет его младше. Поэтому к концу своей жизни ему пришлось бросить пить. Он не любил рассказывать о своём европейском прошлом, а я была ещё слишком мала, чтобы его расспрашивать. Он умер в 1968 году от рака горла. Я унаследовала его коллекцию оружия. Двадцать лет спустя, когда я покончила со всем своим бунтарством, я наконец прочитала рассказ Лионеля Адамса "Русская рулетка", и мне стало понятно, кем был мой отец. Я прочитала томик стихов Полтавского-Рижского и сразу узнала одно из них, про северный пляж и зрелый персик. У меня не осталось никаких сомнений — мой отец Джордж Полтан был одним из величайших литераторов двадцатого века. Ох, как бы мне хотелось иметь возможность с ним поговорить, прогуляться с ним по пляжу, услышать его низкий голос и сильный акцент! Сейчас я изучаю русский язык, потому что я хочу восстановить моё духовное наследство и узнать своё настоящее происхождение. Я обещаю посвятить свою жизнь этой цели, разобраться в прошлом и сохранить бессмертную память моего отца, большого таланта Юрия Полтавского-Рижского, он же Джордж Полтан".

«Дорогие друзья, — говорит взволнованная ведущая, — я также хотела бы поделиться с вами сенсационной информацией. Это не какие-то гипотезы и предположения, а реальный документ, который не так давно был обнаружен в архиве нашего знаменитого артиста Валентина Качальского. Давайте не будем делать поспешных выводов. Не стоит забывать, что в течение последних пятидесяти лет талант Полтавского-Рижского был сильно недооценён как в нашей стране, так и за рубежом. Советский литературный критик Петренко в 1935 году охарактеризовал его творчество, как "буржуазно-декадентская эквилибристика и поэзия тунеядства". А враждебная эмигрантская пресса нарекла его творчество "пьяным бредом впустую растраченного в эмиграции таланта". Лишь Борис Крестовский и Савченко-Савицкий по достоинству оценили его поэтические способности и дали личности поэта следующее определение: "Мечущаяся русская душа, нигде в этом мире не находящая себе пристанище". В заключение нашей программы я собираюсь прочесть вам отрывок из последнего произведения писателя, которое, как полагают, он создал накануне своего переселения в какой-то новый для него мир. Если поверить нашим гостям, то можно сказать, что это последний труд эмигрантского поэта Полтавского-Рижского перед тем, как он перевоплотился в строителя московского метро или голливудского теневого сценариста. Это отрывок из незавершённого лирического рассказа Полтавского-Рижского, который должен был называться "Заговор судеб". Рассказ включает в себя его духовные поиски и попытки соединить классические языческие представления с новой евразийской мыслью:

> А знала ли ты, что слово "космос" в древнегреческом языке
> имеет два значения: и "вселенная", и "женское украшение"?
> Я думаю о вас, моя эмигрантская Парка[2], вышивающая
> свой космос — русскую сорочку для французских дам —

---

[2] Парки — три сестры, Децима (Лахесис), Морта (Атропос) и Нона (Клото), древнеримские богини судьбы, соответствующие мойрам в древнегреческой мифологии. Часто используются как художественный образ в литературе и изобразительном искусстве.

и мечтающая о другой судьбе. Мне хотелось бы понаблюдать через замочную скважину за этими тремя виртуозными девами, за тем, как они вышивают и кроят наши жизни. Может, мне даже удастся увидеть их пупки сквозь их полупрозрачные пижамы.

Им не стоит играть в постели этими огромными ножницами. Это очень опасно. Как ты считаешь? А что, если они произведут неверный разрез и замажут кровью свои безупречно отглаженные простыни?»

Когда певучий голос ведущей поднимается в вопросительной интонации, раздаётся телефонный звонок:

«Танюша? Это Андрей Михалыч! Я слышал, что у тебя расстроился желудок. Это правда? Тебе нужно быть к себе повнимательней. Я тебя от чего-то отвлёк? Ах ты маленькая врунья, я знаю, что отвлёк».

«А знала ли ты, что слово "космос" в древнегреческом языке имеет два значения: и "вселенная" и "женское украшение"?

Мы живем в эпоху двойных агентов и двойных смыслов. А что же нам делать, если мы не принадлежим ни к одной из сторон? Мы становимся агентами самих себя, а потом предаём сами себя. Давай же поклянёмся друг другу никогда не шить национальных костюмов и коллективных униформ. Каждый космос индивидуален и обладает собственным покроем — твой, я надеюсь, с глубоким, очень глубоким вырезом. Я хотел бы посмотреть сквозь него, чтобы помочь тебе со всеми этими маленькими крючочками на спине, если только ты не будешь против. Я остаюсь твоим покорным тайным слугой, а ты не даёшь мне никаких гарантий, не вселяешь никакой уверенности и определённости... ты всего лишь ускользающий образ, тонкое затейливое кружево.

О боже, как же заманчиво и увлекательно это занятие — подглядывать за богинями судеб, но, увы, не получится.

Так вот, моя дорогая. Мои секретные агенты скучают по тебе. Я сбежал из Евразии в Космополис, а потом, как настоящий трус, вернулся в кафе "Ротонда", где заурядный американский литератор будет платить за меня в баре».

«Послушай, Танюша, там было кое-что в том документе, который я только что прочел. Мне пришлось это пропустить. У меня совсем плохо с голосом. Я сильно простудил горло. Но у меня есть идея. Приезжай-ка ко мне в Москву».

«Подождите, Андрей Михайлович, что это вы только что прочитали? Кто адресат этого письма?»

«Моя милая девочка, это письмо без адресата. Не стоит воспринимать поэтический текст буквально».

«Оно было адресовано Нине Белской?»

«Опять ты начинаешь. Ладно, давай не будем ссориться из-за какого-то периферийного персонажа твоего рассказа. Мы ещё поговорим. Я обещаю, что поговорим... в Москве. Знаешь, что я думаю? Ты всё равно здесь ещё неделю. А почему бы тебе не приехать на Московский кинофестиваль. Я хорошо разбираюсь в кинематографе тридцатых годов. "Ниночка"? Конечно, я знаю актёров, которые в нём снимались. Грета Гарбо там просто неотразима! Хотя её смех никогда не казался мне естественным.

Нет, Танюша, мне совершенно не составит труда достать тебе контрамарку. К тому же ты теперь здесь считаешься иностранкой, а иностранцам гораздо легче. Приезжай, не пожалеешь. Правда, приезжай.

Билеты на поезд достать трудновато, но ты же меня знаешь, я достану. Я сейчас же позвоню Аннушке. А ты иди к двадцать четвёртому окошку на Московском вокзале. Это то, которое справа. На окне написано "Особая бронь", и там обычно не бывает очередей. Подходи где-то к двум. Скажешь, что ты подруга Андрея Михалыча и что тебе нужен билет на "Красную стрелу". И запомни, если она будет предлагать тебе что-то ещё, просто говори "нет". И что ты хочешь ехать только на поезде "Красная стрела". Скажи, что ты будешь очень благодарна и что ты привезла конверт от Андрея Михайловича. Она у нас просто чудо. Как-то я достал билеты на фестиваль для её племянницы, и я всегда привозил ей хорошие консервы из горбуши.

Надеюсь, Танюша, что если я всё это для тебя организую, то ты меня не подведёшь. Я уже пожилой человек, и мне это даётся не так легко, как прежде. Я гарантирую, что ты не пожалеешь об этой поездке. А я тебе всё покажу. Старые фотографии? Конечно, без проблем. Париж, Черновцы, Кисловодск, что угодно. У меня даже есть фотография Греты Гарбо в берете. Ты можешь даже прийти и посмотреть, как я играю в домино со стариком Кагановичем. Да, тем самым Кагановичем — возглавлявшим Москву в сталинские годы. Он уже очень пожилой человек, но всё ещё заядлый игрок. Совершенно безобидный и всеми забытый, он ещё к тому же и страстный киноман. У него с Берией никогда не совпадали вкусы в области кино. Берия любил мюзиклы, особенно "Последний вальс", а Каганович отдавал предпочтение романтическим комедиям. Сталин любил повторять: "Бросьте спорить, товарищи, оба жанра очень хороши. Мы должны уважать наши различия во вкусах! Не забывайте, товарищи, об искусстве компромисса!" После чего Сталин от души смеялся, а Берия обиженно надувался. Это реальная история. Каганович рассказал мне её однажды, когда начал проигрывать, чтобы таким образом отвлечь меня от игры и не дать мне выиграть. Но не тут-то было! Ну что, ты едешь? Я знал, что история с Кагановичем тебя заинтригует. Я был прав!»

Из моей электронной почты

Кому: Miklos@inter.bank.net

М.,
ты всё ещё там? Здесь я чувствую, что внешнего мира как будто больше и не существует и что Россия — самодостаточный материк-океан. Мне бы хотелось потихонечку его переплыть, но я уже на это не способна. Я и не здесь, и не там. Здесь, будто бы «дома», я ощущаю себя хуже, чем за границей.

Так где же ты? И какую двойную игру ты ведёшь? И сколько всё это будет продолжаться?

Кому: Tstern@nyu.edu

Танечка,
ты там держись. Я сижу здесь, уткнувшись в голубой экран, и ищу твоё отражение. Я «за границей» и очень по тебе скучаю. Послушай, мы обязательно однажды увидимся у нас

дома в Нью-Йорке. Россия станет для тебя простым воспоминанием. Ты расскажешь о ней забавные истории в компании нью-йоркских друзей на какой-нибудь вечеринке. Ты сама над собой посмеёшься и выпьешь калифорнийского вина. И мы будем счастливы. У меня такое чувство. Я напишу тебе длинное-предлинное письмо со множеством придаточных предложений и роскошных эпитетов. Как-нибудь. Только что пришёл мой начальник, и мне нужно сделать вид, что я работаю. Целую. Твой М.

М.,
ничто не представляется мне достоверным, даже твой голос по e-mail. Я сама себе поражаюсь, и зачем я им до сих пор пользуюсь? Мне нужно всего лишь на время куда-нибудь сбежать, и мои пальцы устало и по инерции жмут на удобные клавиши.

Нина была права: некоторые впадают в зависимость от двойной жизни. Но существуют два типа двойной жизни — прости меня за тавтологию! Ты же сам прекрасно знаешь, что я имею в виду. Это только те вещи, которые здесь начали выглядеть совсем в другом свете. Та жизнь, которую мы вели в Нью-Йорке, — работа, встречи с друзьями, оплата счетов, пересуды из серии «кто чья любовница», подсчёт калорий, здоровое питание, борьба с курением, тревога по поводу неизбежно надвигающегося кризиса среднего возраста — всё это здесь представляется мелким и неважным. Все эти наши тревоги — это буря в стакане воды. Как обстоят твои дела с продажей недвижимости? Что-нибудь выходит? Т.

Танечка,
не иронизируй и не расстраивайся. Держись. Помощь на подходе. Я планирую большую экспедицию, но я не могу рассказать тебе ничего об этом, не сейчас. Мои секретные агенты следят за мной. Давай пока проявим осторожность, но я обещаю, что мы поговорим. Поезжай в Москву, ты разгонишь меланхолию, навеянную тебе твоим родным городом. Мы поговорим. В Москве.

М.

М.,

я устала я от этой ерунды, Миклош, меня от нее тошнит: всё это двуличие, скрытность, маскировка. Я считала, что электронная почта позволит нам от этого уйти, но я ошибалась. Альтернативная жизнь так же плоха, как и настоящая. Ладно, если у нас не получается, значит, не получается. Ты же прекрасно понимаешь, что мы не сможем продолжать в том же духе в Нью-Йорке, по крайней мере я не смогу. Всё это было бы очень предсказуемо. Мне не хотелось бы, чтобы ты опаздывал на ужины в кругу семьи.

Т.

Кому: Tstern@nyu.edu

Умоляю тебя не прерывать отношения. Просто дай мне шанс. У меня есть что тебе сказать. В Москве.

М.

Уважаемая госпожа Штерн,

вы с Миклошем себя выдали. Я знаю, что ваши с Миклошем отношения превратились в более чем дружеские. Вы, вероятно, осведомлены о том, что он проживает в Соединённых Штатах по студенческой визе и в настоящий момент ожидает получения грин-карты или депортации. Наша заявка на получение грин-карты будет рассмотрена в следующем году. Я надеюсь, вы понимаете, какие у этого могут быть последствия. Поэтому я настоятельно требую от вас прекратить всякие отношения с моим мужем. Я не шучу.

Приятной поездки в Москву.

Виктория

Как же ей удалось залезть ко мне в почту? Не ты ли, мой любезный читатель, меня ей выдал? Ты донес ей на меня? Ты передал ей мой пароль? И ты тоже?

Глава тридцать вторая,

*в которой вы поедете со мной в Москву
и по дороге наедитесь соленых огурцов из Сибири*

Бюст Ленина раньше украшал вестибюль Московского вокзала в Ленинграде. В то время, когда памятники Ленину начали исчезать с постаментов, уступив место матрёшкам с его изображениями, столь любимыми иностранными туристами, группа ленинградских пионеров приняла решение защитить памятник вождю на Московском вокзале. Они любили его и не хотели с ним расставаться. Городские власти приняли во внимание их пожелания и даже заявили: «Не беспокойтесь. Мы оставим этот памятник на месте, если уж он вам так нравится. Ведь мы поддерживаем плюрализм мнений». Защитники Ленина охраняли памятник каждый день. Но однажды они сделали небольшой перерыв и ушли в два часа ночи спать домой. А когда их сменщики пришли в 5 утра заступить на вахту, бюста на месте уже не было.

«Ну и что, — сказала Аннушка, выглянув из кассового окошка номер 24, — в наше время мы вдоволь насмотрелись на памятники Ленину. Мы их и так хорошо помним. Теперь мы хотим перемен! Вот ваши билеты. Андрей Михалыч сказал, что вы его родственница, это правда? Вроде я вас никогда раньше не видела? Конечно, я выкупила для вас "Красную стрелу". Уж вы мне поверьте, я знаю привычки Андрея Михалыча. На меньшее он бы не согласился. Спасибо, спасибо большое. Вы очень щедры, и это уж чересчур. Большой привет нашему старичку. Он у нас просто душка. Счастливого пути. Товарищи, дамы и господа, даже не думайте вставать в эту очередь. Тут только специальные брони. К тому же у меня сейчас обеденный перерыв. Я же вам ясно по-русски сказала: билетов нет!»

«В Москву! В Москву! В Москву!» Моя участь решена. Я выхожу на улицу и ловлю такси. Напротив меня останавливается машина, обычный автомобиль без шашечек. «Сколько даёте?» — спрашивает водитель. Я-то думала, что этот вопрос должна задавать я. Но меня уже научили, что до Московского вокзала нужно предлагать пятьсот рублей. «Пятьсот? Вы шутите! Ни одно такси вас за такие деньги не возьмёт. Но я вижу, что вы милая девушка, да и мне по пути, так что давайте, садитесь».

Ваши отношения с потенциальным водителем похожи на любовь с первого взгляда. Если вы слишком долго думаете, то передумает он. Цены на этом рынке колеблются от восьмидесяти рублей по счётчику до двух тысяч рублей или десяти долларов с иностранцев. Водитель сначала визуально оценивает вашу платёжеспособность, а потом в уме производит математическое действие умножения в зависимости от того, приятна ему ваша компания или нет. Потом налаживается словесный контакт. Мой водитель симпатичный человек: ни золотых зубов, ни татуировок, ни спортивного костюма «Адидас» — все это признаки опасности. Раньше он работал инженером, а теперь зарабатывает гораздо больше частным извозом. Ему пришлось поменять профессию, как это бывает со многими эмигрантами, только он никуда не уезжал. Но он не особо расстроен по этому поводу. «Так получается, как будто у тебя начинается какая-то совершенно новая жизнь. А вы, — спрашивает он у меня, — вы не здешняя? Вы, наверное, москвичка?»

Вот чёрт. Меня, наверное, опять подвела моя моторика. Я что, опять как-то не так скрестила ноги? Или я слишком много улыбаюсь, каким-то безличным и слегка пугающим образом?

«Да, — сказала я, — конечно же, я из Москвы. Я работаю на киностудии». (Только не спрашивайте меня, почему я так сказала.)

«А, я подумал, что вы из Прибалтики или что-то в этом роде».

«Нет, нет».

«Сначала мне показалось, что вы иностранка, поэтому я и остановился. Я надеялся в этот раз заработать в валюте. Ведь иностранцы ничего не знают. Скажешь им десять долларов — они и дадут тебе десять долларов. Для них это сущая ерунда. Но вы, к сожалению, оказались не иностранкой».

«Выходит, что нет».

«Как только вы со мной заговорили, я сразу понял, что вы хорошо говорите по-русски. Но я всё равно решил вас взять, по своему добродушию. Но говорите вы со странной интонацией. Я не совсем могу понять, какой именно».

«Может, это потому, что у меня болит горло?»

«Нет, тут что-то другое».

«Ну я действительно какое-то время прожила в Эстонии».

«Я и подумал, что вы из Прибалтики, откуда-то с Запада. Почему вы едете одна субботним вечером? Вы не замужем?»

«Да нет, я замужем. Просто в эти выходные муж уехал на дачу, — сказала я. — Мы там кое-что выращиваем — огурцы, помидоры, укроп, вы же знаете, как теперь всё это дорого. Так что он сейчас там, и я тоже туда поеду, но только попозже. Мне нужно навестить больного дядю в Москве. Как же тяжело болеть в наше время. Да и в самой больнице можно чёрт знает чем заразиться».

С этого момента у водителя Николая Васильевича не осталось никаких сомнений в моей национальной принадлежности. Фраза про мужа на даче убедила его окончательно, и оставшуюся часть поездки он пребывал в отличном расположении духа. Он насвистывал свои любимые мелодии «Итальяно веро» и «Три танкиста, три весёлых друга» и пускался в рассуждения про демократов и цены на овощи. Так что я доехала до вокзала вовремя и при этом совершенно целой и невредимой.

«Красная стрела» был когда-то самый престижный ночной поезд во всей стране. Он был только для привилегированных пассажиров: партаппаратчиков и чиновников среднего звена, театральной и художественной элиты и их родственников, иностранцев и обычных людей, кому повезло завести дружбу с работниками железнодорожных касс. Обслуживание в поезде было быстрым, постельное бельё — безупречно чистым, а чай приносили в красивых стаканах с бесплатным сахаром в придачу. До эмиграции мне посчастливилось лишь однажды прокатиться на «Красной стреле» в качестве «подруги подруги билетной кассирши».

Я зашла в своё купе, в котором нам предстояло провести эту достопамятную ночь вчетвером на более или менее комфортных спальных полках. Беседа моих попутчиков была уже в самом разгаре. Все уже друг с другом перезнакомились. Дмитрий Иваныч, улыбчивый мужчина средних лет, немедленно предложил своим соседям щедрую порцию изысканных сибирских солений, лучших закусок в мире. Судя по запаху одеколона «Гермес» и умеренной степени опьянения, раньше он был партработником на невысокой, но руководящей должности, а сейчас работает менеджером в каком-нибудь совместном предприятии. У мужчины по соседству, по имени Алексей Михайлович, были глубоко посаженные глаза с неулыбчивым взглядом и нечёсаная борода. Остальные пассажиры называли его профессором, хотя до конца поездки так и не выяснилось, в какой научной области он работал. Блондинка «Елизавета Павловна или просто Лиза», как она изволила представиться, села прямо напротив него. Она была похожа на жену (или любовницу) партийного работника со свежей химической завивкой. (Честно говоря, она не выглядела такой уж свежей, и цвет её волос уже слегка поблёк.) Молодой человек в малиновом пиджаке по имени Саша расположился в соседнем купе. Но и он присоединился к нашей компании. Он приходился Елизавете Павловне племянником и хорошо зарабатывал.

«Жить стало лучше, жить стало веселей, — сказал Дмитрий Иванович, директор совместного предприятия, — вот вам и повод для тоста! За новые знакомства! Ура... И раньше-то я жил неплохо, но думаю, что некоторые ошибки всё же были допущены. Молодёжь, они, конечно, преувеличивают масштабы наших ошибок, но на то она и молодёжь! А вот я всё же оптимист, товарищи, дамы и господа. Я полагаю, что очень важно оставаться оптимистом. Кто-то же должен! Вы со мной согласны, Лизочка?»

«Да, Дмитрий Иваныч. Я тоже ратую за перемены и за новую жизнь. Но мне очень неприятно, как наша жизнь непрерывно очерняется в прессе. Они только и делают, что пишут о преступлениях, лагерях и всяких жизненных неурядицах. Не всё было так плохо! Люди любили и смеялись, и жизнь шла своим чередом даже в сталинские времена и даже во время войны. Конечно, я была тогда ещё маленькая. А вы что про это думаете, профессор, вы-то наверняка всё знаете?»

«Не хлебом единым, Елизавета Павловна, не хлебом единым. Мы нуждаемся в какой-то новой идее, и мы больше не можем отрекаться от того, кем мы всегда были».

«В каком смысле?»

«Мы обязаны помнить, кем мы были как народ. Мы русские, и нам не следует позволять иностранцам и всяким там инородцам указывать нам, что нам делать. У нас своя особенная судьба. Мы не европейцы и не азиаты. Мы евразийцы, мы промежуточная нация, и мы волей-неволей принимали на себя миссию по спасению Запада во время многих больших войн. И теперь для нас пришло время воплотить наше предназначение. Теперь мы нуждаемся в новой великой идее, а не в идеологии. Но идее с большой буквы. Вспомните эти мои слова, когда наступит 2018 год».

«Я в этом не уверен, — сказал молодой человек в малиновом пиджаке, — но если вы спросите меня, то я скажу, что у нас у всех свои собственные идеи. Каждый за себя. И дело не в идеях. Нет больше идей. Есть разные экономические интересы. Мы все преследуем наши собственные интересы и меняем свою жизнь стремительно. Я собирался поступить в институт и стать очередным бесполезным инженером. Я бы ходил на работу и, как любил говорить мой папа: "Ты притворяешься, что работаешь, а они притворяются, что тебе платят". Теперь же я зарабатываю больше, чем все инженеры, работающие с моим отцом, вместе взятые, да ещё и папе помогаю».

«В том-то и проблема, что каждый за себя. Получается, что каждый тянет себе побольше из общего котла. Вы можете позволить себе модный пиджак, но вы должны под этим что-то иметь».

«Сашенька, я думаю, что профессор прав, — вступается за него Елизавета Павловна, — ты ещё очень молод. А нам нужно снова обрести что-то прекрасное, что могло бы нас объединить. Нашу национальную гордость».

«Товарищи, — сказал Дмитрий Иванович, надкусывая солёный огурец и наливая себе очередную рюмку водки, — я с вами полностью согласен. Причём со всеми. И с вами, Лизочка, и с вами, профессор. Я тоже за великую Россию и мир во всём мире. Я тоже за демократию, но мы не должны терять нашу гордость и наши корни. Как только они открыли это «окно на Запад», все бросились туда, чтобы увидеть всё своими глазами. А теперь все бегут от этого окна обратно домой. Я тоже ездил в Париж. Помните, раньше был анекдот "и опять хочется в Париж". Честно говоря, я и раньше путешествовал. Я ездил в Болгарию и даже в Дубровник. Там у меня было и лучшее вино, и самые красивые женщины. Но Париж, конечно, это Париж. У них прекрасный собор Парижской Богоматери, но народ там очень грубый. Бездушный народ! Мы пошли на Пляс Пигаль, но даже проститутки там сильно переоценены. А многие из них и вообще по природе не женщины! Поэтому нет ничего удивительного, что французы ездят к нам в Москву и платят нашим русским девушкам.

И в Америке я тоже побывал. Вы заходите там в любой универмаг, и вам тут же улыбаются так, чтобы вы купили как можно больше. "Приятного дня" и "могу ли я вам чем-то помочь" и прочая лицемерная чушь! А потом они всё это заворачивают, заклеивают лентами и раскладывают по маленьким коробочкам милейшего вида. Вся их энергия расходуется на процесс обёртки и упаковки, и на каждой крышечке есть инструкция, где маленькими стрелочками показано, как её открывать и закрывать. Как по мне, так я предпочитаю наши пробки — они более естественны. Открываете ее зубами, которыми вас одарила мать-природа, и все. Никаких усилий и инструкций! Знаете, какая история со мной произошла? Я выходил из универмага. Шёл дождь, и я решил покурить перед тем, как выходить на саму улицу под этот дождь. Вы не поверите, какой переполох это вызвало. Ко мне подскочил охранник. "Что случилось? Разве это не свободная страна?" — говорю я. "Здесь не курят", — говорит он. "Ладно, — говорю, — всего одну сигарету, чего тут такого?" — "Здесь курить нельзя", — повторяет он строго. И это вы называете свободой? У них ещё больше правил, инструкций и ограничений, чем у нас. Вот я бы никогда не уехал из Москвы. Это столица мира! И наши эмигранты сейчас возвращаются домой. Я уже говорил, что работаю в совместном предприятии. И эмигранты нередко приезжают назад с помощью нашей компании. Старые эмигранты обычно благородного происхождения, хорошо воспитанные и плачут, когда ступают на русскую землю. Вот это истинные патриоты. Но новая волна, те, кто уехал в семидесятые и восьмидесятые годы, они совсем другие. Сейчас они пытаются тут что-то заработать. А я бы им сказал, что если однажды вы предали свою страну, то больше мы вам не верим. Понятно, что подавляющее большинство из них к тому же нерусского происхождения».

«Да, — сказал профессор, — русские — это особый народ, и мы должны стать самодостаточными. В конце концов, мы самая большая страна в мире. Поэтому нам так важно держаться вместе и осознавать наши общие корни от Балтики до Сибири, от южных рек и до северных морей. Демократия при отсутствии духовной общности — ничто. Экономика — всего лишь современный код древних духовных отношений. Поэтому наша экономика и не работает согласно западным законам и правилам».

«А что думает та девушка на верхней полке? — подмигивает мне Дмитрий Иванович. — Она только молчит и слушает. А вы ведь тоже тут живёте, и теперь вы можете высказать нам своё мнение».

«О, да я уверен, что она считает, что нам нужны законы, социальные программы и неколлективные идеи, — ответил за меня Алексей Михалыч. — Могу поспорить, что она типичная западница. Ничего нового. Всё та же песня. Они не меняются. А мы должны быть ведомы большой идеей, а не золотым тельцом».

«Я уверена, что она мыслит совсем иначе, — встала на мою защиту Елизавета Павловна. — И я согласна, что нам нужны лучшие законы. Я хочу, чтобы мой бывший муж в конце концов заплатил мне алименты. А сейчас как я могу его заставить? Теперь он новоявленный бизнесмен, совсем не платит налоги. Хотя и с вами я тоже согласна: нам нужна новая идея, русская или евразийская идея, с которой мы должны дальше жить. То есть между нами, оказывается, нет существенных противоречий. Только одного и не хватает в нашей стране — это доброты и согласия».

«Но эти качества тоже присутствуют в русском характере, умение прощать и добросердие. А это уже повод для нового тоста!»

Мы пили и закусывали огурцами и тёплой картошкой, которую эта женщина взяла с собой в дорогу. Потом она сказала, что у нас сложилась такая тёплая компания, что она сейчас откроет коробку шоколада, который она везла кому-то в подарок. «Нет, нет, — запротестовал Дмитрий Иванович, — не стоит... это совершенно ни к чему. У меня ещё осталось несколько огурцов».

«Дмитрий Иванович, — сказала дама, — чёрт с ним с этим шоколадом, давайте как в старые добрые времена. Давайте попросим проводника принести нам ещё чаю».

«Чай с меня», — сказал Саша.

«Нам нужно больше, чем чай, дамы и господа», — перебил их Дмитрий Иванович.

Саша поднял свою бутылку: «За новую Россию».

«Я вижу, Сашка, что ты пьёшь безалкогольное пиво, и к тому же импортное. Это я считаю неуважением», — сказал Дмитрий Иванович.

«Понимаете, Дмитрий Иванович, — сказал Саша, неспешно отпивая из иностранной бутылки, — мне завтра утром нужно идти на работу. Кто-то же должен работать!»

«Девушка на верхней полке тоже не пьёт. Ей тоже нужно на работу. Да я и не против. Я просто не знаю, согласна ли она с нами», — говорит Дмитрий Иванович.

«Она просто устала, — снова отвечает за меня Лизочка, — она очень устала».

Я не могу сказать, что я хорошо спала в эту ночь. Заснула я, скорее, только под утро. Мне снился этот нескончаемый разговор, во время которого Дмитрий Иваныч и Алексей Михалыч заставляли меня есть огурцы, всё больше и больше огурцов. Это было своеобразное соревнование, кто съест больше огурцов. Наконец, я так полюбила огурцы, что мне стало их даже не хватать. Я превратилась в почётного знатока огурцов. Поверьте, маленькие с жёлтой шкуркой — самые вкусные, к тому же они не такие солёные. В конце концов я сама стала требовать дать мне ещё огурцов. «Огурцы закончились, — сказали они, — и у себя в стране вы их не купите». Я проснулась с кислым послевкусием во рту. В поезде играло радио:

> Если б знали вы, как мне дороги
> Подмосковные вечера...

«Девушка, простите, вам нужно вернуть бельё и заплатить за чай».

«Мне нравятся такие песни, — сказал Дмитрий Иванович, — гораздо больше, чем рок-н-ролл. Да, да, я знаю, что рок-н-ролл нужно тоже разрешить. Я не против».

Я выглянула на улицу через ситцевые занавески, украшенные красными звёздами. Сначала я не могла сообразить, где я. Москва, правильно?

Глава тридцать третья,

в которой мы из окна наблюдаем
за товарищем Кагановичем

Андрей Михалыч встречает меня на вокзале, как настоящий джентльмен — с букетом цветов. Я настаиваю на том, что сама понесу свою сумку. «Не делайте проблему из того, что я женщина», — я цитирую Грету Гарбо.

В ответ он только смеётся: «Конечно, конечно. Твоя бабушка тоже вела себя так. Она любила путешествовать налегке. Сегодня нам повезло, моя хорошая, нам действительно повезло. Я практически уже достал для тебя контрамарку и на открытие фестиваля, и на пресс-конференцию Вячеслава Пулкова. Кто такой Пулков? Ну ты даёшь! Из какой же глуши ты вылезла? Он величайший российский режиссёр, и он только что закончил съёмки эпического блокбастера "Сиреневый закат". Никто его ещё не смотрел, но говорят, что это абсолютный шедевр, достойный премии "Оскар" и Пальмовой ветви Каннского фестиваля. Сага о русской революции, великолепная операторская работа, чудесная музыка, снега в степи, с Лялей Качальской и Дмитрием Андроповым в главной роли. Все они тоже будут там».

«Но, Андрей Михалыч, я очень устала, правда. Я приехала пообщаться с вами».

«Послушай, ты должна пойти. Я не могу тебе рассказать всё прямо сейчас. Ты должна», — прошептал Андрей Михалыч.

Мы идём через длинный подземный переход, в котором одинокий уличный музыкант, стоя неподалёку от книжного развала с надписью «Астрология и духовность», исполняет тюремный шансон для группы немецких туристов. Смуглая женщина с грудным ребёнком сидит подле них и попрошайничает, а напротив две весёлые бабули торгуют прессой: «Частная жизнь», ежеквартальное «Бизнес-обозрение» и «Биржевые новости». «Жить стало веселее, — говорит Андрей Михалыч. — Немного похоже на двадцатые годы, когда ещё всё было дозволено».

Андрей Михалыч живёт в особом кооперативном доме, построенном в пятидесятые годы для выдающихся деятелей кино. Внутри большой зелёный двор со скамейками, в котором полно детей, играющих на деревянных горках. Окно из его кухни как раз выходит во двор, где четверо пожилых мужчин сидят вокруг деревянного стола и играют в домино. «Видишь вон того высокого мужчину в коричневом пиджаке, с сединой, но не совсем ещё лысого? Это Каганович. Он до сих пор играет у нас во дворе. А ты думала, что я шучу? Вовсе нет. Но сейчас не стоит его беспокоить. Я чувствую, что он проигрывает. А проигрыш портит ему настроение».

На письменном столе в его небольшой квартирке стоит фотография в старомодной рамке. Это женщина-революционерка с всемогущими серыми глазами, лебединой шеей и с беретом на голове. «Нинель Марковна, такая, какой я её всегда помню. Я знаю, что она совсем не похожа на твою бабушку, но тем не менее это именно она».

Мы садимся за стол для неизменного чаепития с малиновым вареньем. Андрей Михалыч вызывается приготовить мне яичницу. «"Красный омлет" по рецепту твоей бабушки — взбитые яйца с жареными помидорами. "Я хочу угостить тебя вкусненьким, Андре, — сказала она, когда мы снова встретились летом 1955 года вскоре после того, как оба освободились, — а то ты выглядишь изрядно похудевшим". А это твоя бабушка в Париже. Поверь мне — она казалась чрезвычайно убедительной. Если б ты слышала её речи, будь ты в те дни рядом с ней, ты бы сама не заметила, как поменяла бы свои взгляды. Она была и огнём, и льдом, страстная и одновременно совершенно спокойная. Она была женщиной поступка и действия, женщиной нового типа.

Тайным агентом? Ну и слова! Ты, наверное, представляешь себе Джеймса Бонда в юбке или Мату Хари? Милая девочка, ты насмотрелась кино! А жизнь гораздо интересней, чем искусство. Нет, она не работала на НКВД. Она просто получила небольшое задание и выполняла свою работу безупречно. Она делала то, что лучше всего умела, — убеждала других в реальности своей мечты. Скажу тебе прямо. Нет, она ездила в Париж не для изучения иностранных языков или любования улыбкой Моны Лизы. Эта улыбка и вправду очень притягательная. Ты слышала о гипотезе, что Мона Лиза — это автопортрет самого Леонардо? Сам я в неё не очень-то верю, но для доказательства этой версии даже использовали компьютерные методы. Это веский довод, понимаешь, этого не сбросить со счетов. Нинель Марковна любила ходить в музеи. Она могла целый час простоять напротив одной картины. А потом она чувствовала себя виноватой. "Ох, Андре, сегодня я не выполнила задание", — сказала бы она в таком случае. Она много работала с евразийцами. Например, она была убеждена, что Борис Владимирович Крестовский настоящий патриот и что он мог бы быть очень полезен Советскому Союзу. Но также она беседовала и с другими евразийцами. Некоторые из них ещё до войны вернулись в Советский Союз. Она встречалась с Луи Арагоном[1] и Эльзой Триоле и подружилась с ними. Нет, я не думаю, что она имеет какое-то отношение к исчезновению генерала Седова или убийству Игоря Рейсса[2]. Она никогда не занималась грязной работой. Я думаю, что она ничего об этом не знала».

Звонит телефон. «О, да, какая честь! Мадам Ляля собственной персоной. Лялечка, вы были как всегда неотразимы. Нет, я думаю,

---

[1] Луи Арагон (1897–1982) — французский поэт и прозаик, деятель Французской коммунистической партии, лауреат Международной Ленинской премии за укрепление мира между народами, муж русской и французской писательницы и переводчицы Эльзы Триоле (урождённая Элла Юрьевна Каган (1896–1970), младшая сестра Лили Брик).

[2] Игнатий Рейсс (настоящее имя Натан Маркович Порецкий) (1899–1937) — российский революционер, деятель советских спецслужб, разведчик, невозвращенец, открыто выступивший против сталинизма. Убит спецгруппой НКВД в Швейцарии.

это был отличный фрагмент. На самом деле. Зачем мне вам врать? Только чтобы сделать вам комплимент? Я никогда бы так не поступил! Вы лежите в степи, в полном умиротворении, и волосы у вас цвета спелой пшеницы. Это отличный материал... Он прекрасно передаёт настроение. А движение камеры его только усиливает. У меня есть та статья из "Телерамы"[3], прямо из Парижа, с такой цитатой: "Огромный успех — «Сиреневый закат»: по-настоящему панорамная сага из России. Прекрасное сочетание старого и нового, истории и искусства". Хотите, чтобы я перевёл её вам с самого начала? Минутку. Написано тут так: "Рабочий кабинет Вячеслава Пулкова в Москве — тихое место. Он, кажется, так далёк от всей этой суеты и суматохи, в которой живут новые русские бизнесмены и банкиры, стремглав несущиеся по городу с типичной американской деловитостью. На стене кабинета висит генеалогическое древо Пулковых, доказывающее древнее происхождение этого аристократического рода, ведущего своё начало от времён правления Ивана Грозного". Нет, Лялечка, я не думаю, что Пулк был татарским князем, это о ком-то другом. Пулковы татарами не были. Продолжать? "На стене кабинета висит генеалогическое древо..." Ой, это я уже читал. "На столе у Вячеслава Пулкова стоит и кофе, и саке". Нет, не сари, а саке — это японская водка. "Саке и кофе являются его любимыми напитками, символизирующими Восток и Запад. В своих фильмах месье Пулков старается передать дух евразийского пространства, рубежа между Европой и Азией". Лялечка, дальше всё изложено примерно в том же духе, я сейчас немного занят. Я готовлю "красный омлет" для моей гостьи из-за границы. Она моя дальняя родственница, американская журналистка. Ей обязательно нужно попасть на церемонию открытия. К тому же она интересуется творчеством твоего отца. Особенно ей нравится та песня про бордели в Сан-Фернандо. Да, очень старая, но и я человек немолодой... Я вовсе не шучу. Так ты позвонишь Вере

---

[3] «Телерама» — еженедельный французский журнал, основанный в 1947 году и публикующий статьи на темы культурной жизни и телевидения. Название расшифровывается как: Television, Radio, Cinema.

Алексанне насчёт контрамарки? Отлично. Я знал, что ты согласишься. Я принесу тебе эту статью. Да, обязательно. Целую ручки. Спасибо. И вновь целую ручки.

Ну и на чём мы остановились, Танечка? Конечно же на Париже, на чём же ещё. Нинель Марковна была в своем деле виртуозна. Она обладала прелестью убеждения. От неё просто веяло этой гипнотической силой, почти сверхчеловеческой. А ты бы видела, как она плавала: просто русалка революции. Каждый гребок — как удар молнии. Сам Арагон ухаживал за ней и даже какой-то член Центрального комитета Коммунистической партии Франции. Он приносил ей каждый день свежие незабудки. Он тоже был романтик и только потом коммунист. Я пару раз случайно встречал их вместе.

Она была скорее учителем, чем возлюбленной. Ты знаешь, что в старшем возрасте у неё были наиболее близкие отношения именно с её учениками. Как к ней ни придёшь, всегда увидишь на её столе алтарь из ученических фотографий, ребята и девчата в октябрятской и пионерской форме с лентами и галстуками. Они её просто обожали. Помнишь двух её любимиц, Милочку и Аллочку? Они приходили к ней в комнату смотреть по телевизору фигурное катание. Она читала им разные героические истории, но я не думаю, что это были произведения советских авторов. Она читала им скандинавские волшебные сказки, рассказы про итальянское сопротивление, "Отверженных" Виктора Гюго и "Двенадцать подвигов Геракла". Сначала это были рассказы о поисках идеала, потом истории выживания и, наконец, о сопротивлении злу. Героям этих рассказов удавалось пересечь множество границ и при помощи силы своего характера преодолеть все препоны и трудности.

Была ли она счастлива? Я не думаю, что она мыслила такими категориями. Выражение «погоня за счастьем» не было частью её лексикона. В поздние годы она достигла просветления. Как будто она избавилась от груза — страха и долга. Она никогда не хотела уезжать из страны. Она была патриоткой Советского Союза старого образца. Но в одну из последних наших встреч она рассказала мне тот знаменитый анекдот про Иванова и Рабиновича. "Иванов, любишь ли ты нашу прекрасную родину?" — "Да", — отвечает Иванов. "Готов ли ты отдать за неё жизнь?" — "Да", — отвечает Иванов. Потом подходит очередь Рабиновича. "Любишь ли ты нашу прекрасную родину?" — "Да", — отвечает Рабинович. "Готов ли ты за неё умереть?" — "Безусловно, но если и я умру, то кто же будет её любить?" В последние годы она смеялась больше, чем за всю жизнь. Понадобилось немало времени, чтобы она пришла к такому состоянию. Не осуждай свою бабушку, Танюша, и не будь к ней слишком строга. Кто мы такие, чтобы кого-то осуждать? Может ли кто-то считаться праведником только потому, что ему посчастливилось родиться в лучшие времена? Ты вполне можешь ей гордиться. Несмотря ни на что, ей удалось уцелеть».

Снова звонит телефон. «Здрасьте. Верочка Алексанна? Ах, жизнь идёт своим чередом. Всё стареем... Вы достали контрамарку? Вы просто чудо, Вы и сами это знаете. Целую вашу ручку. Я в неоплатном долгу...

Смотри, несчастный Каганович, похоже, вконец проигрался. Он выглядит совершенно потерянным. Я знаю, потому что, когда он хватается руками за голову, это значит, что удача от него отвернулась. Ладно, ладно, он тоже стареет. Он думает, что он всё ещё в игре, но побеждает старик теперь далеко не всегда».

Глава тридцать четвёртая,

в которой мы смотрим фильм «Сиреневый закат» и слушаем песни Качальского

Я внимательно смотрю в тёмные глаза Будды в московском метро. Это первое рекламное панно, которое появилось в общественном транспорте. До этого в поезде можно было встретить только надписи, призывающие к осторожности, а не к спасению души: «Не прислоняться!» Я оборачиваюсь и замечаю группу хихикающих русских девочек в индийской одежде: длинные сари и тёмные парики. Девочки тоже выходят на моей остановке, бывшем проспекте Карла Маркса, недалеко от гостиницы «Россия»[1]. Они следуют за мной по пятам. Я ускоряю шаг — они тоже идут быстрее, я останавливаюсь, чтобы проверить, не забыла ли я контрамарку, и они замедляют шаг. Наконец, мы подходим к главному входу гостиницы «Россия». Я быстро оборачиваюсь, чтобы посмотреть на их лица, и вдруг они начинают неистово аплодировать. Они чуть не сбивают меня с ног. В этот момент я замечаю высокого индуса с колоритными усами и ослепительно белой улыбкой. «Я не могу поверить своим глазам! Это Раджа К. собственной персоной из минисериала "Красотка в Бомбее"!»» Девочки в сари визжат в полный голос.

Я показываю билет бабушке на входе. Она улыбается и выкрикивает другую бабушку, контролёршу. «Зиночка! Проверь вот эту

---

[1] «Россия» — одна из самых больших гостиниц Москвы, возведённая в 1964–1967 годах в районе Зарядье по проекту архитектора Дмитрия Чечулина и закрытая 1 января 2006 года. К 2010 году гостиница была снесена, и на её месте к 2017 году был устроен парк «Зарядье».

иностранку. Она даже не удосужилась надеть в Большой зал приличные туфли. Совершенная невоспитанность, как я и говорила, никакого уважения».

Я с юности мечтала попасть на открытие Московского кинофестиваля. Очереди за билетами обычно выстраивались за несколько недель до начала показов, цены на чёрном рынке вокруг гостиницы «Россия» зашкаливали, и любовь и счастье человека порой могли зависеть от этого рокового пригласительного билета на Московский кинофестиваль. И какая бездонная пропасть была между теми, у кого он был, и всеми остальными. Один мой приятель нашёл в гостинице «Россия» потайную служебную дверь, через которую ему удалось проникнуть в один из фестивальных залов и застать последние пять минут пресс-конференции самой Софи Лорен. Для нас он стал просто настоящим героем. В тот день он встретил свою будущую жену, с которой они в браке уже в двадцать лет, а в тот день ее выгнали с премьеры японского эротического фильма «Зрачки её глаз», потому что она забыла дома билет. Их выставила за дверь гостиницы всё та же самая бдительная бабушка. Эта история случилась когда-то в семидесятые, я уже точно не помню, в каком году. А теперь я здесь с гордостью шагаю перед строем наблюдательных бабушек со своим личным пригласительным билетом в руках. И я увижу Вячеслава Пулкова собственной персоной в Большом зале гостиницы «Россия». Я теперь большой человек!

Посреди сцены с роскошным малиновым занавесом стояли высокие вазы с белыми нарциссами. Вячеслав Пулков в белоснежном пиджаке и тёмно-серых очках. Ляля Качальская выглядит неотразимо в сиреневом платье с открытыми плечами. На заднем плане висит огромный портрет её отца Валентина Качальского с годами жизни: 1905–1990. Он тихо скончался во сне, как раз во время съёмок этого фильма, который и посвятили его памяти.

«Мой отец был артистом, патриотом и самым деликатным человеком из всех, кого я знаю. Я не думаю, что он оскорбил или обидел хоть кого-то в своей жизни. Даже тараканов не трогал. Он был милый и добрый человек, настоящая русская душа. Я помню, как моя мама однажды хотела меня отшлёпать. Кажется, я разбила тогда её любимый фарфоровый чайник, который она купила недалеко от ресторана "Пекин". Она схватила купленный ещё в Париже отцовский ремень и приказала мне задрать юбку. И в этот самый момент мой папа, который, должно быть, услышал мой громкий плач, вбежал в комнату и стал умолять маму меня отпустить. "Она уже и так достаточно наказана. Я обещаю, что она так больше никогда не поступит". Моя мама тоже была женщиной доброй, просто она хотела меня воспитать. Мы все вместе поплакали, а затем помирились. Я извинилась, и мы сели есть варёную картошку с селёдкой. Это было наше особое воскресное блюдо. В Париже мой отец дружил с нашим великим учёным Борисом Крестовским. Он был мудрецом и праведником. Мой отец как-то сказал мне про него: "Лялечка, я имел счастье быть знакомым с по-настоящему великим человеком. Он был совсем не таким, как мы, обычные эмигранты. Он не предавался таким порокам, как пьянство и женщины. Он посвятил свою жизнь поиску истины. Он был именно тем человеком, который убедил меня бросить пить и вернуться на родину". Моему отцу особенно нравилось работать в кино. Кино было его первой любовью. И этот фильм стал его лебединой песнью. Несмотря на предупреждения врачей, он работал над сценарием этого фильма денно и нощно. Особенно трудно давался ему образ эмигрантского поэта Мишеля Загорского, ставшего агентом НКВД. Он не хотел изображать его простым злодеем, а сделал его человеком еще и привлекательным и даже страдающим. И тем не менее это он открыл ящик Пандоры и разрушил русскую идиллию. Мой отец говорил, что он хотел в этом фильме соединить правду жизни и красоту. Не правда ли, чудесное выражение — "правда и красота"? Мой персонаж, Анна Сергеевна, Аня, — очень красивая, чрезвычайно женственная русская девушка благородного происхождения. До революции она любила восемнадцатилетнего поэта Мишеля, но тот покинул страну и уехал в эмиграцию. Спустя десять лет она опять полюбила и вышла замуж за коммуниста-идеалиста, красного командира и человека из народа. На этот раз это было идеальное совпадение — дворянка и простолюдин, лучшие качества старой России и нового Советского Союза —

соединились в этом браке, и жили они долго и счастливо в доме в степи. Гул Гражданской войны уже утих. Началось мирное время тридцатых годов, время достижений народного хозяйства и относительного благополучия. Пока однажды благополучие этой семьи не было поставлено под угрозу призраком из прошлого.

Для моего отца было большой честью работать с нашим великим режиссёром Вячеславом Пулковым. Он был горд тем, что Пулков предложил использовать в фильме его песни. Песня "Сиреневый закат" была одна из его любимых. "При сумеречном свете сиреневых закатов, ты уронила шаль и распустила косы..." Сперва он хотел включить в картину другую его старую песенку: "Я принцесса без единого су, и я сбегу с моим милым Джу Су", но в дальнейшем отказался от этой идеи. Конечно, это очаровательная и озорная песенка, но ему требовалось что-то более меланхолическое и нежное, что-то, что могло бы передать дух степей".

"Давайте как раз остановимся на этом, на степях, чтобы обсудить..." — говорит ведущая церемонии открытия, диктор телевидения Зинаида Павлова. Она обладает тем мелодичным советским голосом, который мог бы даже рассказ о жутких зверствах заставить звучать так, как будто это знакомая с детства колыбельная. Тактичным движением руки она останавливает шквал аплодисментов. «Вячеслав Николаевич, расскажите нам о степях, которые создают особую атмосферу вашего фильма».

«Знаете, я искал настоящий русский пейзаж: ветер, играющий в колышущейся траве, последние лучи заходящего солнца, необъятные просторы. Я хотел уловить какую-то тревогу в воздухе, возможно, дыхание самой истории. Мой немецкий продюсер предложил мне провести съёмки в Канаде. Он сказал, что это будет более практично. (Смех в зале.) Но он совершенно не понимал духа степей. Я, естественно, настоял на своём, и мы сделали всё так, как я хотел. Там в степи стоит дом, похожий на оазис. Это старое поместье, в котором красный командир Григорий Ясный живёт со своей супругой, её родителями и двумя дочерьми».

«Можно ли ваш новый фильм назвать автобиографическим?»

«И да и нет. Безусловно, всё, чем бы мы ни занимались, в какой-то степени автобиографично. Я хотел, чтобы дом, используемый в съёмках, передавал дух дома моего детства. Я хотел, чтобы мои зрители по мере развития сюжета ощутили на своём лице свежий ветер степей. Григорий Ясный немного напоминает мне моего покойного отца. Но сама сюжетная линия не имеет никакого отношения к моей жизни. Как говорится, любое совпадение с реально живущими или когда-либо жившими людьми является случайностью».

«А могли бы вы назвать свой фильм историческим?»

«Я снова отвечу вам: и да и нет. Фильм переносит нас в тёмный период русской истории и изображает его реалистично — это тридцатые годы, эпоха сталинизма. С другой стороны, мне не хотелось создавать очередную "разоблачительную картину", которая бы показывала только насилие, смерть и прочие жуткие вещи. У нас уже вполне достаточно таких чернушных фильмов. Как будто в истории России не было ничего, кроме преступлений. Я не хотел никого обвинять. Я просто хотел создать фильм про примирение внутри семьи, преемственность нашей истории. Это фильм о памяти. Мы должны быть преданы нашей исторической памяти, дорогие друзья. Мы должны её восстановить. Это то, в чём наш народ нуждается сейчас более всего. Безусловно, наше русское счастье, как и прежде, остаётся очень хрупким. Эмигрантский поэт, первая любовь Ани и одновременно убийца её сестры Тани, которая умерла на чужбине в крайней нужде, идет на окончательную месть. Мишель доносит на Григория Ясного. Григория арестовывают и отправляют в сталинские лагеря».

«Прошу прощения, Вячеслав Николаевич, — перебивает его к великому неудовольствию Зинаиды Павловой мужчина из третьего ряда, — насколько нам известно, ваш отец никогда не находился под арестом. Согласно вновь открытым материалам и документам, на самом деле, он доносил в НКВД о деятельности других артистов».

«Я не очень понимаю, о чём вы говорите. Какие ещё документы?»

«Речь идёт о досье КГБ из вновь открытых архивов, которые, как я полагаю, являются наилучшим хранилищем нашей памяти. Разрешите представиться: Борис Давыдов из общества "Мемориал", общества сохранения и изучения исторических документов».

«Вот видите, уважаемые дамы и господа, — улыбнулся Вячеслав Сергеевич, — это именно то, чего я так старался избежать. Взаимные обвинения. К тому же мой фильм является произведением искусства, а не историческим документом».

«Я корреспондент немецкого журнала "Дер Манн". Какой ваш любимый напиток? Я слышал, что вы не любите пиво».

«Буду с вами откровенен. Мой любимый напиток... саке (аудитория удивлённо ахнула), или скорее саке и кофе, представляющие собой единение Востока и Запада. Я до сих пор балуюсь водочкой и иногда пью чай с вареньем, но никак не пиво. Смею заметить, что тут нет никакой идеологической подоплёки. Это всего лишь дело вкуса!» (Одобрительный смех в зале.)

«Коки Робертс, "Найтлайн", США. Господин Пулков, мы слышали о ваших серьёзных политических амбициях. Это верно?»

«Привет, Коки! Добро пожаловать в Москву. (Обращаясь к залу.) Мы с Коки знакомы очень давно. Мы с ним пили водку с тоником в Капитолии ещё в далёком 1979-м! Я скажу тебе, Коки, но только между нами. (Смех в зале.) У вас был президент-актёр, а мы вас опять обгоним! И у нас президентом будет режиссёр! Возможно, это произойдёт в 2004 году. И это будет нашей версией короля-философа. Конечно же, я шучу. Но если говорить серьёзно, то я об этом подумываю. Ведь то, что нужно нашему народу, так это всеохватывающая объединяющая идея, чтобы нам удалось залечить наши раны и чувство унижения. Евразийство — естественный выбор. А ещё наш народ чувствует потребность в красоте. Евразия и красота стоят бок о бок. Так что кто его знает...

Я надеюсь, что вам понравится этот фильм. Но смотрите его не ради сюжетной интриги, а ради атмосферы, настроения и духа места. Я верю в то, что у нового поколения наших режиссёров не будет необходимости уезжать на Запад, чтобы снимать фильмы. Ведь у нас есть свои местные традиции, и мы должны оставаться верны нашему духу».

«Кто спродюсировал этот фильм?»

«Это совместное франко-германо-российское производство».

В этот момент Галина Павлова исчезла за занавесом и через несколько минут снова появилась на сцене, имея совершенно расстроенный вид: «К сожалению, мы не сможем сегодня показать вам этот фильм».

Зал разочарованно вздохнул. «Французские продюсеры Пулкова изъявили желание, чтобы премьера фильма состоялась в Париже. Это будет первый показ на ретроспективе Москва — Париж. Но они любезно предложили нам продемонстрировать отрывки из фильма».

В зале гаснет свет. В первом кадре, под звучащую из стереодинамиков песню Качальского, нам демонстрируют маленький домик, стоящий в глухой степи. Анна и Мишель сидят на траве. Мишель не может оторвать от Анны глаз. Анна же, не отвлекаясь, наблюдает за бегущими в небе облаками. Очень длинный кадр. Камера движется вдоль бесформенных облаков. Гроза уже на подходе, но лучи солнца ещё прорываются через густую дымку.

«Эти облака, Аня, они напоминают мне мечты, которым никогда было не суждено осуществиться», — произносит Мишель после некоторой паузы.

Следующий кадр — из далекого прошлого. Морозные узоры на зимнем окне. Мы слышим звук выстрела. Дым рассеивается, и мы оказываемся в ярко освещённом бальном зале, где совсем ещё юная Анна танцует с Мишелем вальс. Они беззаботно смеются. И был это совсем не пистолетный выстрел, а просто рождественская хлопушка. Все эти чудаковатые и добродушные дяди и тёти сплетничают по углам танцевального зала и рассеянно играют в карты. Анна краснеет. Мишель заключает её в свои крепкие объятия, но камера уходит на задний план, к другой девушке, похожей на Анну, но только бледной и худой. «Твоя сестра Таня, она умерла от горя в эмиграции», — слышим мы голос Мишеля за кадром.

В следующем кадре мы опять видим сестру Ани Таню (её роль исполнила Алёна Качальская), лежащую на роскошном диване в маленькой комнатке, через окно которой видна французская вывеска: «Café de Quatre Vents»[2]. Она одета в белоснежное бюстье со старинной вышивкой в форме бутона розы (прямо из голли-

---

[2]   Кафе четырёх ветров (фр.).

вудского бутика марки Frederick). Глаза её закрыты. На её чудо-бюстгальтере виднеется кровь. Камера скользит по её мёртвому телу, и мы слышим, как Мишель произносит строки из стихов:

> На солнышке, на ласковом, игривом,
> Моя дрожащая пропала тень.
> В моей душе заряд ружейный
> Взорвался на поляне в летний день.

Мы возвращаемся к колышущейся траве.

«Аннушка, Аннушка, ты где? — высокий мужчина в военной форме зовёт её из дома. — Ан-на... А-анна», — эхом доносится до нас его голос.

«Идуу!» Оператор вслед за Анной идёт по степи, по узкой тропинке, протоптанной в высокой траве. На горизонте мы замечаем пионерский отряд — марширующий строй высоких девочек с тонкими косами и мальчиков небольшого роста, одетых в длинные шорты. «Раз-два, раз-два, пионер — это я! А кто ты?»

Они идут прямо на нас, вынуждая и нас присоединиться к их маршу под громкую барабанную дробь. Камера спасает нас в последний момент и переносит наш взгляд на капризное непостоянство облаков. «Раз-два, раз-два, пионер — это я! А кто ты? Раз-два, раз-два, все мы Сталина семья, а кто ты?»

Стереоколонки передают их тяжёлое дыхание.

Зал затихает и затем взрывается бурными аплодисментами.

Из моей электронной почты

Кому: Tstern@nyu.edu

Дорогая Т.,
пожалуйста, не прерывай нашу переписку. Я переехал и получил новый пароль. И я поменял адрес. Пиши мне через Иштвана: Istva@ica.buda.edu.

Дорогая Т.,
ты права, ты права, ты права. Но ты неправа, ты неправа, ты неправа. Пожалуйста, не бросай меня, не сейчас и не по электронной почте. Мой компьютер заражён смертельным вирусом. Я открыл сообщение под названием «Трудные

времена», но оно оказалось ужасным вирусом, который в данный момент разрушает мой жёсткий диск. Так что ты не можешь усугублять мою болезнь. Ты не хочешь, чтобы мы стали виртуальными влюблёнными и совершали виртуальные прелюбодеяния? Хорошо, давай тогда станем просто виртуальными друзьями. Я полагаю, что грин-карты ещё выдаются людям, которые имеют виртуальных друзей, особенно если эти виртуальные друзья обладают статусом резидента-иностранца и близки к натурализации, как ты. Пиши мне на адрес Иштвана. Istva@ica.buda.edu. Помнишь Иштвана, у которого так хорошо получалось петь «Катюшу»? Пиши хоть что-нибудь. Просто на досуге понажимай на эти мягкие серые клавиши. Ты будешь посылать мне ежедневные сводки с евразийского фронта, а я расскажу тебе какие-нибудь истории про кино. И пошлю тебе немного сладостей. Хочешь кусочек торта «Захер»?

И как ты можешь быть уверена, что я не являюсь частью загадки, которую ты пытаешься разгадать? Я что-то вроде твоего персонажа, поэтому ты не можешь меня просто взять и выкинуть лишь из-за того, что моя жена разгадала мой пароль. Ты не можешь взять и вырезать меня из своей истории и оставить меня в тупике виртуального пространства. Помни, что мой отец был знаком с Любичем, да и не только с ним. Может быть, вот она ниточка, а? И встретились мы не случайно. Помнишь ту собачку, ту отвратительную чау-чау, которая лизала тебе пятки? Эта чау-чау почуяла кое-что большее, чем ты думаешь.

Твой доведённый до отчаяния Миклош

М.,

все мужчины такие нытики! Хорошо, давай не будем писать друг другу о наших отношениях, давай писать обо всём остальном. Я побывала на премьере «Сиреневого заката». Это была странная премьера, без демонстрации самого фильма. Но я не перестаю думать, что в этом фильме была закодирована какая-то иная важная информация, другая история, которая мне пока не удаётся нащупать. Очень интересно наблюдать, как Пулков переписывает историю. Прежде всего он «реабилитирует» своего отца. Если рассказать вкратце, отец Пулкова был комсомольским героем, потом работал на КГБ и был типичным культурным деятелем, директором театра, со всеми льготами и привилегиями. В фильме его отец — советский герой, но ни в чём не виновный. Он не палач, а сам жертва режима. Вот это и есть двойное самооправдание: и палача, и жертвы, ты так не считаешь? Все работы по психологии, которые я читала, разбирают, как жертва начинает ассоциировать себя с преступником (так что в невротических проекциях жертв мы можем обвинить их обидчиков). А что мы скажем про преступников, которые присваивают нравственные привилегии жертвы? Советская мужественность в соединении с русской женственностью на фоне первозданного евразийского пейзажа. Есть там одно но: в фильме эмигрантский поэт пересекает границы, совершает убийство и занимается обольщением. Он воплощает в себе двойное предательство — и русских, и советских идеалов. Однажды оторвавшись от корней, становится навечно виноватым. Он читает отрывок из стихотворения Полтавского-Рижского «Лето в Териоках». Я пошлю тебе выдержку из последней написанной этим поэтом страницы. Что ты обо всём этом думаешь? Куда после такого отправляются? В могилу? В Москву? Санкт-Петербург, Флорида?

Пулков говорит, что фильм представляет собой шедевр евразийского искусства. Но подождите, разве он не был снят на западные деньги? Ах да, конечно, они же у нас в долгу, разве не так, эти кровожадные народы Запада, за всё, что мы им сделали! Помните о татаро-монгольском иге!

И потом эти двусмысленные песни, эти ностальгические песни, которые и вызывают воспоминания, и ставят их под сомнение — песня обрывается. Или я впадаю в параноидальное состояние, как Никки? Но венгерская линия становится всё менее актуальной и даже излишней. Заставь меня изменить моё мнение. Т.

Танюша,
насчёт Полтавского-Рижского. Ты и вправду думаешь, что поэт, который сказал, что покидает Евразию ради Космополиса[3], а Космополис ради «Ротонды»[4], мог бы закончить

---

[3]   Название мирового государства в философии стоицизма.

[4]   Известное кафе в квартале Монпарнас, место встречи интеллектуалов — известных художников и писателей в период между двумя мировыми войнами.

свою жизнь на Метрострое? Могила куда вероятней. Хотя русские поэты — особая порода. От них можно ожидать чего угодно.

По поводу Пулкова. Ты, кстати, не влюбилась ли в него? Эти серые очки придают сексуального шарма. Да, в этом сюжете есть какая-то скрытая подоплёка, но почему ты так уверена, что она имеет какое-то отношение к твоей истории? Не все истории связаны между собой. Эта российско-советская идиллия, это примирение через изгнание иностранцев, эмигрантов, инородцев и прочих. Ты знаешь, что это стародавний прием. Но всё же, хороший ли это фильм? Как насчёт операторской работы, актёрской игры, постановки? Меня пугает, что, когда речь идет о России, ты, кажется, теряешь способность видеть в фильме произведение искусства, а начинаешь искать в нём место преступления. Я тебя в этом не упрекаю. Конечно, там завуалированы какие-то преступления, но чьи? Печальный ветер степей напоминает нам о нашем забвении.

Я выполняю своё обещание и говорю только по делу. Но в своих мыслях я позволяю себе много вольностей. Сейчас я на работе. Хочешь, верь, а хочешь — нет. Целую и обнимаю. Не трогай свой голубой экран, он может и укусить!

Твой.
Т:

Представляешь, что мы смотрели вчера вечером по телевизору с моими американскими гостями? «Доктора Живаго»! Не ругайся, но я думаю, что Джули Кристи была не так уж плоха в этой роли со своими бледными губами и отмороженными щеками. Но самое интересное показали после фильма — короткометражный документальный фильм «Съёмки "Доктора Живаго"». И что же я узнал о великолепных русских ландшафтах, заснеженных степях и сибирских просторах? Сибирь снимали в Сеговии! Снег был совершенно искусственный. Съёмки шли в центральной Испании, летом, при температуре 80 градусов[5]. А снег — это всего лишь спецэффект. Конечно, режиссёр заставил актёров съездить в Финляндию, чтобы они поняли, что такое снег.

---

[5] +26,6 градусов по Цельсию.

Почему Испания? Оказывается, работа статистов там стоила намного дешевле. Съёмки происходили в начале шестидесятых, когда Франко ещё обладал всей полнотой власти. Помнишь ту сцену в самом начале фильма с уличной демонстрацией и пением «Интернационала»? Снимать ее было очень просто, потому что оказалось, что жители соседней с Сеговией деревни прекрасно знали мотив этой песни, которая напомнила им их собственную республиканскую молодость в героические тридцатые. Однако их пение привлекло внимание франкистской полиции, заподозрившей возрождение республиканского гимна. Но их убедили, что «нет, это всего лишь кино». Зато во время съёмок следующей ночью жители этой деревни проснулись от громких звуков «Интернационала». «Франко сдох! Франко сдох!» — кричали они и обнимали друг друга. И много пробок в ту ночь вылетело из бутылочных горлышек. «О нет, это всего лишь кино».

Так что вот. Подумай о потеющем в каракулевой шубе на восьмидесятиградусной жаре Омаре Шарифе посреди чудесного испанского сельского пейзажа, покрытого искусственным снегом. Статисты развлекались, играя в большевиков. А декоративный снег выглядел ещё естественнее, чем настоящий. И кому бы хотелось смотреть на реальную коричнево-серую жижу, покрывающую московские улицы?

Кому: Miklos@bank.Inter.net (сообщение не отправлено)

М.,
подними свою ленивую задницу и включи компьютер! Что происходит? Он не подключен к сети? Ты в одной из своих пресловутых командировок? Или Международный банк забрал у тебя электронную почту, которой ты чересчур часто пользовался в рабочее время? Ты играешь в игры, вместо того чтобы писать своим друзьям? Или ты нашёл другую домашнюю страницу? Ты, который так хочет быть дома.

Глава тридцать пятая,

в которой я знакомлюсь с казаками и устраиваю
романтический поход в «Пиццу Хат»

«Прошу прощения за беспокойство, вас внизу ожидает какой-то мужчина. Он иностранец. По-моему, француз. Он говорит, что у вас с ним назначена встреча».

Я спускаюсь в фойе гостиницы и вижу Миклоша, пытающегося говорить по-английски с сотрудником отеля.

«Я тут в однодневной командировке и решил прямо с утра сделать тебе сюрприз, пока ты изматываешь меня на компьютере».

Мы выходим из гостиницы и оказываемся на Красной площади.

«Я никогда не представлял себе, что она реально существует, — сказал Миклош, — я думал, это сплошная пропаганда».

«Миклош, тебе не стоит подвергать сомнению всё, чему тебя учили в школе. Это было бы слишком просто».

«Красная площадь — очень красивая, — говорит Миклош, — правда».

«Здесь обычно казнили людей. Я говорю о далёком прошлом, это было где-то в семнадцатом веке. Да, прямо здесь, где стоит фотограф с картонным чучелом Горбачёва. А ты можешь изобразить Раису! Видишь, вон японские туристы в полном восторге».

«Так стань тогда моим гидом».

«Ладно. Раньше вон там висел огромный лозунг: "Вперёд к победе коммунизма!" А теперь там висит рекламное панно: "Приезжайте на Канары!" Но я боюсь, что наши бедные русские люди так и не попадут ни в одно из этих прекрасных мест».

Миклош бежит к мавзолею, словно школьник. Он наблюдает за церемонией смены караула. У них всё так чётко отработано, что они напоминают гигантских игрушечных солдатиков. Так забавно гулять с Миклошем, ведь для него я местная. И не просто местная, а ещё и экскурсовод.

«Да, да, это и есть храм Василия Блаженного. Не правда ли потрясающе? В реальности он почти так же красив, как и по телевизору. Американские корреспонденты всегда использовали его в качестве фона. Для них он скорее служит символом какой-то сказочной русскости. Нет, нет, они так снимают для соблюдения преемственности, в противном случае их зрители не поверят, что они делают репортаж из России».

«А кто эти люди? Они не похожи на милицию».

«Это казаки».

«Казаки?»

«Да».

«Они вышли прямо из Большого театра? Такое впечатление, что на них надеты оперные костюмы. Они что, сбежали со второго акта?»

«Нет, Миклош, они настоящие».

«Что ты имеешь в виду?»

«Это возрождение казачества. Ты просто очень отстал от времени!»

«Потому что я провёл слишком много этого времени в Международном банке».

«Именно так».

«Ну и как ты относишься к этим казакам? Мне очень нравятся их шапки!»

«Я взяла себе за правило: когда я вижу казака, то перехожу на другую сторону улицы. Это на случай, если их возрождение зайдёт слишком далеко».

«И что, казаки тоже у нас теперь жертвы? Я-то думал, что они тоже участвовали в кровопролитии».

«Да, но это они забыли, или, лучше сказать, это то, что они не вспоминают. Историю можно изменить. Может быть, евреи сами устраивали эти погромы, а потом обвиняли во всём ни в чём неповинных казаков? Они скажут вам, что это смотря с какой стороны посмотреть. Я предпочитаю другую сторону улицы».

«Да перестань ты, они выглядят совсем безобидными... и так хорошо одеты. Сфотографирую-ка я их, пожалуй».

Мы стоим на мосту над Москвой-рекой.

«Ты скучаешь по дому?» — спрашивает Миклош.

«Нет, но это совсем не то, о чём ты подумал».

Он не стал в этот раз отшучиваться. «Ну что, какие новости?»

«Новости таковы, что моя бедная бабушка в юности была своего рода роковой женщиной и в тридцатые годы ездила в Париж. И я боюсь, что изучение языка было не единственным её занятием. Андрей Михайлович уверял меня, что она не была агентом "в обычном понимании этого слова". Она ездила туда, чтобы "убеждать людей, что им будет лучше в Советском Союзе". Она искренне в это верила. Другими словами, она работала вербовщиком, только честным. Легче ли от этого?»

«И что, Андрей Михалыч, также известный как Андраш или Андре, тот самый ярый венгерский троцкист, ставший евразийцем-большевиком?»

«Вроде того. Но венгром он был недолго. Он родился на пересечении трёх границ: Украины, Румынии и России».

«Тем не менее. Однажды назвавшись венгром, вы остаётесь венгром навсегда. Любич тоже был венгром недолго. Ну да ладно. Не стоит принимать всерьёз дела этнические».

«Не стоит».

«Он всё ещё увлекается кино?»

«Да. Он написал сценарии для фильмов по мотивам чеховских рассказов, а песни для них написал сам Качальский. Можно сказать, что они снова сработались двадцать лет спустя».

«И что, твоя бабушка, советская femme fatale[1], и ярый венгерский троцкист были друг в друга влюблены?»

«Не совсем так. Он сказал, что "это было больше, чем любовь". Они выросли вместе, а он был геем».

---

[1]   Роковая женщина (фр.).

«Возможно, что в таком случае это было и больше, чем любовь. Лишь бы не меньше. Так что, твоя бабушка и была настоящей Ниночкой?»

«Только вместо романтического французского графа она нашла старого друга-гея из Черновцов. Но они не жили долго и счастливо в Париже или Стамбуле, а отправились прямиком в сталинские лагеря. В некотором смысле эта история тоже со счастливым концом. Относительно счастливым — они оба выжили».

«Так всё это время ты искала не того человека?»

«Нет. Я всё ещё собираюсь выяснить, как и почему погибла Нина Белская. Это странно, но, несмотря ни на что, я больше ассоциирую себя с ней, чем с собственной бабушкой. Я не могу себе представить, о чём мечтала моя бабушка. Она не оставила никаких личных записей. Я чувствую себя в этом смысле немного виноватой, но как есть, так и есть».

Мы хотели перекусить, но все наши попытки попасть в какое-нибудь «аутентичное место», вроде ресторана «Кавказ», закончились неудачей. Чтобы зайти внутрь, вам нужно пройти через целый ряд настоящих русских охранников, а потом ещё они вас проверят и выяснят, друзья ли вы им. И в итоге они сообщат вам, что ресторан в данное время не обслуживает. Мы думали зайти в старый ресторан «Прага», но про него говорили, что там в последнее время тусуются новые русские. И в этот момент нам обоим пришла в голову одна и та же прекрасная идея:

«А не пойти ли нам в "Пиццу Хат"!»

«Но, может, и там уже место для каких-то разборок? Бог его знает, кого это хата?»

«Нет, Миклош, это самая настоящая и оригинальная "Пицца Хат", которую ты когда-либо видел. По правде говоря, я уже начала скучать по этим большим сборным салатам».

«Пицца Хат» в Москве обладает знакомой атмосферой дешёвой и весёленькой пластиковой отделки в пастельных тонах. Никаких охранников в дверях и идеально чистые полы. Вон там несколько русских юношей и девушек, гордо носящих форму «Пиццы Хат», с большим усердием моют пол. Но если вы внимательно за ними понаблюдаете, то вы заметите, что они вытирают пол уж слишком старательно. Трут они одно и то же место, где обычно никто не ходит и где полы даже не успевают покрыться грязью. Просто они очень любят свою работу и очень в ней нуждаются. «Пицца Хат» в Москве выглядит больше и богаче, чем её американский оригинал. Это не просто какая-то забегаловка, а самый настоящий ресторан. Здесь вы можете увидеть обеспеченную молодежь парочками — восемнадцатилетние юноши с хорошо уложенными гелем волосами в пиджаках от Версаче и девушки с великолепными причёсками и густым слоем косметики. Они производят такое впечатление, как будто сошли со страниц журнала мод, вышедшего пару лет назад. В них нет ничего от того бесформенного и небрежного стиля гранж², который так популярен среди современных американских студентов. Они создали свой собственный имидж новых русских в стиле Версаче. Мы же наверняка кажемся им слегка опустившимися людьми средних лет с дурными манерами.

Я открываю меню и тут же осознаю, что мои знания русского языка также отстали от времени. Я даже не представляю, как произносить все эти благозвучные американизмы. Поэтому я быстро решаю взять большую салатную тарелку с неограниченным количеством подходов. И вот мы с Миклошем сидим лицом к лицу за столиком «Пиццы Хат». Повисает молчаливая пауза, и мы больше не шутим.

«Знаешь, Миклош, когда мы вернёмся домой, мы не будем часто встречаться».

Тут подходит официант, чтобы принять заказ. Он понимает, что я говорю по-русски, но продолжает общаться с Миклошем по-английски.

«Большой салат и пицца "Аль-Дьябло"³. Спасибо».

---

² Гранж (*англ.* grunge, букв. «грязь», «пренебрежение») — подстиль в альтернативном роке, развившийся из панк-рока и хеви-метала в середине восьмидесятых годов и оказавший существенное влияние на молодёжную моду и стиль.

³ Острая пицца с чили соусом чили и салями.

«Это всё формы побега, Миклош, но однажды нам придётся перестать убегать. Я знаю, мне и самой это нравится, если только это не станет слишком болезненным или просто слишком неудобным...»

Миклош молчит. Возможно, он со мной и согласен, просто не хочет это произносить. Наверное, он прав. Нам не стоит сейчас говорить об этом. Сейчас неподходящее время. Я поднимаюсь со стула и иду за своим большим салатом. Я слегка оживляюсь, глядя на все эти уже хорошо знакомые экзотические добавки: мини-кукуруза, оливки, маринованные артишоки и тофу. Пока я была здесь, я уже и забыла об их существовании. Когда я в первый раз приехала в Америку, эти салаты стали для меня воплощением изобилия и выбора. Словно дитя в конфетной лавке, я наполняла свою тарелку по самую кромку, используя все свои старые советские уловки. У меня никогда не получалось доесть эту тарелку до конца, но я наслаждалась тем, что я могу пойти и взять ещё одну. Там дома в Нью-Йорке никому до этого не было дела. Кто-то лишь одобрительно улыбался, полагая, что девочка проголодалась или что ей так понравился салат, что она обязательно придёт ещё, или они улыбались просто так, ни о чём не думая. Стоя около салат-бара, я почувствовала себя как дома и наполнила свою тарелку с привычной жадностью.

И только когда моя миссия по собиранию салата была окончательно выполнена, я поняла, что моё поведение вызвало всеобщее беспокойство. Официанты и даже полотёры начали перешёптываться между собой. И наконец, когда я приступаю к своему большому салату, к нашему столику подходит официант и с избыточной вежливостью обращается к Миклошу на ломаном английском.

«Я прошу прощения, господин, — сказал он, — но ваша дама взяла слишком много салата».

«Дама проголодалась, — сказал Миклош, улыбаясь, — а тут написано, что большой салат можно брать без ограничений».

«Да, конечно, без ограничений, но не до такой же степени. У нас это считается за две порции. Я ещё раз очень извиняюсь, но я думаю, что вам придётся заплатить за две порции».

Официант даже не стал со мной разговаривать. Он, наверное, подумал, что я провинциальная девушка, пришедшая на свидание с иностранцем и не знающая, как себя вести.

Миклош ведёт себя как настоящий джентльмен, я бы даже сказала, как настоящий западный человек. Он широко улыбается официанту, демонстрируя ряд ровных и белоснежных зубов, прямо как это делают в американских фильмах. «Никаких проблем, — великодушно заявляет он, — девушка голодна, и, конечно, я заплачу».

«Очень хорошо, — отвечает официант и добавляет на ломаном французском: — *Bon appetit*». Ну теперь-то я точно обязана доесть салат и съесть каждый маринованный артишок, который я взяла. И нет, я не хочу большой кофе, спасибо.

Потом мы пошли в мой номер в гостинице «Россия» и несколько часов провели в постели. В соседней комнате все это время продолжался кавказский пир. Мы ничего не могли с этим поделать: человек отмечал пятидесятилетие. Как раз когда я задремала в объятиях Миклоша, за стеной затянули «Сулико»:

> Сулико, ты моя Сулико.
> Я могилу милой искал,
> Но её найти нелегко.
> Долго я томился и страдал,
> Где же ты, моя Сулико?

Это была любимая песня Сталина.

М.,
я трогаю экран компьютера и думаю о тебе. Мне хочется ещё больше соуса в салат и ещё больше масла на чёрный хлеб, ещё больше клубники в варенье, больше лимона в чай и больше молока в пюре. у тебя торт «Захер» по всему лицу размазан. Вытрись салфеткой! Ох уж этот торт «Захер», декадентская мечта на закате империи. Нет, я и не собиралась всё это тебе посылать. Ты этого просто не заслуживаешь. Тогда ты слишком много о себе возомнишь. Я это шлю сама себе.

Из архива Бориса Крестовского

Париж, 9 ноября 1939 года

Ты, Нина, обвиняешь меня в том, что я сухой и угрюмый человек. Наверное, это жестоко, но ты права. Может быть, я не заслуживаю твоей дружбы. Может быть, я причиняю тебе слишком много боли. Позволь мне кое в чём признаться. Мой меланхолический темперамент совершенно не соответствует твоему. Ты влажная и тёплая и лишь иногда бываешь едкой. Ты очень привязана к реальной жизни, к этому миру, к тому, что происходит здесь и сейчас. А мой внутренний пейзаж состоит из пустынь и сухих степей с суровыми ветрами. По крайней мере, я достаточно мудр, чтобы осознавать это. Да, я предпочитаю жизнь своей мечты жизни как таковой. Ты будешь меня за это порицать? На самом деле то, что большинство людей называют жизнью, со всей её нечистоплотностью, потом, выделениями и болью, пробуждает во мне брезгливость и раздражение. Ты знаешь меня, я щепетильный ипохондрик. Любой прыщик или какой-то физический недостаток, слегка неприятный запах или неуклюжий жест вызывает во мне отвращение и пробуждает ненависть ко всему роду человеческому. Это ощущение длится какую-то секунду, а потом я начинаю стыдиться своих мыслей. По правде говоря — и я пишу это не без стыда, — в моей довольно несчастливой жизни я ценил любовь животных больше, чем любовь людей. Единственный раз, когда я плакал, с кем-то прощаясь, был, когда я оставлял в Советской России свою немецкую овчарку, моего бедного старого Фридриха. Что же до людей, то я предпочитаю род человеческий в обобщённом целом конкретному воплощению его индивидуальных качеств. Ты, безусловно, представляешь собой редкое исключение, как и Нинель Марковна Бланк.

Я нашёл выход из антипатии по отношению к повседневности. Это мечта о завтрашнем дне. Евразийство — это вроде бы о корнях и о прошлом, но многие люди забывают о том, что это ещё и о будущем. 2018 год, кажется, всё ещё так далёк, но однажды наступит и он. Не воспринимай эти слова как пророчество — это хорошо просчитанный сугубо научный прогноз. В двухтысячных годах, если не раньше, появится кандидат-евразиец, который возглавит российское правительство. Если б только мы могли дожить до этого! Мы должны научиться иногда пренебрегать собой, жертвовать своими мелкими прихотями, они ведь всего лишь прыщики на лице Евразии. Картина нашего счастья — это колышущаяся на ветру высокая евразийская трава.

Порою, Ниночка, ты сама себя выдаёшь. Ты тоже живёшь с ностальгией по России. И ты мечтаешь вернуться домой. Прими это как должное. Иначе откуда бы эти сны? Иначе почему они так бы тебя беспокоили? Не бойся пробуждения. И не стоит слишком потакать своим прихотям.

Мы ещё продолжим свои признания в другое время и в другом месте.

Твой Борис Владимирович, но всё ещё без зонта

8 ноября 1939 года, Париж

Дорогой профессор,
как прекрасны эти евразийские травы, качающиеся на ветру. Борис Владимирович, вы поэт, нравится вам это или нет. Вы любите слова, а не только корни. Не вы ли учили меня тогда, на старых занятиях по языкознанию, что речь индивидуума непредсказуема, что она зависит от правил грамматики, но одновременно пренебрегает ими, участвует в процессе общественной коммуникации и переходит её границы? Она содержит в себе что-то большее, что и делает её человеческой. Вы называли это «допустимой вольностью». И ради этой «допустимой вольности» я делаю то, что я делаю.

Приходите ко мне сегодня вечером. Мне позарез нужно с вами увидеться. Если вы придёте, я отменю свой поход в кино. Я отложу вышивку и работу о паранойе. Я позволю вам преподать мне урок.

До скорой встречи. Я действительно очень на неё надеюсь и очень в ней нуждаюсь.

Ваша преданная ученица, Н. Б.

P. S. Иногда мне кажется, что я просто схожу с ума. Что все мы теперь как-то сходим с ума. Поэтому мы должны дорожить моментами здравомыслия, вам не кажется?

Глава тридцать шестая,

в которой убийца устраивает сцену

Однажды в психбольнице врач спрашивает медсестру Анну Иванну: «Что случилось с этим пациентом? Почему он так взволнован?»

«Доктор, — говорит Анна Иванна, — он утверждает, что он Рабинович, мясник из гастронома».

«И что же в этом такого?»

«Это мания величия! Ведь на самом деле это инженер Иванов».

Мы с моими старыми московскими друзьями травим анекдоты. Это очень странные анекдоты, такие, что порой даже не знаешь, как на них реагировать. В старые времена юмор был простой. Мясник Рабинович пытался выдать себя за инженера Иванова (Иванов Василий Исаакович). А теперь кто знает, кто за кого себя выдаёт? Неясно. Ну, по крайней мере, хоть кто-то ещё пытается рассказывать анекдоты.

Я скучаю по такого рода человеческой близости — заговорщическому шёпоту заядлых курильщиков и запаху столичного салата (картошка, солёные огурцы, горошек, колбаса, майонез). Если хочется, можно еще добавить яблок, но это не обязательно. Мои друзья знакомы друг с другом уже лет двадцать, если не больше. Много чего случилось за это время. Время от времени они могли переспать с мужьями и жёнами друг друга, а при необходимости присматривали за их дачами или сидели с их детьми. Были и мелкие обиды и даже несколько серьезных предательств. Но тем не менее это друзья, которым можно позвонить среди ночи и попросить о помощи. И ты знаешь, что они тебе помогут. Старомодная дружба. И мне не хватает её в моей нью-йоркской самодостаточности. Мои русские друзья находят меня слишком американизированной. Я меньше кокетничаю и больше жестикулирую, воспринимаю слишком всерьёз российскую политику и очень расстраиваюсь, если не могу найти поблизости банкомат или если в душе не тот напор. «Пятнадцать лет в США, вот что они с тобой сделали!»

* * *

Звонит телефон. «Гена Гренадский? Да, давно мы не виделись. Ваше последнее выступление было очень удачным и очень тонким. Поговорить с Таней? Да, конечно, она здесь. Вот беседуем с ней по душам. Мы для неё, должно быть, представляем экзотику. Ты же знаешь, в Америке они так себя не ведут. Таня, это тебя».

«Таня, прошу прощения за беспокойство, я насчет Андрея Михалыча. Он в бреду. Он, наверно, сильно заболел. И он хочет тебя видеть. Нет, я не думаю, что всё настолько плохо, но всё-таки приходи, как можно скорее. Передавай привет своим друзьям».

Я обнаруживаю Андрея Михалыча в постели с полотенцем, обвязанным вокруг головы.

«Милочка, это просто ипохондрия, ничего серьёзного».

«Да, конечно, — говорит Гренадский, который играет роль строгого доктора непослушного пациента, — посмотрите на градусник. 38,5^0. Ясно, что это грипп. Сейчас как раз гуляет эпидемия какого-то тропического вируса. Сначала мы думали, что это инфаркт — ведь он жаловался на боль в груди. Ты даже не представляешь, как мы запаниковали».

«Гена, вы же знаете, как старик любит жаловаться».

«Ну, теперь-то он шутит. Ему, должно быть, немножко за себя неловко. Вы не поверите, какую истерику он тут мне закатил».

«Ну, полно, полно, Гена, не будем об этом».

«Теперь, Андрей Михалыч, примите ваш аспирин. Не бойтесь, он американский. Я ничего не покупал у бабушек на улице. Я тут недавно шел по улице и увидел одну пожилую даму, которая торговала таблетками прямо из кармана. Она была очень любезной и всё приговаривала: "Жёлтые таблетки, сынок, от головной боли, а красные — от изжоги. Таким образом я их не путаю!" А ещё она продавала диетическую колу. Нет, и колу я у неё тоже не брал. Я доехал-таки до американской аптеки. На двух трамваях. Ну же, Андрей Михалыч, вам обязательно нужно выпить весь этот чайник чая с вареньем. А ещё я вам принёс мешочки с горячей солью, чтобы прогреть носовые пазухи. Положите их прямо на переносицу. Какой же вы упрямый".

"Андрей Михалыч, — сказала я, — вам нужно прислушаться к советам врача. Я привезла вам витамины. Прямо из Парижа".

"Спасибо, родная, я очень тронут. Это всего лишь грипп, пройдёт. Просто в моём возрасте всегда начинаешь думать, что это может быть и последний твой грипп. Поэтому хочется уже расставить все точки над i".

"О да, — говорит Гренадский, — расставить все точки над i. Посмотрите, что он там натворил. Я весь день пытался там всё собрать".

Кабинет Андрея Михалыча похож на монтажную. Стол и пол завалены обрывками старых писем и фотографий.

"Он уже собирался всё это сжечь, шут гороховый. Он собирался поджечь всю квартиру. Слава богу, мне удалось остановить его в самый последний момент. Он вернулся в постель, принял аспирин и тогда успокоился. Десятью минутами позже он уже орал на меня из другой комнаты: "Ты нашёл Николая с охотничьим ружьём? Он должен быть на парижской фотографии, посмотри под столом!""

Общая фотография друзей на пляже выглядит зверски истерзанной. Тела эмигрантов безжалостно разрезаны вдоль разноцветных полосок на их купальных костюмах. Обнимавшие соседа руки оторваны, а лица изуродованы порой до неузнаваемости. У Крестовского глаза выколоты карандашом, а Нинино лицо закрашено красным фломастером. На щеках её оставлены красные круги, будто она перемазалась помадой. Её верхняя губа перечёркнута красной чертой в виде буквы «м» с гротескной родинкой прямо над ней. Третий ряд весь изрезан до неузнаваемости: три приятеля, Лионель, Андраш и Никки, вырезаны, а вместо лиц великих гениев — Качальского, Совина и Полтавского-Рижского — нарисованы веселые рожицы. Волны и прибрежная пена перечеркнуты красными зигзагами.

«Андрей Михалыч, вы надругались над своей памятью».

«Ох, Танюша, да нечего там и помнить. Мы не отвечали ходу истории. Ни один из нас не соответствовал вызовам времени. Всё это было так тривиально, так по-человечески и при этом так глупо. Шёл 1939 год, не самое счастливое время, как мы все это прекрасно знаем. Мы все блефовали так долго, как только могли. Я занимался этим всю свою жизнь, но я не хочу уходить в могилу, продолжая прикрываться обманом. Грешно ли так врать? Я не знаю. Я никогда не был верующим человеком. Ты хотела узнать про Белскую. О да, она была красавица и умница. Она владела иностранными языками и имела обо всём своё независимое мнение, о котором заявляла ясно и чётко. Стоит так себя вести, еще вопрос, но она всегда поступала именно таким образом. И в итоге она пала жертвой блефа. О да, это ужасно, но всё могло бы произойти ещё хуже. Ты наверняка помнишь, что погибла она ещё совсем молодой. А когда ты уходишь из жизни молодым, то ты остаешься привлекательным навсегда. Ты не портишь свой образ морщинами, болезнями, ссорами с соседями по коммуналке, несвежим дыханием и жуткими воспоминаниями. Тебе повезло.

А теперь, послушай, не считай меня наивным глупцом. Никки позвонил мне из Парижа и всё рассказал. До этого мы с ним не общались, но он приехал сюда на неделю пролить ностальгические слезы на набережную Москвы-реки, прямо напротив парка Горького. У нас не нашлось достаточно общих тем для разговора. И у меня не возникло желания показать ему достопримечательности. Уж слишком много чего с нами случилось за эти последние пятьдесят лет. Мы не знали, с чего начать, и не могли нащупать точки соприкосновения. Он слабый человек, немного мазохист и к тому же трус. Мне это не нравится. Он показал мне фото Натали, последней, кто остался в живых из троцкистской ячейки номер 17. Она превратилась в милую миниатюрную женщину.

Жизнь не обошлась с ней так плохо, как со многими другими. Но я предполагаю, что и ожиданий ее она не оправдала. Никки сказал, что я был её первой любовью. Подумать только!

Многое в те дни происходило по причине безответной любви. Безответная любовь, алкогольное опьянение и бредовая политика. Посмотри на нашу компанию парижских друзей, так гордо позирующих на той претенциозной фотографии. Во-первых, все любили Бориса Владимировича. Он ни разу не удосужился снять шляпу, которая делала его таким неотразимым. Ему не нужно было позировать в этих несолидных купальных костюмах. И у него не было необходимости устраивать дешёвые трюки, чтобы возбуждать всеобщее обожание. Мы все любили друг друга, но без особой взаимности. Вот смотри: я был влюблён в Полтавского-Рижского, который был влюблён в Нину, у которой была связь с Лионелем, но которая при этом, вопреки здравому смыслу, всё ещё любила Бориса Владимировича. Борис Владимирович восхищался обеими Нинами, но в своей аскетической манере. Нинель Бельская-Бланк любила свое дело больше, чем кого бы то ни было из людей, по крайней мере в тот момент. Никки и Натали были влюблены в меня, а Лионель был влюблён в самого себя, как и Качальский. К тому же Качальский страстно желал спасти Россию, или, может быть, надеялся, что Россия спасёт его самого. "Та-ра-та, Россия-мать... те одинокие закаты на просторах... та-ра-та". Слова вылетели из головы. У меня не очень хорошая память. "Та-тара-та — что-то там берёзки..." Качальский собирался защищать Россию при помощи гитары и бутылки водки. Но ты же понимаешь, что этого мало. И не смотри на меня так, пожалуйста. Ты прекрасно знаешь, что я имею в виду, не так ли?

Разумеется, ты полагала, что за этим всем стоит какая-то удивительная история: загадочная ученица гениального учёного, единственная женщина с ясным умом среди толпы наивных приверженцев его идей страдает из-за своего прозрения. Смогла ли Натали убедить тебя в том, что Нина была двойным агентом? Бедная Натали, она тоже пытается оправдаться. Всё это было слишком жестоко, кроваво, банально и абсурдно. И не имело никакого смысла. Итак, Натали убедила себя, что Нина была двойным агентом. Это было лучшим объяснением. Ты хочешь узнать, что случилось на самом деле? Да, я расскажу тебе, что случилось или по крайней мере очень близкий к реальности вариант событий. И не смотри на меня так. Кхе-кхе-кхе — можешь дать мне носовой платок? Гена! Эти мешочки уже совсем остыли. Геночка дорогой, можешь согреть мне ещё соли? Будь так добр. Я знал, что ты очень добрый. А, да, пожалуйста, ещё чаю для меня и моей гостьи.

Чего ты на меня так смотришь? Уж не подозреваешь ли ты в убийстве меня? Ну-ка говори!»

«А что, есть причины подозревать?»

«Это было бы не слишком умно с твоей стороны, Танюша. Ведь ты прекрасно знаешь, что у меня было алиби. Когда убили Нину, я спокойно пил эспрессо. И кроме того, зачем мне было это делать? Да, тогда я блефовал, зато не блефую сейчас. Уж слишком поздно мне говорить неправду. Смотри, ведь я совсем ничем не рискую. Допустим, если бы я тебе признался в убийстве прямо сейчас, что бы ты со мной сделала? Подала бы на меня в суд? Где? В Париже? В Нью-Йорке? Или в Москве? Тут, с моими связями? У меня тут прямо под боком старик Каганович и директор Московского коммерческого банка с десятком охранников в костюмах "Адидас". Ой-ой. Мне больно смеяться. У меня очень болит живот. Так что шутки в сторону. Тебе же всегда не нравилось это выражение "шутки в сторону"? Я никогда не доверял людям, у которых не было чувства юмора. Но ты к таковым не относишься.

Итак, я расскажу тебе правду и только правду. Насколько она мне известна. С небольшими отступлениями на шутки, но только не слишком частыми. Да, между большевиками и евразийцами шёл процесс налаживания отношений, и я как раз находился в центре всех этих событий. Мы — я имею в виду себя и твою бабушку — получали указания от определённой организации (грубо говоря, от НКВД) с целью вербовки выдающихся эмигрантов и склонения их к возвращению в Советский Союз. Нинель Марковна делала это по убеждению. Она искренне верила, что эти люди нужны Советскому Союзу и что всем будет лучше, если они вернутся. А я этим занимался из юношеских амбиций, идеализма, невежества и тщеславия. У меня было довольно благополучное буржуазное детство в Черновцах и Будапеште, поэтому я все принимал за должное. Я воспринимал как должное, что у человека есть свой дом, вдоволь пищи, книг и близких. Но всего этого мне было мало. Мне хотелось создать новый мир. Ты знаешь, когда тебе двадцать, ты восстаёшь против устоявшейся жизни, из которой ты вышел сам. У тебя отсутствует историческая память и ты не боишься ничего потерять. Я подался в анархисты и убежал из дома. Познакомился с Любичем. Тогда он был очень остроумным и забавным. В последующие годы он стал гораздо скучнее. Потом меня очаровал советский эксперимент. Я любил Россию и думал о ней как о своём возможном доме. Я любил Достоевского и Малевича! И на меня вышли двое советских представителей, очень умные и образованные молодые люди. Мне обещали забыть моё анархистское прошлое в Венгрии, предложили советское гражданство и возможность снимать настоящие фильмы для советского народа. Тогда мне это показалось отличной возможностью. И всё, что мне нужно было делать, это «немножко помочь им в Париже». Я сказал: "А почему бы и нет?" Мне обещали, что мне не нужно будет заниматься "грязной работой". Меня попросят делать только то, "во что я сам искренне верю". Мне предстояло оказывать помощь и советскому народу, и мировому коммунизму. Разве это не было тем делом, которым мне давно хотелось заняться? И я с энтузиазмом ответил да, особенно когда я увидел Нину Бланк. Мы вновь стали товарищами по оружию. Так я проник в среду русской эмиграции. Я увидел страдания, нищету и замешательство. Евразийцы были более дружелюбно настроены по отношению к Советскому Союзу, и многие из них даже поддерживали Сталина. Итак, мы стали охотиться за крупной рыбой — Борисом Крестовским, и за более мелкой рыбёшкой — поэтом Юриком. Им обоим предстояло с шумом всплыть в России, и тогда уже за ними потянутся другие таланты и мозги из эмигрантских кругов. К Качальскому мы тоже присматривались, но он был убеждённым националистом. Он испытывал симпатию и к русским, и к евразийцам, но не к Советам. К тому же он много времени пребывал в пьяном ступоре. Поэтому мы решили, что работа с ним станет бесполезной тратой сил. Начнёшь с ним работать, а потом он напьётся и всё, о чём он должен был помнить, из его мозгов выветрится.

Мы с головой окунулись в работу, как вскоре заметили, что некоторые эмигранты стали что-то подозревать. Это случилось после убийства Игоря Райса и исчезновения генерала Миллера. В тот период Качальский особенно сильно пил. А по пьянке у него развязывался язык. Он начинал выкрикивать оскорбления в адрес советских представителей, которые обольщают наших русских гениев в вынужденной эмиграции, называл их жестокими кровопийцами и всем таким. Один раз мы с Никки и Лионелем сидели в каком-то баре, и, по правде говоря, он меня тогда напугал. Я стал опасаться за жизнь Нинель Марковны и думать о возможной диверсии в её отношении. Тогда я подружился с Качальским и изо всех сил старался увести его от темы. Но всё это было напрасно. Он интуитивно осознал, что Борис Крестовский "оказался под влиянием" — под советским влиянием. Однажды на какой-то эмигрантской сходке он заметил, что Борис разговаривает с Ниной Белской. Они тогда о чём-то оживлённо спорили между собой. Казалось, что они друг с другом не согласны, но можно было заметить, что напряжение между ними было особым, я бы сказал, сексуального характера.

"Как её зовут?" — спросил Качальский.

"Нина Белская", — написал я ему карандашом на салфетке.

"Так это она!" — воскликнул Качальский.

Я был удивлён, что он не был с ней знаком, но, очевидно, так и было. И я не стал его ни в чём разубеждать. На одном из киносеансов он посмотрел фильм Любича и был в ярости. Он считал, что они глубоко недооценивают опасность, исходящую от советского спецпредставителя. Эту роль дали прекрасной Грете, чтобы она очаровывала наивных французских зрителей. Она отвечала их мечтам — легендарная красота, склонность к самопожертвованию и сердечная доброта русских женщин. А советские женщины были ещё лучше. Он был убеждён, что фильм — предупреждение о том, что советская спецуполномоченная уже находится в Париже. Он полагал, что Нина Белская как раз подходила для этой роли. Конечно, она была не Грета Гарбо, но мы же знаем, что всё не совсем то, чем кажется, верно? И вот однажды Качальский проследил за ней и узнал, где она живёт. Но он ещё не был готов действовать, ему требовалось чуть больше информации. Как-то он спросил меня: "Как ты думаешь, почему она поселилась в эмигрантском районе?".

"А ты что, не знаешь? — зашептал я заговорщически (я не относился к нему серьёзно). — Ты что, не смотрел фильм? Одна ночь в отеле стоит Советской России семь коров. Семь коров, товарищ. Поэтому она и поселилась в тесной комнатушке, чтобы помочь советскому сельскому хозяйству. К тому же ей нужно смешаться с народом, чтобы правдоподобней выдавать себя за эмигрантку". (Мне нравилось дурить Качальскому голову, отвлекая его внимание от Нинель Марковны. Откуда мне было знать, что всё это приведёт к таким трагичным последствиям!)

Правда ещё и в том, что мы действительно не любили Нину. Она влияла на Бориса Крестовского, мешая ему изменить свои убеждения и вернуться в СССР. Она была слишком независимой, не принадлежала ни к той, ни к другой стороне. А в кризисные периоды непросто выжить, сохраняя независимое мышление. Я слышал, как однажды она сказала, что наша общая задача состоит не в том, чтобы лить по России горькие слёзы, а в том, чтобы защитить Европу от Гитлера. Вот что было нашей общей целью. В те времена такие слова звучали слишком банально. Как часть французской пропаганды. Чем-то само собой разумеющимся и неинтересным.

Нина совсем не была похожа на жертву. Она была последним человеком из нашего круга, о котором бы мы подумали, что с ней может что-то случиться, тем более вот такое. Шутки обычно не обходятся такой кровью. То утро — и я хорошо это помню — было очень ясным и свежим. Город сиял. Мы с Никки сидели в кафе, болтали о кино и политике. И тут зашел Лионель».

«И стал хвастаться, что выиграл пари?»

«О да, ещё и пари. Никки и это тебе рассказал. Не сердись на меня за это. Это было простое мальчишество. Просто шутка, только не очень хорошая. И что же получается: за любую свою глупую шутку придётся платить? На самом деле, всё это была какая-то ерунда. Лионель и так был влюблён в Нину, так что мы его просто спровоцировали. Никки хотелось остаться со мной наедине, его уже начало раздражать присутствие третьего, получилась прямо та троица товарищей из фильма. К счастью, в тот день твоя бабушка была на конференции по языкознанию. Вот и подумай об этом. На месте Нины могла оказаться твоя бабушка. Я был обязан защитить твою бабушку, и мне это удалось. Разве не так?

Они были в отличном расположении духа, и Лионель, и Никки. Я даже не знаю, что на них нашло. Меня это развлекало, и я дал им поговорить. Лионель выдал пару банальных тезисов про язык кинематографа. "Кино должно стать универсальным языком человечества". "И Голливуду не стоит его нам навязывать", — сказал я. Было понятно, что Лионель скорее хотел рассуждать о кино, чем рассказывать о Нине. Ему не нравилось, как мы над ней подшучиваем. Он сказал, что она кашляет и сильно простудилась. Он купил её любимые круассаны и мёд для горла. Мне бы самому он сейчас не помешал. Я прошу прощения, Танечка, за то, что вот так, не по-джентельменски, я лежу тут перед тобой и потею. Но это температура и хронический тонзиллит. Должно быть, это оно.

Следующее, что я помню, это Лионель, с криками "она мертва!" врывающийся ко мне домой. "Кто мёртв?" — спросил я. "Нина, Нина, Нина". Его речь была бессвязной. Он кричал, что она была в халате и лежала там в своём халате в луже крови. Ее застрелили в упор. Из вещей ничего не пропало. Он плакал. Он сказал, что он во всём виноват, потому что не закрыл дверь. Но откуда же он мог знать, он всего лишь зашёл в кафе за углом. (К счастью, у Никки были какие-то дела в другом месте, иначе со своей паранойей он мог бы довести нас до суда!) Я попытался успокоить Лионеля, говоря, что ему не стоит себя винить, что, скорее всего, против неё был организован какой-то заговор или она была в чём-то замешана. Но он меня не слышал и продолжал бормотать: "Она была в халате. Когда это случилось, она ещё даже не проснулась. Она наверняка подумала, что это я её предал. О боже, я никогда себя не прощу!"

Это был тот ещё денёк! Потом приходит Качальский, бледный как смерть. Ведь моя дверь тоже оказалась не запертой. Я думаю, что у Лионеля была плохая привычка не закрывать двери, когда он был слишком счастлив или слишком расстроен. Качальский тоже начинает кричать, что он никогда себя не простит, и достаёт пистолет и окровавленное полотенце. Лионель бьёт его по лицу: "Ты кровавый сукин сын!" Он сыпет ругательствами и проклятьями по-английски, но "сукин сын" — это только то, что мы из этого смогли понять. "Зачем ты это сделал?"

"Она была советским спецагентом!"

"Нет, она не была! Агентом была другая Нина, ты что, этого не знал?"

Качальский не мог этого понять: "Что значит, другая Нина? Там что, была ещё какая-то Нина? Их было две Нины? Нина и её двойник? Похоже, я схожу с ума".

"Андре, а я не знал, что он не знал. Но ты-то знал? Ты же знал?" — лепетал Лионель.

"Послушай, какое это имеет значение — одна Нина, две Нины или три Нины, — забормотал Качальский. — Теперь я пришёл свести счёты с жизнью, Андре, и я хочу, чтобы ты это видел. (Подлец нуждался в аудитории. Он не мог совершить этот поступок наедине.) Вот я нажимаю на курок прямо сейчас!" — заявил он и упал в обморок. Он был совершенно пьян. Мы полили его холодной водой. Это было ужасно. Качальский блевал направо и налево. Он блевал, потом пытался целовать мне ноги и потом снова блевал. "Прости меня, дражайший друг, я мерзость, худший из видов мерзости". В комнате стоял неприятный запах рвоты. Наконец, он нажал на курок, но револьвер дал осечку. Я включил громкую музыку, биг-бэнд-джаз или что-то вроде того, чтобы соседи, не дай бог, ничего не заподозрили. Лионель рыдал. Он хотел позвать полицию или связаться со своим адвокатом в Нью-Йорке. "Ты что, шутишь, — сказал я ему, — забудь об адвокате. Мы не в Америке".

Качальский начал кашлять, а потом заговорил. Он был в запое уже три дня. С тех пор, как он посмотрел фильм "Нинóчка", он стал просто одержим этой темой. Он сказал, что фильм содержит множество намёков. Генерал Савицкий, который появляется вместе со Сваной, это намёк на евразийцев, которые сопротивляются силе обольщения советского спецпредставителя. Качальский пил день и ночь. В то утро он решил пойти на квартиру к Нине. На всякий случай у него был пистолет, но он точно не знал, что он будет с ним делать. Он был слишком пьян, чтобы иметь преступный умысел или вообще какие бы то ни было мысли. Да, он знал, что обычно в это время маленькой Натали нету дома — она уходила на собрания троцкистской ячейки. Должно быть, она опаздывала и не закрыла за собой дверь. Консьержка тоже была занята — она давала уроки игры на рояле десятилетней девочке, которая разучивала гаммы со страшным шумом. "Я почувствовал невероятное воодушевление", — описал своё состояние Качальский. Он дошёл до Нининой квартиры. На верхнем этаже громко смеялись рабочие. Это были эмигранты, которые говорили на каком-то незнакомом мелодичном языке с большим количеством гортанных звуков. То ли испанский, то ли арабский? Один рабочий нёс статуэтки и большие часы в стиле ампир. Другой тащил старый топор. Чем, чёрт возьми, они тут занимаются? Ремонтируют вещи или ломают? И что он скажет Нине, когда постучит ей в дверь? Притворится одним из рабочих и попросит стакан воды? Он действительно сильно потел, как будто именно он только что дотащил до первого этажа тяжёлые бронзовые ампирные статуэтки Венеры и Марса. Танюша, я сказал Венера и Марс? Нет, нет, этого не могло быть. Прости меня, Венера и Марс стояли в моём отцовском доме в Будапеште. Они были просто прелестны. Когда я был ещё совсем маленьким, у меня была обязанность вытирать с них пыль. Ты бы видела эти рельефные мускулы Марса на потемневшей и запылённой бронзе. А у Венеры были маленькие блестящие соски. Мой бедный отец приобрёл их где-то на блошином рынке у одного разорившегося венского графа, чей сын лечился психоанализом. Я даже не знаю, как эти статуи очутились в этой истории. Наверное, мне нужно было добавить какие-то недостающие подробности. Должно быть, у меня галлюцинации. Геночка, принеси нам с Таней воды. Нет, нет, Таня не будет пить воду из-под крана. Не забывай, что она американка. А наша грязь грязнее их грязи... кхе-кхе-кхе.

Так, где мы оставили нашего Качальского? А, он стоял и потел на лестнице. Творились какие-то чудеса. Нинина дверь была полураспахнута. Он говорил, что чувствовал себя как ангел мести[1], способный проходить сквозь стены. Качальский, как видишь, любил высокопарные слова. Нина, должно быть, лежала в кровати в халате, не потревоженная посторонними звуками. "Было такое впечатление, что она спит, — сказал Качальский, — но это не ввело меня в заблуждение. Я знал, что она не спит. На её столе я увидел программку фильма «Ниночка» и трактат по евразийству. А на полу лежала разбитая пластинка. *Моя* пластинка, Андре, моя единственная французская пластинка! Все мои лучшие песни! Это был явный знак! Они замышляли против меня недоброе".

И вот он вытащил пистолет. Посмотрел на неё. У неё было такое странное выражение лица — немного испуганное, но в то же самое время насмешливое и скептическое. Она смотрела так, "как будто она мне не верила, как будто она думала, что я обманщик, мошенник, никудышный актёр. Это было очень оскорбительно. Клянусь, что она спровоцировала меня на этот поступок своими сонными глазами. И я застрелил её в упор".

Понимаешь ли, Танюша, он был певцом и жил в мире своих собственных болезненных фантазий. И ему было трудно от них избавиться и посмотреть на вещи со стороны. А что до меня, то что я знаю? Я знаю только то, что он мне рассказал. Он пребывал в состоянии лихорадочного возбуждения, тошноты и суицидальных мыслей. В такие моменты, находясь под прицелом пистолета, люди обычно ничего не выдумывают. Звук выстрела на секунду его отрезвил. Ты знаешь, он боялся крови. Он говорил мне, что падает в обморок, когда у него берут кровь. Наверху стоял

---

[1] Аллюзия на американский вестерн 1995 года «Ангел мести» (The Avenging Angel). Ангел мести — это образ, популяризированный фольклором и кинематографом. В христианской культуре такого персонажа не существует.

невообразимый шум, какой-то оглушительный стук. Чем они там занимались, эти рабочие? Стены, что ли, ломали своими топорами? А потом наступила полная тишина. Он подошёл к двери и заметил, что девочка перестала разыгрывать гаммы. Консьержка могла что-то услышать. "Тсс, я слышала какие-то звуки в комнате мадам Нины, или мне показалось?" О нет, мадам, это, должно быть, те цыгане наверху. Они двигают буфет с кучей маленьких ящиков внутри. Как раз когда я к вам направлялась, они уронили один из ящиков на пол. Вы не поверите, но там не было ничего, кроме табакерок и игральных карт. Девочка была рада прервать упражнения и поболтать. "Ты не могла бы подняться наверх и проверить?" — попросила консьержка. Качальский услышал лёгкие шаги девочки. Её маленькие ножки в белых гольфиках спешили вверх по лестнице, перепрыгивая через ступени, словно пробегая по клавишам рояля. Эти секунды, как говорится, показались Качальскому вечностью. А что, если девочка попытается толкнуть открытую дверь? Маленькое милое щебечущее создание... "О нет, как же мне поступить?" Не мог же он убить невинное дитя. "Кровь младенца, кровь невинного младенца... что-то в этом роде". Странно, что в такой момент в его голове настойчиво повторялась эта цитата. Он не мог ее вспомнить. Он рванул к двери и заметил на ней ржавый железный крючок. Слава богу!

Что? Я не упомянул, что там был крючок? Да, я забыл, там был замок и крючок. Должно быть, Нина боялась спать одна. Или, может быть, он уже там висел, когда Нина сняла эту квартирку, и она просто не удосуживалась запирать дверь. Откуда я всё это знаю, Танюша? И как может быть память пожилого человека столь свежа? Дело в том, что я подумывал включить эту историю в какой-то из сценариев. Возможно, я поставил бы его в Ленинграде, а не в Париже, но я совершенно точно разрабатывал амплуа певца-убийцы. Сентиментального убийцы, который поёт чудесные, нежные и задушевные песни. Он мог бы быть рок-звездой или выступать в стиле кантри. Ну, что-нибудь современное.

Да, да, вернёмся к озорной девчонке в белых гольфиках и складчатой юбочке. Она подбежала к Нининой двери и постучала:

"Мадам Нина, мадам Нина, они вас не беспокоят, эти люди?" Ответа не последовало. К счастью, у маленькой девочки не хватило терпения. Урок её был окончен, и ей хотелось скорее пойти домой играть с друзьями на площади. И она побежала обратно вниз. Он тихонько выскользнул из квартиры и поднялся этажом выше. Что скажешь, в этот день ему крупно везло! В тот самый момент трое рабочих пытались спустить вниз старое бюро на гнутых бронзовых ножках. "Брат, помоги", — прокричал один из них потеющему Качальскому, и минутой позже он уже нёс вместе с ним это проклятое бюро вниз по лестнице. "Мадам, — пропищала девочка, — мадам Нина, должно быть, ещё спит. Я же вам говорила, что это цыгане". — "Милая девочка, не называй их цыганами. Это рабочие-мигранты. У них очень тяжёлая жизнь". Сказав эти слова, совестливая консьержка попрощалась с девочкой и вышла за свежим багетом. "Как можно заниматься музыкой среди такого грохота", — пробормотала она себе под нос и вздохнула. Качальский вышел через чёрный ход во внутренний двор и посмотрел на окна Нининого дома. Жизнь шла своим чередом. Парижане завтракали: правильные круассаны, свежее варенье, кофе с большим количеством молока. Он вышел на улицу, потрясённый произошедшим. Он увидел, как Натали покупает газету на противоположной стороне улицы. Ушёл он как раз вовремя. Лучше было и не рассчитать. Он сел на скамейку в соседнем сквере и тупо уставился в пустое пространство. Тут он увидел собаку, маленькую мохнатую дворняжку, справляющую нужду неподалёку. Он попытался её позвать, чтобы поиграть с ней, но пёс на него даже не взглянул. Он лишь осторожно его понюхал и в ужасе кинулся прочь. Качальского стошнило. Ему нужна была помощь. Скорее всего, в тот момент он подумал обо мне. Ты знаешь, я жил тогда как раз неподалёку и был уже ко всему привычен. К тому же Качальский был прежде всего актёром и нуждался в зрителях. И вот он пришёл ко мне и во всём признался — среди рвоты, пота и слёз. Это была сцена не из приятных. Не слишком кинематографичная. Он был трусом, но все-таки собирался покончить жизнь самоубийством. Я же предложил ему другое — вернуться в Советский Союз".

«Андрей Михалыч, вам вредно так много разговаривать. Вы потеряете голос».

«Нет, Геночка, не беспокойся. Это как пот: даже хорошо, когда всё из тебя выходит.

Вскоре мы все вернулись в Советский Союз. Нинель Марковна, Качальский и я. А Лионель уехал назад в США. Я предупредил его о грядущей войне. И сказал ему держать рот на замке. Всё было не так просто, как хотелось бы этому простому американскому парню. А на объяснения не было времени. Так все и получилось. Мы уехали на Восток, а он — на Запад. Качальский был единственным из нас, кого встретили как героя, вернее, блудного сына, вернувшегося на родину из жалкого изгнания. Он целовал советскую землю и, как говорится, "скупая мужская слеза скатилась с его щеки". Только сам он не был слишком скуп на слёзы. Его прорвало на признания — он сознавался, сознавался и сознавался, — только речь шла обо всех, кроме него самого. Он просто вошёл во вкус. История с Ниной оставалась для нас табу. Я обещал никогда не вспоминать об этом. Это было джентльменским соглашением. Хочешь верь, хочешь нет, но я его соблюдал, как честный человек. Конечно, Качальский честным человеком не был. Но что я мог поделать? Я и сам не был полностью чист. Я знал, что моя шутка стоила ей жизни.

Не удивлюсь, если признания Качальского послужили поводом для ареста твоей бабушки. Он был человеком сентиментальным и любил доводить всё до крайностей. Он говорил и говорил, рта не мог закрыть — все ради России-матушки. Наконец-то, он нашёл благодарных слушателей. А мы с твоей бабушкой отправились в лагеря. Нас арестовали в одну неделю. Я попросил одного своего друга сообщить ей, что случилось со мной. Но она даже не попыталась бежать из города. А Качальского снова пожалели. Его песни нравились Сталину. И именно он направил Качальского работать с Александровым. Но надо отдать ему должное, ведь когда я вернулся из лагеря, Качальский (уже на то время советская знаменитость с квартирой в сталинской высотке) помог мне получить работу на телевидении. Сначала я был редактором, проверял фильмы на предмет соответствия монтажа сценарию. Правда забавно? Потом я написал свой собственный сценарий по мотивам Чехова. Качальский стал совершенно другим человеком — он бросил пить и резко осуждал злоупотреблявших алкоголем. У него была дача в Переделкино, где он летом ежедневно совершал пятикилометровые прогулки. У него была молодая жена и три чудесные дочки, которые его просто обожали. Однажды он сказал мне, что вся парижская жизнь была для него одной длинной ночью непрерывного запоя с мучительным похмельем. Видимо, возвращение на родину действительно отрезвляет.

Наверно, я тебя уже утомляю, моя хорошая? Но наша беседа стала для меня настоящей терапией и помогла мне почувствовать себя намного лучше. А может, это просто подействовал аспирин. Слушай, давай теперь порассуждаем о кино. Как ты знаешь, кинематограф является не только отражением реальной жизни, но и сам по себе имеет на неё определённое влияние. Даже такие безобидные и глупые фильмы, как "Ниночка". А что ты думаешь про последний шедевр месье Качальского? Про "Сиреневый закат"? Я просто вижу, как старик получает за него свой "Оскар" и позволяет скупой мужской слезе прервать свою прочувствованную речь: "Дорогие друзья... Для меня это большая честь. Я хочу поблагодарить свою семью и своих друзей по всему миру. Как жаль, что некоторых из них уже с нами нет".

О да, конечно, это всё художественный вымысел. Тем не менее Пулков и Качальский сумели в этом фильме переписать и собственные биографии, и российскую историю. Какое изысканное прикрытие, палачи превращаются в жертв! Ты знаешь, что семья Пулкова — продукт союза русской и советской аристократии, прямо как в фильме, только отец его был известным агентом КГБ, который доносил на своих старых друзей и таких же, как он, деятелей авангардного движения. Ты подожди, они ещё будут управлять новой Россией. Вячеслав-Хан Первый, император всея Евразии. И злодеем на самом деле был не тот эмигрант — Мишель, поэт и бывший любовник. Я уверен, что это Качальский постарался до мелочей проработать характер мерзавца-эмигранта.

По какой причине была убита Нина Белская? Ну что за вопрос! Ты слишком оптимистична, моя дорогая, если считаешь, что на всё нужны веские причины. На этот раз их не было вообще. Это была просто глупость и большое невезение. Она не была двойным агентом. (Как минимум насколько мне известно; в конце концов, я был всего лишь новичком в деле вербовки.) Ни в чём нельзя быть никогда до конца уверенным. Можно заподозрить, что в то роковое утро дверь осталась преднамеренно не заперта. И на кого мог работать Лионель? Мы уже, наверное, никогда не узнаем. Честно говоря, я не думаю, что кто-то из них был по-настоящему вовлечён в политику. Им нравилась политика на бумаге, политика идеалистических лозунгов. Только и всего.

Я также не думаю, что и Полтавский-Рижский был двойным агентом. Понимаешь, человека, который написал, что "поэт всегда является двойным агентом", не так-то легко завербовать. Он жил в согласии со своей совестью. И он понимал разницу между жизнью и литературой. Выражение "двойной агент" служит хорошей метафорой, пока его автор никому не служит. Я должен сказать, что я был немного в него влюблён. Он никогда не отвечал взаимностью, так как был полностью поглощён своей безответной привязанностью к Нине. Я выкрал его последнее любовное письмо, адресованное ей. И я отдам его тебе, Танюша, но ты должна мне обещать, что прочитаешь его только тогда, когда уйдёшь от меня. Трое из них, Нина, Катя и Полтавский-Рижский, думали перехитрить мир, пародируя заговоры. Они хотели во всём разобраться, все продумать, проанализировать параноидальные заблуждения, написать стихи и всё это высмеять. Отличная мысль, но она не сработала.

Враньё, банальность и враньё одержали вверх. Твоя бабушка была не такой, как и Нина Белская. Но теперь их обеих уже нет в живых, и никто о них толком ничего не знал. Они могли бы стать подругами и выпить вместе по чашечке чая без молока. К сожалению, они обе уже мертвы.

Никогда не возвращайся домой, моя милая, никогда не возвращайся. Иногда приезжай навестить, а потом уезжай назад. Таким образом ты сохранишь ясность ума и чистоту души. Немного дистанцируйся и от России, и от Америки. Тогда ты сможешь увидеть вещи такими прямыми или такими кривыми, какие они и есть на самом деле. В таком образе жизни меньше вранья. Преданно относись к месту, где ты живёшь, к твоим друзьям и даже, может, к некоторым из соседей. Не увлекайся великими идеями. Старик Каганович до сих пор играет в домино. Он хочет уйти из этого мира победителем. А у меня нет таких амбиций. Я хочу просто перестать врать. Я наслаждаюсь извращенностью правды. Иногда она выглядит совсем кривой, но настолько ясной. Геночка, забери, пожалуйста, у меня эти мешочки, они мне уже надоели. Ты просто замечательный человек. Говорил я тебе об этом? Я действительно чувствую себя намного лучше. Со мной всё в порядке. И это просто грипп, явление сезонное.

Кому бы ещё, Танюша, я всё это поведал, если не тебе? Кому какое дело до девушки, убитой в Париже пятьдесят лет тому назад? Люди бы просто сказали: "Ну и что? Это было давно и неправда". Или что-то в таком духе. Ты знаешь, что это непозволительная роскошь уделять особое внимание каждой жертве несправедливости. Мы не можем себе здесь этого позволить. Наверное, стоило бы, но никогда этого не было.

Однако у меня есть мечта однажды написать сценарий и назвать его "Идеальное убийство". Я ещё точно не знаю, какие там будут персонажи и где будет происходить его действие — в Нью-Йорке или в Брянске, да это и неважно. Идеальное убийство неряшливо, омерзительно, запутанно, банально, и кому-то оно сходит с рук. Достоевский не верил в возможность идеального убийства. Он полагал, что если мотивы не выдадут убийцу, то того выдаст его собственная совесть. То, с чем нельзя справиться, это не вещественные доказательства, а совесть преступника. И адвокаты, эти наёмные лжецы, ни при чём. Он так считал, но был не прав, наш великий русский писатель. Он тоже был слишком оптимистичен. Он предполагал, что всегда найдётся тот, кто захочет установить справедливость, будь то Порфирий Петрович или Шерлок Холмс, это уже дело вкуса. Он также допускал, что преступники имеют совесть. О нет, голубчик мой... они признаются во всём, эти бравые люди, во всём, кроме своих собственных преступлений.

Идеальное преступление — это такое преступление, которое никто и не собирается раскрывать. Никому до этого нет дела. Оно запутанно и проблематично. А полиция занята «более важными делами», как и всякого рода совестливые люди. Агата Кристи в отпуске. Журналисты освещают большие события — войну в Европе или сенсационную смерть любовницы кинозвезды, искусанную крокодилами в собственном бассейне. При идеальном убийстве преступник в итоге принимает на себя роль жертвы. Он преподносит дело так, будто он и есть жертва, и ведёт себя словно жертва, и мы начинаем ему сочувствовать. Ох, он такой милый, сентиментальный, добрая русская душа, и к тому же как он так хорошо поёт. Он просто стал жертвой обстоятельств. Наши сердца кровью обливаются по несчастной погибшей душе человека. Жизнь обошлась с ним так жестоко и несправедливо. А вот жертвы зачастую не похожи на жертв. К тому же они молчат. Возможно, что я устрою своё идеальное убийство именно в Брянске. Чем этот город хуже других. Только ты, Танюша, не воруй у меня эту идею. Знаешь, я ещё не так стар и возможно, что ещё способен написать сценарий».

Из архивов Полтавского-Рижского

Украденное письмо

> Моя дорогая жестокая возлюбленная,
>
> Давай организуем тайное общество; давай поклоняться богиням судьбы. Из них получится хорошая эмблема для общества: три Парки в складчатых тогах меряют, режут и смеются. Никаких орлов и никаких звёзд. В наши дни почти каждый состоит в тайном обществе, а некоторые и не в одном. Многие из наших друзей ещё и чьи-то агенты, а некоторые — двойные агенты. Мы единственные, кто гуляет по грустным аллеям непринадлежности, собирая осенние листья и сосновые шишки. Для нашей тайной секты нам нужно как минимум три человека. Не забывай, что три — это магическое число, минимальное число членов подпольной большевистской ячейки, как и послереволюци-

онной компании выпивох. Словом, знаменитая бутылка водки на троих. Нет, только не «Смирнофф», она уж слишком белая. Пусть это будет «Абсолют».

Мы, члены общества Парок, не должны быть фаталистами. Резать — это необходимость. Мы не просим о невозможном. Мы просто хотели бы увеличить наш космос на один или два размера. Мы дорожим той допустимой вольностью, складчатыми альтернативными мирами парящей кисеи, мирами нашего самосоздания. Мы бросаем вызов модели единого заговора и бросаем наши кружева в лицо параноидальному большинству.

И я надеюсь, дорогая Ниночка, что в одном из тех вымышленных миров ты, может быть, ответишь на мою любовь, причём чем-то большим, чем поцелуй в лоб, нежное письмо или милая улыбка за чашкой переслащённого чая. Я не хочу, чтоб ты была моей Музой или моей Паркой. Ох, как это скучно. Станешь ли ты моей тайной возлюбленной?

Складное кресло тройственного комитета
Пожалуйста, пожалуйста, пожалуйста, скажи «да».

Полтавский-Рижский

Это письмо не дошло до адресата.

Глава тридцать седьмая,

в которой мы, гуляя в парке Горького, испытываем чувство тоски по дому

Напротив парка Горького маленькая девочка играет с головой товарища Феликса Эдмундовича Дзержинского. Она сидит у него на чубе и касается его сломанной руки. Это небольшой садик с парковой скульптурой, в котором демонтированные памятники служат реквизитом для детских игр. «Мама, мама, смотри. А чья это голова?» — «А, я думаю, что это дедушки Хрущёва, только ему отломали нос».

В последний день в Москве я не могла устоять перед соблазном сходить в Парк культуры и отдыха имени Горького. Нет лучше места для раздумий о двойных агентах! Я прогуливаюсь вдоль широких аллей с рассаженными по бокам берёзками и позолоченными статуями. «Девушка с веслом» выглядит советским близнецом своей гораздо более яркой сестры в Рокфеллер-центре[1] в Нью-Йорке. Запах свежего шашлыка и звуки французской поп-музыки создают праздничную атмосферу. Женщины в платьях в цветочек гуляют под ручку, солдаты в форме цвета хаки перешучиваются в очереди за шашлыком, подростки в спортивных костюмах марки «Адидас» торгуют носками марки «Адидас», бабушки щебечут на скамейках, пока их внуки закапывают в мокрый песок пластмассовых черепашек Ниндзя. «И жизнь хороша, и жить хорошо!» — как сказал один советский поэт.

---

[1] Крупный офисный центр в Нью-Йорке, который был построен в манхэттенском Мидтауне в 1930-е годы на деньги семьи Рокфеллеров. Во дворе в разное время установлен целый ряд современных скульптур.

А через год он покончил с собой. Поэты на такое способны. Они думают, что могут гулять по улицам своих жизней, словно по строчкам своих стихов. И они хотят, чтобы их жизни шли бы по ими самими проложенным маршрутам, только иногда эти маршруты заводят в тупик.

Одна вещь бросилась мне в глаза в парке Горького: почти никто не гуляет здесь один. Лишь несколько странного вида мужчин с золотыми зубами да старушка с воинскими знаками отличия. Прогулка в одиночку вызывает подозрение. Эта традиция разительно отличается от лондонских парков, куда люди приходят, чтобы побыть в одиночестве. Чтобы посидеть на тех стоящих тут и там неудобных креслах, охраняя своё личное пространство от посторонних. В парке Горького даже скамейки не дадут вам возможность остаться одному. Просто в нём слишком много народу. Я притворяюсь, что кого-то ищу, что на самом деле я не совсем одна. Что я там, с теми людьми, которые стоят в очереди за швейцарским мороженым. И я стараюсь не встречаться взглядом с теми одинокими мужчинами с золотыми зубами, татуировками и запахом советского табака. Я веду себя как неумелый разведчик, пытающийся выдать себя за местного жителя. Неожиданно я оказываюсь среди мальчишек в одинаковых тёмных футболках. Выглядят они здоровыми и довольно упитанными, словно ребята из рекламы «Чудо-хлеба»[2]. Кто же они? В наши дни русские люди не очень-то жалуют какую-либо форму, особенно дети. Мальчики, словно юные пионеры, с энтузиазмом строятся в два ряда и начинают петь. Это чудесная песня на английском. Оказывается, это хор мормонов из штата Юта. Это миссионеры, которые приехали сюда, чтобы нести свою веру сбитым с толку и погрязшим в противоречиях местным. Можно ли найти для этого лучшее место, чем парк Горького! У этого есть своя история. Я не могу сказать, что они привлекли толпу народа, но несколько зевак стояли и смотрели на них с любопытством. Темноволосый мальчик небольшого роста начал танцевать на газоне прямо

[2]   «Wonder Bread» — самый известный американский бренд нарезанного хлеба, основанный ещё в 1921 году.

перед хором, подражая Майклу Джексону. Я сижу на скамейке и слушаю французское диско вперемешку с дуэтом подвыпивших ветеранов, затянувших «Катюшу» в соперничестве с хором мальчиков-мормонов. Позолоченную девушку с веслом, крепкую женщину нового типа, Венеру парка Горького, затянуло экзотическим дымом пережаренного шашлыка. И тут вдруг повеял лёгкий ветерок, сдувая пыль с дорожек, и ты понимаешь, что ничего уже не будет как прежде[3].

«По газонам не ходить» — гласит знакомая табличка советских времён. Вы можете нанести вред траве, а трава может нанести вред вам. Конечно, не газонная трава, а дикие травы, как крапива и осока, которые до сих пор встречаются по краям территории Парка культуры и отдыха за шашлычными мангалами. И если вы будете ходить неаккуратно, то обязательно порежетесь. У вас опять откроются ранки детства. На самом деле, они были не такие уж и страшные. Всегда находился кто-то поблизости, какая-нибудь добрая и словоохотливая тётя, которая принесёт вам зелёнку и осторожно подует на ранку. Ведь больше не болит? А если вам повезёт и вы найдёте заживляющий раны подорожник, то всё у вас затянется очень быстро, вообще дня за три. Вам и не нужно, чтобы эти порезы исчезли бесследно, ведь они первая помощь для вашей памяти. Капли крови, в которые маленькая Нинель Бланк макала берёзовые веточки, и раны от осоки на коленке другой Нины не могут быть приняты как вещественные доказательства. Эти милые лазейки личных воспоминаний будут удалены из секретных файлов, проигнорированы как биографами, так и следователями. И кому какое дело до того, о чём мечтали эти персонажи и какая еда им нравилась? Те роковые круассаны, которые Нина не попробовала до убийства, и то последнее мороженое, вкусом которого Нинель так и не насладилась накануне своего ареста, советский виноград без косточек и эмигрантские артишоки, предательски декадентская фуа-гра и дымный

---

[3] Аллюзия на песню немецкой группы «Скорпионс» «Ветер перемен», которую музыканты сочинили в августе 1989 года в парке Горького во время международного фестиваля уличных музыкантов и барбекю.

шашлык из постсоветского парка Горького — всё это не имеет никакого отношения к детективной истории. Это не имеет значения, пока причиной смерти не становится какое-нибудь пищевое отравление. Это нематериальное доказательство, и его трудно правильно интерпретировать. Оно словно тучи и облака, которые меняют свою форму в зависимости от скорости поезда. А тучи всё темнеют и темнеют, а потом снова начинает моросить, как нередко происходит в твоём родном городе. И вот ты наступаешь в лужу на платформе, и твои импортные туфли намокают.

Что же касается материальных доказательств, то давайте признаем, что мы с этим делом справились не слишком успешно. Мы повторили ошибку нашего пьяного убийцы. Мы следовали его параноидальному замыслу и ложно истолковали отношения как между людьми, которые встречались совершенно случайно, так и между предметами, которые просто оказались рядом. Например, брошюра по теории евразийства и программка к кинофильму «Нинóчка». Они просто там лежали, вместе со штопанными шёлковыми чулками, неоконченной вышивкой и недописанным письмом. Представьте, что вас попросили показать содержимое вашей сумки для проверки, а потом обвинили в чем-нибудь на основании перечня найденных предметов? Что, если у меня с собой роман «Парк Горького»[4], книга «Радость буддизма» (на русском языке), батончик «Сникерса» и пара турецких трусов? Как это всё может меня характеризовать?

В Нинином случае это уловка-22[5]. Она была убита, потому что казалась двойным агентом. А мы теперь делаем вывод, что она была двойным агентом, потому что была убита. Убийство подтверждает наши подозрения. Жертва была виновна. Теперь всё ясно, и тайна раскрыта. Человек жил, человек умер. Сохра-

---

[4] Криминальный роман, написанный в 1981 году Мартином Крузом Смитом и успешно адаптированный в фильм в 1983 году. Роман является первой книгой в серии из десяти романов, в которой в качестве центрального персонажа фигурирует московский следователь Аркадий Ренко.

[5] Роман американского писателя Джозефа Хеллера, опубликованный в 1961 году и известный возникшим в нём логическим парадоксом между взаимоисключающими правилами. Экранизирован в 1970 году.

нился только фрагмент монографии о паранойе да еще пара не-
связных воспоминаний. Есть несколько потерянных звеньев,
которые никогда не удастся восстановить. Это происходит во
всех детективах. Только обычно авторы любят это скрывать.
Во-первых, это разбитая пластинка. Кто виноват в том, что она
разбилась? И кто конкретно её разбил? Каким образом? И зачем?
И вы действительно думаете, что это случайность? Второе — это
«венгерский след». В этом тоже есть что-то подозрительное. А вы
так не считаете? Андрей Михалыч? Какова погода в августе
в Будапеште? Помните человека по имени Миклош? Он бы сказал:
«Какой такой Миклош? Это очень распространённое имя». Мне
нужно немедленно позвонить Андрею Михалычу. Это ещё один
из концов нашей ниточки, ещё один узелок, который я должна
завязать ради себя самой.

«Простите, вы не поменяете рубль на мелочь?» — спрашиваю
я добродушного шашлычника. Раньше для местных звонков
нужны были двухкопеечные монеты.

«Ах, девушка, девушка, — вздыхает шашлычник, — когда это
вы в последний раз видели двухкопеечную монету? Наверное,
только во сне, только во сне. Теперь всё обесценилось, всё обесценилось. Сразу видно, что вы не москвичка. Какое-то время мы
звонили за пятнадцать копеек, а потом и пятнадцатикопеечные
тоже исчезли. Их просто больше не выпускают. Тогда эти люди
в ларьках, эти мошенники — я не знаю, откуда они, но они не из
Москвы. Я слышал разговоры, что это чеченцы. Так что, девушка,
с ними лучше не шутите. Так вот, они начали продавать пятнадцатикопеечные монеты по рублю. А потом рубли тоже пропали,
так они продавали монеты уже по десять. Понятно, что людям
нужно звонить. Так вот эти ларёчники и наживаются на человеческих нуждах. Видите этих людей, прячущихся в своих тёмных
и душных ларьках без окон и шныряющих туда-сюда, словно
крысы? Вот почему я никогда не куплю ларёк. Мне нравится
работать на свежем воздухе. Мне нравится готовить и продавать
шашлык, и мне совершенно нечего скрывать!

Вы похожи на приличную девушку. Хотите, я сделаю вам еще
один отличный острый шашлык с солёными огурчиками и поль-

ским кетчупом без дополнительной платы? И вот вам жетон для телефона-автомата. Деньги теперь, как и всё остальное, совсем обесценились, так что наконец-то они догадались сделать жетоны, чтобы люди могли звонить. А вы видели новые жетоны на метро? Они светло-зелёные и к тому же пластмассовые. Эти жетоны — отражение нашего времени!»

«Спасибо. Нет, одного шашлыка будет достаточно. И компота не надо. Я не сомневаюсь, что он у вас очень вкусный, но я уже сегодня его пила. Может быть, я возьму колу. Здравствуйте, Андрей Михалыч? Гена? Ему получше? Не то чтобы лучше, но бодрее? Я рада, что он взбодрился. Андрей Михалыч? Выздоравливайте, пожалуйста, постарайтесь. Да и нет. Я говорю: и да и нет. Всё остальное оставьте для "Идеального убийства". Я могу написать для него английские субтитры. Конечно. Хотите назовём его "Нина, или Разбитая пластинка"? А кстати, как она разбилась? Я имею в виду пластинку. Сама вдруг взяла и упала? Посредством силы притяжения? Или Лионель поставил её на край стойки граммофона, а потом случайно задел её локтем? Он всегда сильно жестикулировал, когда речь заходила о кино. Вы не знаете? Ну раз вы не знаете, то так и скажите. Что вы подразумеваете под "обычной вещью"? Да, конечно, я тоже в своей жизни не раз разбивала пластинки. Поэтому я теперь пользуюсь CD-дисками.

Андрей Михалыч, я хотела спросить у вас ещё одну вещь. Были ли вы знакомы с человеком по фамилии Миклош Санто? Он был знакомым Любича по Будапешту».

«Миклош Санто. Конечно. Только он был не из Будапешта. Он был, как и я, из Черновцов. Мы все вместе играли в ковбоев и индейцев: Миклош, я, твоя бабушка и ещё полдюжины других ребят. Мы всегда выступали в роли индейцев, потому что у нас были тёмные волосы и потому что я стащил несколько перьев у тёти Марты. Тогда твоей бабушке было всего семь лет, и мы, старшие мальчики, не воспринимали её всерьёз. Миклош даже за ней присматривал, как за ребёнком, и она ему нравилась. Но как же ему хотелось стать своим, местным, ещё более местным, чем сами местные. Поэтому в Будапеште он женился на очень строгой австрийке. Он был талантлив и работал с Любичем.

Я слышал, что он ушёл в бизнес, чтобы обеспечить семью, и бросил кинематограф уже без малого как пятьдесят лет назад. Он не имеет никакого отношения к нашей истории. Он был абсолютно аполитичным человеком. А что?»

«Да просто так. Так получилось, что я знакома с его внуком, Миклошем Санто — третьим».

«А он-то что?»

«Он тоже очень хотел стать своим. Он приехал в Америку и женился на американке. Сейчас он ждет получения грин-карты и пишет сценарий о Любиче. Правда, сейчас он уже не пишет сценарий о Любиче, а работает в Международном банке. Он помогал мне в Париже с моими исследованиями».

«Мне кажется, что за этим скрывается какая-то история. Ты, по-моему, к нему не совсем равнодушна. Не думай, что бывают точные повторения. Это явление больше напоминает темы с вариациями. В одной из вариаций всё может сработать отлично, а в другой будет полный провал. А? Но всегда есть лазейки, понимаешь, всегда есть лазейки. Ну ладно, сейчас мне нужно заканчивать разговор. Опять появился мой доктор, чтобы меня мучить. Ты звонишь из уличного автомата, будто в шпионском фильме? Помнишь, как раньше было опасно звонить из гостиницы, потому что твои звонки могли прослушать? Раньше жизнь была намного более захватывающей. Тебе повезло, что ты нашла жетон для телефона. Теперь их трудно найти».

Из моей электронной почты

Кому: Miklos@bank.inter.edu

Привет, Миклош,
это Тадеуш. Я только недавно узнал, что твой дедушка играл в Черновцах с моей бабушкой в прятки. Но потом он постарался спрятать своё прошлое и стать истинным будапештцем. Моя бабушка, конечно, перебралась в Краков и стала актрисой в Старом Камерном театре, разрушенном во время войны. В четверг я приеду в Нью-Йорк. Я везу бумаги, которые ты просил взять у Янека Любичевского. Чао.

Глава тридцать восьмая,

в которой мы покидаем Россию и прощаемся с Рабиновичем и Анкой-пулемётчицей

С известной ностальгией я вспоминаю старый анекдот, прославляющий ритуал рассказывания советских анекдотов.

В период безанекдотья Рабинович встречает Ивана-дурака и Анку-пулемётчицу.

Рабинович говорит: «Анекдот номер 12».

Иван-дурак смеётся.

Рабинович: «Анекдот номер 67».

Иван-дурак смеётся.

Рабинович: «Анекдот номер 31».

Иван-дурак не может удержаться от смеха: «Рабинович, как ты можешь рассказывать при даме такие пошлые анекдоты».

Когда-то мысль о том, что однажды наступит эпоха «безанекдотья» представлялась нам совершенно нелепой. Шутки и анекдоты казались нам потребительским товаром, который никогда не окажется в дефиците. И эта до боли знакомая троица. Низкорослый и комичный Рабинович, своими глупыми шутками и длинным славословием тщетно пытающийся покорить сердце истинно русской женщины Анки-пулемётчицы. Слова — это единственное оружие, которое он использует против рослого и по-сказочному красивого Ивана-дурака, которому для обольщения женщин нет нужды в речах. И в этом деле на карту поставлено больше, чем Анка-пулемётчица. Это роман Рабиновича с настоящей русской красавицей. И как же дела обстоят теперь, в наши дни? Не очень, — боюсь, что совсем даже не очень.

Иван-дурак всё ещё в командировке. Он вице-президент совместного предприятия «Интертраст». А что же с Анкой? Вы, кстати, её не видели? Она стала той энергичной и молодящейся бабушкой, которая на Первое мая надевает все свои военные награды и размахивает перед телекамерами красным флагом. Она попытала счастья в капитализме: накупила акций акционерного общества «Мечта» — «МММ: нет проблеМММ!». Но эта компания оказалось финансовой пирамидой, и Анка потеряла все свои сбережения. Её верный друг Рабинович прислал ей на Международный женский день дублёнку и красивую открытку. Но теперь он далеко. Рабинович эмигрировал. Сейчас он сидит в своей старой меховой шапке на скамейке на Брайтон-Бич, наслаждается зимним солнцем и смотрит на волны. Если на него накатывает ностальгия, он идёт в супермаркет «Москва» и покупает там «Столичную», пироги с капустой и фаршированную рыбу, и на душе у него снова становится тепло и легко.

А как же Рабиновичу удалось эмигрировать? Разве вы не слышали? Это же классика.

Рабинович приходит в ОВИР (это была эмиграционная служба и одновременно отделение КГБ) и подаёт прошение о разрешении на выезд из Советского Союза.

«Но почему, товарищ Рабинович, почему? — молящим голосом спрашивает сотрудник КГБ, — у вас же здесь две прекрасные комнаты и отличная работа».

«Понимаете ли, товарищ, на то есть две причины. Первая — это мой сосед по коммунальной квартире. Всякий раз как я направляюсь в туалет, он выходит из своей комнаты и говорит: "Вот подожди, Рабинович, кончится советская власть, и мы всех ваших жидов перевешаем вверх ногами!"».

«Но, товарищ Рабинович, — говорит сотрудник КГБ, — вы же прекрасно знаете, что советская власть не кончится никогда».

«Конечно, товарищ. Вот это и есть вторая причина», — отвечает ему Рабинович.

История показывает, что Рабинович, несмотря на всю свою природную смекалку, ошибся в прогнозах. В любом случае он уехал. Он нашёл выход. В этом и состоит мораль сей басни.

Я слышала, что в Венгрии они рассказывают такую же историю про товарища Коэна. Это очевидный пример плагиата. Народ с венгерского чёрного рынка всегда думает, что им полагается больше других. Товарищ Коэн — это иностранный жулик. Он не правдоподобный персонаж. А вот рассказ про Рабиновича совершенно реален.

Шутки в сторону. Отвлекаться тоже не поможет. Последняя возможность повернуть в сторону. Аэропорт всего в дюжине миль от центра. И мой друг Алик любезно согласился меня туда отвезти. Потому что таксистская мафия из аэропорта может быть очень опасной. Правила дорожного движения в Москве также находятся в процессе перестройки, как и все остальные аспекты современной жизни. Свобода вождения приняла довольно анархический оборот. Однако до сих пор повсеместно распространена свобода парковки, но существует риск, что, когда вы вернётесь к своему автомобилю, вы найдёте его уже со снятыми колёсами. На московских магистралях почти-что отсутствуют вывески. Неоновая надпись «ВПЕРЁД К ПОБЕДЕ КОММУНИЗМА!» постепенно превратилась «ВПЕРЁД К ПОБЕДЕ -О---НИЗМ-». Восклицательный знак потух. Оптимистический лозунг пришёл в совершенно ветхое состояние. А вот рекламные объявления пока ещё редкость. Только одиноко маячит «Кока-кола» и приглашение «узнать правду о дианетике».

«Ты приезжаешь сюда и смотришь на нас, как в микроскоп, словно перед тобой какой-то редкий вид живых существ, — говорит Алик, — а потом возвращаешься назад, в свою комфортабельную жизнь».

«Это неправда, — нерешительно возражаю я, — это просто какое-то странное ощущение, что я здесь больше не живу».

«Скоро ты окажешься в Нью-Йорке, — говорит Алик с лёгкой ухмылкой, — и примешь душ с идеальным напором воды, снимешь в ближайшем банкомате деньги и выпьешь свежего апельсинового сока. Не в этом ли всё дело?»

«Ой, да ладно, Алик, не начинай».

Правда состоит в том, что я уезжаю. Я смотрю на людей, садящихся в «Икарус», автобус, сделанный в Венгрии ещё в дни «братской дружбы стран Восточного блока». Старый «Икарус» наезжает на лужу и обдаёт грязью молодые берёзки, высаженные вдоль дороги. Я со всеми прощаюсь. Я покидаю Россию, очень буднично, в рабочий день, с двумя небольшими чемоданами. Я уезжаю налегке, прямо как в первый раз. Позволят ли они мне выехать так просто, поверят ли, что моя грин-карта не подделка из московского ларька и моё левое ухо — это моё левое ухо, единственное и неповторимое. Станут ли они безжалостно прощупывать каждый шов на моей одежде, просматривать каждую рукописную страницу (вы знаете, что вывоз рукописей запрещён), каждую фотографию (не более трёх человек на одном снимке), как пятнадцать лет тому назад? А если я всё ещё вызываю у них подозрения, то не устроят ли они мне личный досмотр? («Где ваши бриллианты? Вы их все проглотили?») Но тогда я была эмигранткой, официально объявленной «изменником родины», а теперь я иностранная туристка. Нужно ли мне говорить с пограничниками по-английски, а потом сказать «спасибо» с ярко выраженным акцентом, как это делают благодушные заграничные кинозвезды? Тогда они просто рассмеются мне в лицо, эти молодые и крепкие парни с пистолетами на боку. Кто родился русским, русский навсегда. Нет, конечно же, нет. Даже мои параноидальные фантазии отстали от времени.

«Ни о чём не беспокойся, — говорит Алик, — вот мы и на месте». Мы целуемся на прощание. «В этот раз-то ты не навсегда уезжаешь?»

В аэропорту я веду себя как положено рациональной иностранке, которая знает, что она делает. Я плачу доллар за багажную тележку и быстро нахожу свою очередь для проверки багажа. Слава богу, я не в очереди для тех, кто выезжает «на постоянное место жительства». Это были скорбные вереницы измотанных переездом будущих эмигрантов, сидящих вместе с притихшими детьми без игрушек и с трудом скрывающей слёзы роднёй на огромных баулах, которые, казалось, сохранились у них ещё с военного времени. Вот очередь русских немцев из Казахстана, ожидающих авиарейс своей мечты на борту самолёта «Люфтганзы». Кубинцы, уже после перестройки получившие убежище в России и улетающие в Варшаву, северо-вьетнамские туристы, возвращающиеся в Ханой после бешеного шопинга в центре Москвы. А вот и богословы-хасиды, ожидающие посадку на «Британские авиалинии». Это и есть моя очередь.

Я встаю за группой хасидов, которые легко переходят от шумной болтовни на идише на очень приличный британский английский. Я где-то читала что-то о тайных еврейских рукописях, украденных когда-то у хабад-любавической[1] общины и хранящихся теперь в Ленинской библиотеке. Сразу за мной пристроился бизнесмен из Лондона. Он подмигивает мне в самой непринуждённой манере и шепчет, незаметно показывая на хасидов: «Вы только взгляните на этих людей, они даже в очередь нормально встать не умеют». Я бы сказала ему в ответ что-то неприятное на идише, но я не знаю как. За кого он меня принимает? Я так старалась сойти за свою, что, может быть, в результате перестаралась. Иначе что его заставляет думать, что я разделяю его бытовые предрассудки? Ой, нет, он, оказывается, вообще ничего не думает, а просто хочет поболтать: «Вы раньше уже бывали в Москве?»

«Да», — говорю я.

«А для меня это первая поездка, — говорит он, — и мне тут очень понравилось. Осетрина здесь действительно первоклассная. Особенно в том ресторане. Как он там называется? "Прага", точно как город».

Таможенники проверяют багаж хасидов и иронично переглядываются между собой. «Какие странные люди! Откуда это они приехали?» Но хасиды не обращают никакого внимания и только произносят слова благодарности с безупречным британским произношением. Их багаж не содержит ничего запрещённого. Только множество книг на иностранном языке.

Тут подходит моя очередь.

«Вы говорите по-русски?» — спрашивает таможенник, заглядывая в мой паспорт.

«Да», — говорю я со сжавшимся сердцем.

---

[1] Направление в хасидизме, основанное Алтер Ребе в 1745 году.

«А эти две сумки принадлежат вам?»

«Да».

«Везёте какие-нибудь предметы старины, драгоценные камни, незадекларированные изделия из золота или серебра?»

«Нет».

«Старые банкноты, иконы, оружие...»

«Нет».

«Как вам в Америке?»

«Неплохо».

«Там, должно быть, очень здорово!»

«Да».

«Не провозите водку, икру, красную рыбу или осетрину?»

«Нет».

«Почему же нет?» — спрашивает таможенник таким тоном, как будто он был лично оскорблён тем фактом, что я пренебрегаю такими деликатесами.

«Я покупаю их в Нью-Йорке».

«А фарфоровые сервизы?»

«Только две чайные чашки. Это подарок».

Они расстёгивают мои сумки и проверяют несколько вещей, лежащих сверху, по правде говоря, не очень-то тщательно. «О, я вижу, вы купили майку с крейсером "Аврора". Это очень мило. Вы можете идти, — посмеиваясь, говорит таможенник, — и не надо смотреть на нас так испуганно. Счастливого пути».

И наконец я захожу за стеклянную дверь, за которой всё продаётся уже за твёрдую валюту. Я сажусь в самолёт и изучаю инструкцию по безопасности. Да, я нашла ближайший аварийный выход. И я рада, что моё кресло может при необходимости плавать в воде. Я чувствую определённую лёгкость и даже небольшое головокружение. Я снова покидаю Россию. Когда это случилось впервые, мне казалось, что это сон. Теперь я вспоминаю в точности, что чувствовала тогда, пятнадцать лет тому назад. В ту пору мне совсем не верилось, что из России можно уехать, что как-то получится сойти с её стабильной орбиты. Когда я наконец получила долгожданную выездную визу, мне говорили, что я никогда не смогу вернуться назад. Я уезжала раз и навсегда. В этом первом пересечении границы было что-то необычайно воодушевляющее. Когда подали напитки, я выпила за новые горизонты своей жизни. А бортпроводник одарил меня моей первой «западной» улыбкой. Тогда я, должно быть, придала этому слишком большое значение. А теперь я, как истинный представитель западного мира, пререкаюсь со стюардессой, чтобы получить желанный томатный сок непременно с лимоном и непременно безо льда. Сначала я мечтала покинуть свой родной дом, а потом мне запретили мечтать о возвращении. Я никогда не могла себе даже представить, что я покину Россию, потом на какое-то вернусь, а потом я уеду отсюда снова. Я дважды пересекла эту коварную границу. Я сделала то, чего не удалось ни Нине Белской, ни моей родной бабушке. Теперь же худшее осталось позади. Я снова в воздухе. И я могу спокойно расстегнуть свой ремень безопасности.

Моя соседка читает журнал «Нэшнл джеографик», на развороте которого помещена фотография собора Василия Блаженного. Он всегда хорошо смотрится на фотоснимках. Это одна из самых фотогеничных церквей в России. После окончания строительства его архитекторы были ослеплены по приказу царя Ивана Грозного, чтобы они нигде больше не смогли создать ничего подобного. Его красота — государственная тайна.

«Леди и джентльмены, мадам и месье, товарищи, — объявляет пилот, — мы покидаем воздушное пространство Российской Федерации». Я с любопытством смотрю вниз. По обе стороны границы облака ничем друг от друга не отличаются. И тут я ощущаю внезапный ком в горле.

«Нет, все в порядке, спасибо. Да, с лаймом, было бы здорово, было бы очень кстати».

Я замечаю, что у моей соседки синяк под глазом и что её журнал так и открыт на той же странице. Непохоже, что она настолько очарована красотой собора Василия Блаженного. Она сидит и тихо плачет. Я ей даже в чём-то завидую. Я никогда не могла себе позволить расклеиться на людях. Я предлагаю ей чистую салфетку. В ответ она рассказывает мне историю из своей жизни. «Вы понимаете, у меня был жених из России, — говорит она, —

как было здорово, когда он приехал ко мне в гости в Ист-Лан-синг[2]. Он вёл себя как самый настоящий джентльмен. Он подавал пальто и открывал передо мною дверь. Сама я по профессии бухгалтер. Сначала мы стали с ним друзьями по переписке, а потом я пригласила его к себе в гости в Ист-Лансинг. Его приезд был самым чудесным событием в моей жизни. А потом я приехала к нему в Россию, но он на меня едва взглянул. Наконец, он напился со своими друзьями, а потом, я думаю, я стала ему мешать».

«Вы с ним больше не увидитесь», — сказала я ей.

«Что вы имеете в виду?»

«Я имею в виду, что ничего не наладится».

Она плачет ещё сильнее, но я не сдаюсь.

«Разве вы не понимаете, что у вас с ним просто нет ничего общего?»

«Но я надеялась, что мы с ним сначала поженимся, а потом узнаем друг друга получше».

«Ой, нет. Это был бы ужас».

«Вы серьезно?»

«У вас были романтические отношения длиной в неделю. И все. Некоторые отношения должны на этом и заканчиваться. Вы понимаете, о чём я говорю?»

«Но тогда почему он сделал мне предложение? Он сделал мне предложение в Чикаго и ударил меня в Москве, когда я подняла этот вопрос. Он меня ударил».

«Понимаете, ему нужна грин-карта, только и всего».

«Грин-карта? Он действительно что-то говорил о виде на жительство. Вы думаете, что всё дело в этом?»

«Более чем уверена».

«Хмм».

«Вам повезло, что вы с ним расстались, пока не стало поздно. Послушайте, вы найдёте себе человека по душе. И это будет не Эдик П.».

Она достала носовой платок и вытерла слёзы.

---

[2] Город в американском штате Мичиган.

«Спасибо».

И в этот самый момент улыбающаяся и услужливая стюардесса приходит к нам на помощь. Ей кажется, что мы обе слишком переволновались. Она предлагает нам бесплатную колу и наушники. «Вы смотрели фильм "Убийца никогда не стучит дважды"? — спрашивает меня моя расстроенная попутчица. — Ой, это отличный фильм! Я бы с удовольствием посмотрела его ещё раз».

«Давайте, — говорю я, — а я немножко вздремну».

Мне снится огромная квартира с длинным узким коридором и множеством смежных комнат. Двери этих комнат всегда полуоткрыты. Я пытаюсь закрыть дверь в комнату и понимаю, что двери сделаны так, чтобы никогда не закрываться. Они должны быть все время распахнутыми настежь. Все, кого я когда-то встречала в жизни, но не вспоминала, теперь живут в этой квартире. Бабушки с московского кинофестиваля занимают одну комнату, мои нью-йоркские соседи переругиваются в другой, а профессор Черняков с Дашей и женой прячутся где-то прямо за стенкой. Я осторожно хожу по коридору и стараюсь не столкнуться со всеми сразу. Я вижу профессора Чернякова, но не вижу своего соседа по нью-йоркской квартире. А когда я вижу своего соседа из Нью-Йорка, то боюсь повстречаться с Иваном Сергеевичем, преподавателем марксизма-ленинизма. А когда я нахожусь вместе с Аликом, то избегаю встречи с Натали. А когда я сижу вместе со своей бабушкой, то тогда сторонюсь их обоих. И всю эту диспозицию очень трудно удержать у себя в голове. Я лихорадочно ищу свой ежедневник, но, вероятно, я его куда-то перепрятала. Мне тяжело находиться в закрытом пространстве. Я очень напряжена и устала. И у меня болит шея. Неожиданно кто-то подходит ко мне сзади. Я предполагаю, что это режиссёр Пулков в своих эффектных очках с затененными стеклами. Он начинает делать мне массаж спины. У него сильные и красивые руки человека с киноаппаратом. Я не оборачиваюсь, чтобы не встретиться с ним взглядом. Я знаю, что это не дело, что он массирует мне спину. Это совершенно неприемлемо. Мы идеологические противники... Ладно. Но раз уж он подошёл ко мне сзади, я могу притвориться, что никакого массажа нет, а я просто сижу как ни в чём не бывало. К тому же это просто массаж и ничего больше. «У меня очень болит шея. Вот прямо здесь», — говорю ему я.

Пулков отлично умеет делать массаж. Это на самом деле так. Это же просто массаж? Конечно, нет. Дело заходит дальше. И я уже не притворяюсь, что я просто сижу как ни в чём не бывало, а притворяюсь, что мне просто делают массаж. «Давайте закроем дверь», — шепчу я. «Нет, мы не можем, — говорит он, — если мы её закроем, то они решат, что тут между нами что-то происходит». Он капает саке мне на шею и начинает слизывать. Его руки гуляют по моему телу, а я начинаю гладить его. «Может, нам хотя бы стул приставить к двери?» — «Нет, — говорит он, — нам нельзя шуметь. В степях земля очень сухая, пока ты лежишь там на ней, позволяя траве царапать твою кожу. А ветер играет у тебя в волосах. И ты видишь небо таким, каким ты никогда не видела его прежде: необъятным, непостижимым, всепоглощающим. Ты чувствуешь себя так, как будто плывёшь на низких облаках, а воздух густой и влажный. И все мы живём ради вот таких моментов». Так и есть, так и есть. Такое случается раз в жизни. Это, должно быть, идеальный момент. Похоже, что я уже полностью раздета. Я не заметила, как он расстегнул мой чудо-бюстгальтер. Тут он снимает свои тонированные очки. Грудь у него совсем без волос, гладкая, как мрамор. В комнату заходит дядя Коля: «Вячеслав Олегович, могу я у вас одолжить флакончик одеколона? Ой, ой, простите. Я не хотел вас беспокоить».

Я просыпаюсь и вижу горящий автомобиль. Что тут случилось? Не очень хорошая идея показывать такие фильмы во время полёта. Просто сами посмотрите, и вы сразу всё поймёте. Погоня в самом разгаре. Полиция разоблачает сеть проституток. Торговец наркотиками скрывается в Чайна-тауне. У адвоката проблемы в личной жизни. Он встречается с другой женщиной. Нет, она не племянница окружного прокурора. Она тренер по аэробике. Она появляется в обтягивающем трико, волосы собраны в очаровательный хвостик. Но у юриста прекрасная жена и дом в пригороде с удобным диваном в пастельных тонах. И как вы считаете, что ему делать? В этом фильме лихо закрученный сюжет. Проститутка — красивая блондинка. Полицейский — темнокожий и простой парень. Адвокат не может решить, стоит ли ему рассказать жене о другой женщине. На днях она чуть не столкнулась с ними на соседском ужине. Окружной прокурор погряз в коррупции. Шериф груб, но справедлив. Супруга юриста чудесный человек, но ей бы не помешало заняться спортом и немного сменить имидж. Вы думаете, ему нужно оставить её ради любимой женщины? Детей у них нет. Так что он тогда теряет? Диван в пастельных тонах? Он приобрёл его на распродаже в Маленькой Одессе[3]. Нет, это было в Чайна-тауне. В Чайна-тауне? В прошлом апреле? Ясно. Теперь всё встало на свои места.

Из убийства Нины никогда бы не вышло хорошего фильма. Детективная часть слабовата. Убийца слишком симпатичный. Он красиво поёт, а жертва — нет. Она чересчур умная и серьезная. И не живёт в реальном мире. Стихи Полтавского-Рижского тоже бы не подошли. И за кого зрители должны болеть? Даже адвокат, который встречается с другой женщиной, не может вызывать у нас симпатию. Тем временем кто-то стучится в дверь. Понятно, что это не убийца. Как нам сказали, убийца не стучит дважды. Но это именно он. Ой, нет! Он появился здесь для совершения ужасного злодеяния. Я прошу принести мне ещё один стакан томатного сока с лимоном, и тогда всё кончено.

В следующие два часа моего нескончаемого полёта я наблюдаю за небом и делаю записи в дневнике. Моя несчастная соседка мирно спит ангельским сном. Я решаю начать новую жизнь, хорошую и полноценную. Я начну заниматься чем-нибудь полезным. Я больше не буду пытаться совершать путешествия в прошлое в поисках мифических корней. Возможно, я займусь раскрытием тайных заговоров или стану настоящим детективом и начну привлекать преступников к правосудию. Возможно, я стану научным работником, который будет разбираться в человеческих бедах (это так старомодно) и лечебном эффекте во-

---

[3] Неофициальное название района Брайтон-Бич, про который в 1995 году был снят одноимённый криминальный фильм.

ображения. Я продолжу ту научную работу, которой занималась Нина Белская, и раскрою опасную природу паранойи двадцатого века и парадоксов эмиграции.

Эмиграция и отчуждение от родной культуры могут повлиять на человека двояко, спровоцировав крайнюю форму ностальгии по покинутой родине и оставшимся там соплеменникам, с одной стороны, или сформировав против такого состояния надёжную защиту, с другой. Последнее, конечно, всегда было предметом сложного баланса, который труднее всего сохранить в кризисные исторические моменты, когда торжествуют экстремистские тенденции всякого рода.

Нина Белская была страстным скептиком, а Нинель Бланк, напротив, — страстным идеологом. Истории их жизней — две альтернативные развилки судьбы, и обе до конца не завершённые. Если заглянуть в прошлое с точки зрения современности, то получается, что Нина Белская лучше понимала развитие ситуации в мировом масштабе, просто ей не суждено было долго жить. А коммунистка Нинель осталась в живых вопреки всем обстоятельствам и к концу своей жизни даже научилась смеяться. Одна была более проницательной, другая — обладала лучшими навыками выживания, а может быть, просто большим везением.

Предала ли я своих героинь, поддавшись искушению сделать из их жизней биографический детектив? Совсем немного из того, что мне удалось раскопать о них, оказалось значимо для раскрытия её убийства. Это убийство замалчивалось в течение пятидесяти лет, хотя и отразилось, как в кривом зеркале, в сюжете фильма и рифмах песни, пробирающих русских людей до слёз. Убийца вышел из этой криминальной драмы чистым, деликатным человеком, любящим отцом и настоящим патриотом. Историческая справедливость, как она есть.

«В чём смысл жизни?» Я вспоминаю уроки литературы в старших классах. Нас учили, что герои русских романов девятнадцатого века не ищут ни счастья, ни самореализации. Они находятся в постоянном поиске смысла жизни. А вот герои двадцатого века нечасто способны себе позволить такую роскошь. Им повезло, если они сводят концы с концами и в этом находят смысл, или субботними вечерами прячутся в иллюзорном мире фильмов со счастливым концом и стараются не искать никакого смысла или значения текущих событий, поскольку они кажутся полностью противоречащими здравому смыслу. И тем не менее...

Казалось, что этот полёт никогда не закончится. У меня было ещё много чего рассказать вам о смысле жизни, но оказалось, что я потеряла эту тетрадь. Улыбчивая стюардесса могла её выбросить в мусорное ведро вместе с использованными бумажными стаканчиками и одноразовыми вилками.

Глава тридцать девятая,

которая расскажет вам, что нет на земле места лучше, чем дом

«Вы русская?» — спрашивает таксист, который забрал меня из аэропорта Кеннеди.

«Вроде того».

«Да, у вас что-то вроде русского акцента».

«Но я уехала довольно давно. Лет десять тому назад. А сами-то вы откуда?»

«Я из Эритреи. Из Эфиопии. Я говорю по-русски. "Светит солнце. Дождь кончился. Товарищ учительница, я сегодня дежурный". У меня неплохой русский».

«Отлично. И произношение у вас хорошее. Вы бывали в России?»

«Десять лет тому назад я учился в Москве в институте имени Патриса Лумумбы».

«И как, вам там понравилось?» — спрашиваю я.

«В Москве было хорошо, — говорит он, — но нужно было учить историю КПСС, что было довольно скучно».

«А нравится ли вам Нью-Йорк?»

«Нравится. Здесь живут люди со всего мира. Конечно, в Нью-Йорке я не могу найти работу инженера. Вот я и таксую».

«Ну и как?»

«Хорошо. Мы в безопасности, и у всех есть работа. У нас в Нью-Джерси небольшой дом с садиком. Это скорее дворик, но моя жена любит называть его садом. Он такой симпатичный. Сейчас в Эфиопии очень трудная жизнь».

«Вы больше туда не ездили?»

«Куда там ездить! У меня там никого не осталось. Ни братьев, ни сестёр, ни бабушек, ни дедушек, ни дядь, ни тёть. Все погибли или умерли. Нет даже могил. А дом наш спалили дотла. И если я там появлюсь, меня там тоже убьют».

Какое-то время мы едем молча, а потом он включает эфиопские песни на большой громкости, и мы больше не разговариваем.

«Добро пожаловать домой», — говорю я сама себе, когда вхожу в старинный нью-йоркский лифт, чтобы подняться на четвёртый этаж. А ты, дорогой неверный читатель? Похоже, что ты уже куда-то заторопился. И тебе уже не терпится послать мне воздушный поцелуй на прощанье. Может, присядете и выпьете рюмочку? Да знаю я, знаю, что завтра рано вставать и болит голова. Может, останешься хотя бы на полчасика? Мне нравится моя небольшая нью-йоркская квартира. Она довольно светлая, с высоким потолком и лепным растительным орнаментом, что напоминает мне комнату моих родителей в ленинградской коммуналке. Эмигранты из России не любят белые стены. Эти белые стены напоминают им старые советские больничные палаты или приёмные госучреждений. Они переезжают в социальное жильё в районе Куинз[1], где обклеивают безликие белые стены своих квартир весёленькими обоями на свой личный вкус. Можно было бы неплохо заработать на продаже советским эмигрантам обоев в расцветках и орнаментах их юности. Стоило бы восстановить геометрический рисунок югославских и венгерских обоев в стиле модерн, которые в своё время было так трудно достать, или растительные мотивы болгарских аналогов подешевле. Все они теперь хранятся где-то на складе нашей коллективной памяти. В жилищах эмигрантов можно встретить точные копии их ленинградских, московских, киевских или одесских комнат, забитых вещами и всякими безделушками, каждая из которых претендует на собственную неповторимость. Множество чайников расставлены там на стеклянных полках серванта — кобальтовые с золотыми цветами или белые фарфоровые с ро-

---

[1] Самое большое по территории и второе по населению боро (район) Нью-Йорка.

зами. Чайники и самовары стоят там для украшения, а не для чаепития. Советская сувенирная торговля была нацелена на получение твёрдой валюты от иностранных туристов, а в конце семидесятых и начале восьмидесятых она также обеспечивала сувенирами отъезжающих на Запад эмигрантов, которые были объявлены «предателями родины». «Нет, нет, — говорит Рита, подруга моей мамы, — это совсем не ностальгия. Это совсем не то, что ты думаешь. Видишь ли, в Москве я никогда не выставляла бы все эти деревянные ложки, матрёшки и кобальтовые чайники. Тогда я считала это китчем. В шестидесятые годы я читала журнал "Америка", на толстой глянцевой бумаге со множеством потрясающих фотографий. Там, например, была квартира студентов-радикалов из Беркли[2], где не было ничего, кроме голых белых стен и минимума мебели. Матрас, накрытый красным покрывалом, письменный стол, пара книжных полок, и всё». Тогда, в шестидесятые годы, Рите тоже захотелось так жить, и она выкинула из дома всю свою советскую мебель. Но после первых лет эмиграции, когда жить с одним матрасом стало не признаком хорошего вкуса, а жизненной необходимостью, она изменила свое отношение к этому. Матрас с красным покрывалом из образца «радикального шика» превратился в знак стесненных обстоятельств эмигрантской жизни, а безделушки больше не означали безвкусицу. Все эти вещички становятся домашними любимцами, которые помогают выжить в трудные дни эмиграции. Не сувениры покинутой Родины, а память о друзьях и истории собственного отъезда.

Я разболталась, чтобы вы тоже почувствовали себя как дома. Я просто хотела сказать, как я люблю свои яркие белые стены, пустые, светлые, свободные, открытые в какие-то альтернативные пространства. Но тут я замечаю, что и моя квартирка тоже забита всякой ерундой, точно так же как квартиры других наших эмигрантов: миниатюрная Эйфелева башня на позолоченной цепочке, матрёшки с изображением Горбачёва, семь мексиканских

---

[2] Город в штате Калифорния, на восточном берегу залива Сан-Франциско, в котором располагается старейший кампус Университета Калифорнии.

коров из красной глины с яркими полосками на боку. Но это именно то, что и создаёт домашний уют, разве не так?

По правде говоря, иногда у меня тоже возникает желание приобрести дом с садом. Может быть, не целый дом, а только половину с небольшим участком. «Вечнозеленый сад», как любят называть его агенты по недвижимости, не для меня. Если бы я имела свой собственный «очаровательный дворик», то я могла бы бросить курить и жить в разъездах и написала бы настоящий американский роман.

«Настоящий американский роман должен быть посвящён недвижимому имуществу», — как-то сказал один мой американский приятель. Возможно, я напишу про сына русских эмигрантов, который занимается покупкой и продажей недвижимости.

«Был ли он замешан в деле о мошенничестве с кредитными картами, о котором я только что прочитала в газете “Нью-Йорк таймс”?»

О да, большое спасибо. Да. Моя героиня Наташа Джонс-Рабинович влюблена в Алекса Смирнова (он сутулый и слегка застенчивый, но очень остроумный и ас в постели). Алекс был несправедливо обвинён в подделке кредитных карт и связях с русской мафией. «Этим славным парням[3] с Брайтон-Бич лучше быть начеку», — сказал инспектор полиции Джеймс (Тедди) О’Гради, потягивая бурбон. «Но, ваша честь, Алекс Смирнов не живёт на Брайтон-Бич. Он из района Квинс. Он просто был там в гостях!» — «Это неуместные доводы. Адвокат занимается травлей свидетеля». Какая прекрасная мысль! Таким образом я соединю в одном романе юристов и риелторов, а это гарантированный успех. И никакой евразиец не сможет перебить такой сюжет. Эти евразийцы были просто мечтатели. И ничего не смыслили в недвижимости. Надеюсь, что они не победят на выборах 2018 года. К сожалению, мне придётся отложить работу над романом про американскую недвижимость, поскольку у меня ее нету. И я не смогу её убедительно описать. У меня есть съёмная квартира с ноутбуком и автоответчиком, и я всегда могу сходить в кино

---

[3] Сленговое название бандитов и членов мафии.

и потусоваться там всего за девять баксов. Так что пока попрощаемся с моим домом и собственным садом, где бы я возилась в собственной земле и наблюдала бы за крошечными муравьями, которые перебегают, как через улицу, экран моего портативного компьютера. В другой раз.

А сейчас, пожалуй, я лучше протру влажной тряпкой пыль в своей спальне. А это ещё что? Насекомое? Простите, но у меня тут не очень чисто. Однако не думайте, что я развела тараканов. Вовсе нет. Это просто мотылёк, коричневый нью-йоркский мотылёк, который ещё не переродился в полноценную бабочку.

Моё внимание привлекает мигающий красный индикатор на автоответчике. От него никуда не скрыться, куда бы ты ни ушёл, он всё равно тебя достанет. Какой ужас! Сколько же там сообщений! Не могут найти мою форму по отчёту по гранту, у меня накопились неоплаченные счета, звонила мама, какой-то тип с неприятным голосом хотел продать мне страховку со скидкой, другой исковеркал моё имя и предложил отремонтировать квартиру по хорошей цене. Так что жизнь идёт своим чередом, как будто я никуда и не уезжала. А вот и сообщение от Миклоша:

«Танюша! Добро пожаловать домой. Как видишь, Нью-Йорк всё ещё стоит на своём месте, и твою квартиру в твоё отсутствие никто не конфисковал. Я хотел встретить тебя в аэропорту, но, как ты знаешь, не получилось. Я тут затосковал, сидя дома в своей квартире. Я звоню тебе, чтобы договориться о встрече, если ты будешь свободна завтра вечером, и, если ты не слишком устала, чтобы пойти в кинотеатр "Форум" на двойной сеанс Любича: "Ниночка" и "Быть или не быть". Как тебе? Это ведь твоя научная тема, верно?»

Глава сороковая

Последняя улыбка Греты Гарбо

И вот мы опять встречаемся в кино, Миклош и я, но это совсем не то, что вы думаете. Мы едва пожали друг другу руки.

«"Быть или не быть", — читаю я в аннотации, — комедия о Варшавском гетто».

«Это фильм, от которого бросает в дрожь, — говорит Миклош. — Он был снят в 1942 году. Любич тогда даже не представлял, что на самом деле творится в Европе. Как обычно, он хотел сделать безобидную комедию. Он надеялся на лучшее. Ведь даже в отношениях между евреями и нацистами были комические моменты».

В фильме еврейские актёры из театра Варшавского гетто решаются бежать от гестапо, переодевшись в нацистскую форму. Кажется, им удаётся изобразить нацистов лучше, чем актерам, играющим в фильме настоящих нацистов: они сильно переигрывают и кажутся переодетыми в мундиры женщинами. Их арийская доблесть на экране не выходит, военная форма не сидит. Фильм представляет собой страшноватый фарс, хоть и сделанный с благими намерениями. «Счастливый конец» возмутительный и жуткий. Евреи перехитрили нацистов и в последний момент спаслись от гибели. История о Варшавском гетто заканчивается весело, со множеством еврейских шуток. Даже кино не может себе позволить так заблуждаться. Но я не порицаю Любича. Тогда не только ему одному не верилось в худшее.

«Неплохо играют, — с сарказмом шепчет Миклош и наклоняется ко мне так близко, что я ощущаю на своей щеке касание его волос, — после этого фильма Любич потерял всякую связь с Европой. Европа была уже не той Европой, какой он её знал прежде. До самой своей смерти он отказывался туда возвращаться».

Во время антракта мы выходим из зала и берем по второму стакану диетической колы и попкорну. А почему бы и нет? Ведь мы такие же американцы, как и вы.

«Как тебе новый дом, Миклош?»

«Что ты имеешь в виду?»

«Ваша новая квартира. Я думала, ты теперь гордый владелец недвижимости».

«Ничего не получилось. Наш маклер нас обманул. А потом мы пригласили жилищного инспектора, и тот обнаружил одну трудноразрешимую проблему».

«Какую проблему?»

«Ошибку в конструкции фундамента. Он пропускал воду. А Виктория в этот дом всю душу вложила. Она заплакала, когда обнаружилась протечка».

«Мне очень жаль».

«Так вот я решил, что, возможно, мы просто ещё не были готовы становиться собственниками. Лично мне как-то легче снимать квартиру».

«Ни́ночка» начинается с той же сцены у двери-вертушки «Гранд Отеля», во всём его голливудском великолепии, у которой бестолково толкаются трое комичных большевиков. Западная жизнь представлена в этом фильме в наилучшем свете. Я даже начала смеяться, к великому удивлению Миклоша.

«Очень смешно. Совершенно нелепо. У Копальского отличные усы».

Я совершенно не удивлюсь, если Грета Гарбо вообще не имела никакого представления о Советском Союзе и его спецуполномоченных. Да и какое это имело значение? Она могла быть кем угодно: королевой Кристиной[1], Матой Хари[2] или Дамой с каме-

---

[1] Голливудский исторический фильм 1933 года с Гретой Гарбо в роли шведской королевы Кристины.

[2] Американский фильм-мелодрама 1931 года, основанный на романтизированной биографии знаменитой танцовщицы и шпионки Маты Хари.

лиями[3]. Лишь бы была железнодорожная станция, где мы могли бы увидеть её меланхолическую фигуру издалека, а потом вблизи, на крупном плане. Она предоставляла свой облик другим ровно с девяти и до пяти. А им уже предстояло одеть её в сообразные моде того времени костюмы и создать соответствующую историческую обстановку. Она отвечала их запросу. Она молчала, когда фильмы были немыми. Она заговорила, чтобы угодить компании МГМ и продвигать их новые технологии. Как и обещала реклама, накануне войны Гарбо засмеялась. Зритель хотел романтической комедии, и она уступала. Она снова и снова играла одну и ту же роль. В ней была какая-то уязвимость и подавленность, и в каждом своём фильме она пыталась с этим бороться. С оттенком восхитительного несовершенства она разыгрывала страх сцены. И в этой игре мы всегда на её стороне. Мы примеряем на себя её уязвимость и виним тех злонравных, но всемогущих киномагнатов, которые нещадно эксплуатировали её на своих киностудиях, и осуждаем сценаристов с их глупыми историями и режиссёров с невыносимым характером за то, что они так и не дали ей шанса стать великой актрисой. Как и её отчаявшийся любовник Леон, мы ищем в ней проблески человечности. Мы ловим каждое живое движение её бровей, каждый намёк на улыбку на её прекрасных тонких губах. И если бы мы могли хоть раз заглянуть за кулисы сквозь пыльную замочную скважину времени. Однажды равнодушный молодой человек из будущего обнаружит где-то там, на чердаке старого дома в Беркширских горах, несколько обрезков киноленты с её участием. «Раньше они хранились у одного киномеханика, который дожил до 93 лет, но так и не научился нормально говорить по-английски, — скажет его сосед по дому, — он постоянно перевирал предлоги». Этому юноше, конечно, ни к чему будет весь этот хлам давно прошедшей эпохи. В лучшем случае он сдаст эти пленки во вторичную переработку и больше никогда о ней не вспомнит.

---

[3] Фильм-драма режиссёра Джорджа Кьюкора 1936 года по одноимённому роману Александра Дюма с Гретой Гарбо в роли Маргариты.

Но пока ещё её лицо не выходит у меня из головы. Оно поразительно отзывчиво. Вам кажется, что она смотрит именно на вас, что она отвечает на ваш взгляд, что она вас понимает. Как такое возможно? Может быть, это её болезненная внутренняя сущность, этот тусклый северный свет, освещающий её внутренний мир? Или, может быть, всё это не что иное, как очередной кинематографический трюк? Может, это её оператор большой поэт или заговорщик, а не *она сама*. Может ли тайна состоять в отсутствии тайны? Разве не было у неё секрета, вне поля воздействия магии кинематографа, который создал это сочетание обезоруживающей непосредственности с абсолютной неприступностью? Ей так хочется вырваться из своей скорлупы, своего убежища, выйти из поставленных ей рамок, но всякий раз она либо тонет в глубине панорамного кадра, либо садится на мель крупного плана. В каждом фильме она как в заключении. Она ищет какой-то выход, возможность, шанс. И с проблеском надежды бросается к окну королевского люкса.

«Товарищи, вы выглядите такими смурными. И почему вы всегда держите окна закрытыми? (Она открывает окна.) Не правда ли здорово? У нас всё ещё лежит снег и лёд, а тут...»

О да, давайте растопим весь этот лёд, давайте сбежим из нашего холодного города, прямиком в весну нашей любви.

«Ты не внимательно смотришь», — шепчет Миклош.

«Как ты понял?»

«Ты так уютно устроилась в кресле».

«И что?»

«И прикрыла глаза».

«Шшш».

Всякий раз при просмотре этого фильма я переживаю, когда Ни́ночка садится в самолёт. Облака над Эйфелевой башней выглядят такими пугающе плотными. Я сомневаюсь, что ей удастся вернуться. Я чувствую головокружение от мысли о том, что её ждет впереди. Не хотелось бы мне оказаться в тот момент на ее месте, совсем не хотелось бы. И я не могу представить себе Леона, бодро марширующего по залитой солнцем Москве и поющего во весь голос: «Над Москвой весенний ветер веет, с каждым днём все радостнее жить...» Я бы предпочла закрыть глаза и не знать, что происходит в кабинете НКВД, когда Бела Лугоши, он же комиссар Разинин, выходит выпить кофе. И, увы, этому молодому генералу Савицкому недолго осталось танцевать в парижском кафе в своем элегантном белом мундире. Конечно, я рада, что фильм имеет хороший конец. Я рада, что это всего лишь комедия. Нино́чка и Леон снова встретились за границей, в волшебном городе Стамбуле, и, как нам обещают, они теперь всегда будут вместе. Возможно, что и не всегда, но по крайней мере до конца кадра. Мы можем быть уверены, что они отлично поужинают в своём русском ресторане украинским борщом и фаршированным артишоками цыплёнком по-петербуржски, а на десерт у них будет шоколадное пирожное «картошка». Очень жирная и высококалорийная пища. Они больше не будут бояться, что какой-нибудь чересчур усердный ассистент режиссёра может выставить их в не совсем приличном виде перед зевающей и хихикающей аудиторией. Прислушайтесь к моему совету — никогда не сомневайтесь в счастливом конце. Всё происходящее на экране так ненадежно и эфемерно. Тусклые тени героев, которые вы так усердно растворяли в своем сознании, наделенные хрупкими чертами человечности и любимые в течение целых полутора часов, вскоре снова растворятся в темноте.

К концу фильма мне становится лучше, а вот Миклош выглядит утомлённым. Мы выходим из кинотеатра в теплую и ярко освещённую нью-йоркскую ночь. Неоновые огни кулинарии под названием «Круглосуточный лосось» светят нам прямо в лицо. На улицах кипит жизнь. Всё звучащее вокруг нас разноязычье воспринимается свежо и непривычно. Даже бездомный говорит с каким-то акцентом. «Госпожа, милочка... Вы мне не купите чашечку кофе? — обращается он к нам с просьбой. — Пожалуйста, с сахаром и со сливками».

У Миклоша никак не получается расслабиться. Он всё время поглядывает на часы, а когда я пытаюсь рассмешить его, натужно улыбается. «Миклош, давай посмотрим правде в глаза. У нас ничего не выйдет. Ты же опаздываешь, причём довольно сильно».

«Нет, нет, — отвечает он, — Виктория уехала на конференцию. Её нет дома. Просто Иштван собирался позвонить по одному срочному делу».

«Миклош, не ври. Я всё поняла. Сегодня она "на даче". Но она же не может всё время быть на даче. Вы покупаете дом, вы вместе строите свою жизнь».

«Не очень-то. Это был хороший дом, точнее половина дома, точнее половина секции таунхауса. Там всё было неплохо, но фундамент требовал серьезного ремонта».

«Ты же прекрасно понимаешь, о чём я говорю».

«Понимаешь, я думал: если ты переезжаешь в другую страну, на постоянное место жительства, то тебе нужно быть вместе с кем-то, кто сам родом из этой страны. Так у тебя получится установить с этим местом прочную связь».

«Послушай, тебе совсем не нужно передо мной оправдываться. Да и времени на это у нас не осталось».

«Видишь вон ту собаку?» — вдруг воскликнул Миклош.

«Какую собаку?»

«Да вон прямо там».

«Где?»

«Неужели опять!»

И в этот самый момент я вижу чау-чау с бледно-лиловой шерстью, грациозно поднявшую ножку прямо возле нас.

«Хороший знак», — говорит Миклош.

***

И они засмеялись и пошли, взявшись за руки, по весёлым и грязным улицам Нью-Йорка, и им казалось, что выход из ситуации обязательно будет найден и что у них теперь начнётся новая, прекрасная жизнь. Но оба они прекрасно понимали, что до этого ещё очень и очень далеко и что самое трудное только начинается.

Послесловие

Спустя два года, когда Таня уже закончила своё исследование «Красные и белые: русские женщины между двумя войнами» и перешла к работе над своим следующим проектом, она получила от Андрея Михайловича следующее письмо.

Дорогая Таня,
Как ты, наверное, знаешь, открытие архивов КГБ вызвало целый шквал долгожданных и нежданных разоблачений. Так получилось, что один мой хороший друг там давно работал — надёжный и здравомыслящий человек, чья работа в последние тридцать лет состояла в том, чтобы поддерживать в целости и сохранности единственную оставшуюся кость из черепа Гитлера. (Только не улыбайся, пожалуйста. Мой друг — очень достойный человек.) Он откопал личное дело нашего народного артиста Валентина Качальского. Он прочитал его в рамках подготовки к юбилею певца. Потом он опубликовал свою находку, что вызвало большой скандал. Оказалось, что Качальский был завербован в Париже ещё в 1935 году. Это тогда, моя хорошая, когда твоя бабушка ещё только совершенствовала свой французский, а твой покорный слуга работал над второй версией «Манифеста кинолюдей» и называл себя не иначе, как анархистом. Короче говоря, это было за четыре года до того, как наши пути пересеклись. И он всё это знал, этот старый лис. Это не я его переубедил и завербовал. Он был одним из первых большевиков-евразийцев и был между ними связным. Это ещё до того, как Нинель Марковну послали с заданием в Париж. Похоже, что она о нём ничего не знала, по крайней мере насколько мне это известно. Может быть, её послали присматривать за ним, потому что он так много пил, или наоборот? Действительно ли этот несчастный фильм

«Нино́чка» убедил его, что новый советский спецуполно-
моченный мог быть направлен наблюдать за ним? (Грета
Гарбо, как ты помнишь, была очень убедительна в этой
роли.) Думал ли он о ней как о страшном ревизоре, который
мог бы сослать его в отдалённые уголки евразийской степи,
а именно в сибирскую тундру? Теперь я уже ни в чём не
могу быть уверен. Но то, что я помню точно, так это то, что
в тот день он был действительно сильно пьян и что его
действительно сильно тошнило. Казалось, он был уверен,
что убил советского спецагента. Но кто его знает!

Ты, наверное, очень удивишься, если узнаешь, что Качальский познакомился с будущим автором сценария фильма
«Нино́чка» Мельхиором Лендьелем ещё в 1936 году. Результаты этой встречи были описаны как «отрицательные».
А вот на Нину Белскую нет никакого досье. По крайней
мере, его не нашли. Ты уж прости, но я не проверял, есть ли
там что-то на твою бабушку или на меня. Зачем нам бередить
старые раны? Тебе нужно снова сюда приехать и посмотреть
на всё свежим взглядом.

Что ещё из новостей? Старик Каганович умер в прошлом
году, и двор без него выглядит пустым и осиротевшим. Там
больше никто не играет в домино. Надеюсь на твой скорей-
ший приезд в Россию. Нам тут тебя очень не хватает. Чувствую я себя гораздо лучше и даже вынашиваю идею для
нового сценария. Когда ты приедешь, я ей с тобой поделюсь.
Но в наше время так трудно найти деньги для съёмок. Поэтому наше кино умирает. Оно бы уже погибло, если б не
эти ужасные совместные фильмы!

Твой Андраш Ковач

P. S. Я передаю это письмо через моего венгерского внуча-
того племянника. Он совсем недавно приехал в Нью-Йорк
и, может быть, позвонит тебе. Его, как и меня, зовут Андраш.
Прости, что лезу не в свои дела, но, по-моему, у вас есть
немало общего.

РАЗУМНАЯ ХАЗАРКА

Повесть

(написана в оригинале по-русски)

Кэмбридж, 1997–1998

Лена К. встретила своего бывшего мужа Александра В. в очереди за пивом в посёлке Коктебель, Феодосийского района, 10 августа 1978 года. Вообще-то Лена не любила пиво и встала в очередь, потому что к пиву давали воблу, а без пива воблу получить было невозможно. Кожа на Лениных тонких плечах начинала облезать, и она мазала их вчерашней сметаной и каким-то дорогим польским кремом, купленным у доброго фарцовщика. В тот день на Лене был черный сарафан с желтыми розами и шляпа сомбреро. Ей было девятнадцать лет. На ногах у нее были югославские туфли на платформе с цветными шнурками, которые, должно быть, сильно натирали между пальцами. (Экспонат 3, комната 20.) Лена, молодая и прекрасная, обгорелая и пахнущая сметаной и кремом, достала из сумки журнал «Иностранная литература» и собралась читать «Вечер в Византии»[1]. В этот момент объявили, что вобла кончается, Лена заволновалась, уронила «Иностранную литературу» в грязь и бросилась поднимать ее, обнажая свою подрумянившуюся грудь под жарким сарафаном. Тут-то и подоспел молодой человек с темной бородой в джинсовых шортах. Словно читая Ленины мысли, он сказал, что уступит ей свою воблу. Между ними завязался разговор.

«Вот если бы Ленин подружился с Тристаном Тзарой в Цюрихе, то Октябрьской революции могло и не произойти», — произнес Саша многозначительно. Потом они поговорили о других событиях, которые могли бы не произойти: распятие Христа, исчезновение хазар, открытие Америки, наличие высококачественного жигулевского пива в Коктебеле. Не успели они оглянуться, как очутились на тенистой скамейке сада Дома писателей.

---

[1] Роман Ирвина Шоу «Вечер в Византии» был издан в СССР в 1975 году в журнале «Иностранная литература».

Что-то было незнакомое и томительное в запахе розовых крымских мимоз и подстриженных кипарисов. Рваные облака прикрывали Груди Царицы Савской (популярное название Коктебельских холмов) и видоизменялись на ветру. Лена лениво ела воблу, а Саша смотрел на ее обгоревшие плечики и ловил свое смущенное отражение в Лениных темных очках.

Потом они пошли в кафе «Ветерок» на углу улиц Победы и Стамова, которое было закрыто на переучет. (По другим данным, они могли также посетить столовую «Волна», улица Ленина, тел. 2–32, или кафе «Крымские пирожки» на набережной, на территории турбазы. В ресторане «Эллада» их не видели. Кафе «Восток» было закрыто в августе. В «Блинной» была большая очередь. В магазине «Уцененные товары» продавалась поцарапанная гитара, фотоаппарат «Зенит», компас обыкновенный и турецкий транзистор «Мечта».) Саша откуда-то достал бумажный пакетик с черным одичалым виноградом и предложил его Лене, а потом бережно вытер кисловатую мучнистую мягкость в уголках ее перламутровых губ. Бумажных салфеток у них не было.

Они расстались на несколько часов. Лена облилась тепловатой водой из рукомойника во дворе, смыла с себя морскую соль и пот. Она думала прилечь на пару часов, записать в дневнике свои маленькие исторические фантазии. Лена училась на истфаке. На большинстве лекций она занималась вязанием, и только археология возбуждала ее интерес. Дневник Лены представлял собой общую тетрадь защитного цвета со стихами Пушкина на обратной стороне: «Пока свободою горим, пока сердца для чести живы...» (Экспонат 5, комн. 20.) На первой странице дневника была сделана следующая запись:

> А что, если бы Коктебель (Гек-Тепе-Эль, страна синих холмов) был покорен хазарами? И была бы там в Средние века не какая-нибудь Тьмутаракань, а более-менее просвещенная и веротерпимая Хазарландия. Но наивные, или же чересчур самоуверенные, хазары очень мало заботились о собственной археологии и не оставили предметов для музея будущего. Они рассказывали о себе нехотя, уступая причудам за-

морских гостей, бородатых евреев из Кордобы и Констан-
тинополя, которые со слезами на глазах твердили им, что
Хазарландия — это Земля обетованная, в которой вечные
изгнанники обретут свое царство, и закончатся их преследования. Хазар интересовало, как шла торговля мехом
и рыбой, что сказано в Книге жизни, как доблестные всад-
ники из колена Эфраимова завершили набег на халдеев
и что приснилось этой ночью молодой одиннадцатой жене
великого кагана. Им было не до Земли обетованной. Все,
что осталось от крымских хазар, — это насаждения одича-
лого винограда в окрестностях Тепсеньского городища.
А ведь могло бы быть так, что на месте ресторана «Эллада»
и магазина «Уцененных товаров» был бы сейчас хазарланд-
ский парк, где раскинули бы свои балаганчики персы
и древляне, булгары и халдеи и продавали бы там цветную
газировку из магических сообщающихся сосудов. Вокруг
гуляли бы хазарские девушки, покрытые красно-коричне-
вым килем, а мужчины с обнаженными волосатыми живо-
тами открывали для них черные липкие ракушки-мидии.
Девушки выпивали слизистый деликатес прямо из раковин
и роняли маленькие необработанные жемчужины на сырую
землю. Одна из них, наверное, весталка или пророчица по
имени Луз, отделилась от подруг и, пронизанная дурными
предчувствиями, бросилась к обманчивому морю, обещаю-
щему постоянство и неизменность, опустила свои накра-
шенные глаза в соленую пену...

Но в тот день Лена не оставила записи в своем дневнике. Она
задремала и забыла о судьбе Хазарландии. Она проспала сирене-
ватые сумерки над мысом Хамелеон и проснулась только от
шума цикад, когда совсем стемнело и из комнаты хозяйки начал
доноситься густой запах фаршированных перцев. Вечером Лена
гуляла с Сашей на набережной, смеялась его шуткам, прикрыва-
лась джинсовой курткой от летнего ветерка, подавала 50 копеек
в шляпу заезжего рокера, который пел что-то на очень назальном
русско-английском наречии: «Lucy in the sky with diamonds...»
Лена хотела купить огромную ракушку-рапану у старика-асси-
рийца, но Саша отговорил ее. Он сказал, что розовато-перламу-
тровое нутро ракушки сохраняет запах убитых моллюсков.

Они пролезли через дырку в перегородке на пляж Дома писателей и пошли гулять босиком по мокрой гальке в поисках морских драгоценностей. Но сердоликов и халцедонов они не нашли, в лучшем случае им попадались бело-розовые камушки с прожилками и обточенные морем зеленоватые кусочки стекла от бутылок жигулевского пива. И им казалось, что все прекрасные камни уже собраны и живут они в вечном безвременье и в замкнутом пространстве срединно-застойного царства, которому нет ни начала, ни конца и в котором прошлое бесконечно разнообразнее будущего. Им ничего не оставалось, как пролежать до рассвета на погнутых лежаках у самого моря. Пена подходила к изголовью, луна серебрила темные волны, и они касались друг друга от больших пальцев ног до бровей, скользили мокрыми пальцами по напряженной, отвечающей каждым нервом коже другого. Недалеко проходила граница Советского Союза, и их сплетенные тела время от времени освещались навязчивым прожектором пограничников. Тело другого, как заграница, с темными ущельями и холмами, каналами и обелисками неизвестным героям, оставалось неизведанным до конца. Они не стремились покорить, а только путешествовали друг по другу, как неустанные туристы с краткосрочными визами, пока их не приметила какая-то нянечка, страдающая бессонницей. «Вон хулиганы какие, разлеглись на писательских лежаках. А ты что, дочка, совсем стыд потеряла?» Они поспешно встали, стряхнули гальку с мокрой джинсовой куртки и побрели к дому.

По дороге Саша говорил, что можно было бы убежать на резиновой лодке в Турцию и их бы никто не заметил. Резиновые лодки радар не берет, правда они могут просто лопнуть от морских камней, ну это если не судьба. Лена рассказывала, как ее приятель сбежал в Финляндию по тропинке в лесу и прошел через всю страну молча. «Но зачем все это? — сказал Саша. — Я подал документы на выезд. Так что, если хочешь в Америку, присоединяйся». Он сказал это все небрежной скороговоркой. Лена ничего не ответила.

На следующий день она спала долго, почти до полудня, и происшедшее прошлой ночью казалось ей странным сном. Саша пропал на несколько дней. Лена пыталась расспросить о нем общих знакомых москвичей, и кто-то сказал ей, что он, должно быть, ушел на Кара-Даг. Он любил ходить в походы один. Лена решила, что все это был обычный курортный роман, даже и не роман, а одно вступление, и решилась отдать себя солнцу, ветру и судьбе. Прячась в тени на лежаке, она читала о том, что хазары не представляли собой единой этнической группы и не брезговали соседскими амазонками, древлянками, печенежками и гуннками, а сбившиеся с правильного пути потомки маздакитов блудили иногда в домах царей персов. Молились хазары в холодной крымской пещере, не зная, чему и почему, как будто бы просто духу места. Но потом появился какой-то вечный жид, подслеповатый странник, который сказал им, что намерения их правильны, но не правильны их деяния. И что в пещере во времена гонений были спрятаны священные книги. Тут забрезжила на периферии Лениного сознания пророчица Луз, выходящая из прибоя с синяками на тонких ногах, но Лена не признала изгнанницу и подумала, что ей пора заняться чем-нибудь конкретным. И она решила съездить в районный археологический музей, посмотреть на тюркских каменных баб, на наконечники их поясов, серьги и подвески, а также на пальчатые и зооморфные фибулы из могильников неизвестных воинов. Тут Лена, должно быть, отвлеклась, помазала нос кремом, прислонила к уху ракушку-рапану и услышала эхо далеких океанов. Книга ее затрепетала на ветру, раскрошились уголки пожелтевших страниц. Лена побежала купаться.

На третий день объявился Саша, загоревший и обветрившийся, и сказал, что зооморфные фибулы пропавших племен исторической ценности не представляют. Саша предложил Лене поехать в Чуфут-Кале, заброшенный пещерный город караимов, известный также под именем Фулла. Расположен он был на высоте 558 метров над уровнем моря на плато с недоступным обрывом. Они бродили одни по отшлифованным временем каменным улицам, наступая на следы исчезнувших караимов. Священных книг они не нашли, Лене удалось вытащить из-под поросшего мхом камня странички старого календаря с портретом М. А. Македонского (1904–1971), героя социалистического труда и директора совхоза «Коктебель». Непонятно, отчего разрушился пещерный город: от людей, от природы или просто от времени. Хазары мигрировали куда-то вместе со своими книгами, мимикрировали под напором истории. Они ушли, чтоб сохранить себя, но, сохранив себя, они перестали быть хазарами. Саша относился к Лениным хазарским басням с предубеждением. «Древняя история — выдумка современности, — говорил он. — Надо жить будущими горизонтами, а не треснутыми скалами бывшего». Он был начинающим программистом.

Сумерки стали спускаться над пещерным городом Фулла, Саша и Лена заторопились вниз по пыльной песчаной дороге. Навстречу им попалась только группа дефективных подростков с искривленными лицами, напоминающими архаические маски. Идиоты окружили Лену, смеясь слюнявыми ртами, пальцами показывали на ее грудь, задирали ее узкий сарафан. Саша оттащил ее за руку, и они побежали все дальше и дальше вниз, в темный спящий город. Название его я не знаю. В темноте он выглядел неприметным городком с грязно-желтыми постройками и потухшими неоновыми огнями. Саша и Лена пытались вернуться в Коктебель автостопом, но это им не удалось. Они пошли от дома к дому, стучались, спрашивали, нельзя ли остаться на ночлег. Одна добрая женщина-болгарка впустила их за пятерку в теплую комнату с накрахмаленными простынями на узкой кровати и маленькой зеленой настольной лампой. Электричества там не было.

Они лежали на боку на узкой кровати, в позе эмбриона, как переростки в детском саду, притворяясь уснувшими среди тайных услад тихого часа. Они не смотрели друг другу в глаза, а находили друг друга на ощупь и тихонько вскрикивали, сдерживая друг друга, чтоб не разбудить добрую болгарку. Лена совсем не думала о Саше. Ей представлялось, что это был какой-то забытый местный фавн, дух места, переживший хазар и татар, революцию, белых, красных, зеленых, нацистов и партработников в этой комнате с хрустящими простынями на сладостных харчах сердобольной болгарки. (Для справки: противозачаточными средствами в конце 1970-х годов служили выжатый лимон, губка обыкновенная, китайские презервативы, coitus interruptus, а также многочисленные народные средства, использующееся по горячим следам случившегося: горячие ванны с водкой, портвейном или марганцовкой, прыжки и приседания — эффективностью в пять с половиной процентов.)

Наутро все было хорошо, и какой-то новый горизонт открылся им, там можно было путешествовать автостопом желания. Пространство обещало быть бесконечным и победить неумолимое время человеческой смертности. Они спустились на дорогу. Лена вскрикнула, обжегшись огонь-травой, которую в народе называли неопалимой купиной. (Я вижу, как Саша присел перед ней на корточках на пыльной тропинке с сухими корнями и стал заботливо дуть на ее обожжённые икры. Если бы только можно было остановить мгновение, то мы бы оставили Лену и Сашу счастливыми в цветущем Крыму, с кожей, покрытой волдырями, и мечтами о светлом будущем.)

Следующий период Лениной жизни покрыт туманом, хотя и хорошо документирован. В октябре 1978 года она вышла замуж за Сашу. (См. свидетельство о бракосочетании Октябрьского района г. Москвы.) Лена подала документы на выезд в государство Израиль к двоюродной тете Мане Кац-Старогорской (Стенд 6, комн. 21): документы из районного ОВИРа, заявление о воссоединении семей, характеристику из райкома комсомола о моральной неустойчивости и хорошей успеваемости, справку с телефонной станции об отсутствии телефона и материальных претензий, две справки от Лениных родителей, первая о том, что «они поведения дочери не одобряют, но материальных претензий не имеют», и вторая, месяцем позже, уточняющая, что родители по-прежнему «не одобряют решения дочери воссоединиться с двоюродной тетей Машей Кац-Старогорской, но, понимая, что она тяжело больна, против решения дочери не возражают и материальных претензий не имеют». (Однако наша попытка найти Маню Кац-Старогорскую в государстве Израиль не увенчалась успехом. Надпись на одной из могил свидетельствовала о том, что женщина с этим именем умерла 30 лет назад в возрасте 12 лет.) Далее в Ленином деле следовала опись вещей: кольцо золотое обручальное 2 шт., акварели любительские 2 шт., вкл. «Хамелеон ранним утром» и «Чертов Палец в сумерки» работы неизвестного художника (художественной ценности не представляют), крепдешин латвийский, разрешен, собрание сочинений Чехова («к вывозу допущен том 11»), фотоаппарат «Зенит» 2 шт., пленки магнитофонные («проверено»), фотография классная, групповая (к вывозу не допущена), статуя смеющегося Будды («антиквариат китайский, национальное достояние»). Общая тетрадь защитного цвета к вывозу за границу допущена не была. Саше и Лене было разрешено каждому обменять рубли на 92 доллара. (Папка с Лениным делом временно находится на реставрации. Дело сохранилось случайно. Оно упало за шкаф в здании ОВИРа и было обнаружено при недавнем евроремонте помещения. Рабочие хотели использовать бумагу для укладки шведских обоев с лилиями, но заморский клей бумагу не брал. Качество бумаги было ненадежным.)

Лена, закутанная в чехословацкую искусственную шубу и сибирский платок, металась по московской слякоти из одной инстанции в другую. Ей подмигивал веселый олимпийский мишка, а в метро молодящиеся женщины в шляпах из белого песца и с голубыми тенями из фирменного магазина «Белград» обсуждали, что где дают. (Любительские фотографии, сделанные в 1980 г. в Москве группой итальянских коммунистов, которые представляли на выставке в Сокольниках игристые вина типа «Ламбруско» из Эмилии-Романьи, дают нам представление о московской повседневной жизни того времени.) Лена стала бояться эскалаторов и их невидимых подземных механизмов. Ступеньки несли ее вниз, медленно и неутомимо. Другого пути не было. Ей думалось, что так она никогда и не сделает решающий шаг и навсегда застрянет на движущейся лестнице, ведущей вниз, будет крутиться на ней, как белка в колесе, прислонив свое усталое тело к телам усталых пассажиров.

Страх эскалаторов у нее исчез после того, как она прошла через таможенную дверь-вертушку и очутилась в самолете, унесшем ее в солнечную Вену. В самолете Лена сделала последнюю запись в дневнике: «Как приятно состояние невесомости, безбагажности и бездомности». Апельсиновый сок со льдом и божественноголубая вода в туалете. Хочется растворяться в перистых облаках, мигрировать в безымянность, придумать новую жизнь. «Невидима и свободна, невидима и свободна...» (Источник этой цитаты найти не удалось.) Предполагаем, что в Вене они с Сашей пожили в лагере беженцев, отказались ехать в Израиль и были отправлены в закрытом товарном поезде в Рим.

Об их пребывании в Риме ничего не известно. (Однажды мне попались на глаза старые фотоаппараты «Зенит», украшавшие витрины добродушного и болтливого продавца кожаных изделий на пиацца Трастевере. Синьор Турнатуро сделал мне особое сконто на черный портфель из мягкой кожи и рассказал историю о том, как много лет назад он покупал вещи для своей любимой девушки Патриции на рынке Американо, где торговали русские эмигранты («даже писатели»). Там он купил 50 метров крепдешина, два фотоаппарата «Зенит», набор простыней из хлопка и красивый сарафан с желтыми розами, особенно понравившейся Патриции. Девушка, продавшая ему все это, была bella, очень мило краснела, называя цену в жалких милле лире. Синьор Турнатуро обратил мое внимание на то, что он не нуждался в 50 м крепдешина, но хотел сделать русской девушке что-нибудь приятное. Неизвестная bella russa знала пару фраз по-итальянски и сообщила синьору, что ей очень бы хотелось выпить чашечку капучино в уличном кафе и посетить Помпеи. Синьор Турнатуро поведал ей, что там есть закрытая комната, где хранятся секреты помпейской порнографии. «Археология, порнография — мы друг друга поняли», — ворковал синьоре Турнатуро. Возможно, он все это придумал, чтоб я купила у него портфель. «Он же совсем новый, он искусственно состарен, по последней моде». Соблазн был слишком велик. Портфель, однако, оказался поношенным и, не вынеся моего багажа, разошелся по швам.)

Лена забросила хазар и их пророчицу Луз, как они когда-то забросили свою собственную историю. Видимо, она жила, глядя в будущее, и ей было некогда. Письма, которые она писала домой в Москву, становились все короче и короче. Они сводились к спискам вещей, которые казались «разрешенными». Родители спрашивали от лица знакомых «что там нужно», и Лена отвечала, но всегда неудовлетворительно. Ей было ясно, что все эти вещи, вывезенные с таким трудом через таможни, теряли свой смысл за границей и терялись при вечном переездах. Но описания вещей действовали успокаивающе, как бы создавая иллюзию, что материальный мир и знакомый уклад жизни не разрушен, а просто перевезен с места на место. Мне кажется, что Лене легче было писать о вещах, чем объяснить, как они глубоко неважны.

В письмах Лена рассказывала о диких и цивилизованных нравах местного населения, о том, как в Америке все улыбаются и говорят: «Have a nice day»² и «Have a nice weekend», и что ей нравилось быть self-made, что ей больше не нужно было жить в придуманном мире и она жила в настоящем. Потом она посылала им кофе и альбомы по искусству Пикассо и Матисса. (См. экспонат 9, комната 21, личная коллекция почтового работника Астафьева, любезно предоставленная нам за скромную сумму.) Она рассказывала об американском уважении к privacy и успокаивала своих родителей, что она не питается одной только fast food, а ест свежие продукты, ингредиенты которых подробно описаны на коробке. Особенно поразило Лениных родителей то, что в Америке никто не собирает грибов. Странные нравы заграницы им были непонятны. Лена прислала им вырезку из газеты «Новый американец», где описывалось, что на северо-востоке США имеются особенно ядовитые грибы, которые маскируются под самые лучшие грибы северо-востока Европы — белые, подберезовики и подосиновики. Поэтому многие эмигранты, особенно сильно переживающие ностальгию, часто собирают эти «продукты леса», несмотря на все предупреждения. «Ну ладно, слыхали. Мы ж не американцы какие-нибудь, махнем под водочку, не в первый же раз», — сказали хлебосольные хозяева и, поджарив грибочки с луком и на подсолнечном масле, подали их с картофельным пюре и укропом. Через три дня хозяева умерли от отравления, а гости были доставлены в госпиталь в критическом состоянии. Автор статьи советует новым американцам покупать шампиньоны в коробочках в магазине «Stop and Shop».

---

² Хорошего дня, хороших выходных.

Лена посылала родителям свои фотографии на фоне белого незнакомого дома в лесу и большой красной машины. (Однако в письмах, не дошедших до Лениных родителей и предоставленных нам быв. почтальоном, ныне почтмейстером Астафьевым, Лена стояла на фоне более старой, темно-коричневой машины с выбитым зеркалом. Это наводит на мысль, что Лена, как и другие эмигранты, фотографировалась на фоне чужой машины, для успокоения бедных родителей.)

Лена и Саша сняли квартиру в Квинсе, Форестхиллс. Во вторник вечером они выходили «на охоту за мусором». Неовикторианские журнальные столики без ножек, но с маркетри, стулья пятидесятых годов, лампы с абажурами, напоминающими Сатурн, книги комиксов 1960-х — все это просто лежало на улицах Квинса, бери — не хочу. (Для нашей экспозиции мы подобрали несколько бархатных раскладных кресел, которые, правда, уже не раскладывались, неовикторианские настенные часы с одной-единственной стрелкой, указывающей час восхода, и календарь трехлетней давности с фотографиями статуи Свободы в самых неожиданных позах.) Еврейская община подарила Лене и Саше почти новые сверхмягкие матрасы и одежду для детей, которых у них не было, а также старый телевизор, который принимал канал Эй-би-си. Они были счастливы в своем гнезде. Оба загорели и оделись в шорты, притерлись друг к другу, как старые добрые родственники, бойко ездили на машине в пригороды Нью-Йорка, прогуливались на природе с белым ice-box[3] «America loves freedom»[4]. (Копия такого ice-box с искусственным льдом и пластмассовым бутербродом с сыром, ветчиной и горчицей хранится в комнате 21.) Они ходили на вечные курсы, писали резюме, брали классы английского и учились улыбаться. Американская улыбка — дело серьезное, тут московская ухмылка не пройдет. Да и зубы пришлось вычистить как следует, в глубину и в ширину, пройдясь бесшумным американским зубным прибором по эмигрантским кровоточащим деснам.

---

[3]   Сумка-холодильник.

[4]   Америка любит свободу.

К ним пришла новая жизнь, где существовать надо было по другим законом, всерьез. Им стало понятно, что шутить на иностранном языке почти невозможно, что тут не до красот и не до двусмыслиц. Нужно, чтоб тебя поняли. Так что приходилось говорить почти то, что думал, и разжевывать свои мысли, что было непривычно. (Вместо дневниковых записей Ленины тетради заполнены спряжением неправильных глаголов, списками идиоматических выражений типа «What's up»[5] и «Let's get down to business»[6] и диалогами мистера Смита и мистера Брауна во всех возможных общественных местах.) Первый год прошел в эйфории вечной занятости и пафоса новой жизни. Жить им стало еще лучше и веселее. Саша нашел работу программистом — software — your capital for the future[7]. Уходя на работу, он говорил: «Bye, dear», а Лена целовала его морщинки на лбу и готовила ему lunch box. Они встречались с американскими парами и говорили о выборах, о машинах, о фильмах Кубрика и Вуди Аллена и очень мало о Советском Союзе. В год смерти Брежнева Лена устроила свое первое американское party[8]. Ей хотелось, чтоб американцы чувствовали себя у них спокойно и раскованно, чтоб они ели свои привычные сырые овощи, не обремененные русской демьяновой ухой, макали цветную капусту в чесночный дип, закусывали сыром бри и картофельными чипсами, с разговорами, которые начинались и кончались словами: «it's so wonderful to see you again»[9] и смущенными взглядами между дружелюбных междометий. Лена не любила, когда эмигранты распространялись о поверхностности и лицемерии американских вечеринок и отсутствии духовности у американского народа. Она говорила, что иногда неплохо, что человек чувствует себя не как дома, а как в гостях, потому что он на самом деле в гостях.

Подруга Рита посоветовала Лене достать что-нибудь русское для вечеринки, сославшись на то, что американцы это любят.

---

[5] Что случилось?

[6] Давайте перейдем к делу.

[7] Программное обеспечение — твой вклад в будущее.

[8] Вечеринку.

[9] Здорово увидеться снова.

И вот Лена и Саша впервые поехали в русский магазин «Дядя Ваня Дели», где они купили сациви, салат оливье и красную икру. «Не хватает только воблы», — сказал Саша с улыбкой. «Ну что вы! — вскрикнула полногрудая продавщица. — Американцы *это* никогда есть не будут. Вон у нас есть севрюга горячего копчения, желе цветное израильское в красно-белую зеленую полоску, "горизонт Малевича" называется, виноград "дамские пальчики"». (Список покупок для вечеринки указывает на то, что Лена вычеркнула из списка грибы, студень и селедочное масло.)

На party Лену поразило, как много американцы заботятся о прошлом, особенно о котором они ничего не знают. Оказалось, что многие были выходцами из России и Восточной Европы. Джейн Кларк спросила ее, что она знает об ужасной гемофилии царевича Алексея. Она была биологом по специальности, с удовольствием читала «Николай и Александра». Дядя Джейн был помощником лекаря в армии генерала Юденича. А у Майкла папа был из украинцев, увезенных в Германию, и он очень любил Ивана Франко. У Бетти Смит дедушка был из Минска или из Пинска, по фамилии Сметкович, и она расспрашивала Лену о жизни местечек-штетлей с их теплой коммунальной душевностью. Но Лена знала о штетле не больше, чем о гемофилии бедного царевича. Она помнила от бабушки несколько ругательств на «диалекте»: «шлимазл», «цорус», «дейн коп» и выражения типа «Лена-Шмена». Слово штетл Лене было незнакомо. Лена родилась и выросла в Москве. Бабушки считали себя москвичками и о прошлом особенно не рассказывали. Далекие хазары и рыжие переводчики при дворе испанского короля Альфонсо Эль Сабио интересовали Лену гораздо больше, чем бедные украинские прабабки в заплатанных платьях и косынках на бритых головах, проживавшие в темных домах с разодранными подушками. В детстве Лена придумывала себе романтическую родословную — от Ребекки из «Айвенго» Вальтера Скотта до Иосифа и его братьев Томаса Манна или библейских легенд Зиновия Косидовского, в переводе с польского. Она любила рассматривать прекрасные иллюстрации к этим книгам, выполненные советскими художниками. Так что Лена ничего толком не знала ни о Минске, ни о Пинске, чем разочаровывала своих американских друзей. Они спрашивали, скучает ли Лена по дому, и она отвечала, что ей некогда скучать, и нервно улыбалась. Они же тактично переводили разговор на другую тему, начинали дружно ругать Рейгана и его политику звездных войн. В общем, party прошло на славу and everybody had a great time[10].

Еще один год пролетел быстро и хорошо. (У нас нет никаких сведений, подтверждающих обратное.) Только Лене вдруг стало казаться, что она как-то неожиданно повзрослела. Погоня за счастливым будущим выбросила ее за борт юности, по-советски затянувшийся подростковый возраст внезапно оборвался, превратившись во взрослую практическую жизнь. Иногда Лена чувствовала, что вокруг нее образовалось пустое свободное пространство, что ей было не на кого облокотиться, не через кого пробиваться локтями, и она могла самоутверждаться в разряженном воздухе, играть на себя, а не на публику.

Во время Сашиных коротких каникул они съездили в Лос-Анджелес и сделали фотографию на горе рядом с гигантской неоновой надписью HOLLYWOOD, которую многие неудавшиеся кинозвезды использовали как площадку для самоубийств. Там их поразил жесткий треск цикад, гораздо более какофонический и свободный, чем хоровое пение их коктебельских родственников. (На фотографии, посланной в Советский Союз в 1984 г. и переданной нам доброжелателями, предпочитающими сохранить анонимность, Лена улыбается белоснежной улыбкой, обнимая гигантскую букву О. На другой фотографии немного грустный или просто усталый Саша обнимает букву Y, а потом оба — Саша и Лена — обнимаются между двух LL, загорелые и счастливые.)

Это последняя фотография, на которой Лена и Саша изображены вместе в момент тихого личного счастья. Сашина фирма переехала в Лос-Анджелес, а Лена только что поступила в школу медсестер. Она забросила занятия историей и решила сделать более практический выбор профессии. Может быть, она надеялась, как и раньше, пописывать в стол, время от времени. Но вре-

---

[10] Все прекрасно провели время.

мени у нее было всё меньше и меньше. (Если кто-нибудь найдет Ленины черновики, пожалуйста, сообщите мне сразу. Не дочитывайте до конца эту грустную историю.) Итак, Лена стала ходить по вечерам в анатомический театр. В первый раз она чуть не упала в обморок (тут я сужу по себе. Не люблю мертвое человеческое тело), но потом привыкла. Она купила себе пластмассовых скелетов с малиново-бежевыми внутренностями и по субботам стирала с них пыль. Кишечный тракт сильно пылился.

Лене нравились американские врачи. У них было другое отношение к слову и делу. Они говорили вам прямо в глаза, что вас ожидает. «Разденьтесь до трусов, накиньте бумажный халат с вырезом спереди, ложитесь на кушетку. Не беспокойтесь, прикройте окно, если вам дует. Доктор Вулф будет с вами через три минуты». И как в сказке, не успеваете вы расстегнуть все пуговицы и освоить хрустящий бумажный халат, как в комнату входит доктор Вулф и спрашивает вас, как вы поживаете.

Лене хотелось добиться такой же прямоты. У нее появились новые друзья — Энн, которая рассказывала ей о своей сексуальной ориентации, Пратап, из семьи индийских браминов, который обожал Стравинского, и Джефф, который иногда помогал ей с анатомией. Откусывая сэндвич с ростбифом во время ланча, Джефф рассказывал ей о своих ирландских дедушках, которые носились по аризонским прериям. Он был первым в семье, окончившим университет. Все говорили, что у Джеффа были очень хорошие руки. Он делал удивительно аккуратные разрезы в анатомическом театре и заботился о Лениных нервах: «Если ты не очень хорошо себя чувствуешь, не стесняйся, скажи. Тебе будет немного неприятно, но увидишь, потом это пройдет». В Джеффе было что-то одновременно мальчишеское и отцовское.

Однажды, сидя поздно вечером в лаборатории, Лена пожаловалась на боль в шее. «Would you like me to rub your neck?»[11] — спросил Джефф тем же голосом, каким он спрашивал ее, какой сахар она употребляет в своем кофе — коричневый, натуральный или нутрасвит. Добросовестно, по-медицински, он положил свои

---

[11] Хочешь, я помассирую тебе шею?

сильные руки ей на спину и стал неспешно и четко нажимать, безукоризненно угадывая каждую болевую точку. Он оторвал руки так же внезапно, как и положил. Боль в спине стала медленно сходить, и какое-то расслабленное чувство овладело ею. Ей вдруг захотелось быть тем скелетом с внутренностями, с которого он так неспешно стирал пыль. Потом Джефф уехал куда-то в свою Аризону. Приезжал Саша из Калифорнии, но он показался ей далеким и усталым. Он говорил ей о software, она ему о кишках. Казалось, у них уже не было общего языка.

Через месяц и три дня (мы знаем точную дату, потому что в тот день был первый снеговой шторм сезона и, как сказала Джейн Кларк, все было прямо как в фильме «Доктор Живаго») Лена не могла завести свою машину и Джефф предложил подвезти ее домой. Остановившись перед ее домом, он спросил, не глядя ей в глаза: «May I kiss you?»[12] Она чуть не расхохоталась в ответ. Это прозвучало как-то совсем по-детски. Она сказала: «Sure»[13], почти насмешливо, неуверенная, шутит он или нет. И вдруг он прислонился к ней всем телом и жадно поцеловал ее, почти раня ей губы своими еще не пробившимися усами. Лена невольно вырвалась, вытерла губы. «Извини, — сказал он, — нужно побриться». Потом поспешно простился и уехал, скользя по замерзшим мостовым.

Ночью Лене снились приятные сны. (Жаль, что она их не записала в своей новой общей тетради или по крайней мере не подарила их какой-нибудь героине нарождающихся рассказов. Но мы сумели восстановить их, хотя и довольно приблизительно, с помощью нашего сновидческого канала.) Почему-то Лена вспоминала детские фантазии, когда, спрятавшись под одеялом, она закутывала коленки простыней и разговаривала с ними, как со старыми друзьями, которых она в детстве прозвала Гогом и Магогом или Гоголем-Моголем: «Что делать? Мои намерения дурны, а мои деяния... тоже не особенно хороши».

Прошла неделя. Джефф был занят в лаборатории. Однажды столкнувшись с ней в лифте, он покраснел, чихнул, и по всему

---

[12] Можно тебя поцеловать?
[13] Конечно.

его виду было ясно, что ему не по себе. На следующий день он позвал ее на обед в таиландскую забегаловку. Там, наевшись вдоволь супом из кокосовых орехов и цыпленком карри с миниатюрными кукурузками, он обратился к Лене со следующими словами: «Ты хочешь, чтоб мы провели вместе ночь? Это не будет тебя ни к чему обязывать. Я понимаю ситуацию. Это просто будет escape[14]. Я не имею к тебе никаких претензий, и если ты не чувствуешь себя в настроении, ты можешь мне сказать прямо. Я пойму и не обижусь».

Лену тронула его прямота. Джефф вел себя как настоящий доктор. Он рассказывал все, что он собирался делать, как будто заключая контракт на удовольствие и страх. Она чувствовала себя как пациент, который переживает рассказа доктора больше, чем саму операцию. Джефф спросил, что ей хочется, и послушно присел за ее спиной и положил свои горячие пальцы на ее болевые точки. А потом он сказал ей, что хочет посадить ее на край стола на маленькую гусиную подушку, наполненную гречневой мукой. Это самые удобные подушки в мире, которые принимают очертания тела лежащего. «Ты не бойся, — сказал он, улыбнувшись. — Сначала будет прохладно, а потом жарко. Немножко будет зудеть в коленках, а потом все пройдет».

И вот они уже смеялись и выделывали какие-то невероятные акробатические номера, управляя друг другом, слушая друг друга. Это был какой-то странный секс-диалог, весь в настоящем, без будущего и прошлого, без потерянных племен и неведомых заграниц. Желания можно было исполнить, нужно было только попросить, предать их словам. Слово и дело, слово и тело были едины. Лена избегала только одного — той старой позы, в которой она посеяла мечту о загранице недалеко от пещерного города Чуфут-Кале. Да и Джеффу не пришло это в голову. И вот она опять летала над ним, как начинающая балерина, не прошедшая по конкурсу, но полная надежд. А потом он парил над ней и все время напоминал ей кого-то. (Хирурга, который вырезал ей аппендицит в седьмом классе? Чемпиона по гимнастике из ГДР?)

---

[14] Отрыв.

Нам известно, что несколькими днями позже Лена вступила в health club[15]. («Тебе неплохо бы позаниматься физкультурой, — сказал ей Джефф. — Мне, конечно, это не важно, ты мне очень нравишься. Это важно только для тебя».) Лене казалось, что вместе с Джеффом она постигнет сущность американской жизни, приветливую прямую речь, которая поможет ей жить в настоящем, и все эти намеки и обиняки, полушутки, полустеб русской речи, полуслова, которые приходилось говорить, чтобы не прослыть стукачом или дураком, — всё это останется в прошлом. В прямоте иностранного языка ей виделась новая эмоциональная целостность.

Конечно, было жалко Сашу. Об этом тяжело даже писать. «Дорогой Саша. Я ничего не могу с собой поделать. Какая-то сила гонит меня, и я не могу повернуться назад. Прости, если можешь», — написала Лена задом наперед на последней странице общей тетради, как будто пряча это от самой себя. Наверное, Лена плакала, видя, как Саша, ссутулившись, шел мимо ее окон, уходя навсегда. С ним уходили все ее воспоминания о старой жизни. Говорят, Саша очень переживал. (Он еще жив, его можно разыскать в Сиэтле. В свободное от работы время он занимается своим хобби — водит экскурсии для новых и старых русских по сиэтловским подземным городам.) В Лениных бумагах сохранилась открытка с изображением черепков на зеленом фоне. «Подвески и застежки бронзовые из Фанагории». На открытке было написано мелким мужским почерком: «С Новым годом! Прощай, Саша».

Теперь Лена жила с Джеффом, и все опять шло успешно. У них был новенький таунхаус в Нью-Джерси, совсем недалеко от Нью-Йорка, с посудомойкой, стиральной машиной и милым задним двором-садом, где белки прятали свои зимние запасы, а соседские коты охотились за белками. Там была свежеподстриженная трава и росли кипарисы и белые нарциссы, посаженные прежними обитателями. Лена любила свое новое обиталище, светлое и не захламленное сувенирами. Она чувствовала себя как дома и даже

---

[15] Тренажёрный зал, клуб здоровья.

пыталась приручить диких белок, заготовить для них подсоленных крекеров и поджаренных на меду орехов. Белки приручаться отказывались, а если и принимали Ленины подачки, то делали это гордо и тайно, когда человеческий глаз не следил за ними. Работа Лене тоже очень нравилась. Она была старшей медсестрой в клинике по бесплодию. Ежедневно она объясняла отчаявшимся женщинам, что вероятность зачатия равнялась в среднем одиннадцати процентам и что клиника сделает все возможное, чтобы помочь им. А риск, говорила она с улыбкой, он всегда есть. «Ведь вы же ездите на машине, не боитесь, так же и здесь». Женщины не смеялись ее шуткам, но подписывали бумаги, что в случае последствий лечения клиника ответственности не несет. (Тринадцать процентов женщин, приходящих к Лене, впоследствии имели детей. Так что она перевыполняла норму на два процента.) Лена и Джефф жили хорошо, по крайней мере судя по фотографиям. Если бы наш рассказ остановился здесь, то мы бы унесли с собой образ счастливой семейной жизни: Лена и Джефф, сидящие на цветном футоне обнявшись, с тарелкой крекеров, сыра бри и темного винограда на коленях, Лена держит в руках специальный нож для резки сыра, Джефф сжимает remote control[16]. Все возможности у них под рукой, мелькают перед глазами, как каналы телевидения. Правда, иногда Лене снились странные сны. Ей приснился край какого-то старого треугольного журнального столика с пластмассовой коричневой поверхностью с разводами, имитирующей дерево, на котором стоял дребезжащий магнитофон, сделанный году в 1962-м в Эстонии или в Польше. (Марка магнитофона была во сне не видна.) Играл он одну и ту же песню, слова которой расслышать было невозможно: «А если что-то вдруг не так, родишься баобабом, и будешь баобабом тыщу лет, пока помрешь...» Лена засмеялась во сне и проснулась.

— Что такое? — спросил Джефф.

— Да вот вспомнила старую песню про то, что можно умереть, а потом родиться баобабом или кем-нибудь еще, — объяснила Лена.

---

[16] Дистанционное управление.

— А-а, понятно, — пробормотал Джефф, переворачиваясь на другой бок.

К тому же времени относится ее неожиданное поведение на вечеринке с коллегами Джеффа, о котором его сестра вспоминает с недоумением. Подойдя к блюду с сырыми овощами и фруктами, Лена пришла в странное возбуждение, увидев мелкий темно-вишневый виноград. «О, конечно, — сказала она, прервав важный разговор о делах между доктором Блоу и доктором Апом, — это замечательный виноград, только он страшно кислый. А вот тот другой виноград, без косточек, он у нас в России назывался очень красиво — виноград "дамские пальчики". Это трудно перевести на английский — "дамские пальчики", это был очень элегантный виноград, его было очень трудно достать — "the little fingers of the dame"[17]. Но это звучит совсем по-другому».

«Вы имеете в виду "lady's fingers", — вежливо сказал доктор Блоу. — У нас он именно так и называется. Какое совпадение».

«Вы знаете, иногда языки точно переводятся друг на друга, — вставил доктор Ап с приятной улыбкой. — А вот этот мелкий темный виноград, он совсем не кислый, а, наоборот, слишком сладкий. То есть это, конечно, мое мнение. Ваше мнение может быть совсем другим».

«Как так может быть? — спросила Лена. — Это же дикий черноморский виноград. Он горький и с косточками».

Правда была на стороне доктора Апа. Дикий виноград оказался приторно сладким, без косточек, и как поведала хозяйка миссис Хэмминг, его специально выращивают во Флориде в парниковых условиях. Это было то же самое, что с грибами, только наоборот. Он выглядит диким, этот виноград, а на самом деле оказывается самым что ни на есть цивилизованным. Таким образом, удовольствие удваивается — от мечты о дикой природе и от приятного вкусового сюрприза.

Но Лену больше всего поразили слова «дамские пальчики». Наверное, лет десять прошло с тех пор, как это слово было у меня на языке — дамские пальчики, — и ей привиделась какая-то

---

[17] Маленькие дамские пальчики.

женщина в очереди, располневшая актриса МХАТа в норковой шубе, говорившая на преувеличенно правильном русском языке: «Как я рада, что появились *дамские пальчики,* и вот я уже не последняя...»

Джефф заботился о Лене как мог. Он спросил ее, не скучает ли она по России, и сказал, что было бы совершенно естественным, если б она скучала. Он выучил несколько выражений по-русски: *приятного аппетита, с Новым годом, спасибо, пока, я вас люблю хотя боюсь.* Когда они пошли выбирать видео в субботу вечером, Джефф предложил посмотреть что-нибудь русское. На полке были только «Доктор Живаго», «Москва слезам не верит» или «Ниночка» с Гретой Гарбо. Лена предпочла «Лоренс Аравийский» с Питером О'Тулом.

Так пролетело еще шесть месяцев. Судя по Лениным appointment books[18], жизнь ее была насыщена, полна ланч-дейтами, кофе-брейками и какими-то непонятными знаками, которые Лена, по-видимому, оставляла для себя. Они напоминали детские каракули или нерасшифрованную наскальную письменность. Если это и был дневник Лениных чувств, то они остались загадкой. В Ленной библиотеке появилась книга английского историка-востоковеда Д. М. Данлопа «История хазар иудеев». Судя по всему, она была куплена на yard sale[19] за 25 центов. (По ошибке мы поместили ее на полке рядом с настенными часами и бархатными креслами в комнате 21. Однако, судя по Лениной отметке, она принадлежит к следующему периоду Лениной жизни и должна была бы лежать на журнальном столике рядом с программкой телевидения перед цветным футоном.) Лена подчеркнула желтым фломастером одну последнюю фразу: «Говорить о хазарах как о предках евреев из Восточной Европы и ашкенази в целом, крупнейшей группы евреев в современном мире, выходит за рамки нашего несовершенного исследования».

Осенью 1989-го по Нью-Йорку и Нью-Джерси прокатилась эпидемия вирусного гриппа. Его сравнивали с испанкой 20-х

---

[18] Ежедневник-расписание встреч.

[19] Гаражной распродаже.

годов. Хотя Джефф и настоял, чтобы Лена сделала себе антивирусный укол, она все же слегла. Лена пила чай «Gypsy Cold cure»[20], ела на ночь таблетки чеснока с редуцированным запахом и глотала настойки из корня пурпурной эхинацеи, народного средства американских индейцев. Она заразилась телевизором. Когда ее грипп достиг апогея и температура подскочила до 103 градусов[21] (Джефф даже ушел с работы на час раньше), ей вдруг померещилось, что рушится Берлинская стена. Джефф испугался за нее. Он выписал ей специальное успокоительное средство, которое погрузило ее в тяжелый неестественный сон. Наутро температура спала, но Берлинская стена продолжала рушиться. «Ты не волнуйся, — говорил Джефф, — это же все тебя больше не касается, а?» Но оказалось, все было не так просто.

Перед Лениным воспаленным взором развертывалась драма, от которой она была так же далека, как от неразумных хазар своей молодости. Это была эйфория крушения границ, которую она уже пережить не могла. Она давно пересекла одни границы и смирилась с другими. Ее трансгрессия была индивидуальной, не коллективной. Эти люди, летающие через стену, напомнили ей о мечтах ее молодости и о том, что мир менялся, хотя она жила свою жизнь, думая, что он никогда не изменится.

Придя в клинику, она ненаучно обнадежила свою филиппинскую пациентку, сказав ей, что ее шансы иметь детей на самом деле 13 процентов и это не так мало и что мир меняется у нас на глазах. Пациентки уходили домой, вдохновленные надеждой. Что было дальше, всем известно. Мы располагаем множеством документальных материалов — фотографий каменных Лениных и Марксов, подвешенных за горло и оставшихся без сапог, счастливых студентов на улицах Праги в футболках с портретом Кафки, человеческих костей, найденных в массовых захоронениях в Боснии-Герцеговине, лазерных взрывов над Багдадом, «суда века» над красавчиком футболистом О. Джей, зарезавшим свою

---

[20] Цыганский чай от простуды: бузина, тысячелистник, перечная мята.

[21] 39,4 градусов Цельсия.

красотку жену, только что вернувшуюся из health club, находка папирусов с Мертвого моря и знаменитый матч чемпиона мира по шахматам Гарри Каспарова с компьютером по имени «Глубоко-голубой».

Так или иначе, Лена не могла остаться ко всему этому равнодушной, выкинув в recycling box газету New York Times после утреннего кофе. Родители ее эмигрировали в начале перестройки и по-прежнему говорили ей, что там ничего не изменится и что она, Лена, совсем американизировалась и излишне доверяет CNN и New York Times. Родителям Лены очень нравился «настоящий американец» доктор Джефф, и они совсем не одобряли ее увлечение гласностью и перестройкой. Но Лена не слушала своих родителей и опять уезжала. Родители провожали ее в аэропорт Кеннеди и, как и раньше, подсовывали ей что-то прямо в самолет. Кажется, салфетки «Клинэкс», двойной сверхсильный аспирин, витамин С и ярко-красную помаду для тети Шуры, «на всякий случай, мы же знаем, куда ты едешь». У Лены был длинный список вещей, номеров телефонов и пакетиков с передачами. Она садилась в самолет с тяжелым сердцем и тяжелыми чемоданами. Десять лет как-никак большой срок. Ее сумки не влезали в специально отведенное для них отделение. Она везла с собой четыре пакета туалетной бумаги «baby soft», тампоны, десять коробок «Алка-зельтцер» для всех своих друзей, 10 косметических наборов, 30 метров крепдешина, две пары кроссовок Reebok, кофе растворимый, босоножки типа сабо, футболки со статуей Свободы. «Да ты что, — сказала ей московская подруга. — У нас теперь все есть... только денег нет».

В первый приезд Лена чувствовала себя не то иностранкой, не то провинциалкой. Однажды таксист принял ее за лицо кавказской национальности и, не уточняя подробностей, провез ее бесплатно из центра на Юго-Западную. Метро поразило ее, и она с упоением спускалась в глубокое подземелье и прислонялась к спинам московских приезжих. Она с интересом читала газеты со звонкими названиями «Коммерсант-дейли» и «Частная жизнь», покупала на улице пиво «Балтика» и турецкий сок манго, пионерские и октябрятские значки для племянника Джеффа, матрешки с царской семьей для

Джейн Кларк, носки Адидас в подарок внуку тети Шуры, которые были ничем неотличимы от нью-йоркских, а может, даже были и ярче и лучше оригинала. Остановившись перед стойкой книг, она обратила внимание на «Буддизм в тридцати уроках» и изданную многотысячным тиражом книгу «Древняя Русь и хазарское царство». Открыв на первой попавшейся странице, она с удивлением прочла об этносе-паразите, воплощенном в хазарском народе, который коррумпирует, загрязняет все окружающее. Как же так, разве князь Олег не отмстил неразумным хазарам? Да так, что они исчезли с лица земли. Разве этого мало? А тут оказывается, что, исчезнув, они стали вездесущи и теперь несут ответственность за все трудности российской жизни. Лена купила открытки с видами Санкт-Петербурга для Бетти Смит и пошла дальше.

Со старыми знакомыми отношения как-то не ладились. Люди жили своей жизнью, а она своей. После теплых объятий, чашки растворимого кофе или стакана принесенного Леной турецкого сока манго и дружеских восклицаний «Ты совсем не изменилась» или «Ну, тебя просто не узнать» им было нечего было сказать друг другу. Некоторые говорили потом, что Лена «держит дистанцию», «с жиру бесится» и «ничего не смыслит в нашей московской жизни». Ей и самой это начинало казаться. Однажды, стоя в очереди в «Макдоналдс» около Пушкинской площади, она заметила, что язык меню ей совершенно непонятен. Там продавались какие-то диковинные «Филе о Фиш», чизбургеры и картофель «фри» (не то свободный, не то поджаренный, трудно понять). Лена боялась выговорить слово на неправильном русском языке с американским акцентом. Она не хотела выдать свое иностранное происхождение, ей хотелось выдавать себя за свою.

«Мне, пожалуйста, сыр-бор-гер, — сказала она продавщице, молодой девушке, неумело улыбающейся мило кривоватыми зубами. — И, если можно, девушка, томатный соус».

«Что?! — в ужасе вскричала сейлзгерл. — Вы, девушка, откуда приехали? Вы что, не знаете, это же — кетчуп! Спасибо, приходите еще, — добавила она автоматически. — Следующий!» (Эту историю потом долго рассказывали чистильщики полов в туалете «Макдоналдса». Вернее, они обычно говорили о других, более интересных и опасных вещах, но, когда заходила милиционерша Люся или кто-то еще из посторонних, они с удовольствием рассказывали историю о томатном соусе и необразованных приезжих, набившихся в Москву.)

Смущенная Лена была готова сквозь землю провалиться. Она неуверенно понесла свой поднос к Калифорнийской стене «Макдоналдса», где было изображено голубое море, прекрасные облака и белеющие парусники.

«Девушка, — обратился к ней какой-то мужчина сзади. — Вы забыли ваш кетчуп. Мы, кажется, знакомы, — сказал он. — Вы Лена К., подруга Юли Д.?»

«Да», — сказала Лена.

«Та самая знаменитая американка, которая дарит всем футболки с Эйфелевой башней?»

«Боюсь, что это я».

«А я — Борис».

Они разговорились. Борис был архитектором лет сорока и теперь преуспевал. Он проектировал дома с башенками в московском стиле. У него было знакомое Лене чувство юмора, которое раздражало ее в молодости, манера превращать жизнь в предлог для стеба. Сейчас оно показалось ей чем-то своим, чем-то, за что можно было ухватиться, как за спасительную нить Ариадны в лабиринте ставшего незнакомым родного города.

Борис принял тот факт, что Лена стала американкой и по Москве двигалась неуверенно-неуклюже. Как у большинства москвичей, жена Бориса была на даче. Борис был почти в разводе, но не совсем. «Знаешь у нас это сложно», — заметил он. Вы думаете, Борис начал приставать к Лене в первый же день их знакомства, рассчитывая на ее западную раскованность? Не знаю. Если так, то Лена дала ему отпор, прямо, по-американски. Она сказала ему, как научил ее Джефф: «Знаешь, у меня сегодня болит голова, и вообще я уже как-то отвыкла от того, что легче переспать, чем объяснить, почему нет. Мне легко объяснить, почему нет».

Борис, должно быть, был несколько ошарашен, но принял поражение нормально. «Ты стала совсем американкой. Тут уж ничего не поделаешь».

Потом он уехал в Нижний Новгород строить башенки, а Лена бродила по Москве одна и задавала себе вечный вопрос, зачем она приехала, кому она была здесь нужна — полуместная, полу-туристка, потерявшая своих гидов. Ей нужно было приехать в командировку для медицинских консультаций и уехать, быстро и без сантиментов. Лена сидела на Патриарших прудах, смотрела на детей, возящихся в песке и жующих шоколадки «Марс», и думала почему-то о своей работе, о тринадцати процентах, о доме. Она позвонила Джеффу и оставила ему длинный message на автоответчике, о том, что она скоро вернется, что она скучает по Нью-Джерси, по белкам и «Сайнфелду» (это был их любимый sitcom[22]). В Москве она чувствовала себя не в своей тарелке). Оживленная, строящаяся Москва была для нее нечитаемой, как заброшенный город караимов.

Через неделю позвонил Боря и сообщил ей, что башенки вышли на славу. Он пригласил Лену погулять по Москве, полюбоваться на новые панорамы. Москва была удивительно непешеходная. Вместе они пробирались через грязь и крапиву совсем недалеко от шумного Киевского вокзала, где беженки продавали французские булки в полиэтиленовых мешочках и свежий укроп из московских огородов, разбитых бывшими работниками искусств около метро Юго-Западная. Боря галантно подавал Лене руку, и с его помощью она перепрыгивала через канавы и поднималась на холмы с заборами, за которыми виднелись строительные леса и подъемные краны, окружающие будущие банки с башенками и luxury condominiums. Борис петлял очень целенаправленно и вел Лену, как знаток, через многочисленные проходные дворы с неработающими фонтанами в классическом стиле, в которых плавали листья бурого цвета и фантики от конфет «Птичье молоко». (Сохранилась Ленина фотография неизвестного московского двора со старушками, сидящими на газете на сыроватых скамейках перед целомудренной девушкой с веслом. Мне нравится эта статуя. В ней есть что-то скифско-аланское и в то же время современное. Маленькие симметричные груди под склад-

---

[22] Комедия положений.

ками спортивной майки, сильный, но не слишком дерзкий взмах
весла, взгляд, устремленный вдаль, спокойный, без излишней
чувствительности. Ну ладно, ладно, не буду...)

Лена с удовольствием фотографировала руины старой Москвы,
которую она знала с детства. В ней опять проснулась любовь
к археологии, которую она когда-то так легко забросила. Только
вместо зооморфных фибул она собирала рубли с профилем Ленина и гербом Советского Союза. «У нас археология теперь никому не интересна, — сказал Борис. — Мы не делаем раскопки,
мы делаем застройки. Да и к истории интерес прошел. Мы любим
новодел. Мы можем все перестроить в Москве от Византии до
Америки. И Хазария твоя здесь присутствует. Я тут еду в автобусе мимо храма Христа Спасителя, и один подвыпивший гражданин меня толкает локтем, очень оживленно: «Смотри, — говорит, — какую мечеть отгрохали!»

«А мой друг поэт сказал, что храм напоминает перевернутую
чернильницу», — сказала Лена.

Они гуляли много и долго. У нас сохранилась серия фотографий, на которых Лена с Борей улыбаются или мигают на фоне
московских достопримечательностей: у плавучего казино «Вале-
рий Брюсов», у памятника Петру Первому, на фоне Дома на Набережной и кинотеатра «Ударник», где показывают автомобили
«Мерседес». В парк им. Горького они не пошли, там нужно было
платить 10 000 за вход в Чудоград, чтоб посмотреть на состязания
Георгия со змием на фоне Эйфелевой башни. Они пошли в соседний бесплатный парк у Дома художника, где стояли некогда
свергнутые памятники Дзержинскому и Калинину, вместе с новыми Есениным, Кутузовым, Иисусом Христом и Лермонтовым.
Это был парк скульптур, не какой-нибудь археологический запо-
ведник. В палатке с веселыми красно-белыми зонтиками «Кока-
кола» продавали напитки. Лена с Борисом рухнули на скамейку
рядом с неизвестным героем Вучетича, разлили кока-колу из
непрочного бумажного стаканчика. Потом Борис накрыл Лену
своей джинсовой курткой, и они стали целоваться медленно
и серьезно, как подростки. И обоим было ясно, что всё кончено,
чему быть, того не воротить. Но они бродили друг по другу, как

в молодости, когда романы превращались в прогулки без конечного места назначения, потому что после них пойти было некуда. Всюду были родители, соседи, места коммунального пользования. Флэт, как тогда говорили, был чаще всего несвободен. А теперь все было наоборот, и все же так же бесповоротно. Мимо прошли какие-то серьезные подростки, одетые в костюмы, напомнившие Лене программу «Star Trek: The Next Generation», в ее московско-средневековом варианте. «Да нет же, это толкинисты, — объяснил Боря. — Но при них нельзя целоваться. Это последнее слово нового поколения. Им не нужны твои хазары». Лена закрыла пальцами его губы: «Не говори больше».

Пошел мелкий дождь, толкинисты облачились в свои иноземные капюшоны. Джинсовая куртка, накинутая Борей на Ленины плечи, начала промокать. Они встали и пошли на Манежную площадь, последнюю остановку их московского тура, где сказка становилась былью. Лену поразило, что прямо у Кремлевской стены появились многоэтажные колоннады приморского курорта. «Коктебель приехал в столицу», — сказал Боря. Лене показалось, что это было больше похоже на Адлер или Сочи, пошикарней. «Здесь будет гигантский подземный молл», — объяснил Боря. Они купили тающий шоколадный пломбир в цветной фольге, который медленно капал на колоннады Великого Молла будущего, где отдыхали юные москвичи и гости столицы.

Тут на приморской набережной вдали от моря Боря признался Лене, что он тоже был в Коктебеле в конце 1970-х. (Нам это было давно известно, но мы не хотели забегать вперед.) Боря даже встречал Сашу у каких-то друзей общих знакомых. Вполне возможно, что они с Леной столкнулись как-то раз лицом к лицу, но солнце слепило им глаза, и они прошли мимо друг друга. Боря часто стоял в очереди за пивом. К вобле же он был равнодушен. Но в тот августовский полдень он был занят чем-то другим, более важным. Он ездил в Разбойничью бухту за хищными моллюсками-рапанами, прибывшими в Крым с Дальнего Востока, уцепившись за днища кораблей. Боря был мастером своего дела. Он терпеливо вываривал рапаны в воде, извлекал из них тела их мертвых обитателей, а потом долго держал ракушки на солнце, чтоб исчез смердящий морской запах, а осталось одно только прекрасное — отшлифованный перламутр потерянного дома и гул далеких волн — без вкуса и запаха. Беда в том, что в Коктебеле все охотились за прекрасным. Но редкие халцедоны, которые они находили, были с червоточинкой, а витые ракушки сохраняли солоноватый привкус и обманывали их, выдавая за эхо прошлого аритмичные шумы их собственных сердец. Говорят, в Коктебеле царил какой-то особый восходящий поток, идеальный для планеристов-любителей. Здесь каждый парил как мог. (До поры до времени...)

Вернувшись из Разбойничьей бухты незадолго до сумерек, Боря отправился стрелять в тир на улице Десантников, безотказно убивая сизых картонных уток с оранжевыми клювами. Тут ничего не поделаешь. Он не интересовался хазарами. Он поехал с какой-то Танечкой Р. в генуэзскую крепость Судак. И пока он смотрел на башни и извлекал из горячих раковин тела покойных моллюсков, Лена уже спускалась с гор Фуллы и Саша дул на ее загорелые коленки, обожженные неопалимой купиной. И все было потеряно уже тогда, но они об этом даже не догадывались.

Сохранилась запись в регистратуре гостиницы «Россия» за 1997 год о том, что к Лене К., гражданке США, был допущен в номер гражданин России Борис Т. Лена просила его прийти позже, ей было неудобно подниматься в лифте под пристальным взглядом гостиничных работников. Она же не фарцовщица какая-нибудь, а если бы и фарцовщица, что тогда? Теперь и слово-то это редко кто вспоминает.

Что произошло в номере «России», никто не знает. Раньше в люстре был спрятан маленький магнитофон, который все записывал, но после ремонта он сломался. Заведующей по этажу в отчете сообщили, что утром гражданка США, Лена К., обитательница номера 607, плакала навзрыд, «так что в коридоре было слышно», а Борис Т., гражданин России («уже немолод, в висках седина, а ведет себя, как мальчик»), просил у горничной горячего чая, чтоб ее утешить. Сначала горничная упрямо говорила: «Я же вам сказала, молодой человек, что чая нет. Вы в "Паласе" останавливайтесь, они вам там еще не такое подадут». Потом Борису удалось уговорить ее («Тут, понимаете, девушка, иностранка, моя первая любовь, никак не может успокоиться»), и горничная по доброте душевной вскипятила воды на своем кипятильнике и дала им цейлонского чая из личных запасов и вчерашний пирожок домашнего изготовления. Боря принес Лене чая с лимоном в стакане с мельхиоровом подстаканником, а она продолжала плакать. Не потому, что что-то было плохо, а потому, что все было хорошо. «Это очень хорошо, что пока нам плохо», — пелось в давно забытой песне их детства. А тут наоборот получается. Это плохо, что пока нам очень хорошо.

Они лежали, прижимаясь друг к другу всем телом, на продавленных матрасах «России», как когда-то на коктебельских пляжных лежаках. «Ну что ты, девочка, что ты... Деточка, дамский пальчик...» Она обнимала его шею ногами, скользя пальцами по его небритому адамову яблоку. Говорили они на своем птичьем языке, в котором слова не имели никакого отношения к делу. And they didn't mean what they said[23]. Они говорили о том, чего делать было невозможно, просто вертели слова кончиком языка и передавали их друг другу, как маленькие жемчужинки из слизистых, пропахших морем мидий, которые нельзя глотать. Спинка языка прижималась к влажному небу, смягчая согласные, и с их воспаленных губ срывались уменьшительные, гортанные, палатальные звуки, которых в английском нет. Они вживались друг в друга, узнавали друг друга, накрывались одеялами с ног до головы и баюкали друг друга, как на старой любимой даче со скрипучей верандой, свежими сыроежками, покрытыми росой, преждевременно засахарившимся вареньем и назойливым мяуканьем бездомной беременной кошки.

Лена плакала, потому что все было естественно и просто. И непонятно было, почему эта жизнь была невозможной, а какая-то заморская нереальность была ее реальной жизнью. Оба они, Лена и Боря, видели друг в друге какую-то потерянную первую любовь. И, как часто бывает, вновь обретенная первая

---

[23]   И значили они совсем не то, что говорилось.

любовь (пятая для Бори и третья для Лены) гораздо сильнее и легче своего не бывшего оригинала, который был омрачен беспамятством юности и советскими жилищными условиями.

Наутро Боря ушел на встречу в какой-то банк, желавший пристроить башенки к своему петербургскому филиалу, а Лена пошла бродить по Москве, вспоминая Борю как давно знакомого и родного человека. Она брела и говорила сама с собой по-русски, как бы уверяя себя, что она еще не разучилась говорить на родном языке. Она купила на уличном рынке свежего хлеба, помидор, укроп и виноград с косточками и подумала приготовить ему ланч. Потом она вспомнила, что ланч в Москве не едят, что у нее нет кухни и что они с Борей не жили и никогда не будут жить вместе. И она подумала, что если б она встретила Борю в очереди за воблой, то жизнь ее сложилась бы иначе.

И Лена увидела себя опять в искусственной шубе прошлого в слякоти метро, украшенного олимпийскими мишками с веселой надписью «Москва 1980». Но она уже не лежала на телах московских приезжих. Она ловила свое гордое отражение на темном поцарапанном стекле с надписью «Не прислоняйтесь» и читала книгу Артамонова «История хазар». (Экспонат 3, комната 22-бис, www.com.alternatiaa.vitalis.khaz.edu.) Лена не обращала внимания на неулыбчивые лица пассажиров, думая о перемещениях хазар и о том, что нужно поджарить куриных котлет назавтра и что хорошо будет сбежать в Усть-Нарву или куда-нибудь еще на заснеженную дачу на краю света. Так они с Борей провели бы начало восьмидесятых, перекантовываясь на дачах, ушли бы в дела, в проекты, в исследования того, что было давно и, возможно, неправда. Ну там, конечно, куда-нибудь она бы не поступила, поплакала бы после очередных проводов друзей, уезжающих навсегда. «Как на смерть, провожаем, как на смерть», — зашептал бы спившийся кто-то. После проводов она занималась любовью с Борей всю ночь до приезда родителей, проживающих в той же неплохой двухкомнатной хрущовке с раздельным санузлом. В ту ночь они, должно быть, забыли про китайские презервативы, купленные у знакомого фарцовщика и побрезговали лимоном и польским кремом. В результате у них родился бы какой-нибудь

Юрочка или Юлечка (остановимся на Юрочке для удобства). Лена водила бы Юрочку с утра в детский садик, и там он пел странные песни «нас оставалось только трое на безымянной высоте» и «светит незнакомая звезда, снова мы оторваны от дома». Эти песни Юрочку очень расстраивали. Он всякий раз плакал, когда мама и папа напевали вместе — кто в лес, кто по дрова «снова между нами города», и просил их спеть про Чебурашку и про день рожденья, который, к сожалению, только раз в году. Лена ходила на работу в какое-то НИИ, пока Борина тетя не позвонила своему бывшему сокурснику, ныне завучу английской школы. Лена начала преподавать древнюю историю в пятом классе и введение в обществоведение в девятом. Она рассказывала детям о возродившихся народах Севера и пропавших народах Юга и объясняла принципы исторического материализма с очень прогрессивной точки зрения. А на факультатив она давала детям пластинки «Битлз» и пленки Гребенщикова, думая, что они раскроют им глаза на жизнь.

Однажды секретарь райкома комсомола Алексей Юрков вызвал бы ее в свой свежевыкрашенный кабинет. Лена очень волновалась, но Алексей Михайлович дружески похлопал ее по плечу и рассказал, что он планирует организовать первый рок-концерт прогрессивных ансамблей из братских социалистических стран в их школе. Он надеялся на ее помощь, потому что если они устроят концерт прогрессивных ансамблей, то студенты не будут увлекаться непрогрессивными. В этот момент он положил ей руку на плечо и подмигнул многозначительно: «Может быть, мы сможем пригласить известную группу из Югославии, если все будет хорошо. Не правда ли, Елена Марковна?» Он не убрал руку с ее плеча и предложил ей заходить почаще к нему в кабинет. Он сказал, что у нее есть шанс поехать в дружескую Болгарию на Золотые пески. «Вы же вроде как интересуетесь всеми этими кочующими народами, так вот болгары тоже кочевали до поры до времени». Лена рассказала об этом Боре, и он посоветовал ей уверить Алексея Михайловича, что она предпочитает Старый Крым, потому что Юрочка очень любит изучать местную фауну. «Можешь даже сказать, что флору тоже. Флора и фауна, они не могут друг без друга». И они смеялись каким-то глупым шуткам про Брежнева и Бриджит Бардо на необитаемом острове и чувствовали себя как дома в неуютном окружающем мире.

В один прекрасный день, придя из детского сада, Юрочка спросил Лену, сильно картавя: «Мам, кто это такая пелестлойка?» Лена не нашлась, что ответить. Жизнь неожиданно стала увлекательной. Невозможное показалось возможным. Вверху все начали умирать, внизу оживать. Лена вступила в союзы и движения, опубликовалась в журнале «Огонек», стала бегать в архивы, спорить с женщинами в метро о гласности и русском характере, защищать постройку «Макдоналдса» в Москве. (Ленино письмо в редакцию «Московских новостей», озаглавленное «Пушкин протягивает руку "Макдоналдсу"», хранится в комнате 22-бис. Из-за ошибки типа 11 буквы на экране не репродуцируются.) Потом Лена готовила бутерброды с голландским сыром и огурцом для неусыпных друзей на баррикадах в августе 1991-го и не боялась грядущих танков. А когда все кончилось хорошо, они с Борей поехали за границу на Кипр, где Лена мазалась маслом для загара, сделанным из папайи, носила греческое сомбреро и с удивлением смотрела, как западные женщины бесцеремонно обнажали свои крохотные загорелые груди перед равнодушными мужьями. Лена с Борей жили хорошо, в уютных сетях привычки, обеспечивая друг для друга необходимый safety net[24], как говорят американцы. Конечно, Лена уже не вспоминала Борины весенние каникулы в Юрмале с Таней Р. в 1984-м. Она больше не сердилась, когда Юрочка обращался к ней с компьютерными командами «close the file»[25] или «delete»[26], требовал черепашку нинзя вместо чебурашки и рассказывал несмешные, по мнению Лены, анекдоты про киллеров и новых русских. В конце концов, он был нормальным школьником.

Тут Ленины счастливые размышления были прерваны назойливым чужестранцем:

---

[24] Подстраховку.

[25] Закрой файл.

[26] Удалить.

— Excuse me where is the American Embassy?
— Do you see the Zoo?
— Yes.
— Well, cross the street, go right and then turn left[27].

Английский доставил Лене неожиданное удовольствие. Американец был очень мил, он еще не разучился краснеть, и от него пахло экстрасвежим кремом для бритья. На его свитере был вышит маленький аллигатор. На его лице не было следов житейской суеты. Его речь не была приправлена вечной насмешкой над собой и другими. Вот так бы в один прекрасный день Лена встретила Джеффа. (Его имя было Дэнни, для точности, но это не важно.) И ей бы показалось, что с ее глаз слетала пелена обшарпанной штукатурки и можно было просто прощупать костяк друг друга, как при глубоком шведском массаже, который она впервые делала на Кипре. Можно было жить иначе, говорить иначе, иначе смотреть на мир. Но это было какое-то мгновенное видение, которое быстро исчезло, пунктуально перейдя дорогу от зоопарка и повернув налево к американскому посольству.

В начале девяностых стали возвращаться друзья детства, которых проводили навсегда. Много лет их письма читались вслух, как приветы с того света, а их редкие поношенные джинсы и альбомы по искусству продавались в туалете пединститута. Но у этих друзей детства изменились выражение лица, интонации, жесты. И вели они себя, как постаревшие подростки. Однажды забежав в «Макдоналдс», чтобы купить для Юрочки чизбургер, Лена, загорелая, но уже замотанная, с фирменными мешками и авоськами в руках, поскользнулась на мокром полу. «Черт, нанимают эту молодежь, и вот они стараются, размазывают слякоть по мокрому полу». Она решила, что Юрочка обойдется без чизбургера, и быстро вышла из «Макдоналдса».

---

27 — Простите, где американское посольство?
— Видите зоопарк?
— Да.
— Тогда перейдите улицу, поверните направо, затем налево.

Остановившись у уличного стенда с книгами, она обратила внимание на мужчину лет сорока, который рассматривал открытки с видами Москвы. Что-то было странное в его облике, в ярком шарфе и неловких движениях. Он как будто стеснялся своих покупок и безуспешно рылся в карманах в поисках мелочи. Лена разменяла ему десять тысяч. Они разговорились. Незнакомца звали Алекс, и, гуляя по Москве, он делал все не так. Он, казалось, забыл все мелкие ритуалы, которые составляют повседневную жизнь. Он смеялся слишком громко, ел мороженое на эскалаторе метро, благодарил продавщиц в магазине и искренне желал им «хороших праздников», в гостях клал ногу на журнальный столик, говорил о том, что надо платить налоги и не надо рассказывать анекдоты про лиц кавказской национальности, не понимал шуток, не знал слов «запредел» и «банкомат» и очень серьезно пытался объяснить понятие «свободы слова» с разных точек зрения. Он не курил, не пил до дна, в конце ужина просил травяного чая («без кофеина») и в одиннадцать тридцать вечера объявлял о своем желании спать. В нем была какая-та незнакомая уверенность в себе и одновременно смешная беззащитность. Когда его спросили, скучает ли он в Америке, он начал мяться и говорить что-то непонятное о том, что он прожил полжизни там и полжизни тут и что дом с большими окнами и запахом акаций стал его домом... «Он как с луны свалился», — сказала хозяйка.

Алекс угощал Лену странным напитком «Gin and Tonic on the rocks»[28]. Провожая ее в одиннадцать вечера, он держал ее за руку, целовал иней на ее выбившихся из-под берета волосах. Потом он повторял слово «иней», говорил, что ему не пришлось произносить его лет пятнадцать, любовался на детские горки в закрытых скверах и на потухшие надписи в сковáнно-непринужденном стиле шестидесятых «Старая книга», «Магазин Диета», «Канцелярские товары». Он говорил о диаспоре, об охоте к перемене мест и о своем маленьком современном доме с видом на Сан-Францисский залив с запахом кипарисов и розовых акаций, которые напоминают ему о Крыме. Потом он сказал,

---

[28] Джин, тоник, лед.

что у него есть «гёрлфренд». Лена не поняла этого слова, но ей некуда было деться. Он сказал, что он старается быть верным своей гёрлфренд: «I am working on it»[29].

А через пару дней, проезжая мимо остановки автобуса на улице Горького, ныне Тверской, Лена обратила внимание на ненакрашенную молодую женщину с обветренными губами в чёрных обтягивающих брюках, в сникерсах и в кожаном пиджаке, расстёгнутом не по сезону. Она шла по московским улицам как-то не по-московски, не в ногу со всеми остальными, не вместе. Она размахивала сильными руками, создавая вокруг себя пространство одиночества и самодостаточности, памяти о других мирах.

Незнакомка спешила навстречу к кому-то, она обняла его сзади, закрыла глаза руками — кто я, угадай. И Лене стало ясно, что в такой же обычный облачный московский день, поцеловав с утра Борю и Юрочку и наложив, не глядя в зеркало, знакомую перламутровую помаду, она бы испытала жгучую зависть к такой вот, случайно встреченной девушке не отсюда, одинокой и свободной. И она бы подумала, что у нее могла бы быть другая судьба, которую она не узнала, по инерции или по трусости, из-за привязанности к близким и к месту. Ей остались одни нереализованные возможности и никакого выбора. Соблазн второй молодости не даст ей покоя. Какой бы путь она ни избрала, ей всегда будет казаться, что она что-то проиграла, не доиграв до конца. Теперь она пропадет бесследно, как какие-нибудь печенеги и древляне, которые не удостоились даже мифа о рассеянии и чарующей тайны, сопровождавшей исчезнувших хазар. Кто-то принял неправильное решение или не ту веру, не отличил своих сородичей от врагов, у какого-то храброго всадника был насморк, кто-то красиво заболтал кого-то в решающий момент — и всё, судьба народов была решена. В тот момент Лена почувствовала, что ей не вырваться с эскалатора собственных страхов, что она будет постоянно возвращаться на одно и то же распутье-перепутье, как русский Иванушка-дурачок, приодевшийся западным

---

[29] Я работаю над этим.

Сизифом. Она не сможет сделать решительный шаг с вечно движущейся лестницы на твердую землю. Лена стояла и плакала прямо на улице, у подземного перехода, растирая глаза бумажными салфетками «Клинекс», привезенными из Америки. А равнодушные прохожие спешили мимо нее («у нас тоже проблем уйма, мы же не плачем») — и торопились занять очередь за грибным супом в только что открывшемся кафе «Русское бистро».

Мне жалко бросать Лену посреди улицы, да еще и в слезах. Но я ничего не могу поделать, разве что добавить ей еще одну пачку «Kleenex» и сделать его сверхмягким, super-soft. Я ведь только реконструирую, что было и что могло бы быть, придумывая только сны, а не реальность. Я — хазарская графалка-весталка, Ора, Золотая Гора. В цветущей Кордобе рыжий еврей Иегуда бен Леви, великий переводчик короля Альфонсо Эль Сабио, назвал меня свистящим именем Луз, но в священном пещерном городе Фулла имя мне Ора. Я никогда не делила ложе с мужчиной. Мы, графалки-весталки, предпочитаем девические ласки, безумные и безнадежные. По ночам мы валяемся на мокрой гальке коктебельских бухт, ищем и находим друг друга при прозрачной луне. А самые храбрые из нас разгребают веслом волны памяти до самого восхода солнца у мыса Хамелеон. Мы, хазарские волхвы-бытописцы, не верим архивам. Жизнь есть сон, а не антресоли, забитые хламом. Жизнь есть сон, который нам не приснился. Но задача наша — не рассказать о себе, а понять других, непонятных нам. Чтобы рассказать о другом, нужно полюбить его желания. Разве не мечтала Лена быть археологом? Разве не любовалась она зооморфными фибулами? Я верна ее мечте. Я собрала по справкам, путеводителям и легендам зыбкую археологию ее жизни, доверяя только литературе факта, потенциального факта. Из них я построила Ленин мир, приукрасив его немного, как в американских докудрамах. Все же по паспорту Лена была американкой. Мне захотелось разыграть ее жизнь. Под конец я немного разыгралась. Девушка с веслом, милая муза в спортивной майке, стала томить меня, клонить на лирику.

Мне ведь действительно жалко Лену и ее безутешных слез. Она крутилась, как белка в колесе, в мире потерянных возможностей.

Если бы только в тот день не привезли воблу, Лене никогда бы не пришло в голову встать в очередь под раскаленным солнцем. Она ушла бы в тень, погрузилась в саму себя и вынырнула за свои пределы. Может быть, в тот момент она бы сочинила меня, графалку-весталку со следами мокрой гальки на узкой спине — и свое бессмертие. А потом мы гуляли бы вместе по синеватым Грудям Царицы Савской, перебирая загорелыми руками полудрагоценные камешки потенциальных миров. И теперь она сидела бы счастливая на полосатом шезлонге в своем back yard[30] в Нью-Джерси, наблюдая жизнь белок, которые не поддавались одомашниванию и нервно замирали при взгляде незнакомцев. Лена оставляла бы для белок виноградные косточки, и жила бы она разнообразные жизни в Москве, в Фулле, в Коктебеле, в Константинополе, в Земле обетованной, в общей тетради без линеек и клеток, во сне.

Но *один* факт остается фактом. Воблу в тот день продавали. Наш бытописный кагал проследил историю торговли воблой в Крымском регионе. В Коктебель ее завез старик-ассириец, Ираклий из Гудауты, торговец дарами моря, в отчем доме которого обедал когда-то неуклюжий подросток Лаврентий Берия. В жаркий полдень 10 августа 1978 года Лена К. встала в очередь за воблой, и вот теперь ее скелет находится в музее Потерянных Судеб Хазарландии за стеклом вместе с югославскими туфлями на платформе и шляпой сомбреро.

Светлана Бойм
Кэмбридж, Масс. Ноябрь 1997 — январь 1998

[Конец]

---

[30] Заднем дворе.

РАССКАЗЫ

*Перевод с английского и вступление
Наталии Стругач*

> Но кто мы и откуда, когда от всех тех лет остались пересуды, а нас на свете нет.
>
> *Борис Пастернак*

Волны, волны, волны... эмиграции. Первая, вторая, третья... И не видно этому конца. В начале 80-х одна из таких волн подхватила Светлану и понесла, потащила на Запад. Лагерь беженцев где-то под Веной — первая остановка. Неустроенный быт, тревога за свое будущее, чужие люди, чужие запахи, чужой пейзаж за окном. Об этом не любят вспоминать, это вытесняется из памяти, но иногда появляется в снах, на самом деле, это всегда с тобой. В письмах родителям в Россию Светлана подробно о лагере не писала, видимо не хотела их расстраивать. А в 2014–2015 годах решила вспомнить и даже снять небольшой документальный фильм. В шестнадцатиминутном фильме она словно погружает нас в странный сон, в своё подсознание. Пребывание в лагере беженцев — это метафора своеобразного чистилища, где определяется судьба. Пытаясь воссоздать прошлое, она побывала в Вене, нашла то место, где находился лагерь. Это стало поводом для новых воспоминаний о себе, о семье, о детстве. Так появился текст «Вспоминая забытое». Уже больная, в госпитале, она редактировала свой рассказ. Он написан на английском языке. Я перевела его на русский.

Наталья Стругач

Вспоминая забытое

Я вижу очень крупным планом лишь то немногое, что осталось от воспоминаний о лагере беженцев, где я была примерно в 1981 году: бетонная стена с колючей проволокой, в ней пролом, нога в заштопанном носке, свисающая с верхней койки, расстёгнутый чемодан, полный устаревших вещей, рулон иностранной туалетной бумаги, розовой, как у Феи из «Волшебника страны Оз». И ни одного установочного кадра. Честно говоря, ничто из этого не тревожило меня в течение 27 лет. Не сохранилось ни одной фотографии из транзитного лагеря, ни одного адреса. Я благополучно забыла всё, что можно было забыть. Процесс моей иммиграции из Ленинграда в Бостон проходил не так уж гладко, он оставлял за собой нерешённые вопросы и кое-какие проблемы. Но смысл был не в том, чтобы путешествовать по закоулкам памяти, а в том, чтобы двигаться дальше, начинать заново. Зачем помнить то, что невозможно запомнить? В Советском Союзе 1980-х годов было кодовое слово «уехать». Если бы вы прошептали его с таинственной серьезностью, не было бы необходимости задавать дополнительные вопросы. Уехать означало сбежать раз и навсегда. Вы прекрасно знали, откуда вы уезжаете, но не обязательно знали, где вы окажетесь. Слово «уехать» было непереходным глаголом, который обозначал разрыв в пространстве и времени. Вы могли бы также отправиться на Луну или в Подземный мир. «Отвальные» в 1970–1980-х годах по своей завершённости напоминали похороны. Я решила эмигрировать в возрасте 19 лет и должна был покинуть страну без родителей. Меня лишили гражданства и сказали, что я никогда не смогу вернуться в Ленинград и увидеть свою семью. «Личный досмотр» на таможне длился много часов и включал осмотр интимных мест наших тел и личные вещи. Таможенники получали удовольствие от этой процедуры. Они ощупывали каждую царапину на нескольких семейных фотографиях, подсчитывали количество разрешенных лиц на групповых фотографиях, исследовали каждый шов на нашей одежде, хлопали по внутренней обивке наших огромных чемоданов с ржавыми молниями в поисках «второго дна». С тех пор я путешествую налегке, но чаще всего молния на моей ручной клади не застегивается до конца.

Мой отец помнит момент моего отъезда с кинематографической ясностью. Это произошло у ворот в московском аэропорту, зарезервированных специально для тех, кто «отъезжал на постоянное место жительства». Я попрощалась и ушла за стекло, откуда родители все еще могли видеть, как я прохожу через следующий таможенный пункт. Семья иммигрантов, стоявшая в очереди за мной, состояла из молодой пары с младенцем в детской коляске и дедушки, несущего большую рукопись, которая была для него бесценна. «Или рукопись, или детская коляска», — сказал таможенник. Неизвестно, что это была за рукопись, это было то, с чем пожилой мужчина расстаться не мог. «Пошла к чёрту», — крикнула молодая мать и оттолкнула коляску. В этот момент я исчезла за стеклом. Детская коляска медленно выкатилась в пустой коридор и спустилась по ступенькам. Странная реминисценция, любезно предоставленная Сергеем Эйзенштейном.

Прошло еще семь лет, прежде чем мои родители увидели меня снова. В моей семье привыкли расставаться с тоской и с личными вещами и относиться к ностальгическим историям с долей скепсиса.

Мое «путешествие к свободе» было коротким по времени и космическим по масштабам. Возможно, это был первый раз в жизни, когда я летела на самолете за границу. В венском аэропорту я мельком увидела весеннее небо, обрамленное трапом и фривольной надписью «Duty Free», которую я не смогла расшифровать.

Нас встретил представитель организаций, помогающих беженцам. Нас быстро загнали в автобусы без опознавательных знаков с затемненными окнами и отвезли на окраину Вены или куда-то еще. Мы понятия не имели, где находимся, и не задавали нескромных вопросов. Первое впечатление от лагеря было разочаровывающим. Место напоминало провинциальный военный госпиталь, монастырь. Так ли выглядит Запад? Не пугающе, не весело, просто банально. Среди временных жителей лагеря были советские евреи из разных мест: от Средней Азии до Ленинграда, поляки, спасающиеся от призыва в армию, крымские татары и русские протестанты, бежавшие от религиозных преследований. Лагерем управляли несколько еврейских благотворительных организаций, а охраняли его австрийские солдаты с дружелюбными немецкими овчарками. Последние должны были защищать нас от любых нападений извне. Насколько я помню, мы мало беспокоились об этом и просто хотели немного отдохнуть и помечтать о будущем. Мы гуляли по двору лагеря, но никогда не выходили за его стены. Чтобы заснуть, мужчины обсуждали свои эротические фантазии, а женщины держали свои мысли при себе. Чтобы успокоиться, мы ели много сладких булочек и заполняли множество форм, в которых перечислялись наши характеристики. Нам все время показывали фильмы, и они смешивались с нашими скудными воспоминаниями. Я хотела бы дать более подробное описание лагеря, предоставить вам отрывки разговоров между иммигрантами на верхних нарах и иммигрантами на нижних нарах, их надоевшие шутки и обсуждения смысла жизни, передать тревожный шепот социальных работников и вооруженных охранников, предоставить реалистичные изображения узких кроватей со сломанными пружинами, архивов секретных документов рядом с мусорным хранилищем, разрушенных складов в огороженном монастырском дворе, где коричневые голуби клюют шишки местных вечнозеленых растений. Я хотела бы поделиться с вами вкусом сладкого хлеба, замоченного в слабом чае, домашней походной пастой с венской колбасой и мерцающим образом загорелых атлетически сложённых мужчин и женщин, которые с песнями и танцами строят город на песке. Только я ничего этого не помню и предпочла бы не заполнять пробелы правдоподобным вымыслом.

Мы так и не увидели Вену, о которой мечтали, город Моцарта и Зигмунда Фрейда. Мы остались вне территории. Как и фрейдистское бессознательное, наш транзитный лагерь не имел внешнего мира; это было место вне места и время вне времени. Я не знаю, как долго мы там пробыли. Казалось, что мы находимся в капсуле времени, в месте, где нет настоящего, только депрессивное прошлое и неизвестное будущее. На самом деле у меня с собой была хорошая камера, «Лейка» или «Зенит» с высокоточным объективом и большим зумом. Конечно, мне никогда не приходило в голову ею воспользоваться. Камеру планировалось продать на блошином рынке в Риме вместе с украинским постельным бельём, матрешками и икрой, чтобы накопить денег на чёрный день «на Западе». Подростком я изучала методы фотографии, экспериментируя с отражениями на ряби воды и городскими панорамами. Мне даже никогда не приходило в голову фотографировать что-либо в лагере. Там не было ничего, «о чем можно было бы написать домой». Новые иммигранты любят делать веселые снимки рядом с чужими домами и яркими машинами. Лагерь не показался мне достойным фотографии. Теперь я использую цифровую камеру, которая имеет несколько спецэффектов, имитирующих старую «Лейку». Я вернулась к фотографии десять лет назад так же внезапно, как и бросила ее раньше. Я документирую свои путешествия по миру, оставляя в своей коллекции даже бракованные фото и фото случайных встреч. Теперь я фотографирую места, которые иначе не запомнила бы.

«Почему вы фотографируете один и тот же пейзаж в разных местах?» — спрашивает меня незнакомец на моей презентации в Вене. «Я не знаю. Это просто фото во время поездок, фото зон боевых действий, того, что остаётся на сетчатке, что мы видим и забываем». «Так вы первый раз в Вене?» Он продолжает менять тему. «Нет. Первый раз был в 1981 году. В транзитном лагере», — сказала я, удивив себя саму. «Правда? Как это было?» — «Я мало что помню». — «Где это было?» — «Никто не знал». Именно тогда, в 2010 году, мне пришла в голову идея найти адрес моего бывшего лагеря. Просто сфотографировать его, чтобы заполнить пробел.

Это должен был быть фотопроект, а не какое-либо упражнение
в поиске личностных травм. Мои первоначальные поиски место-
положения нашего транзитного лагеря оказались тщетными; чем
больше я пыталась, тем больше загадок я обнаруживала; они
прятались одна в другой, как матрешки, которых мы везли в нашем перегруженном чемодане. Было ясно, что трещина в моей
личной памяти сопровождалась пробелом в коллективной истории. Спустя тридцать лет адрес лагеря оставался строго закрытым. Экстерриториальное убежище для нелегальных иммигрантов не было найдено на картах Вены или в архивных записях.
Наша история была глубоко укоренена в не очень гладких исто-
риях холодной войны, а также в невероятных приключениях
и актах мужества многих людей, которые шли против течения
этой истории. Мы были всего лишь статистами истории, которые
нашли временное убежище в провинциальной больнице за толстой стеной с колючей проволокой. Действительно ли существовал лагерь, или это был одна из тех неэротических фантазий
измученного иммигранта? Трудно определить точную дату, когда
ко мне пришло решение об иммиграции. Возможно, иммиграция
начинается задолго до отъезда и длится долго после прибытия.
Возможно, я сам начала экспатриацию, когда еще подростком
жила в Ленинграде и впервые услышала рассказ бабушки о ее
жизни в лагерях ГУЛАГа. Моя бабушка, учительница средней
школы в Ленинграде, была арестована в 1948 году во время сталинской кампании против космополитов, направленной в основном на советских евреев, включая атеистов и тех, кто сменил имя
и национальность в паспорте. Моя бабушка считала себя «счаст-
ливицей»; она провела в ГУЛАГе всего шесть лет вместо десяти,
благодаря смерти Сталина. Пятнадцать лет спустя ее «реабилитировали» за «отсутствием состава преступления». В истории
моей бабушки было много белых пятен, потому что в течение
двадцати лет никто в семье не говорил с ней о ее жизни в лагерях.
Я унаследовала ее слепые пятна и ее страхи и пронесла их с собой
по жизни. Она также не знала, где именно в огромной зоне
ГУЛАГа находился ее лагерь. Она никогда не рассказывала о том,
как сопротивлялась аресту и пыталась перерезать себе вены.

Вместо этого она помнила, как обманывала информаторов в лагере, которые писали отчеты властям, и больше всего она любила вспоминать свою дружбу с актрисой Окуневской и как в трудные моменты они общались друг с другом с помощью Чехова: «Однажды мы увидим алмазы на небе. Увидишь, этот день настанет». Из фрагментарного рассказа о лагерях, который она мне рассказала, когда мне было 11 лет, я поняла, что была еще одна ненаписанная история и еще одна секретная территория за пределами официальных карт, лагерная зона, где содержались миллионы советских граждан, не совершивших никаких преступлений. Я считала свою иммиграцию политической и принимала участие в нескольких демонстрациях протеста против нарушений прав человека, хотя в 19 лет мое понимание политики было довольно смутным. Это была смесь экзистенциальных мечтаний об освобождении, которые мы видели в иностранных фильмах, и бунта против местного принуждения и клаустрофобии брежневского застоя, которые грозили разрушить все наши подростковые идеалы справедливости. Я виню великого итальянского режиссера Микеланджело Антониони за то, что он соблазнил меня аурой кинематографического отчуждения и свободы передвижения. Мой отец организовал киноклуб во Дворце культуры в Петроградском районе Ленинграда, который стал его уютной маленькой родиной. По его словам, это было государство в государстве, в которое также можно было привести детей посетителей клуба, тех мятежных ленинградских подростков, каким была я. Там почти не показывали американских фильмов, но было много польских и чешских экзистенциальных историй, а также фильмов «итальянских коммунистических режиссеров», наполненных экзистенциальными тайнами и чудесами. Мне больше других понравился «Пассажир» («Профессия: репортер»). Это была история журналиста (его играет Джек Николсон), который решил радикально изменить свою жизнь и принять личность мертвеца. В конце он встречает прекрасную и загадочную женщину (которую играет Мария Шнайдер) и находит свою половинку в экзистенциальном приключении жизни и смерти. Я смотрела фильм не из-за сложного сюжета ошибочной идентификации, а из-за длинных планов и эксцентричных перспектив в чужую жизнь.

Меня особенно зацепила свободолюбивая и резкая героиня Марии Шнайдер, которая пересекает границы где-то в Пиренейских горах, просто чтобы изучать архитектуру или встречаться с незнакомцами. Я никогда не видела женщин и границы такими. Фильм нам представляли как «марксистскую критику буржуазного индивидуализма», но он больше походил на культурную роскошь, поиск свободы и творческой жизни. В волосах героини был ветерок, а долгое время, не связанное с обязательствами, сформировало мой мир снов. Мне пришлось иммигрировать, пройти через несколько транзитных лагерей и много лет упорно работать, прежде чем я смогла насладиться этими виртуальными художественными пересечениями границ. Мой первый переход границы не был похож ни на что из того, что я видела в фильмах. Тем не менее фильмы остаются одними из моих самых ярких воспоминаний о лагере. «Киноретроспектива» там включала фильмы о Холокосте и различные комедии на еврейскую тематику. Мы были крайне невежественны, поскольку любое изучение еврейской культуры было фактически запрещено в Советском Союзе и часто считалось либо «космополитизмом», либо «сионистской пропагандой»; эти два противоречивых термина использовались как взаимозаменяемые. Мы знали, что не хотим примерять экзотическую восточноевропейскую еврейскую одежду из другого времени, которая казалась нам чуждой или даже безвкусной. Я сказала человеку, который спросил меня, планирую ли я поехать в Израиль, что «хочу поехать в страну Скрипача на крыше». Это была невероятная смесь невежества и наглости; на самом деле я жил на обеих родинах фильма, переехав из страны, где происходила история, в ту, где она дебютировала в кино. Так мне и надо. Помимо всей боли, некоторые из наших лагерных переживаний имели элемент абсурда и напоминали случайную встречу Вуди Аллена с Третьим человеком. Город Вена, который нам не удалось посетить в 1980-х годах, был великолепной сонной столицей павшей империи Габсбургов, которая распалась после Первой мировой войны, а после Второй мировой войны превратилась в маленькую «неприсоединившуюся» страну на перекрестке Востока и Запада. Вена спокойно носила свои военные шрамы, соблюдая кодекс молчания, когда дело доходило до противостояния своей недавней истории. Черно-белые документальные кадры, показывающие, как венцы радостно приветствуют Гитлера, родного сына, в 1938 году, были не очень популярны в 1980-х годах, когда австрийцы предпочитали видеть себя жертвами нацизма и избегали проходить через «управление нацистской памятью», как это делали немцы. Также не были рассмотрены годы оккупации города Красной армией, которая освободила Вену от нацистов в 1945 году и оставалась в городе до 1948 года, едва не превратив Австрию в одну из стран Восточного блока. Неслучайно послевоенная Вена стала декорацией для многих фильмов о холодной войне: от мрачного черно-белого «Третьего человека» до яркого Джеймса Бонда в фильме «Дневная жизнь».

Иногда, когда режиссеры не могли получить разрешение на съемки в Советском Союзе, они снимали декорации для Петербурга-Петрограда-Ленинграда на барочных площадях Вены. В 1970–1990-х годах Вена стала неприметным транзитным пунктом для многочисленных беженцев из Восточной Европы.

Статья журналиста из «Нью-Йорк таймс» Джо Носеры, который пытался разобраться в драматической перевозке беженцев из Советского Союза, расширила моё представление об этой проблеме.

Автор пришел к парадоксальному выводу. Каждая страна, участвовавшая в нашем транзите, создавала свою собственную дипломатическую полувыдумку. Сюда входили Советский Союз, США, Израиль и Австрия. Более того, эти полуправды не препятствовали процессу иммиграции, а фактически способствовали ему. Другими словами, если бы произошла гипотетическая утечка секретной информации или если бы особенно яростный журналист-расследователь раскрыл все договоренности, достигнутые между Советским Союзом, Австрией, США и Израилем, наш транзит мог бы не состояться. Что касается меня, я была просто благодарна всем организациям, которые сделали возможным этот проход, и относилась к нему как к подарку. Как гласит пословица, дарёному коню в зубы не смотрят. Прежде всего, будучи гуманитарным убежищем, лагерь также был местом сложных политических договоренностей. Канцлер Австрии в то время, социал-демократ Бруно Крайский[1] согласился взять на себя гуманитарную роль в транзите советских евреев, но сделал это косвенно. Первый транзитный лагерь, организованный правительством Бруно Крайского, находился в замке Шенау недалеко от Вены. Лагерь в замке Шенау был закрыт после террористической атаки группировок «Черный сентябрь» и «Орлы Палестины» на поезд, перевозивший еврейских иммигрантов из Украины через Братиславу в Вену. Короче говоря, для того, чтобы освободить захваченных заложников, после напряженных переговоров канцлер Вены согласился с требованием террористов закрыть замок Шенау. Однако неофициально Крайский продолжал свое обязательство по размещению беженцев, только он перевез их в неустановленное и тщательно охраняемое место, сначала в военные казармы в Вёллерсдорфе, а затем куда-то на территорию Красного Креста в районе Зиммеринг. Поскольку у меня не было точного адреса, я стала бродить по Зиммерингу с помощью Google Earth. В конце концов, семья основателя Google Сергея Брина прошла тем же путем иммиграции, что и я. Зиммеринг уходит корнями в историю: это была средневековая деревня со знаменитой пивоварней и церковью. Позже Зиммеринг стал индустриальным районом Вены, известным своей перерабатывающей промышленностью, а газометр был показан в образцовом фильме времен холодной войны о Джеймсе Бонде «Живой дневной свет». Я наткнулась на несколько статей в местной газете, в которых сообщалось о местных протестах против размещения транзитного лагеря для еврейских беженцев в их районе, в Зиммеринге: «Мы не перестанем протестовать против этого лагеря, который представляет опасность для всех нас, особенно для наших детей», — заявила Ангелика Кнет, 34-летняя

---

[1] Бруно Крайский австрийский политик еврейского происхождения (1911–1990), в 1970 году стал федеральным канцлером Австрии, занимался на международном уровне урегулированием ближневосточного конфликта.

мать четверых детей, которая возражала против присутствия вооруженной охраны и колючей проволоки возле детского сада. Министр внутренних дел социал-демократического правительства Крайского Отто Реш пытался успокоить местных жителей: «Мы должны выполнить гуманитарную задачу. Каждый должен понимать, что наш долг — помогать другим людям». По иронии истории позже выяснилось, что г-н Реш когда-то был нацистским штурмовиком, но позднее, в правительстве Крайского, он играл гуманитарную роль в транзите советских евреев.

Моим главным проводником в поисках материальных следов лагеря стал австрийский режиссер-документалист с русской фамилией Александр Жукофф[2], снявший фильм о районе Зиммеринг в 1977–78 годах, через несколько лет после открытия лагеря. Я надеялся, что после года съемок в этом районе он сможет узнать его адрес. «Вот что вы бы увидели, если бы вам разрешили покинуть лагерь. Теперь я расширяю ваше видение», — любезно сказал г-н Жукофф, любезно предложив мне свой фильм в подарок. Фильм был поэтическим размышлением о рабочем районе столичного города, который венцы посещают редко. Расположенный между кладбищем и аэропортом, он был домом для венских извозчиков (фиакеров), которые совершают ностальгические обзорные экскурсии по Вене и вечером возвращаются в невзрачный Зиммеринг, который похож на Восточную Европу. Местные жители, молодые и старые, жалуются на скуку, на то, что в Зиммеринге никогда ничего не происходило. В фильме Жукоффа не упоминается лагерь беженцев, который существовал на улице за углом в течение десяти лет. Режиссер признался, что у него нет информации о нем. А как насчет протестов в районе в 1974 году? Он не занимался журналистским расследованием, а делал это в стиле cinema verité[3] (правдивое кино). Хотя

---

2   Александр Жукофф, 1956 год рождения, австрийский кинорежиссёр и видеохудожник, потомок русских эмигрантов. Живёт в Вене.

3   Cinema verité — правдивое кино, которое стремится к непредвзятому изображению действительности, часто использует ручную камеру, длинные планы и минимум монтажа.

он был верен приливам и отливам местной повседневной жизни, он мог упустить из виду самую большую историю холодной войны, которая разворачивалась в Зиммеринге и в Вене в то время. Или, возможно, он правильно понял историю: лагерь оставался экстерриториальным. Он существовал «вне» карты Вены, оторванный от остального города. Cinema verité запечатлел жуткую невидимость этого места.

«Кто были эти прошедшие лагерь?» — спросила я у режиссёра. Я нашла несколько своих бывших товарищей по лагерю, о которых я тогда не знала, но которые впоследствии стали моими друзьями. Никто из них не был особенно заинтересован во «встрече выпускников лагеря» и подошел к разговору с долей здорового скептицизма. Зачем сейчас снова посещать лагерь? Тогда мы были очень сильными, потому что умело забывали. Если мы начнём вспоминать сейчас, мы рискуем своей иммигрантской стойкостью. Одержимость прошлым может лишить нас будущего. «В вашей жизни что-то изменилось, и это заставляет вас вернуться к вашему первому большому шагу?» — спросил один из друзей. «Я просто хочу это сфотографировать», — сказала я, не слишком уверенно. В ярких воспоминаниях моих товарищей по лагерю были свои «провалы».

Большинство вопросов задавались исподволь, во время поездки или решения других важных дел; они не были полностью записаны. Я просила своих собеседников нарисовать на салфетке картину лагеря, как они его помнили. Теперь эта странная коллекция бумажных эфемеров, запятнанных чесночным маслом и капучино, предлагает коллективную карту памяти того, как мог выглядеть лагерь. Маша Г., политический журналист, которой на момент иммиграции было 16 лет, вспоминает свое разочарование при виде австрийских охранников с немецкими овчарками: «Я думала, что иммигрирую на "Запад", а потом я оказалась в больнице. Я думала, что мои родители обманули меня; Запад был лагерем». Напротив, младший брат Маши, писатель и редактор Костя Г., которому тогда было 6 лет, наслаждался своим пребыванием. «Это был не лагерь, — сказал он. Больше всего похоже на отель, да, хороший отель со двором. Я хорошо провел там время». Певица Регина Спектор, которая была того же возраста, что и К., не считала, что это был хороший отель. «Там не было пола, вокруг только двухъярусные кровати», — вспоминала она. Мои свидетели не смогли прийти к единому мнению о геометрической форме лагерного двора. Историк русского искусства Анна В., которой на момент иммиграции было 6 лет, утверждает, что лагерный двор напоминал черный квадрат, как на знаменитой картине Казимира Малевича. Художник Виталий К., прошедший через лагерь уже взрослым, сказал, что двор имел форму мандалы. В настоящее время Виталий работает над художественным проектом по трансформации, а иногда и примирению символов разных религий. Форма двора перекликалась с художественной психологической географией оратора. «Конечно, я вел запись в палате, — сказал Виталий К. — Мои тетради с маленькими квадратиками были со мной. Только мои записи не имели никакого отношения ко времени, в котором я находился. Я записывал свои мысли об искусстве».

Куратор и художник Антон В., 15 лет, прокомментировал, что лагерь был похож на среднюю школу, что-то вроде PS1 в Нью-Йорке. Он вообще не помнил своего отъезда из Москвы, но у него была «фотографическая память» о лагерном кинотеатре и новом костюме с красными полосками, который он там носил. Он все время знал, что собаки и вооруженные охранники были на нашей стороне и защищали нас снаружи. Он их не боялся. Он с особой теплотой вспоминает эротический разговор, который он подслушал в общей палате. «Наверное, это была знаменитая история О. Я был полностью ею очарован». Дизайнер Константин Б. заметил необычную форму довоенного окна в лагерной палате. Не в силах заснуть, он заглядывал в него, гоняясь за проблесками внешнего мира. Он увидел незнакомца, идущего по темной улице. «Это Запад, подумал я, — сказал Константин, улыбаясь. — Все, чего я хотел, — это быть тем человеком, прогуливающимся где-то за пределами лагеря». «Послушайте, может быть, не имеет значения, что на самом деле произошло в лагере, — добавил он в конце. — Важен лагерь памяти. Или искусства». Действительно, зачем искать физическое подтверждение нашим невероятным историям? Иммигрант — это немного обманщик, который двигается вбок, как конь в шахматной партии, чтобы выжить. Может быть, было бы точнее воссоздать лагерь коллективных мечтаний о побеге, который переносил нас за толстые бетонные стены? Моя бабушка не любила вспоминать ГУЛАГ. Мой первый переход границы не был похож ни на что из того, что я видела в кино. Тем не менее фильмы остаются одними из моих самых ярких воспоминаний о лагере. Точно так же, как я была готова отказаться от поиска адреса, я получила приглашение на конференцию в Вене. Перед отъездом я просмотрела копии «Венских файлов», которые я получила с любезного разрешения HIAS[4]. Там была сложенная телеграмма от австрийского МВД, которую я просмотрела год назад. В этой телеграмме министр внутренних дел требовал, чтобы беженцы в транзитном лагере были проинформированы об их правах требовать политического убежища. Поскольку я уже знала, что такие просьбы о предоставлении убежища принимаются во внимание крайне редко, я была готова отмахнуться от этого документа, как от еще одного примера обманной практики стран, вовлеченных в наш проход. И тут я заметила бледные машинописные буквы прямо на сгибе внизу страницы: «Транзитный лагерь, XX Дреерштрассе, Вена 11». Я не могла в это поверить! Я владела адресом нашего транзитного лагеря в течение года. Он был спрятан на самом видном месте, в сгибе ксерокса в ящике моего стола, который я видела каждый день.

Однажды в Вене я наткнулась на последнего ключевого свидетеля моего расследования. На приеме я встретила венского журналиста, которому рассказала историю своих поисков.

«Да, лагерь на Дреерштрассе, — сказал он, глядя мне в глаза. — Это было уродливое место». Это был важный разговор. Журналист проходил там государственную службу в 1985 году, тогда здание снова стало офисом Красного Креста. Мы вместе вспоми-

---

4 HIAS — Hebrew Immigrant Aid Society, некоммерческая организация, которая оказывает помощь беженцам и лицам, перемещённым в результате войн и стихийных бедствий.

нали трещины в бетонной стене с колючей проволокой, безымянные больничные палаты, «тюремный двор» с чахлыми деревьями. «Вы спрашивали, что там было раньше?» — «Нет. В Вене это не принято».

Он нарисовал на салфетке узкую двухъярусную кровать со сломанными пружинами, которые оставили шрамы на его теле. Было там что-то еще, что преследовало его даже больше, чем эти пружины: пустые бланки и знаки, написанные кириллицей, инструкции, которые он не мог понять. Нечитаемые, они стали предметом его снов. К 1985 году бывший транзитный лагерь прекратил свое существование, поскольку иммиграция из Советского Союза сошла на нет. Та испачканная салфетка с рисунком пружин, торчащих из двухъярусных кроватей, возможно, была последним свидетельством моего бывшего лагеря беженцев.

«ХХ Дреерштрассе» было написано на салфетке. В солнечный зимний день в январе 2012 года я совершила поездку в свой бывший лагерь. Из окна старого автомобиля я мельком увидела деревенскую церковь и кружевные занавески на темных окнах, вызывающие воспоминания, но не раскрывающие ничего, как воспоминания о фильме чьей-то юности с длинными планами и без развязки. Наконец мы прибыли по адресу. «Извините, здесь не так много всего», — сказал мой венский спутник и оставил меня одну бродить по пустынной Дреерштрассе. Главное здание, в котором размещался транзитный лагерь, не сохранилось, но территория сохранилась, с заборами, складскими коврами, упаковкой от машин для переработки, архивами мусора. Там я нашла тележку для покупок, наполненную вечнозелеными сосновыми шишками, движущийся алтарь гению места иммигрантов.

В 2006 году часть территории бывшего лагеря была преобразована в проект экологического жилья. Новые здания носили названия экзотических фруктов на итальянском языке Melanzana[5], Pera[6], Melone[7], превращая историю этого места в вос-

---

5   Melanzana (*ит.*) — баклажан.

6   Pera (*ит.*) — груша.

7   Melone (*ит.*) — дыня.

хитительную пастораль. Новые здания были окружены экологически правильным забором, за которым находилась заброшенная территория с высокой травой, сорняками и увядшими одуванчиками, растущими рядом с толстой бетонной стеной примерно 1970-х годов. Кое-где еще оставались колючая проволока и ржавеющие остатки старой инфраструктуры для камер видеонаблюдения. Между экологическим забором и бетонными стенами бывшего лагеря подростки из Зиммеринга играли в мяч, не обращая внимания на прошлое и будущее, как это делают все подростки. Взрослые не сильно отличались. Никто из работающих или живущих на этом месте не знал, что там было раньше. «Военный госпиталь? Монастырь? Что-то вроде того». Меня остановили и задали вопросы, как только я достала камеру и начала фотографировать бетонные стены. Я быстро извинилась, назвавшись архитектурным фотографом, интересующимся бывшим монастырем кармелитов. Владелец новой светодизайнерской фирмы, у которой были те странные окна, о которых вспомнил Константин, провел меня по его недавно переделанным интерьерам, искусственно состаренным, «пробуждающим воспоминания о прошлом». В офисе царил приятный ретростиль модерна середины века с несколькими историческими отголосками. Мне хотелось рассказать ему о лагере, но я не хотела портить его ретрофантазию. Или, может быть, я боялся, что он конфискует мою камеру и помешает мне бередить прошлое. Не только в реальности, но и в памяти транзитный лагерь и район Зиммеринг занимали совершенно разное и несоизмеримое пространство опыта. Узнала ли я что-нибудь, когда снова посетила территорию лагеря? Пришло ли ко мне новое воспоминание, никакой вкус сладкого хлеба — булочки, замоченной в лагерном чае[8], не мог нарушить мое забвение. И все же фотографирование бывшей территории лагеря было странно восторженным. Это было похоже на утоление старой жажды. Это было не ради восстановленной памяти или истории, просто ради нее самой. Это было

---

[8] Отсылка к знаменитому пирожному мадлен Марселя Пруста. Запах и вкус пирожного пробуждают память.

похоже на запретное удовольствие, как будто подслушиваешь что-то, чему не можешь дать названия. По прибытии обратно в Бостон я обнаружила, что смотрю на изображения, одержимо контрастируя и выделяя каждую трещину в стене. Все, что я фотографировала по всему миру, было там: пятна на бетонных стенах, чахлые цветы мака и одуванчики, полустёртые вывески, сосновые шишки в заброшенной тележке для покупок и голубь цвета городских руин, в спешке доедающий свою еду. Бродя по невидимым руинам лагеря, я открыла для себя пейзаж моих собственных фотографий, которые путешествовали со мной с одного континента на другой.

До этого я не знала, что я была объектом своих фотографий, а не только фотографом. Я наткнулась на неизведанную эмоциональную географию, нанесенную на карту неудобной истории. Каким-то образом стены лагеря символизировали и освобождение, и заключение, и память, и забвение; они стали холстом для наших невероятных надежд. После многих поворотов и возвращений я узнала свою отправную точку. Это был не мой дом в Ленинграде, а этот забытый лагерь беженцев, который я брала с собой, путешествуя налегке. Незапоминающийся и немонументальный, лагерь стал руинами наоборот, палимпсестом наших будущих переходов, скрытым фоном нашего второго дома. Т. С. Элиот описал такое отправление в своем «Четвертом квартете»:

> Мы будем скитаться мыслью
> И в конце скитаний придем
> Туда, откуда мы вышли,
> И увидим свой край впервые.
> *(Перевод А. Сергеева)*

Капсула времени

Представляем вам небольшой документальный рассказ, написанный Светланой Бойм. Это воспоминание о её бабушке, в котором, как сквозь туман, постепенно проступает и раскрывается капсула времени. Россия, Америка, старое еврейское кладбище в Новой Ладоге, война, сталинские лагеря, советская коммуналка, радио «Голос Америки», едва слышное сквозь шум глушилки, эмиграция, дом престарелых и, конечно же, любовь. Светлане в своих коротких эссе удавалось рассказать сразу о многом кратко, образно, объёмно.

Я познакомилась со Светиной бабушкой, когда мне было десять лет. Мы называли её «маленькая бабушка». Она была крошка, почти одного роста с нами, подростками. Строгая учительница в светлой блузке и лиловом костюме. Тонкие руки, белая сухая кожа, огромные глаза и маленький плотно сжатый рот. Она мало рассказывала о себе, но кое-что всё-таки рассказывала. Вот из этих рассказов и сложился текст, написанный Светланой по-английски. Уже взрослая, внучка пыталась узнать у бабушки о том, как она сидела в сталинском лагере, с кем общалась, как смогла, такая маленькая и хрупкая, весь этот ужас перенести. Но бабушка говорила намёками, подробности не раскрывала, и Светлана написала только о том, что от неё услышала. Дополнительное расследование провести не удалось. Знаю о её неудачных попытках получить бабушкино дело в архивах ФСБ. Так как и мой дедушка, Малахов Сергей Арсеньевич, был репрессирован и сидел в ГУЛАГе, Светлана предлагала мне пойти с ней в ФСБ, но я категорически отказалась, понимая, что можно столкнуться с показаниями и самооговорами, полученными под пытками. Не хотелось ворошить прошлое. И всё-таки, прочитав текст, написанный Светланой, я поняла, что кое-какие вопросы можно прояснить, используя интернет, и именно ответы на эти вопросы будут интересны читателю.

Итак, бабушка вспоминала, что сидела в одной камере с некой Татьяной, имеющей отношение к Алексею Каплеру (1903–1979). В советское время это был очень известный человек, телеведущий популярной программы «Кинопанорама», а ещё почти все знали, что в него была влюблена дочка Сталина. Из-за этого романа он и был репрессирован. В его жизни было по крайней мере две женщины по имени Татьяна. Первая — жена, дворянка из богатой семьи, Татьяна Тарновская (1897–1994). Ради неё он, еврей Лазарь Каплер, сын киевского предпринимателя, в 1921 году крестился и стал называться Алексеем. А было ему всего 18 лет. (В 1921 году в Киеве ещё не установилась советская власть.) Татьяна эта в тюрьме не сидела, зато была в заключении с 1910 года её мать Мария Тарновская, в девичестве графиня О'Рурк, роковая женщина, аферистка и наркоманка, осуждённая в Италии в 1910-м за подстрекательство к убийству с целью получения денег. Об этом даже в 1977 году был снят сериал «Суд над Марией Тарновской». Подробно об этом можно узнать из фильма Льва Лурье 2003 года «Смерть в Венеции» (сериал «Преступление в стиле модерн»).

Вторая Татьяна, гражданская жена Алексея Каплера, Татьяна Златогорова (1902–1950), актриса и его соавтор в написании сценариев к фильмам «Ленин в 1918 году» и «Три товарища», действительно, была арестована в 1948 году и, не выдержав издевательств, покончила с собой в тюремной камере. Скорее всего, она и была в заключении вместе бабушкой Соней.

После смерти Сталина бабушка Соня была реабилитирована и освобождена. Она полгода не выходила из дома и почти ничего не рассказывала. Тот же самый психологический феномен описывает Булат Окуджава в замечательном рассказе «Девушка моей мечты».

Текст Светланы Бойм написан по-английски о прошлых, казалось, навсегда ушедших временах, но именно сейчас мне кажется важным не забывать о тех страшных событиях. Поэтому я взяла на себя смелость его перевести и опубликовать.

Наталья Стругач

Первая любовь моей бабушки

«Знаешь, мою первую любовь расстреляли большевики», — говорит моя бабушка Соня.

«Правда? За что?» — спрашиваю я. «За что? Ни за что. За что меня арестовали и отправили в ГУЛАГ? Так уж мне подфартило». — «А он был симпатичный?» — «Да, очень. Представляешь, все девочки в нашей гимназии были влюблены в одного музыканта-трубача. Сначала они даже дразнили меня, потому что все были без ума от него, а я нет. Он ходил с нами на дневной спектакль в Большой драматический театр[1] на пьесу "Сказки Екатерины"». — «Какой Екатерины?» — «Екатерины Великой. Ты, наверное, не знаешь, что в свободное время императрица сочиняла сказки». — «А что случилось потом?» — «Потом? Трубач ушёл на войну. Тогда как раз началась Первая мировая. Я помню, как мои подружки плакали, когда прощались с ним. Даже наша учительница французского из гимназии плакала. Такая была красотка. А я была её любимицей: Маленькая Софи. Ловкая фигуристка с золотыми волосами ниже пояса. Она звала меня баронессой Софи Фейгельсон. Итак, все, кроме меня, плакали, когда прощались с нашим трубачом. "У тебя нет сердца", — упрекала меня подруга Аня. И ты знаешь, что я сделала? Я побежала в уборную

---

[1] Не ясно, о каком театре говорит бабушка. Большой драматический театр был основан в 1918 году. До этого он назывался Малым театром Суворина. Большим театром назывался театр, расположенный в здании, где сейчас находится Консерватория. Это был крупнейший в столице музыкальный театр. — *Прим. пер.*

и брызнула водой себе в глаза, чтобы выглядело так, будто я плачу. И со слезами на глазах я попрощалась с трубачом».

Этот разговор происходил в 1995 году в Кембридже, штат Массачусетс, совсем незадолго до бабушкиной смерти. Я собиралась записать на плёнку истории из её жизни, но кто-то нажал на магнитофоне не ту кнопку, и большая часть записи оказалась стёрта. Уцелел только фрагмент о её первой любви. Я почти никогда не дослушивала запись до конца. Я так часто слышала эту историю, что, наверное, знаю её наизусть. Рассказ о бабушкиной первой любви имеет очень мало общего со всей последующей её жизнью. Трубач не вернулся с фронта, француженка умерла от вируса «испанки», когда пыталась убежать к белым, а моя бабушка дожила до 92 лет, пережив две войны, две революции и шесть лет сталинских лагерей. Она прожила сорок лет в коммунальной квартире и шесть лет в Америке. Она, конечно, не была баронессой. «Бабушка любила переворачивать всё с ног на голову, — говорил мой папа, — особенно после того, как она вернулась из лагеря. Видишь ли, здесь, в Америке, модно вспоминать прошлое, в России всё было по-другому. Мы не знали, мы боялись узнать, кем были наши предки. Вдруг бы они оказались врагами народа, купцами, кулаками, мелкими торговцами или, что даже ещё хуже, безродными космополитами. В нашей семье таких точно было несколько человек».

«Ты даже не представляешь, что хранение газет пятилетней давности в сталинское время считалось преступлением, — добавляет моя мама (оба моих родителя относятся с известной долей скептицизма к моим попыткам исследовать прошлое), — знаешь, в 60-е годы во время ремонта мы нашли под обоями газету "Правда" за 1938 год. Там говорилось о великом друге советского народа Адольфе Гитлере! Мы не могли поверить своим глазам. Мы ничего не знали о пакте Молотова — Риббентропа и о советско-нацистской дружбе». — «Вы сохранили эту газету?» — «Нет. Мы прочитали её и заклеили новыми обоями от греха подальше. Всё-таки это была коммунальная квартира. Так что если бабушка и жила в параллельной реальности, то это, возможно, было лучше для неё».

Вот одно из моих самых стойких детских воспоминаний: бабушка, как миниатюрная всеми забытая мелодраматическая актриса немого кино, стоит около окна на кухне прямо возле плиты в облаке пара от кипящего куриного бульона. Она протягивает руки и нашёптывает что-то самой себе или воображаемому другу в серых облаках. В возрасте пяти лет, наблюдая, как бабушка разговаривает с запотевшим окном, я играла с паром, которому пыталась руками придать какую-то форму. Она разговаривала с облаками за кухонным окном, я же общалась с паром, поднимавшимся над чашкой чая. Я верила, что пар был волшебной субстанцией — паровое полотно, которое может принимать любые формы и очертания, превращаясь в сказочную фею коммунальной кухни, которая может унести меня на облачном ковре-самолёте. Бабушка же не обращала никакого внимания на мои игры с паром.

Однажды в пасмурный день в районе Брайтона я застала её перед окном. Она разговаривала сама с собой, не замечая меня. Это произошло в одной из её комнат в еврейском доме для престарелых. Комната была гораздо более удобная, чем прежнее её жильё, но там, конечно, не было газовой плиты. Газовые плиты в доме для престарелых — рискованная вещь. Я даже не уверена, что бабушка понимала, что она в Америке. Она последовала за моими родителями в чужой, но вполне удобный мир, беспокоясь больше о своей дочери, папиной сестре, которую она оставляла в России. И ещё она умела путешествовать налегке. Она переезжала из одной крошечной комнаты ленинградской коммунальной квартиры в другую, затем из Ленинграда в Бостон через Вену и Рим с одним и тем же портативным алтарём, составленным из старых фотографий членов её семьи, учеников, их бесконечных старых благодарственных писем и двух бюстов её лучших друзей. Одно время она помещала всё это на старинное французское бюро, последнюю ценность, оставшуюся от её уехавшего брата. Это был мир её грёз, мир без прощаний, где все любимые счастливо теснились вместе на маленьком пятачке. Там была и она сама, миниатюрная женщина в сиреневом костюме (таком, какой однажды подарил ей любимый брат), в любимой блузке с высоким воротником. С огромными серо-зелёными глазами, стрижкой а-ля Луиза Брукс и с таким носом, который в России в шутку называли римским, она была похожа на пожилую курсистку или еврейку-гувернантку, которая утратила чувство времени и злоупотребляет гостеприимством. Тёмные стороны её прошлого, тяготы лагерной жизни, война и даже ежедневные уколы судьбы никак здесь не были заметны. Кроме старых фотографий в алтаре были бесконечные бабушкины дневники с цитатами великих мужчин и женщин, семь слоников из слоновой кости, приносящих счастье, миниатюрные портреты Шаляпина и Шуберта, открытки с видами Ленинграда: замерзшая Нева и гранитная ограда Летнего сада, позолоченный кулон в виде Эйфелевой башни, которую моя бабушка так никогда и не посетила, и бюсты её лучших друзей — Чайковского и Бетховена. В отличие от многих евреев своего поколения, она не симпатизировала ни коммунистам, ни сионистам. Ей нравились кадеты (конституционные демократы) и бундовцы, — это благодаря брату. Если уж на то пошло, она была «бетховенисткой», может быть, поэтому у моего папы развилась стойкая антипатия к этому композитору. В некотором смысле её вкус совпадал со вкусом Ленина, который признавался Дзержинскому, будущему главе ЧК, что он так любит Пятую симфонию Бетховена, что она вызывает в нём желание каждого погладить по голове. «Но мы, революционеры, — возможно, добавлял он, — не можем себе это позволить». А бабушка могла. Сначала бабушка слушала Бетховена по радио, затем, когда стала терять слух, она слушала его в своей голове, нежно прикасаясь к маленькому бюсту композитора, который везде носила с собой. Оказалось, что он был не только великим композитором, но и великим слушателем. А бабушка была более откровенна с чужими, чем с родственниками, потому, что их было легче очаровать одними и теми же историями, которые она рассказывала снова и снова. Она очень рано осталась сиротой, но о ней заботился старший брат Иосиф, которого она обожала. Он был для неё как второй отец, но потом он женился и тайно перебрался через советскую границу во Францию. Она не знала, жив он или нет.

О точной дате и месте её рождения до сих пор ничего не известно. Согласно её советскому паспорту, она родилась в 1902 году, но она всегда утверждала, что на три года моложе. Она заявляла, что её семья жила где-то возле Новой Ладоги, хотя это место не находилось за чертой оседлости. История её родителей, повторяемая годами, звучала так: «Моя бедная мама целый день работала в лавке, а однажды попала под трамвай в Санкт-Петербурге. Мой папа так и не закончил учёбу, он хотел стать раввином. Всё, что он делал, — это резал кур на Песах. Больше ни на что он не годился. Если бы только моя бедная мама прожила дольше... — вздыхала она, — если бы мой брат не женился на этой женщине... Если бы я могла присоединиться к нему во Франции как разведчица...» История о том, как она вышла замуж за моего дедушку, тоже была полной упущенных возможностей. «Ты знаешь, что я не была влюблена в Исайю, твоего деда. Другой очень интересный мужчина ухаживал за мной тогда. Его звали Борис Иосифович, он долгое время приносил мне цветы, но не делал предложение. Я была гордой девушкой, так что, когда твой дед позвал меня замуж, я ответила да. Я не общалась с Борисом Иосифовичем, он довольно рано умер от рака, который был не редкостью в его семье. В конце концов хорошо, что он не сделал мне предложение. Тогда бы не было ни тебя, ни твоего папы. Но я носила цветы на его могилу. Такие же, какие он мне дарил, по-моему, лилии. Я тайно посещала его могилу. Не говори никому об этом. Это будет наш секрет».

Обычно она звонила мне по телефону, когда родители оставляли меня одну дома. «Ты слышишь вдалеке голоса или незнакомые шаги? Нет? Ты проверяла под кроватью? Ты слышала чужие шаги внизу?» С пяти лет, с тех пор как родители начали оставлять меня одну дома, моя бабушка обычно звонила мне и посылала на разведку. «Проверь, закрыта ли дверь на крюк. Теперь посмотри под кроватью, — говорила она, — там хорошо прятаться. Пройдись там мокрой шваброй, добавь немного хлорки, на запах не обращай внимания. Ты даже не представляешь, на что они способны». Я не знала, кто такие «они», но чем меньше я знала, тем больше боялась. Когда я была маленькой, бабушка была откровенна со мной, и её страхи передались мне. С тех пор, где бы я ни жила, я искала потаённое место, где можно было спрятаться. Время от времени я до сих пор слышу шуршание «их» тапочек. Они приходят за кем-то, а однажды придут за мной. Они приходили за бабушкой несколько раз. Впервые в 30-е годы, чтобы допросить её о брате, затем в 1949 году, чтобы арестовать. Не окажись её брат во Франции, арестовали бы её? Кто знает. В это время велась кампания против космополитов, а моя бабушка была школьной учительницей, острой на язык. Ещё её дочка Инна, сестра моего отца, встречалась с гражданином Югославии, несмотря на предательский ревизионизм Тито. Ещё была загадочная история, которую запомнил мой папа. В коридорах госбезопасности бабушка встретила своего соседа и знакомого, которого арестовали за полгода до этого. Он подбежал, чтобы обнять её прямо там, в коридоре, и очень сильно извинялся. Он мог назвать её имя среди имён других космополитов во время допроса, возможно, под пытками. Но бабушка не держала на него зла. Хотя она проклинала многих родственников и друзей за то, что они сделали или не делали, она не связывала историю своего доброго соседа со своим арестом и заключением. В конце концов, у них было что-то общее. Он тоже был жертвой ГУЛАГа. «Мне ещё повезло, что меня поместили с воровками. Гораздо лучше, чем с убийцами», — обычно говорила она. Как освобождённая от тяжёлого труда на стройке, она была направлена в колонию для воров помощницей библиотекаря. Это считалось просто курортом. «Воровки любили рассказывать истории и жадно читали», — бабушке очень нравились её сокамерницы. Она рассказывала, что с ней сидела в одной камере Татьяна Каплер[2], родственница Алексея Каплера[3], известного советского кинорежиссёра и телеведущего, который имел несчастье влю-

---

[2] Возможно, речь идёт о Татьяне Семёновне Златогорской, гражданской жене Алексея Каплера и его соавторе. В 1950 году она покончила с собой, находясь в заключении. — *Прим. пер.*

[3] Алексей Каплер — советский кинорежиссёр, сценарист, журналист. Ведущий программы «Кинопанорама» на советском телевидении. — *Прим. пер.*

биться в Светлану, дочку Сталина. В результате Алексей Каплер и вся его большая семья были отправлены в ГУЛАГ в период с 1944 по 1949 год. Только что арестованная Татьяна Каплер делила камеру с моей бабушкой и ещё с одной очень разговорчивой женщиной. Бабушка, уже опытная в тюремных делах, пришла к выводу, что эта женщина была агентом-провокатором и должна была помочь состряпать дело на Татьяну. Очаровательная стукачка НКВД обычно вовлекала Татьяну Каплер в разговоры о евреях, которые используют кровь христианских младенцев во время празднования Песаха. Бедная Татьяна была возмущена, а бабушке обычно приходилось разыгрывать причудливые сцены, чтобы отвлечь внимание стукачки и указать Татьяне на то, что происходит, — чтобы та не получила ещё больший срок.

«Там, в лагере, я встретила очень культурных людей, — говорила бабушка с гордостью, — знаешь известную актрису, другую Татьяну, Окуневскую, необыкновенную красавицу, обожаемую даже маршалом Тито? Мы были в одном бараке. Обычно мы декламировали строки из пьесы "Дядя Ваня". "Однажды мы увидим всё небо в алмазах, моя дорогая. (В этом месте бабушка делала паузу по методу Станиславского.) Однажды мы увидим всё небо в алмазах!"» Случилось так, что вскоре после их постановки «Дяди Вани» умер Сталин. Бабушка любила рассказывать историю о письме про смерть Сталина, которое она получила от моего отца: *«Дорогая мамочка! Какая трагедия, какого великого человека мы потеряли! Какая огромная потеря для нашей страны».* «Я читала это, не зная, плакать или смеяться». Мой отец не был пламенным сталинистом, он был обычным советским ребёнком, росшим в военное время на фильмах про плохих и хороших парней, о храбрых советских солдатах и злых шпионах. Подростком он остался без родителей. Его опекали родственники, которые были испуганы тем, что Соню арестовали как врага народа, — независимо от того, виновна она или нет. После секретного доклада Хрущёва мой отец целиком и полностью принял оттепель и десталинизацию. Он постоянно организовывал различные клубы и волонтёрские организации от КЗБЗ (Клуб заядлых болельщиков «Зенита») до клуба кинолюбителей «Кино и ты», где без лишней огласки показывали фильмы Феллини и Антониони, приглашали великих польских кинодив и режиссёров чешской «новой волны». Больше всего мои родители хотели спокойно жить в своеобразной зоне комфорта: я, киноклуб и они вдвоём. Они не хотели врать в повседневной жизни и в то же время не хотели, чтобы их преследовали призраки прошлого. Папа говорил, что настоящий слом мировоззрения произошёл у него в 1968 году, когда советские танки вошли в его любимую Прагу, столицу любителей кино и социализма с человеческим лицом. Я помню, как в августе 1968-го в некой гостинице на берегу моря мои расстроенные родители слушали «Голос Америки», который постоянно глушили, о ком-то по имени Дубчек и каких-то танках. Их беспокойные перешёптывания на ветреном пляже на фоне звуков «глушилки» означали для меня радикальные перемены климата и общего настроения. Дома родители о политике не говорили, стараясь не травмировать меня в юном возрасте бременем двоемыслия. В итоге я унаследовала от них пристрастие к тайнам и в шестом или седьмом классе начала организовывать различные тайные общества. За «Чёрными мимозами» последовал «Клуб великих интриганов» и позже «Общество субъективных идеалистов». В этих клубах было не более 5 членов. Такой маленький состав ничуть меня не смущал, так как в седьмом классе нам рассказывали, что на первом съезде РСДРП в 1898 году, который состоялся за двадцать лет до победоносной революции, присутствовали всего девять делегатов.

Самым преданным членом всех моих тайных обществ была моя лучшая подруга Кыча[4]. Её дедушка[5] тоже много лет провёл в лагерях. В 20-е годы он был пролетарским поэтом, знал Есенина и Маяковского, но в 1918 году он проголосовал за Троцкого, и этот факт кто-то припомнил ему в 1936-м. Я знала Наташино-

---

[4] Наталья Кычанова (Стругач), переводчик этого текста. — *Прим. пер.*

[5] Малахов Сергей Арсеньевич, поэт и литературный критик, мой дедушка. Он был арестован в 1936 году и отбывал заключение в лагере до 1941 года. Он работал золотарём, вывозил на лошади отходы из шахт на Воркуте, поэтому его в шутку называли «поэт-ассенизатор», как сам называл себя Владимир Маяковский. — *Прим. пер.*

го дедушку. Он читал нам стихи поэтов-декадентов, которых в те годы не публиковали. Чаще других стихотворение Игоря Северянина под названием «Ананасы в шампанском». (Увертюра 1915 год.) Всё стихотворение было построено на том, что слово шампанское рифмовалось с тем, что приходило на ум, например, с «испанским». Как и моя бабушка, он тоже жил в своего рода параллельном пространстве. Нам с Кычей было комфортно в этом далёком декадентском мире начала двадцатого века, и поэтические ананасы в шампанском смягчали нам мрак зимнего Ленинграда.

Именно бабушкины истории пробили первую брешь в моей картине мира. Хотя никто из нашей семьи, включая меня, так и не выяснил даже приблизительно, что с ней произошло. До тех пор, пока не стало слишком поздно. После смерти бабушки я пыталась расспрашивать папу о трагических эпизодах нашей семейной истории. «Это было словно в кино, — говорил отец. — Два человека в сером пришли ночью за мамой. Они начали с обыска, швыряя всё на пол, переворачивая каждую бумажку, каждую книгу. Они страшно обрадовались, когда нашли книжку сказок на французском языке. Это была улика против неё. Бабушка вышла из комнаты, и вдруг я услышал её плач. Мужчина в сером тащил её по коридору, на запястьях у неё были бинты. Тогда она пыталась перерезать себе вены. После этого я не видел её шесть лет». — «А что было, когда она вернулась?» — «Я не помню». — «Ничего? Нет?» — «Нет. Пойми, мы были просто рады, что она осталась жива. Она ничего нам не рассказывала. А может быть, мы не умели слушать. Мы с твоей мамой только начали встречаться. Времена менялись». «Я помню, что она полгода боялась покидать квартиру», — вдруг добавил отец, как будто он говорил что-то, о чём раньше молчали. «Полгода?» — «Да. Но потом всё вернулось на свои места. Она снова стала работать учительницей и начала кое-что рассказывать. Это были жизнерадостные, оптимистические истории. В основном про великую актрису Татьяну Окуневскую и других деятелей культуры, которых она встречала в лагере. И как рада она была работать с воровками, а не с убийцами, которые были гораздо страшней. Мы её не расспрашивали.

Мы не знали, как спрашивать её о прошлом. Может быть, мы боялись её огорчить, или что она устроит скандал. Помнишь, у неё был острый язык».

Следующие два десятка лет бабушка учила младших школьников основам математики, русской грамматики и рукоделию. «Укрепляй силу воли» — был её девиз. Что-то вроде: принимай холодный душ, ешь антоновские яблоки и считай до десяти, если ты теряешь терпение или рассудок. У неё всегда были любимые ученики, «любимчики», чьи фотографии в милых костюмчиках для фигурного катания и благодарственные открытки красовались на её бюро. Обычно она говорила, что только они её любят и ценят. Родственники никогда не понимали её. Параллельно с жизнью образцовой школьной учительницы у бабушки была тайная ночная жизнь.

За год до моей эмиграции нашу коммунальную квартиру внесли в список на демонтаж или на капитальный ремонт. Соседи получили другое жильё и переехали, а бабушка поселилась в их комнате. Ночью она обычно пробиралась в бывшую коммунальную кухню и пыталась ловить «вражеские голоса»: BBC и «Голос Америки». Она сражалась с антенной и старым радиоприёмником, как Дон Кихот с ветряными мельницами. Не думаю, чтобы ей когда-то повезло. Но в любом случае ей нравилось само сражение. Оно давало ей возможность применить свой острый язык, ругая «наших идиотов» или «наших советских идиотов». Иногда она задрёмывала под громкие звуки радио, наполнявшие кухню смешанным эхом иностранных голосов. Бабушка — диссидентка. В 1981 году ей было грустно, что я уезжаю. Она продала своё знаменитое французское бюро, последнее, что осталось от семейного гарнитура её брата, чтобы помочь мне заплатить за эмиграцию. Она говорила, что возлагает на меня большие надежды. Я должна была стать той, кем мечтала, и путешествовать по миру, потому что ей это было недоступно. Только она, одна из всей семьи, наиболее глубоко понимала мотивы моего отъезда. Но иногда я не была уверена, разговаривает ли она со мной или обращается ко мне так, будто видит во мне себя как воображаемую страницу.

Когда после десяти лет эмиграции я стала приезжать в Россию, я всё больше и больше ловила себя на том, что хожу по ускользающим бабушкиным следам. Это началось почти неосознанно. Я случайно познакомилась с ведущим археологом Балтийского региона, который проводил раскопки в городе Новая Ладога, исследуя старое еврейское кладбище[6]. Большинство евреев, похороненных там, были немецкого или балтийского происхождения, но были и потомки евреев из военных рекрутов. Девичья фамилия матери моей бабушки была Гинзбург, но она не имела отношения к знаменитому петербургскому барону фон Гинцбургу, юристу и основателю еврейской благотворительной организации. Мой друг-археолог был одержим идеей превращения Петербурга и Ленинградской области в независимый город-государство. Это была не ностальгия по прошлому, которое было, но по прошлому, которое могло бы быть. В этой потенциальной исторической версии Петербург не был столицей Российской империи, а был свободным городом-государством, окружённым многонациональным регионом. (Замечательная перестроечная фантазия.) Он был в восторге от истории моей бабушки, потому что в жизни не встречал ни одного еврея, родившегося в Новой Ладоге. Его виденье фантастического приграничья было чем-то похоже на набоковскую Земблу, отдалённый район Америоссии. Я не думаю, что эта воображаемая страна имела хоть какой-то шанс на реализацию. Маловероятно, чтобы моя бабушка в образе гимназистки с золотыми волосами или выжившей узницы ГУЛАГа с короткой стрижкой 20-х годов была бы когда-то помещена в местный этнографический музей как почётная еврейка Новой Ладоги. Происходила ли она из религиозной семьи, говорившей на идише? Вполне возможно. Её отец, о котором она говорила с долей пренебрежения, как о человеке, который почти ничего не делал, чтобы заработать на жизнь, вечно учился на

---

[6]   Интересно, что в настоящее время в Новой Ладоге силами местных энтузиастов осуществляется уход за старым еврейским кладбищем. Организовала это Севда Касымова, жительница Волхова, уроженка города Баку. — *Прим. пер.*

раввина, но так и не преуспел. Её мама работала в лавке, но трагически погибла, попав под трамвай. Позднее, уже в 20-е годы, её старший брат заменил ей отца, потому что она осталась сиротой. И это были счастливейшие годы её жизни. Больше всего ей нравилась студенческая жизнь, симфонические концерты и театры, также она любила еврейские праздники, особенно Пурим, обычно она пекла «уши Амана» (омен-таш) под кодовым названием «треугольные пирожки».

Я помню себя в раннем детстве и мою бабушку смотрящей в наш мрачный двор и шепчущей что-то загадочное, едва шевеля губами. Возможно, она читала стихи или слушала Чайковского и Бетховена у себя в голове. Она смотрела в космическую пустоту. В нашем дворе было много чёрных дыр, но она смотрела куда-то далеко за их пределы. Может быть, она молилась? Недавно я узнала об одной мистической концепции в еврейской религиозной философии, описанной Джеймсом Кугелом[7], относящейся к понятию *ха-маком*, — месту, не нуждающемуся ни в каком наполнении. Ты выделяешь это место среди самых обыденных будничных вещей, и пусть это место примет тебя без точных названий, символов и репрезентаций. Никаких предметов культа, колонн, аркад, куполов. Это просто место, которое открывает тебе канал для космического диалога с Тем, к кому ты обращаешься. Если тебе, конечно, повезёт.

Один раз в год бабушка начинала разговаривать с серыми осенними облаками над нашим двором и отказывалась от еды. «Бабушка, съешь хоть что-нибудь! Может, курочку?» — «Сегодня я не хочу есть», — торжественно говорила она. «Совсем ничего?» — «Нет». Гораздо позже я поняла, что это был Йом Кипур, который она устраивала сама для себя. Традиционная еврейская жизнь маленьких городков или местечек Восточной Европы, тех, что существуют в идеалистическом воображении некоторых американских евреев, была не для неё. Она хотела учиться, жить в большом городе (которым так или иначе стал Ленинград)

---

[7] Джеймс Кугел, специалист в области иудаики, профессор Гарвардского университета. — *Прим. пер.*

и путешествовать по миру. В дальнейшем такая жизнь стала невозможна из-за политики властей. Еврейские традиции сохранились как детские воспоминания и серия тайных практик, к которым обращалась моя бабушка в течение жизни. Во время войны, живя в эвакуации в Сибири, она пекла печенье омен-таш на Пурим, ходила в синагогу за мацой и тихо раз в год постилась. В то же время она говорила на по-учительски правильном русском языке и утверждала, что учила французский и немецкий, а не «диалект», имея в виду идиш. Что касается её ареста, то мне не удалось прорваться сквозь препоны постсоветских архивных законов и получить доступ к её делу в КГБ. У нас есть только справка о её «реабилитации» и освобождении от принудительных работ, «ввиду отсутствия состава преступления». Во время моей последней поездки в Москву я была удивлена, увидев известную актрису Окуневскую на экране телевизора, очень бодрую, практикующую йогу, автора мемуаров, которые стали бестселлером. В них я не нашла никаких упоминаний о моей бабушке. Как я поняла, она весьма красноречиво рассказывала об исчезновении красоты в современном мире.

В конце жизни бабушкина мечта повидать мир осуществилась. Она попала в мир своего любимого «Голоса Америки». Только я не уверена, что она это полностью осознала. Она была больше занята сведением счётов с «нашими советскими идиотами». В процессе эмиграции, проходя советскую таможню, она страшно рисковала, подвергая опасности всю нашу поездку. Был тогда специальный закон о том, что вывозить можно только одну или две шёлковые блузки. Мы не знали наверняка, что её любимые старые кружевные блузки сделаны из натурального шёлка, но дело было в том, что она любила их все и не соглашалась уступать. Так как бабушка была очень худая, она надела на себя сразу три блузки одна на другую. «Как капуста», — заявила она гордо. «Наши советские идиоты ничего не заметили». Так бабушка приехала на Запад в трёх кремовых кружевных блузках, потрёпанных временем и застиранных советскими моющими средствами. Это её нисколько не смущало. Эмигрировав в 1987 году, мои родители и бабушка не проходили через венский лагерь временного размещения для беженцев. Их поселили в дешёвом пансионе, поэтому им было разрешено выходить в город. Спустя всего пару дней бабушка восхищалась улицами Вены, практикуясь в давно забытом немецком языке, который она учила в школе. Однажды после посещения бесплатного музыкального концерта в Вене она потерялась и села не на тот трамвай. Вежливый венский джентльмен проводил её до дешёвого пансиона, где жили мои родители. «Ваша мама говорит на странном немецком, — сказал он, — кто вы?» Мои родители с энтузиазмом начали объяснять, что они советские евреи-беженцы. Венский джентльмен больше вопросов не задавал и быстро откланялся. Случилось так, что бабушка некоторое время жила со мной в Бостоне в студенческом кампусе. Из школьной учительницы она превратилась в хихикающую подружку, которая рассказывала мне некоторые не очень уместные сплетни. Но она молчала как партизан о тёмных периодах своей жизни. Вместо этого она повторяла одни и те же истории о любимой гимназической учительнице французского и сиреневых шёлковых платьях, которые покупал ей её любимый брат Иосиф, о Бетховене и Чайковском, её возлюбленном Борисе Иосифовиче (не о моём дедушке) и актрисе Окуневской, которая, казалось, постоянно исполняла один и тот же монолог о небе в алмазах. Нежный трубач, любимец всех девочек Новой Ладоги, затихал снова и снова среди слёз и прощаний. Её память ухудшалась очень быстро. Однажды мы с папой пришли к ней в еврейский реабилитационный центр, и она нас с трудом узнала. Более того, она перестала говорить по-русски. Она перешла на идиш, «диалект», который она якобы не знала. Похоже, именно он был тем языком, на котором она говорила в молодости. В конце она стала беззаботной маленькой Софи с золотыми волосами и фальшивыми слезами на глазах, стройной девочкой, которая вспоминала свою первую любовь, но не на французском, а на идише. На смертном одре она выглядела неестественно молодой. Она лежала в своей любимой кремовой блузке с румянцем на щеках и немного подкрашенными губами. Она не принадлежала ни к одной конфессии, но местный раввин, который работал с другими беженцами, любезно согласился прочесть поминальную молитву. Он просил нас рассказать побольше о Саре Оше Гольд-берг, но мы были совершенно растеряны и шокированы и ничего не могли сказать. Так что он сам придумал речь и поведал нам свою историю эмиграции. «Знаете, как я попал в Америку? У моих родителей не получалось родить ребёнка, так что их раввин посоветовал им или развестись, или поменять место жительства, чтобы изменить судьбу. Поэтому они уехали из России в Америку, и через несколько лет я родился. Вашей бабушке тоже повезло умереть окружённой детьми в возрасте 92 лет». В своей надгробной речи он сказал несколько простых и важных слов о том, что бабушка любила свою семью, что она была хорошей рассказчицей и хорошей учительницей и этого уже достаточно. Странно, что он почти всё правильно понял. И не случайно — бабушка всегда была более откровенной с незнакомыми людьми, чем с членами своей семьи. И чужие понимали её лучше. На её могильном камне высечены два имени: *Sara Hosha*, её еврейское и американское имя, и *Соня*, её русское имя. Я получила в наследство её маленький переносной архив, который я отложила в сторону на пару лет. Я знала, что у неё было несколько записных книжек, заполненных её неразборчивым почерком и множеством восклицательных знаков, разделяющих строчки и требующих немедленно обратить на них внимание. Иногда она ставила до восемнадцати восклицательных знаков в конце строчки, особенно когда она желала нам самого наилучшего. «*Будьте здоровы и счастливы!!!!!!!!!!!!!!!!!!!*» (Только эти знаки, написанные от руки, были разной высоты и разных очертаний; собравшись вместе, они напоминали добрых незнакомцев.) Мне кажется, я боялась, что в её корявых записях могло оказаться что-то компрометирующее моего отца, что-то, что могло смутить или испугать нас раскрытием тёмных семейных тайн, которые пытались скрыть. Всё это было далеко от истины. Оказалось, что она писала бесконечные письма своей дочери Полине и своей правнучке Анечке, которые она никому не отправляла. Она писала им снова и снова, как сильно она по ним скучает. Там были также мои фотографии и открытки, которые я посылала ей со всех концов света. Единственным открытием была маленькая фотография моего отца-подростка, датированная 1950 годом. Должно быть, он послал её ей в лагерь. Я уже приготовилась прочитать какие-то официальные строчки на обратной стороне фотографии, зная, что вся лагерная переписка должна была проходить через цензора. Вместо этого там было всего одно предложение, написанное карандашом на оборотной стороне карточки: *Дорогая мамочка, я всегда и везде с тобой, где бы ты ни была*. Странно, люди обычно приукрашивают своё прошлое. Что касается моего папы, то он представлял себя большим конформистом, чем был на самом деле, словно разделяя коллективную вину. «Я всегда и везде с тобой, где бы ты ни была» — звучит жутко, так как ни тогда, ни сейчас никто не может знать, где она находилась. Так или иначе, вся семья прожила все страхи и амбиции моей бабушки, следуя теми путями, по которым она не прошла. Хуже или лучше, её истории защищали её и нас от её прошлого. И мы унаследовали это прошлое, не отвергая его.

Представители «старого мира», мы все становимся рассказчиками. Только наша аудитория сужается. Новый мир уже переполнен мечтами и страхами других людей и их бесконечной болтовнёй о самих себе. Рассказы о чужой первой любви проглатываются и забываются навсегда под затихающие звуки далёкой трубы на смутном фоне. Я старалась проникнуть вглубь бабушкиных историй, чтобы увидеть, что-то за ними, но я не нашла там прямых свидетельств, а только приливы и отливы ежедневной борьбы за жизнь и несколько жизненных перекрёстков, которые бросали серьёзный вызов непоколебимой неизбежности жизни, и один или два счастливых мгновения, которые останавливают время[8], как те фразы, которые моя бабушка так здорово произносила. «Однажды (пауза) мы увидим (пауза) всё небо в алмазах». Стоп-кадр. Прошлое бабушки продолжает играть с нами некие шутки, влияя на наше будущее. Ей я обязана моим решением эмигрировать, не только виртуально в тексты, но и в другую страну. Так же как она, я стала преподавательницей, хотя и не уверена, что преуспела в умении владеть собой. Я продолжаю

---

[8] «Остановись, мгновенье! Ты прекрасно!» («Фауст», Гёте). — *Прим. пер.*

соблазняться словами «что если» и «если бы только». Я люблю тёмные оттенки сиреневого, в то же время мой папа любит красный цвет. Никто из членов нашей семьи не любит Бетховена.

Приступая к написанию рассказа моей бабушки, я снова прослушиваю конец аудиозаписи и понимаю, что ошиблась по поводу её первой любви.

«Бабушка, был ли трубач влюблён в тебя?» — «Я не знаю. Что ты имеешь в виду?» — «Что произошло между вами?» — «Я же говорила тебе, что он водил нас смотреть сказки Екатерины на дневной спектакль». — «А потом что было?» — «Ничего. Он отвёз нас домой и попрощался. Мы же были дети. Что ты хочешь, чтобы я тебе сказала? Я никогда его больше не видела». — «Его расстреляли большевики?» — «Что ты мне голову морочишь. Трубач просто уехал… может быть, с цирком или куда-то ещё. Я сказала тебе, что мою первую любовь расстреляли большевики. Веня, молодой кадет. Рыжий, как я. Если бы только он спасся… (Вздох, пауза.) Кто знает, как бы сложилась моя жизнь?..»

Содержание

РАССКАЗЫ

Светлана Бойм

НИНО́ЧКА
Разумная хазарка
Рассказы

Директор издательства *И. В. Немировский*
Ответственный редактор *И. Белецкий*
Куратор издания *В. Кучерявенко*
Заведующая редакцией *И. Емельянова*

Дизайн *И. Граве*
Редактор *Р. Рудницкий*
Корректор *А. Филимонова*
Верстка *Е. Падалки*

Подписано в печать 29.11.2025.
Формат издания 60 × 90 $^1/_{16}$. Усл. печ. л. 31,6.
Тираж 300 экз.

Academic Studies Press
1577 Beacon Street, Brookline, MA 02446 USA
https://www.academicstudiespress.com

ООО «Библиороссика».
198207, г. Санкт-Петербург, а/я № 8